Tip des Monats

In derselben Reihe
erschienen außerdem als Heyne-Taschenbücher:

Mary
Higgins
Clark

ZWEI SPANNENDE PSYCHOTHRILLER

Schlaf wohl, mein süßes Kind
Schwesterlein, komm tanz mit mir

WILHELM HEYNE VERLAG
MÜNCHEN

HEYNE TIP DES MONATS
Nr. 23/154

SCHLAF WOHL, MEIN SÜSSES KIND/
While my pretty ones sleeps
Copyright © 1989 by Mary Higgins Clark
Copyright © 1990 der deutschen Ausgabe
by Wilhelm Heyne Verlag GmbH & Co. KG, München
Aus dem Amerikanischen von Ursula Ibler
(Der Titel erschien bereits in der Allgemeinen Reihe mit der
Band-Nr. 01/8434.)

SCHWESTERLEIN, KOMM TANZ MIT MIR/
Loves Music, Loves To Dance
Copyright © 1991 by Mary Higgins Clark
Copyright © 1992 der deutschen Ausgabe
by Wilhelm Heyne Verlag GmbH & Co. KG, München
Aus dem Amerikanischen von Elke vom Scheidt
(Der Titel erschien bereits in der Allgemeinen Reihe mit der
Band-Nr. 01/8869.)

Besuchen Sie uns im Internet:
http://www.heyne.de

6. Auflage

Copyright © 1998 dieser Ausgabe by Wilhelm Heyne Verlag
GmbH & Co. KG, München
Printed in Germany 2001
Umschlagillustration: Tony Stone Images/Wilfried Krecichwos, München
Umschlaggestaltung: Nele Schütz Design, München
Satz: Buch-Werkstatt GmbH, Bad Aibling
Druck und Bindung: Elsnerdruck, Berlin

ISBN: 3-453-14044-3

Inhalt

Schlaf wohl,
mein süßes Kind

Schwesterlein,
komm tanz mit mir

SCHLAF WOHL, MEIN SÜSSES KIND

1

Vorsichtig fuhr er auf der Autobahn in Richtung Morrison State Park. Die fünfundfünfzig Kilometer von Manhattan bis nach Rockland County waren ein Alptraum gewesen. Obwohl es schon auf sechs Uhr zuging, gab es noch keine Anzeichen, daß es bald Tag würde. Der Schneefall, der während der Nacht eingesetzt hatte, war zunehmend stärker geworden. Die Flocken trieben jetzt unaufhörlich gegen die Windschutzscheibe. Grau und schwer wie riesige, zum Bersten gefüllte Ballons hingen die Wolken über ihm. Der Wetterbericht hatte fünf Zentimeter Schnee vorausgesagt und »Abnahme der Niederschläge nach Mitternacht«. Wie gewöhnlich hatte der Wetterfrosch sich geirrt.

Er näherte sich jetzt der Einfahrt zum Park. Voraussichtlich war bei diesem Schneetreiben wenigstens kein Wanderer oder Jogger unterwegs. Gut fünfzehn Kilometer zurück war er einem Polizeifahrzeug begegnet; es hatte ihn mit eingeschaltetem Blaulicht in rasendem Tempo überholt, vermutlich auf dem Weg zu irgendeinem Unfall. Aber die Polizisten hätten ohnehin keinerlei Veranlassung gehabt, sich Gedanken über den Inhalt seines Kofferraums zu machen, keinen Grund zur Vermutung, daß sich unter einem Haufen Gepäck ein Plastiksack mit der Leiche einer einundsechzigjährigen bekannten Journalistin befinden könnte. Ethel Lambston lag, auf kleinstem Raum zusammengepfercht, gegen den Reservereifen gequetscht.

Er bog von der Autobahn ab und fuhr die kurze Strecke bis zum Parkplatz. Wie erhofft, war er fast leer. Nur wenige Wagen standen vereinzelt herum, mit einer Schneeschicht bedeckt. Wahrscheinlich zelteten irgendwo ein paar Verrückte. Auf die durfte er in gar keinem Fall stoßen.

Vorsichtig blickte er um sich, als er ausstieg. Niemand war zu sehen. Die Schneeverwehungen würden, sobald er wieder wegfuhr, sämtliche Spuren zudecken und jedes Zeichen, wohin er die Leiche brachte, auslöschen. Wenn er Glück hatte, würde bis zu dem Zeitpunkt, da man sie entdeckte, auch nicht mehr viel von ihr zu finden sein.

9

Er ging zuerst einmal allein den Weg bis zu der Stelle. Mit äußerster Konzentration richtete er sein ohnehin scharfes Gehör darauf, außer dem Seufzen des Windes und dem Ächzen der von der Schneelast schweren Zweige jedes kleinste Geräusch wahrzunehmen. Vor ihm lag ein abschüssiger Pfad, der an einem mit großen Felsbrocken und lockerem Geröll bedeckten Hang endete. Kaum jemand kam auf die Idee, hier herumzuklettern. Für Reiter war es sowieso eine verbotene Zone, denn der Stallbesitzer wollte nicht, daß seine Kundinnen, meist Hausfrauen aus den Villenvororten, sich das Genick brächen.

Vor einem Jahr war er einmal so neugierig gewesen, den Hang hinaufzuklettern, und er hatte sich auf einem mächtigen Findling ausgeruht. Dabei war seine Hand über den Fels geglitten und hatte auf der Rückseite eine Öffnung gespürt. Keine Grotte, nur eine natürliche Aushöhlung des Felsens, ähnlich dem Eingang zu einer Höhle. Schon damals war ihm der Gedanke gekommen, daß sich dieser Ort glänzend eignen könnte, um etwas zu verstecken.

Es kostete ihn große Anstrengung, auf dem gefrorenen Schnee zu der Stelle zu gelangen, aber mit viel Ausgleiten und Zurückrutschen schaffte er den Aufstieg. Der Hohlraum war noch da, etwas kleiner, als er ihn in Erinnerung hatte; aber er würde die Leiche hineinzwängen können. Der nächste Schritt war der schlimmste. Auf dem Rückweg zum Auto mußte er größte Vorsicht walten lassen, damit niemand ihn beobachten konnte. Er hatte den Wagen so abgestellt, daß jemand, der zufällig auf den Parkplatz fuhr, nicht gleich erkennen konnte, was er aus seinem Kofferraum holte. Im übrigen war ein schwarzer Plastiksack an sich noch nicht verdächtig.

Ethel hatte im Leben schlank ausgesehen. Doch als er jetzt die in Plastik gepackte Leiche anhob, merkte er, daß ihre teuren Kleider in Wirklichkeit einen grobknochigen Körper verhüllt hatten. Er versuchte, sich den Sack über die Schulter zu hieven, doch so eigensinnig wie im Leben war Ethel auch im Tod: Die Totenstarre mußte schon eingesetzt haben. Ihr Körper wollte sich nicht fügen. Er konnte den Sack schließlich nur dadurch bis zum Fuß des Abhangs bringen, daß er ihn abwechselnd schleppte und hinter sich her schleifte. Schließlich gab ihm nur noch ein Adrenalinstoß die nötige Kraft, ihn das letzte steile Stück bis zu der vorgesehenen Stelle hinaufzuzerren.

Ursprünglich hatte er vorgehabt, Ethel in dem Plastiksack zu lassen. Aber im letzten Augenblick überlegte er es sich anders. Die Gerichtsmediziner wurden ständig raffinierter. Sie fanden überall Beweise: Fasern, die aus Kleidern oder Teppichen stammten, Haare, die kein Mensch mit bloßem Auge sehen konnte.

Er achtete nicht auf die Kälte, die ihm bei dem scharfen Wind auf der Stirn brannte und seine Wangen und sein Kinn unter einem Eishagel erstarren ließ, während er den Sack in die richtige Lage über der höhlenartigen Vertiefung brachte und ihn dann aufzureißen begann. Das Plastik wollte nicht nachgeben. »Zweifach verstärkt«, dachte er grimmig und erinnerte sich an die Werbesprüche. Wütend zerrte er weiter und verzog dann das Gesicht, als der Sack aufging und Ethels Leiche zum Vorschein kam.

Das weiße Wollkostüm war voller Blutflecken. Der Kragen ihrer Bluse steckte halb in der klaffenden Wunde an ihrem Hals. Ein Auge war leicht geöffnet. In der beginnenden Morgendämmerung wirkte es eher nachdenklich als blicklos. Der Mund, der nie stillgestanden hatte, als sie noch lebte, war gespitzt, als wollte sie eben zu einer ihrer unendlichen Tiraden ansetzen. Die letzte, die sie noch ausgespien hatte, sagte er sich mit grimmiger Genugtuung, hatte ihr Schicksal besiegelt.

Selbst mit Handschuhen war es ihm zuwider, sie anzufassen. Sie war jetzt fast vierzehn Stunden tot, und es schien ihm, als ginge ein leicht süßlicher Geruch von ihrem Körper aus. Angeekelt stieß er ihn hastig in das Loch und begann, Steine daraufzuschichten. Der Hohlraum war tiefer, als er geglaubt hatte, aber die Steine füllten ihn sauber aus. Auch wenn jemand zufällig darauf herumkletterte, würden sie nicht verrutschen.

Die Arbeit war getan. Die Schneeverwehungen hatten seine Fußspuren bereits zugedeckt. Zehn Minuten nach seiner Wegfahrt würde schon nichts mehr darauf hindeuten, daß er oder das Auto hier gewesen waren.

Er knüllte den zerrissenen Plastiksack zu einem Ball zusammen und machte sich eilig auf den Rückweg zu seinem Wagen. Jetzt war er nur noch in Panik wegzukommen, weit weg von diesem Ort, wo er Gefahr lief, entdeckt zu werden. Am Rand des Parkplatzes hielt er an. Dieselben Wagen standen noch dort, unberührt. Es gab keine frischen Reifenspuren.

Fünf Minuten später war er wieder auf der Autobahn. Den blutigen, zerrissenen Plastiksack, hatte er unter den Reservereifen gestopft. Es gab jetzt genügend Platz für ihre Koffer, ihren Reisesack und ihre Handtasche.

Die Straße war inzwischen vereist, der morgendliche Berufsverkehr setzte bereits ein, doch in spätestens zwei Stunden würde er zurück in New York sein, zurück im normalen, wirklichen Leben. Er machte noch einen letzten kurzen Halt an einem See, der, wie er sich erinnerte, nicht weit von der Autobahn entfernt lag und zu verseucht zum Fischen war. Ein guter Ort, um Ethels Handtasche und ihr Gepäck zu versenken. Die vier Stücke waren schwer. Aber es war ein tiefer See, und er wußte, sie würden bis auf den Grund sinken, in den Haufen Abfall, der dort lag. Die Leute kippten sogar alte Autos hier ins Wasser.

Er schleuderte Ethels Sachen so weit hinaus, wie er konnte, und sah zu, wie sie unter der dunkelgrauen Wasserfläche verschwanden. Jetzt mußte er nur noch den zusammengeknüllten Plastiksack loswerden. Er beschloß, bei einer Mülltonne anzuhalten, sobald er in New York die West-Side-Autobahn verlassen hatte. Dort würde der Sack in den Bergen von Abfall untergehen, die am Morgen abgefahren wurden.

Er brauchte fast zwei Stunden, um in die Stadt zurückzukommen. Das Fahren wurde immer schwieriger, und er versuchte, Abstand zu den anderen Autos zu halten. Einen Auffahrunfall konnte er jetzt nicht brauchen. In ein paar Monaten hätte kein Mensch mehr einen Grund zur Annahme, daß er an diesem Tag aus der Stadt gefahren war.

Alles verlief planmäßig. Auf der Ninth Avenue hielt er kurz an und entledigte sich des Plastiksacks.

Um acht Uhr gab er den Wagen bei der Tankstelle auf der Tenth Avenue zurück, die als Nebengeschäft Gebrauchtwagen vermietete. Nur gegen Barzahlung. Er wußte, daß darüber nicht Buch geführt wurde.

Um zehn Uhr war er, frisch geduscht und umgezogen, wieder in seinen vier Wänden und schüttete puren Whisky in sich hinein, um einen plötzlichen Anfall von nervösem Schüttelfrost zu bekämpfen. Im Geist ging er Schritt für Schritt noch einmal alles durch, was in der Zeit geschehen war, seit er am gestrigen Tag in Ethels Wohnung gestanden und sich ihre sarkastischen, höhnischen und drohenden Bemerkungen angehört hatte.

Den Moment, als ihr alles klargeworden war; den antiken Dolch in seiner Hand, den er von ihrem Schreibtisch genommen hatte; das wachsende Entsetzen in ihrem Gesicht, als sie langsam vor ihm zurückwich; den Rausch, als er ihr die Kehle durchschnitt und zusah, wie sie rückwärts durch den Türrahmen in die Küche taumelte und auf dem Fliesenboden zusammenbrach.

Er staunte noch immer, wie ruhig er bei alledem gelieben war. Er hatte den Riegel an der Wohnungstür vorgeschoben, damit nicht durch einen dummen Zufall der Hauswart oder eine Freundin, die vielleicht einen Schlüssel besaß, hereinkäme. Jedermann wußte, wie unberechenbar Ethel sein konnte. Falls jemand mit einem Schlüssel feststellte, daß die Tür verriegelt war, würde er annehmen, Ethel wolle nicht gestört werden.

Danach hatte er sich bis auf die Unterhosen ausgezogen und Handschuhe übergestreift. Ethel hatte vorgehabt zu verreisen, um an einem Buch zu arbeiten. Wenn er sie unbemerkt wegbrächte, würde jeder annehmen, sie sei von sich aus weggefahren. Wochen-, ja sogar monatelang würde kein Mensch sie vermissen.

Während er wieder einen großen Schluck Whisky trank, ließ er in Gedanken noch einmal Revue passieren, wie er Kleider aus ihrem Schrank herausgesucht und sie ihr statt des blutgetränkten kaftanartigen Hausgewands angezogen hatte; wie er ihr die Strumpfhose übergestreift, ihre Arme in die Bluse und die Kostümjacke gesteckt, den Rock zugeknöpft, den Schmuck abgenommen und ihre Füße in die Pumps gezwängt hatte. Er schüttelte sich bei der Erinnerung daran, wie er sie aufgesetzt und festgehalten hatte, damit ein Schwall von Blut auf die Bluse und das Kostüm spritzte. Aber das war nötig gewesen. Wenn man sie fand – falls man sie überhaupt fand –, mußte es so aussehen, als sei sie in diesen Kleidern gestorben.

Er hatte auch daran gedacht, die Firmenetiketten herauszuschneiden, die zur sofortigen Identifizierung geführt hätten. Den langen Plastiksack hatte er in ihrem Schrank gefunden. Wahrscheinlich war darin ein Abendkleid aus der Reinigung zurückgekommen. Mühsam hatte er ihn ihr übergestülpt und danach die Blutflecken auf der Perserbrücke entfernt, den Küchenboden aufgewaschen, Kleider und andere Reiseutensilien in die Koffer gepackt, ständig in panischem Wettlauf mit der Zeit ...

Erneut goß er sein Glas randvoll mit Whisky und erinnerte sich, daß irgendwann das Telefon geläutet und sich automatisch der Beantworter mit Ethels hastigem Tonfall eingeschaltet hatte: »Hinterlassen Sie eine Nachricht. Ich melde mich, wenn ich zurück bin und falls ich es für nötig halte.« Da hätte er beinahe die Nerven verloren und stellte sofort den Beantworter ab, als der Anrufer auflegte. Er wollte nicht, daß Anrufe von Leuten registriert wurden, die sich später womöglich an nicht eingehaltene Abmachungen erinnerten.

Ethel wohnte im Erdgeschoß eines dreistöckigen Backsteinhauses, mit einem separaten Wohnungseingang links neben der Treppe, die zum Haupteingang hinaufführte. Daher war ihre Wohnungstür den Blicken der Passanten auf der Straße entzogen. Wirklich in Gefahr, gesehen zu werden, war er nur in der Zeit, in der er die paar Schritte von ihrer Eingangstür bis zum Straßenrand zurücklegte.

In der Wohnung hatte er sich ziemlich sicher gefühlt. Der schwerste Teil war erst gekommen, als er, nachdem er Ethels eingeschnürten Leichnam und ihr Gepäck unter dem Bett versteckt hatte, die Eingangstür öffnete. Die Luft war naßkalt gewesen, der Schneefall konnte jeden Augenblick einsetzen. Ein eisiger Wind war in die Wohnung gefahren, und er hatte die Tür sofort wieder zugemacht. Das war kurz nach sechs Uhr abends gewesen, als die Straßen von Menschen wimmelten, die von der Arbeit heimkehrten.

Fast zwei Stunden hatte er gewartet, sich dann hinausgeschlichen, den Schlüssel zweimal umgedreht und sich zu der billigen Autovermietung begeben. Dann war er zu Ethels Wohnung zurückgefahren. Er hatte Glück gehabt, denn er konnte den Wagen unmittelbar vor dem Backsteinhaus parken. Es war stockfinster und die Straßen jetzt menschenleer.

In zwei Gängen schaffte er das Gepäck ins Auto. Der dritte Gang war der schlimmste. Er schlug den Mantelkragen hoch, setzte sich eine alte Mütze auf, die er auf dem Boden des Mietwagens gefunden hatte, und schleppte den Plastiksack mit Ethels Leiche aus der Wohnung. Als er den Deckel des Kofferraums zuschlug, hatte er zum erstenmal das Gefühl gehabt, daß er es schaffen und unentdeckt bleiben würde.

Es war die reinste Hölle für ihn gewesen, noch einmal in die Wohnung zurückzugehen, um sich zu vergewissern, daß es keine Blutspuren mehr gab und keinerlei Anzeichen dafür, daß er hiergewesen war. Mit jedem Nerv drängte es ihn jetzt, die Leiche sofort in den State Park hinauszuschaffen, aber er wußte, daß dies Wahnsinn wäre.

Der Polizei könnte es auffallen, wenn jemand mitten in der Nacht versuchte, in den Park zu gelangen. Daher ließ er den Wagen sechs Straßen weiter stehen, verbrachte seinen Abend wie gewohnt und machte sich erst gegen fünf Uhr morgens auf den Weg, zusammen mit den Arbeitern der ersten Frühschicht ...

Nun war alles in Ordnung, sagte er sich. Er konnte sich wirklich in Sicherheit wiegen.

Doch genau in dem Augenblick, als er den letzten wärmenden Schluck Whisky austrank, kam ihm der einzige furchtbare Fehler zum Bewußtsein, den er gemacht hatte, und er wußte genau, wer ihn unweigerlich entdecken würde.

Neeve Kearney!

2

Der Radiowecker schaltete sich um halb sieben Uhr ein. Neeve streckte die rechte Hand aus und tastete nach dem Knopf, um die betont muntere Stimme des Nachrichtensprechers zu dämpfen, doch dann hielt sie ein, als die Bedeutung dessen, was er sagte, in ihr Bewußtsein drang. Zwanzig Zentimeter Schnee waren in der Nacht gefallen. Vom Autofahren wurde dringend abgeraten. Jede Parkerlaubnis auf den Straßen der Stadt war aufgehoben. Weitere Mitteilungen über die Schließung von Schulen sollten folgen. Laut Wetterbericht würden die Schneefälle bis zum späten Nachmittag anhalten.

Scheußlich, dachte Neeve und zog sich die Steppdecke über den Kopf. Es paßte ihr gar nicht, daß sie nicht wie üblich joggen konnte. Dann stöhnte sie auf, weil ihr die vielen Kleideränderungen einfielen, die heute fällig waren. Zwei ihrer Näherinnen wohnten drüben in New Jersey und konnten vermutlich nicht nach New York kommen. Das bedeutete, daß sie besser früh im Geschäft war, um den Anprobenplan von Betty, der einzigen verbleibenden Schneiderin, entsprechend abzuändern. Betty wohnte in der 82. Straße und ging bei jedem Wetter die sechs Häuserblocks bis zum Geschäft zu Fuß.

Da ihr vor dem Augenblick graute, in dem sie die wohlige Wärme des Betts verlassen mußte, schlug sie die Bettdecke mit einem Ruck zurück, eilte quer durchs Zimmer und holte aus ihrem Kleiderschrank den alten Frotteebademantel, von dem ihr Vater behauptete, er stamme noch aus der Zeit der Kreuzzüge. »Wenn eine der Frauen, die für ein Heidengeld ihre Kleider bei dir kaufen, dich in dem Lumpen sehen könnte, würde sie sofort zur Konkurrenz gehen.«

»Wenn meine Kundinnen mich in diesem Lumpen sehen könnten«, hatte sie geantwortet, »würden sie mich einfach für exzentrisch halten. Und das würde meinen Nimbus nur vergrößern.«

Sie schlang den Gürtel um die Taille und empfand wieder einmal das flüchtige Bedauern, nicht die gertenschlanke Figur ihrer

Mutter geerbt zu haben, sondern die breitschultrige Gestalt ihrer keltischen Vorfahren. Dann bürstete sie ihr welliges, tiefschwarzes Haar zurück, das die Familie Rossetti kennzeichnete. Sie hatte auch die Augen der Rossettis mit der bernsteinfarbenen, gegen den Rand zu dunkler werdenden Iris, die sich leuchtend von dem sie umgebenden Weiß abhob, große, fragende Augen unter schwarzen Wimpern. Doch ihr Teint war weiß und rings um die gerade Nase mit Sommersprossen gesprenkelt. Der volle Mund und die starken Zähne waren das Erbe ihres Vaters, Myles Kearney.

Vor sechs Jahren, als sie das College beendet und ihrem Vater klargemacht hatte, daß sie nicht beabsichtigte, zu Hause auszuziehen, hatte er darauf bestanden, daß sie ihr Zimmer neu einrichtete. Daraufhin hatte sie auf Auktionen bei Christie's und Sotheby's eine Reihe ausgesuchter Möbelstücke erstanden: ein Messingbett, einen antiken Schrank, eine indische Kommode, einen viktorianischen Sessel, dazu einen kleinen, leuchtend bunten Perserteppich. Bettüberwurf und Kissen waren jetzt weiß, der Sessel neu mit türkisfarbenem Samt im selben Ton bezogen, der auch im Muster des Teppichs vorkam. Die rein weißen Wände ließen die schönen Gemälde und Stiche zur Geltung kommen, die aus der Familie ihrer Mutter stammten. Die Zeitschrift *Women's Wear Daily* hatte Neeve für eine Reportage in diesem Zimmer »von heiterer Eleganz, in der unverwechselbaren Neeve-Kearney-Handschrift«, wie sie es ausdrückten, fotografiert.

Neeve schlüpfte in ihre gefütterten Pantoffeln und ließ das Rollo hochschnellen. Der Meteorologe brauchte in der Tat kein Genie zu sein, um zu sagen, daß ein starkes Schneetreiben herrschte. Sonst fiel der Blick aus ihrem Zimmer in dem Ecke 74. Straße und Riverside Drive gelegenen »Schwab House« direkt auf den Hudson River, aber jetzt konnte sie kaum die Gebäude auf dem jenseitigen Ufer in New Jersey ausmachen. Die Henry-Hudson-Schnellstraße war schneebedeckt, und der bereits dichte Verkehr bewegte sich nur langsam vorwärts. Zweifellos waren die Kummer gewohnten Pendler sehr früh aufgebrochen.

Myles Kearney war schon in der Küche und hatte den Kaffee aufgestellt. Neeve gab ihrem Vater einen Kuß auf die Wange und zwang sich, keine Bemerkung zu machen, wie müde er aussähe. Es bedeutete, daß er wieder schlecht geschlafen hatte. Wenn er sich doch nur einmal gehenlassen und eine Schlaftablette nehmen würde, dachte sie. »Wie geht's denn der Legende?« fragte sie ihn. Seit seiner Pensionierung im vergangenen Jahr nannten die Zeitungen ihn ständig »New Yorks legendären Polizeichef«. Er haßte es.

Er überging ihre Frage, warf ihr einen Blick zu und machte eine erstaunte Miene. »Sag nicht, daß du darauf verzichtest, im Central Park herumzurennen!« rief er aus. »Was sind schon dreißig Zentimeter Schnee für die unerschrockene Neeve!«

Jahrelang waren sie gemeinsam joggen gegangen. Jetzt, da er nicht mehr rennen durfte, machte er sich Sorgen wegen ihrer frühmorgendlichen Dauerläufe. Aber im Grunde, vermutete sie, machte er sich immer irgendwelche Sorgen um sie.

Sie holte aus dem Kühlschrank den Krug mit Orangensaft. Ohne ihn zu fragen, goß sie ihrem Vater ein großes Glas voll ein und sich selbst ein kleines. Dann begann sie Toast zu machen. Früher hatte Myles ein herzhaftes Frühstück genossen. Aber jetzt waren Eier mit Speck vom Programm gestrichen, ebenso Käse und Beefsteak und, wie Myles sich ausdrückte, »die Hälfte aller Sachen, deretwegen man sich aufs Essen freut«. Sein schwerer Herzinfarkt hatte seinen Speisezettel eingeschränkt und auch seine Karriere beendet.

Sie leisteten einander stumm Gesellschaft und teilten sich in stillschweigendem Einverständnis die *New York Times*.

Doch als Neeve aufblickte, sah sie, daß Myles nicht las. Er starrte auf die Zeitung, ohne sie zu sehen. Toast und Fruchtsaft standen noch unberührt vor ihm. Nur von dem Kaffee hatte er offensichtlich etwas getrunken. Neeve legte ihren Teil der Zeitung hin.

»Also gut«, sagte sie. »Raus mit der Sprache! Fühlst du dich miserabel? Ich hoffe bei Gott, daß du mittlerweile vernünftig genug bist, nicht stumm den Leidenden zu spielen.«

»Nein, mir geht's gut«, sagte Myles. »Das heißt, falls du die Schmerzen in der Brust meinst, ist die Antwort: Nein.« Er warf die Zeitung auf den Boden und griff nach seiner Kaffeetasse. »Nicky Sepetti wird heute aus dem Gefängnis entlassen.«

Neeve hielt den Atem an. »Ich dachte, sie hätten ihm letztes Jahr die Begnadigung verweigert.«

»Ja – aber jetzt hat er seine Strafe abgesessen, jeden Tag, abzüglich der Zeit für gute Führung. Heute abend wird er in New York zurück sein.« Kalter Haß verhärtete Myles' Gesicht.

»Dad, sieh dich mal im Spiegel an. Mach nur so weiter, dann wirst du es zu einem neuen Herzinfarkt bringen.« Neeve merkte, daß ihre Hände zitterten. Sie hielt sich am Tisch fest in der Hoffnung, daß Myles es nicht merken und daraus schließen würde, daß sie Angst hatte. »Mir ist es egal, ob Sepetti die Drohung ausgestoßen hat oder nicht, als er verurteilt wurde. Du hast jahrelang versucht, ihm nachzuweisen …« Ihre Stimme stockte, dann fuhr sie fort: »Nie ist auch nur der geringste Beweis zum Vorschein gekommen, der ihn mit der Sache in Verbindung gebracht hätte. Und fang jetzt um Gottes willen nicht damit an, dir meinetwegen Sorgen zu machen, weil er wieder frei herumläuft!«

Ihr Vater war der Staatsanwalt gewesen, der den Kopf der Mafia-Familie Sepetti, Nicky Sepetti, hinter Gitter gebracht hatte. Nach der Verkündigung des Urteils war Nicky gefragt worden, ob er irgend etwas zu sagen hätte. Er hatte auf Myles gedeutet. »Wie ich höre, findet man, daß Sie in meinem Fall so gute Arbeit geleistet haben, daß man Sie zum Polizei-Commissioner ernannt hat. Ich gratuliere! Das war ja ein feiner Artikel über Sie und Ihre Familie in der *Post*. Passen Sie gut auf Ihre Frau und Ihr Kind auf. Sie könnten ein bißchen Schutz gebrauchen.«

Zwei Wochen danach wurde Myles Kearney als Polizeichef vereidigt. Einen Monat später fand man im Central Park die Leiche seiner jungen Frau. Neeves Mutter, der vierunddreißigjährigen Renata Rossetti Kearney, war die Kehle durchgeschnitten worden. Das Verbrechen wurde nie aufgeklärt.

Neeve widersprach nicht, als ihr Vater darauf bestand, ein Taxi für sie zu bestellen, das sie ins Geschäft fahren sollte. »Du kannst in dem Schnee nicht zu Fuß gehen«, erklärte er.

»Es ist nicht wegen des Schnees«, erwiderte sie, »und das weißt du so gut wie ich.« Sie gab ihm einen Abschiedskuß und legte liebevoll den Arm um ihn. »Myles, das einzige, worüber wir uns Sorgen machen müssen, ist deine Gesundheit. Nicky Sepetti wird sicher nicht wieder ins Gefängnis zurückwollen. Und ich wette, daß er, falls er beten kann, nur darum fleht, daß mir noch lange, lange nichts passiert. Kein Mensch in New York außer dir zweifelt daran, daß irgendein kleiner Gauner Mutter überfallen hat und sie tötete, als sie ihre Handtasche nicht hergeben wollte. Wahrscheinlich hat sie ihn auf Italienisch angeschrien, und er geriet in Panik. Bitte, vergiß Nicky Sepetti und überlaß denjenigen, der uns Mutter genommen hat, der himmlischen Gerechtigkeit. Einverstanden? Versprichst du's mir?«

Sein Kopfnicken überzeugte sie nicht sehr. »Jetzt verschwinde endlich«, sagte er. »Das Taxi wartet mit laufender Uhr, und meine Quizsendung im Fernsehen fängt gleich an.«

Die Schneepflüge hatten eher untaugliche Versuche gemacht, die angesammelten Schneemengen auf der West End Avenue wenigstens teilweise wegzuschaufeln. Während das Taxi auf den glatten Straßen vorwärtskroch und dann vorsichtig auf der Verbindungsallee quer durch den Central Park fuhr, ging Neeve das ewige, vergebliche »Wenn« im Kopf herum. Wenn der Mörder ihrer Mutter doch nur gefunden worden wäre! Vielleicht wäre dann ihr Vater mit der Zeit über den Verlust hinweggekommen, so wie sie es war. Doch bei ihm war die Wunde, die ihr Tod geschlagen hatte, immer noch offen und schwärte weiter. Er gab sich die Schuld, Renata im Stich gelassen zu haben. All die Jahre hatte er sich mit Selbstvorwürfen gequält, daß er Sepettis Drohung hätte ernst nehmen müssen. Er ertrug den Gedanken nicht, daß er, dem die ganze riesige Polizeimacht von New York zur Verfügung stand, nicht imstande gewesen war, die Identität des gedungenen Mörders ausfindig zu machen, der, wie er überzeugt war, Sepettis Befehl ausgeführt hatte. Es war das einzige unstillbare Verlangen in seinem Leben: den Killer zu finden und ihn und Sepetti für Renatas Tod büßen zu lassen.

Neeve schauerte fröstelnd zusammen. Es war kalt in dem Taxi. Der Fahrer mußte sie im Rückspiegel gesehen haben, denn er sagte: »Tut mir leid, Lady, die Heizung funktioniert nicht richtig.«

»Schon gut.« Sie wandte den Kopf ab, damit er sie nicht in eine Unterhaltung zog. Die »Wenns« hörten nicht auf, ihr im Kopf herumzugehen. Wenn der Mörder schon vor Jahren gefunden und verurteilt worden wäre, hätte Myles noch etwas aus seinem Leben machen können. Mit achtundsechzig war er noch immer ein gutaussehender Mann, und im Laufe der Jahre hatten nicht wenige Frauen Sympathie für den schlanken, breitschultrigen Polizeichef mit seinem vorzeitig ergrauten Haarschopf, den leuchtend blauen Augen und dem unvermutet warmen Lächeln gezeigt.

Neeve war so tief in Gedanken, daß sie gar nicht merkte, als das Taxi vor ihrem Geschäft hielt. »Neeve's Boutique« stand als schwungvoller Schriftzug auf der elfenbein und blau gestreiften Markise. Dicke Schneeflocken rieselten an den sowohl zur Madison Avenue als auch zur 84. Straße hin gelegenen Schaufenstern hinunter, so daß die perfekt geschnittenen seidenen Frühjahrskleider auf den in lässigen Posen dastehenden Schaufensterpuppen leicht verschwommen wirkten. Neeve hatte den Einfall gehabt, Regenschirme zu bestellen, die wie Sonnenschirme aussahen. Leichte Regenmäntel, die jeweils einen der in den Imprimékleidern vorkommenden Farbtöne aufnahmen, waren den Schaufensterpuppen über die Schultern gehängt. Scherzhaft hatte Neeve es den »Auch-im-Regen-sei-verwegen-Look« genannt, aber er war zum durchschlagenden Erfolg geworden.

»Sie arbeiten hier?« fragte der Taxifahrer, als sie ihn bezahlte. »Sieht ganz schön teuer aus.«

Neeve nickte nur flüchtig und dachte: Das Geschäft gehört mir sogar, mein Freund. Jedesmal, wenn ihr diese Tatsache zum Bewußtsein kam, war sie freudig überrascht. Vor sechs Jahren hatte der Laden, der sich vorher hier befand, Pleite gemacht, und ein alter Freund ihres Vaters, der berühmte Modeschöpfer Anthony della Salva, hatte sie dazu gedrängt, das Geschäft zu übernehmen. »Du bist jung«, hatte er gesagt und dabei den starken italienischen Akzent, der heute zu seinem Image gehörte, völlig vergessen. »Das ist ein Vorteil. Du hast seit deinem ersten Freizeitjob immer in der Modebranche gearbeitet und kennst dich aus. Aber vor allem hast du das Geschick, den sicheren Instinkt dafür. Ich leihe dir das Geld, damit du anfangen kannst. Wenn es nicht klappt, kann ich die Summe von der Steuer abschreiben; aber es wird klappen. Du besitzt den nötigen Elan, um dich durchzusetzen. Im übrigen brauche ich ein weiteres Geschäft, das meine Kleider verkauft.« Das war zwar, wie sie beide wußten, das letzte, was er brauchte, aber sie war ihm dankbar.

Ihr Vater war strikte dagegen gewesen, daß sie sich von Sal Geld borgte. Aber sie hatte die Gelegenheit beim Schopf gepackt. Außer ihrem Haar und den Augen hatte sie von ihrer Mutter auch die große Begabung für Mode geerbt. Im vergangenen Jahr hatte sie Sal die Anleihe zurückbezahlt und darauf bestanden, daß auch die allgemein üblichen Zinsen dazugeschlagen wurden.

Sie war nicht überrascht, Betty schon an der Arbeit im Nähatelier vorzufinden, mit gesenktem Kopf und dem schon zu Dauerfalten zwischen den Augenbrauen gewordenen konzentrierten Stirnrunzeln. Bettys schlanke, faltige Hände führten Nadel und Faden mit der Geschicklichkeit eines Chirurgen. Sie war dabei, eine kunstvoll mit Perlen besetzte Bluse zu säumen. Ihr auffallend kupferrot gefärbtes Haar ließ die papierdünne Haut ihres Gesichts nur um so durchsichtiger erscheinen. Neeve wollte nicht wahrhaben, daß Betty schon über siebzig war; sie mochte sich den Tag gar nicht vorstellen, an dem Betty beschloß, mit der Arbeit aufzuhören.

»Ich dachte mir, ich würde besser ein bißchen vorwärtsmachen«, verkündete Betty. »Wir haben heute einen Haufen Sachen zu liefern.«

Neeve zog die Handschuhe aus und wickelte sich aus ihrem Schal. »Das ist mir nichts Neues. Ethel Lambston will ja unbedingt bis heute nachmittag alles haben.«

»Ich weiß. Ich hab mir ihr Zeug schon zurechtgelegt und gehe dran, sobald ich mit dem hier fertig bin. Ich lege keinen Wert darauf, mir Ethels Gejammer anzuhören, wenn nicht jeder Fetzen, den sie gekauft hat, parat ist.«

»Schön wär's, wenn alle so gute Kundinnen wären«, bemerkte Neeve versöhnlich.

Betty nickte. »Das glaub ich gern. Ach, ich bin übrigens froh, daß Sie Mrs. Yates zu diesem Ensemble überredet haben. In dem andern, das sie anprobierte, sah sie aus wie eine weidende Kuh.«

»Und es war fünfzehnhundert Dollar teurer, aber ich durfte ihr das nicht verkaufen. Früher oder später hätte sie sich doch einmal richtig im Spiegel betrachtet. Das enge Pailletten-Top genügt. Sie braucht einen weich fallenden, weiten Rock dazu.«

Eine erstaunlich große Zahl von Kundinnen hatte dem Schnee und der Glätte auf den Gehsteigen getrotzt, um in die Boutique zu kommen. Da zwei ihrer Verkäuferinnen ausgeblieben waren, verbrachte Neeve den Tag im Verkaufssalon. Es war dies der Teil ihrer Tätigkeit, den sie am meisten genoß, doch im vergangenen Jahr hatte sie sich darauf beschränken müssen, nur noch ein paar wichtige Kundinnen selbst zu bedienen.

Am Mittag ging sie in ihr Büro im hinteren Teil des Geschäfts, um ein Sandwich zu essen, einen Kaffee zu trinken und zu Hause anzurufen.

Myles war wieder der alte.»Ich hätte vierzehntausend Dollar und einen Kombiwagen beim ›Glücksrad‹ gewonnen«, verkündete er. »Ich habe eine solche Gewinnsträhne gehabt, daß ich auch noch den Gipsdalmatiner für sechshundert Dollar hätte nehmen müssen, den sie die Frechheit haben, als Preis auszusetzen!«

»Nanu, das klingt wirklich, als ob's dir besserginge«, bemerkte Neeve.

»Ich hab die Jungs in der Stadt angerufen. Sie haben gute Leute, die Sepetti im Auge behalten. Sie sagten, daß er ziemlich krank ist und nicht mehr viel Kampfgeist hat.« Aus Myles' Stimme war Befriedigung herauszuhören.

»Außerdem haben sie dich wohl daran erinnert, daß sie nicht der Meinung sind, er hätte irgend etwas mit Mutters Tod zu tun gehabt.« Sie wartete seine Antwort nicht ab. »Heute wäre ein guter Abend für Pasta. Im Tiefkühler gibt's noch reichlich Spaghettisauce. Nimm sie doch bitte raus.«

Mit dem Gefühl einer gewissen Erleichterung hängte Neeve auf. Sie schluckte den letzten Bissen des Truthahn-Sandwiches hinunter, trank ihren Kaffee aus und kehrte in den Verkaufssalon zurück. Drei der sechs Umkleidekabinen waren besetzt. Mit erfahrenem Blick sah sie sofort, was im Laden vorging.

Durch den Eingang an der Madison Avenue kam man zuerst in die Abteilung für Accessoires. Wie Neeve genau wußte, war einer der Hauptgründe für ihren Erfolg, daß man bei ihr auch Modeschmuck, Taschen, Schuhe, Hüte und Schals bekam, so daß die Frauen, die ein Kleid oder Kostüm kauften, die passenden Ergänzungen nicht noch anderswo suchen mußten. Das ganze Geschäft war in Elfenbeintönen gehalten, mit Akzenten von kräftigem Rosa durch die Bezüge der Sofas und Stühle. Sportkleidung und Kombimode fanden sich in den geräumigen Nischen, die zwei Stufen höher als der Raum mit den Schaukästen der Accessoires lagen. Außer auf den mit besonderem Chic angezogenen Puppen waren keine Kleider ausgestellt. Den Kundinnen wurde im Salon ein bequemer Stuhl angeboten, und die Verkäuferin brachte Kleider, Kostüme oder Abendroben zur Auswahl.

Sal hatte Neeve geraten, ihre Kundinnen auf diese Art zu bedienen. »Sonst hast du bloß den Laden voll rücksichtsloser Weiber, die sämtliche Sachen von den Ständern reißen. Gib dich von Anfang an exklusiv, Kindchen, und bleib dabei«, hatte er gesagt und wie gewöhnlich recht behalten.

Für Elfenbein und Rosa hatte Neeve sich selber entschieden. »Wenn eine Frau sich im Spiegel betrachtet, dann darf der Hintergrund sich nicht mit dem beißen, was ich ihr verkaufen will«, hatte sie dem Innenarchitekten erklärt, der sie zu großen, kräftigen Farbflächen überreden wollte.

Im Laufe des Nachmittags ebbte der Strom der Kundinnen ab. Um drei Uhr kam Betty aus dem Nähatelier. »Die Sachen für Lambston sind fertig«, teilte sie Neeve mit.

Neeve legte selber sämtliche von Ethel Lambston bestellten Stücke zurecht – eine ganze Frühjahrsgarderobe. Die einundsechzigjährige Ethel war freischaffende Journalistin und hatte einen Bestseller aufzuweisen. »Ich schreibe über sämtliche Themen unter der Sonne«, hatte sie Neeve am Eröffnungstag der Boutique atemlos mitgeteilt. »Ich betrachte die Dinge ganz unvoreingenommen, gehe ihnen auf den Grund. Ich bin die Durchschnittsfrau, die etwas zum erstenmal oder von einer neuen Warte aus sieht. Ich schreibe über Sex und Beziehungsprobleme und Tiere und Altersheime und Organisationen und Grundstückshandel und freiwillige Hilfsdienste und politische Parteien und …« Der Atem war ihr ausgegangen, die dunkelblauen Augen blinzelten, ihr weißblondes Haar stand nach allen Seiten ab. »Das Schwierige bei mir ist, daß ich vor lauter Arbeit überhaupt keine Zeit für mich selber habe. Wenn ich ein schwarzes Kleid kaufe, ziehe ich bestimmt braune Schuhe dazu an. Fabelhaft, daß Sie hier alles haben. Was für eine gute Idee! Stellen Sie mir das Nötige zusammen.«

In den vergangenen sechs Jahren war Ethel Lambston eine wertvolle Kundin geworden. Sie bestand darauf, daß Neeve sämtliche Kleider für sie aussuchte, ebenso die dazu passenden Accessoires, und daß sie ihr Listen zusammenstellte, von denen sie ablesen konnte, was jeweils zu was gehörte. Sie wohnte im West End in der 82. Straße, und Neeve ging manchmal auf dem Heimweg bei ihr vorbei, um mit ihr zu entscheiden, welche Kleider sie noch ein weiteres Jahr behalten und welche sie weggeben sollte.

Vor drei Wochen hatte sie zuletzt Ethels Kleiderschrank durchgesehen. Am folgenden Tag war Ethel bei ihr erschienen und hatte die neue Garderobe bestellt. »Ich bin fast fertig mit dem großen Modeartikel, für den ich Sie interviewt habe«, berichtete sie Neeve. »Ein Haufen Leute wird ganz schön wütend auf mich sein, wenn der erscheint, aber Ihnen wird er gefallen. Für Sie ist das eine schöne Gratiswerbung.«

Als Ethel ihre Wahl traf, war sie mit Neeve nur wegen eines Ensembles uneins gewesen. Neeve wollte es ihr wegnehmen. »Das verkaufe ich Ihnen nicht. Es ist ein Modell von Gordon Steuber. Mit seinen Sachen will ich nichts mehr zu tun haben. Dieses Stück hätte zurückgehen sollen. Ich kann den Mann nicht ausstehen.«

Ethel war in schallendes Lachen ausgebrochen. »Dann warten Sie mal, bis Sie lesen, was ich über ihn geschrieben habe. Ich hab ihn fertiggemacht. Aber dieses Kostüm will ich haben. Seine Sachen stehen mir einfach gut.«

Während Neeve jetzt dabei war, alle Kleidungsstücke sorgfältig in feste, schützende Hüllen zu stecken, merkte sie, wie sie beim Anblick des Steuber-Kostüms unwillkürlich den Mund verzog. Vor sechs Wochen war die kleine Tageshilfe im Geschäft zu ihr gekommen und hatte sie gebeten, mit einer Freundin, die in Schwierigkeiten war, zu sprechen. Die Freundin, eine Mexikanerin, hatte Neeve von einem illegalen Nähatelier erzählt, das Steuber gehörte und in dem sie arbeitete.

»Wir haben alle keine Arbeitserlaubnis. Er droht, daß er uns anzeigen will. Letzte Woche war ich krank. Da hat er mich und meine Tochter rausgeschmissen, und er will uns nicht einmal das bezahlen, was er uns schuldig ist.«

Die junge Frau konnte nicht älter als Ende zwanzig sein. »Ihre Tochter?« hatte Neeve ausgerufen. »Wie alt ist die?«

»Vierzehn.«

Neeve hatte daraufhin ihre Bestellung bei Steuber rückgängig gemacht und ihm eine Abschrift des Gedichts der berühmten englischen Dichterin Elizabeth Barrett Browning geschickt, das im vorigen Jahrhundert dazu beigetragen hatte, die Gesetze über Kinderarbeit zu ändern.

Irgend jemand in Steubers Büro hatte *Women's Wear Daily* eine Kopie davon zugespielt. Die Redaktion druckte das Gedicht zusammen mit Neeves anklagendem Brief auf der Titelseite der Zeitung ab und forderte andere Modehäuser auf, Konfektionäre zu boykottieren, die das Gesetz brachen.

Anthony della Salva hatte sich sehr aufgeregt. »Neeve, es heißt, daß Steuber noch ganz andere Sachen zu verbergen hat als die Ausbeutung armer Einwanderer. Dank dessen, was du da aufgerührt hast, nehmen die Behörden jetzt seine Steuererklärung näher unter die Lupe.«

»Großartig!« hatte Neeve erwidert. »Wenn er da auch betrügt, dann werden sie ihn hoffentlich packen.«

Nun gut, entschied sie, während sie das Steuber-Ensemble auf dem Kleiderbügel glattstrich, das wird das letzte Stück von ihm sein, das meinen Laden verläßt. Sie war plötzlich sehr gespannt auf Ethels Artikel. Sie wußte, daß er in Kürze in *Contemporary Woman* erscheinen sollte, der Zeitschrift, für die Ethel regelmäßig schrieb.

Zum Schluß stellte Neeve noch die Liste für Ethel zusammen: »Blauseidenes Abendkostüm, dazu weiße Seidenbluse, Schmuck in Schachtel A. – Rosa und graues Ensemble, graue Pumps, passende Handtasche, Schmuck in Schachtel B. – Schwarzes Cocktailkleid …« Insgesamt waren es acht Sachen. Mit allem Zubehör kamen sie auf beinahe siebentausend Dollar. Ethel gab diesen Betrag drei bis viermal pro Jahr aus. Sie hatte Neeve anvertraut, daß sie bei ihrer Scheidung vor zweiundzwanzig Jahren eine große Abfindung erhalten und diese sehr geschickt angelegt hatte. »Außerdem kriege ich auf Lebenszeit noch einen Tausender pro Monat an Alimenten«, fügte sie lachend hinzu. »Damals, als wir uns trennten, ging es ihm glänzend. Er teilte seinem Anwalt mit, daß es ihm jeden Cent wert sei, mich loszuwerden. Vor Gericht sagte er, falls ich je wieder heiraten würde, müßte der Mensch stocktaub sein. Ohne diese Bemerkung hätte ich ihm vielleicht eine Chance gegeben. Er ist wieder verheiratet und hat drei Kinder, und seit die Columbus Avenue vornehm geworden ist, läuft seine Bar schlecht. Jetzt ruft er mich von Zeit zu Zeit an und bettelt darum, daß ich ihn von der Angel lasse. Aber meine Antwort ist, daß ich noch keinen gefunden habe, der stocktaub ist.«

In diesem Augenblick war Neeve nahe daran gewesen, Abneigung gegen Ethel zu empfinden, doch dann hatte diese wehmütig hinzugefügt: »Ich habe mir immer eine Familie gewünscht. Ich war siebenunddreißig, als wir uns trennten. In den fünf Jahren unserer Ehe wollte er mir kein Kind machen.«

Neeve hatte daraufhin begonnen, Ethels Artikel regelmäßig zu lesen, und sehr rasch erkannt, daß Ethel zwar eine schwatzhafte und scheinbar wirrköpfige Frau war, daß sie aber ausgezeichnet schreiben konnte. Welches Thema sie auch anpackte, immer zeigte es sich, daß sie die Hintergründe sehr ausführlich recherchiert hatte.

Mit Hilfe einer Verkäuferin verschloß Neeve die Kleidersäcke am unteren Ende mit Heftklammern. Schmuckstücke und Schuhe wurden einzeln verpackt und dann in die creme- und rosafarbenen Schachteln mit dem Namenszug des Geschäfts gelegt. Mit einem Seufzer der Erleichterung wählte Neeve Ethels Nummer.

Es meldete sich niemand, und auch der automatische Anrufbeantworter war nicht eingeschaltet. Neeve nahm an, daß Ethel wahrscheinlich jeden Augenblick atemlos in ihre Wohnung stürmen würde, während draußen ein Taxi wartete.

Um vier Uhr waren keine Kundinnen mehr im Geschäft, und Neeve schickte ihre Angestellten nach Hause. Zum Teufel mit Ethel, dachte sie. Sie wäre selber gerne heimgefahren. Es schneite noch immer ununterbrochen. Wenn es so weiterging, würde sie später überhaupt kein Taxi mehr bekommen. Sie versuchte immer wieder, Ethel zu erreichen, um halb fünf, um fünf, um halb sechs. Was ist da los? fragte sie sich. Dann hatte sie eine Idee. Sie würde bis um halb sieben, der normalen Schließungszeit des Geschäfts, warten und Ethel dann die Sachen auf dem Heimweg vorbeibringen. Sie konnte sie ja auch beim Hauswart abgeben. Dann hätte Ethel die neuen Kleider da, falls sie plötzlich verreisen wollte.

Die Vermittlerin bei der Taxizentrale wollte ihre Bestellung zuerst gar nicht annehmen. »Wir rufen alle unsere Wagen zurück, Madam. Man kann fast nicht mehr fahren. Aber geben Sie mir für jeden Fall Ihren Namen und Ihre Telefonnummer.« Als sie den Namen hörte, änderte sich ihr Ton auf einmal. »Neeve Kearney! Die Tochter des Commissioners? Warum haben Sie das nicht gleich gesagt! Sie können sich darauf verlassen, daß wir Sie nach Hause bringen.«

Das Taxi kam um zwanzig vor sieben. Sie arbeiteten sich mühsam durch die fast unpassierbar gewordenen Straßen. Der Fahrer war nicht erfreut, daß er unterwegs noch einen Halt einschalten sollte. »Ich kann's kaum erwarten, in die Garage zu kommen, Madam.«

In Ethels Wohnung machte niemand auf. Auch beim Hauswart klingelte Neeve vergebens. Es gab noch vier weitere Wohnungen im Haus, aber Neeve hatte keine Ahnung, wer darin wohnte, und sie konnte das Risiko nicht eingehen, die Kleider bei fremden Leuten zu lassen. Schließlich riß sie eine Seite aus ihrem Notizbuch und schrieb darauf eine Nachricht, die sie unter Ethels Tür hindurchschob: »Ich habe alle Ihre neuen Sachen mit zu mir genommen. Rufen Sie mich an, sobald Sie nach Hause kommen.« Sie schrieb ihre private Telefonnummer unter die Unterschrift. Dann ging sie, mit den Schachteln und Kleidersäcken beladen, zum Taxi zurück.

In Ethel Lambstons Wohnung streckte jemand die Hand nach dem Zettel aus, den Neeve unter der Tür hindurchgeschoben hatte, las ihn, warf ihn beiseite und fuhr fort mit der systematischen Suche nach den Hundertdollarnoten, die Ethel regelmäßig unter Teppichen oder zwischen den Polstern des Sofas versteckte, Geld, das sie vergnügt als »die Alimente von Seamus, dem Schlappschwanz« bezeichnete.

Myles Kearney konnte sich nicht von der quälenden Unruhe freimachen, die in den letzten Wochen immer stärker geworden war.

Seine Großmutter hatte so etwas wie einen sechsten Sinn gehabt. »Ich habe das Gefühl«, pflegte sie zu sagen, »daß schlimme Dinge im Anzug sind.« Myles erinnerte sich noch lebhaft daran, wie seine Großmutter, als er zehn Jahre alt war, das Bild seines Vetters in Irland bekam. »Er hat den Tod in den Augen«, begann sie zu weinen. Zwei Stunden später läutete das Telefon: Sein Vetter war bei einem Unfall ums Leben gekommen.

Vor siebzehn Jahren hatte Myles die Drohung Sepettis mit einem Achselzucken abgetan. Die Mafia hatte ihren eigenen Ehrenkodex. Sie rächten sich nie an den Frauen und Kindern ihrer Feinde. Doch dann war Renata getötet worden. Um drei Uhr nachmittags, als sie durch den Central Park ging, um Neeve von der Schule abzuholen, hatte man sie umgebracht. Es war ein kalter, windiger Novembertag und der Park menschenleer. Es gab keine Zeugen, die hätten aussagen können, wer Renata überredet oder gezwungen hatte, den gewohnten Weg zu verlassen und in den hinter dem Museum gelegenen Teil des Parks zu gehen.

Er war in seinem Büro gewesen, als der Schulvorsteher um halb fünf anrief, weil Mrs. Kearney nicht gekommen war, um ihre Tochter abzuholen. Sie hatten zu Hause angerufen, aber dort war sie nicht. War irgend etwas nicht in Ordnung? Als er den Hörer auflegte, hatte Myles mit erschreckender Sicherheit gewußt, daß Renata etwas zugestoßen war. Zehn Minuten später durchsuchte die Polizei den Central Park. Er selber war noch mit seinem Wagen unterwegs, als die Funkmeldung kam, daß man ihre Leiche gefunden hatte.

Bei seinem Eintreffen am Ort hielt ein Polizeikordon die Neugierigen und Sensationslüsternen zurück. Auch die Reporter waren bereits da. Er erinnerte sich, wie die Blitzlichter ihn geblendet hatten, als er auf die Stelle zuging, wo sie lag. Herb Schwartz, sein Stellvertreter, stand dort und flehte ihn an: »Schau sie dir nicht an, Myles.«

Er hatte Herbs Arm abgeschüttelt und war niedergekniet, um die Decke, die sie über sie gebreitet hatten, zurückzuschlagen. Sie sah aus, als ob sie schliefe. Ihr Gesicht war auch im Tod noch schön, voller Frieden, und zeigte keinen Ausdruck des Entsetzens, den er so oft in den Gesichtern von Mordopfern gesehen hatte. Ihre Augen waren geschlossen. Hatte sie sie selber in ihrem letzten

Augenblick zugemacht oder hatte Herb es getan? Zuerst dachte er, sie trüge einen roten Schal. Irrtum. Er war ein abgehärteter Betrachter von Opfern, doch jetzt ließ ihn seine Berufserfahrung im Stich. Er wollte nicht sehen, daß jemand ihr die Halsschlagader in ihrer ganzen Länge aufgeschlitzt und dann die Kehle durchgeschnitten hatte. Der Kragen ihrer weißen Skijacke hatte sich von ihrem Blut rot gefärbt. Die Kapuze war nach hinten geglitten, und ihr Gesicht war eingerahmt von der Fülle ihres pechschwarzen Haares. Ihre roten Skihosen, ihr rotes Blut, die weiße Jacke und der gefrorene Schnee unter ihrem Körper – noch im Tod sah sie aus wie ein Modefoto.

Er hätte sie am liebsten an sich gedrückt, ihr Leben einhauchen wollen; aber er wußte, daß er sie nicht bewegen durfte. Er mußte sich damit begnügen, ihre Wangen, ihre Augen und ihre Lippen zu küssen. Seine Hand strich sanft über ihren Hals und wurde rot von ihrem Blut. In Blut sind wir uns begegnet, dachte er, und in Blut gehen wir voneinander.

Am Tag des Angriffs auf Pearl Harbor war er ein einundzwanzigjähriger Polizeirekrut gewesen, und am darauffolgenden Morgen hatte er sich bei der Armee gemeldet. Drei Jahre später war er mit General Clarks Fünfter Armee bei den Kämpfen um Italien dabei. Stadt für Stadt hatten sie eingenommen. In Pontici war er in eine scheinbar verlassene Kirche gegangen. Im nächsten Augenblick hatte er eine Explosion gehört, und aus seiner Stirn war Blut gequollen. Blitzartig hatte er sich umgedreht und einen deutschen Soldaten erblickt, der hinter dem Altar in der Sakristei kauerte. Er konnte gerade noch auf ihn schießen, ehe er selber in Ohnmacht fiel.

Als er zu sich kam, spürte er, daß eine kleine Hand ihn schüttelte. »Komm mit!« flüsterte ihm eine Stimme in gebrochenem Englisch ins Ohr. Vor lauter Schmerzen, die in seinem Kopf hämmerten, konnte er kaum denken. Seine Augen waren verkrustet von angetrocknetem Blut. Draußen war es stockfinster. Ganz aus der Ferne war Geschützdonner zu hören. Das Kind – irgendwie erkannte er, daß es ein Kind war – führte ihn durch ausgestorbene Gassen. Er fragte sich verwundert, wohin es ihn wohl brachte und wieso es allein war. Er hörte das Schlurfen seiner Stiefel auf den

Steinstufen, das Knarren einer sich öffnenden Tür, dann ein eindringliches, rasches Flüstern, die Erklärung des kleinen Mädchens. Jetzt sprach sie italienisch. Er verstand nicht, was sie sagte. Dann spürte er einen Arm, der ihn stützte und ihm half, sich auf ein Bett zu legen. Er verlor das Bewußtsein, kam zwischendurch wieder zu sich und merkte, daß sanfte Hände seinen Kopf wuschen und ihm einen Verband anlegten. Das erste, woran er sich klar erinnerte, war ein Feldarzt, der ihn untersuchte. »Sie wissen gar nicht, was für ein Glück Sie hatten«, sagte er zu ihm. »Wir wurden gestern zurückgeschlagen. Für diejenigen, die den Rückzug nicht schafften, war es eine schlimme Sache.«

Nach dem Krieg hatte Myles die Gelegenheit ergriffen, die ihm dank der Stipendien für die GIs geboten wurde, und studiert. Sein Vater, Captain bei der New Yorker Polizei, war skeptisch gewesen. »Wir hatten schon Mühe, dich durch die Oberschule zu bringen«, bemerkte er. »Dabei fehlte es dir, weiß Gott, nicht an Verstand, aber du hattest nie Lust, die Nase in Bücher zu stecken.«

Als Myles sein erstes Examen mit Auszeichnung bestand, war sein Vater entzückt gewesen, warnte ihn aber dennoch: »Du hast einen Polizisten in dir. Den vergiß nicht, wenn du all deine schönen Titel bekommst.«

Er hatte Jura studiert, ein Praktikum beim Bezirksgericht absolviert und dann eine eigene Anwaltspraxis eröffnet. Damals wurde ihm klar, daß es für einen guten Rechtsanwalt leicht ist, einen Freispruch für einen schuldigen Angeklagten zu erwirken. Ihm gefiel das ganz und gar nicht. So hatte er zugegriffen, als sich ihm die Chance bot, Staatsanwalt zu werden.

Das war 1958. Er war damals siebenunddreißig. Im Laufe der Jahre war er mit vielen Mädchen gegangen und hatte zugesehen, wie sie sich eine nach der anderen verheirateten. Und immer, wenn er selber nahe daran war, hatte eine Stimme ihm zugeflüstert: »Es gibt etwas Besseres. Warte noch ab.«

Der Gedanke, nach Italien zurückzukehren, kam ihm erst allmählich. »Im Kugelregen durch Europa zu fahren, ist nicht dasselbe, als wenn du eine geführte Rundreise machst«, sagte seine Mutter, als er bei einem Abendessen zu Hause seine noch vagen Pläne erwähnte. Und dann hatte sie ihm vorgeschlagen: »Wie wär's, wenn du die Familie besuchen würdest, die dich in Pontici versteckt hat? Ich wette, du warst damals gar nicht in der Lage, ihnen richtig zu danken.«

Er segnete seine Mutter noch immer für diesen Rat. Denn als er in Pontici an die Tür klopfte, hatte Renata ihm geöffnet. Sie war jetzt dreiundzwanzig Jahre alt, nicht mehr zehn. Eine große, schlanke Renata, die er kaum noch um einen Kopf überragte. Renata, die zu seinem ungläubigen Erstaunen sagte: »Ich weiß, wer Sie sind. Ich habe Sie damals zu uns nach Hause gebracht.«

»Wieso haben Sie mich erkannt?« fragte er.

»Mein Vater hat ein Bild von Ihnen und mir geknipst, ehe Sie weggeholt wurden. Ich habe es immer auf meiner Kommode stehen gehabt.«

Drei Wochen später wurden sie getraut. Die nächsten elf Jahre sollten die glücklichsten seines Lebens werden.

Myles ging zum Fenster hinüber und blickte hinaus. Dem Kalender nach war der Frühling schon seit einer Woche da, nur hatte niemand sich die Mühe gemacht, Mutter Natur davon in Kenntnis zu setzen. Er versuchte, die Erinnerung daran zu verdrängen, wie gerne Renata im Schnee spazierengegangen war.

Er spülte die Kaffeetasse und den Teller ab und stellte beides in den Geschirrspüler. Was würden Leute, die diät leben mußten, wohl zum Lunch essen, dachte er, wenn auf einmal alle Thunfische der Welt verschwänden? Vielleicht kämen sie wieder auf die bewährten, dicken Hamburger zurück. Die Vorstellung ließ ihm das Wasser im Mund zusammenlaufen. Und das erinnerte ihn daran, daß er ja die Spaghettisauce aus dem Tiefkühler nehmen sollte.

Um sechs Uhr begann er mit den Vorbereitungen fürs Abendessen. Aus dem Kühlschrank holte er die nötigen Zutaten für einen Salat, zupfte geschickt die Blätter des Kopfsalats auseinander, hackte Zwiebeln, schnitt grüne Peperoni in rasierklingendünne Streifen. Unwillkürlich mußte er lächeln, als ihm einfiel, daß er in seiner Jugend immer gedacht hatte, ein Salat bestünde aus Tomaten und Kopfsalat mit einem Klacks Mayonnaise. Seine Mutter war eine wunderbare Frau, aber zur Köchin war sie eindeutig nicht berufen gewesen.

Erst Renata hatte ihn mit den feineren Gaumenfreuden bekannt gemacht, den verschiedenen Teigwaren, köstlichem Fisch, würzigen Salaten mit einem Hauch von Knoblauch. Neeve hatte das kulinarische Talent ihrer Mutter geerbt, aber Myles mußte zugeben, daß er selber im Laufe der Jahre gelernt hatte, einen verdammt guten Salat zuzubereiten.

Um zehn nach sieben fing er an, sich ernste Sorgen um Neeve zu machen. Wahrscheinlich waren fast keine Taxis unterwegs. Lieber Gott, laß sie an einem solchen Abend nur nicht durch den Park gehen! Er versuchte, im Geschäft anzurufen, aber niemand meldete sich. Als sie sich endlich, mit den Kleidersäcken über dem Arm und die verschiedenen Schachteln balancierend, zur Tür hereinzwängte, war er drauf und dran gewesen, im Polizeihauptquartier anzurufen, damit sie den Park nach ihr absuchten. Er preßte die Lippen aufeinander, um nichts davon verlauten zu lassen.

Statt dessen nahm er ihr die Schachteln ab und brachte eine erstaunte Miene zustande. »Ist etwa schon wieder Weihnachten?« fragte er. »Von Neeve für Neeve mit vielen guten Wünschen. Hast du den Verdienst des heutigen Tages für dich selber ausgegeben?«

»Laß deine Scherze, Myles«, sagte Neeve gereizt. »Ich sage dir eins: Ethel Lambston mag eine gute Kundin sein, aber sie ist auch eine ziemliche Landplage.« Während sie die Schachteln auf dem Sofa absetzte, berichtete sie flüchtig von ihrem vergeblichen Versuch, die Kleider bei Ethel abzuliefern.

Myles blickte sie beunruhigt an. »Ethel Lambston? Ist das nicht die Nervensäge, die du zu unserer Weihnachtsparty eingeladen hattest?«

»Genau die.« Neeve hatte Ethel spontan zu der Party kurz vor Weihnachten eingeladen, die sie und ihr Vater jedes Jahr in ihrer Wohnung gaben. Zuerst hatte Ethel Bischof Stanton festgenagelt und ihm auseinandergesetzt, warum die katholische Kirche im 20. Jahrhundert keine Bedeutung mehr hatte, dann hatte sie gemerkt, daß Myles Witwer war, und ihn den ganzen Abend nicht mehr aus den Klauen gelassen.

»Von mir aus kannst du die nächsten zwei Jahre vor ihrer Haustür kampieren«, drohte Myles seiner Tochter. »Aber diese Frau setzt keinen Fuß mehr in meine Wohnung!«

3

Denny Adler hätte sich eine schönere Beschäftigung vorstellen können, als sich in einem Delikatessenladen an der 83. Straße und Lexington Avenue für einen minimalen Lohn und ein paar Trinkgelder abzurackern. Aber Denny hatte ein Problem. Er war auf Bewährung aus dem Knast entlassen, und sein Bewährungshelfer, Mike Toohey, war ein .Schwein und genoß die Autorität, die ihm der Staat New York verliehen hatte. Denny wußte genau, daß er ohne festen Job keinen Penny ausgeben könnte, ohne daß Toohey ihn fragen würde, wovon er lebte. Also arbeitete er und verfluchte jede Minute.

Er mietete ein schmutziges Zimmer in einem heruntergekommenen Apartmenthaus in der First Avenue und 105. Straße. Natürlich wußte Toohey nicht, daß Denny den größten Teil seiner freien Zeit damit zubrachte, auf der Straße zu betteln. Alle paar Tage wechselte er sowohl seinen Standort wie auch seine Verkleidung. Manchmal zog er sich wie ein Landstreicher an, mit verdreckten Kleidern und ausgelatschten Turnschuhen, Gesicht und Haare verschmiert. Er hockte an einer Hauswand und hielt ein zerrissenes Pappschild vor sich:»Ich habe Hunger.«

Das war einer der wirksamsten Köder für mitleidige Dummköpfe.

Zu anderen Zeiten trat er in verblichenen Khakihosen und mit einer grauen Perücke auf. Er trug dann eine Sonnenbrille und einen Krückstock und hatte ein Schild »Obdachloser Veteran« umgehängt. Zu seinen Füßen stand ein Blechnapf, der sich rasch mit Münzen füllte.

Auf diese Weise verschaffte Denny sich ein ganz schönes Taschengeld. Zwar war das nicht zu vergleichen mit einem richtigen geplanten Unternehmen, aber so mischte er doch wenigstens irgendwie mit. Nur ein- oder zweimal, als er auf einen Säufer mit ein paar Dollar in der Tasche gestoßen war, hatte er seinem Drang nachgegeben, jemanden zusammenzuschlagen. Das war praktisch risikolos, denn den Polizisten war es gänzlich schnuppe, wenn ein

Säufer oder ein Landstreicher zusammengeschlagen oder erstochen wurde.

In drei Monaten würde seine Bewährungsfrist vorbei sein; dann konnte er untertauchen und sich umsehen, wo es für ihn am besten etwas zu holen gab. Der Bewährungshelfer lockerte schon jetzt die Kontrolle. Am Samstag vormittag rief Toohey ihn im Delikatessenladen an. Denny konnte sich die schmächtige, über den Schreibtisch gebeugte Gestalt in dem unordentlichen Büro genau vorstellen. »Ich habe mit Ihrem Boß gesprochen, Denny. Er sagte mir, Sie seien einer seiner zuverlässigsten Mitarbeiter.«

»Danke, Sir.« Wenn Denny vor Tooheys Schreibtisch gestanden hätte, würde er sich als Zeichen von Dankbarkeit nervös die Hände gerieben haben. Er hätte Tränen in seine haselnußbraunen Augen steigen lassen und seinen verkniffenen Lippen ein dienstfertiges Lächeln abgerungen. Statt dessen schickte er mit einer Grimasse stumm einen Fluch durchs Telefon.

»Denny, Sie brauchen sich am Montag nicht bei mir zu melden. Ich habe einen sehr vollen Terminkalender, und Sie gehören zu den Leuten, denen ich vertrauen kann. Ich sehe Sie dann in einer Woche.«

»Ja, Sir.« Denny hängte auf, und die Karikatur eines Lächelns zog über sein Gesicht. Seit er mit zwölf seinen ersten Einbruch verübte, hatte Denny die Hälfte seiner siebenunddreißig Jahre in Gewahrsam verbracht. Seine Haut hatte die graue Blässe ewiger Gefängnisluft angenommen.

Er ließ seinen Blick durch die Imbißstube des Delikatessenladens schweifen, über die widerwärtig niedlichen Tische mit den schmiedeeisernen Stühlen für die Eisesser, die weiße Kunstharztheke, die Tafeln mit den Tagesspezialitäten, die gutangezogenen, in ihre Zeitung vertieften Stammgäste vor Tellern mit Käsetoast oder Corn flakes. Seine Träumereien, was er am liebsten mit diesem ganzen Laden anstellen oder Mike Toohey antun würde, wurden von der Stimme des Geschäftsführers unterbrochen. »He! Adler, nun mal los! Die Bestellungen liefern sich nicht von selber.«

»Jawohl, Sir.« Das »Jawohl, Sir« wird auch bald aufhören, dachte Denny, während er nach seiner Jacke und der Schachtel mit den Bestellungen griff.

Als er von seiner Liefertour zurückkam, nahm der Geschäftsführer gerade den Telefonhörer ab. Er sah Denny mit der üblichen sauren Miene an. »Ich hab Ihnen doch gesagt, daß ich keine Privatgespräche während der Geschäftszeit wünsche.« Unwirsch übergab er Denny den Hörer.

Der einzige, der ihn je hier anrief, war Mike Toohey. Denny schnarrte seinen Namen und hörte ein gedämpftes »Hallo, Denny«. Er erkannte die Stimme sofort. Big Charley Santino. Vor zehn Jahren hatte Denny die Gefängniszelle mit ihm geteilt und seither immer wieder die eine oder andere Sache für ihn erledigt. Denny wußte, daß Big Charley wichtige Verbindungen zur Unterwelt hatte.

Er ignorierte den »Wird's-bald?«-Ausdruck auf dem Gesicht des Geschäftsführers. An der Theke saßen nur noch zwei oder drei Leute, und die Tische waren leer. Er hatte die herzerwärmende Gewißheit, daß Charley ihm einen interessanten Vorschlag machen wollte. Automatisch kehrte er sich gegen die Wand und legte die Hand über die Sprechmuschel. »Ja?«

»Morgen. Elf Uhr. Bryant Park hinter der Bibliothek. Warte auf einen schwarzen Chevrolet Jahrgang '84.«

Denny war sich seines breiten Lächelns nicht bewußt, als das Klicken anzeigte, daß die Verbindung abgebrochen war.

Das ganze Wochenende mit den heftigen Schneefällen saß Seamus Lambston allein in der Wohnung in der 71. Straße und West End Avenue herum. Am Freitag nachmittag hatte er seinen Barkeeper angerufen. »Ich bin krank. Sieh zu, daß Matty kommt und dir bis Montag hilft.« Freitag nacht hatte er fest geschlafen, den tiefen Schlaf seelischer Erschöpfung. Aber am Samstag war er mit einem Gefühl panischer Angst erwacht.

Ruth war am Donnerstag nach Boston gefahren. Jeannie, ihre jüngste Tochter, hatte sich dort an der Universität zum Studium eingeschrieben. Der Scheck, den Seamus für das Frühjahrssemester geschickt hatte, war nicht gedeckt gewesen. Ruth hatte daraufhin eine dringende Anleihe bei ihrer Firma aufgenommen und war mit der Ersatzsumme sofort abgereist. Nach dem Anruf ihrer völlig aufgelösten Tochter hatte es zwischen dem Ehepaar einen Krach gegeben, der bestimmt fünf Häuserblocks weit zu hören gewesen war.

»Verdammt noch mal, Ruth, ich tue wirklich, was ich kann!« hatte er gebrüllt. »Das Geschäft läuft miserabel. Kann ich denn was dafür, daß wir bei drei Kindern, die alle studieren wollen, den letzten Penny zusammenkratzen müssen! Meinst du eigentlich, ich kann Geld einfach aus der Luft zaubern?«

Sie hatten sich gegenübergestanden, angstvoll, erschöpft, ohne Hoffnung. Ruths verächtlicher Blick hatte ihn beschämt. Er wußte, daß er nicht gut gealtert war. Zweiundsechzig. Früher hatte er seine Figur mit Turnübungen und Gewichtheben in Form gehalten. Doch jetzt hatte er einen Bauch, der nicht mehr wegging; sein ehemals volles, rötlich blondes Haar wurde schütter und schmutzig gelb, und seine Brille betonte die Aufgedunsenheit seines Gesichts. Manchmal blickte er in den Spiegel und betrachtete dann das Hochzeitsfoto von Ruth und sich. Da waren sie beide gut gekleidet, gingen beide auf die Vierzig zu und heirateten beide zum zweitenmal. Sie waren glücklich und freuten sich aufeinander. Die Bar lief damals großartig, und obgleich er sehr hohe Hypotheken aufgenommen hatte, war er sicher gewesen, in ein paar Jahren alles zurückgezahlt zu haben. Ruths ruhige Art und ihr Ordnungssinn waren wie eine schützende Zuflucht für ihn nach dem, was er mit Ethel durchgemacht hatte. »Der Friede ist mir jeden Cent wert, den er mich kostet«, hatte er dem Anwalt gesagt, der nicht wollte, daß Seamus sich auf lebenslange Alimentenzahlungen einließ.

Er war selig gewesen, als Marcy geboren wurde. Unerwartet war zwei Jahre später Linda gefolgt. Aber ein Schock war es für sie gewesen, als Jeannie noch kam, als er und Ruth bereits fünfundvierzig wurden.

Ruths schlanker Körper war in die Breite gegangen. Und als die Miete für die Bar sich verdoppelte und verdreifachte und die alten Kunden anderswo hingingen, hatte ihr heiteres Gesicht allmählich einen Ausdruck ständiger Sorge angenommen. Sie wünschte sich so sehr, ihren Töchtern schöne Dinge zu schenken, Dinge, die sie sich nicht leisten konnten. Nicht selten fuhr er sie an: »Warum gibst du ihnen nicht lieber ein glückliches Zuhause statt einen Haufen überflüssigen Kram!«

Die letzten Jahre waren wegen der Schulgelder besonders quälend gewesen. Es war einfach nie genug Geld vorhanden. Und die tausend Dollar, die er Ethel jeden Monat bezahlen mußte, bis sie wieder heiratete oder starb, waren zu einem ständigen Zankapfel geworden, den Ruth ihm bei jeder Gelegenheit vorhielt. »Geh endlich wieder vor Gericht«, nörgelte sie. »Sag dem Richter, daß du es dir nicht leisten kannst, deinen Kindern eine anständige Ausbildung zu bezahlen, aber daß diese Schmarotzerin ein Vermögen verdient. Sie hat dein Geld überhaupt nicht nötig. Sie hat mehr, als sie ausgeben kann.«

Ihr letzter Krach in der vergangenen Woche war der allerschlimmste gewesen. Ruth hatte in der *Post* gelesen, daß Ethel gerade einen Buchvertrag unterschrieben und einen Vorschuß von einer halben Million Dollar bekommen hatte. Ethel hatte verlauten lassen, ihre Enthüllungsgeschichte würde »eine in die Modebranche geschleuderte Stange Dynamit« sein.

Für Ruth war dies der Tropfen, der das Faß zum Überlaufen brachte. Dies und der ungedeckte Scheck. »Jetzt geh hin zu dieser … dieser …« Ruth fluchte nie, aber es war, als ob sie das unausgesprochene Wort herausgeschrien hätte. »Du kannst ihr ausrichten, daß ich zu der Zeitung hingehen und den Journalisten erzählen werde, wie sie dich aussaugt. Zwölftausend Dollar pro Jahr, seit über zwanzig Jahren!« Mit jeder Silbe wurde Ruths Stimme schriller. »Ich möchte aufhören zu arbeiten. Ich bin zweiundsechzig. Das nächste, was auf uns zukommt, werden Hochzeiten sein. Bis zum Grab können wir ein Würgehalsband tragen! Du kannst ihr sagen, daß sie in der Tat für Neuigkeiten sorgen wird. Meinst du nicht, ihre feinen Zeitschriften könnten vielleicht Anstoß daran nehmen, daß eine ihrer feministischen Mitarbeiterinnen ihren Ex-Mann erpreßt?«

»Es ist keine Erpressung. Es sind Alimente.« Seamus hatte versucht, einen vernünftigen Ton beizubehalten. »Aber natürlich, ich werde zu ihr gehen.«

Ruth sollte am späten Sonntag nachmittag zurückkommen. Um die Mittagszeit am Sonntag raffte Seamus sich aus seiner Lethargie auf und machte sich daran, die Wohnung zu putzen. Vor zwei Jahren hatten sie auf die Reinemachefrau verzichtet, die einmal in der Woche gekommen war. Seither teilten sie sich in die lästige Hausarbeit, die von Ruths ewigem Klagelied begleitet wurde. »Das ganze Wochenende den Staubsauger herumschieben ist genau das, was mir nach der Fahrerei in der überfüllten U-Bahn noch gefehlt hat!« Letzte Woche war sie auf einmal in Tränen ausgebrochen. »Ich kann einfach nicht mehr!«

Um vier Uhr war die Wohnung einigermaßen in Ordnung. Sie hätte neu gestrichen werden müssen. Das Linoleum in der Küche war abgetreten. Das Haus war an eine Eigentümergemeinschaft verkauft worden, aber sie hatten sich den Kauf ihrer Wohnung nicht leisten können. Nach zwanzig Jahren hatten sie nichts vorzuweisen als ihre Mietquittungen.

Seamus stellte Käse und Wein auf den kleinen Tisch im Wohnzimmer. Die Möbel waren ausgeblichen und abgenutzt, aber im sanften Licht des Spätnachmittags sahen sie nicht einmal so schlimm aus. Noch drei Jahre, dann würde Jeannie mit dem College fertig sein. Marcy war schon im letzten und Linda im vorletzten Studienjahr. So verging das Leben mit ständigen Wünschen, dachte er.

Je näher die Zeit von Ruths Heimkehr rückte, desto mehr zitterten seine Hände. Würde sie merken, daß irgend etwas an ihm anders war?

Sie traf um Viertel nach fünf ein. »Der Verkehr war fürchterlich«, verkündete sie mißgelaunt.

»Hast du ihnen den Barscheck gebracht und die Panne mit dem anderen Scheck erklärt?« fragte er und versuchte, den herausfordernden Ton in ihrer Stimme nic.ht zu beachten.

»Worauf du dich verlassen kannst. Und ich kann dir auch sagen, daß der Quästor ganz schön schockiert war, als ich ihm erzählte, daß Ethel Lambston seit vielen, vielen Jahren Alimente von dir einkassiert. Vor einem halben Jahr war Ethel dort in irgendeinem Ausschuß und posaunte viel herum von gleicher Bezahlung für Männer und Frauen.« Ruth nahm das Glas Wein, das er ihr reichte, und trank einen großen Schluck.

Mit Schrecken stellte er fest, daß sie irgendwann im Laufe der Zeit Ethels Gewohnheit angenommen hatte, sich mit der Zunge über die Lippen zu fahren, wenn sie einen ärgerlichen Satz ausgestoßen hatte. Traf es zu, daß man immer wieder die gleiche Person heiratete? Er wäre bei diesem Gedanken am liebsten in hysterisches Lachen ausgebrochen.

»Also, erzähl endlich! Hast du sie gesehen?« stieß sie hervor.

Seamus wurde von unendlicher Müdigkeit ergriffen. Die Erinnerung an die letzte Szene. »Ja, ich habe sie gesehen.«

»Und ...?«

Er wählte seine Worte mit Bedacht. »Du hast recht gehabt. Sie will nicht, daß etwas von den Alimenten durchsickert, die sie seit Jahren von mir einkassiert. Sie will mich von der Angel lassen.«

Mit völlig verwandeltem Gesicht setzte Ruth das Weinglas ab. »Ich kann's nicht glauben. Wie hast du sie dazu überredet?«

Ethels spöttisches, hämisches Lächeln auf sein Drohen und sein Flehen. Der Anfall von primitiver Wut, der ihn gepackt hatte, das Entsetzen in ihren Augen ... Ihre letzte Drohung ... Oh, Gott ...!

»Wenn Ethel jetzt ihre teuren Kleider bei Neeve Kearney kauft oder in den nobelsten Lokalen ißt, brauchst du das wenigstens nicht mehr zu bezahlen.« Ruths triumphierendes Gelächter hämmerte auf sein Trommelfell, als ihre Worte in sein Bewußtsein drangen.

Seamus stellte sein Weinglas hin. »Wie kannst du so etwas sagen?« fragte er seine Frau ganz ruhig.

Am Samstag vormittag hatte es aufgehört zu schneien, und die Straßen waren wieder einigermaßen befahrbar. Neeve nahm alle Kleider von Ethel mit zurück ins Geschäft.

Betty eilte herbei, um ihr behilflich zu sein. »Sagen Sie bloß nicht, daß ihr überhaupt nichts davon gefällt!«

»Wie kann ich das wissen?« entgegnete Neeve. »In ihrer Wohnung hat sich nichts gerührt. Bei Gott, Betty, wenn ich dran denke, wie sehr wir uns beeilt haben, könnte ich ihr mit jedem einzelnen Faden den Hals zuschnüren!«

Es lief viel an diesem Tag. In der *New York Times* war ihr Inserat erschienen, das die Imprimé-Kleider und Regenmäntel zeigte, und hatte begeisterte Reaktionen ausgelöst. Neeves Augen leuchteten, als sie beobachtete, daß ihre Verkäuferinnen lange Quittungen schrieben. Wieder einmal bedankte sie sich im stillen bei Anthony della Salva, daß er vor sechs Jahren auf sie gesetzt hatte.

Um zwei Uhr kam Eugenia, ein schwarzes ehemaliges Mannequin und jetzt Neeves rechte Hand, und erinnerte sie, daß sie noch keine Mittagspause eingeschaltet hatte. »Ich habe Joghurt im Kühlschrank«, bot sie Neeve an.

Neeve war eben mit der Beratung einer ihrer persönlichen Kundinnen fertig geworden, die für ein paar tausend Dollar ein Brautmutterkleid gekauft hatte. Sie lächelte Eugenia kurz an. »Du weißt doch, daß ich Joghurt hasse. Laß mir lieber ein Thunfisch-Sandwich und ein Diät-Coca-Cola kommen.«

Als ihr zehn Minuten später die bestellten Sachen gebracht wurden, merkte sie erst, wie hungrig sie war. »Das ist der beste Thunfischsalat in ganz New York, Denny«, sagte sie zu dem Austräger.

»Wenn Sie meinen, Miss Kearney.« Sein bleiches Gesicht verzog sich zu einem verbindlichen Grinsen.

Während sie hastig aß, wählte Neeve Ethels Telefonnummer. Wieder nahm niemand ab. Den ganzen Nachmittag versuchte Neeves Empfangsdame, Ethel zu erreichen. Am Ende des Tages sagte Neeve zu Betty: »Ich nehme das ganze Zeug noch einmal mit nach Hause. Meinen Sonntag möchte ich wirklich nicht drangeben, um es hier zu holen, weil Ethel plötzlich beschlossen hat, das nächste Flugzeug zu nehmen, und ihre Sachen in zehn Minuten braucht.«

»So, wie ich sie kenne, würde die auch das Flugzeug dazu kriegen, wieder umzukehren, wenn sie's verpaßt hat«, bemerkte Betty trocken.

Sie mußten beide lachen, aber dann sagte Betty mit ruhiger Stimme: »Sie haben ja manchmal so verrückte Vorahnungen, Neeve, und ich schwöre, daß sie ansteckend sind. Diese Ethel ist zwar eine Plage, aber so wie diesmal hat sie sich noch nie aufgeführt.«

An diesem Samstag abend gingen Neeve und Myles in die Met, um Pavarotti zu hören. »Eigentlich solltest du mit einem Verehrer ausgehen«, klagte Myles, als der Kellner im »Ginger Man« ihnen die Speisekarte brachte, weil sie nach der Vorstellung noch essen wollten.

Neeve warf ihm einen kurzen Blick zu. »Hör mal, Myles, ich gehe sehr viel aus. Das weißt du. Wenn jemand Wichtiger in meinem Leben auftauchen sollte, dann werde ich es wissen – genau so, wie ihr es gewußt habt, Mutter und du. Jetzt bestell mir lieber die Scampi.«

Für gewöhnlich ging Myles am Sonntag in die Frühmesse. Neeve genoß es, auszuschlafen, und ging lieber zum Hochamt in die Kathedrale. Sie war daher überrascht, ihren Vater, als sie aufstand, im Bademantel in der Küche vorzufinden. »Gibst du den Glauben auf?« fragte sie.

»Nein. Ich dachte, ich käme heute mal mit dir.« Er versuchte, es ganz beiläufig klingen zu lassen.

»Mit Nicky Sepettis Entlassung aus dem Gefängnis hat das wohl nichts zu tun«, seufzte Neeve auf. »Du brauchst nicht zu antworten.«

Nach dem Gottesdienst entschlossen sie sich zu einem Brunch im »Café des Artistes« und gingen anschließend in ein Kino in ihrer Nähe. Als sie wieder zu Hause waren, wählte Neeve erneut Ethel Lambstons Nummer, ließ das Telefon lange läuten, legte mit einem Achselzucken den Hörer auf und begann mit Myles das übliche wöchentliche Wettrennen bei der Lösung des Kreuzworträtsels in der *New York Times.*

»Ein angenehm verlaufener Tag«, bemerkte Neeve, als sie sich nach den Elf-Uhr-Nachrichten über Myles' Sessel beugte, um ihrem Vater einen Kuß auf den Kopf zu geben. »Sag's lieber nicht«, warnte sie ihn.

Myles preßte die Lippen aufeinander. Er wußte, daß sie recht hatte. Er war drauf und dran gewesen, ihr zu sagen: »Auch wenn das Wetter morgen schön ist, wäre es mir lieber, du würdest nicht allein joggen gehen.«

Das hartnäckige Läuten des Telefons in Ethel Lambstons Wohnung war nicht unbeachtet geblieben.

Douglas Brown, Ethels achtundzwanzigjähriger Neffe, war am Freitag nachmittag dort eingezogen. Er hatte gezögert, das Risiko einzugehen, doch konnte er ja beweisen, daß man ihn an diesem Tage aus seinem möblierten Apartment rausgesetzt hatte, weil es ihm unerlaubt untervermietet worden war.

»Ich brauchte doch eine Bleibe, bis ich eine neue Wohnung gefunden habe.« So würde seine Erklärung lauten.

Er dachte sich, daß es besser wäre, das Telefon nicht abzunehmen. Die ständigen Anrufe machten ihn nervös, aber er wollte nicht, daß irgend jemand etwas von seiner Anwesenheit merkte.

Außerdem hatte sich Ethel verbeten, daß er ihr Telefon abnahm. »Es geht dich nichts an, wer mich anruft.« Anderen Leuten hatte sie womöglich dasselbe gesagt.

Er war sicher, daß es ein weiser Entschluß gewesen war, am Freitag abend nicht aufzumachen, als die Türglocke läutete. Die unter der Wohnungstür durchgeschobene Notiz betraf Kleider, die Ethel bestellt hatte.

Doug lächelte säuerlich. Wahrscheinlich war das der Abholauftrag gewesen, den Ethel für ihn vorgesehen hatte.

Am Sonntag morgen stand Denny ungeduldig wartend im scharfen, böigen Wind. Um Punkt elf Uhr sah er einen schwarzen Chevrolet herankommen. Mit langen Schritten eilte er aus dem eher mäßigen Schutz des Bryant Park auf die Straße hinaus. Der Wagen hielt neben ihm. Denny öffnete die Tür des Beifahrersitzes und stieg rasch ein. Der Wagen fuhr schon weiter, ehe er die Tür zugezogen hatte.

Seit sie vor etlichen Jahren zusammen im Gefängnis gesessen hatten, war Big Charley viel grauer und auch dicker geworden. Das Lenkrad grub sich in die Falten seines Bauchs. Denny sagte: »Hi!«, und erwartete keine Antwort. Big Charley nickte bloß.

Der Wagen fuhr rasch auf dem Henry Hudson Parkway am Fluß entlang und überquerte die George-Washington-Brücke; dann bog er in die Autobahn ein, die aus dem Staat New York hinausführte. Denny bemerkte, wie weiß der Schnee hier draußen zu beiden Seiten der Straße noch war, während er sich in der Stadt in schmutzigen Matsch verwandelt hatte.

Nach der dritten Ausfahrt kam ein Aussichtspunkt. Er war, wie Denny gern bemerkte, für Leute da, die nichts Besseres zu tun hatten, als New York von der anderen Seite des Hudson River aus anzustarren. Es überraschte Denny nicht, daß Charley dort auf den verlassenen Parkplatz zusteuerte. Hier hatten sie sich schon über frühere Aufträge unterhalten.

Charley stellte den Motor ab und langte hinter sich auf den Rücksitz, wobei er vor Anstrengung stöhnte. Er zog eine Papiertüte mit zwei Bierdosen herüber und stellte sie zwischen sich und Denny. »Deine Marke.«

Denny fühlte sich geschmeichelt. »Nett von dir, dich dran zu erinnern, Charley.« Er machte sein Bier auf.

Charley nahm einen langen Zug aus seiner eigenen Dose, ehe er antwortete. »Ich vergesse nichts.« Er zog einen Umschlag aus der Innentasche seines Jacketts. »Zehntausend«, sagte er zu Denny. »Dasselbe noch mal, wenn der Job erledigt ist.«

Denny nahm den Umschlag entgegen. Die Berührung bereitete ihm ein geradezu sinnliches Vergnügen. »Um wen geht's?«

»Du bringst ihr regelmäßig ihren Lunch. Sie wohnt im ›Schwab House‹, dem Riesenkasten in der 74. Straße, zwischen West End und Riverside Drive. Ein paarmal in der Woche geht sie zu Fuß ins Geschäft und zurück. Quer durch den Central Park. Entreiß ihr die Handtasche und mach sie kalt. Leer ihr Portemonnaie und schmeiß die Tasche weg, damit es aussieht, als ob ein Drogensüchtiger sie überfallen hätte. Wenn du sie im Park nicht zu fassen kriegst, versuch's im Konfektionsviertel. Da geht sie jeden Montagnachmittag hin. Ein Riesengewühl auf allen Straßen, jedermann in Eile. Die Lastwagen parken zweireihig. Dräng dich an ihr vorbei und schubse sie vor einen Lieferwagen. Laß dir Zeit. Es muß nach einem Unfall oder Raubüberfall aussehen. Verfolg sie in einer von deinen Bettlerverkleidungen.« Big Charleys kehlige Quäkstimme klang, als ob die Speckwülste um seinen Hals ihm die Stimmbänder abschnürten.

Für Charleys Verhältnisse war das eine lange Rede gewesen. Er trank einen weiteren kräftigen Schluck aus der Bierdose.

Denny wurde langsam unbehaglich zumute. »*Wer* soll das sein?«

»Neeve Kearney.«

Denny schob Charley den Umschlag wieder hin, als enthielte er eine tickende Zeitbombe. »Die Tochter des Polizeichefs? Bist du verrückt?«

»Die Tochter des *ehemaligen* Polizeichefs.«

Denny fühlte, wie ihm der Schweiß auf die Stirn trat. »Kearney war sechzehn Jahre im Amt. In der ganzen Stadt gibt es keinen Polizisten, der nicht sein Leben für ihn riskieren würde. Als seine Frau starb, haben sie jeden in die Mangel genommen, der irgendwann auch bloß einen Apfel von einem Gemüsewagen geklaut hatte. Nichts zu machen.«

Fast unmerklich nahm Big Charleys Gesicht einen anderen Ausdruck an, aber seine kehlige Stimme quäkte unverändert weiter. »Ich hab dir gesagt, Denny, daß ich nichts vergesse. Erinnerst du dich an die Nächte in unserer Zelle, als du dich mit all den Jobs dicke tatst, für die man dich nicht erwischt hat? Ein kleiner anonymer Anruf bei den Bullen genügt, und du hast dein letztes Sandwich ausgetragen. Mach mich nicht zum Denunzianten, Denny!«

Denny überlegte und verfluchte dann seine eigene Großmäuligkeit. Wieder tastete er den Umschlag ab und dachte an Neeve Kearney. Seit fast einem Jahr belieferte er sie nun in ihrem Laden. Ursprünglich hatte das Empfangsfräulein ihm gesagt, er solle die Tüte bei ihr abgeben, aber jetzt ging er immer nach hinten in Miss Kearneys Privatbüro. Selbst wenn sie gerade telefonierte, winkte sie ihm zu und lächelte, ein echtes Lächeln, nicht das schmallippige, herablassende Nicken, mit dem ihn die meisten Kunden bedachten. Und immer lobte sie zudem, wie gut alles schmeckte.

Außerdem war sie ein wirklich gutaussehendes Mädchen.

Denny verdrängte die sentimentale Anwandlung. Er hatte gar keine andere Wahl, als den Auftrag auszuführen. Daß Charley ihn nicht bei der Polizei anzeigen würde, wußte der eine so gut wie der andere. Weil er jetzt von dem Mordauftrag wußte, war Denny viel zu gefährlich geworden. Wenn er sich weigerte, bedeutete das, daß er nie den Rückweg über die George-Washington-Brücke schaffen würde.

Er steckte das Geld in die Tasche.

»Das ist schon besser«, sagte Charley. »Was hast du für Arbeitszeiten in deinem Delikatessenladen?«

»Neun bis sechs. Montags frei.«

»Sie geht zwischen halb neun und neun zur Arbeit. Fang an, bei ihrem Haus herumzulungern. Ihr Laden schließt um halb sieben. Denk dran, dir Zeit zu lassen. *Es darf nicht nach einem vorsätzlichen Mord aussehen!*«

Big Charley ließ den Motor an, um sich auf die Rückfahrt nach New York zu machen. Er verfiel wieder in sein gewohntes Schweigen, das nur vom Röcheln seiner schweren Atemzüge unterbrochen wurde. Denny verging fast vor brennender Neugier. Erst als Charley von der Autobahn abfuhr, fragte er ihn: »Charley, hast du eine Ahnung, von wem der Auftrag kommt? Ich wüßte nicht, wem sie im Weg sein könnte. Sepetti ist wieder draußen. Sieht fast so aus, als ob er ein gutes Gedächtnis hätte.«

Er spürte den wütenden Blick, der ihm zugeworfen wurde. Die kehlige Stimme war auf einmal klar, und die Worte prasselten wie Steinschlag. »Du wirst leichtsinnig, Denny. Ich weiß nicht, wer sie aus dem Weg haben will. Mein Kontaktmann weiß es nicht. Und der Kontaktmann meines Kontakts weiß es auch nicht. So funktioniert das nämlich, und niemand stellt Fragen. Du bist nur ein ganz kleiner, unbedeutender Fisch, Denny, und gewisse Dinge gehen dich nichts an. Und jetzt mach, daß du rauskommst!«

Der Wagen stoppte abrupt an der Ecke der Eighth Avenue und 57. Straße. Zögernd öffnete Denny die Tür. »Charley, es tut mir leid«, sagte er. »Es war doch bloß …«

Ein Windstoß fuhr ins Wageninnere. »Halt die Klappe und sieh zu, daß die Sache erledigt wird.«

Im nächsten Augenblick starrte Denny nur noch auf die Rückseite von Charleys Chevrolet, der die 57. Straße hinunterfuhr und verschwand. Er ging in Richtung Columbus Circle und blieb unterwegs an einer Würstchenbude stehen, um einen Hot dog zu essen und eine Coca-Cola zu trinken. Langsam begannen sich seine Nerven zu beruhigen. Liebevoll strich er über den dicken Umschlag in seiner Jackentasche.

»Eigentlich könnte ich gleich damit anfangen, meinen Unterhalt zu verdienen«, murmelte er vor sich hin und begann, den Broadway hinauf zur 74. Straße zu gehen.

Beim »Schwab House« schlenderte er um den ganzen Gebäudekomplex und sah den Eingang am Riverside Drive. Den würde sie sicher nicht benutzen. Der andere an der West End Avenue war sehr viel bequemer.

Befriedigt überquerte er die Straße und lehnte sich direkt gegenüber an die Hausmauer. Es war ein großartiger Beobachtungsposten, stellte er fest. Die Tür in seiner Nähe ging auf, und eine Gruppe von Bewohnern kam heraus. Da er nicht wollte, daß man auf ihn aufmerksam wurde, ging er gemächlich weiter. Dabei überlegte er, daß er in seiner Verkleidung als Säufer am unauffälligsten im Hintergrund bleiben konnte, wenn er Neeve Kearney verfolgte.

Als er um halb drei quer durch die Stadt zur East Side zurückging, kam er an einer Schlange von Leuten vorbei, die vor einem Kino anstanden. Seine zusammengekniffenen Augen öffneten sich auf einmal. In der Mitte der Schlange sah er Neeve Kearney neben einem weißhaarigen Mann, dessen Gesicht Denny wiedererkannte. Ihr Vater. Mit gesenktem Kopf und hochgezogenen Schultern eilte Denny weiter. Dabei habe ich nicht einmal nach ihr gesucht, dachte er. Das wird der leichteste Auftrag sein, den ich je auszuführen hatte.

4

Am Montag morgen befand sich Neeve, mit Ethels Kleidern beladen, gerade in der Eingangshalle, als Tse-Tse, eine dreiundzwan-
zigjährige Schauspielerin, atemlos aus dem Lift kam. Sie hatte einen blonden Lockenkopf. Ihr Augen-Make-up war in kräftigen
violett-roten Tönen abgestuft, der hübsche kleine Mund herzför-
mig wie der einer Puppe geschminkt. Tse-Tse, die eigentlich Mary
Margaret McBride hieß, trat immer nur in kleinen Experimentier-
theatern abseits vom Broadway auf, deren Stücke meistens schon
nach kurzer Zeit vom Spielplan abgesetzt wurden.

Neeve war ein paarmal in Vorstellungen gegangen, um Tse-Tse
zu sehen, und sie war überrascht gewesen, wie gut die junge
Schauspielerin war. Mit einer Schulterbewegung, dem Herabzie-
hen der Mundwinkel, einer kleinen Veränderung ihrer Haltung
verwandelte sie sich buchstäblich in eine andere Person. Sie hatte
ein ausgezeichnetes Ohr für Sprachakzente und konnte ihre Stimme von den höchsten Piepstönen bis zu einem rauchig-dunklen
Alt modulieren. Sie teilte im »Schwab-House« eine Einzimmer-
wohnung mit einer anderen hoffnungsvollen jungen Kollegin.
Den von ihrer Familie nur widerwillig zugestandenen Monats-
wechsel besserte sie sich durch Gelegenheitsarbeiten auf. Statt als
Kellnerin auszuhelfen oder Hunde spazierenzuführen, ging sie
jetzt lieber putzen. »Fünfzig Dollar für vier Stunden, und du
brauchst nicht irgendeine dämliche Töle hinter dir herzuschlei-
fen«, hatte sie Neeve erklärt.

Neeve hatte Tse-Tse an Ethel Lambston empfohlen und wußte,
daß die junge Schauspielerin ein paarmal im Monat bei Ethel
putzte. Jetzt kam sie ihr vor wie vom Himmel gesandt. Als das
Taxi kam, erklärte sie Tse-Tse ihre Zwangslage.

»Ich muß morgen hin«, erklärte Tse-Tse eilig. »Ehrlich, Neeve,
die Wohnung könnte mich tatsächlich wieder dazu bringen, Bull-
terrier spazierenzuführen. Ich kann aufräumen, soviel ich will,
wenn ich das nächstemal komme, ist die Wohnung wieder das
reinste Schlachtfeld.«

»Das hab ich auch schon gesehen«, sagte Neeve. »Hör zu, wenn Ethel ihre Sachen heute nicht abholt, bringe ich dich morgen früh mit dem Taxi zu ihr und lasse alles in ihrem Kleiderschrank. Du hast doch sicher einen Wohnungsschlüssel?«

»Vor ungefähr einem halben Jahr hat sie mir einen gegeben. Sag mir dann Bescheid. Bis später.« Tse-Tse warf Neeve eine Kußhand zu und eilte hinaus zu ihrem Jogging, der reinste Flamingo mit ihrem goldenen Kraushaar, dem verrückten Make-up, der violetten Wolljacke, roten Strumpfhosen und gelben Turnschuhen.

Im Geschäft half Betty Neeve erneut dabei, Ethels Kleider auf den »Wird abgeholt«-Ständer im Nähatelier zu hängen. »Diesmal übertrifft Ethel sich in ihrem schusseligen Benehmen selber«, sagte sie ganz ruhig, und eine Sorgenfalte erschien auf ihrer schon gefurchten Stirn. »Meinen Sie, sie könnte verunglückt sein? Vielleicht sollten wir eine Vermißtmeldung machen.«

Neeve stapelte die Schachteln mit den Accessoires neben dem Kleiderständer aufeinander. »Ich kann Myles bitten, die Unfallprotokolle durchsehen zu lassen«, sagte sie. »Für eine Vermißtmeldung ist es noch zu früh.«

Betty grinste auf einmal. »Vielleicht hat sie endlich einen Freund gefunden und verbringt irgendwo ein wonnevolles Wochenende.«

Neeve warf einen Blick durch die offene Tür in den Verkaufssalon. Die erste Kundin war gekommen, und eine neue Verkäuferin zeigte ihr Abendkleider, die ihr absolut nicht standen. Neeve biß sich auf die Lippen. Sie wußte, daß sie etwas vom aufbrausenden Temperament ihrer Mutter geerbt hatte und ihre Zunge im Zaum halten mußte. »Ich möchte es Ethel wirklich gönnen«, bemerkte sie und ging dann mit einem entgegenkommenden Lächeln auf die Kundin und die Verkäuferin zu. »Marian, zeigen Sie der Dame doch auch noch das grüne Chiffonkleid von Della Rosa«, schlug sie vor.

Der Vormittag verlief recht lebhaft. Mehrmals versuchte die Empfangsdame, bei Ethel anzurufen. Als sie zum xtenmal meldete, daß niemand antworte, schoß Neeve auf einmal der Gedanke durch den Kopf, daß wohl niemand glücklicher darüber wäre, wenn Ethel einen Mann getroffen hatte und mit ihm durchgebrannt war, als ihr geschiedener Ehemann, der ihr nach zwanzig Jahren immer noch jeden Monat Alimente zahlte.

Montag war Denny Adlers freier Tag. Er hatte vorgehabt, sich an die Verfolgung von Neeve Kearney zu machen, doch am Sonntag abend bekam er einen Anruf über die öffentliche Telefonkabine in der Eingangshalle seines Apartmenthauses. Sein Chef teilte ihm mit, daß er am nächsten Tag arbeiten müsse. Der Kollege hinter der Theke war gefeuert worden. »Ich habe festgestellt, daß der Mistkerl seine Pfoten in der Kasse hatte. Ich brauche Sie, Denny.«

Denny fluchte in sich hinein, aber es wäre dumm von ihm gewesen, sich zu weigern. »Ich komme«, sagte er mürrisch. Als er aufgehängt hatte, sah er im Geist Neeve Kearney vor sich, wie sie ihm zugelächelt hatte, als er ihr gestern die Lunchtüte brachte; wie ihr rabenschwarzes Haar das Gesicht umrahmte und ihre Brüste sich unter dem Luxuspulli abzeichneten. Big Charley hatte gesagt, daß sie montags nachmittags in die Seventh Avenue zu den Modeagenturen ging. Das bedeutete, daß es sinnlos war, wenn er nach der Arbeit noch versuchte, sie einzuholen. Ihm war es nur recht. Er hatte sich für Montag abend schon mit der Kellnerin aus der gegenüberliegenden Bar verabredet und wollte ihr nicht absagen.

Während er durch den feuchtkalten, nach Urin stinkenden Korridor zu seinem Zimmer zurückging, dachte er: Den nächsten Montag wirst du nicht mehr erleben, Neeve Kearney!

Den Montagnachmittag verbrachte Neeve gewöhnlich in der Seventh Avenue. Sie liebte die ungeheure Betriebsamkeit, die in diesem Viertel herrschte, in dem die Bekleidungsindustrie konzentriert war; die überfüllten Gehsteige und die engen, von parkenden Lieferwagen verstopften Straßen; die wendigen Botenjungen, die vollgehängte Kleidergestelle geschickt durch den Verkehr bugsierten; das Gefühl, daß jedermann in Eile war und keine Zeit zu verlieren hatte.

Neeve war ungefähr acht Jahre alt gewesen, als ihre Mutter sie zum erstenmal hierher mitnahm. Renata hatte sich über die nicht wirklich ernst gemeinten Einwände ihres Mannes hinweggesetzt und eine Teilzeitarbeit in einem Kleidergeschäft in der 72. Straße angenommen, nur zwei Häuserblocks von ihrer Wohnung entfernt. Nach gar nicht langer Zeit hatte der Besitzer, der sich allmählich zu alt fühlte, ihr den Einkauf für das Geschäft anvertraut. Neeve erinnerte sich noch deutlich, wie ihre Mutter den Kopf schüttelte, als ein übereifriger Designer sie zum Kauf eines von ihr abgelehnten Modells zu überreden versuchte.

»Wenn eine Frau sich in diesem Kleid hinsetzt, schiebt es sich den Rücken hinauf«, sagte sie. Wenn etwas ihr sehr am Herzen lag, wurde ihr italienischer Akzent besonders stark. »Eine Frau muß sich anziehen, sich im Spiegel betrachten, um zu sehen, ob sie auch keine Laufmasche und keinen heruntergerissenen Saum hat, und dann sollte sie vergessen, was sie anhat. Ihre Kleider müssen ihr passen wie eine zweite Haut.«

Renata hatte aber auch einen Blick für neue Modeschöpfer gehabt. Neeve besaß noch die Kameenbrosche, die einer von ihnen ihrer Mutter geschenkt hatte, weil sie die erste war, die seine Kollektion lancierte. »Deine Mama hat mir meine erste Chance gegeben«, hatte Jacob Gold zu Neeve gesagt. »Sie war wunderschön, eine Dame, und sie verstand etwas von Mode. Wie du.« Das war sein größtes Kompliment.

Als Neeve an diesem Montag ihren üblichen Weg von der Seventh Avenue durch die Nebenstraßen einschlug, fühlte sie sich irgendwie deprimiert. Irgendwo in ihrem Innern pochte ein Schmerz, sozusagen ein seelisches Zahnweh. Demnächst werde ich auch zu diesen abergläubischen Iren gehören, schalt sie sich selber, denen ihr »Gefühl« ständig sagt, daß hinter der nächsten Straßenecke Gefahr lauert.

Bei »Artless Sportswear« bestellte sie Leinenblazer mit dazu passenden Bermuda-Shorts. »Mir gefallen die Pastellfarben«, murmelte sie. »Aber sie brauchen noch ein bißchen Pep.«

»Wir schlagen diese Bluse dazu vor.« Mit dem Bestellblock in der Hand deutete der Verkäufer auf einen Ständer mit Blusen in zarten Farben und mit weißen Knöpfen.

»Nein, nein. Die gehören unter ein Trägerkleid für Schulmädchen.« Neeve wanderte durch die Ausstellungsräume und entdeckte bunt gemusterte seidene T-Shirts. »Das ist, was ich gemeint habe.« Sie nahm ein paar der T-Shirts in verschiedenen Farbstellungen vom Ständer und brachte sie zu den Hosenanzügen. »Dies hier zum Pfirsichfarbenen, das da zum Malvenfarbenen. Jetzt klappt's.«

Bei Victor Costa wählte sie romantische Chiffonkleider mit Bateau-Ausschnitt, die an den Kleiderbügeln schwebten. Und wieder kam ihr Renata in den Sinn. Ihre Mutter in einem schwarzen Samtkleid von Victor Costa, als sie mit Myles zu einer Silvesterparty gegangen war. Um den Hals hatte sie ihr Weihnachtsgeschenk getragen, eine Perlenkette mit brillantenbesetzter Schließe.

»Du siehst aus wie eine Prinzessin, Mommy«, hatte Neeve zu ihr gesagt. Dieser Augenblick hatte sich in ihr Gedächtnis eingegraben. Sie war sehr stolz auf ihre Eltern gewesen: Myles, aufrecht und elegant, mit schon damals vorzeitig ergrautem Haar; Renata, so schlank, deren pechschwarzes Haar zu einem Chignon aufgesteckt war.

Am nächsten Silvesterabend waren ein paar Leute zu ihnen gekommen: Pater Devin Stanton, der inzwischen Bischof war; Onkel Sal, der damals noch darum kämpfte, sich als Modeschöpfer durchzusetzen; Herb Schwartz, Myles' Stellvertreter, mit seiner Frau. Renata war seit drei Wochen tot gewesen …

Neeve merkte auf einmal, daß der Verkäufer geduldig wartend neben ihr stand. »Ich habe gerade ein bißchen in den Mond geguckt«, entschuldigte sie sich. »Und dafür ist ja nicht die richtige Tageszeit.«

Sie erledigte ihre Bestellung, besuchte rasch drei weitere Firmen, die sie sich vorgenommen hatte, und begab sich dann, als es zu dunkeln anfing, wie üblich noch zu Onkel Sal.

Anthony della Salvas Showrooms waren über das ganze Viertel verteilt, doch Neeve wußte, daß sie Sal in seinem Hauptbüro in der 36. Straße finden würde. Dort hatte er in zwei winzig kleinen Zimmern begonnen. Jetzt nahm seine Firma hier drei ganze, prächtig eingerichtete Stockwerke ein. Anthony della Salva, als Salvatore Esposito in der Bronx zur Welt gekommen, war als Modeschöpfer einem Bill Blass, Calvin Klein und Oscar de la Renta ebenbürtig.

Als sie die 37. Straße überquerte, sah Neeve sich zu ihrer Bestürzung plötzlich Gordon Steuber gegenüber. So perfekt, wie er angezogen war, in einem hellbraunen Kaschmir-Jackett über einem braun-beige gemusterten schottischen Pullover, dunkelbrauner Hose und Gucci-Schuhen, hätte der gutaussehende Gordon Steuber mit seinen regelmäßigen Gesichtszügen, den breiten Schultern und der schmalen Taille ohne weiteres eine erfolgreiche Karriere als Dressman machen können. Statt dessen war er mit Anfang vierzig ein gerissener Geschäftsmann mit einem unheimlichen Geschick, junge, unbekannte Entwerfer anzustellen und sie auszunutzen, bis sie sich erlauben konnten, von ihm wegzugehen. Seinen jungen Designern verdankte es Steuber, daß seine Kollektionen von Kleidern und Kostümen aufregend und anregend waren.

Neeve sah ihn mit einem kalten Blick an. Er verdient doch genug, dachte sie, auch ohne daß er Schwarzarbeiter betrügen muß. Und falls er, wie Sal angedeutet hat, wegen seiner Einkommensteuer in Schwierigkeiten ist – um so besser.

Sie gingen, ohne ein Wort zu sagen, aneinander vorbei, aber Neeve hatte den Eindruck, als ob seine ganze Person Wut ausstrahlte. Sie hatte etwas von einer Aura gehört, welche die Menschen umgibt. Ich möchte lieber nicht wissen, von welcher Beschaffenheit seine Aura gerade ist, dachte Neeve, während sie Sals Büro zustrebte.

Als die Empfangssekretärin Neeve erblickte, rief sie sofort im Privatbüro des Chefs an. Einen Augenblick später flog die Tür auf, und Anthony della Salva, für Neeve Onkel Sal, kam herein. Sein Gesicht strahlte, als er auf sie zueilte und sie umarmte.

Beim Anblick von Sals Kleidung mußte Neeve lächeln. Er war selber die beste Reklame für seine Frühjahrskollektion von Herrenkleidern. Sein Anzug war eine Mischung aus Fallschirmspringer-Overall und Safari-Look. »Ich finde ihn großartig! In einem Monat wird man ihm überall in der eleganten Herrenwelt von New York begegnen«, lobte sie und gab ihm einen Kuß.

»Das ist schon heute der Fall, mein Schatz. Selbst in Iowa City reißt man sich bereits darum. Und das erschreckt mich ein bißchen. Es muß bergab mit mir gehen. Komm! Laß uns rübergehen.« Auf dem Weg zu seinem Büro begrüßte er einige auswärtige Einkäufer. »Ist man Ihnen behilflich? Kümmert Susan sich auch gut um Sie? Fein. Ach, Susan, zeigen Sie noch die Freizeit-Modelle. Die werden sich verkaufen wie warme Semmeln, das verspreche ich Ihnen.«

»Onkel Sal, möchtest du dich selber um diese Kunden kümmern?« fragte Neeve, als sie den Showroom durchquerten.

»Ganz und gar nicht. Die werden zwei Stunden von Susans Zeit vergeuden und am Ende nur drei oder vier der billigsten Stücke kaufen.« Mit einem Seufzer der Erleichterung schloß er die Tür zu seinen Privaträumen. »Es war ein verrückter Tag. Woher nehmen die Leute bloß das Geld? Ich habe meine Preise wieder erhöht. Sie sind geradezu unanständig, aber alle Welt reißt sich darum, Expreß-Bestellungen aufzugeben.«

Er lächelte selig. In den letzten Jahren war sein rundes Gesicht pausbackig geworden, und seine Äuglein verschwanden immer mehr unter den schweren Lidern. Er und Myles und der Bischof waren im selben Viertel in der Bronx aufgewachsen, hatten zusammen Schlagball gespielt und waren gemeinsam auf die Oberschule gegangen. Es war fast nicht zu glauben, daß auch Sal achtundsechzig Jahre alt war.

Auf seinem Schreibtisch lag ein Durcheinander von Stoffmustern. »Ist das nicht das Letzte? Wir haben einen Auftrag, die Innenausstattung für maßstabgetreue Mercedes-Modelle für Dreijährige zu entwerfen! Als ich drei war, hatte ich ein kleines rotes Blechauto aus zweiter Hand, das ständig eins seiner Räder verlor. Und jedesmal, wenn das passierte, bekam ich von meinem Vater eine Ohrfeige, weil ich nicht sorgfältig mit meinem Spielzeug umging.«

Neeves Stimmung wurde zusehends besser. »Ehrlich, Onkel Sal, ich wünschte, ich hätte dich auf Band aufgenommen. Ich könnte ein Vermögen damit machen, dich zu erpressen.«

»Zu gütig von dir. Setz dich. Trink einen Kaffee. Er ist frisch, das verspreche ich dir.«

»Nur fünf Minuten. Ich weiß, daß du noch zu tun hast, Onkel Sal.« Neeve knöpfte ihre Kostümjacke auf.

»Möchtest du nicht mal den Onkel weglassen? Ich werde zu alt für diese respektvolle Behandlung.« Er betrachtete sie kritisch. »Du siehst wieder einmal sehr gut aus. Wie läuft das Geschäft?«

»Großartig.«

»Und wie geht es Myles? Ich habe gehört, daß Nicky Sepetti am Freitag entlassen worden ist. Ich kann mir vorstellen, daß ihm das ziemliche Bauchschmerzen macht.«

»Am Freitag war er sehr beunruhigt; am Wochenende ging es ihm recht gut. Wie es jetzt ist, weiß ich nicht.«

»Lad mich doch diese Woche zum Abendessen ein. Ich habe Myles schon seit einem Monat nicht mehr gesehen.«

»Abgemacht.« Neeve sah zu, wie Sal den Kaffee aus der Maschine ließ, die auf einem Tablett neben seinem Schreibtisch stand. Sie blickte um sich. »Ich liebe dieses Zimmer.«

Das Wandgemälde hinter seinem Schreibtisch stellte eine Unterwasserlandschaft des Pazifischen Riffs dar, jenes Südsee-Motiv, das Sal berühmt gemacht hatte.

Sal hatte ihr mehrmals erzählt, wie er zu seiner Inspiration für diese Kreation gekommen war. »1972 war ich im Aquarium in Chicago, Neeve. In diesem Jahr war die Mode eine einzige Katastrophe. Alle hatten den Minirock satt. Jeder scheute sich, etwas Neues zu versuchen. Die großen Couturiers zeigten sehr männliche Hosenanzüge, eng anliegende ungefütterte Kostüme in dunklen Farben, dann Rüschenblusen, die eher zu Schulmädchen paßten. Nichts, wovon eine Frau hätte sagen können: ›So möchte ich aussehen.‹ Ich wanderte durch das Aquarium und kam in das Stockwerk, wo die Fische des Südpazifiks ausgestellt sind. Neeve, es war wie ein Spaziergang unter Wasser! Die einzelnen Aquarien, die vom Boden bis zur Decke reichten, waren voll von Schwärmen exotischer Fische und von Wasserpflanzen und Korallenbäumen und Muscheln. Und was für Farben überall – man hätte meinen können, Michelangelo habe sie gemalt! All diese Muster und Zeichnungen – Dutzende und Dutzende. Und jedes wieder anders! Silber, das in Blau überging; Korallenrot, mit Purpur durchzogen. Ein Fisch war gelb, leuchtend wie die Morgensonne, mit schwarzen Streifen. Welch eine Anmut in den fließenden Bewegungen. Ich dachte: Wenn ich das mit einem Stoff erreichen könnte! Auf der Stelle begann ich Skizzen zu machen. Ich wußte, daß es großartig war. Ich gewann in diesem Jahr den Coty-Preis. Ich brachte die Modeindustrie an einen Wendepunkt. Die Verkäufe der Couturiers waren phantastisch. Dazu kamen die Lizenzen für die Konfektionshäuser sowie die Accessoires. Und all das, weil ich so klug war, Mutter Natur zu kopieren.«

Er folgte jetzt Neeves Blick. »Dieses Dessin! Wundervoll. Fröhlich. Elegant. Anmutig. Schmeichelnd. Es ist immer noch das Beste, was ich je gemacht habe. Aber sag's niemandem. Bis jetzt haben sie mich noch nicht eingeholt. Nächste Woche lasse ich dich schon mal einen Blick auf meine neue Herbstkollektion werfen. Die zweitbeste Sache, die ich je gemacht habe. Sensationell! Was macht dein Liebesleben?«

»Gar nichts.«

»Und was ist mit dem jungen Mann, den du vor ein paar Monaten zum Abendessen eingeladen hattest? Der war doch ganz verrückt nach dir.«

»Die Tatsache, daß du dich nicht an seinen Namen erinnern kannst, besagt alles. Er verdient nach wie vor einen Haufen Geld in Wall Street. Er hat sich gerade eine Cessna gekauft und eine Eigentumswohnung in Vail. Aber als Persönlichkeit ist er nicht der Rede wert. Du kannst ihn vergessen. Ich sag es Myles immer wieder, und dir sag ich's auch: Wenn der Richtige kommt, dann weiß ich es.«

»Wart nicht zu lange, Neeve. Du bist mit der Vorstellung von einer Märchenliebe aufgewachsen, wie dein Vater und deine Mutter sie erlebten.« In einem großen Schluck trank Sal den Rest seines Kaffees. »Bei den meisten von uns funktioniert das aber nicht so.«

Neeve mußte innerlich lachen, denn im Eifer des Gefechts hatte Sal wieder einmal seinen gepflegten italienischen Akzent vergessen und sich ausgedrückt, wie ihm der Schnabel gewachsen war.

Jetzt fuhr er fort: »Die meisten von uns begegnen sich, interessieren sich ein bißchen füreinander, mehr oder weniger. Man trifft sich weiter, und langsam passiert was. Keine Verzauberung. Vielleicht bloß Freundschaft. Man gewöhnt sich aneinander. Vielleicht mag man die Oper nicht, aber man geht in die Oper. Möglicherweise haßt man Sport, aber man fängt an, Tennis zu spielen oder zu joggen. Und dann wird es Liebe. So ist das bei neunzig Prozent aller Menschen, Neeve, glaub's mir.«

»War das auch bei dir so?« fragte Neeve lächelnd.

»Vier Mal«, strahlte Sal sie an. »Sei nicht so ein Frechdachs! Ich bin eben Optimist.«

Neeve trank ihren Kaffee aus und stand auf. Sie fühlte sich ganz aufgekratzt. »Das bin ich, glaube ich, auch, aber du machst es mir richtig bewußt. Wie wär's also am Donnerstag mit einem Abendessen?«

»Gut. Und denk dran: Ich esse nicht so gesund wie Myles. Und sag ja nicht, daß ich es lieber tun sollte!«

Neeve küßte ihn zum Abschied, ließ ihn in seinem Büro zurück und eilte durch den Ausstellungsraum. Mit geübtem Auge nahm sie die Modelle auf den Puppen wahr. Nicht blendend, aber gut. Eine geschickte Verwendung von Farben, klare Linien, neuartig, ohne zu kühn zu sein. Sie würden sich sicher gut verkaufen. Sie war gespannt auf Sals Herbstlinie. War sie wohl so gut, wie er behauptete?

Sie kam gerade rechtzeitig in die Boutique zurück, um mit der Dekorateurin noch die neuen Schaufenster zu besprechen. Als sie um halb sieben den Laden geschlossen hatte, belud sie sich erneut mit Ethel Lambstons Kleidern, um sie mit nach Hause zu nehmen. Den ganzen Tag war keine Nachricht von Ethel gekommen, und mehr als ein halbes Dutzend Versuche, bei ihr anzurufen, waren vergeblich gewesen. Aber jetzt war wenigstens ein Ende in Sicht. Morgen früh würde sie Tse-Tse in Ethels Wohnung begleiten und alle Sachen dort lassen.

5

Am nächsten Morgen erschien Tse-Tse pünktlich um halb neun Uhr in der Eingangshalle. Sie trug ihr Haar in Schnecken über den Ohren. Ein schwarzes Samtcape hing lose von den Schultern bis auf die Füße. Darunter hatte sie ein schwarzes Kleid und ein weißes Schürzchen an. »Ich habe gerade in einem neuen schwedischen Stück eine Rolle als Stubenmädchen bekommen«, vertraute sie Neeve an und nahm ihr ein paar Schachteln aus der Hand. »Ich fand, ich könnte schon ein bißchen üben. Falls Ethel da ist, wird sie es phantastisch finden, mich so kostümiert zu sehen.« Ihr schwedischer Akzent war ausgezeichnet.

Das energische Läuten an Ethels Wohnungstür rief keinerlei Reaktion hervor. Tse-Tse klaubte den Schlüssel aus ihrer Handtasche. Nachdem sie die Tür aufgeschlossen hatte, trat sie beiseite, um Neeve vorangehen zu lassen. Mit einem Seufzer der Erleichterung ließ Neeve die Ladung Kleider aufs Sofa fallen. »Gott sei Dank!« murmelte sie, und dann erstarb ihre Stimme.

Ein muskulöser junger Mann stand im Durchgang, der zu Ethels Schlafzimmer und Bad führte. Offensichtlich war er gerade dabei, sich anzuziehen, denn in einer Hand hielt er eine Krawatte. Das frische weiße Hemd war noch nicht ganz zugeknöpft. Die hellgrünen Augen, die anziehend hätten wirken können, wenn das Gesicht einen andren Ausdruck gehabt hätte, waren ärgerlich zusammengekniffen. Das noch ungekämmte Haar fiel ihm in dichten Locken in die Stirn. Nach dem ersten Schock über sein Auftauchen erkannte Neeve blitzartig, daß seine wirre Mähne das Resultat einer Dauerwelle war. Sie hörte, wie Tse-Tse hinter ihr heftig einatmete.

»Wer sind Sie?« fragte Neeve. »Und warum haben Sie die Tür nicht aufgemacht?«

»Ich glaube, die erste Frage hätte *ich* zu stellen.« Sein Ton war sarkastisch. »Und die Tür öffne ich, wenn es mir beliebt.«

Jetzt trat Tse-Tse auf. »Sie sind Miss Lambstons Neffe«, sagte sie. »Ich habe Ihr Foto gesehen.« Der schwedische Tonfall ging ihr ganz leicht von der Zunge. »Sie sind Douglas Brown.«

»Ich weiß, wer ich bin. Würden Sie mir vielleicht sagen, wer Sie sind?« Sein Sarkasmus hatte sich nicht gelegt.

Neeve spürte Wut in sich aufsteigen. »Ich bin Neeve Kearney«, sagte sie. »Und dies ist Tse-Tse, die Miss Lambstons Wohnung in Ordnung hält. Würden Sie mir bitte verraten, wo Miss Lambston ist? Sie hat behauptet, daß sie diese Kleider unbedingt am Freitag brauchte, und seither habe ich die Sachen hin- und hergetragen.«

»Sie sind also Neeve Kearney.« Das Lächeln wurde jetzt unverschämt. »Die Schuhe in Nummer drei gehören zum beigen Deuxpièces. Nehmen Sie dazu die Handtasche Nummer drei, und tragen Sie den Schmuck aus dem Etui A. Machen Sie das für alle Leute so?«

Neeve biß die Zähne aufeinander. »Miss Lambston ist eine sehr gute Kundin und eine sehr beschäftigte Frau. Und ich bin ebenfalls eine sehr beschäftigte Frau. Ist sie hier, und wenn nein, wann kommt sie zurück?«

Douglas Brown zuckte die Achseln. Er verlor etwas von seiner Feindseligkeit. »Ich hab keine Ahnung, wo meine Tante ist. Sie hat mich gebeten, am Freitag nachmittag herzukommen. Ich sollte irgend etwas für sie erledigen.«

»Am Freitag nachmittag?« fragte Neeve hastig.

»Ja. Ich kam her, und sie war nicht da. Da ich einen Schlüssel habe, konnte ich in die Wohnung. Bis jetzt ist sie nicht zurückgekommen. Ich hab mir das Sofa zurechtgemacht und bin dageblieben. Ich mußte gerade aus meinem möblierten Zimmer ausziehen, und der Christliche Verein Junger Männer ist nicht so ganz mein Fall.«

Irgend etwas an seiner Erklärung war zu aalglatt. Neeve sah sich im Wohnzimmer um. Am einen Ende des Sofas, auf dem sie die Kleider deponiert hatte, lagen eine zusammengefaltete Wolldecke und ein Kopfkissen. Am Fußboden davor türmten sich Papierberge. Bei allen früheren Besuchen von Neeve hatten sich so viele Akten und Zeitschriften auf diesem Sofa gestapelt, daß man dessen Bezüge überhaupt nicht mehr gesehen hatte. Zusammengeklammerte Zeitungsausschnitte häuften sich auch auf dem Tisch in der Eßecke. Da die Wohnung zu ebener Erde lag, waren die Fenster mit Gitterstäben versehen, und selbst die Fensterbretter dienten Ethel als improvisierte Aktenablage. Am anderen Ende des Zimmers konnte Neeve in die Küche blicken. Wie gewöhnlich standen auf der Anrichte Berge von Geschirr. Die Wände waren willkürlich vollgehängt mit Wechselrahmen voller Bilder, die Ethel aus Zeitungen und Magazinen ausgeschnitten hatte. Alle zeigten Ethel bei der Entgegennahme von Preisen und Auszeichnungen oder in Gesellschaft berühmter Leute.

Ein Gedanke schoß Neeve durch den Kopf. »Ich war am Freitag zu Beginn des Abends hier«, sagte sie. »Um welche Zeit, sagten Sie, sind Sie hergekommen?«

»Gegen drei Uhr. Ich gehe nie ans Telefon. Ethel will das nicht, wenn sie nicht da ist.«

»Stimmt«, sagte Tse-Tse und vergaß einen Augenblick ihren schwedischen Akzent. Doch dann fiel sie in ihre Rolle zurück. »Das ist wirklich wahr.«

Douglas Brown legte sich die Krawatte um den Hals. »Ich muß jetzt arbeiten gehen. Lassen Sie Ethels Kleider einfach da, Miß Kearney.« Dann wandte er sich an Tse-Tse. »Falls Sie eine Möglichkeit sehen, hier etwas aufzuräumen, wäre mir auch das sehr recht. Ich werde meine Sachen zusammenräumen für den Fall, daß Ethel beschließt, uns mit ihrer Gegenwart zu beehren.«

Er schien es auf einmal sehr eilig zu haben, wegzukommen. Er wandte sich um und wollte zum Schlafzimmer gehen.

»Einen Augenblick«, sagte Neeve und wartete, bis er stehenblieb und über die Schulter zurücksah. »Sie sagten, daß Sie gegen drei Uhr am Freitag hergekommen sind. Dann müssen Sie ja dagewesen sein, als ich versucht habe, die Kleider abzugeben. Würden Sie mir bitte erklären, wieso Sie an dem Abend die Tür nicht aufgemacht haben? Es hätte doch auch Ethel sein können, die ihren Schlüssel vergessen hatte, nicht wahr?«

»Um welche Zeit sind Sie gekommen?«

»Gegen sieben.«

»Da war ich ausgegangen, um etwas zu essen. Tut mir leid.« Er verschwand im Schlafzimmer und warf die Tür zu.

Neeve und Tse-Tse sahen sich an. Tse-Tse zuckte die Achseln. »Ich könnte mich eigentlich ans Werk machen.« Ihre Stimme verfiel in einen Singsang. »Dumdideldei, dumdideldei, ganz Stockholm wär schneller aufgeräumt als der Saustall hier.« Dann wurde sie plötzlich ernst. »Du glaubst doch nicht, daß Ethel etwas zugestoßen ist?«

»Ich habe mir schon vorgenommen, meinen Vater zu bitten, die Unfallprotokolle durchsehen zu lassen«, antwortete Neeve. »Allerdings muß ich sagen, daß der liebende Neffe sich keine übertriebenen Sorgen zu machen scheint. Sobald er weg ist, hänge ich Ethels Sachen in ihren Kleiderschrank.«

Einen Augenblick später tauchte Douglas Brown aus dem Schlafzimmer auf. So wie er jetzt auftrat, in einem dunkelblauen Anzug, den Regenmantel über dem Arm, das volle Haar zurückgebürstet, hatte er etwas Düster-Anziehendes. Er schien erstaunt und keineswegs erfreut zu sein, daß Neeve immer noch da war.

»Ich dachte, Sie hätten so viel zu tun«, sagte er zu ihr. »Oder gedenken Sie, beim Putzen zu helfen?«

Neeves Lippen wurden unheilverkündend schmal. »Ich gedenke, diese Kleider in den Schrank Ihrer Tante zu hängen, damit sie sie zur Hand hat, wenn sie sie braucht. Und danach gedenke ich zu gehen.« Sie warf ihm ihre Visitenkarte hin. »Benachrichtigen Sie mich, wenn Sie von ihr hören. *Ich* beginne mir nämlich Sorgen zu machen.«

Douglas Brown warf einen Blick auf die Karte und steckte sie in die Tasche. »Ich wüßte nicht, warum. In den zwei Jahren, seit ich in New York wohne, hat sie ihre Verschwindungsnummer mindestens dreimal abgezogen und mich in Restaurants oder hier in der Wohnung warten lassen, bis ich schwarz wurde. Ich glaube allmählich, daß sie wirklich nicht ganz richtig im Kopf ist.«

»Haben Sie im Sinn, hierzubleiben, bis sie zurückkehrt?«

»Ich weiß eigentlich nicht, was Sie das angeht, Miss Kearney. Aber vermutlich ja.«

»Haben Sie eine Geschäftskarte mit einer Telefonnummer, unter der ich Sie während der Arbeitszeit erreichen kann?« Neeve spürte, wie der Zorn in ihr aufstieg.

»Leider drucken sie bei ›Cosmic Oil‹ noch keine Visitenkarten für ihre Angestellten am Empfang. Sehen Sie, ich bin nämlich Schriftsteller, wie meine liebe Tante. Leider bin ich aber, im Gegensatz zu ihr, von der Verlagswelt noch nicht entdeckt worden, und so halte ich mich eben damit über Wasser, daß ich am Empfangspult in der Eingangshalle bei ›Cosmic Oil‹ sitze und eintreffende Besucher anmelde. Nicht gerade eine Arbeit für einen Geistesriesen, aber soviel ich weiß, hat auch Herman Melville als kleiner Angestellter gearbeitet.«

»Halten Sie sich für einen neuen Melville?« Neeve versuchte gar nicht, den spöttischen Ton zu unterdrücken.

»Nein, ich schreibe ganz anders geartete Bücher. Mein letztes hat den Titel ›Das geistige Leben des Hugh Hefner‹. Bisher hat aber noch kein Lektor den Witz dabei kapiert.«

Damit war er zur Tür draußen. Neeve und Tse-Tse sahen sich an. »Was für ein Ekel«, sagte Tse-Tse. »Wenn ich mir vorstelle, daß er der einzige Verwandte der armen Ethel ist.«

Neeve suchte in ihrem Gedächtnis. »Ich glaube nicht, daß sie ihn mir gegenüber je erwähnt hat.«

»Als ich vor vierzehn Tagen zum Putzen kam, telefonierte sie gerade mit ihm und war richtiggehend aufgebracht. Ethel hortet wie ein Eichhörnchen überall Geld in ihrer Wohnung, und sie dachte, daß etwas davon fehlte. Sie beschuldigte ihn praktisch, es gestohlen zu haben.«

Neeve bekam in der staubigen, überladenen Wohnung plötzlich Platzangst. Sie wollte schnellstens wieder raus. »Laß uns bloß diese Kleider weghängen.«

Möglicherweise hatte Douglas Brown in der ersten Nacht auf dem Sofa geschlafen, seither aber eindeutig Ethels Schlafzimmer benutzt. Auf dem Nachttisch stand ein voller Aschenbecher. Ethel rauchte nicht. Die Louisseize-Möbel waren teuer, wie alles in dieser Wohnung, aber sie kamen in dem ganzen Durcheinander nicht zur Geltung. Parfumflaschen und Haarbürste, Kamm und Handspiegel einer angelaufenen Silbergarnitur waren wahllos auf der Frisierkommode verstreut. Im Goldrahmen des großen Spiegels steckten lauter vollgekritzelte Notizzettel. Mehrere Herrenanzüge, Jacketts und Hosen lagen auf einer mit rosa Damast bezogenen Chaiselongue ausgebreitet. Ein Koffer war daruntergeschoben.

»Nicht einmal er hat sich getraut, Ethels Schrank durcheinanderzubringen«, bemerkte Neeve. Die Rückwand des ziemlich großen Schlafzimmers wurde in ihrer ganzen Breite von einem praktisch unterteilten Einbauschrank eingenommen. Vor vier Jahren hatte Ethel Neeve zum erstenmal gebeten, ihre Garderobe mit ihr durchzusehen. Damals hatte Neeve ihr klargemacht, warum es kein Wunder war, daß sie sich nie wirklich gut anziehen konnte.

Sie brauchte mehr Platz. Drei Wochen danach hatte Ethel Neeve erneut zu sich gebeten. Sie hatte sie ins Schlafzimmer geführt und ihr voller Stolz ihre neuste Anschaffung gezeigt: eine nach Maß gefertigte Schrankwand, die sie zehntausend Dollar gekostet hatte. Die Schränke waren so unterteilt, daß auf einer Seite zuerst alle Mäntel hingen, daneben alle Kostüme und dann, wieder für sich, die Tageskleider. Es gab niedrige Stangen für Blusen und hohe für Abendkleider, außerdem Fächer für Pullover und für Handtaschen und Regale für die Schuhe. Ein Fach war für den Schmuck reserviert und mit verzierten Messinghaken versehen, an denen Halsketten und Armbänder hingen. Zwei unheimlich lebendig wirkende Porzellanhände mit gespreizten Fingern reckten sich, wie zum Gebet erhoben, darin empor.

»Sehen die nicht so aus, als könnten sie einen erwürgen?« hatte Ethel fröhlich gefragt und auf die Hände gedeutet. »Sie sind für die Ringe gedacht. Ich hab dem Möbelschreiner gesagt, daß ich alle in ihren Etuis aufbewahre, aber er redete mir zu, sie trotzdem zu nehmen. Sonst würde es mir eines Tages bestimmt leid tun.«

Im Gegensatz zur übrigen Wohnung war Ethels Kleiderschrank tadellos aufgeräumt. Die Kleider hingen ordentlich auf den mit Satin bezogenen Bügeln. Alle Reißverschlüsse waren bis oben zugezogen, die Kostümjacken samt und sonders zugeknöpft. »Seit Ethel sich von dir anziehen läßt, bekommt sie von allen Leuten Komplimente wegen ihrer Kleider«, bemerkte Tse-Tse. »Und sie findet es herrlich.« An die Innenseiten der Schranktüren hatte Ethel Neeves Listen geklebt, auf denen angegeben war, welches Zubehör sie zu welchen Kleidern tragen sollte.

»Ich habe letzten Monat die ganze Garderobe mit Ethel durchgesehen«, murmelte Neeve. »Wir wollten Platz machen für die neuen Sachen.« Sie legte die Kleider aufs Bett und befreite sie von den Plastikhüllen. »Nun gut, ich gehe jetzt genauso vor, als ob Ethel dabei wäre. Ich verstaue den Kram und klebe die Liste an.«

Während sie die neuen Kleidungsstücke sortierte und aufhängte, überprüfte sie zugleich den Inhalt des Schranks. Ethels Zobelmantel. Ihre Nutriajacke. Der rote Kaschmirmantel. Der Burberry. Das Tweed-Cape. Der weiße Mantel mit Persianerkragen. Der Ledermantel mit Gürtel. Dann kamen die Kostüme. Von Donna Karan, Beene und – Neeve stockte, zwei Kleiderbügel mit neuen Kostümen in der Hand.

»Moment mal«, sagte sie und spähte zum obersten Regal hinauf. Sie wußte, daß Ethels Vuitton-Gepäck aus vier zusammenpassenden Stücken bestand, einem Kleidersack mit Reißverschlußtaschen, einer riesigen Reisetasche, einem großen und einem mittleren Koffer. Der Kleidersack, die Reisetasche und einer der Koffer fehlten. »Das ist wieder mal typisch Ethel«, sagte Neeve, während sie die beiden Kostüme in den Schrank hängte. »Sie ist tatsächlich weggefahren. Das beige Ensemble mit dem Nerzkragen ist nicht da.« Sie begann, alle Abteilungen auf fehlende Stücke hin durchzusehen. Das weiße Wollkostüm, das grüne Strickensemble, das schwarzweiß Bedruckte. »Es ist nicht zu fassen! Sie hat einfach zusammengepackt und ist verreist. Ich könnte sie eigenhändig erwürgen!« Sie strich sich die Haare aus der Stirn. »Sieh mal«, sagte sie und zeigte auf die Liste an der Schranktür und dann auf die leeren Stellen in den Regalen. »Sie hat lauter warme Sachen mitgenommen. Wahrscheinlich fand sie das Wetter zu lausig für leichte Frühjahrskleider. Ich würde es ihr gönnen, wenn es da, wo sie ist, mindestens dreißig Grad warm ist. *Che noiosa! Spero che muoia di caldo!*«

»Langsam, Neeve«, unterbrach Tse-Tse sie. »Wenn du anfängst, Italienisch zu reden, beginnt deine Wut richtig zu kochen.«

Neeve zuckte die Achseln. »Sie kann mir im Mondschein begegnen. Und meine Rechnung schicke ich an ihren Buchhalter. Der hat wenigstens seinen Kopf fest angeschraubt und vergißt nie, pünktlich zu zahlen.« Sie sah Tse-Tse an. »Wie steht's denn mit dir? Hattest du damit gerechnet, heute Geld zu bekommen?«

Tse-Tse schüttelte den Kopf. »Sie hat mich letztes Mal im voraus bezahlt. Ich komme schon zurecht.«

Im Geschäft erzählte Neeve Betty, was geschehen war.

»Sie sollten ihr die Taxispesen auf die Rechnung setzen und sie obendrein für persönliche Lieferdienste bezahlen lassen«, sagte Betty. »Die Frau ist wirklich der Gipfel!«

Mittags, als Neeve mit ihrem Vater telefonierte, erzählte sie auch ihm die Geschichte. »Und ich war schon im Begriff, dich die Unfallberichte durchsehen zu lassen«, sagte sie.

»Hör zu«, antwortete Myles, »jeder Zug würde eher aus den

Schienen springen, wenn diese Frau vor ihm auftauchte, als mit ihr aneinanderzugeraten.«

Aus irgendeinem Grund hielt Neeves Verärgerung nicht an. Vielmehr machte sie einer hartnäckigen Beunruhigung Platz, daß etwas an Ethels plötzlicher Abreise nicht in Ordnung war. Sie war auch noch nicht frei davon, als sie um halb sieben den Laden schloß und zur Cocktailparty eilte, die von *Women's Wear Daily* im Hotel St. Regis gegeben wurde. In der schillernden, nach der neusten Mode gekleideten Menge der Gäste entdeckte sie Toni Mendell, die elegante Chefredakteurin von *Contemporary Woman,* und eilte auf sie zu.

»Wissen Sie vielleicht, wie lange Ethel weg sein wird?« konnte Neeve sie durch das Stimmengewirr hindurch fragen.

»Nein. Ich bin überrascht, daß sie nicht hier ist«, sagte Toni. »Sie sagte, sie würde kommen. Aber wir kennen Ethel ja.«

»Wann soll ihr Modeartikel erscheinen?«

»Am Donnerstag morgen hat sie uns das Manuskript abgeliefert. Ich mußte es zuerst von unseren Anwälten prüfen lassen, damit wir sicher sein können, keine Verleumdungsklage zu riskieren. Ein paar Stellen mußten wir dann streichen, aber der Artikel ist immer noch fabelhaft. Sie haben sicher von dem Bombenvertrag gehört, den Ethel mit dem Verlag Givons and Marks abgeschlossen hat?«

»Nein.«

Ein Kellner kam und bot Toasthäppchen mit Kaviar und Lachs an. Neeve nahm sich eines. Toni schüttelte bedauernd den Kopf. »Jetzt, wo man wieder Taille trägt, darf ich mir nicht einmal eine Olive gestatten.« Toni hatte Größe 38. »Also, der Artikel beschäftigt sich mit den wichtigsten Modeströmungen der letzten fünfzig Jahre und mit ihren Schöpfern. Zugegeben, über das Thema ist immer wieder geschrieben worden, aber Sie kennen Ethel. Bei ihr wird alles zu amüsantem Klatsch. Vor vierzehn Tagen gab sie sich auf einmal schrecklich geheimnisvoll. Wie ich hörte, kam sie anderntags in Jack Campbells Büro geschossen und überredete ihn zu einem Vertrag für ein Buch über Mode und zu einem sechsstelligen Vorschuß. Wahrscheinlich hat sie sich jetzt irgendwo vergraben, um es zu schreiben.«

»Kindchen, du siehst wieder einmal göttlich aus!« erschallte eine Stimme hinter Neeves Rücken.

Tonis Lächeln entblößte die ganze Reihe ihrer untadeligen Jacketkronen. »Carmel! Wo hast du dich versteckt? Ich habe sicher ein Dutzend Nachrichten für dich hinterlassen.«

Neeve wollte sich zurückziehen, doch Toni hielt sie auf. »Eben ist Jack Campbell reingekommen, Neeve. Dort drüben, der große Mann im grauen Anzug. Vielleicht weiß er, wo Sie Ethel erreichen können.«

Bis Neeve den Raum durchquert hatte, war Jack Campbell bereits von Leuten umringt. Sie wartete und hörte sich die Gratulationen an, die sie ihm entgegenbrachten. Aus den Gesprächen entnahm sie, daß er zum Direktor des Verlags Givons and Marks ernannt worden war, sich soeben eine Wohnung in der 52. Straße gekauft hatte und überzeugt war, daß er das Leben in New York sehr genießen werde.

Sie schätzte ihn auf Ende dreißig, ziemlich jung für den Posten. Er hatte dunkelbraunes, kurzgeschnittenes Haar. Sein Gesicht war schmal, die Augen ebenso dunkel wie das Haar. Sein Lächeln, das kleine Fältchen in den Augenwinkeln entstehen ließ, wirkte aufrichtig. Ihr gefiel die Art, wie er den Kopf neigte, um zuzuhören, was ihm ein älterer Redakteur erzählte, und sich dann jemand anderm zuwandte, ohne brüsk zu erscheinen.

Eine wahre Kunst, dachte Neeve, die Politiker ganz natürlich beherrschen, aber nicht allzu viele Geschäftsleute.

Es war ihr möglich, Jack Campbell eine Weile zu beobachten, ohne daß es auffiel. Wieso kam er ihr irgendwie bekannt vor? Sie mußte ihm schon begegnet sein. Aber wo?

Ein Kellner blieb vor ihr stehen, und sie nahm sich noch ein Glas Wein. Ihr zweites und letztes, aber sie konnte wenigstens daran nippen und beschäftigt aussehen.

»Sind Sie nicht Neeve?«

Im selben Augenblick, als sie sich abwenden wollte, war Jack Campbell auf sie zugetreten. Er stellte sich vor. »Vor sechs Jahren, auf dem Flug nach Chicago. Sie waren auf dem Rückweg aus dem Skiurlaub, und ich war auf einer Geschäftsreise. Erst fünf Minuten vor der Landung fingen wir an, uns miteinander zu unterhalten. Sie waren ganz erfüllt von dem Plan, eine Modeboutique zu eröffnen. Wie ist es Ihnen damit ergangen?«

»Sehr gut.« Neeve erinnerte sich nur vage an ihr kurzes Gespräch. Sie war aus dem Flugzeug gehastet, um ihren Anschlußflug zu erreichen. Ja, sie hatten von ihrer beruflichen Tätigkeit gesprochen. »Hatten Sie damals nicht gerade angefangen, für einen neuen Verlag zu arbeiten?«

»Ja.«

»Offensichtlich war es ein guter Schritt.«

»Jack, ich würde Sie gerne mit ein paar Leuten bekannt machen.« Die Gastgeberin hatte ihn am Ärmel gezupft.

»Ich möchte Sie nicht aufhalten«, sagte Neeve rasch. »Nur eine Frage: Soviel ich weiß, schreibt Ethel Lambston ein Buch für Sie. Können Sie mir sagen, wo ich sie erreichen kann?«

»Ich habe ihre private Telefonnummer. Würde Ihnen die etwas nützen?«

»Danke, aber die habe ich auch.« Neeve hob die Hand in einer raschen, abwinkenden Geste. »Jetzt will ich Sie wirklich nicht länger aufhalten.«

Sie drehte sich um und schlüpfte durch die Menge. Das Stimmengewirr ging ihr plötzlich auf die Nerven. Sie merkte jetzt, daß es ein langer Tag für sie gewesen war.

Wie gewohnt, war das Trottoir vor dem St. Regis voll von Menschen, die auf ein Taxi warteten. Neeve schickte sich drein und machte sich zu Fuß auf den Heimweg. Der Abend war recht angenehm. Eigentlich könnte sie die Abkürzung durch den Central Park nehmen. Ein Spaziergang bis nach Hause täte ihrem dumpfen Kopf nur gut. Doch kurz vor dem Eingang zum Park hielt ein Taxi genau vor ihr und ließ den Fahrgast aussteigen. Sie zögerte, griff dann aber nach der offenen Tür und stieg ein. Plötzlich war ihr die Vorstellung, noch fast zwei Kilometer auf hohen Absätzen laufen zu müssen, zuwider.

Den enttäuschten Ausdruck auf Dennys Gesicht sah sie nicht. Geduldig hatte er draußen vor dem St. Regis gewartet und war ihr die Fifth Avenue hinauf gefolgt. Als sie auf den Park zuging, hatte er schon geglaubt, daß jetzt die Gelegenheit für ihn gekommen war.

Um zwei Uhr früh an diesem Morgen erwachte Neeve aus tiefem Schlaf. Sie hatte geträumt, daß sie vor Ethels Kleiderschrank stand und eine Liste aufstellte.

Eine Liste!

»Hoffentlich platzt sie dort, wo sie ist, vor Hitze ...«

Das war's! Die Mäntel. Sie waren vollzählig da.

Ethel hatte ihren Artikel am Donnerstag abgeliefert. Niemand hatte sie am Freitag gesehen. Beide Tage waren windig und scheußlich kalt gewesen. Am Freitag hatte es einen Schneesturm gegeben. Doch sämtliche Wintermäntel, die Ethel besaß, hingen an ihrem Platz im Kleiderschrank ...

Nicky Sepetti fröstelte in der Wolljacke mit Zopfmuster, die seine Frau ihm im selben Jahr gestrickt hatte, als er ins Gefängnis kam. Sie paßte ihm noch in der Schulterbreite, aber um die Taille war sie ihm viel zu weit. Er hatte im Gefängnis fast dreißig Pfund abgenommen.

Von seiner Wohnung bis zur Strandpromenade war es nur einen Häuserblock weit. Mit unwirschem Kopfschütteln über die Ermahnungen seiner Frau – »Bind einen Schal um, Nicky! Du hast vergessen, wie scharf der Wind vom Meer her bläst.« – stieß er die Haustür auf und schloß sie hinter sich wieder. Der würzige Salzgeruch der Luft stieg ihm in die Nase, und er atmete ihn genußvoll ein. In seiner Kindheit in Brooklyn waren seine Mutter und er immer mit dem Bus zum Baden an die Rockaway Beach gefahren. Vor dreißig Jahren hatte er das Haus in Belle Harbour gekauft, damit Marie und die Kinder dort den Sommer verbringen konnten. Nach seiner Verurteilung war sie dann ganz hinausgezogen.

Siebzehn Jahre. Am letzten Freitag waren sie vorbei gewesen. Der erste tiefe Atemzug, den er außerhalb der Gefängnismauern tat, löste Wellen von Schmerzen in seiner Brust aus. »Meiden Sie die Kälte!« hatten die Ärzte ihm eingeschärft.

Marie hatte ein großes Essen vorbereitet und ein Schild »Willkommen zu Hause, Nicky« aufgehängt. Er war so erschöpft gewesen, daß er mitten während des Essens zu Bett gehen mußte. Die Kinder hatten angerufen, Nick junior und Tessa. »Wir lieben dich, Papa!« hatten sie ihm gesagt.

Er hatte nicht gewollt, daß sie ihn im Gefängnis besuchten. Tessa kam gerade aufs College, als er seine Strafe antrat. Jetzt war sie fünfunddreißig, hatte zwei Kinder und lebte in Arizona. Ihr Mann nannte sie Theresa. Nick junior hatte seinen Nachnamen in Damiano geändert. Das war Maries Mädchenname. Nicholas Damiano, staatlich vereidigter Buchprüfer, lebte in Connecticut.

»Kommt jetzt noch nicht her«, riet Nicky ihnen. »Wartet, bis die Journalisten nicht mehr herumwimmeln.«

Das ganze Wochenende waren er und Marie im Haus geblieben, zwei schweigende Fremde, während draußen die Kameras darauf warteten, daß er herauskam.

Aber an diesem Morgen waren sie abgezogen. Schnee von gestern, das war er nur noch für sie. Ein kranker Strafentlassener. Nicky atmete tief durch und spürte, wie die salzige Luft seine Lungen füllte.

Ein kahlköpfiger Jogger in einem dieser verrückten Trainingsanzüge kam ihm entgegen und blieb stehen. »Schön, daß Sie wieder da sind, Mr. Sepetti. Sie sehen großartig aus!«

Nicky runzelte die Stirn. Er hatte keine Lust, sich diesen Unsinn anzuhören. Er wußte ganz genau, wie er aussah. Erst vor einer halben Stunde hatte er sich nach dem Duschen von oben bis unten eingehend im Spiegel an der Badezimmertür betrachtet. Oben auf dem Kopf waren ihm die Haare völlig ausgegangen, aber weiter unten wuchsen sie noch in einem dichten Kranz. Vor seinem Strafantritt war das Haar schwarz und silbern meliert gewesen; Pfeffer und Salz pflegte sein Friseur es zu nennen. Jetzt war das, was noch vorhanden war, fahlgrau oder, wenn man so wollte, schmutzigweiß. Auch der Rest der Selbstprüfung hatte ihn nicht gerade aufgeheitert. Vorstehende Augen, die ihn schon immer gestört hatten, auch als er noch ein recht gutaussehender jüngerer Mann war. Jetzt wölbten sie sich wie Marmeln. Eine schwache Narbe auf der Wange, die aus der Blässe hervorstach. Der Gewichtsverlust hatte sein Aussehen nicht verbessert; er wirkte schlaff wie ein Kissen, das die Hälfte der Federn verloren hat. Ein Mann, der auf die sechzig zuging. Zweiundvierzig war er gewesen, als er ins Gefängnis kam.

»Ja, großartig«, antwortete er. »Vielen Dank.« Er wußte, daß der Mann, der den Gehsteig blockierte und mit nervösem Lächeln sein ganzes Gebiß entblößte, zwei oder drei Häuser weit von ihm wohnte, aber er konnte sich nicht an den Namen erinnern.

Seine Stimme mußte verärgert geklungen haben. Der Jogger

wirkte verlegen. »Na, jedenfalls freue ich mich, daß Sie wieder da sind.« Das Lächeln war jetzt gezwungen. »Toller Tag heute, nicht wahr? Ein bißchen kühl, aber man spürt den Frühling schon.«

Wenn ich die Wetterlage wissen will, stelle ich das Radio an, dachte Nicky und hob dann die Hand zum Gruß. »Ja, ja«, murmelte er und ging rasch weiter, bis er zur Strandpromenade kam.

Der Wind hatte das Meer zu einer wogenden, schaumigen Masse aufgepeitscht. Nicky lehnte sich an das Geländer und dachte daran, wie er es als Kind genossen hatte, sich von den Wellen tragen zu lassen. Seine Mutter schimpfte ständig mit ihm. »Schwimm nicht so weit raus. Du wirst ertrinken!«

Ruhelos raffte er sich wieder auf, um noch ein Stück weiter am Strand entlangzulaufen. Er wollte bis zu der Stelle gehen, von der aus er die Berg-und-Tal-Bahn des Vergnügungsparks sehen konnte, und dann umkehren. Seine Kumpel wollten ihn zu Hause abholen, zuerst mit ihm in den Klub gehen und dann seine Rückkehr mit einem Mittagessen in der Mulberry Street feiern. Es war eine Achtungsbezeigung ihm gegenüber, aber er machte sich keine Illusionen. Siebzehn Jahre waren eine zu lange Zeit, um wegzubleiben. Sie hatten sich inzwischen auf Dinge eingelassen, die er ihnen nie gestattet hätte. Es hatte sich herumgesprochen, daß er krank war. So würden sie nur das vollenden, womit sie in den letzten Jahren bereits begonnen hatten: ihn langsam aus seiner führenden Rolle zu verdrängen. Und er konnte sich nur damit abfinden.

Joey war zusammen mit ihm verurteilt worden. Zum selben Strafmaß. Aber Joey kam nach sechs Jahren raus. Jetzt hatte Joey das Ruder in der Hand.

Myles Kearney. Bei ihm konnte er sich für die zusätzlichen elf Jahre bedanken.

Nicky lief mit gesenktem Kopf gegen den Wind und versuchte immer noch, zwei bittere Pillen zu schlucken. Mochten seine Kinder behaupten, daß sie ihn liebten. In Wirklichkeit schämten sie sich seinetwegen. Wenn Marie sie besuchte, gab sie sich ihren Freunden gegenüber als Witwe aus.

Tessa. Mein Gott, wie verrückt war sie als Kind nach ihrem Vater! Vielleicht war es falsch gewesen, nicht zuzulassen, daß sie ihn in all diesen Jahren besuchte. Marie fuhr regelmäßig zu ihr. Dort, bei ihrer Tochter, aber auch bei dem Sohn in Connecticut nannte sie sich Mrs. Damiano. Er hätte so gerne Tessas Kinder gesehen, doch ihr Mann fand, er solle damit noch warten.

Marie. Nicky spürte, daß sie ihm die vielen Jahre nachtrug, die sie auf ihn gewartet hatte. Es war ein tiefsitzender Groll. Zwar tat sie so, als freue sie sich, ihn wieder bei sich zu haben, aber ihr Blick war kalt und verschleiert. Er konnte ihre Gedanken lesen: »Durch das, was du getan hast, Nicky, sind wir selbst für unsere Freunde zu Ausgestoßenen geworden.« Marie war erst vierundfünfzig, aber sie sah zehn Jahre älter aus. Sie arbeitete im Personalbüro eines Krankenhauses. Sie hätte es nicht nötig gehabt, aber als sie die Stelle bekam, hatte sie ihm erklärt: »Ich kann nicht im Haus herumsitzen und die Wände anstarren.«

Marie. Nick junior, nein, *Nicholas*, Tessa, nein, *Theresa*.

Wären sie wirklich traurig gewesen, wenn er im Gefängnis einen Herzschlag bekommen hätte? Vielleicht wäre es nicht zu spät gewesen, wenn man ihn wie Joey nach sechs Jahren rausgelassen hätte. Jetzt war es für alles zu spät. Wegen Myles Kearney hatte er länger sitzen müssen, und er würde noch immer sitzen, wenn sie eine Möglichkeit gefunden hätten, ihn zu behalten.

Nicky war schon ein ganzes Stück zu weit gegangen, ehe er sich bewußt wurde, daß er das Gerüst der ehemaligen Berg-und-Tal-Bahn gar nicht gesehen hatte. Erschrocken stellte er fest, daß es abgebrochen worden war. Er kehrte um und machte sich auf den Rückweg. Die klammen Hände in den Taschen vergraben, stemmte er sich mit hochgezogenen Schultern gegen den Wind. Er hatte einen bitteren Geschmack im Mund und spürte jetzt nicht mehr die salzige Frische der Meeresluft auf seinen Lippen …

Der Wagen wartete bereits auf ihn, als er nach Hause kam. Louie saß am Steuer. Louie, der einzige, dem er restlos vertrauen konnte. Louie, der Wohltaten nicht vergaß. »Sobald Sie bereit sind, Don Sepetti«, sagte Louie. »Schön, daß ich das wieder zu Ihnen sagen kann.« Louie meinte es ehrlich.

Nicky sah den Anflug mürrischer Schicksalsergebenheit in Maries Augen, als er ins Haus kam und seine Strickjacke mit einem Jackett vertauschte. Er erinnerte sich, wie er einmal in der Schule eine Nacherzählung über etwas schreiben mußte, das er gelesen hatte. Er wählte sich die Kurzgeschichte von einem Mann aus, der eines Tages verschwindet, so daß seine Frau denkt, er sei tot, »und so richtete sie sich bequem in ihrem Leben als Witwe ein«. Marie hatte sich bequem in ihrem Leben ohne ihn eingerichtet.

Er mußte den Tatsachen ins Auge sehen. Sie wollte ihn gar nicht zurückhaben. Seine Kinder wären erleichtert, wenn er spurlos verschwände; besser noch, wenn er eines schönen, sauberen, natürlichen Todes stürbe, der auch später für ihre Kinder keiner Erklärung bedurfte. Wenn sie nur wüßten, wie nahe die Erfüllung dieser Wünsche schon war!

»Willst du etwas zu Abend essen, wenn du nach Hause kommst?« fragte Marie. »Ich habe heute Spätschicht, aber ich könnte dir etwas vorbereiten und in den Eisschrank stellen.«

»Nicht nötig.«

Während der ganzen Fahrt durch Brooklyn bis hinüber nach Manhattan saß er schweigend im Wagen. Im Klub hatte sich nichts verändert. Von außen sah es noch immer nach einem schäbigen Lokal aus. Drinnen standen die Kartentische mit den Stühlen rundherum bereit für die Spieler. Da war die riesengroße, matt gewordene Espressomaschine, dort das Münztelefon, das, wie jedermann wußte, abgehört wurde.

Der einzige Unterschied zeigte sich in der Haltung der »Familie«. O ja, sie scharten sich um ihn, begrüßten ihn ehrerbietig, hießen ihn mit aufgesetztem Lächeln willkommen. Aber er durchschaute sie.

Er war froh, als es Zeit wurde, in die Mulberry Street zu gehen. Wenigstens Mario, der Besitzer des Restaurants, schien sich zu freuen, ihn zu sehen. Das private Hinterzimmer war für sie vorbereitet. Die Teigwaren und Vorspeisen hatte er schon in früheren Jahren am liebsten gemocht. Nicky begann sich zu entspannen und fühlte wieder etwas von der alten Kraft in seinen Körper zurückkommen. Er wartete, bis der Nachtisch, *cannoli*, mit viel starkem, schwarzem Espresso gebracht wurde, ehe er jedem der zehn Männer, die rechts und links von ihm in zwei gleichen Reihen wie Zinnsoldaten saßen, ins Gesicht sah. Er nickte und begrüßte damit die zu seiner Rechten, dann die zu seiner Linken. Zwei Gesichter waren neu für ihn. Der eine sah in Ordnung aus. Der andere wurde ihm als »Carmen Machado« vorgestellt.

Nicky musterte ihn eingehend. Um die dreißig, mit dichten

dunklen Haaren und Brauen, platter Nase, sehr hager, aber zäh. Er war seit drei, vier Jahren dabei. Alfie hatte ihn im Kittchen kennengelernt, sagten sie, als er wegen eines Autodiebstahls saß. Nicky mißtraute ihm instinktiv. Er wollte Joey ausquetschen, wieviel sie wirklich über ihn wußten.

Sein Blick blieb auf Joey haften. Joey, der nach sechs Jahren rausgekommen war, der die Führung übernommen hatte, während er, Nicky, eingesperrt blieb. Joeys rundes Gesicht war von Fältchen durchzogen, die ein Lächeln darstellen sollten. Joey sah aus wie die Katze, die den Kanarienvogel gefressen hat.

Nicky verspürte ein Brennen in der Brust. Auf einmal lag ihm das Essen schwer im Magen. »Also gut, dann sagt mir jetzt, was ihr auf dem Herzen habt«, forderte er Joey auf.

Joey lächelte immer noch. »Mit Verlaub gesagt, habe ich großartige Neuigkeiten. Wir wissen alle, was du von dem Schweinehund Kearney hältst. Aber hör, was jetzt kommt. Es läuft ein Mordkontrakt auf seine Tochter. *Und er ist nicht von uns!* Steuber wird sie beseitigen lassen. Das ist fast so etwas wie ein Geschenk für dich.«

Nicky sprang auf und schlug mit der Faust auf den Tisch. Von Wut übermannt, hämmerte er auf die schwere Eichenplatte. »Ihr verdammten Idioten!« brüllte er. »Ihr stinkenden, dämlichen Hurenböcke! Macht ihn sofort rückgängig!« Er erhaschte einen flüchtigen Blick von Carmen Machado und wußte, daß er einem Polizisten ins Gesicht sah. »Macht ihn rückgängig. Ich verlange von euch, daß ihr den Kontrakt annulliert! Verstanden?«

Der Ausdruck in Joeys Gesicht wandelte sich von Furcht zu Besorgnis und dann zu Mitleid. »Nicky, du weißt sehr gut, daß das unmöglich ist. Niemand kann einen Kontrakt wieder aufheben. Es ist zu spät.«

Eine Viertelstunde später befand sich Nicky neben dem schweigend hinter dem Steuer sitzenden Louie auf dem Heimweg nach Belle Harbour. Seine Brust brannte vor ständig neu aufflammenden Schmerzen. Das Nitroglyzerin unter seiner Zunge nützte nichts. Wenn Kearneys Tochter etwas zustieß, würden die Bullen nicht ruhen, bis sie es ihm angehängt hatten, und Joey wußte das ganz genau.

Wie dumm es von ihm gewesen war, Joey auch noch vor Machado zu warnen! »Ausgeschlossen, daß der Bursche in Florida für die Palino-Familie gearbeitet hat«, hatte er zu Joey gesagt. »Du warst einfach zu beschränkt, um dich richtig über ihn zu erkundigen. Stimmt's? Du blöder Hund, jedesmal, wenn du den Mund aufmachst, breitest du alles vor einem Bullen aus.«

Am Dienstag morgen erwachte Seamus Lambston nach vier Stunden Schlaf, der von quälenden Träumen heimgesucht gewesen war. Um halb drei Uhr früh hatte er sein Lokal geschlossen, noch eine Weile Zeitung gelesen und war dann ganz leise ins Bett gekrochen, um Ruth nicht zu stören.

Als seine Töchter noch klein waren, konnte er morgens ausschlafen, erst am Mittag in die Bar gehen, zu einem frühen Abendessen mit der Familie nach Hause kommen und dann wieder zurückgehen, bis die Bar schloß. Aber in den letzten Jahren, seit es mit dem Geschäft unablässig bergab ging und die Miete sich verdoppelte und verdreifachte, hatte er Barkeeper und Kellner entlassen und die Speisekarte vereinfacht, bis er nur noch Sandwiches zum Essen anbot. Er besorgte den ganzen Einkauf selber, war bereits um acht oder halb neun im Lokal und blieb, mit Ausnahme eines zu Hause hastig eingenommenen Abendessens, bis zur Schließungszeit. Trotzdem konnte er sich kaum über Wasser halten.

Ethels Gesicht verfolgte ihn in seinen Träumen. Ihre Froschaugen, wenn sie ärgerlich war. Ihr ironisches Lächeln, das er auf ihrem Gesicht ausgelöscht hatte.

Als er am Donnerstag nachmittag zu ihr in die Wohnung gekommen war, hatte er ein Foto seiner Töchter hervorgezogen. »Ethel«, flehte er sie an, »sieh sie dir an. Sie brauchen das Geld, das ich dir bezahle. Gib mir eine Chance.«

Sie hatte das Bild genommen und eingehend betrachtet. »Das hätten meine Kinder sein sollen«, sagte sie und gab ihm das Foto zurück.

Jetzt krampfte sich sein Magen vor Furcht zusammen. Die Alimentenzahlung wurde am Fünften fällig. Morgen. Würde er es wagen, den Scheck nicht auszuschreiben?

Es war halb acht. Ruth war schon aufgestanden. Er hörte das Plätschern der Dusche. Er verließ das Bett und ging in das kleine

Zimmer, das zugleich als Wohnraum und Büro diente. Von den Strahlen der Morgensonne war es in ein grelles Licht getaucht. Er setzte sich an den Schreibsekretär, der schon seit drei Generationen in seiner Familie war. Ruth haßte ihn. Sie hätte viel lieber sämtliche alten, schweren Möbel durch moderne Stücke in hellen, freundlichen Farben ersetzt. »Alle guten Möbel hast du Ethel gelassen, als ihr euch getrennt habt«, hielt sie ihm immer wieder vor. »Und ich mußte mit dem Krempel von deiner Mutter leben. Die einzigen neuen Gegenstände, die ich je anschaffen konnte, waren die Baby- und Kinderbetten für die Mädchen, und auch die waren nicht das, was ich mir für sie gewünscht hätte.«

Seamus schob die quälende Entscheidung, ob er Ethels Scheck ausschreiben sollte, hinaus und stellte zuerst ein paar andere aus. Für Gas, Elektrizität, Miete und Telefon. Das Kabelfernsehen hatten sie schon vor einem halben Jahr abbestellt. Dadurch sparten sie zweiundzwanzig Dollar monatlich.

Aus der Küche hörte er, wie Ruth den Kaffeekocher auf den Herd setzte. Wenige Minuten später kam sie mit einem kleinen Tablett ins Zimmer, auf dem sie ein Glas Orangensaft und eine Tasse mit heißem Kaffee brachte. Sie lächelte, und einen Moment erinnerte sie ihn an die hübsche, ausgeglichene Frau, die er drei Monate nach seiner Scheidung geheiratet hatte. Ruth neigte nicht zu Zärtlichkeiten, doch als sie das Tablett neben ihn stellte, beugte sie sich vor und drückte ihm einen Kuß auf den Kopf.

»Wenn ich dich da die monatlichen Schecks schreiben sehe, wird es mir erst richtig bewußt«, sagte sie. »Kein Geld mehr an Ethel. Mein Gott, Seamus, endlich können wir anfangen aufzuatmen. Laß uns das heute abend feiern! Nimm dir jemand, der dich in der Bar vertritt. Wir sind seit Monaten nicht mehr zum Essen ausgegangen.«

Seamus spürte, wie sein Magen sich zusammenkrampfte. Der starke Kaffeeduft verursachte ihm plötzlich Übelkeit. »Liebling«, begann er zögernd, »ich kann nur hoffen, daß sie sich nicht anders besinnt. Ich meine, ich habe nichts Schriftliches von ihr. Findest du nicht, ich sollte ihr einfach den gewohnten Scheck schicken, damit sie ihn zurücksenden kann? Ich glaube, das wäre das beste. Dann hätten wir nämlich etwas Rechtsgültiges, ich meine, einen Beweis, daß sie einverstanden ist, wenn ich mit den Zahlungen aufhöre.«

Seine Stimme erstickte zu einem Keuchen, als eine schmerzhafte Ohrfeige seinen Kopf gegen die linke Schulter schnellen ließ. Er blickte auf und zuckte zusammen, als er die Empörung und den mörderischen Haß in Ruths Gesicht sah. Denselben Ausdruck hatte er erst vor ein paar Tagen auf einem anderen Gesicht gesehen.

Doch dann erschienen hellrote Flecken auf Ruths Backenknochen, und Tränen der Erschöpfung stiegen ihr in die Augen. »Verzeih mir, Seamus. Ich habe einfach die Nerven verloren.« Ihre Stimme versagte. Sie biß sich auf die Lippen und gab sich einen Ruck. »Aber *keine weiteren Schecks*. Sie soll sich unterstehen, ihr Wort zurückzunehmen! Eher bringe ich sie eigenhändig um, als daß ich dich noch einen einzigen Cent an sie bezahlen lasse.«

6

Am Mittwoch morgen erzählte Neeve ihrem Vater von den Befürchtungen, die sie wegen Ethel hegte. Während sie mit besorgt gerunzelter Stirn einen Toast mit Rahmkäse bestrich, sprach sie die Überlegungen aus, die sie die halbe Nacht wachgehalten hatten. »Ethel ist zwar schusselig genug, ohne ihre neuen Kleider abzufliegen, aber sie hatte für Freitag eine Verabredung mit ihrem Neffen.«

»Behauptet er«, warf Myles ein.

»Genau. Ich weiß, daß sie am Donnerstag ihren Artikel abgeliefert hat. Donnerstag war eiskaltes Wetter, und gegen Abend fing es an zu schneien. Freitag war der reinste Wintertag.«

»Du mauserst dich noch zum Meteorologen«, bemerkte Myles.

»Ernstlich, Myles, irgend etwas kann da nicht stimmen. Alle warmen Mäntel hingen in Ethels Kleiderschrank.«

»Neeve, die Frau wird ewig leben. Ich sehe geradezu, wie der liebe Gott und der Teufel sie sich gegenseitig zuschieben: Nimm sie nur, sie gehört dir!« Myles freute sich über seinen eigenen Witz.

Neeve machte eine verzweifelte Miene, weil er ihre Besorgnis nicht ernst nahm; zugleich war sie für den scherzhaften Ton dankbar. Ein frischer Luftzug drang durch den Spalt des ein wenig offenstehenden Küchenfensters und legte sich über die Abgasgerüche der Tausenden von Autos, die unten auf der Schnellstraße am Hudson River entlangfuhren. Der Schnee verschwand ebenso rasch, wie er gekommen war. Der Frühling lag in der Luft, was wohl dazu beigetragen hatte, daß Myles wieder besserer Stimmung war. Oder gab es noch einen anderen Grund?

Neeve stand auf, holte die Kaffeekanne vom Herd und füllte ihre beiden Tassen nach. »Du scheinst ja heute recht aufgekratzt«, bemerkte sie. »Bedeutet das, daß du aufgehört hast, dich wegen Nicky Sepetti zu sorgen?«

»Nun ja, ich habe mit Herb gesprochen und bin beruhigt, daß Nicky nicht einmal die Zähne putzen kann, ohne daß einer unserer Leute seine Plomben zählt.«

»Aha.« Neeve wußte, daß es nicht ratsam war, Myles weitere Fragen zu stellen. »Hauptsache, daß du meinetwegen nicht mehr ständig beunruhigt bist.« Sie sah auf ihre Uhr. »Langsam muß ich mich fertig machen.« An der Küchentür zögerte sie. »Myles, ich kenne Ethels Garderobe wie meine eigene. Sie ist am Donnerstag oder Freitag ohne Mantel verschwunden. Findest du dafür eine Erklärung?«

Myles ließ die *New York Times*, die er gerade zu lesen begonnen hatte, geduldig wieder sinken. »Laß uns das ›Denk-mal-Spiel‹ spielen, Neeve. Denk mal, daß Ethel in irgendeinem anderen Geschäft einen Mantel gesehen und gefunden hat, den könnte sie jetzt gerade gebrauchen.«

Das ›Denk-mal-Spiel‹ hatten sie erfunden, als die vierjährige Neeve sich verbotenerweise eine Flasche Coca-Cola aus dem Eisschrank genommen hatte. Myles hatte sie erwischt, als sie eben den letzten Tropfen austrank, und sie streng angesehen. »Ich habe eine gute Idee, Papa«, hatte sie eilig gesagt. »Wir spielen das ›Denk-mal-Spiel‹. Denk mal, das wär Apfelsaft.«

Neeve kam sich plötzlich lächerlich vor. »Genau darum bist du der Polizist, und ich bin für die Modeboutique zuständig.«

Doch als sie geduscht und sich fertig angezogen hatte, war ihr der Trugschluß in Myles' Überlegungen aufgegangen. Das Coca-Cola war damals auch kein Apfelsaft gewesen. Und jetzt hätte sie alles, was sie besaß, verwettet, daß Ethel nicht irgendwo anders einen Mantel gekauft hatte.

Am Mittwoch morgen erwachte Douglas Brown schon früh und begann, seine Herrschaft über Ethels Wohnung auszudehnen. Es war eine angenehme Überraschung für ihn gewesen, das Apartment bei seiner Rückkehr von der Arbeit blitzsauber und so aufgeräumt vorzufinden, wie dies angesichts der vielen Papierstapel menschenmöglich war. Im Tiefkühler hatte er ein paar eingefrorene Fertigmahlzeiten gefunden, eine Lasagne ausgewählt und in der Zeit, bis sie aufgewärmt war, ein kaltes Bier getrunken. Ethel besaß den allerneusten Fernsehapparat mit einem großen Bildschirm, und Doug hatte sich mit einem Tablett ins Wohnzimmer gesetzt und beim Essen eine Sendung angeschaut.

Jetzt nahm er von dem mit seidenen Laken bezogenen, luxuriösen Bett aus die Einrichtung des Schlafzimmers in Augenschein. Sein Koffer lag noch auf der Chaiselongue; seine Anzüge hatte er über die Lehne gehängt. Zum Teufel! Wahrscheinlich war es nicht ratsam, ihren kostbaren Kleiderschrank zu benutzen. Aber er sah keinen Hinderungsgrund, seine Sachen in dem anderen Schrank zu verstauen.

Der Wandschrank im Flur diente eindeutig als Rumpelkammer. Es gelang ihm, die Fotoalben, Stapel von Katalogen und Zeitschriften so zusammenzuschieben, daß er die Kleiderstange für seine Anzüge benutzen konnte.

Während der Kaffee im Kocher blubberte, duschte Doug sich und genoß sowohl das blendende Weiß der Kacheln wie auch die Tatsache, daß die ganze Ansammlung von Ethels Parfumflaschen und Wässerchen jetzt schön geordnet auf dem Glasbord rechts neben der Tür stand. Auch die Frottiertücher lagen zusammengefaltet im Wäscheschrank im Badezimmer. Bei diesem Gedanken runzelte Douglas plötzlich die Stirn. Das Geld! Hatte die kleine Schwedin, die Ethels Wohnung in Ordnung hielt, womöglich das Geld gefunden?

Er sprang aus der Dusche, rieb seinen mageren Körper energisch trocken, schlang sich das Handtuch um die Hüften und eilte ins Wohnzimmer. Er hatte eine einzige Hundertdollarnote nahe beim Lehnsessel unter dem Teppich liegen gelassen. Sie war noch da. Entweder war das Mädchen also ehrlich, oder sie hatte das Geld nicht gesehen.

Ethel war ja so dumm, überlegte er. Jeden Monat, wenn der Scheck von ihrem Ex-Mann kam, löste sie ihn in lauter Hunderternoten ein. »Mein Geld zum Rausschmeißen«, hatte sie zu Doug gesagt. Es war das Geld, das sie ausgab, wenn sie ihn zum Essen in ein teures Restaurant einlud. »Die essen weiße Bohnen, und wir tafeln hier mit Kaviar«, erklärte sie. »Manchmal verplempere ich alles in einem Monat. Manchmal sammelt es sich an. Ab und zu sehe ich nach und schicke die überzähligen Piepen an meinen Buchhalter, der die Kleider davon bezahlt. Restaurants und Kleider – dafür hat der Schlappschwanz all die Jahre gesorgt.«

Doug hatte mit ihr gelacht und auf Seamus, den Schlappschwanz, angestoßen. Aber an jenem Abend war ihm auch klargeworden, daß Ethel keine Übersicht hatte, wieviel Bargeld in der

Wohnung versteckt war, und daher ein- bis zweihundert Dollar im Monat gar nicht vermissen würde. Das war der Betrag, den er sich während der letzten zwei Jahre regelmäßig angeeignet hatte. Das eine oder andere Mal hatte sie Verdacht geschöpft, doch sobald sie etwas zu sagen versuchte, hatte er den Empörten gespielt, und sie hatte sofort eingelenkt. »Wenn du aufschreiben würdest, was du ausgibst, sähest du ja, wohin das Geld gegangen ist!« hatte er gebrüllt.

»Es tut mir leid, Doug«, hatte Ethel sich entschuldigt. »Du kennst mich doch. Plötzlich hab ich eine Idee – und schon schieße ich los.«

Er löschte das letzte Gespräch aus seinem Gedächtnis, als sie ihn gebeten hatte, am vergangenen Freitag eine Besorgung für sie zu erledigen, und dann hinzufügte, er könne aber kein Trinkgeld dafür erwarten, denn: »Ich habe deinen Rat beherzigt und mir aufgeschrieben, was für Ausgaben ich hatte.«

Er war hastig hergekommen, überzeugt, daß er sie besänftigen könnte, denn er wußte, daß sie ihn nicht fallenlassen würde, weil sie dann niemanden mehr gehabt hätte, den sie herumkommandieren konnte …

Als der Kaffee fertig war, schenkte Douglas sich eine Tasse ein und kehrte ins Schlafzimmer zurück, um sich anzuziehen. Während er die Krawatte band, betrachtete er sich kritisch im Spiegel. Er sah gut aus. Die Gesichtswasser, die er sich neuerdings von dem Geld kaufte, das er Ethel stahl, hatten seinen Teint gereinigt. Er hatte auch einen anständigen Friseur gefunden. Und die beiden Anzüge, die er sich kürzlich angeschafft hatte, saßen genau so, wie gute Anzüge sitzen sollten. Das neue Mädchen am Empfang von »Cosmic« machte ihm bereits schöne Augen. Er hatte ihr gegenüber durchblicken lassen, daß er den elenden Job am Empfangspult nur übernommen hatte, weil er ein Theaterstück schrieb. Sie kannte Ethels Namen. »Sie sind auch Schriftsteller?« hatte sie ehrfurchtsvoll gehaucht. Er hätte Linda ganz gerne mit hergebracht. Aber er mußte vorsichtig sein, jedenfalls fürs erste …

Bei einer zweiten Tasse Kaffee sah Douglas systematisch die Papiere auf Ethels Schreibtisch durch. Es gab eine mit »Wichtig« bezeichnete Mappe. Als er sie durchblätterte, wurde sein Gesicht plötzlich aschfahl. Ethel, die alte Schwätzerin, besaß die höchst kotierten Aktien. Sie hatte Land in Florida und eine Versicherung für eine Million Dollar!

Im hintersten Teil der Mappe lag eine Kopie ihres Testaments. Er traute seinen Augen nicht, als er es las.

Alles, bis auf den letzten Fünfer, hinterließ sie ihm. Und das war eine recht beträchtliche Summe.

Er würde zu spät zur Arbeit kommen. Aber das war ihm egal. Doug hängte seine Anzüge wieder über die Lehne der Chaiselongue, machte ordentlich das Bett, leerte den Aschenbecher und legte eine zusammengefaltete Decke, ein Kissen und Bettücher auf das Sofa, um damit anzudeuten, daß er hier geschlafen hatte. Dann schrieb er einen Zettel: »Liebe Tante Ethel, vermute Dich auf einer Deiner Überraschungsreisen. Wußte, daß Du nichts dagegen hättest, wenn ich hier auf dem Sofa schlafe, bis meine neue Behausung fertig ist. Hoffentlich hattest Du viel Spaß. Dein Dich liebender Neffe Doug.«

Das legt die Art unserer Beziehung fest, dachte er, wobei er Ethels Bild an der Wand von der Wohnungstür aus zuwinkte.

Am Mittwoch hinterließ Neeve um halb drei Uhr nachmittags auf Tse-Tses Telefonbeantworter eine Nachricht. Eine Stunde später rief Tse-Tse bei ihr an. »Neeve, wir hatten gerade Kostümprobe. Ich glaube, das Stück ist großartig«, erzählte sie begeistert. »Ich habe zwar nichts weiter zu tun, als den Truthahn zu servieren und ›ja‹ zu sagen. Aber man kann nie wissen. Vielleicht sitzt Joseph Papp oder ein anderer berühmter Regisseur im Publikum.«

»Du wirst bestimmt noch ein Star«, sagte Neeve und meinte es aufrichtig. »Ich kann's kaum erwarten, damit anzugeben, daß ich dich schon kannte, als du noch et cetera … Hör zu, Tse-Tse, ich muß noch mal in Ethels Wohnung. Du hast doch den Schlüssel sicher noch?«

»Hat niemand etwas von ihr gehört?« Tse-Tses Stimme verlor den fröhlichen Klang. »Da geht doch irgend etwas Seltsames vor, Neeve. Der komische Neffe, der in ihrem Bett schläft und in ihrem Zimmer raucht. Entweder rechnet er nicht damit, daß sie zurückkommt, oder es ist ihm egal, ob er sie rausschmeißt.«

Neeve stand auf. Sie fühlte sich plötzlich ganz verkrampft hinter ihrem Schreibtisch, und die in ihrem Büro verstreuten Muster von Kleidern, Taschen, Schuhen und Schmuckstücken kamen ihr schrecklich unwichtig vor. »Tse-Tse«, fragte sie, »wäre es dir möglich, morgen vormittag noch einmal in Ethels Wohnung zu gehen? Wenn Ethel da ist, um so besser. Dann sagst du, daß du dir ihretwegen Sorgen gemacht hättest. Wenn der Neffe da ist, kannst du ja sagen, Ethel habe dich gebeten, noch gewisse Arbeiten zu erledigen, zum Beispiel die Küchenschränke auszuwaschen oder etwas Ähnliches.«

»Klar, mache ich«, bestätigte Tse-Tse. »Vergiß nicht, daß mir das Stück fast keine Gage einbringt, nur Prestige. Aber ich muß dir auch sagen, daß es Ethel schnuppe ist, wie ihre Küchenschränke aussehen.«

»Wenn sie wiederauftaucht und dir nichts bezahlen will, übernehme ich das«, sagte Neeve. »Ich werde mit dir kommen. Ich weiß, daß Ethel einen Terminkalender in ihrem Schreibtisch hat. Ich möchte mir nur ungefähr ein Bild davon machen, was sie möglicherweise für Pläne hatte, ehe sie verschwunden ist.«

Sie verabredeten sich für den folgenden Morgen um acht Uhr in der Eingangshalle. Bei Ladenschluß verriegelte Neeve die Tür der Boutique und kehrte in ihr Büro zurück, um noch in Ruhe Schreibarbeiten zu erledigen. Um sieben Uhr rief sie in der bischöflichen Residenz an und wurde mit Bischof Devin Stanton verbunden.

»Ich habe deine Nachricht erhalten, Neeve«, sagte er. »Mit größtem Vergnügen komme ich morgen abend zu euch zum Essen. Wird Sal auch da sein? Gut. Die drei Musketiere aus der Bronx treffen sich wirklich zu selten. Ich habe Sal schon seit Weihnachten nicht mehr gesehen. Hat er vielleicht wieder geheiratet?«

Ehe er das Gespräch beendete, erinnerte der Bischof Neeve noch daran, daß sein Lieblingsgericht Spaghetti *al pesto* seien. »Der einzige Mensch, der das noch besser als du machen konnte, war deine Mutter. Gott hab sie selig«, fügte er sanft hinzu.

Normalerweise erwähnte Devin Stanton Renata nicht bei einem gewöhnlichen Telefongespräch. Neeve hatte den plötzlichen Verdacht, daß er mit Myles über Nicky Sepettis Entlassung gesprochen haben könnte. Doch ehe sie ihn deswegen ausfragen konnte, hatte er schon aufgehängt. Ich setz dir deinen Pesto vor, Onkel Dev, dachte sie. Aber ich setz dir auch einen Floh ins Ohr. Mein Vater kann mich wirklich nicht mein Leben lang bemuttern.

Kurz bevor sie aufbrach, rief sie noch in Sals Wohnung an. Er war in der gewohnten überschäumend guten Laune. »Selbstverständlich habe ich die Einladung für morgen abend nicht vergessen. Was gibt's denn? Ich werde den Wein mitbringen. Dein Vater meint zwar, daß nur er etwas von Wein verstünde.«

Neeve lachte mit ihm und legte den Hörer auf die Gabel. Sie knipste alle Lichter aus und verließ das Geschäft. Das unberechenbare Aprilwetter war wieder kalt geworden. Trotzdem empfand sie das Bedürfnis nach einem längeren Spaziergang. Myles zuliebe hatte sie eine Woche aufs Joggen verzichtet, und sie fühlte sich steif in allen Gliedern.

Mit raschen Schritten lief sie bis zur Fifth Avenue und beschloß, auf der Höhe der 79. Straße quer durch den Central Park zu gehen. Sie trachtete stets, die Gegend hinter dem Metropolitan Museum zu meiden, wo man die Leiche ihrer Mutter gefunden hatte.

Die Madison Avenue war noch belebt, voller Autos und Fußgänger. Auf der Fifth Avenue sausten Taxis und Limousinen rasch an ihr vorbei, doch auf der am Park entlangführenden Straßenseite waren fast keine Menschen. Entschlossen warf Neeve den Kopf zurück, als sie sich der 79. Straße näherte. Sie war nicht gewillt, sich von ihrem Vorhaben abbringen zu lassen.

Sie wollte eben in den Park einbiegen, als ein Polizeiauto neben ihr hielt. »Miss Kearney.« Ein lächelnder Sergeant kurbelte das Fenster herunter. »Wie geht's denn dem Commissioner?«

Sie erkannte den Mann. Während einer bestimmten Zeit war er der Chauffeur ihres Vaters gewesen. Sie trat zu ihm, um sich mit ihm zu unterhalten.

Wenige Schritte hinter ihr blieb Denny abrupt stehen. Er trug einen langen, unförmigen Mantel mit hochgeschlagenem Kragen und eine gestrickte Mütze. Sein Gesicht war fast ganz verhüllt. Doch auch so spürte er, daß sich der Blick des Polizisten auf dem

Beifahrersitz des Streifenwagens fest auf ihn richtete. Polizisten hatten ein sehr gutes Gedächtnis, was Gesichter anging, und erkannten selbst solche wieder, die sie nur kurz im Profil gesehen hatten. Denny wußte das. Er ging daher lieber weiter und beachtete weder Neeve noch die Polizisten; trotzdem spürte er, daß Blicke ihn verfolgten. Direkt vor ihm war eine Busstation. Da gerade ein Bus kam, mischte er sich unter die Wartenden und stieg ein. Als er seinen Fahrschein löste, merkte er, daß ihm der Schweiß auf der Stirn stand. Noch eine Sekunde, und der Bulle hätte ihn womöglich erkannt.

Mit finsterer Miene setzte Denny sich auf einen freien Platz. Dieser Job wäre mehr Geld wert gewesen, als was man ihm dafür bezahlte. Wenn Neeve Kearney umgelegt wurde, würden sich vierzigtausend New Yorker Polizisten auf Menschenjagd begeben.

Als Neeve den Park betrat, fragte sie sich, ob es purer Zufall gewesen war, daß Sergeant Collins sie gesehen hatte. Oder sollte Myles die besten Leute in New York aufgeboten haben, um Schutzengel für sie zu spielen?

Im Park gab es eine Menge Jogger, einige wenige Radfahrer, ein paar Fußgänger und eine traurige Anzahl von Obdachlosen, die unter Schichten von Zeitungspapier oder zerrissenen Wolldecken dalagen. Sie konnten sterben, ohne daß jemand davon Notiz nehmen würde, dachte Neeve, während sie geräuschlos in ihren weichen italienischen Stiefeln über die Wege lief. Zu ihrem eigenen Ärger konnte sie nicht anders, als ständig über die Schulter nach hinten zu blicken. Als Teenager hatte sie sich in der Bibliothek im Zeitungsarchiv die Bilder ihrer ermordeten Mutter angesehen. Während sie jetzt mit immer rascher werdenden Schritten durch den Park eilte, hatte sie das unheimliche Gefühl, die Bilder wieder vor sich zu sehen. Doch diesmal war es ihr eigenes Gesicht, nicht das Renatas, das die Titelseite der *Daily News* mit der Schlagzeile ERMORDET! einnahm.

Kitty Conway hatte sich der Gruppe von Reitschülern im Morrison State Park aus einem einzigen Grund angeschlossen: Sie mußte ihre Zeit ausfüllen. Sie war eine hübsche, achtundfünfzigjährige Frau mit rotblondem Haar und grauen Augen, die durch die feinen Fältchen, die ringsum von ihnen ausstrahlten, noch betont wurden. Es gab eine Zeit, da diese Augen ständig amüsiert oder schelmisch zu funkeln schienen. Als Kitty fünfzig wurde, hatte sie zu ihrem Mann gesagt: »Wie kommt es nur, daß ich mich immer noch wie zweiundzwanzig fühle?«

»Weil du zweiundzwanzig *bist!*« hatte er geantwortet.

Jetzt war Michael schon fast drei Jahre tot. Während sie vorsichtig auf die Fuchsstute stieg, kamen ihr alle die Tätigkeiten in den Sinn, auf die sie sich in diesen drei Jahren eingelassen hatte. Sie besaß heute ein Diplom als Grundstücksmaklerin und war eine verdammt gute Verkäuferin. Sie hatte ihr Haus in Ridgewood, das sie und Michael erst kurz vor seinem Tod gekauft hatten, neu eingerichtet. Sie nahm aktiv teil an einem literarischen Zirkel und arbeitete einen Tag im Monat freiwillig im Museum. Sie hatte zwei Reisen nach Japan unternommen, wo Mike junior, ihr einziger Sohn, als Berufsoffizier stationiert war, und das Zusammensein mit ihrer halbjapanischen Enkelin sehr genossen. Sie hatte auch wieder begonnen, Klavierstunden zu nehmen, doch ohne rechte Begeisterung. Zweimal im Monat brachte sie behinderte Patienten mit ihrem Wagen zum Arzt, und das Neuste waren jetzt die Reitstunden. Doch was immer sie tat, wie viele Freundschaften sie auch pflegte, überall verfolgte sie das Gefühl von Einsamkeit. Auch jetzt, als sie sich folgsam in das Dutzend anderer Reitschüler hinter dem Lehrer einreihte, empfand sie nur tiefe Traurigkeit beim Anblick der in einen leichten Dunstschleier gehüllten Bäume, jenes rötlichen Schimmers, in dem sich der Frühling ankündigte. »Ach, Michael«, flüsterte sie, »ich wünschte, es würde besser. Ich versuche wirklich alles.«

»Wie kommen Sie zurecht, Kitty?« brüllte der Reitlehrer.

»Gut«, rief sie zurück.

»Wenn Sie wirklich wollen, daß es gutgeht, dann halten Sie die Zügel straffer. Zeigen Sie ihr, daß Sie der Herr sind. Und lassen Sie die Fersen unten!«

»Verstanden.« Scher dich zum Teufel, dachte Kitty. Dieser Gaul ist wirklich der schlimmste von allen. Eigentlich hätte ich Charley reiten sollen, aber den hast du natürlich der Neuen, die so sexy ist, zugeteilt.

Der Pfad stieg steil an. Das Pferd blieb bei jedem bißchen Grün am Wegrand stehen, um zu fressen. Ein Reiter nach dem anderen aus der Gruppe überholte sie. Sie wollte den Anschluß nicht verlieren. »Los, weiter, verdammt noch mal!« murmelte sie und stieß ihre Hacken in die Flanken des Pferdes.

Mit einer plötzlichen, heftigen Bewegung warf die Stute den Kopf zurück und bäumte sich. Erschrocken riß Kitty an den Zügeln, als das Pferd in einen Seitenpfad abschwenkte. Krampfhaft versuchte sie, daran zu denken, sich nicht nach vorn zu beugen. Zurücklehnen, wenn es Schwierigkeiten gibt! Sie spürte die lockeren Steine unter den Hufen des Pferdes weggleiten. Aus seiner unregelmäßigen Gangart fiel es jetzt in vollen Galopp, raste bergab, über unebenes Gelände. O Gott, wenn das Pferd stürzt, werde ich unter ihm zerquetscht! Sie versuchte, die Stiefel so weit zurückzuziehen, daß nur noch die Fußspitzen in den Steigbügeln waren, damit sie, falls sie runterfiel, nicht hängenblieb.

Hinter sich hörte sie den Reitlehrer brüllen. »Zügel lockern!« Sie spürte, wie das Pferd stolperte, als ein großer Stein unter der Hinterhand nachgab. Es war schon drauf und dran, in die Knie zu gehen, konnte sich aber wieder auffangen. Ein Stück schwarzes Plastik wirbelte hoch und streifte Kittys Wange. Sie sah nach unten, der Eindruck einer in einer leuchtendblauen Manschette steckenden Hand schoß ihr durch den Kopf und war schon wieder verschwunden.

Am Fuß des steinigen Abhangs angekommen, ging das Pferd vollends durch und eilte im gestreckten Galopp zurück zum Stall. Es gelang Kitty, bis zum letzten Augenblick im Sattel zu bleiben; sie fiel erst herunter, als die Stute abrupt an der Tränke stehenblieb. Sie spürte sämtliche Knochen knacken, als sie auf den Boden stürzte, aber sie konnte sich selber wieder hochrappeln und schüttelte Arme und Beine und bewegte den Kopf von einer Seite zur anderen. Gott sei Dank, sie schien nichts gezerrt oder gebrochen zu haben.

Der Reitlehrer kam angaloppiert. »Ich hab Ihnen doch gesagt, Sie müssen die Führung behalten! Sie sind der Herr und Meister. Ist mit Ihnen alles in Ordnung?«

»Alles bestens«, antwortete Kitty und ging zu ihrem Wagen. Dich sehe ich erst im nächsten Jahrtausend wieder!

Als sie sich eine halbe Stunde später dankbar im dampfenden, sprudelnden Wasser ihrer Jacuzzi-Badewanne zurücklehnte, mußte sie auf einmal lachen. Eine richtige Reiterin bin ich also nicht, entschied sie. Das wär's für mich gewesen mit dem Sport der Könige. Von jetzt an werde ich, wie jeder vernünftige Mensch, nur noch joggen. Im Geist machte sie das erschreckende Erlebnis noch einmal durch. Wahrscheinlich hatte es nicht länger als zwei Minuten gedauert. Der schlimmste Moment war, als der elende Gaul ausrutschte ... Das Bild des Plastikfetzens, der an ihrem Gesicht vorbeigeflogen war, kehrte wieder. Und der Eindruck von einer Hand in einem Ärmel. Wie lächerlich. Dennoch – sie hatte es gesehen.

Sie schloß die Augen und genoß das beruhigende Wirbeln des Wassers und den Duft des parfümierten Badeöls.

Da es abends noch sehr kalt wurde, schaltete sich die Heizung in der Wohnung ein. Trotzdem fröstelte Seamus bis ins Mark. Nachdem er den Hamburger und die Pommes frites eine Weile auf seinem Teller hin und her geschoben hatte, gab er es auf, so zu tun, als würde er essen. Er wußte, daß Ruth ihn über den Tisch hinweg mit ihren Blicken durchbohrte. »Hast du's getan?« fragte sie endlich.

»Nein.«

»Warum nicht?«

»Weil es vielleicht besser ist, den Dingen ihren Lauf zu lassen.«

»Ich hab dir gesagt, du sollst es schriftlich festhalten. Danke ihr, daß sie eingesehen hat, daß du das Geld nötiger brauchst als sie.« Ruths Stimme wurde lauter. »Sag ihr, daß du ihr in den letzten zwanzig Jahren fast eine Viertelmillion Dollar bezahlt hast, zusätzlich zu der großen Abfindung, und daß es einfach unanständig ist, noch mehr zu verlangen für eine Ehe, die weniger als sechs Jahre gedauert hat. Gratuliere ihr zu dem großartigen Vertrag, den sie für ihr neues Buch abgeschlossen hat, und sag ihr, wie froh du bist, daß sie dein Geld nicht nötig hat, während deine Kinder es wirklich brauchen. Dann unterschreib den Brief und wirf ihn in ihren Kasten. Wir behalten eine Kopie. Und falls sie protestiert, wird alle Welt erfahren, was für eine habgierige, scheinheilige Person sie ist. Ich möchte wissen, wie viele

Universitäten ihr noch Ehrentitel verleihen, wenn sie ihr Wort bricht.«

»Ethel genießt Drohungen geradezu«, flüsterte Seamus. »Es wäre ein Fehler, ihr zu schreiben. Sie ist imstande und zeigt so einen Brief stolz herum. Sie würde die Alimentenzahlungen als einen Sieg der Frauen darstellen.«

Ruth schob ihren Teller beiseite. »Schreib!«

Sie hatten noch einen alten Xerox-Apparat im Bürozimmer stehen. Erst nach drei Versuchen brachten sie eine lesbare Fotokopie des Briefes zustande. Ruth reichte Seamus seinen Mantel. »So, jetzt gehst du hin und wirfst das persönlich in ihren Briefkasten.«

Seamus entschloß sich, die neun Straßen weit zu Fuß zu gehen. Bedrückt hielt er den Kopf gesenkt und vergrub die Hände in den Taschen. Er betastete die beiden Briefumschläge, die er bei sich trug. Der eine enthielt einen Scheck. Er hatte ihn ganz hinten aus dem Scheckheft genommen und ohne Ruths Wissen ausgefüllt. Der Brief war in dem anderen Umschlag. Welchen sollte er in Ethels Kasten werfen? Im Geist sah er das Gesicht, das sie bei der Lektüre seiner Mitteilung machen würde, vor sich. Ebenso deutlich konnte er sich ausmalen, was Ruth täte, wenn er den Scheck hinterließe.

Er bog um die Ecke der West End Avenue in die 82. Straße. Es waren noch ziemlich viele Leute unterwegs. Junge Ehepaare, die ihre Einkäufe auf dem Heimweg von der Arbeit machten und mit Lebensmitteltüten beladen waren. Gutangezogene Menschen mittleren Alters, die Taxis herbeiwinkten, um sich zu teuren Abendessen oder ins Theater fahren zu lassen. Heruntergekommene Gestalten, die sich gegen Hausmauern lehnten.

Seamus zitterte fröstelnd, als er bei Ethels Haus ankam. Die Briefkästen befanden sich im Eingang hinter der verschlossenen Haustür am oberen Ende des Treppenaufgangs. Immer wenn er im allerletzten Moment mit dem Scheck kam, läutete er beim Hauswart, der ihn dann einließ, so daß er den Scheck in Ethels Briefkasten werfen konnte. Doch heute war das nicht nötig. Ein Mädchen, das, wie er wußte, im dritten Stock wohnte, drängte sich an ihm vorbei und wollte die Stufen hinauflaufen. Unvermittelt packte er die Kleine am Arm. Erschrocken und verängstigt drehte sie sich um. Sie war ein schlaksiges Kind mit schmalem Gesicht und scharfen Zügen. Sie mochte etwa vierzehn sein. Anders als meine Töchter, dachte Seamus, die aus irgendeinem Erbteil hübsche Gesichter und ein warmes, liebevolles Lächeln mitbekommen haben. Während er einen der Umschläge aus der Tasche zog, wurde er einen Moment von tiefem Bedauern überwältigt. »Könnte ich mit dir ins Haus kommen? Ich muß etwas in Miss Lambstons Briefkasten stecken.«

Der mißtrauische Ausdruck verschwand. »Natürlich. Ich weiß ja, wer Sie sind. Ihr Ex-Mann. Dann muß wohl heute der Fünfte sein. Da bringen Sie immer das Lösegeld, sagt sie.« Das Mädchen lachte hämisch.

Wortlos tastete Seamus nach dem Umschlag in seiner Tasche und wartete, bis sie die Tür aufgeschlossen hatte. Von neuem überkam ihn mörderische Wut. Sie hatte ihn also auch noch zum Gespött des ganzen Hauses gemacht!

Die Briefkästen waren unmittelbar hinter der Eingangstür. Ethels Kasten war ziemlich voll. Er wußte noch immer nicht, was er tun sollte. Den Brief dalassen oder den Scheck? Das Mädchen stand wartend an der Tür und beobachtete ihn. »Sie sind gerade noch rechtzeitig«, sagte sie. »Ethel hat meiner Mutter gesagt, sie würde Sie verklagen, wenn sie ihren Scheck nicht pünktlich kriegt.«

Panik ergriff ihn. Er mußte den Scheck dalassen. Rasch zog er den Umschlag aus seiner Tasche und versuchte hastig, ihn durch den engen Briefkastenschlitz zu stopfen.

Als er nach Hause kam, nickte er bejahend auf Ruths eindringliche Frage. Er fühlte sich jetzt nicht imstande, ihren Wutausbruch zu ertragen, wenn er gestand, daß er Ethel die Alimente gezahlt hatte. Nachdem sie mit erhobenem Haupt aus dem Zimmer gegangen war, hängte er seinen Mantel auf und nahm den zweiten Briefumschlag aus der Tasche. Er tat einen Blick hinein. Der Umschlag war leer.

Am ganzen Leibe zitternd, ließ Seamus sich auf einen Stuhl sinken. Der Ärger würgte ihn in der Kehle, und er stützte den Kopf auf die Hände. Er hatte also wieder einmal alles falsch gemacht. Er hatte den Scheck und den Brief in denselben Umschlag gesteckt. Und jetzt waren beide in Ethels Briefkasten.

Nicky Sepetti verbrachte den Mittwoch vormittag im Bett. Das Brennen in seinem Brustkorb war noch schlimmer als am Vorabend. Marie ging im Schlafzimmer ein und aus. Sie brachte ihm ein Tablett mit Orangensaft, Kaffee, frischen Brötchen, dick mit Marmelade bestrichen. Sie versuchte ihn zu überreden, einen Arzt holen zu lassen.

Louie erschien am Mittag, kurz nachdem Marie zur Arbeit gegangen war. »Mit Verlaub, Don Nicky, Sie sehen wirklich krank aus«, sagte er. »Sie hatten recht wegen Machado«, flüsterte er dann. »Man hat ihn unschädlich gemacht.« Er lächelte und zwinkerte Nicky zu.

Nicky schickte ihn hinunter an den Fernseher. Wenn er bereit wäre, nach New York zu fahren, würde er es ihn wissen lassen.

Gegen Abend stand Nicky auf und begann sich anzuziehen. In der Mulberry Street würde ihm wohler sein; außerdem wäre es nicht gut, wenn irgend jemand Verdacht schöpfte, wie krank er wirklich war. Als er nach seinem Jackett griff, brach ihm am ganzen Körper der Schweiß aus. Er hielt sich am Bettpfosten fest und setzte sich langsam hin. Er lockerte die Krawatte, öffnete den Kragen seines Hemds und legte sich dann zurück aufs Bett. Während der nächsten Stunden kam und ging der Schmerz in seiner Brust wie eine riesige Welle. Unter der Zunge brannte ihm der Mund von den Nitroglyzerintabletten. Sie wirkten nicht im geringsten schmerzlindernd, sondern verursachten, während sie zergingen, nur kurze, stechende Kopfschmerzen.

Gesichter schwebten vor seinen Augen vorbei. Das Gesicht seiner Mutter: »Nicky, treib dich nicht ständig mit diesen Jungen herum. Nicky, du bist ein guter Kerl. Laß dich nicht in dumme Geschichten ein.« Er hatte sich vor der Bande bestätigen müssen. Kein Ding war zu groß oder zu klein gewesen. Aber er war nie gegen Frauen vorgegangen. Das, was er im Gerichtssaal gesagt hatte, war nur eine dumme Bemerkung gewesen. Tessa. Wie gerne würde er Tessa noch einmal sehen. Nicky junior. Nein, *Nicholas. Theresa und Nicholas*. Sie würden froh sein, wenn er wie ein Gentleman im Bett stürbe.

Von ganz weit her hörte er, daß die Haustür geöffnet und geschlossen wurde. Marie mußte hereingekommen sein. Dann ein Läuten an der Tür, ein harter Befehlston. Maries ärgerliche Stimme. »Ich weiß nicht, ob er zu Hause ist. Was wollen Sie?«

Ich bin zu Hause, dachte Nicky. Jawohl, zu Hause. Die Schlafzimmertür flog auf. Durch glasige Augen sah er den Schock in
Maries Gesicht, hörte ihren Aufschrei: »Holt einen Arzt!« Noch
mehr Gesichter. Polizisten. Sie brauchten nicht in Uniform zu
sein; auch als Sterbender erkannte er sie noch instinktiv. Und
dann wußte er, warum sie da waren. Wegen dieses eingeschleu-
sten Spitzels, der liquidiert worden war. Natürlich waren die Bullen direkt zu ihm gekommen.

»Marie«, sagte er und brachte nur ein Flüstern zustande.

Sie beugte sich über ihn, legte ihr Ohr an seine Lippen und
strich ihm sanft über die Stirn. »Nicky«, schluchzte sie.

»Beim ... Grab ... meiner ... Mutter ... ich ... habe ... nicht ...
befohlen ... daß Kearneys Frau ... umgebracht wird.« Er wollte
noch sagen, daß er vorgehabt hatte, alles zu tun, damit der Kontrakt für Kearneys Tochter nicht erfüllt würde. Doch er brachte
nur noch ein gequältes »Mama!« hervor, ehe ein letzter betäuben-
der Schmerz ihm die Brust zerriß. Dann brachen seine Augen. Der
Kopf fiel seitlich aufs Kissen, als sein schweres Röcheln durchs
Haus hallte und plötzlich aufhörte.

Wie vielen Leuten mochte das Klatschmaul Ethel wohl von ihrer
Vermutung erzählt haben, daß er sich an dem Geld vergriff, das
sie überall in ihrer Wohnung versteckt hatte? Diese Frage verfolgte Doug am Mittwoch morgen, nachdem er an seinem Pult in der
Eingangshalle des Bürohauses von »Cosmic Oil« eingetroffen
war. Mechanisch kontrollierte er, ob die Besucher wirklich angemeldet waren, schrieb Namen auf, teilte Besucherausweise aus
und sammelte sie wieder ein, wenn die Leute das Gebäude verließen. Ein paarmal kam Linda, das Empfangsfräulein vom sechsten
Stock, vorbei, um ein bißchen mit ihm zu plaudern. Er war heute
eher kühl zu ihr, was ihr Rätsel aufzugeben schien. Was würde sie
erst denken, wenn sie wüßte, daß er einen Haufen Geld erben
sollte? Wo hatte Ethel bloß so reiche Beute gemacht?

Es gab nur eine einzige Antwort. Ethel hatte ihm erzählt, daß
sie Seamus geschröpft hatte, als er die Scheidung haben wollte.
Außer den Alimenten hatte sie auch eine beträchtliche Abfindung
zugesprochen erhalten und war wahrscheinlich geschickt genug
gewesen, das Geld gut anzulegen. Zudem hatte sich das Buch, das

sie vor fünf oder sechs Jahren schrieb, gut verkauft. Bei all ihrer Schusseligkeit war Ethel zugleich doch ganz schön schlau. Genau das war es, was Doug auf dem Magen lag und ihn mit Besorgnis erfüllte. Sie hatte gewußt, daß er sich an ihrem Geld vergriff. *Wie vielen Leuten hatte sie davon erzählt?*

Nachdem er sich bis zum Mittag mit dem Problem herumgeschlagen hatte, kam er zu einem Entschluß. Er hatte auf seinem Konto gerade noch genug, um vierhundert Dollar abheben zu können. Ungeduldig wartete er in der endlosen Schlange auf der Bank und bekam das Geld in Hunderternoten. Er wollte sie an ein paar von Ethels geheimen Orten verstecken, und zwar jenen, die sie meistens nicht benutzte. Auf diese Weise wäre das Geld da, wenn irgend jemand danach suchte. Einigermaßen beruhigt, kaufte er sich unterwegs noch einen Hot dog und kehrte an die Arbeit zurück.

Um halb sieben sah Doug, als er eben um die Straßenecke bog, wie Seamus eilig die Treppe vor Ethels Haus herunterkam. Fast hätte er laut herausgelacht. Natürlich! Heute war ja der Fünfte, und Seamus, der Schlappschwanz, war pünktlich mit dem Scheck zur Stelle. Was für eine Jammergestalt war er doch in dem schäbigen Mantel! Mit Bedauern wurde Doug klar, daß auch er eine Weile würde warten müssen, ehe er sich wieder neue Kleidungsstücke kaufen konnte. Von jetzt an mußte er sehr, sehr vorsichtig sein.

Mit dem Schlüssel, den Ethel in einer Schachtel auf ihrem Schreibtisch aufbewahrte, holte Doug jeden Tag die Post aus dem Kasten. Seamus' Umschlag war so in den Schlitz gestopft, daß noch eine Ecke herausschaute. Alles andere waren vorwiegend Reklamen und Drucksachen. Ethels Rechnungen gingen direkt an ihren Buchhalter. Er sah die Umschläge rasch durch und ließ sie alle auf den Schreibtisch fallen. Alle, mit Ausnahme des unfrankierten Briefs, den Seamus zu dem Haufen beigetragen hatte. Er war nicht richtig zugeklebt. Es war etwas Geschriebenes darin, und die Umrisse eines Schecks zeichneten sich deutlich ab.

Es wäre ganz leicht, den Umschlag zu öffnen und wieder zu verschließen. Doug betastete einen Augenblick die Klappe, dann öffnete er den Umschlag ganz vorsichtig, um ihn nicht zu zerreißen. Der Scheck fiel ihm entgegen. Doug zog auch das Begleitschreiben heraus und entfaltete es. Er las es, las es noch einmal und merkte, daß ihm vor Verwunderung der Mund offenblieb. Was, zum Teufel ...

Vorsichtig steckte er Brief und Scheck zurück in den Umschlag, leckte an den gummierten Stellen und drückte die Klappe fest an. Das Bild von Seamus, der, die Hände in den Manteltaschen vergraben, die Straße fast im Laufschritt überquerte, stieg wie in einer Zeitlupenaufnahme bedrohlich vor Dougs innerem Auge empor. Seamus führte irgend etwas im Schilde. Aber was für ein Spiel trieb er, wenn er schrieb, daß Ethel sich einverstanden erklärt habe, keine Alimente mehr von ihm zu verlangen, und dann den Scheck beilegte?

Wenn du glaubst, dachte Doug, daß sie dich von der Angel läßt, bist du schief gewickelt. Ein Frösteln überlief ihn. War der Brief am Ende für *seine* Augen bestimmt und gar nicht für Ethels?

Als Neeve nach Hause kam, stellte sie zu ihrer Freude fest, daß Myles einen Großeinkauf an Lebensmitteln getätigt hatte. »Sogar bei Zabar bist du gewesen!« sagte sie befriedigt. »Ich hatte schon überlegt, wie früh ich morgen aus dem Geschäft weggehen könnte. Jetzt kann ich heute schon alles vorbereiten.« Vorsichtshalber hatte sie ihm gesagt, daß sie nach Ladenschluß noch Schreibarbeiten erledigen wollte. Nun schickte sie ein stummes Dankgebet zum Himmel, daß ihr Vater sie nicht danach gefragt hatte, auf welchem Weg sie nach Hause gekommen war.

Myles hatte eine kleine Lammkeule zubereitet, grüne Bohnen dazu gekocht und einen Tomatensalat mit Zwiebeln an einer Vinaigrettesoße gemacht. Er hatte den kleinen Tisch in seinem Arbeitszimmer gedeckt und eine Flasche Burgunder geöffnet und bereitgestellt. Neeve zog sich in aller Eile lange Hosen und einen Pullover an, machte es sich mit einem Seufzer der Erleichterung auf einem Stuhl bequem und griff nach der Weinflasche. »Das ist aber wirklich nett von Ihnen, Chef«, sagte sie.

»Na ja, da du morgen abend die alten Musketiere aus der Bronx bewirtest, fand ich, daß *eine* gute Tat mit einer anderen vergolten werden sollte.« Myles begann den Braten zu tranchieren.

Neeve beobachtete ihn schweigend. Seine Hautfarbe war gut.

Die Augen hatten nicht mehr den müden, schwermütigen Blick. »Ich will dir wirklich kein Kompliment machen«, bemerkte sie, »aber weißt du, daß du topfit aussiehst?«

»Ich fühl mich auch gut.« Myles legte die schön geschnittenen Scheiben Fleisch auf Neeves Teller. »Hoffentlich habe ich nicht zuviel Knoblauch drangetan.«

Sie kostete den ersten Bissen. »Herrlich! Du mußt dich wirklich besser fühlen, daß du so gut kochst.«

Myles trank einen Schluck von dem Burgunder. »Ein guter Tropfen, wenn ich das selber sagen darf.« Sein Blick verschleierte sich.

»Eine schwere Depression«, hatte der Arzt ihr erklärt. »Der Herzanfall, die Pensionierung, der Schrittmacher …«

»Und die ständige Sorge um mich«, hatte Neeve hinzugefügt.

»Ja, er sorgt sich andauernd um Sie, weil er sich nicht verzeihen kann, daß er es bei Ihrer Mutter nicht getan hat.«

»Wie soll ich ihn davon abbringen?«

»Sehen Sie, daß Nicky Sepetti im Gefängnis bleibt. Wenn das nicht möglich ist, drängen Sie Ihren Vater im Frühjahr, irgendeine Aufgabe zu übernehmen. Im Augenblick quält er sich noch zu sehr. Ohne Sie wäre er verloren, aber er erträgt es schwer, emotionell von Ihnen abhängig zu sein. Er hat seinen Stolz. Und noch etwas, Neeve: Hören Sie auf, ihn zu bemuttern.«

Das war vor einem halben Jahr gewesen. Jetzt kam der Frühling. Neeve wußte, daß sie sich wirklich Mühe gegeben hatte, Myles wieder so zu behandeln wie früher, als sie über alles mögliche in heftige Diskussionen gerieten, von der Anleihe, die sie bei Sal aufgenommen hatte, bis zu politischen Fragen.

Und nun, da er wieder im Gleis ist, dachte sie, muß er sich wegen Nicky Sepetti aufregen, und so könnte das ewig weitergehen.

Unwillkürlich schüttelte sie den Kopf und blickte um sich. Mit dem abgetretenen Perserteppich in roten und blauen Farbtönen, dem einladenden Ledersofa und den dazu passenden Sesseln war dies hier ihr liebstes Zimmer in der Wohnung. Die Wände hingen voll von Fotografien: Myles bei der Verleihung zahlloser Medaillen und Auszeichnungen; Myles mit dem Bürgermeister von New York und dem Präsidenten der Vereinigten Staaten.

Die Fenster gingen auf den Hudson River hinaus. Die gerafften viktorianischen Vorhänge hatte noch Renata aufgehängt. Sie waren von einem warmen, tiefen Blau mit karmesinroten Streifen, die im Widerschein der kristallenen Wandleuchter schillerten. Zwischen den Leuchtern hingen Bilder von Renata. Das allererste war von ihrem Vater aufgenommen worden und zeigte das zehnjährige Kind, das Myles das Leben gerettet hatte; bewundernd blickte es auf den Mann, der mit bandagiertem Kopf und von Kissen gestützt im Bett saß. Renata mit Neeve als Baby und mit Neeve bei ihren ersten Gehversuchen. Renata, Neeve und Myles mit Taucherbrillen am Meer. Das war ein Jahr vor Renatas Tod gewesen.

Myles erkundigte sich, was es am nächsten Abend zu essen geben sollte. »Ich wußte nicht, was du brauchst. So habe ich allerhand eingekauft.«

»Sal sagte mir, daß er nicht deine Schonkost essen möchte. Der Bischof hat sich Spaghetti *al pesto* gewünscht.«

Myles brummte. »Ich kann mich noch an die Zeit erinnern, als Sal ein Riesensandwich für ein Festessen hielt und Devin von seiner Mutter in den Schnellimbiß geschickt wurde, um billige Fischstäbchen und Dosenspaghetti zu holen.«

Neeve trank den Kaffee in der Küche, während sie mit den Vorbereitungen für das Gästeessen begann. Renatas Kochbücher standen auf einem Regal über dem Spülbecken. Sie griff nach ihrem Lieblingsbuch, einem alten Familienstück mit Rezepten aus Norditalien.

Nach Renatas Tod hatte Myles seine Tochter zu einem Privatlehrer geschickt, damit sie ihr Italienisch nicht verlernte. Als junges Mädchen war sie jeden Sommer einen Monat bei den Großeltern in Italien gewesen, und ein Studienjahr hatte sie auf der Ausländeruniversität in Perugia verbracht. Jahrelang mochte sie die Kochbücher nicht anrühren, weil sie sich scheute, die Notizen anzusehen, die ihre Mutter mit ihrer großen, schwungvollen Handschrift hineingeschrieben hatte. »Mehr Pfeffer. Nur 20 Minuten backen. Vorsicht mit dem Olivenöl.« Im Geist sah sie Renata, wie sie beim Kochen vor sich hin sang, während Neeve ein bißchen rühren, abwiegen oder mischen durfte.

Manchmal hatte Renata am Rand der Buchseiten kleine Skizzen

ihrer Tochter gezeichnet, entzückende, gut gelungene Miniaturen: Neeve, wie eine Prinzessin gekleidet, am Tisch sitzend; Neeve, über eine große Teigschüssel gebeugt; Neeve, an einem Plätzchen knabbernd. Es waren Dutzende von Zeichnungen, und jede rief erneut das Gefühl des großen Verlusts wach. Selbst jetzt brachte Neeve es noch nicht über sich, die Skizzen länger zu betrachten. Die Erinnerungen waren zu schmerzlich.

»Ich habe ihr immer wieder gesagt, sie solle Kunstunterricht nehmen«, ertönte Myles' Stimme hinter ihr.

Neeve hatte nicht gemerkt, daß er ihr über die Schulter blickte. »Mutter war sehr befriedigt von dem, was sie tat.«

»Gelangweilten Frauen Kleider zu verkaufen?«

Neeve biß sich auf die Zunge. »Genau das würdest du wohl auch von mir sagen?«

Myles sah sie betreten an. »Ach, Neeve, entschuldige. Ich bin sehr nervös. Ich gebe es zu.«

»Du bist nervös, aber du hast es auch gemeint. Und jetzt geh bitte raus aus meiner Küche.«

Absichtlich lärmte sie mit den Töpfen und Pfannen herum, während sie Zutaten abwog, umfüllte, zurechtschnitt, anbriet, ablöschte und in den Backofen schob. Sie mußte der Tatsache ins Auge sehen, daß Myles der größte lebende männliche Chauvinist war. Wenn Renata ein Kunststudium gemacht und sich zu einer mittelmäßigen Aquarellistin entwickelt hätte, wäre das in seinen Augen die richtige Beschäftigung für eine Dame gewesen. Er konnte einfach nicht verstehen, daß es wichtig war, Frauen dabei zu helfen, sich richtig anzuziehen, weil das im geschäftlichen und gesellschaftlichen Leben eine entscheidende Rolle spielte.

Man hat in *Vogue, Town and Country,* der *New York Times* und Gott weiß wo sonst noch über mich geschrieben, aber das beeindruckt ihn nicht. Er meint, ich stehle den Leuten ihr Geld mit den Preisen für teure Kleider.

Sie erinnerte sich, wie verärgert Myles gewesen war, als er bei ihrer Weihnachtsparty damals in der Küche auf Ethel Lambston gestoßen war, die ungeniert in Renatas Kochbüchern blätterte.

»Interessieren Sie sich fürs Kochen?« hatte er sie eisig gefragt.

Natürlich hatte Ethel seine Verärgerung nicht bemerkt. »Ganz und gar nicht«, antwortete sie unbekümmert. »Aber ich kann Italienisch lesen und habe zufällig die Bücher entdeckt. *Questi disegni sono stupendi!*«

Sie hatte ihm das Buch mit den Zeichnungen hingehalten, und Myles hatte es ihr aus der Hand genommen. »Meine Frau war Italienerin. Ich selber spreche die Sprache nicht.«

Genau da hatte Ethel erkannt, daß Myles Witwer und ohne feste Bindung war, und sich den ganzen Abend an ihn gehängt.

Neeve war mit ihren Vorbereitungen schließlich fertig. Sie stellte die Gerichte in den Kühlschrank, räumte die Küche auf und deckte den Tisch im Eßzimmer. Die ganze Zeit beachtete sie ihren Vater überhaupt nicht. Er saß in seinem Zimmer vor dem Fernseher. Als sie zuletzt noch die Platten und Schüsseln auf der Anrichte bereitgestellt hatte, kamen gerade die Elf-Uhr-Nachrichten.

Myles hielt ihr ein Glas Kognak hin. »Wenn deine Mutter wütend auf mich war, hat sie auch einen Heidenlärm mit den Kochtöpfen und Pfannen gemacht.« Sein Lächeln war jungenhaft verlegen. Es war seine Entschuldigung.

Neeve nahm den Kognak an. »Schade, daß sie sie dir nicht an den Kopf geschmissen hat.«

Sie mußten beide lachen. In diesem Augenblick läutete das Telefon. Myles nahm den Hörer ab. Seinem freundlichen »Hallo« folgte ein Trommelfeuer von Fragen. Neeve sah, wie sein Mund hart wurde. Als er den Hörer wieder auflegte, sagte er mit tonloser Stimme: »Das war Herb Schwartz. Einer unserer Leute war in Nicky Sepettis engsten Kreis eingeschleust worden. Man hat ihn gerade auf einer Müllhalde gefunden. Er lebt noch, und es besteht Aussicht, daß er durchkommt.«

Neeve bekam einen trockenen Mund, als sie ihm zuhörte. Myles' Gesicht war verzerrt, aber sie konnte den Ausdruck nicht recht deuten. »Er heißt Tony Vitale«, sagte Myles. »Er ist dreiunddreißig. Bei ihnen nannte er sich Carmen Machado. Man hat vier Schüsse auf ihn abgegeben. Eigentlich müßte er tot sein, aber irgendwie klammerte er sich ans Leben. Er mußte uns unbedingt Mitteilung von irgend etwas machen.«

»Und was war das?« flüsterte Neeve.

»Herb ist auf der Notfallstation gewesen. Tony sagte zu ihm: ›Kein Kontrakt, Nicky, Neeve Kearney.‹« Myles schlug die Hände vors Gesicht, als wolle er so sein Mienenspiel verbergen.

Neeve starrte ihn an. »Du hast doch nicht im Ernst geglaubt, daß ein Kontrakt bestünde?«

»Oh, doch.« Myles' Stimme wurde lauter. »Doch, das habe ich geglaubt. Und jetzt kann ich zum erstenmal seit siebzehn Jahren ruhig schlafen.« Er legte ihr die Hände auf die Schultern. »Neeve, sie sind zu Nicky gegangen, um ihn auszufragen. Unsere Leute. Und sie sind gerade rechtzeitig gekommen, um ihn sterben zu sehen. Der elende Schweinehund hat einen Herzschlag bekommen. Er ist tot, Neeve. Nicky Sepetti ist tot!«

Er nahm sie in die Arme, und sie spürte das wilde Klopfen seines Herzens.

»Dann soll sein Tod dich jetzt befreien, Vater«, flehte sie. Unbewußt hatte sie sein Gesicht in ihre Hände genommen und erinnerte sich dann, daß dies auch die liebevolle Geste ihrer Mutter gewesen war. Ganz bewußt ahmte sie Renatas Tonfall nach: »*Caro Milo*, hör doch auf mich.«

Sie brachten alle beide ein wehmütiges Lächeln zustande. »Ich will mir Mühe geben. Ich verspreche es«, sagte Myles.

Polizeidetektiv Anthony Vitale, der unter dem Namen Carmen Machado in die Verbrecherfamilie Sepetti eingeschleust worden war, lag in der Intensivstation des St.-Vincent-Krankenhauses. Die Kugeln waren in seiner Lunge steckengeblieben, hatten ein paar Rippen zersplittert und ihm die linke Schulter zertrümmert. Wie durch ein Wunder war er noch am Leben. Schläuche waren in seinen Körper geführt und tropften Antibiotika und Glukose in seine Venen. Ein Atemgerät hatte die Funktion der Lungen übernommen.

Von Zeit zu Zeit erlangte er das Bewußtsein wieder; dann sah er die besorgten Gesichter seiner Eltern. Ich bin zäh. Ich setze alles daran, um durchzukommen, hätte er sie gerne getröstet.

Wenn er nur sprechen könnte! War er wohl imstande gewesen, irgend etwas zu sagen, als sie ihn gefunden hatten? Er hatte versucht, sie wegen des Kontrakts zu informieren, aber es war nicht so herausgekommen, wie er es beabsichtigt hatte.

Nicky Sepetti und seine Bande hatten keinen Auftrag erteilt, Neeve Kearney zu liquidieren. Der Kontrakt war von jemand anders ausgegangen. Tony wußte, daß man am Dienstag abend auf ihn geschossen hatte. Wie lange war er wohl schon im Krankenhaus? Undeutlich erinnerte er sich an bruchstückhafte Mitteilungen, die sie Nicky wegen des Kontrakts gemacht hatten: Niemand kann einen Kontrakt wieder aufheben. Der Ex-Commissioner darf sich auf ein weiteres Begräbnis gefaßt machen!

Tony versuchte sich aufzurichten. Er mußte sie unbedingt warnen.

»Immer schön langsam«, hörte er eine sanfte Stimme.

Er spürte einen Stich in seinem Arm, und kurz darauf glitt er hinüber in einen ruhigen, traumlosen Schlaf.

Am Donnerstag morgen kurz nach acht Uhr warteten Neeve und Tse-Tse in einem Taxi auf der gegenüberliegenden Straßenseite von Ethels Wohnung. Am Dienstag war Ethels Neffe um zwanzig nach acht zur Arbeit weggegangen. Heute wollten sie sichergehen, ihm nicht zu begegnen. Den Protest des Taxifahrers: »Vom Warten werde ich nicht reich!«, beschwichtigte Neeve mit dem Versprechen eines Trinkgelds von zehn Dollar.

Tse-Tse war es, die Doug um Viertel nach acht als erste erblickte. »Da ist er.«

Neeve beobachtete, wie er die Wohnungstür abschloß, sich nach allen Seiten umsah und dann in Richtung Broadway davonging. Der Morgen war frisch, und er trug einen Regenmantel mit Gürtel. »Das ist ein echter Burberry«, stellte sie fest. »Für einen Empfangsangestellten scheint er ja verdammt gut bezahlt zu werden.«

Die Wohnung war erstaunlich gut aufgeräumt. Bettlaken und eine Decke lagen an einem Ende des Sofas unter einem Kopfkissen. Der Kissenbezug war verknittert; offensichtlich war darauf geschlafen worden. Es gab keine Spur eines benutzten Aschenbechers, aber Neeve war sicher, daß sie einen schwachen Geruch von Zigarettenrauch in der Luft feststellen konnte. »Er hat geraucht, will aber nicht, daß man ihn erwischt«, bemerkte sie. »Ich frage mich, warum.«

Das Schlafzimmer war vorbildlich ordentlich. Das Bett war gemacht. Dougs Koffer lag auf der Chaiselongue. Anzüge, Hosen und Jacken auf Kleiderbügeln lagen über der Lehne. Seine Nachricht für Ethel stand auf dem Toilettentisch gegen den Spiegel gelehnt.

»Wer hält hier wen zum Narren?« fragte Tse-Tse. »Wie kommt er dazu, das zu schreiben, und wieso benutzt er ihr Schlafzimmer nicht mehr?«

Neeve wußte, daß Tse-Tse einen guten Blick für Kleinigkeiten hatte. »Also gut«, sagte sie. »Fangen wir mal bei der Nachricht an. Hat er je schon eine Notiz für sie hinterlassen?«

Tse-Tse trug wieder ihr Stubenmädchenkostüm. »Noch nie«, sagte sie und schüttelte so heftig den Kopf, daß die Schnecken über ihren Ohren wackelten.

Neeve ging zum Kleiderschrank und öffnete die Tür. Bügel für Bügel sah sie Ethels ganze Garderobe durch, um sich zu vergewissern, daß sie keinen der Mäntel übersehen hatte. Sie waren alle vorhanden: Zobelpelz, Nutriajacke, Kaschmirmantel, Wollmantel, Burberry, Ledermantel, Cape. Sie erklärte Tse-Tse, die ihr verwundert zusah, was sie machte.

Tse-Tse bestärkte sie in ihrem Verdacht. »Ethel erzählt mir immer wieder, daß sie keine Impulsivkäufe mehr macht, seit du sie für ihre Garderobe berätst. Du hast recht. Sie besitzt keinen anderen Mantel.«

Neeve schloß die Schranktür. »Es ist mir gar nicht wohl, daß ich so herumschnüffle, aber ich muß es tun. Ethel hat in ihrer Handtasche immer einen kleinen Notizkalender bei sich. Ich bin aber ziemlich sicher, daß sie auch noch einen größeren Terminkalender besitzt.«

»Ja, das stimmt«, sagte Tse-Tse. »Er liegt auf ihrem Schreibtisch.«

Die Agenda lag neben einem Stapel Post. Neeve schlug sie auf. Für jeden Tag gab es eine ganze Seite, auch noch für den Dezember des vorangegangenen Jahres. Sie blätterte die Seiten durch, bis sie zum 31. März kam. In großen Buchstaben hatte Ethel notiert: »Doug Kleider bei Neeve abholen lassen.« Die Zeitangabe 15 Uhr war eingerahmt. In der Zeile darunter stand: »Doug bei mir.«

Tse-Tse sah Neeve über die Schulter. »Da hat er also nicht gelogen«, sagte sie. Die Morgensonne, die die ganze Zeit hell ins Zimmer geschienen hatte, verschwand plötzlich hinter einer Wolke. Tse-Tse erschauerte. »Mein Gott, Neeve, die Wohnung wird mir langsam unheimlich.«

Neeve antwortete nicht, sondern blätterte den ganzen April durch. Es waren verschiedene Abmachungen über den ganzen Monat verteilt, Besprechungen, Cocktailpartys, Mittagessen, aber sämtliche Seiten waren durchgestrichen. Am 1. April hatte Ethel aufgeschrieben: »Material sammeln; an Buch arbeiten.«

»Sie hat alles abgesagt. Demnach hatte sie vor, wegzufahren

oder sich wenigstens irgendwo zu vergraben, um zu schreiben«, murmelte Neeve.

»Vielleicht ist sie einen Tag früher verreist«, meinte Tse-Tse.

»Möglich.« Neeve blätterte wieder zurück. Die letzte Märzwoche war angefüllt mit Namen von bekannten Designern: Nina Cochran, Gordon Steuber, Victor Costa, Ronald Altern, Regina Mavis, Anthony della Salva, Kara Potter. »Sie kann diese Leute nicht alle aufgesucht haben«, sagte Neeve. »Ich nehme an, daß sie sie vor Ablieferung ihres Artikels angerufen hat, um zu verifizieren, ob sie ihre Aussagen auch richtig wiedergibt.« Sie zeigte auf eine Eintragung von Donnerstag, den 30. März: »Ablieferungstermin Artikel *Contemporary Woman.*«

Rasch überflog sie die ersten drei Monate des Jahres und stellte fest, daß Ethel neben jeder Verabredung die Kosten für Taxis und Trinkgelder geschrieben und sich kurze Notizen über Mittagessen, Diners und Begegnungen gemacht hatte: »Gutes Interview, wird aber ungeduldig, wenn er warten muß … Carlos neuer Oberkellner in Le Cygne … Taxis von Valet Limo vermeiden, Wagen stinken nach Deo-Spray …«

Alle Notizen waren flüchtig hingeworfen, die Zahlen oft durchgestrichen oder geändert. Außerdem war Ethel eine nervöse Zeichnerin. Sämtliche Seiten waren voll von Dreiecken, Herzen, Spiralen und anderen Kritzeleien.

Einer momentanen Eingebung folgend, schlug Neeve die Seite vom 22. Dezember auf, dem Tag, an dem sie und Myles ihre Weihnachtsparty gegeben hatten. Offensichtlich hatte Ethel den Anlaß als wichtig betrachtet. Neeves Name und ihre Adresse waren in Druckbuchstaben notiert und unterstrichen. Kringel und Schnörkel umrandeten Ethels Kommentar: »Neeves Vater – anziehender Single.« Am Rand der Seite hatte Ethel eine plumpe Imitation einer der Zeichnungen aus Renatas Kochbuch versucht.

»Myles bekäme ein Magengeschwür, wenn er das sähe«, bemerkte Neeve. »Ethel wollte ihn zu einem offiziellen Neujahrsessen einladen. Ich mußte ihr sagen, daß er sich noch immer zu krank fühlt, um auszugehen. Ich glaube, er wäre erstickt.«

Wieder schlug sie die Seiten der letzten Märzwoche auf und begann sich die Namen, die Ethel aufgeschrieben hatte, zu notieren. »Das ist wenigstens ein Ausgangspunkt.« Zwei Namen sprangen ihr in die Augen. Toni Mendell, die Chefredakteurin von *Contemporary Woman*. Die Cocktailparty war nicht der geeignete Ort gewesen, um sie auszufragen, ob sie sich an irgendeine Bemerkung von Ethel erinnern könnte, die darauf hindeutete, daß sie sich zum Schreiben zurückziehen wollte. Der andere Name war Jack Campbell. Der Buchvertrag war also für Ethel immens wichtig. Vielleicht hatte sie Campbell mehr über ihre Pläne gesagt, als ihm bewußt war.

Neeve klappte die Agenda zu und schob sie zurück in die Schutzhülle. »So, jetzt sollte ich lieber gehen.« Sie band ihren rotblauen Schal wieder um und schlug den großen Mantelkragen hoch. Ihr schwarzes Haar hatte sie zu einem Chignon aufgesteckt.

»Du siehst fabelhaft aus«, bemerkte Tse-Tse. »Heute morgen im Lift hörte ich einen Mann fragen, wer du wohl wärst.«

Neeve zog ihre Handschuhe an. »Bestimmt ein edler Ritter, nehme ich an.«

Tse-Tse kicherte. »So zwischen vierzig und scheintot. Schon etwas angegraut.«

»Den überlaß ich dir. Also gut, falls Ethel überraschend auftaucht oder ihr liebender Neffe früher nach Hause kommt, hast du ja deine Erklärung. Mach dir ein bißchen an den Küchenschränken zu schaffen. Wasch die Gläser auf den obersten Borden. Laß es aussehen, als ob du viel zu tun gehabt hättest; aber halt die Augen offen.« Neeve warf einen Blick auf den Poststapel. »Sieh das da mal durch. Vielleicht hat Ethel einen Brief bekommen, der sie veranlaßt hat, ihre Pläne zu ändern. Mein Gott, ich komme mir wirklich vor wie eine Schnüfflerin, aber es muß sein. Wir wissen beide, daß irgend etwas verdächtig ist. Und wir können hier nicht ewig ein- und ausgehen.«

Auf dem Weg zur Tür blickte Neeve sich überall um. »Du bringst es tatsächlich fertig, daß es hier richtig wohnlich aussieht. In gewisser Weise erinnert mich die Wohnung sogar an Ethel. Gewöhnlich bemerkt man nur das ganze oberflächliche Durcheinander und ist abgestoßen. Ethel benimmt sich immer so unberechenbar, daß man vergißt, was für einen scharfen Verstand sie hat.«

An der Wand neben der Wohnungstür hingen Ethels zahllose

Pressefotos. Die Hand schon auf der Türklinke, blieb Neeve stehen und betrachtete sie aufmerksam. Auf den meisten Bildern sah Ethel so aus, als sei sie mitten in einem Satz fotografiert worden. Der Mund war immer ein wenig geöffnet, die Augen blitzten vor Energie, ihre Gesichtsmuskeln waren sichtlich in Bewegung.

An einem Schnappschuß blieb Neeves Blick hängen. Ethels Gesichtsausdruck war ruhig, der Mund geschlossen, die Augen blickten traurig. Was hatte ihr Ethel einmal anvertraut? »Ich bin am Valentinstag geboren. Leicht zu behalten, nicht wahr? Aber wissen Sie, wie viele Jahre es her ist, daß mir irgend jemand eine Karte geschrieben oder sich die Mühe gemacht hat, mich anzurufen? Ich kann mir selber ›Happy Birthday‹ vorsingen.«

Neeve hatte vorgehabt, Ethel am vergangenen Valentinstag Blumen zu schicken und sie zum Lunch einzuladen, aber dann war sie in dieser Woche gerade in Vail im Skiurlaub gewesen. Es tut mir leid, Ethel, dachte sie. Es tut mir ehrlich leid.

Es kam ihr so vor, als ob die traurigen Augen auf dem Schnappschuß ihr nicht vergaben.

Nach seiner Schrittmacher-Operation hatte Myles sich angewöhnt, am Nachmittag einen langen Spaziergang zu machen. Was Neeve nicht wußte, war, daß er seit vier Monaten auch zu einem Psychiater ging. »Sie leiden an Depressionen«, hatte ihm der Herzspezialist ins Gesicht gesagt. »Das tun die meisten Leute nach einer solchen Operation. Das gehört dazu. Ich vermute aber, daß es bei Ihnen auch noch andere Ursachen haben könnte.« Er hatte nicht lockergelassen, bis Myles sich bei Dr. Adam Felton anmeldete.

Donnerstag um zwei Uhr war seine übliche Zeit. Er haßte die Vorstellung, auf einer Couch zu liegen, und setzte sich lieber in einen tiefen Ledersessel. Adam Felton war nicht der typische Psychiater, wie Myles ihn sich vorgestellt hatte. Er war Mitte vierzig, mit Bürstenschnitt, einer leicht verrückten Brille und einem schlanken, drahtigen Körper. Nach der dritten oder vierten Konsultation hatte er Myles' Vertrauen gewonnen. Dieser hatte nicht mehr das Gefühl, sich seelisch zu entblößen. Die Gespräche mit Felton waren für ihn eher wie ein Rückversetzen in den Bereitschaftsraum der Polizei, wenn er seinen Leuten alle Gesichtspunkte einer Untersuchung auseinandergesetzt hatte.

Merkwürdig, dachte er, während er zusah, wie Felton einen Bleistift zwischen den Fingern drehte, daß mir nie in den Sinn gekommen ist, mich lieber Dev gegenüber auszusprechen. Aber dies war ja keine Beichte. »Ich wußte gar nicht, daß Psychiater nervöse Angewohnheiten haben dürfen«, bemerkte er trocken.

Adam Felton lachte und zwirbelte den Bleistift extra noch einmal kräftig herum. »Ich habe alles Recht auf einen nervösen Tick, wenn ich schon das Rauchen aufgegeben habe. Sie wirken heute ja mächtig aufgekratzt.« Es hätte eine beiläufige Bemerkung zu einem guten Bekannten auf einer Cocktailparty sein können.

Myles sagte ihm, daß Nicky Sepetti tot sei, und als Felton ihm weitere bohrende Fragen stellte, rief er: »Dieses Thema haben wir doch bereits besprochen! Siebzehn Jahre lang habe ich mit dem Gefühl gelebt, daß Neeve etwas zustoßen müßte, sobald Sepetti entlassen würde. Ich habe Renata gegenüber versagt. Wie oft muß ich Ihnen denn das noch sagen! *Ich habe Nickys Drohung nicht ernst genommen!* Er war ein kaltblütiger Killer. Er war keine drei Tage draußen, als unser Mann erschossen wurde. Vermutlich hatte Nicky ihn erkannt. Er sagte immer, er könne jeden Polizisten wittern.«

»Und jetzt haben Sie das Gefühl, daß Ihre Tochter nicht mehr in Gefahr ist?«

»Ich *weiß*, daß sie es nicht mehr ist. Unser Mann war noch in der Lage, uns zu sagen, daß es keinen Mordkontrakt auf Neeve gibt. Sie müssen es unter sich besprochen haben. Ich weiß, daß die anderen sich auf so etwas nicht einlassen würden. Sie waren sowieso dabei, Nicky hinauszudrängen. Sie werden froh sein, daß sie ihn in ein Leichentuch wickeln können.«

Adam Felton fing wieder an, mit dem Bleistift zu spielen, hielt dann ein und ließ ihn entschlossen in den Papierkorb fallen. »Sie sagen, daß Sepettis Tod Sie von einer Angst befreit hat, die Sie siebzehn Jahre lang verfolgte. Was bedeutet das jetzt für Sie? Wie wird sich Ihr Leben ändern?«

Als Myles vierzig Minuten später die Praxis verließ und sich zu Fuß wieder auf den Weg machte, hatte er den raschen, entschlossenen Gang wiedergefunden, der früher so typisch für ihn gewesen war. Er wußte, daß er sich körperlich fast vollständig erholt hatte. Und nun, da er sich wegen Neeve keine Sorgen mehr zu machen brauchte, wollte er sich wieder einer Aufgabe zuwenden. Er hatte Neeve nichts davon gesagt, daß er schon gefragt worden war, ob er die Leitung der staatlichen Drogenfahndungsstelle in Washington übernehmen würde. Das bedeutete, daß er sich sehr viel dort aufhalten und sich eine Wohnung nehmen müßte. Für Neeve wäre es nur gut, allein zu sein. Sie verbrächte dann nicht mehr so viel Zeit zu Hause, sondern würde ausgehen und mit jungen Menschen zusammenkommen. Ehe er krank wurde, fuhr sie im Sommer an den Wochenenden meistens ans Meer und im Winter öfter zum Skilaufen. Im letzten Jahr mußte er sie geradezu zwingen, wenigstens ein paar Tage zu verreisen. Er wünschte, daß sie heiraten würde. Er wäre ja nicht ewig da. Nickys Herzschlag kam ihm sehr gelegen, denn jetzt konnte er unbeschwert nach Washington gehen.

Myles erinnerte sich gut an den furchtbaren Schmerz seines eigenen Herzanfalls. Es war, als wäre ihm eine Dampfwalze mit Spikes über die Brust gerollt. »Hoffentlich hast du dasselbe gespürt, als du den Löffel weglegtest, du Dreckskerl!« dachte er. Dann war ihm, als sähe er das Gesicht seiner Mutter, die ihn streng anblickte. *Wer andern Böses wünscht, wird selber Böses erleiden. Alles kommt, wie es kommen soll.*

Er überquerte die Lexington Avenue und ging am Restaurant »Bella Vita« vorbei. Der köstliche Duft der italienischen Küche stieg ihm verlockend in die Nase; voller Vorfreude dachte er an das Abendessen, das Neeve für heute vorbereitet hatte. Es war schön, wieder einmal mit Dev und Sal zusammenzukommen. Mein Gott, wie lange schien es her zu sein, daß sie miteinander aufwuchsen. In der Bronx, dem Stadtteil, über den man heute die schrecklichsten Sachen erzählte. Damals war es ein herrlicher Ort gewesen. Es hatte nur sieben Häuser in ihrer Straße gegeben und ringsum dichte Birken- und Eichenwälder. Sie hatten dort Baumhütten gebaut. Der Gemüsegarten von Sals Eltern hatte in der heutigen Industriezone der Williamsbridge Road gelegen. Auf den Feldern, wo er und Sal und Dev Schlitten gefahren waren, war seither der riesige Komplex des Einstein-Krankenhauses gebaut worden … Aber es gab dort noch immer sehr viele schöne Wohngegenden.

Als Myles in der Park Avenue um einen kleinen schmelzenden Schneehaufen herumging, erinnerte er sich, wie Sal einmal die Herrschaft über seinen Schlitten verlor und ihm über den Arm fuhr, so daß er an drei Stellen gebrochen war. Sal hatte zu heulen begonnen. »Mein Vater bringt mich um!« Sofort hatte Dev die Schuld auf sich genommen, und sein Vater war gekommen, um sich zu entschuldigen. »Er hat es nicht absichtlich getan, er ist einfach ein ungeschickter Kerl.« Devin Stanton. Seine bischöfliche Eminenz. Es wurde gemunkelt, daß der Vatikan ihn bereits für die nächste frei werdende Erzdiözese ausersehen habe, und das konnte sogar einen Kardinalshut bedeuten.

Als Myles zur Fifth Avenue kam, warf er einen Blick nach rechts. Er konnte das Dach eines großen weißen Gebäudes ausmachen: das Metropolitan Museum. Schon lange hatte er sich vorgenommen, einmal den Dendur-Tempel gründlicher zu betrachten. Jetzt marschierte er spontan die sechs Straßen bis zum Museum und war dann die nächste Stunde ganz mit den herrlichen Überresten einer längst vergangenen Zivilisation beschäftigt.

Erst als er auf die Uhr blickte und fand, daß es Zeit für ihn sei, nach Hause zu gehen und die Getränke bereitzustellen, wurde er sich bewußt, was der tiefere Grund seines Museumsbesuchs war. Er wollte die Stelle aufsuchen, wo Renata umgekommen war. Laß es bleiben, befahl er sich selber. Doch sobald er draußen war, konnte er nicht umhin, seine Schritte zur Rückseite des Museums zu lenken, dorthin, wo man ihre Leiche gefunden hatte. Es war eine Wallfahrt, die er alle vier bis fünf Monate unternahm.

Ein rötlicher Schleier umgab die Bäume des Central Park, ein Vorbote des bald sprießenden ersten Grüns. Eine Menge Menschen waren im Park. Jogger. Kindermädchen, die Babywagen vor sich her stießen. Junge Mütter mit lebhaften Dreijährigen. Obdachlose, mitleiderregende Männer und Frauen, die zusammengekauert auf Bänken saßen. Ein ununterbrochener Verkehrsfluß. Pferdedroschken.

Myles blieb an der Lichtung stehen, wo Renata gefunden worden war. Komisch, dachte er, sie liegt auf dem Gate-of-Heaven-Friedhof begraben, aber für mich ist es so, als wäre ihr Körper immer hier. Mit gesenktem Kopf, die Hände in den Taschen seiner Wildlederjacke, stand er da. Wäre es damals ein Tag wie dieser gewesen, dann hätten sich Menschen im Park aufgehalten. Irgend jemand hätte vielleicht gesehen, was geschah. Eine Gedichtstrophe ging ihm durch den Sinn: *Und wie in goldnen Träumen / Geht linder Frühlingswind / Rings in den stillen Bäumen – / Schlaf wohl, mein süßes Kind!*

Zum erstenmal hatte Myles heute an diesem Ort das Gefühl, als ob eine Wunde zu heilen begönne. »Es ist nicht mein Verdienst, aber wenigstens ist unsere Tochter außer Gefahr, *carissima* mia«, flüsterte er. »Und hoffentlich warst du dabei, als Nicky Sepetti vor dem Thron des Höchsten Richters erschien, und hast ihm den Weg zur Hölle gewiesen.«

Myles wandte sich um und ging rasch durch den Park davon. Adam Feltons letzte Worte klangen ihm noch im Ohr: »Also gut, Sie brauchen sich wegen Nicky Sepetti keine Sorgen mehr zu machen. Sie haben vor siebzehn Jahren eine schreckliche Tragödie erlebt. Die Frage ist: Sind Sie jetzt bereit, Ihr Leben weiterzuleben?«

Leise wiederholte Myles die knappe Antwort, die er Felton gegeben hatte: »Ja.«

Als Neeve nach ihrem Besuch in Ethels Wohnung im Geschäft eintraf, waren die meisten Angestellten schon da. Außer Eugenia, ihrer rechten Hand und Stellvertreterin, die auch als Empfangsdame arbeitete, beschäftigte sie sieben Verkäuferinnen und drei Schneiderinnen.

Eugenia war dabei, ein paar Kleiderpuppen neu anzuziehen. »Schön, daß man wieder zweiteilige Ensembles trägt«, sagte sie, während sie geschickt das Oberteil eines zimtfarbenen seidenen Deux-pièces drapierte. »Welche Handtasche?«

Neeve trat ein paar Schritte zurück. »Halt sie noch mal hin. Die kleinere, glaube ich. Die andere ist zu stark rostbraun für das Kleid.«

Als Eugenia den Mannequinberuf aufgegeben hatte, war sie ohne Bedauern allmählich von Größe 38 zu Größe 44 übergegangen, ohne jedoch ihre graziösen Bewegungen zu verlieren, die sie zum Liebling der großen Couturiers gemacht hatten. Sie hängte die Tasche an den Arm der Puppe. »Du hast wieder einmal recht«, sagte sie gutgelaunt. »Wir bekommen heute viel zu tun. Ich spüre das schon.«

»Hoffentlich.« Neeve versuchte, es ganz unbekümmert klingen zu lassen, aber es gelang ihr nicht.

»Neeve, gibt's was Neues wegen Ethel Lambston? Ist sie immer noch nicht aufgetaucht?«

»Keine Spur von ihr.« Neeve sah sich im Geschäft um. »Hör zu, ich ziehe mich jetzt in mein Büro zurück und erledige ein paar Telefongespräche. Sag niemand, daß ich da bin, falls es nicht wirklich unumgänglich ist. Ich möchte heute keine Vertreter empfangen.«

Als erstes rief sie bei *Contemporary Woman* an, um Toni Mendell zu sprechen. Sie war den ganzen Tag in einem Journalistenseminar. Neeve versuchte es bei Jack Campbell. Er war in einer Besprechung. Sie hinterließ ihm eine Nachricht und bat um seinen Rückruf. »Es ist ziemlich dringend«, sagte sie seiner Sekretärin. Sie ging die Liste mit den Namen der Modeschöpfer durch, die Ethel sich in ihrem Terminkalender notiert hatte. Die ersten drei, die Neeve erreichte, hatte Ethel nicht aufgesucht, sondern lediglich angerufen, um sich bestätigen zu lassen, daß sie das, was sie ihnen zuschrieb, auch wirklich gesagt hatten. Elke Pearson, die Designerin von Sportkollektionen, faßte die Verärgerung, die Neeve in allen anderen Stimmen heraushörte, so zusammen: »Ich werde nie verstehen, warum ich mich von dieser Frau habe interviewen lassen. Sie hat mich mit Fragen bombardiert, bis mir der Kopf schwirrte. Ich mußte sie beinahe rausschmeißen, und ich habe den Verdacht, daß mir ihr verdammter Artikel nicht gefallen wird.«

Anthony della Salva war der nächste Name. Neeve machte sich weiter keine Sorgen, als sie ihn nicht erreichte. Sie würde ihn beim Abendessen sehen. Gordon Steuber. Ethel hatte ihr gestanden, daß sie ihn in ihrem Artikel anprangern würde. Aber wann hatte sie ihn zum letztenmal gesehen? Widerwillig wählte Neeve die Nummer von Steubers Büro und wurde sofort zu ihm durchgestellt.

Er verschwendete keine Zeit auf Höflichkeiten. »Was wollen Sie?« fragte er kurz angebunden.

Im Geiste sah sie ihn vor sich, wie er zurückgelehnt in seinem mit Messingnägeln beschlagenen, imposanten Ledersessel saß. Mit ebenso kalter Stimme wie er sagte sie: »Man hat mich gebeten, ausfindig zu machen, wo Ethel Lambston sich aufhält. Es ist dringend.« Einer Eingebung folgend, fügte sie hinzu: »Aus ihrem Terminkalender weiß ich, daß sie letzte Woche bei Ihnen war. Hat sie irgendeine Andeutung gemacht, ob und wohin sie verreisen wollte?«

Mehrere Sekunden herrschte völlige Stille. Er muß sich erst überlegen, was er sagen soll, dachte sie. Als Steuber sprach, war sein Ton ruhig und distanziert. »Ethel Lambston hat schon vor Wochen versucht, mich wegen eines Artikels, den sie schreiben wollte, zu interviewen. Ich habe sie nicht empfangen. Ich habe keine Zeit für Klatschtanten. Letzte Woche telefonierte sie, aber ich nahm den Anruf nicht entgegen.«

Neeve hörte nur noch ein Klicken.

Sie wollte eben die Nummer des nächsten Designers auf ihrer Liste wählen, als ihr Telefon läutete. Jack Campbell war am Apparat. Seine Stimme klang besorgt. »Meine Sekretärin hat mir ausgerichtet, Ihr Anruf sei dringend gewesen. Gibt es irgendwelche Schwierigkeiten, Neeve?«

Es kam ihr auf einmal lächerlich vor, daß sie ihm am Telefon erklären wollte, sie sei ernsthaft besorgt um Ethel Lambston, weil diese ihre Kleider nicht abgeholt hatte.

Statt dessen sagte sie: »Sie haben sicher sehr viel zu tun, aber könnte ich Sie möglichst bald einmal eine halbe Stunde sprechen?«

»Ich bin heute zum Mittagessen mit einem meiner Autoren verabredet«, sagte er. »Wie wäre es um drei Uhr in meinem Büro?«

Der Verlag Givons and Marks befand sich in den obersten sechs Etagen eines Eckgebäudes Park Avenue und 41. Straße. Jack Campbell hatte sein Büro in einem riesigen Eckzimmer im 47. Stock mit einer atemberaubenden Aussicht auf Manhattan. Sein beeindruckend großer Schreibtisch war schwarz poliert. In den Bücherregalen an der Wand dahinter stapelten sich Manuskripte.

Ein schwarzes Ledersofa und ebensolche Sessel standen um einen niedrigen Cocktailtisch mit Glasplatte. Es überraschte Neeve, daß der Raum keinerlei persönliche Merkmale aufwies.

Als könne er Gedanken lesen, sagte Jack Campbell: »Bis meine Wohnung bezugsbereit ist, wohne ich im ›Hampshire House‹. Meine ganze Habe ist noch im Möbellager. Daher sieht es hier aus wie im Wartezimmer eines Zahnarztes.«

Er hatte sein Jackett über die Rückenlehne seines Schreibtischsessels gehängt. Er trug einen Jacquard-Pullover mit grün-braunem Schottenmuster. Er stand ihm gut, fand Neeve. Herbstfarben. Sein Gesicht war zu schmal, die Züge zu unregelmäßig, als daß man sie schön hätte nennen können. Doch durch die ruhige Kraft, die von ihnen ausging, waren sie überaus anziehend. In seinen Augen lag eine herzliche Wärme, als er sie anlächelte, und Neeve war froh, daß sie eines ihrer neuen Frühjahrsmodelle angezogen hatte, ein türkisfarbenes Wollkleid mit dazu passender halblanger Jacke.

»Wie wär's mit einem Kaffee?« fragte Jack. »Ich trinke zwar zuviel davon, aber ich nehme trotzdem noch einen.«

Neeve wurde sich auf einmal bewußt, daß sie nichts zu Mittag gegessen hatte und ihr Kopf leicht schmerzte. »Ja, gerne. Einen schwarzen, bitte.«

Während sie warteten, bewunderte sie die Aussicht. »Kommen Sie sich nicht geradezu wie der König von New York vor?«

»In diesem ersten Monat, seit ich hier bin, habe ich mich sehr anstrengen müssen, meinen Kopf bei der Arbeit zu haben«, erzählte er ihr. »Als Zehnjähriger beschloß ich, daß ich eines Tages in New York leben wollte. Das war vor sechsundzwanzig Jahren. So lange hat es gedauert, bis ich's geschafft hab.«

Als der Kaffee kam, setzten sie sich an den Glastisch. Jack Campbell lehnte sich bequem auf dem Sofa zurück; Neeve saß auf der Kante eines Sessels. Sie wußte, daß er eine andere Verabredung hatte verschieben müssen, damit er sie so rasch empfangen konnte. Sie holte tief Atem und berichtete ihm von Ethel. »Mein Vater hält mich für verrückt«, sagte sie. »Aber ich habe ein komisches Gefühl, daß ihr irgend etwas passiert ist. Darum wollte ich fragen, ob Ethel eine Andeutung gemacht hat, daß sie beabsichtigte zu verreisen. Soviel ich weiß, soll das Buch, das sie für Sie schreibt, im Herbst erscheinen.«

Jack Campbell hatte ihr mit derselben Aufmerksamkeit zugehört, die sie schon auf der Cocktailparty an ihm beobachtet hatte. »Nein, das stimmt nicht.«

Neeve sah ihn mit großen, erstaunten Augen an. »Ja, aber ...«

Campbell schlürfte den letzten Schluck Kaffee aus seiner Tasse. »Ich habe Ethel vor ein paar Jahren bei einer Buchmesse kennengelernt, als sie dort am Stand von Givons and Marks ihr erstes Buch vorstellte, die Studie über Frauen in der Politik. Es war verdammt gut. Amüsant, mit vielen Stories. Und es hat sich ausgezeichnet verkauft. Daher war ich sehr interessiert, als sie mich sprechen wollte. Sie gab mir eine kurze Zusammenfassung des Artikels, den sie gerade schrieb, und erwähnte, daß sie wahrscheinlich auf eine Sache gestoßen sei, die die Modewelt erschüttern könnte, wenn sie ein Buch darüber schriebe. Sie fragte, ob ich einen Vertrag mit ihr machen wollte und mit was für einer Vorauszahlung sie rechnen könnte.

Ich sagte, daß ich ein bißchen mehr über das Buch wissen müßte, es angesichts ihres vorangegangenen Erfolgs aber sicher kaufen würde, wenn es wirklich so sensationell sei, wie sie behaupte. Voraussichtlich könnten wir dann über einen sechsstelligen Vorschuß reden. Letzte Woche las ich in der *Post*, daß sie einen Vertrag für eine halbe Million Dollar mit mir geschlossen habe und das Buch im Herbst erscheinen werde. Seither steht das Telefon nicht mehr still. Alle Taschenbuchverlage wollen Angebote machen. Ich habe Ethels Literaturagenten angerufen. Mit ihm hatte sie überhaupt nie über die Sache gesprochen. Ich versuchte dann vergeblich, sie anzurufen. Die erwähnten Bedingungen wurden von mir weder bestätigt noch negiert. Sie ist wirklich eine Publicity-Hyäne! Allerdings, wenn sie das Buch schreibt und es wirklich gut ist, dann kann mir der ganze Rummel nur recht sein.«

»Sie haben aber keine Ahnung, was für eine Art Geschichte sie meinte, die die ganze Branche erschüttern würde?«

»Nicht die geringste.«

Neeve seufzte und stand auf. »Jetzt habe ich Ihre Zeit genug in Anspruch genommen. Eigentlich könnte ich mich beruhigt fühlen. Es sähe Ethel ähnlich, Feuer und Flamme für ein solches Vorhaben zu sein und sich dann in irgendeine Hütte zurückzuziehen.

Ich kümmere mich jetzt lieber um meine eigenen Sachen.« Sie streckte ihm die Hand entgegen. »Vielen Dank.«

Er ließ ihre Hand nicht sofort los. Mit einem warmen Lächeln fragte er sie: »Sorgen Sie eigentlich immer für einen raschen Abgang? Vor sechs Jahren sausten Sie wie ein Pfeil aus dem Flugzeug. Neulich abends waren Sie auch auf einmal verschwunden, als ich mich umdrehte.«

Neeve entzog ihm ihre Hand. »Manchmal mäßige ich mein Tempo bis zu Jogging-Geschwindigkeit, aber jetzt muß ich mich beeilen und in meinem eigenen Geschäft nach dem Rechten sehen.«

Er begleitete sie bis zur Tür. »Ich höre, daß ›Neeve's Boutique‹ einer der elegantesten Läden in New York sei. Darf ich ihn mir mal ansehen?«

»Natürlich. Und Sie müssen nicht einmal etwas kaufen.«

»Meine Mutter lebt in Nebraska und trägt nur praktische Kleider.«

Während sie im Lift hinunterfuhr, fragte sich Neeve, ob dies wohl Jack Campbells Art war, ihr zu verstehen zu geben, daß es keine bestimmte Frau in seinem Leben gab. Zu ihrer eigenen Verwunderung summte sie vor sich hin, als sie in die plötzlich milde Luft des Aprilnachmittags hinaustrat und ein Taxi herbeiwinkte.

Im Geschäft fand sie eine Nachricht vor, sie möge doch sofort Tse-Tse in Ethels Wohnung anrufen. Tse-Tse nahm beim ersten Läuten ab. »Neeve, Gott sei Dank, daß du anrufst. Ich will hier weg, ehe der komische Neffe nach Hause kommt. Irgend etwas ist wirklich merkwürdig, Neeve. Ethel hat die Angewohnheit, Hundertdollarnoten in der ganzen Wohnung zu verstecken. Deshalb konnte sie mich letztesmal im voraus bezahlen. Als ich am Dienstag hier war, sah ich eine Banknote unter dem Teppich. Heute morgen habe ich eine im Geschirrschrank und drei weitere in den Möbeln gefunden. *Neeve, die waren garantiert am letzten Dienstag noch nicht da.*«

Seamus ging um halb fünf aus seiner Bar weg. Ohne die Menge der Fußgänger zu beachten, eilte er durch das Gedränge auf dem Gehsteig der Columbus Avenue. Er mußte zu Ethels Wohnung gehen und wollte nicht, daß Ruth etwas davon erfuhr. Seit seiner Entdeckung am vorangegangenen Abend, daß er Brief und Scheck in denselben Umschlag gesteckt hatte, kam er sich wie ein gefangenes Tier vor, das wild im Käfig herumsprang und einen Ausweg suchte.

Es gab nur eine Hoffnung. Er hatte den Umschlag nicht sehr tief in den Briefkasten geschoben. Er sah die Ecke vor sich, die aus dem Schlitz herausragte. Vielleicht konnte er das Kuvert wieder herausziehen. Es war eine Chance von eins zu einer Million. Sein normaler Menschenverstand sagte ihm, daß der Briefträger den Umschlag wahrscheinlich inzwischen mit anderer Post ganz in den Kasten hineingestoßen hatte. Aber er klammerte sich an die geringe Chance. Es war das einzige, was er überhaupt tun konnte.

In Ethels Straße warf er rasche Blicke auf die Vorübergehenden. Er hoffte, nicht auf bekannte Gesichter von Ethels Nachbarn zu stoßen. Als er bei ihrem Haus anlangte, steigerte sich sein Gefühl der Hoffnungslosigkeit bis zur Verzweiflung. Er konnte nicht einmal versuchen, einen Brief zu stehlen, ohne alles zu verpfuschen. Man brauchte einen Schlüssel, um in die Eingangshalle zu den Briefkästen zu gelangen. Am gestrigen Abend hatte das unerträgliche Gör ihm die Tür geöffnet. Jetzt müßte er wohl beim Hauswart klingeln, und der würde bestimmt nicht zulassen, daß er sich an Ethels Briefkasten zu schaffen machte.

Während er noch unschlüssig da stand, ging im dritten Stock ein Fenster auf. Eine Frau lehnte sich hinaus. Über ihre Schulter hinweg konnte er das Gesicht des Mädchens sehen, mit dem er gestern gesprochen hatte.

»Sie war die ganze Woche nicht da«, teilte ihm eine schrille Stimme mit. »Und wissen Sie, letzten Donnerstag hätte ich beinahe die Polizei gerufen, als ich hörte, wie Sie sie angeschrien haben.«

Seamus drehte sich um und floh. Sein Atem ging in kurzen, abgehackten Stößen, während er blindlings die West End Avenue hinunterrannte. Erst als er sicher in seiner eigenen Wohnung war und die Tür hinter sich abgeschlossen hatte, wurde ihm bewußt, daß sein Herz wild klopfte und er keuchend nach Atem rang. Zu seiner Bestürzung hörte er Schritte im Korridor, die vom Schlafzimmer herkamen. Ruth war bereits zu Hause. Rasch wischte er sich mit der Hand übers Gesicht und versuchte, sich zusammenzureißen.

Ruth schien seine Erregung nicht zu bemerken. Sie hatte seinen braunen Anzug über dem Arm. »Den wollte ich gerade in die Reinigung bringen«, begann sie. »Könntest du mir in drei Teufels Namen verraten, wieso du eine Hundertdollarnote in der Tasche hast?«

Nachdem Neeve gegangen war, blieb Jack Campbell noch fast zwei Stunden in seinem Büro. Doch er konnte sich nicht auf das Manuskript konzentrieren, das ihm ein Literaturagent mit einer begeisterten Empfehlung geschickt hatte. Nach ein paar vergeblichen Anläufen, sich von der Geschichte fesseln zu lassen, schob er das Manuskript ungewöhnlich gereizt beiseite. Der Ärger war gegen ihn selber gerichtet. Es war nicht fair, die ernste Arbeit von jemand zu beurteilen, wenn die Gedanken zu neunundneunzig Prozent bei einer anderen Sache waren.

Neeve Kearney. Merkwürdig, daß er schon vor sechs Jahren bedauert hatte, sie nicht um ihre Telefonnummer gebeten zu haben. Er hatte sie sogar, als er einige Monate später in New York war, im Telefonbuch von Manhattan gesucht. Es gab ganze Seiten von Kearneys, aber keine Neeve. Sie hatte etwas von einem Kleidergeschäft gesagt. Er schlug auch im Branchenverzeichnis nach. Vergeblich.

Dann hatte er es aufgegeben und die Sache auf sich beruhen lassen. Soviel er wußte, lebte sie mit einem Mann zusammen. Irgendwie hatte er sie nie ganz vergessen können. Als sie bei der Cocktailparty auf ihn zukam, hatte er sie sofort erkannt. Sie war nicht mehr das zweiundzwanzigjährige junge Mädchen im Skipullover. Sie war eine interessante, elegant gekleidete junge Frau. Doch das kohlschwarze Haar, der milchweiße Teint, die großen braunen Augen und die vielen Sommersprossen waren noch dieselben.

Jetzt fragte Jack sich, ob sie ernsthaft an jemand gebunden war. Wenn nicht ...

Um sechs Uhr steckte seine Assistentin den Kopf zur Tür herein. »Mir reicht's für heute«, verkündete sie. »Darf ich Sie wohl darauf hinweisen, daß Sie allen andern das Leben schwermachen, wenn Sie abends so lange arbeiten?«

Jack schob das ungelesene Manuskript zurück und stand auf. »Ich gehe schon«, sagte er. »Nur noch eine Frage, Ginny. Was wissen Sie über Neeve Kearney?«

Während er zu Fuß zu seiner möblierten Wohnung am Südrand des Central Park ging, dachte er über ihre Antwort nach. Neeve Kearney hatte eine ungeheuer erfolgreiche Modeboutique. Ginny kaufte dort Kleider für ganz spezielle Anlässe. Neeve war sehr beliebt und angesehen. Vor ein paar Monaten hatte sie Aufsehen erregt, als sie einen Designer fallenließ, der Kinder in seinen Nähateliers beschäftigte. Neeve konnte eine Kämpferin sein.

Er hatte Ginny auch nach Ethel Lambston gefragt, und sie hatte die Augen verdreht. »Bringen Sie mich bloß nicht auf dieses Thema!«

Jack blieb gerade lange genug in seiner Wohnung, um sicher zu sein, daß er keine Lust hatte, sich selber etwas zum Essen zu machen. Er fand, daß eines der Nudelgerichte bei »Nicola« gerade das richtige für ihn wäre. Das Restaurant lag in der 84. Straße zwischen Lexington und Third Avenue.

Es war ein guter Entschluß. Wie gewöhnlich warteten schon verschiedene Leute auf einen Tisch, aber nachdem er einen Drink an der Bar zu sich genommen hatte, klopfte ihm Lou, sein bevorzugter Kellner, leicht auf die Schulter. »Ihr Tisch ist bereit, Mr. Campbell.« Bei einer halben Flasche Valpolicella, einem Salat aus Brunnenkresse und Endivien und bei einer Portion *tagliatelle* mit Meeresfrüchten konnte er sich endlich entspannen. Als er einen doppelten Espresso bestellte, bat er gleichzeitig um die Rechnung.

Beim Verlassen des Restaurants zuckte er die Achseln. Er hatte den ganzen Abend gewußt, daß er noch in die Madison Avenue hinübergehen und sich Neeves Boutique ansehen würde. Wenige Minuten später stand er vor den geschmackvoll dekorierten Schaufenstern, während ein kühler Wind ihn daran erinnerte, daß es erst April war und das Wetter im Vorfrühling sehr launisch sein konnte. Was er sah, gefiel ihm. Die ausgesprochen weiblichen, weich fallenden Imprimé-Kleider mit den farblich darauf abgestimmten Schirmen, die selbstbewußten Posen der Kleiderpuppen, die fast arrogante Haltung ihrer Köpfe. Er war überzeugt, daß sich in dieser Mischung aus Stärke und Sanftheit Neeves Persönlichkeit ausdrückte.

Als er eingehend ein Schaufenster betrachtete, wußte er auf einmal wieder, was Ethel zu ihm gesagt hatte, als sie ihn mit ihrem Buchvorschlag überfiel. Es war seinem Gedächtnis entfallen, als er versucht hatte, es Neeve zu erzählen. »Es gibt Klatsch, es gibt Aufregung, und es gibt die riesige Vielfalt der Mode«, hatte Ethel ihm in ihrer hastigen, atemlosen Art mitgeteilt. »Um all das geht's in meinem Artikel. Doch nehmen wir einmal an, ich hätte noch einiges mehr zu liefern. Eine Bombe. Dynamit!«

Da die Zeit für seine nächste Verabredung drängte, hatte Jack das Gespräch beendet. »Schicken Sie mir einen detaillierten Buchplan.«

Ethel war hartnäckig und ließ sich nicht so leicht abschieben. »Wieviel ist denn eine skandalöse Enthüllungsstory wert?«

Seine beinahe scherzhafte Antwort: »Wenn sie sensationell genug ist, einen mittleren sechsstelligen Betrag.«

Jack blickte unverwandt auf die Schaufensterpuppen mit ihren fröhlichen Schirmen. Dann wanderte sein Blick zu der elfenbein und blau gestreiften Markise mit dem Schriftzug »Neeve's Boutique«. Morgen wollte er Neeve anrufen und ihr genau erzählen, was Ethel gesagt hatte.

Von neuem verspürte er das Bedürfnis, durch Bewegung eine undefinierbare innere Unruhe loszuwerden. Er wandte sich zum Gehen. Als er die Madison Avenue hinunterging, dachte er: Ich such doch nur nach einem Vorwand. Warum bitte ich sie nicht einfach, mit mir auszugehen?

In diesem Augenblick wurde ihm der Grund seiner Unruhe klar. Er wollte auf keinen Fall zu hören bekommen, daß Neeve an jemand anders gebunden war.

Donnerstags war Kitty Conway sehr beschäftigt. Von neun bis zwölf Uhr vormittags fuhr sie mit alten Leuten zum Arzt. Am Nachmittag half sie unentgeltlich in der kleinen Verkaufsboutique des Garden-State-Museums. Beide Tätigkeiten gaben ihr das Gefühl, etwas Nützliches zu tun.

Vor vielen Jahren hatte sie im College Anthropologie studiert, mit der vagen Vorstellung, vielleicht eine zweite Margaret Mead zu werden. Dann war sie Mike begegnet. Während sie an diesem Donnerstag gerade einer Siebzehnjährigen half, die Kopie eines ägyptischen Halsschmucks auszuwählen, kam ihr der Gedanke, daß sie sich für den kommenden Sommer eigentlich für eine anthropologische Studienreise anmelden könnte. Es war eine vielversprechende Aussicht.

Auf der Heimfahrt an diesem Aprilabend spürte Kitty, daß sie von ruheloser Ungeduld ergriffen wurde. Höchste Zeit, daß sie wieder ihr Leben lebte. Sie bog von der Lincoln Avenue ab und lächelte, als sie ihr etwas erhöht gelegenes Haus in der Biegung des Grand View Circle auftauchen sah: ein beeindruckendes Haus im Kolonialstil, weiß mit schwarzen Fensterläden.

Drinnen ging sie durch die Zimmer im Erdgeschoß und knipste die Lampen an; dann entzündete sie das Gasfeuer im Kamin des kleinen Salons. Als Michael noch lebte, hatte er schön brennende Kaminfeuer entfacht, da er es verstand, die Scheite über dem Kleinholz richtig aufzuschichten und die Flammen regelmäßig anzufachen, so daß der Duft nach Hickoryholz den Raum erfüllte. Kitty konnte nie ein Feuer richtig in Gang bringen, wie sehr sie sich auch bemühte. So hatte sie die Gasflammen installieren lassen und sich im stillen bei Michael entschuldigt.

Sie ging hinauf ins große Schlafzimmer, das sie in Aprikosengelb und Blaßgrün neu hatte tapezieren lassen, nach einem Muster, das sie von einem Wandteppich im Museum kopiert hatte. Während sie ihr graues wollenes Deux-pièces auszog, kämpfte sie mit sich, ob sie gleich duschen und einen bequemen Pyjama und ihren Schlafrock anziehen sollte. Eine schlechte Angewohnheit, sagte sie sich. Es ist erst sechs Uhr.

Statt dessen holte sie einen leuchtend blauen Trainingsanzug aus dem Schrank und griff nach den Turnschuhen. »Von heute an wird wieder gejoggt!« befahl sie sich selbst.

Sie nahm den gewohnten Weg. Ihre Straße hinunter bis zur Lincoln Avenue, dann zwei Kilometer in Richtung Stadt, eine Runde um die Busstation und wieder zurück nach Hause. Mit dem befriedigenden Gefühl, ihre Pflicht erfüllt zu haben, warf sie den Trainingsanzug und ihre Unterwäsche in den Wäschekorb im Bad, nahm eine Dusche, schlüpfte dann in einen Hausanzug und betrachtete sich im Spiegel. Sie war immer schlank gewesen und behielt ihre Figur recht gut bei. Die Fältchen um die Augen waren nicht sehr tief. Das Haar wirkte ganz natürlich; der Färbespezialist in ihrem Frisiersalon hatte genau ihren eigenen rötlichen Ton getroffen. Nicht schlecht, sagte Kitty zu ihrem Spiegelbild, aber mein Gott, in zwei Jahren werde ich *sechzig!*

Es war Zeit für die Sieben-Uhr-Nachrichten und eindeutig auch Zeit für einen Sherry. Kitty ging durchs Schlafzimmer ins Treppenhaus, als ihr einfiel, daß sie das Licht im Bad hatte brennen lassen. Spare in der Zeit, so hast du in der Not! Außerdem sollte man sowieso Strom sparen. Sie eilte zurück ins Badezimmer und streckte die Hand nach dem Lichtschalter aus. Ihre Finger wurden plötzlich taub. Aus dem Wäschepuff hing der Ärmel ihres blauen Trainingsanzugs. Angst schnürte Kitty wie ein eisiger Schraubstock die Kehle zusammen. Ihr Mund wurde trocken, und sie spürte, wie sich ihre Nackenhaare sträubten. Der Ärmel! Es müßte eine Hand drin stecken. Gestern. Als das Pferd durchgegangen war. Der Plastikfetzen, der ihr Gesicht gestreift hatte. Das verwischte Bild von blauem Stoff und einer Hand. Sie war nicht verrückt gewesen. *Sie hatte eine Hand gesehen!*

Kitty vergaß die Sieben-Uhr-Nachrichten anzustellen. Statt dessen saß sie, vornübergebeugt, auf dem Sofa vor dem Kamin und trank in kleinen Schlucken ihren Sherry. Weder das Feuer noch der Sherry konnten das Frösteln mildern, das ihren ganzen Körper ergriffen hatte. Sollte sie die Polizei benachrichtigen? Und wenn sie sich geirrt hatte? Dann würde sie sich lächerlich machen.

Ich *habe* mich nicht geirrt, sagte sie sich, aber ich werde bis morgen warten. Ich fahre zum Park und gehe noch einmal die Strecke entlang. Was ich gesehen habe, war eine Hand, aber demjenigen, dem sie gehört, ist sowieso nicht mehr zu helfen.

»Du sagst, daß Ethels Neffe in ihrer Wohnung ist?« fragte Myles, während er den Eiskübel füllte. »Dann hat *er* sich das Geld geliehen und es später zurückgelegt. So was gibt's.«

Wieder kam sich Neeve ein bißchen lächerlich vor, als Myles eine vernünftige Erklärung für die Umstände hatte, die mit Ethels Verschwinden, ihren Wintermänteln und jetzt mit den Hundertdollarnoten zusammenhingen. Sie war froh, Myles noch nichts von ihrem Treffen mit Jack Campbell gesagt zu haben. Als sie nach Hause gekommen war, hatte sie eine blaue seidene Hose mit dazu passender Hemdbluse angezogen. Sie erwartete, daß Myles so etwas sagte wie: »Ziemlich ausgefallen für ein Servierfräulein.« Statt dessen wurde sein Blick ganz weich, als sie in die Küche kam. »Deine Mutter hat immer wunderschön in Blau ausgesehen. Du wirst ihr mit jedem Tag ähnlicher.«

Neeve nahm Renatas Kochbuch vom Regal. Sie hatte Melone mit hauchdünnen Scheiben von Rohschinken vorgesehen, danach Spaghetti mit Pesto, dann mit Krabben gefüllte Seezunge und verschiedene junge Gemüse sowie einen gemischten Salat aus Endivien und Rapunzel, zum Schluß Käse und eine Weinschaumcreme. Sie blätterte in dem Kochbuch, bis sie zu der Seite mit den Zeichnungen kam. Erneut vermied sie es, sie anzusehen, sondern konzentrierte sich auf die handgeschriebenen Anweisungen, die Renata über die Backzeit der Seezunge notiert hatte.

Nachdem sie sich überzeugt hatte, daß alles vorbereitet war, ging sie zum Eisschrank und holte eine Dose Kaviar heraus. Myles sah zu, wie sie Toastecken auf eine Servierplatte legte. »Ich habe nie Geschmack an dem Zeug finden können«, sagte er. »Sehr plebejisch von mir, ich weiß.«

»Ein Plebejer bist du kaum.« Neeve verteilte mit einem Löffel den Kaviar auf dem Toast. »Aber du verpaßt eine Menge.« Sie betrachtete ihn. Er trug ein dunkelblaues Jackett, graue Hosen, ein hellblaues Hemd und eine elegante rot-blau gestreifte Krawatte, die Neeve ihm zu Weihnachten geschenkt hatte. Er sieht wirklich gut aus, dachte sie, und man würde niemals vermuten, wie krank er gewesen ist. Sie sagte es ihm.

Myles streckte die Hand nach der Platte aus und ließ geschickt ein Kaviarbrötchen in seinem Mund verschwinden. »Ich find's immer noch nicht gut«, bemerkte er und fuhr dann fort: »Ich fühle mich kerngesund, und das Nichtstun geht mir allmählich auf die Nerven. Man hat ein bißchen bei mir vorgefühlt, ob ich die Leitung der Drogenfahndungsstelle in Washington übernehmen würde. Das hieße aber, daß ich die meiste Zeit dort verbringen müßte. Was meinst du dazu?«

Neeve tat einen leisen Aufschrei und umarmte ihn. »Wie wunderbar! Sag zu. Das wäre ein Job, in den du dich richtig verbeißen könntest.«

Sie summte vor sich hin, als sie die Kaviarbrötchen und eine Platte mit Käse ins Wohnzimmer brachte. Nun müßte man nur noch Ethel Lambstons Spur finden. Gerade ging ihr durch den Kopf, wie lange es wohl dauern würde, bis Jack Campbell sie anrief, als die Türglocke läutete. Ihre beiden Gäste waren zusammen eingetroffen.

Bischof Devin Stanton gehörte zu den wenigen kirchlichen Würdenträgern, die sich auch bei privaten Anlässen wohler in einem geistlichen Gewand fühlten als im Sportjackett. Sein graumeliertes Haar wies noch ganz wenige Spuren von Kupferrot auf. Die sanften blauen Augen hinter der silbergeränderten Brille strahlten Güte und Klugheit aus. Seine hohe, schlanke Gestalt machte den Eindruck von Quecksilbrigkeit, wenn er sich bewegte. Neeve hatte immer das unbehagliche Gefühl, daß Dev ihre Gedanken lesen konnte, und war jeweils erleichtert, wenn sie spürte, daß ihm das, was er las, gefiel. Sie umarmte ihn voller Wärme.

Anthony della Salva sah wieder einmal blendend aus in einer seiner eigenen Kreationen, einem anthrazitgrauen Anzug aus italienischer Seide. Der perfekte Schnitt verbarg geschickt, daß sein schon immer zur Fülligkeit neigender Körper in letzter Zeit Gewicht angesetzt hatte. Neeve dachte an Myles' Bemerkung, Sal erinnere ihn an einen wohlgenährten Kater. Die Beschreibung paßte auf ihn. Sein schwarzes Haar, ohne einen Faden Grau, glänzte mit den Gucci-Schuhen um die Wette.

Wie gewöhnlich sprudelte er über vor guter Laune. »Dev, Myles, Neeve, meine drei liebsten Menschen, ausgenommen meine derzeitige Freundin, aber ganz sicher einschließlich meiner Ex-Frauen. Dev, meinst du, daß die Kirche mich im Alter wieder in ihren Schoß aufnehmen wird?«

»Ein verlorener Sohn sollte eigentlich reumütig und in Lumpen zurückkehren«, bemerkte der Bischof trocken.

Myles lachte schallend und legte seinen beiden Freunden die Arme um die Schultern. »Ach, es ist schön, euch zwei hierzuhaben. Es kommt mir vor, als ob wir wieder in der Bronx wären. Trinkt ihr immer noch Martini oder habt ihr etwas Fashionableres gefunden?«

Der Abend begann auf die angenehme, ungezwungene Weise, die schon zum Ritual geworden war. Eine kurze Diskussion, ob man einen zweiten Martini trinken sollte, ein Achselzucken, darauf die Bemerkung des Bischofs:»Warum nicht? So oft kommen wir ja nicht zusammen«, dann Myles:»Ich höre besser auf«, und ein unbekümmertes:»Selbstverständlich!« von Sal. Ihr Gespräch drehte sich um Fragen der kommunalen und kirchlichen Lokalpolitik und mündete in Sals Klagen über die billigen Importe aus dem Ausland.»Sicher, wir sollten hier herstellen, aber wir können für ein Drittel des Preises in Korea oder Hongkong arbeiten lassen. Wenn wir nicht einen Teil im Ausland produzieren, werden wir einfach zu teuer. Aber wenn wir das tun, sind wir Feinde der Gewerkschaft.« Was Myles mit der Bemerkung quittierte:»Meiner Meinung nach haben wir keine blasse Ahnung, wieviel Mafia-Geld in dieser Industrie steckt.«

Unvermeidlich kamen sie auf Nicky Sepettis Tod zu sprechen.

»Es ist ihm zu leicht gemacht worden, so im Bett sterben zu können«, sagte Sal. Sein Gesicht hatte den jovialen Ausdruck verloren.»Nach dem, was er deinem süßen Kind angetan hat.«

Neeve sah, wie Myles die Lippen zusammenpreßte. Vor langer Zeit hatte Sal einmal gehört, daß Myles Renata scherzhaft»mein süßes Kind« nannte, und zu Myles' Mißfallen hatte er den Ausdruck übernommen.»Wie geht's denn meinem süßen Kind?« begrüßte er Renata. Neeve erinnerte sich noch gut, wie Sal am Abend der Totenwache tränenüberströmt an Renatas Sarg gekniet hatte, dann aufgestanden war, Myles umarmt und zu ihm gesagt hatte:»Versuch dir vorzustellen, daß dein süßes Kind nur schläft.«

Tonlos hatte Myles geantwortet:»Sie schläft nicht. Sie ist tot. Und nenne sie bitte nie wieder so, Sal. Das war *mein* Name für sie.«

Bis jetzt hatte Sal sich daran gehalten. Einen Augenblick trat peinliches Schweigen ein, dann stürzte Sal den Rest seines Martini hinunter und stand auf.»Bin gleich wieder da«, sagte er mit breitem Lächeln und ging über den Korridor zur Gästetoilette.

Devin seufzte.»Er mag ein genialer Modeschöpfer sein, nur sehr zartfühlend ist er nicht.«

»Er hat mir aber den Start ermöglicht«, rief Neeve ihnen in Erinnerung. »Ohne Sal wäre ich heute vermutlich Assistentin eines Einkäufers bei Bloomingdale.«

Sie sah Myles' Blick und warnte ihn: »Sag bloß nicht, daß ich dann besser dran wäre.«

»Das ist mir noch nie in den Sinn gekommen.«

Als sie das Essen auftrug, zündete Neeve die Kerzen an und dämpfte das Licht des Deckenleuchters. Sanfte Schatten breiteten sich im Raum aus. Jeder Gang erntete allgemeines Lob. Myles und der Bischof nahmen sich von allem zweimal, Sal sogar dreimal. »Der Teufel hole die Diät!« sagte er. »Dies ist die beste Küche in ganz Manhattan.«

Beim Dessert kehrte das Gespräch unweigerlich zu Renata zurück. »Dies ist eines ihrer Rezepte«, teilte Neeve ihnen mit, »speziell für euch zwei zubereitet. Ich habe erst jetzt begonnen, mich richtig mit ihren Kochbüchern zu beschäftigen. Es macht Spaß.«

Myles berichtete ihnen, daß er möglicherweise die Leitung der Drogenfahndungsstelle in Washington übernehmen werde.

»Es könnte sein, daß ich dir dort unten Gesellschaft leiste«, sagte Devin lächelnd und fügte dann hinzu: »Es ist noch streng vertraulich.«

Sal ließ es sich nicht nehmen, Neeve beim Abtragen zu helfen, und er bot sich auch an, den Espresso zu machen. Während er sich an der Espressokanne zu schaffen machte, nahm Neeve die hübschen gold-grünen Mokkatassen aus dem Buffet, die seit mehreren Generationen in der Familie Rossetti waren.

Ein dumpfer Schlag und ein Schmerzensschrei ließen sie in die Küche stürzen. Die Kanne mit dem Espresso war umgefallen, hatte den ganzen Küchentisch überschwemmt und Renatas Kochbuch durchnäßt. Sal hielt seine feuerrote Hand unter das fließende kalte Wasser. Sein Gesicht war aschfahl. »Der Griff an der verdammten Kanne ist abgebrochen.« Er versuchte, unbekümmert zu wirken. »Myles, ich glaube, du willst dich jetzt dafür rächen, daß ich dir als Kind den Arm gebrochen habe.«

Ganz offensichtlich war die Verbrennung schlimm und schmerzhaft.

Neeve holte eilig die Eukalyptusblätter, die Myles für Brandwunden immer im Haus hatte. Vorsichtig tupfte sie Sals Hand trocken und bedeckte sie mit den Blättern. Dann umwickelte sie

sie mit einer Leinenserviette. Der Bischof stellte die Espressokanne wieder auf und fing an, die Nässe zu beseitigen. Myles war dabei, das Kochbuch zu trocknen. Neeve sah den Ausdruck in seinen Augen, als er Renatas Zeichnungen betrachtete, die jetzt ganz durchweicht und fleckig waren.

Sal bemerkte es ebenfalls. Er zog seine Hand von Neeve zurück. »Mein Gott, Myles, es tut mir schrecklich leid.«

Myles hielt das Buch über das Spülbecken, ließ den Kaffee abtropfen und legte es dann, in ein Handtuch eingewickelt, oben auf den Eisschrank. »Was, zum Teufel, muß dir leid tun? Neeve, ich habe diese verflixte Kanne noch nie gesehen. Wann hast du die gekauft?«

Neeve setzte neues Kaffeewasser in dem alten Kocher auf. »Sie war ein Geschenk«, sagte sie zögernd. »Ethel Lambston hat sie dir zu Weihnachten geschickt, nachdem sie bei unserer Party war.«

Devin Stanton blickte verwirrt drein, als Myles, Neeve und Sal in ironisches Gelächter ausbrachen.

»Ich werde Euer Eminenz alles erklären, wenn wir uns wieder gesetzt haben«, sagte Neeve. »Du meine Güte, ich kann tun, was ich will – ich werde Ethel nicht mal für die Zeit eines Abendessens los.«

Bei Espresso und Sambuca-Likör erzählte sie von Ethels scheinbarem Verschwinden.

»Hauptsache, sie bleibt für uns unsichtbar«, war Myles' Kommentar.

Sal versuchte, sich nicht anmerken zu lassen, wie stark ihn die Hand, auf der sich jetzt Brandblasen bildeten, schmerzte. Er schenkte sich einen zweiten Sambuca ein. »Es gibt keinen Designer auf der Seventh Avenue«, sagte er, »den sie nicht für ihren Artikel angezapft hat. Um deine Frage zu beantworten, Neeve, sie rief letzte Woche bei mir an und bestand darauf, mit mir verbunden zu werden. Wir waren mitten in einer Sitzung. Sie hatte ein paar Fragen wie: ›Stimmt es, daß Sie in der Schule den Rekord fürs Schuleschwänzen hielten?‹«

Neeve starrte ihn an. »Du machst wohl einen Witz?«

»Ganz und gar nicht. Ich vermute, daß Ethel es in ihrem Artikel darauf anlegt, alle die Geschichten zu entlarven, die sich unsere Public-Relations-Leute für viel Geld über uns ausgedacht haben.

Das mag ein heißes Thema für einen Artikel sein, aber sagt mir doch nicht, daß es eine halbe Million für ein Buch wert ist! Das will mir nicht in den Kopf.«

Neeve war schon drauf und dran, ihnen zu erzählen, daß dieser Betrag Ethel in Wirklichkeit gar nicht angeboten worden war, doch sie biß sich auf die Zunge. Jack Campbell wollte bestimmt nicht, daß es sich herumsprach.

»Übrigens«, fuhr Sal fort, »man sagt, daß durch deinen Hinweis auf die Schwarzarbeit in Steubers Ateliers ziemlich viel Dreck zum Vorschein kommt. Neeve, halte dich fern von dem Kerl!«

»Was soll das heißen?« fragte Myles in scharfem Ton.

Neeve hatte Myles noch nichts davon gesagt, daß Gordon Steuber möglicherweise ihretwegen vor Gericht gestellt würde. Sie gab Sal ein Zeichen mit dem Kopf und erklärte: »Steuber ist ein Designer, dessen Sachen ich nicht mehr kaufe wegen der Art, wie er sein Geschäft führt.« Dann wandte sie sich an Sal:«Ich behaupte immer noch, daß etwas an Ethels Verschwinden von der Bildfläche nicht stimmt. Du weißt, daß sie alle Kleider bei mir kauft, und alle ihre Wintermäntel hängen im Schrank.«

Sal zuckte die Achseln. »Neeve, ehrlich gesagt, Ethel ist so zerstreut, daß sie wahrscheinlich ohne Mantel hinausgerannt ist und es gar nicht merkte. Warte ab, was geschieht. Wahrscheinlich taucht sie mit etwas auf, das sie ganz billig von der Stange gekauft hat.«

Myles lachte. Neeve schüttelte den Kopf. »Du bist wirklich eine große Hilfe.«

Ehe sie vom Tisch aufstanden, sprach Devin Stanton noch ein Gebet. »Wir danken Dir, Herr, für unsere Freundschaft, für die köstliche Mahlzeit, für die schöne junge Frau, die sie zubereitet hat, und wir bitten Dich, segne das Andenken an Renata, die wir alle geliebt haben.«

»Ich danke dir, Dev.« Myles berührte die Hand des Bischofs. Dann lachte er. »Wenn sie jetzt hier wäre, Sal, würde sie dir befehlen, die Küche aufzuräumen, weil du das Durcheinander verursacht hast.«

Nachdem der Bischof und Sal gegangen waren, räumten Neeve und Myles die Geschirrspülmaschine ein und wuschen in einträchtigem Schweigen Töpfe und Schüsseln ab. Neeve nahm die Unglückskanne in die Hand. »Die werfe ich lieber weg, ehe sich noch jemand damit verbrüht«, bemerkte sie.

»Nein, laß sie da«, sagte Myles. »Sie sieht ziemlich teuer aus. Irgendwann kann ich sie reparieren, während ich ›Gefahr‹ im Fernsehen anschaue.«

Gefahr. Das Wort schien in der Luft zu hängen. Unwillig schüttelte Neeve bei diesem Gedanken den Kopf; dann knipste sie das Licht in der Küche aus und gab Myles einen Gutenachtkuß. Sie blickte noch einmal um sich, um sich zu vergewissern, daß alles in Ordnung war. Das Licht aus dem Korridor fiel schwach in den kleinen Salon, und Neeve zuckte zusammen, als der Schein die aufgequollenen, verwischten Seiten von Renatas Kochbuch beleuchtete, das Myles auf seinen Schreibtisch gelegt hatte.

8

Am Freitag morgen verließ Ruth Lambston die Wohnung, während Seamus sich rasierte. Sie sagte ihm nicht auf Wiedersehen. Der Ausdruck seines vor Zorn verzerrten Gesichts, als sie ihm die Hundertdollarnote unter die Nase gehalten hatte, ging ihr zu sehr nach. Der monatliche Alimentenscheck hatte im Lauf der letzten Jahre jedes Gefühl, das sie für ihren Mann empfand, erstickt, außer dem Groll. Doch jetzt war eine neue Empfindung dazugekommen. Sie hatte Angst. Vor ihm? Oder um ihn? Sie wußte es nicht.

Ruth verdiente als Sekretärin sechsundzwanzigtausend Dollar im Jahr. Sie rechnete sich aus, daß nach Abzug der Steuern und Sozialabgaben sowie der Kosten für Bus, Kleider und Mittagessen ihr Nettoverdienst von drei Tagen pro Woche etwa dem Betrag von Ethels Alimenten entsprach. »Ich schinde mich für diese Blutsaugerin«, war eine Bemerkung, die sie Seamus regelmäßig an den Kopf warf.

Für gewöhnlich versuchte Seamus, sie zu besänftigen. Aber gestern abend hatte sein Gesicht sich vor Wut verkrampft. Er hatte die Faust erhoben, und Ruth war einen Moment zurückgezuckt, überzeugt, daß er sie schlagen würde. Er hatte jedoch die Hundertdollarnote gepackt und entzweigerissen. »Du willst wissen, woher ich sie habe?« hatte er sie angebrüllt. »Das Weibsbild hat sie mir gegeben. Als ich sie bat, mich von den finanziellen Verpflichtungen zu befreien, sagte sie, daß sie mir gerne unter die Arme greifen würde. Sie sei zu beschäftigt gewesen, um zum Essen auszugehen, und dies hätte sie vom letzten Monat noch übrig.«

»Dann hat sie dir also nicht gesagt, daß du die Alimentenzahlungen einstellen sollst?« schrie Ruth.

Der Ärger auf seinem Gesicht hatte sich in Haß verwandelt. »Vielleicht habe ich ihr begreiflich gemacht, daß es Grenzen dafür gibt, was ein Mensch ertragen kann. Vielleicht ist das etwas, was du auch noch lernen mußt!«

Diese Antwort hatte Ruth so nachhaltig in Wut versetzt, daß ihr Atem noch immer stoßweise ging. »Untersteh dich, mir zu drohen!« hatte sie ihn angeschrien und dann entsetzt zugesehen, wie Seamus in Tränen ausbrach. Schluchzend erzählte er ihr, daß er den Scheck in denselben Umschlag wie seinen Brief gesteckt hatte und das Kind aus dem Stockwerk über Ethel zu ihm sagte, er bringe wohl das monatliche »Lösegeld«. »Das ganze Haus hält mich für einen Trottel!«

Ruth hatte die ganze Nacht im Zimmer einer ihrer Töchter wachgelegen. Sie war so voller Verachtung für Seamus, daß sie den Gedanken, in seiner Nähe zu sein, nicht ertrug. Gegen Morgen wurde ihr klar, daß die Verachtung auch ihr selber galt. Diese Frau hat mich zu einer keifenden Megäre gemacht, dachte sie. Das muß ein Ende haben!

Jetzt war ihr Mund zu einem harten, geraden Strich geworden, als sie, statt nach rechts zur Untergrundbahnstation am Broadway abzubiegen, geradeaus die West End Avenue hinaufging. Ein scharfer Morgenwind blies ihr entgegen, aber in ihren flachen Schuhen kam sie gut dagegen an.

Sie wollte Ethel gegenübertreten. Das hätte sie schon vor Jahren tun sollen. Sie hatte genügend Artikel von ihr gelesen, um zu wissen, daß Ethel sich als Feministin gebärdete. Jetzt, da sie den Buchvertrag unterschrieben hatte, war sie verwundbar geworden. Die *Post* würde mit Wonne auf der Leserbriefseite abdrucken, daß Ethel tausend Dollar im Monat aus einem Mann herauspreßte, der für die Ausbildung von drei Töchtern aufzukommen hatte. Ruth erlaubte sich ein grimmiges Lächeln. Falls Ethel ihren Anspruch auf die Alimente nicht aufgab, würde Ruth sie in die Zange nehmen. Zuerst mit der *Post*. Dann mit dem Gericht.

Sie war zum Personalbüro ihrer Firma gegangen, um einen Überbrückungskredit in der Höhe des Schulgelds aufzunehmen. Die Personalchefin war schockiert, als sie von den Alimenten erfuhr. »Ich habe eine Freundin, die eine gute Scheidungsanwältin ist«, sagte sie. »Sie kann es sich leisten, auch einmal ohne Honorar zu arbeiten, und sie würde mit Vergnügen einen Fall wie diesen übernehmen. Soviel ich weiß, kann man eine im gegenseitigen Einverständnis getroffene Scheidungskonvention nicht einfach mißachten. Aber man könnte versuchen, eine gerichtliche Abänderung herbeizuführen. Wenn sich die Öffentlichkeit empört, geraten die Dinge vielleicht in Fluß.«

Ruth hatte gezögert. »Ich möchte meine Töchter nicht in eine peinliche Lage bringen. Es wäre ja auch ein Eingeständnis, daß sich die Bar kaum rentiert. Lassen Sie mich darüber nachdenken.«

Als sie die 73. Straße überquerte, entschied Ruth sich: Entweder verzichtet sie auf die Alimente, oder ich werde mit der Anwältin sprechen.

Eine junge Frau mit einem Kinderwagen kam ihr entgegen. Ruth trat zur Seite, um ihr Platz zu machen, und stieß mit einem schmalgesichtigen Mann zusammen, dessen Gesicht fast ganz von einer Mütze verdeckt war und dessen schmutziger Mantel nach Wein stank. Angewidert rümpfte sie die Nase, klemmte ihre Handtasche fester unter den Arm und wechselte auf die andere Straßenseite hinüber. Die Gehsteige wimmelten von Fußgängern, Kindern mit Schulbüchern, älteren Leuten, die ihren täglichen Morgenspaziergang zum Zeitungsstand machten, Menschen auf dem Weg zur Arbeit, die ein Taxi herzuwinken versuchten.

Ruth konnte nie vergessen, daß sie vor zwanzig Jahren beinahe ein Haus in Westchester gekauft hatten. Fünfunddreißigtausend Dollar sollte es damals kosten; heute müßte es das Zehnfache wert sein. Als die Bank die Höhe der Alimentenzahlungen erfuhr, wurde ihnen die Hypothek nicht bewilligt.

Ruth bog jetzt in die 82. Straße ein, in der Ethels Haus lag. Sie straffte die Schultern, rückte ihre randlose Brille zurecht, als bereite sie sich wie ein Boxer darauf vor, in den Ring zu treten. Seamus hatte ihr erzählt, daß Ethel ein Apartment im Parterre mit einem eigenen Eingang bewohnte. Der Name E. Lambston über der Türglocke bestätigte dies.

Von drinnen hörte sie den schwachen Ton eines laufenden Radios. Sie drückte den Zeigefinger fest auf die Klingel. Niemand reagierte auf ihr erstes und zweites Läuten. Aber Ruth ließ sich nicht so leicht entmutigen. Beim drittenmal behielt sie den Finger auf dem Knopf.

Das laute Klingeln dauerte eine volle Minute, ehe es durch das Klicken des gedrehten Schlüssels belohnt wurde. Die Tür wurde aufgerissen. Ein junger Mann mit ungekämmtem Haar und in einem noch nicht zugeknöpften Hemd starrte sie wütend an. »Was, zum Teufel, wollen Sie?« fragte er und machte gleich darauf sichtlich den Versuch, sich zu beruhigen. »Verzeihung. Sind Sie eine Freundin von Tante Ethel?«

»Ja, und ich muß sie sprechen.« Ruth machte einen Schritt vorwärts und zwang den jungen Mann, ihr entweder den Weg zu versperren oder sie durchzulassen. Er trat zurück, und sie befand sich im Wohnzimmer. Rasch blickte sie sich überall um. Seamus sprach immer von Ethels unordentlichem Haushalt, aber die Wohnung war tadellos aufgeräumt. Ein bißchen viele Zeitungen lagen herum, aber sie waren in Stapeln geordnet. Schöne antike Möbel. Seamus hatte ihr von den Stücken erzählt, die er Ethel gekauft hatte. Und ich lebe in all dem greulichen Plunder, dachte Ruth.

»Ich bin Douglas Brown.« Doug wurde auf einmal von Besorgnis ergriffen. Irgend etwas an dieser Frau und an der Art, wie sie die Wohnung beäugte, machte ihn nervös. »Ich bin Ethels Neffe«, sagte er. »Haben Sie eine Verabredung mit ihr?«

»Nein. Aber ich bestehe darauf, sofort mit ihr zu sprechen.« Ruth stellte sich ihrerseits vor. »Ich bin Seamus Lambstons Frau, und ich bin hier, um den letzten Scheck, den er Ihrer Tante gegeben hat, wieder abzuholen. Von jetzt an werden keine Alimente mehr gezahlt!«

Auf dem Schreibtisch lag ein Stapel Post. Ziemlich weit oben sah sie einen weißen, braun geränderten Umschlag aus dem Haufen herausragen. Es war das Briefpapier, das Seamus von seinen Töchtern zum Geburtstag bekommen hatte. »Ich nehme mir den da«, sagte sie.

Ehe Doug sie daran hindern konnte, hatte sie den Umschlag in der Hand. Hastig öffnete sie ihn und zog den Inhalt heraus. Nachdem sie einen Blick darauf geworfen hatte, zerriß sie den Scheck und tat den Brief zurück in den Umschlag.

Während Doug ihr zusah, zu perplex, um zu protestieren, griff sie in ihre Handtasche und holte die Stücke der von Seamus zerrissenen Hundertnote hervor. »Ihre Tante ist nicht da, nehme ich an«, sagte sie.

»Sie sind ganz schön unverfroren«, fuhr Doug sie an. »Ich könnte Sie verhaften lassen.«

»Das würde ich an Ihrer Stelle nicht versuchen. Hier!« Damit drückte sie ihm die Stücke des zerrissenen Geldscheins in die

Hand. »Sagen Sie der Schmarotzerin, sie soll sich den zusammen-
kleben und damit ihr letztes Luxusmahl auf Kosten meines Mannes bezahlen. Sagen Sie ihr, daß sie keinen roten Heller mehr von
uns bekommt, und wenn sie es versucht, wird sie es bis zu ihrem
letzten Atemzug bereuen!«

Ruth ließ Doug gar keine Gelegenheit zu antworten. Sie ging
hinüber zu der Wand, wo Ethels Fotos hingen, und betrachtete sie
eingehend. »Da gibt sie vor, sich für alle möglichen, nicht näher
bezeichneten guten Zwecke einzusetzen, und nimmt ringsum ihre
verdammten Auszeichnungen entgegen, und dabei treibt sie den
einzigen Menschen, der je versucht hat, sie als Frau und mensch-
liches Wesen zu behandeln, ins Grab.« Ruth wandte sich um und
sah Doug ins Gesicht. »Für mich ist sie verachtenswert. Ich weiß
auch, was sie von Ihnen denkt. Sie lassen sich in teure Restaurants
zum Essen ausführen, für das mein Mann und ich und unsere
Kinder die Rechnung zahlen. Doch damit nicht genug, bestehlen
Sie die Frau auch noch. Ethel hat meinem Mann von Ihnen erzählt. Ich kann nur sagen, Sie sind auch nicht besser als sie.«

Damit war sie verschwunden. Mit blutleeren Lippen sank
Doug aufs Sofa. Wem hatte Ethel, das Großmaul, wohl sonst noch
erzählt, daß er sich seinen Teil an ihrer Alimentenbeute zu nehmen pflegte?

Als Ruth auf den Gehsteig hinaustrat, sprach eine Frau sie an,
die auf der Eingangstreppe des Hauses stand. Sie schien Anfang
vierzig zu sein. Ihr blondes Haar war, wie Ruth bemerkte, künst-
lich zerzaust, ihr Pullover und die engen Hosen entsprachen der
neuesten Mode. Das Gesicht drückte unverhohlene Neugier aus.

»Tut mir leid, Sie zu belästigen«, sagte die Frau. »Ich bin Georgette Wells, Ethels Nachbarin, und ich mache mir Sorgen um sie.«

Ein magerer Teenager stieß die Haustür auf, polterte die Stufen
hinunter und stellte sich neben Mrs. Wells. Ihre wachen Augen
musterten Ruth und stellten fest, daß sie vor Ethels Wohnung
stand. »Sind Sie eine Freundin von Miss Lambston?« fragte sie.

Ruth war sicher, daß dies das Mädchen sein mußte, das sich
über Seamus lustig gemacht hatte. Zu einer tiefen Abneigung kam
plötzlich ein kalter Schrecken, der ihr den Magen zusammenkrampfte. Warum machte diese Frau sich Sorgen um Ethel? Sie
dachte an die mörderische Wut in Seamus' Gesicht, als er ihr er-

zählte, wie Ethel ihm die Hundertdollarnote in die Tasche gesteckt hatte. Sie dachte an die aufgeräumte Wohnung, die sie gerade verlassen hatte. Wie oft hatte Seamus in all den vergangenen Jahren behauptet, Ethel brauche ein Zimmer nur zu betreten und schon sehe es darin aus, als ob eine Bombe explodiert sei. Ethel konnte kürzlich *nicht* mehr zu Hause gewesen sein.

»Ja«, antwortete Ruth und versuchte, einen freundlichen Ton zu finden. »Ich wundere mich, daß Ethel nicht da ist. Aber gibt es einen Grund zur Sorge?«

»Dana, geh jetzt zur Schule«, befahl die Mutter des Mädchens. »Du wirst wieder zu spät kommen.«

Dana schmollte. »Ich will aber zuhören.«

»Also gut«, sagte Mrs. Wells ungeduldig und wandte sich erneut an Ruth. »Irgend etwas Merkwürdiges geht da vor. Letzte Woche hatte Ethel Besuch von ihrem Ex-Mann. Gewöhnlich kommt er am Fünften des Monats, wenn er die Alimente nicht vorher per Post geschickt hat. Als ich ihn am letzten Donnerstag herumschleichen sah, fand ich das schon etwas seltsam. Es war doch erst der Dreißigste. Wieso sollte er sie verfrüht bezahlen? Was soll ich Ihnen sagen? Die beiden haben einen entsetzlichen Krach gehabt. Ich konnte hören, wie sie sich anschrien, als wäre ich im selben Zimmer.«

Es gelang Ruth, mit beherrschter Stimme zu fragen: »Was haben sie denn gesagt?«

»Na ja, ich meine, ich konnte sie schreien hören. Ich konnte aber nicht verstehen, was sie sagten. Ich wollte gerade runtergehen für den Fall, daß Ethel in Schwierigkeiten war ...«

Nein, dachte Ruth, du wolltest besser hören.

»... da ging mein Telefon, und meine Mutter rief aus Cleveland an wegen der Scheidung meiner Schwester, und es dauerte eine Stunde, ehe sie mal Luft holte. Da war aber der Krach unten schon vorbei. Ich rief bei Ethel an. Sie kann wirklich komisch sein, wenn sie von ihrem Ex erzählt. Zum Totlachen, wie sie ihn nachmacht! Aber sie nahm das Telefon nicht ab, darum dachte ich, sie sei ausgegangen. Sie wissen ja, wie Ethel ist; ständig rast sie irgendwohin. Gewöhnlich sagt sie mir Bescheid, wenn sie länger als zwei Tage wegbleibt, aber sie hat mir nichts gesagt. Jetzt ist ihr Neffe in der Wohnung, und das ist auch nicht ganz koscher.«

Georgette Wells kreuzte die Arme. »Ziemlich kalt, nicht war? Verrücktes Wetter. Kommt vom vielen Haarspray im Ozon, nehme ich an. Jedenfalls«, fuhr sie fort, während Ruth sie anstarrte und Dana jedes Wort begierig einsog, »habe ich das komische Gefühl, daß Ethel etwas passiert ist und daß dieser Versager von einem Ex-Mann etwas damit zu tun hat.«

»Und vergiß nicht, Mama«, unterbrach Dana ihre Mutter, »daß er am Mittwoch wieder hier war und aussah, als ob er vor irgend etwas schreckliche Angst hätte.«

»Darauf wollte ich gerade kommen. Du hast ihn am Mittwoch gesehen. Das war der Fünfte, und vermutlich hat er da den Scheck gebracht. Ich hab ihn auch gestern gesehen. Können Sie mir sagen, wieso er noch mal gekommen ist? Dabei hat kein Mensch Ethel gesehen. So wie ich es mir zusammenreime, könnte er ihr etwas angetan und dabei eine Spur hinterlassen haben, die ihm Sorgen macht.« Georgette Wells hatte ihre Geschichte beendet und lächelte triumphierend. »Als gute Freundin von Ethel«, bat sie Ruth, »helfen Sie mir bitte, einen Entschluß zu fassen. Soll ich die Polizei anrufen und sagen, ich hätte das Gefühl, meine Nachbarin könnte ermordet worden sein?«

Am Freitag morgen erhielt Kitty Conway einen Anruf des Krankenhauses. Einer der freiwilligen Chauffeure war krank geworden. Könnte sie für ihn einspringen?

Erst am späteren Nachmittag war sie wieder zu Hause und konnte ihren Trainingsanzug und die Laufschuhe anziehen und mit ihrem Wagen zum Morrison State Park fahren. Die Schatten wurden schon länger, und sie kämpfte unterwegs mit sich, ob sie lieber bis zum nächsten Morgen warten sollte; doch dann fuhr sie entschlossen weiter. Das Pflaster des Parkplatzes und die von ihm ausgehenden Fußwege waren bei dem sonnigen Wetter der letzten Tage getrocknet, aber in den Waldpartien war der Boden unter ihren Füßen immer noch feucht.

Kitty ging bis zum Vorplatz des Reitstalls. Sie wollte versuchen, von hier aus den Pfad zurückzugehen, um den Ort wiederzufinden, an dem ihr Pferd vor achtundvierzig Stunden durchgegangen war. Zu ihrer Enttäuschung mußte sie bald feststellen, daß sie gänzlich unsicher war, welchem Weg sie folgen sollte.

»Überhaupt kein Orientierungssinn«, murmelte sie, als ihr ein Zweig ins Gesicht schlug. Mike hatte ihr immer genaue Zeichnungen mit Kreuzungen und markanten Punkten gemacht, wenn sie allein an einen unbekannten Ort fahren wollte.

Nach vierzig Minuten vergeblichen Herumirrens waren ihre Turnschuhe durchnäßt und voller Lehm, die Beine taten ihr weh, und erreicht hatte sie nichts. Auf einer Lichtung, wo die Reitklassen für gewöhnlich einen Halt einlegten und sich neu gruppierten, ruhte sie sich einen Augenblick aus. Es waren keine anderen Wanderer zu sehen, und sie hörte auch kein Geräusch von Reitern. Die Sonne war jetzt schon fast untergegangen. Ich muß verrückt sein, dachte sie. Dies ist wirklich kein Ort, an dem man sich allein aufhalten sollte. Ich werde morgen wiederkommen.

Sie stand auf, um den Weg, den sie gekommen war, zurückzugehen. Halt! dachte sie plötzlich. Es muß ein Stückchen weiter vorn gewesen sein. Wir sind an der Weggabelung rechts eingeschwenkt und den kleinen Abhang hinaufgeritten. Und irgendwo dort hat der verflixte Gaul beschlossen abzubrausen.

Sie wußte, daß sie auf der richtigen Spur war. Eine Art Vorahnung, gepaart mit wachsender Furcht, ließ ihr Herz wild klopfen. Während der schlaflosen Nacht waren die Gedanken ruhelos in ihrem Kopf gekreist. Sie *hatte* eine Hand gesehen ... Sie *müßte* die Polizei benachrichtigen ... Dummes Zeug! Alles nur Einbildung. Sie würde sich bloß lächerlich machen. Sie könnte auch anonym anrufen und sich dann aus der Sache heraushalten. Nein. Vielleicht hatte sie doch recht, und man würde den anonymen Anrufer feststellen. Am Ende war sie wieder bei ihrem ursprünglichen Vorsatz: Selber hingehen und nachsehen.

Sie brauchte zwanzig Minuten, um die Strecke zurückzulegen, für die das Pferd fünf Minuten benötigt hatte. Hier hat das dumme Vieh angefangen, all das Grünzeug zu fressen, erinnerte sie sich. Ich zog die Zügel an, und da machte es einen Satz und sauste geradeaus hier hinunter.

»Hier« war ein steiler, steiniger Hang. Kitty begann ihn in der zunehmenden Dämmerung hinabzugehen. Die Steine rutschten unter ihren Turnschuhen weg. Einmal verlor sie das Gleichgewicht und fiel hin, wobei sie sich die Hand aufschrammte. Das hat mir noch gefehlt, dachte sie. Trotz der Kälte trat ihr der Schweiß auf die Stirn. Sie wischte ihn mit der von der lehmigen Erde schmutzigen Hand ab. Von einem blauen Ärmel war keine Spur zu entdecken.

Auf halber Höhe kam sie zu einem großen Findling und setzte sich, um sich auszuruhen. Ich habe doch gesponnen, entschied sie. Zum Glück habe ich mich nicht noch vollends lächerlich gemacht und die Polizei angerufen. Sie wollte kurz verschnaufen und dann heimfahren und eine schöne heiße Dusche nehmen. »Ich begreife nicht, was die Leute am Wandern finden«, sagte sie laut zu sich selber. Als ihr Atem wieder gleichmäßig ging, wischte sie sich die Hände an ihrem hellgrünen Trainingsanzug ab. Dann stützte sie sich mit der rechten Hand auf den Rand des Steins, um aufzustehen. Und spürte, daß sie etwas berührte.

Kitty blickte hinunter. Sie wollte schreien, brachte aber keinen Ton heraus, nur ein unterdrücktes, ungläubiges Stöhnen. Ihre Finger streiften andere, manikürte, dunkelrot lackierte Finger, die aus einem rings um sie verteilten Haufen Steine emporragten, eingerahmt von der blauen Manschette, die sich in Kittys Unterbewußtsein festgesetzt hatte. Ein schwarzer Plastikfetzen umschlang wie ein Trauerflor das schmale, reglose Handgelenk.

Als Trinker verkleidet bezog Denny Adler am Freitag früh um sieben Uhr Posten und hockte sich an die Hauswand gegenüber dem »Schwab House«. Es war sehr frisch und windig, und er mußte sich sagen, daß Neeve Kearney wohl kaum zu Fuß zur Arbeit gehen würde. Er hatte jedoch vor langer Zeit, als er auf jemanden angesetzt worden war, gelernt, geduldig zu sein. Big Charley hatte erwähnt, daß Neeve Kearney sich für gewöhnlich schon früh in ihr Geschäft begab, etwa zwischen halb acht und acht.

Ungefähr um Viertel vor acht begann der große Auszug. Kinder wurden von einem Bus abgeholt, der sie in eine der exklusiven Privatschulen brachte. Ich war auch in einer Privatschule, dachte Denny, nämlich der Besserungsanstalt von Brownsville in New Jersey.

Junge Geschäftsleute strömten aus den Häusern. Alle in den gleichen Regenmänteln – nein, *Burberrys*, dachte Denny. Bitte keine Verwechslungen! Dann kamen die schon leicht ergrauten höheren Angestellten, Männer und Frauen, alle gepflegt und wohlhabend aussehend. Von seinem Platz aus konnte er sie sehr gut beobachten.

Um zwanzig vor neun war Denny klar, daß er keinen glücklichen Tag erwischt hatte. Wenn er etwas nicht riskieren durfte, so war es, daß der Geschäftsführer des Delikatessenladens sich über ihn ärgerte. Angesichts seiner Vorgeschichte konnte er sicher sein, daß sein Chef verhört würde, sobald der Kontrakt erfüllt war. Er wußte aber auch, daß sein Bewährungshelfer sich für ihn verwenden würde. »Einer meiner besten Leute«, würde Toohey sagen. »Kommt nicht einmal zu spät zur Arbeit. Der ist in Ordnung.«

Widerwillig erhob Denny sich, rieb die Hände aneinander und sah an sich hinunter. Er trug einen vor Schmutz starrenden, weiten Mantel, der nach billigem Wein stank, eine viel zu große Mütze mit Ohrenschützern, die praktisch sein ganzes Gesicht bedeckte, und zerlöcherte Turnschuhe. Was man nicht sah, war, daß er unter dem Mantel seine korrekte Arbeitskleidung anhatte: eine ausgeblichene Jeansjacke mit Reißverschluß und Blue jeans. In einer Tragtasche hatte er seine normalen Turnschuhe sowie einen feuchten Waschlappen und ein Handtuch bei sich. Ein Stellmesser befand sich in der rechten Manteltasche.

Sein Plan war, zur nächsten U-Bahn-Station zu gehen, ganz bis ans Ende des Bahnsteigs zu laufen, Mantel und Mütze in die Tragtasche zu stopfen, die schmutzigen Turnschuhe gegen die guten auszutauschen und sich Gesicht und Hände mit dem Waschlappen zu reinigen.

Wenn doch Neeve Kearney gestern abend bloß nicht in ein Taxi gestiegen wäre! Er hätte schwören können, daß sie im Begriff gewesen war, zu Fuß nach Hause zu gehen. Es wäre die beste Gelegenheit gewesen, sie im Central Park zu überfallen …

Fest davon überzeugt, daß er seinen Auftrag erledigen würde, wenn nicht an diesem Vormittag, dann vielleicht am Abend, wenn nicht heute, dann vielleicht morgen, faßte Denny sich in Geduld und machte sich auf den Weg. Er achtete darauf, beim Laufen zu schwanken und die Einkaufstasche zu schlenkern, als sei er sich gar nicht bewußt, daß er sie trug. Die wenigen Leute, die ihm überhaupt einen Blick schenkten, machten mit angewidertem oder mitleidigem Gesicht einen Bogen um ihn.

Beim Überqueren der West End Avenue stieß er mit einer alten Hure zusammen, die mit gesenktem Kopf, ihre Handtasche fest umklammernd, daherkam. Sie hatte einen bösen, schmalen Mund. Es hätte ihm Spaß gemacht, ihr einen Stoß zu geben und die Handtasche zu packen, aber er ließ den Gedanken gleich wieder fallen, eilte an ihr vorbei, bog in die 72. Straße ein und strebte der U-Bahn-Station zu.

Wenige Minuten danach tauchte er wieder auf; Gesicht und Hände waren sauber, das Haar zurückgekämmt, die Jeansjacke bis zum Hals geschlossen. Die Einkaufstasche, in der sich Mantel, Mütze, Waschlappen und Handtuch befanden, hatte er zu einem festen Bündel gerollt.

Um halb elf brachte er Kaffee zu Neeve ins Büro.

»Tag, Denny«, sagte sie, als er hereinkam. »Ich hab heute morgen verschlafen, und jetzt komme ich einfach nicht in Schwung. Mir ist es egal, was die anderen hier sagen, aber Ihr Kaffee ist unvergleichlich viel besser als das Zeug, das sie mit ihrer Maschine zusammenbrauen.«

»Kann doch jedem passieren, daß er mal die Zeit verschläft, Miss Kearney«, sagte Denny. Er zog den Plastikbecher aus seiner Tüte und stellte ihn ihr beflissen hin.

Als Neeve an diesem Morgen aufwachte, hatte sie zu ihrem Schrecken festgestellt, daß es bereits Viertel vor neun war. Mein Gott, dachte sie, als sie die Bettdecke zurückschlug und aufsprang, das kommt davon, wenn man die halbe Nacht mit den drei Kumpanen aus der Bronx aufbleibt. Sie zog ihren Morgenrock über und eilte in die Küche. Der Kaffee wartete schon in der Kanne, Myles hatte bereits Orangensaft eingegossen und Brotscheiben und den Toaster bereitgestellt. »Du hättest mich wecken sollen, Chef!« sagte sie vorwurfsvoll.

»Es schadet der Modebranche sicher nicht, wenn sie mal eine halbe Stunde auf dich warten muß.« Er war vertieft in die *Daily News*.

Neeve beugte sich über seine Schulter. »Irgendwas Aufregendes?«

»Ein Bericht auf der ersten Seite über Leben und Taten des Nicky Sepetti. Er wird morgen beerdigt, mit einem Leichenzug, der ihm nach dem Trauergottesdienst das Geleit von der Sankt-Camilla-Kirche bis zum Calvary-Friedhof gibt.«

»Hattest du erwartet, daß er sang- und klanglos beigesetzt würde?«

»Nein. Ich hatte gehofft, daß er eingeäschert würde und ich das Vergnügen hätte, den Sarg in den Ofen zu stoßen.«

»Bitte, Myles, hör auf.« Neeve versuchte das Thema zu wechseln. »Es war schön gestern abend, nicht?«

»Ja. Ich bin neugierig, wie es Sals Hand geht. Ich wette, daß er letzte Nacht nicht mit seiner neusten Verlobten schlafen konnte. Hast du gehört, wie er erzählte, daß er schon wieder an Heirat denkt?«

Neeve trank ihren Orangensaft mit einer Vitaminkapsel. »Im Ernst? Wer ist denn die Glückliche?«

»Ich bin nicht überzeugt, daß ›glücklich‹ das richtige Wort ist«, bemerkte Myles. »Er hat ja schon alle Variationen gehabt. Heiratete erst, als er beruflich den Durchbruch geschafft hatte, und durchlief dann eine ganze Skala vom Wäschemannequin über eine Ballerina zu einer Dame der Gesellschaft und zu einer Gesundheitsfanatikerin. Zieht von Westchester nach New Jersey, dann nach Connecticut und nach Sneden's Landing und läßt jede von ihnen in einer Luxusvilla zurück. Gott weiß, was ihn das im Laufe der Jahre gekostet haben mag.«

»Meinst du, daß er je seßhaft wird?« fragte Neeve.

»Wer weiß? Er kann soviel Geld verdienen, wie er will, im Grunde bleibt Sal Esposito immer der unsichere Junge, der sich bestätigen muß.«

Neeve tat eine Brotscheibe in den Toaster. »Was habe ich sonst noch verpaßt, während ich am häuslichen Herd hantierte?«

»Dev ist in den Vatikan gerufen worden. Aber das bleibt unter uns. Er hat es mir beim Weggehen anvertraut, als Sal pinkeln ging – entschuldige, deine Mutter hat mir verboten, so zu reden. Also, als Sal sich die Hände waschen ging.«

»Ich hörte, daß er etwas von Baltimore sagte. Geht es um das dortige Erzbistum?«

»Er glaubt, daß es dazu kommt.«

»Das würde einen roten Hut für ihn bedeuten.«

»Möglicherweise.«

»Ich muß schon sagen, ihr Jungens aus der Bronx habt's zu was gebracht. Es muß wohl an der Luft dort liegen.«

Der Toast sprang heraus. Neeve strich sich Butter und reichlich Marmelade darauf und biß hinein. Auch wenn es offensichtlich ein trüber Tag bleiben würde, machte die Küche mit den hell gebeizten Eichenschränken und dem blau-weiß-grün gemusterten Fliesenboden doch einen fröhlichen Eindruck. Hellgrüne rechteckige Leinensets mit dazu passenden Servietten lagen auf der schmalen, rohen Holzplatte des Tischs. Die Tassen, Untertassen und Teller und der Milchkrug stammten noch aus Myles' Kindheit und waren aus englischem Steingut mit einem chinesischen Muster. Es war für Neeve undenkbar, den Tag ohne das gewohnte Frühstücksgeschirr zu beginnen.

Neeve betrachtete ihren Vater aufmerksam. Er war wirklich wieder der alte. Das lag nicht nur an Nicky Sepetti. Es war vor allem die Aussicht, wieder zu arbeiten, eine Aufgabe zu übernehmen, die dringend war. Sie wußte, wie sehr Myles den Drogenhandel und seine entsetzlichen Folgen bedauerte. Und wer weiß? Vielleicht würde er in Washington jemandem begegnen. Er sollte wieder heiraten. Er war ein wirklich gutaussehender Mann. Sie sagte es ihm spontan.

»Dasselbe hast du mir schon gestern abend gesagt«, antwortete Myles. »Ich überlege, ob ich mich nicht für die Ausklappseite im *Playgirl* anbieten sollte. Meinst du, daß ich Chancen hätte?«

»Wenn sie dich nehmen, werden die Damen Schlange nach dir stehen«, bemerkte Neeve, während sie ihren Kaffee mit in ihr Zimmer nahm. Es war höchste Zeit, sich fertigzumachen und ins Geschäft zu gehen.

Als Seamus nach dem Rasieren aus dem Bad kam, stellte er fest, daß Ruth weggegangen war. Einen Augenblick stand er unentschlossen da, schlurfte dann über den Flur ins Schlafzimmer, löste die Schnur des braunen Frotteebademantels, den ihm seine Töchter zu Weihnachten geschenkt hatten, und ließ sich aufs Bett sinken. Die Müdigkeit war so überwältigend, daß er kaum die Augen offenhalten konnte. Er hatte nur noch den einen Wunsch, sich wieder ins Bett zu legen und zu schlafen, schlafen, schlafen.

In diesen ganzen problembeladenen Jahren war es nie geschehen, daß Ruth nicht bei ihm geschlafen hatte. Manchmal konnten Wochen, ja Monate vergehen, ohne daß sie einander berührten; so sehr setzten ihnen die Geldsorgen zu, daß sie sich ausgebrannt fühlten. Doch auch dann hatten sie in stillschweigendem Einverständnis nebeneinander gelegen, alle beide an die Tradition gebunden, daß eine Frau an der Seite ihres Mannes zu schlafen hatte.

Seamus blickte sich im Schlafzimmer um, sah es jetzt mit Ruths Augen. Die Möbel hatte seine Mutter gekauft, als er zehn war. Sie waren nicht antik, bloß alt – Mahagonifurnier, ein schief im Rahmen hängender Spiegel über der Frisierkommode. Seine Mutter hatte das Möbelstück mit viel Aufwand poliert und sich gefreut, wie schön es glänzte. Für sie war die zusammengehörende Einrichtung mit Bett, Schrank und Kommode die Erfüllung ihres Wunschtraums von einem »schönen Heim« gewesen.

Ruth hatte dagegen immer Bilder aus *House Beautiful* ausgeschnitten von Zimmereinrichtungen, die sie sich gewünscht hätte. Moderne Möbel. Pastellfarben. Eine leichte, luftige Atmosphäre. Die Geldsorgen hatten Hoffnung und Fröhlichkeit auf ihrem Gesicht ausgelöscht und sie zu einer zu strengen Mutter für ihre Töchter werden lassen. Er erinnerte sich, wie sie Marcy einmal angeschrien hatte:»Was fällt dir ein, dein Kleid zu zerreißen! Ich habe es mühsam zusammengespart.«

All das nur wegen Ethel.

Seamus stützte den Kopf in die Hände. Der Telefonanruf, den er gemacht hatte, lag ihm auf der Seele. Es war ausweglos.

Gestern abend hätte er Ruth um ein Haar geschlagen. Die Erinnerung an die letzten Minuten bei Ethel, an den Augenblick, als er jede Beherrschung verlor …

Er sank zurück aufs Kopfkissen. Was hatte es für einen Sinn, in die Bar zu gehen, noch einen äußeren Schein zu wahren? Er hatte einen Schritt getan, den er nie für möglich gehalten hätte. Es war zu spät, ihn rückgängig zu machen. Das wußte er. Es hätte auch nichts genützt. Das wußte er ebenfalls. Er schloß die Augen.

Er hatte nicht gemerkt, daß er eingeschlafen war, aber auf einmal war Ruth da. Sie saß auf der Bettkante. Der Ärger schien aus ihrem Gesicht gewichen zu sein. Sie sah verwirrt aus, wie von Panik ergriffen, wie ein Verurteilter vor dem Erschießungskommando.

»Seamus«, sagte sie, »du mußt mir alles erzählen. Was hast du mit ihr gemacht?«

Am Freitag morgen traf Gordon Steuber um zehn Uhr in seinem Büro an der 37. Straße ein. Er war im Aufzug mit drei korrekt gekleideten Herrn hinaufgefahren, in denen er sofort die staatlichen Rechnungsprüfer erkannte, die wiedergekommen waren, um ihre Nase in seine Buchhaltung zu stecken. Steubers Angestellten genügte ein Blick auf seine finstere Miene mit den zusammengezogenen Augenbrauen und sein wütender Schritt, damit sich in Windeseile die Parole herumsprach: »Seht euch vor!«

Er durchquerte den Showroom, wobei er sowohl Kunden wie Angestellte ignorierte, eilte am Schreibtisch seiner Sekretärin vorbei, ohne sie einer Antwort auf ihr schüchternes »guten Morgen, Sir« zu würdigen, betrat sein Privatbüro und knallte die Tür hinter sich zu.

Als er sich an seinen Schreibtisch setzte und sich in den prächtigen Ledersessel zurücklehnte, verschwand der finstere Ausdruck und machte einer besorgten Miene Platz.

Er ließ den Blick durch das Büro schweifen, nahm das Ambiente in sich auf, das er sich geschaffen hatte: die mit feinstem Leder bezogenen Sofas und Sessel; die Bilder, die ihn ein Vermögen gekostet hatten; die Plastiken, die nach Aussage seines Beraters in Kunstfragen museumswürdig waren … Aber dank Neeve Kearney hatte er alle Aussicht, jetzt mehr Zeit vor Gericht als in seinem Büro zu verbringen. Oder sogar im Gefängnis, wenn er sich nicht vorsah.

Steuber stand auf und ging zum Fenster. Die 37. Straße. Sie hatte die hektische Atmosphäre der Straßenhändler bewahrt. Als Junge war er gleich nach Schulschluß ins Kürschneratelier seines Vaters gekommen, um dort zu helfen. Sie verarbeiteten billige Felle. Mit schöner Regelmäßigkeit hatte sein Vater alle zwei Jahre Bankrott angemeldet. Mit fünfzehn wußte Gordon genau, daß er nicht gewillt war, für den Rest seines Lebens Kaninchenhaare in der Nase zu haben und einfältigen Frauenzimmern einzureden, sie sähen in schäbigen Tierfellen wundervoll aus.

Das Innenfutter. Darauf war er schon gekommen, ehe er alt genug war, um sich zu rasieren. Das war die Konstante. Ob man ei-

ne Jacke oder einen Mantel, eine Stola oder ein Cape verkaufte –
es brauchte ein Futter.

Diese einfache Erkenntnis, zusammen mit einer nur zögernd
gewährten Anleihe seines Vaters, war der Anfang der Firma
»Steuber Enterprises« gewesen. Die jungen Leute, die er frisch
von den besten Mode- und Designschulen anheuerte, brachten
Phantasie und Flair mit. Seine Futter mit den aufregenden Mustern hatten eingeschlagen.

Aber in einer Welt, die auf Anerkennung aus ist, kann man sich
mit Futterstoffen keinen wirklich großen Namen machen. Daher
hatte er begonnen, Nachwuchskräfte zu engagieren, die Kostüme
entwerfen konnten. Sein Ehrgeiz war, berühmt wie Coco Chanel
zu werden.

Und wieder hatte er Erfolg gehabt. Seine Kostüme wurden in
den feinsten Geschäften verkauft. Doch er war nur einer unter einem oder zwei Dutzend Herstellern, die sich alle um dieselben,
wohlsituierten Kundinnen bemühten. Darin lag nicht genug Geld.

Steuber nahm sich eine Zigarette. Vor ihm auf dem Schreibtisch
lag sein goldenes Feuerzeug mit den in Rubinen eingelegten Initialen. Er drehte es, nachdem er die Zigarette angezündet hatte, einen Augenblick in der Hand hin und her, ehe er es zurücklegte.
Die Steuerfahnder brauchten bloß zusammenzuzählen, wieviel
die Einrichtung dieses Zimmers und das Feuerzeug gekostet hatten, um ihre Nase noch tiefer in seine Bücher zu stecken, bis sie
genug gefunden hatten, um ihn wegen Steuerhinterziehung anzu-
klagen.

Die verdammten Gewerkschaften waren schuld, daß man keinen wirklichen Gewinn erzielen konnte, redete er sich ein. Das
war allgemein bekannt. Immer wenn Steuber die Werbespots der
Textilarbeitergewerkschaft sah, hätte er am liebsten den Bildschirm zerschmettert. Sie waren doch nur auf immer mehr Geld
aus. Stoppt die Importe! Engagiert uns!

Erst vor drei Jahren hatte er mit etwas begonnen, was auch alle
anderen taten, nämlich nicht registrierte Werkstätten für Immi-
granten ohne Arbeitserlaubnis einzurichten. Warum auch nicht?
Die Mexikanerinnen waren gute Näherinnen.

Dann hatte er entdeckt, wo das wirklich große Geld lag. Er war
bereits entschlossen, die Schwarzarbeitateliers aufzulösen, als

Neeve Kearney deren Existenz aufgedeckt hatte. Dann hatte auch die verrückte Ethel Lambston begonnen, überall herumzuschnüffeln. Er sah die aufdringliche Person wieder vor sich, die am vergangenen Mittwoch abend hier hereingeplatzt war. May saß noch im Vorzimmer. Sonst hätte er sie an Ort und Stelle ...

Er hatte sie buchstäblich rausgeschmissen, sie an den Schultern gepackt, durch den ganzen Showroom bis zum Ausgang geschoben und ihr einen Stoß versetzt, daß sie gegen den Aufzug taumelte. Selbst dadurch hatte sie sich nicht unterkriegen lassen. Als er die Tür zuschlug, rief sie zurück: »Falls Sie es noch nicht wissen, Sie werden nicht nur wegen Steuerhinterziehung in Schwierigkeiten kommen, sondern auch wegen Schwarzarbeit. Und das ist bloß der Anfang. Ich weiß, womit Sie Ihre eigenen Taschen gefüttert haben!«

Da war ihm klargeworden, daß sie ihre Nase auf keinen Fall in seine Angelegenheiten stecken durfte. Sie mußte unter allen Umständen davon abgehalten werden.

Das Telefon läutete mit einem sanften Schnurrton. Ärgerlich nahm Gordon Steuber den Hörer auf. »Was gibt's, May?«

In entschuldigendem Ton sagte seine Sekretärin: »Ich wußte, daß Sie nicht gestört werden möchten, Sir, aber die Herren von der Staatsanwaltschaft wollen Sie unbedingt sprechen.«

»Schicken Sie sie rein.« Steuber zog sein hellbeiges Seidenjackett zurecht, wischte mit dem Taschentuch ein Stäubchen von seinen Manschettenknöpfen aus Brillanten und setzte sich in den Schreibtischsessel.

Als die drei Beamten hereinkamen, ganz auf ihren Auftrag eingestellt, dachte er zum zehntenmal in der letzten Stunde, daß ihm dies alles von Neeve Kearney eingebrockt worden war.

Um elf Uhr am Freitag vormittag kehrte Jack Campbell aus einer Konferenz mit seinen Mitarbeitern in sein Büro zurück und nahm sich erneut das Manuskript vor, das er schon am vergangenen Abend hatte lesen wollen. Diesmal zwang er sich zur Konzentration, um den pikanten Abenteuern einer angesehenen dreiunddreißigjährigen Psychiaterin zu folgen, die sich in einen ihrer Patienten, einen alternden Filmstar, verliebt und mit ihm Ferien auf einer Karibikinsel verbringt.

Du liebe Güte! dachte Jack, als er die letzten Seiten rasch durchblätterte. Er klappte das Manuskript im selben Augenblick zu, als Ginny mit einer Handvoll Briefe hereinkam. Sie warf einen fragenden Blick auf das Manuskript. »Wie ist es?«

»Schrecklich. Aber es wird sich gut verkaufen. Komisch, bei all den Sexszenen unter dem Sternenhimmel frage ich mich immer, ob da eigentlich die Mücken nicht stechen. Ist das ein Zeichen, daß ich alt werde?«

Ginny grinste. »Das bezweifle ich. Sie denken doch dran, daß Sie eine Verabredung zum Lunch haben?«

»Ich hab's mir aufgeschrieben.« Jack stand auf und streckte sich.

Ginny warf ihm einen anerkennenden Blick zu. »Ist Ihnen bewußt, daß alle jungen Lektorinnen für Sie schwärmen? Ständig werde ich gefragt, ob Sie auch bestimmt noch nicht gebunden sind.«

»Sagen Sie, daß Sie und ich zusammengehören.«

»Das würde ich mir wünschen. Wenn ich zwanzig Jahre jünger wäre.«

Jacks Lächeln wich einem Stirnrunzeln. »Ginny, mir ist gerade etwas eingefallen. Wann ist Redaktionsschluß für die nächste Nummer von *Contemporary Woman?*«

»Das weiß ich nicht genau. Warum?«

»Ich frage mich, ob ich wohl schon einen Abzug von Ethel Lambstons Mode-Artikel bekommen könnte. Ich weiß, daß Toni vor Erscheinen eines Hefts eigentlich nichts davon rausläßt. Aber sehen Sie mal, was Sie erreichen können.«

Eine Stunde später, als Jack gerade zum Lunch gehen wollte, rief Ginny durch. »Der Artikel erscheint nächste Woche, aber Toni tut Ihnen den Gefallen und zeigt ihn Ihnen vorher. Sie schickt auch Fotokopien von Ethels Originalmanuskript.«

»Das ist fabelhaft von ihr.«

»Sie hat es von sich aus angeboten«, fuhr Ginny fort. »Sie sagte, die Auslassungen in Ethels Artikeln seien meistens aufregender zu lesen als das, was die Anwälte zum Abdruck freigeben. Toni fängt auch an, sich Sorgen wegen Ethel zu machen. Und da Sie ja Ethels Buch herausbringen wollen, findet sie, daß sie keinen Vertrauensbruch begeht.«

Auf dem Weg zu seiner Verabredung merkte Jack, wie gespannt er darauf war, sich die aus Ethels Artikel herausgefallenen Stücke anzusehen, die zu heikel für eine Veröffentlichung waren.

Weder Seamus noch Ruth gingen am Freitag zur Arbeit. Sie saßen in ihrer Wohnung und starrten einander an wie zwei Menschen, die zusammen in Treibsand geraten waren und darin versanken, außerstande, das Unausweichliche abzuwenden. Gegen Mittag machte Ruth einen starken Kaffee und grillierten Käsetoast. Sie zwang Seamus, aufzustehen und sich anzuziehen. »Iß«, befahl sie ihm, »und erzähl mir noch einmal ganz genau, was geschehen ist.«

Während sie zuhörte, mußte sie dauernd daran denken, was dies für ihre Töchter bedeutete. Was für Hoffnungen sie gehegt hatte. Wie sie für das Schulgeld gespart, welche Opfer sie gebracht hatte. Was nützte das alles, wenn ihr Vater im Gefängnis saß?

Noch einmal brach die ganze Geschichte aus Seamus hervor. Mit schweißglänzendem Gesicht, die Hände hilflos auf den Knien, erzählte er, wie er Ethel angefleht hatte, ihn von seiner Verpflichtung zu befreien, wie sie ihr Spiel mit ihm getrieben hatte. »Vielleicht tu ich's, vielleicht auch nicht«, hatte sie gesagt. Dann hatte sie hinter den Kissen auf dem Sofa herumgesucht. »Mal sehen, ob noch Geld zum Vorschein kommt, das mein Neffe zu stehlen vergessen hat.« Lachend hatte sie ihm die gefundene Hundertdollarnote in die Tasche gesteckt mit der Bemerkung, sie habe im verflossenen Monat nicht viel Zeit gehabt, zum Essen auszugehen.

»Ich hab ihr einen Kinnhaken versetzt«, berichtete Seamus mit tonloser Stimme. »Ich hätte nie gedacht, daß ich so etwas tun könnte. Ihr Kopf sank zur Seite. Sie fiel rückwärts hin. Ich wußte nicht, ob ich sie getötet hatte. Sie stand wieder auf und hatte Angst. Ich würde sie umbringen, sagte ich zu ihr, wenn sie noch einen einzigen Cent von mir verlangte. Sie wußte, daß es mir ernst war. ›Also gut‹, sagte sie, ›keine Alimente mehr.‹«

Seamus stürzte den Rest des Kaffees hinunter. Sie saßen in dem kleinen Wohnzimmer. Der Tag war von Anfang an kalt und grau gewesen, und jetzt schien bereits der frühe Abend hereinzubrechen. Grau und kalt. Genauso wie am letzten Donnerstag in Ethels

Wohnung. Anderntags war der Schneesturm losgebrochen. Ein neuer Sturm war im Anzug. Da war er sicher.

»Und dann bist du weggegangen?« drängte Ruth.

Seamus zögerte. »Dann bin ich weggegangen.«

Irgend etwas schien noch nicht fertig zu sein. Ruth sah sich im Zimmer um, sah die schweren Eichenmöbel, die sie seit zwanzig Jahren haßte, den abgetretenen Maschinenteppich, mit dem sie hatte leben müssen. Und sie wußte, daß Seamus ihr nicht die ganze Wahrheit gesagt hatte. Sie blickte auf ihre Hände. Zu klein. Breit. Kurze Finger. Alle drei Töchter hatten lange, schlanke Finger. Wessen Erbteil? Seamus'? Wahrscheinlich. Ruths Familienbilder zeigten kleine, gedrungene Menschen. Aber sie waren stark. Und Seamus war schwach. Ein schwacher, verängstigter Mann, den die Verzweiflung gepackt hatte. In welchem Ausmaß? »Du hast mir nicht alles gesagt«, fing sie wieder an. »Ich will es wissen. Ich muß es wissen. Es ist die einzige Möglichkeit, damit ich dir helfen kann.«

Mit in den Händen vergrabenem Gesicht erzählte er ihr den Rest. »Oh, Gott«, schluchzte Ruth. »Oh, mein Gott!«

Um ein Uhr mittags kam Denny erneut in Neeves Geschäft und brachte in einem Karton zwei Thunfischsandwiches und Kaffee. Auch diesmal gab man ihm ein Zeichen, daß er direkt in Neeves Büro gehen sollte. Neeve sprach gerade auf ihre Assistentin ein, die gutaussehende Schwarze. Er gab keiner von beiden Gelegenheit, ihn wieder hinauszuschicken. »Wollen Sie hier drinnen essen?« fragte er.

»Denny, Sie verwöhnen uns«, sagte Neeve. »Das sieht ja schon nach Zimmerservice wie im Hotel aus.«

Denny erstarrte, da er seinen Fehler erkannte. Er trat zu sehr in Erscheinung. Aber er wollte hören, ob sie irgendwelche Pläne hatte.

Gleichsam als Antwort auf seine unausgesprochene Frage sagte Neeve zu Eugenia: »Nächsten Montag werde ich erst am späteren Nachmittag in die Seventh Avenue gehen können. Mrs. Poth kommt um halb zwei her und möchte, daß ich ihr bei der Auswahl einiger Kleider helfe.«

»Damit können wir dann die Miete fürs nächste Vierteljahr bezahlen«, bemerkte Eugenia vergnügt.

Denny faltete die Servietten zusammen. *Montag am späten Nach-mittag.* Gut zu wissen. Er blickte um sich. Ein kleines Büro. Kein Fenster. Schade. Wäre in der Außenwand ein Fenster gewesen, hätte er direkt von hinten auf sie schießen können. Aber Charley hatte ihm eingeschärft, es dürfe nicht nach einem gezielten An-schlag aussehen. Sein Blick blieb auf Neeve haften. Sie sah wirk-lich prima aus. Eine Klassefrau! Wenn man an all die Scheusale dachte, die sonst herumliefen, war es ein Jammer, daß ausgerech-net diese hier dran glauben mußte. Er murmelte ein »Wieder-sehn!« und ging hinaus. Ihr Dank klang ihm noch in den Ohren. An der Kasse bezahlte man ihn, und der Betrag wurde wie ge-wöhnlich großzügig aufgerundet. Aber auch mit zwei Dollar pro Lieferung dauert es sehr, sehr lange, bis zwanzigtausend zusam-menkommen, dachte Denny, als er die schwere Glastür aufstieß und auf die Straße hinaustrat.

Während sie von ihrem Sandwich abbiß, wählte Neeve Toni Men-dells Nummer in der Redaktion von *Contemporary Woman.* Als To-ni hörte, was Neeve von ihr wollte, rief sie: »Mein Gott, was hat das alles zu bedeuten? Jack Campbells Sekretärin hat mich schon angerufen und dasselbe von mir erbeten. Ich sagte ihr, daß ich mir auch Sorgen wegen Ethel mache. Um ehrlich zu sein, ich habe Jack eine Kopie von Ethels Originalmanuskript gegeben, weil er ihr Verleger ist. Die kann ich Ihnen nicht schicken, aber Sie kön-nen den Artikel haben.« Sie ließ Neeve nicht dazu kommen, ihr zu danken. »Ich bitte nur inständig darum, daß Sie ihn niemandem zeigen. Es wird etliche Leute im Modezirkus geben, die sich schwarz ärgern, wenn sie ihn lesen.«

Eine Stunde später waren Neeve und Eugenia bereits ganz in Ethels Artikel vertieft. Er hatte den Titel »Die Großen und die Gernegroßen in der Welt der Mode« und war selbst für Ethels Verhältnisse von beißendem Spott. Sie begann mit der Schilde-rung der drei wichtigsten Modeströmungen der letzten fünfzig Jahre: Christian Diors New Look von 1947, Mary Quants Minirock in den frühen sechziger Jahren und dem Südsee-Look von Antho-ny della Salva im Jahre 1972.

Über Dior hatte Ethel geschrieben:

»1947 befand sich die Modewelt in einer totalen Flaute, in der noch der militärische Einfluß der Kriegsjahre zu spüren war: knapp bemessene Stoffe, eckige Schultern, Messingknöpfe. Dior, damals ein junger, schüchterner Couturier, beschloß, mit alledem aufzuräumen. Kurze Röcke waren für ihn Überbleibsel aus einer Zeit der Einschränkungen, die abgeschafft werden mußten. Was für ein Genie er war, zeigte sich darin, daß er den Mut hatte, einer ungläubig staunenden Welt zu verkünden, daß Kleider in Zukunft eine Länge von zweiunddreißig Zentimetern über dem Boden hätten. Allen Anfeindungen zum Trotz blieb Dior unerschütterlich bei seinen Ideen, beziehungsweise bei seiner Schere, und schuf mit jeder neuen Saison immer wieder Kleider voller Schönheit und Eleganz.

In den frühen sechziger Jahren begannen sich die Zeiten zu ändern, was nicht nur auf den Vietnamkrieg und das Zweite Vatikanische Konzil zurückzuführen war. Die Welle der Veränderung lag schon in der Luft, und eine junge, unerschrockene englische Modeschöpferin betrat die Szene: Mary Quant, das kleine Mädchen, das nie erwachsen werden und gar nie Kleider für Erwachsene tragen wollte. So erschienen der Minirock, das Hängekleid, die farbigen Strümpfe und hohen Stiefel. Und damit der Grundsatz, daß junge Menschen unter keinen Umständen jemals älter aussehen dürften. Als man Mary Quant einmal bat, den Zweck der Mode zu erklären und wohin sie führe, antwortete sie frischfröhlich: ›Zum Sex.‹

1972 war es aus mit dem Minirock. Die Frauen waren es leid, das verwirrende Spiel um Saumlängen weiter mitzumachen. Sie gaben den Kampf auf und wandten sich der männlichen Mode zu. Jetzt trat Anthony della Salva mit dem Südsee-Look auf den Plan. Er verbrachte die allerersten Jahre seines Lebens allerdings nicht als Antonio della Salva in einem Palazzo auf einem der sieben Hügel Roms, wie uns sein Publicity-Manager glauben machen möchte, sondern wuchs als Salvatore Esposito auf einer Farm in der Bronx auf. Seinen Farbensinn dürfte er entwickelt haben, als er seinem Vater half, Gemüse und Früchte auf dem Lieferwagen zu arrangieren, die sie in der Umgebung verkauften. Seine Mutter, Angelina – nicht *contessa* Angelina –, war bekannt für ihren Begrüßungsspruch: ›Gott segne

Ihre Mama, Gott segne Ihren Papa. Wie wär's mit einer schönen Pampelmuse?‹ Sal war ein mäßiger Schüler und ein mittelmäßig begabter Student auf der Modehochschule. Aber das Schicksal wollte es, daß er zu einem der wenigen Auserwählten wurde. Er schuf die Kollektion, die ihn an die Spitze brachte: den Südsee-Look. Mit einem einzigen, großartigen Geniestreich gab er der Mode neuen Auftrieb. Jeder, der 1972 bei jener ersten Modeschau dabei war, kann sich noch an die Wirkung der zauberhaften Kleider erinnern, die von den Mannequins herabzufließen schienen. Und erst seine Farben! Er hatte sie der Unterwasserwelt des Südpazifiks entnommen, den Korallen, der Pflanzen- und Tierwelt, und er hatte sich der Muster bedient, die von der Natur vorgegeben waren, und damit seine eigenen exotischen Dessins geschaffen, einige prachtvoll und gewagt, andere eher gedämpft wie sein in Silber übergehendes Blau. Der Schöpfer des Südsee-Looks hat alle Auszeichnungen verdient, die die Modeindustrie zu vergeben hat.«

An diesem Punkt mußte Neeve schallend lachen. »Sal wird begeistert sein von dem, was Ethel über den Südsee-Look geschrieben hat«, sagte sie. »Aber ich bin nicht sicher, wie er den Rest aufnimmt. Er hat so viel gelogen, daß er selber davon überzeugt ist, in Rom geboren zu sein und eine römische Gräfin zur Mutter gehabt zu haben. Aus seinen Bemerkungen von neulich abend zu schließen, hat er anderseits wohl schon mit so etwas gerechnet. Und heutzutage hängt ja jeder an die große Glocke, wie schwer seine Eltern es gehabt haben. Sal wird also vermutlich ausfindig machen, mit welchem Schiff seine Eltern rübergekommen sind, und sich ein Modell davon nachbauen lassen.«

Nach der Beschreibung der wichtigsten Modeströmungen ging Ethel in ihrem Artikel auf die mondänen Designer ein, die selber »einen Knopf kaum von einem Knopfloch unterscheiden können«, aber talentierte junge Leute engagierten, deren Entwürfe sie dann als eigene Kollektionen ausführten. Sie nahm die Verschwörung der Modeschöpfer aufs Korn, die es sich allzu leicht machten, indem sie alle paar Jahre die Mode völlig auf den Kopf stellten, selbst wenn das bedeutete, daß ältere Witwen sich wie Revuetänzerinnen anzuziehen hatten. Schließlich machte sie sich über die dummen Kühe lustig, die jedem Diktat brav folgten und ohne weiteres ein paar tausend Dollar für ein Kostüm verplemperten, das kaum zwei Meter Gabardine aufwies.

Und dann feuerte Ethel aus allen Rohren auf Gordon Steuber:

»1911 machte der große Brand bei der ›Triangle Shirtwaist Company‹ die Öffentlichkeit zum erstenmal auf die entsetzlichen Arbeitsbedingungen in der Bekleidungsindustrie aufmerksam. Dank der Internationalen Vereinigung der Arbeitnehmer der Damenbekleidungsindustrie hat die Konfektion sich zu einer Branche entwickelt, in der talentierte Leute auf anständige Weise gut verdienen können. Einige Konfektionäre haben jedoch Wege gefunden, ihre Gewinne auf Kosten der Wehrlosen zu erhöhen. Die neuen Ateliers für Schwarzarbeit befinden sich im südlichen Teil der Bronx und in Long Island City. Nicht registrierte Einwanderer, viele von ihnen beinahe noch Kinder, schuften für Hungerlöhne, weil sie keine Arbeitserlaubnis besitzen und Angst haben zu protestieren. Der König unter diesen betrügerischen Konfektionären ist Gordon Steuber. Wer immer eines seiner Kleidungsstücke anzieht, sollte sich in Gedanken das Kind vorstellen, das es genäht hat und sich wahrscheinlich nicht einmal sattessen kann. Mehr über Steuber werden die Leser in einem späteren Artikel erfahren.«

Ethel schloß ihren Artikel mit einer Lobeshymne auf Neeve Kearney, die Besitzerin von »Neeve's .Boutique«, die die Untersuchung gegen Gordon Steuber ausgelöst und seine Modelle aus ihrem Geschäft verbannt hatte.

Neeve legte die Blätter auf den Tisch. »Sie hat wirklich jeden wichtigen Designer unter Beschuß genommen! Vielleicht hat sie selber Angst gekriegt und beschlossen, eine Weile zu verschwinden, bis der Sturm sich gelegt hat.«

»Könnte Steuber sie und die Zeitschrift nicht verklagen?« fragte Eugenia.

»Die Wahrheit ist die beste Verteidigung. Wahrscheinlich haben sie alle nötigen Beweise. Was mich aber wirklich zur Weißglut bringt, ist, daß Ethel trotz alledem ein Kostüm von Steuber gekauft hat, als sie das letztemal bei mir war, das Stück, das versehentlich nicht zurückgeschickt wurde.«

Das Telefon läutete. Einen Moment später meldete die Empfangsdame über die Gegensprechanlage: »Mr. Campbell möchte Sie sprechen, Neeve.«

Eugenia machte große Augen. »Du müßtest dein Gesicht mal sehen!« Sie schob die Reste des Lunchs samt den Servietten und den Pappbechern zusammen und fegte alles in den Papierkorb.

Neeve wartete, bis die Tür wieder geschlossen war, ehe sie den Hörer aufnahm. Sie versuchte, mit ganz normaler Stimme »Neeve Kearney« zu sagen, und stellte bestürzt fest, daß es klang, als sei sie außer Atem.

Jack kam gleich zur Sache. »Neeve, könnten Sie heute mit mir zu Abend essen?« Er wartete ihre Antwort gar nicht ab. »Ich hatte vor, Ihnen zu erzählen, daß ich Ethel Lambstons Artikel habe, und Sie zu fragen, ob wir ihn zusammen ansehen sollten, aber in Wirklichkeit möchte ich Sie einfach gerne sehen.«

Neeve war verlegen und spürte ihr Herz klopfen. Sie verabredeten sich für sieben Uhr im Carlyle.

Im Laufe des Nachmittags gab es unerwartet viel zu tun. Um vier Uhr ging Neeve in den Verkaufssalon und nahm sich einiger Kundinnen an. Es waren lauter neue Gesichter. Ein junges Mädchen, das kaum älter als neunzehn sein konnte, kaufte ein teures Abendkleid und auch noch ein Cocktailkleid. Sie wollte unbedingt von Neeve selber beraten werden. »Wissen Sie«, vertraute sie ihr an, »eine meiner Freundinnen arbeitet bei *Contemporary Woman* und hat einen Artikel gesehen, der nächste Woche erscheint. Es heißt darin, daß Sie in Ihrem kleinen Finger mehr Flair für Mode haben als die meisten Designer in der Seventh Avenue und daß Sie einen immer richtig beraten. Als ich das meiner Mutter sagte, schickte sie mich hierher.«

Zwei andere Kundinnen kamen mit derselben Geschichte. Jemand kannte irgend jemand, der ihr von dem Artikel erzählt hatte. Um halb sieben hängte Neeve befriedigt das Schild »Geschlossen« an die Tür. »Ich glaube allmählich, daß wir die arme Ethel lieber loben statt kritisieren sollten«, sagte sie. »Vermutlich hat sie mehr zur Belebung des Geschäfts beigetragen, als wenn ich auf jeder Seite von *Women's Wear Daily* ein Inserat gemacht hätte.«

Nach der Arbeit ging Doug Brown noch kurz in den kleinen Supermarkt, der auf seinem Heimweg zu Ethels Wohnung lag. Es war halb sieben, als er den Schlüssel im Schloß drehte und das Telefon läuten hörte.

Im ersten Moment beschloß er, es nicht zu beachten, so, wie er es schon die ganze Woche getan hatte. Doch als es unaufhörlich weiterläutete, wurde er schwankend. Einerseits mochte Ethel nicht, daß jemand ihr Telefon abnahm. Andererseits schien es logisch, daß sie nach einer Woche versuchen könnte, ihn anzurufen.

Er stellte die Einkaufstüte mit den Lebensmitteln auf den Küchentisch. Das schrille Läuten hielt an. Schließlich nahm er den Hörer ab. »Hallo.«

Die Stimme am andern Ende klang verschwommen und gepreßt. »Ich muß mit Ethel Lambston sprechen.«

»Sie ist nicht da. Ich bin ihr Neffe. Soll ich ihr etwas ausrichten?«

»Allerdings. Sagen Sie Ethel, ihr Ex-Mann hat einen Haufen Schulden, aber bei den falschen Leuten. Und er kann sie nicht zurückzahlen, solange er ihr Geld geben muß. Wenn sie nicht aufhört, ihn auszuquetschen, werden die ihr mal eine Lektion erteilen. Sagen Sie ihr, es könnte ihr schwerfallen, mit gebrochenen Fingern zu tippen.«

Es knackte in der Leitung, und die Verbindung war abgebrochen.

Doug ließ den Hörer auf die Gabel fallen und sank aufs Sofa. Er spürte den Schweiß auf der Stirn und in den Achselhöhlen. Er faltete die Hände, damit sie nicht zitterten.

Was sollte er tun? War der Anruf eine echte Drohung oder ein Trick? Er konnte nicht einfach darüber hinweggehen. Aber die Polizei wollte er nicht benachrichtigen. Sie hätte beginnen können, ihm Fragen zu stellen.

Neeve Kearney.

Sie war diejenige, die sich Sorgen um Ethel machte. Ihr wollte er von dem Anruf erzählen, wollte den verängstigten, besorgten Verwandten spielen, der um Rat bittet. Auf diese Weise wäre er gedeckt, ganz gleich, ob es sich um einen Trick oder um eine echte Drohung handelte.

Eugenia war gerade dabei, die Schaukästen mit dem teuren Modeschmuck abzuschließen, als das Telefon läutete. »Für dich, Neeve. Jemand, der furchtbar aufgeregt klingt.«

Myles! Ein neuer Herzanfall? Neeve stürzte zum Telefon. »Ja?«

Aber es war Douglas Brown, Ethel Lambstons Neffe. In seiner Stimme lag keine Spur seiner sonstigen herablassenden Unverschämtheit. »Miss Kearney, haben Sie eine Ahnung, wo ich versuchen könnte, meine Tante zu erreichen? Als ich eben in die Wohnung zurückkam, ging das Telefon. Irgendein Kerl sagte, ich solle Ethel warnen, daß Seamus – das ist ihr Ex-Mann – eine Menge Schulden hat, die er nicht bezahlen kann, solange er ihr Geld geben muß. Und wenn sie Seamus das nicht erläßt, haben sie ihr einen Denkzettel versprochen. *Es könnte ihr schwerfallen, mit gebrochenen Fingern zu tippen,* hat er gesagt.«

Douglas Brown schien den Tränen nahe zu sein. »Miss Kearney, wir müssen Ethel warnen!«

Als Doug wieder aufhängte, wußte er, daß er die richtige Entscheidung getroffen hatte. Auf Anraten der Tochter des ehemaligen Commissioners wollte er jetzt bei der Polizei anrufen und die Drohung melden. In den Augen der Polizisten stünde er da wie ein Freund der Familie Kearney.

Er griff eben nach dem Telefon, als es erneut klingelte. Diesmal nahm er ohne Zögern ab.

Es war die Polizei, die *ihn* anrief.

Myles Kearney hielt es für das beste, sich freitags möglichst unsichtbar zu machen. Am Freitag war Lupa, ihre langjährige Putzfrau, den ganzen Tag damit beschäftigt, zu waschen, Staub zu saugen, zu bohnern und zu schrubben.

Als Lupa mit der Morgenpost in der Hand erschien, zog Myles sich in sein Arbeitszimmer zurück. Es war wieder ein Brief aus Washington dabei, in dem er dringend gebeten wurde, den Posten als Chef der Drogenfahndungsstelle anzunehmen.

Myles spürte das Adrenalin in seinen Adern, das ihm Auftrieb gab. Achtundsechzig. Das war noch kein Alter. Die Aussicht, sich wieder voll einer notwendigen Aufgabe widmen zu können. Neeve. Ich habe ihr zuviel von Liebe auf den ersten Blick erzählt. Bei den meisten Menschen spielt es sich ja nicht auf diese Weise ab. Wenn ich nicht mehr ständig um sie herum bin, wird sie zu einem normalen Leben finden.

Er lehnte sich in den Schreibtischsessel zurück, seinen alten, bequemen Ledersessel, der die ganzen sechzehn Jahre, als er Polizeichef war, in seinem Büro gestanden hatte. Er paßt genau zu meinem Hinterteil, dachte er. Falls ich nach Washington gehe, lasse ich ihn hinbringen.

Im Korridor summte jetzt der Staubsauger. Ich mag mir den Radau nicht den ganzen Tag anhören, dachte er. Spontan wählte er seine alte Telefonnummer im Büro des Polizeichefs, gab Herb Schwartz' Sekretärin seinen Namen an und hatte einen Augenblick später Herb am Apparat.

»Myles, wie geht es dir?«

»Zuerst habe ich eine Frage: Wie geht es Tony Vitale?« Er sah Herb im Geist vor sich, kleingewachsen, zierlich, mit klugen, forschenden Augen, einem hervorragenden Verstand und einer ungewöhnlichen Begabung, mit einem Blick die ganze Situation zu erfassen. Vor allem aber ein wirklicher treuer Freund.

»Wir können es immer noch nicht mit Bestimmtheit sagen. Sie haben ihn als tot zurückgelassen, und glaube mir, sie wußten voraussichtlich sehr gut, was sie taten. Aber der Junge ist phänomenal. Die Ärzte nehmen an, daß er entgegen aller Wahrscheinlichkeit durchkommen wird. Ich hatte vor, ihn nachher zu besuchen. Willst du mitkommen?«

Sie verabredeten sich zum Mittagessen.

Bei einem Truthahnsandwich in einer Snackbar unweit des Krankenhauses orientierte Herb Myles über das bevorstehende Begräbnis von Nicky Sepetti.

»Wir werden ein Auge drauf haben. Der FBI wird es beobachten, die Staatsanwaltschaft ebenfalls. Aber ich weiß nicht, Myles, meinem Gefühl nach war Nicky, auch ohne, daß er von Gott heimgerufen wurde, schon ausgebootet. Siebzehn Jahre sind zu lange, um aus dem Verkehr gezogen zu sein. Die Welt hat sich verändert. Früher hätte die Bande doch die Finger von Drogen gelassen. Jetzt schwimmen sie geradezu darin. Nickys Welt existiert nicht mehr. Wenn er nicht von selber gestorben wäre, hätte man seinem Ende nachgeholfen.«

Nach dem Lunch gingen sie auf die Intensivstation des Krankenhauses. Anthony Vitale lag eingehüllt in Bandagen, hing am Tropf und war an Apparate angeschlossen, die seinen Blutdruck und seinen Puls kontrollierten. Seine Eltern saßen im Wartezimmer.

»Wir dürfen ihn jede Stunde ein paar Minuten sehen«, sagte sein Vater. »Er wird durchkommen.« In seiner Stimme lag ruhige Zuversicht.

»Ein zäher Polizist ist nicht so schnell umzubringen«, sagte Myles zu ihm und drückte ihm die Hand.

Jetzt wandte Tonys Mutter sich an Myles. »Ich glaube, daß Tony versucht, uns etwas mitzuteilen«, sagte sie.

»Er hat uns gesagt, was wir hören mußten. Daß Nicky Sepetti keinen Mordkontrakt auf meine Tochter ausgeschrieben hat.«

Rosa Vitale schüttelte den Kopf. »Ich war in den letzten zwei Tagen jede Stunde bei Tony. Das ist nicht alles. Er möchte uns noch etwas anderes wissen lassen.«

Tony wurde rund um die Uhr bewacht. Herb Schwartz gab dem jungen Polizisten, der im Schwesternzimmer der Intensivstation saß, ein Zeichen, zu ihm zu kommen. »Hören Sie genau hin«, wies er ihn an.

Myles und Herb fuhren zusammen im Lift hinunter. »Was hältst du von der Sache?« fragte Herb.

Myles zuckte die Achseln. »Wenn es etwas gibt, dem ich zu vertrauen gelernt habe, dann ist es der Instinkt einer Mutter.« Er dachte an den weit zurückliegenden Tag, als seine Mutter ihm gesagt hatte, er solle die nette Familie aufsuchen, die ihm im Krieg Obdach gewährt hatte. »Tony könnte an jenem Abend eine ganze Menge gehört haben. Sie müssen alles durchgesprochen haben, um Nicky das Gefühl zu geben, daß er wieder Bescheid wisse.« Ein Gedanke schoß ihm durch den Kopf. »Übrigens, Herb, Neeve setzt mir zu, weil irgendeine Schriftstellerin, die sie kennt, eine Ethel Lambston, von der Bildfläche verschwunden ist. Bitte, sag deinen Jungens, daß sie nach ihr Ausschau halten sollen. Ungefähr sechzig. Einen Meter fünfundsiebzig groß. Gut angezogen. Platinblond gefärbtes Haar. Wahrscheinlich macht sie gerade irgendeinem armen Kerl das Leben schwer, den sie für ihre Zeitung interviewt, aber …«

Der Aufzug hielt. Sie traten in die Eingangshalle hinaus, und Schwartz zog ein Notizbuch aus der Tasche. »Ich bin der Lambston schon in der Residenz des Bürgermeisters begegnet. Sie hat ihn sehr bei seiner Wahlkampagne unterstützt, und jetzt wird er sie kaum noch los. Eine etwas überspannte Person, nicht wahr?«

»So ist's.«

Sie mußten beide lachen.

»Warum macht denn Neeve sich ihretwegen Gedanken?«

»Weil sie schwört, Ethel Lambston habe am letzten Donnerstag oder Freitag ihre Wohnung ohne Wintermantel verlassen. Sie kauft alle ihre Kleider bei Neeve.«

»Vielleicht ist sie nach Florida oder in die Karibik gefahren und wollte sich nicht mit einem Mantel belasten«, gab Herb zu bedenken.

»Das war eine von vielen Möglichkeiten, auf die ich Neeve auch schon hinwies, aber sie behauptet, daß sämtliche Kleidungsstücke, die in Ethels Schrank fehlen, für Winterwetter bestimmt sind. Neeve muß es ja wissen.«

Herb runzelte die Stirn. »Am Ende ist Neeve da einer Sache auf der Spur. Gib mir noch mal die Personenbeschreibung.«

Myles kehrte in die Ruhe und den Frieden der blitzsauberen Wohnung zurück. Neeves Anruf um halb sieben freute und beunruhigte ihn zugleich. »Du gehst zum Abendessen aus? Fein. Ich hoffe, er ist interessant.«

Dann erzählte sie ihm von dem Anruf von Ethels Neffen. »Du hast ihm geraten, die Drohung der Polizei zu melden. Das war richtig. Ich hab heute mit Herb über Ethel gesprochen. Ich werde ihn auch hierüber informieren.«

Myles begnügte sich für sein eigenes Abendessen mit Früchten, Crackers und einem Glas Mineralwasser. Während er aß und dabei Zeitung zu lesen versuchte, wurde er ständig unruhiger, daß er Neeves instinktiver Besorgnis, Ethel Lambston könnte etwas zugestoßen sein, zuwenig Beachtung geschenkt hatte.

Er goß sich noch ein Glas Perrier ein und ging seinem Unbehagen auf den Grund. Die telefonische Drohung, von der der Neffe berichtet hatte, klang nicht, als ob sie echt sei.

Neeve und Jack Campbell saßen im Restaurant des Hotels Carly-le. Neeve hatte sich umgezogen und trug statt des Jersey-Ensembles, das sie zur Arbeit angehabt hatte, ein Imprimékleid in zarten Farben. Jack hatte Drinks bestellt, einen Dry Martini mit Wodka und Oliven für sich, ein Glas Champagner für Neeve. »Sie erinnern mich an das Lied ›Ein hübsches Mädchen ist wie eine Melodie‹«, sagte er. »Darf man überhaupt heute jemand noch ›ein hübsches Mädchen‹ nennen oder wären Sie lieber eine ›gutaussehende junge Frau‹?«

»Ich bin für das Lied.«

»Ist das nicht eines der Kleider, die Ihre Puppen im Schaufenster gerade tragen?«

»Gut beobachtet. Wann haben Sie sie gesehen?«

»Gestern abend. Ich bin auch nicht zufällig vorbeigegangen. Ich war schrecklich neugierig.« Jack Campbell wirkte bei diesem Geständnis nicht im geringsten verlegen.

Neeve musterte ihn. Er trug einen dunkelblauen Anzug mit feinen hellgrauen Nadelstreifen. Unwillkürlich nickte sie beifällig zu dem Gesamteindruck, der Hermès-Krawatte, die genau das Blau aufnahm, dem Maßhemd, den schlichten goldenen Manschettenknöpfen.

»Habe ich das Examen bestanden?« fragte er.

Neeve lächelte ihn an. »Sehr wenig Männer bringen es fertig, eine wirklich zu ihrem Anzug passende Krawatte zu tragen. Ich lege meinem Vater seit Jahren die richtige Krawatte hin.«

Der Kellner kam mit den Drinks. Jack wartete, bis er wieder gegangen war, ehe er weitersprach. »Ich möchte ein bißchen mehr über Sie wissen. Angefangen mit der Frage, woher der Name Neeve kommt.«

»Er ist keltisch. Eigentlich wird er NIAMH geschrieben, aber Neeve ausgesprochen. Ich habe schon vor langer Zeit aufgegeben, das zu erklären. Und als ich mein Geschäft aufmachte, übernahm ich einfach die phonetische Schreibweise.«

»Wer war die ursprüngliche Neeve?«

»Eine Göttin. Man sagt, die genaue Übersetzung sei ›Morgenstern‹. Mir ist die Legende am liebsten, wonach sie auf die Erde herunterkam, um sich den Mann zu holen, den sie haben wollte. Lange Zeit waren sie glücklich, bis er den Wunsch hatte, die Erde

wieder zu besuchen. Er wußte, daß er, falls seine Füße den Erdbo-
den berührten, sein wirkliches Alter wiederbekäme. Den Rest
können Sie sich denken. Er fiel vom Pferd, und die arme Niamh
ließ ein Häufchen Knochen liegen und kehrte zurück in den Himmel.«

»Und das tun auch Sie Ihren Verehrern an?«

Sie brachen beide in Lachen aus. Neeve hatte den Eindruck,
daß sie in stillschweigendem Einverständnis ein Gespräch über
Ethel hinausschoben. Sie hatte Eugenia von der telefonischen Drohung erzählt, doch seltsamerweise hatte diese es beruhigend gefunden. »Wenn Ethel solche Anrufe kriegt, bedeutet das für mich,
daß sie beschlossen hat, sich davonzumachen, bis die Gemüter
sich beruhigt haben. Du hast dem Neffen geraten, es der Polizei
zu melden. Dein Vater beschäftigt sich auch mit der Angelegenheit. Mehr kannst du nicht tun. Ich wette, daß die gute Ethel sich
in einen Kurort verzogen hat.«

Neeve hätte es gerne geglaubt. Sie verbannte Ethel aus ihrem
Kopf, trank ihren Champagner und lächelte Jack Campbell über
den Tisch hinweg an.

Bei der Vorspeise, Sellerie mit Remouladensoße, sprachen sie
über ihre Kindheit. Jacks Vater war Kinderarzt. Jack war in einem
Vorort von Omaha aufgewachsen. Er hatte eine ältere Schwester,
die noch in der Nähe der Eltern wohnte. »Tina hat fünf Kinder.
Die Nächte sind kalt in Nebraska.« Während seiner Schulzeit hatte er in den Sommerferien in einer Buchhandlung gearbeitet und
so begonnen, sich für das Verlagswesen zu begeistern. »Als ich
mein Universitätsdiplom hatte, ging ich nach Chicago und arbeitete als Vertreter eines Verlags von Lehrbüchern. Eine gute Gelegenheit, um zu zeigen, daß man sich durchsetzen kann. Zu dieser
Arbeit gehört auch, herauszufinden, ob einer der Professoren, denen man Bücher verkauft, vielleicht selber an einem Buch
schreibt. Eine Dozentin verfolgte mich mit ihrer Autobiographie,
bis ich ihr schließlich sagte: ›Madam, wir wollen den Tatsachen
ins Auge sehen. Sie haben ein sehr langweiliges Leben gehabt.‹ Da
beklagte sie sich bei meinem Chef.«

»Und Sie verloren Ihren Job?«

»Nein. Man ernannte mich zum Lektor.«

Neeve blickte sich im Raum um und ließ die diskrete Eleganz

auf sich wirken, die feinen Porzellanteller, das schöne Besteck und die Damasttischtücher, die Blumenarrangements, dazu das angenehme Murmeln der Stimmen an den Nebentischen. Sie fühlte sich ungewöhnlich, unsinnig glücklich. Während sie ihre Lammkoteletts aßen, erzählte sie Jack von sich selbst. »Mein Vater kämpfte verbissen darum, mich auf die Universität zu schicken, aber ich war am liebsten zu Hause. Ich ging nach Mount St. Vincent, studierte ein Semester in Oxford und war auch ein Jahr auf der Universität in Perugia. In den Sommerferien und nach dem Unterricht arbeitete ich in Modegeschäften. Ich wußte immer schon, was ich einmal machen wollte. Mein größtes Vergnügen waren Modeschauen. Onkel Sal war fabelhaft. Nach dem Tod meiner Mutter ließ er mich mit dem Auto von der Schule abholen, und ich durfte ihn begleiten, wenn eine neue Kollektion präsentiert wurde.«

»Und was machen Sie in Ihrer Freizeit?«

Die Frage klang allzu beiläufig. Neeve wußte genau, warum er sie gestellt hatte, und mußte lächeln. »Vier, fünf Sommer lang hab ich einen Teil eines Ferienhauses auf Long Island gemietet«, erzählte sie ihm. »Das war herrlich. Letztes Jahr mußte ich darauf verzichten, weil Myles zu krank war. Im Winter bin ich mindestens zwei Wochen in Vail zum Skilaufen. Ich war im Februar dort.«

»Mit wem fahren Sie hin?«

»Immer mit meiner besten Freundin, Julie. Die anderen Gesichter wechseln.«

»Und wie steht's mit Männern?« fragte er geradeheraus.

Neeve lachte. »Diese Frage hätte auch von Myles kommen können. Ich schwöre, daß er erst zufrieden ist, wenn er den Brautvater spielen kann. Natürlich habe ich eine Reihe Freundschaften gehabt, und ich bin praktisch während der ganzen Studienzeit mit demselben Jungen gegangen.«

»Was ist daraus geworden?«

»Er ging nach Harvard zum Studium, und ich interessierte mich mehr und mehr für Mode. So kamen wir einfach auseinander. Dann gab es einen Jeff und danach einen Richard, aber die wahre Liebe war es nie. Vor zwei Jahren hätte ich mich um ein Haar verlobt, mit Gene. Aber wir verkrachten uns bei einem Wohltätigkeitsball auf der *Intrepid*.«

»Dem Schiff?«

»Jaja. Die lag im Hudson River vor Anker. An einem Wochenende wurde ein Riesenfest gegeben. Ich kannte mindestens neunzig Prozent der Gäste. Im Laufe des Abends wurden Gene und ich in der Menge getrennt. Ich machte mir keine Sorgen, sondern dachte, daß wir uns irgendwann schon wieder finden würden. Als wir uns dann trafen, war er wütend. Er fand, ich hätte mich mehr bemühen müssen, ihn wiederzufinden. Ich lernte ihn da von einer Seite kennen, mit der ich nicht zusammenleben wollte.« Neeve zuckte die Achseln. »Die Wahrheit ist, daß ich den Passenden einfach noch nicht gefunden habe.«

»Bis jetzt«, sagte Jack lächelnd. »Sie kommen mir genauso vor wie die Neeve aus der Sage, die davonreitet und ihre Verehrer zurückläßt. Jetzt werde ich Ihnen ein bißchen von mir erzählen, obwohl Sie mich nicht gerade mit Fragen über mich bombardiert haben. Ich bin ebenfalls ein guter Skifahrer. Die letzten zwei Jahre war ich über Weihnachten in Arosa. Ich halte Ausschau nach einem Sommerhaus, wo ich auch ein Segelboot haben kann. Vielleicht zeigen Sie mir ein bißchen die Orte in Long Island. Genau wie Sie war ich auch ein paarmal drauf und dran, mich fest zu binden; vor vier Jahren habe ich mich sogar verlobt.«

»Was ist daraus geworden?« fragte Neeve.

Jack zog die Schultern hoch. »Sobald der Ring am Finger war, wurde die junge Dame überaus besitzergreifend. Ich sah voraus, daß ich ziemlich bald kaum noch würde frei atmen können. Ich glaube nämlich fest an Khalil Gibrans Ratschlag über die Ehe.«

»An die Säulen des Tempels, die getrennt stehen müssen?«

Neeve wurde mit einem Ausdruck belustigter Anerkennung belohnt. »Genau das.«

Sie warteten, bis sie ihre heißen Himbeeren gegessen hatten und einen Espresso tranken, ehe sie auf Ethel zu sprechen kamen. Neeve erzählte Jack von dem Anruf von Ethels Neffen und der Vermutung, daß Ethel sich irgendwo versteckt halten könnte. »Mein Vater ist in Verbindung mit seiner ehemaligen Dienststelle. Er wird veranlassen, daß man den Urheber der Drohung ausfindig macht. Ich muß ehrlich sagen, Ethel sollte dem armen Kerl wirklich die Zahlungen erlassen. Sie braucht die Alimente so nötig wie ein Loch im Kopf.«

Jack zog die gefalteten Blätter des Artikels aus der Tasche. Neeve sagte, daß sie ihn bereits gelesen hatte. »Würden Sie ihn als beleidigend bezeichnen?« fragte Jack.

»Nein. Ich würde ihn eher komisch und frech und bissig und leicht lesbar und möglicherweise verleumderisch nennen. Es steht nichts darin, was nicht jedermann in der Branche bereits weiß. Ich bin nicht sicher, wie Onkel Sal reagieren wird, aber wie ich ihn kenne, legt er es sicher zu seinem Vorteil aus, daß seine Mutter Gemüse und Obst verkauft hat. Gedanken mache ich mir eher wegen Gordon Steuber. Mein Gefühl sagt mir, daß er gemein werden könnte. Was die anderen Designer betrifft, die Ethel aufs Korn genommen hat, so kann ich dazu nicht viel sagen.«

Jack nickte. »Meine nächste Frage: Glauben Sie, daß der Artikel irgendwelchen Stoff für ein aufsehenerregendes Buch enthält?«

»Nein. Selbst Ethel brächte das nicht fertig.«

»Ich habe das Originalmanuskript mit allen gestrichenen Passagen des Artikels. Ich hatte aber noch keine Gelegenheit, sie genauer anzusehen.« Jack gab dem Ober ein Zeichen und erbat die Rechnung.

Auf der dem Carlyle gegenüberliegenden Straßenseite wartete Denny. Er wußte, daß er nur geringe Aussicht auf Erfolg hatte. Er war Neeve die ganze Madison Avenue hinunter bis zum Carlyle gefolgt, aber er hatte absolut keine Gelegenheit gehabt, nahe an sie heranzukommen. Zu viele Menschen. Kräftige Typen auf dem Heimweg von der Arbeit. Selbst wenn er imstande gewesen wäre, sie anzufallen, wäre er mit ziemlicher Sicherheit selber niedergeschlagen worden. Seine einzige Hoffnung war, daß Neeve alleine herauskommen, vielleicht zur Busstation oder vielleicht sogar den ganzen Weg nach Hause zu Fuß gehen würde. Doch als sie herauskam, war sie in Begleitung eines Mannes, und sie stiegen zusammen in ein Taxi.

Dennys Gesicht unter der Maske von Schmutz verzerrte sich vor lauter Enttäuschung. Wenn das Wetter weiterhin so blieb, würde sie sich nur noch in Taxis fortbewegen. Er mußte am Wochenende arbeiten. Er konnte es sich in gar keinem Fall erlauben, bei seinem Job Aufmerksamkeit zu erregen. Das bedeutete, daß er sich nur am frühen Morgen in der Nähe ihres Wohnhauses herumtreiben konnte, für den Fall, daß sie ins Geschäft oder zum Joggen ging, oder erst abends nach sechs Uhr.

Somit blieb nur der Montag. Und das Viertel der Kleiderfabrikanten. Ganz tief in seinem Inneren hatte Denny das Gefühl, daß es dort passieren würde. Er schlüpfte in einen Hauseingang, entledigte sich des zerlumpten Mantels, wischte Gesicht und Hände mit einem schmutzigen Handtuch ab, stopfte beides in die Einkaufstasche und machte sich auf zu einer Bar in der Third Avenue. Er lechzte nach einem Glas Bier mit einem Schuß Whisky.

Um zehn Uhr hielt das Taxi vor dem »Schwab House«. »Mein Vater nimmt gerne noch einen Schlaftrunk«, sagte Neeve zu Jack. »Kommen Sie mit?«

Wenig später tranken sie in Myles' Arbeitszimmer einen Kognak. Neeve spürte, daß irgend etwas ihren Vater bedrückte. Auch während er sich ungezwungen mit Jack unterhielt, hatte Myles einen besorgten Ausdruck im Gesicht. Sicher hatte er ihr etwas zu sagen, was er nicht jetzt besprechen wollte.

Jack erzählte Myles von seiner ersten Begegnung mit Neeve im Flugzeug. »Sie lief so rasch weg, daß ich ihre Telefonnummer nicht bekommen konnte. Und wie sie sagt, hat sie trotzdem ihren Anschluß verpaßt.«

»Das kann ich bezeugen«, sagte Myles. »Ich habe vier Stunden am Flughafen auf sie gewartet.«

»Ich muß gestehen, daß ich hocherfreut war, als sie neulich bei der Cocktailparty auf mich zukam und mich nach Ethel Lambston fragte. Nach dem, was Neeve mir gesagt hat, scheint Ethel Ihnen nicht gerade ans Herz gewachsen zu sein, Mr. Kearney.«

Neeve hielt den Atem an, als sie die Veränderung in Myles' Gesicht sah. »Jack«, sagte er, »eines Tages werde ich lernen, Neeves Intuition mehr Beachtung zu schenken.« Er wandte sich seiner Tochter zu.

»Herb rief vor zwei Stunden an. Im Morrison State Park hat man eine Leiche gefunden, auf die die Beschreibung von Ethel zutraf. Ihr Neffe wurde geholt, und er hat sie identifiziert.«

»Was ist mit ihr passiert?« flüsterte Neeve.

»Ihre Kehle war durchschnitten.«

Neeve schloß die Augen. »Ich *wußte* ja, daß etwas nicht stimmte. Ich *wußte* es!«

»Du hattest recht. Wie es scheint, haben sie auch schon einen Verdächtigen. Die Nachbarin aus dem oberen Stock kam heruntergerannt, als sie das Polizeiauto sah. Offenbar hatte Ethel am letzten Donnerstag einen Riesenkrach mit ihrem Ex-Mann. Seither hat niemand sie mehr gesehen. Am Freitag hielt sie die Verabredungen mit dir und ihrem Neffen nicht ein.«

Myles trank den letzten Schluck Kognak und stand auf, um sein Glas wieder zu füllen. »Für gewöhnlich trinke ich nicht noch einen zweiten Kognak, aber morgen vormittag wollen die Leute von der Mordkommission des 20. Reviers mit dir sprechen. Und die Bezirksanwaltschaft von Rockland County bittet, daß du hinauskommst, um die Kleider anzusehen, die Ethel trug. Sie wissen nämlich, daß die Leiche nach ihrem Tod transportiert worden ist. Ich sagte Herb, daß Ethel sämtliche Kleider bei dir kaufte und dir aufgefallen sei, daß keiner ihrer Mäntel fehlte. Aus dem Kostüm, das sie anhatte, waren die Etiketten herausgerissen. Sie möchten sehen, ob du es als ein Stück aus deinem Geschäft erkennst. Verdammt noch mal, Neeve«, rief Myles aus, »mir ist der Gedanke zuwider, daß du Zeugin in einem Mordfall sein sollst!«

Jack Campbell hielt sein leeres Glas zum Nachfüllen hin. »Mir ebenfalls«, sagte er mit ruhiger Stimme.

9

Irgendwann im Laufe der Nacht hatte der Wind gedreht und die tiefhängenden Wolken hinaus über den Atlantik geblasen. Der Samstag brach mit strahlendem Sonnenschein an. Aber die Luft war für die Jahreszeit immer noch ungewöhnlich frisch, und die Wettervorhersage im Radio kündigte neue Bewölkung und sogar leichte Schneeschauer am Nachmittag an. Neeve sprang mit einem Satz aus dem Bett. Sie hatte sich um halb acht mit Jack Campbell zum Joggen verabredet.

Sie zog einen Trainingsanzug und Laufschuhe an und band ihr schwarzes Haar zu einem Pferdeschwanz zusammen. Myles war schon in der Küche. Er runzelte die Stirn.

»Ich mag einfach nicht, daß du so früh allein joggen gehst.«

»Ich gehe gar nicht allein.«

Myles zog die Brauen hoch. »Aha. Das geht aber rasch. Er gefällt mir, Neeve.«

Sie goß Orangensaft ein. »Schraub deine Hoffnungen noch nicht zu hoch. Der Börsenmakler gefiel dir auch.«

»Das habe ich nie gesagt. Ich sagte, er käme mir anständig vor. Das ist ein Unterschied.« Myles hörte auf zu scherzen. »Neeve, ich hab mir überlegt, daß es besser ist, wenn du zuerst nach Rockland County fährst und dort mit den Inspektoren sprichst, ehe du dich mit unseren Leuten hier triffst. Falls du recht hast, stammen die Kleider, die Ethel trug, aus deiner Boutique. Das ist das erste, was festgestellt werden muß. Danach, denke ich, solltest du nochmals mit dem Staubkamm durch ihren Kleiderschrank gehen und nachsehen, was genau sonst noch fehlt. Wir wissen, daß der Hauptverdacht der Mordkommission sich auf Ethels geschiedenen Mann richtet, aber man kann nichts als bewiesen annehmen.«

Die Gegensprechanlage summte. Neeve nahm den Hörer ab. Es war Jack. »Ich bin sofort unten«, sagte Neeve zu ihm.

»Um welche Zeit möchtest du nach Rockland County fahren?« fragte sie Myles. »Ich muß wirklich auch noch ein bißchen ins Geschäft gehen.«

»Mitte des Nachmittags wäre gut.« Als Neeve ihn erstaunt ansah, setzte er hinzu: »Im Fernsehen kommt die Direktübertragung der Begräbnisfeierlichkeiten für Nicky Sepetti. Da möchte ich in der ersten Reihe sitzen.«

Denny hatte um sieben Uhr seinen Posten bezogen. Um zwanzig nach sieben sah er einen großen Mann im Jogginganzug ins »Schwab House« gehen. Ein paar Minuten später kam Neeve Kearney mit ihm heraus. Sie liefen in Richtung Central Park. Denny stieß einen leisen Fluch aus. Wenn sie doch bloß allein gewesen wäre! Auf seinem Herweg war er quer durch den Park gegangen. Er war fast menschenleer gewesen. Überall hätte er sie niedermachen können. Er tastete nach dem Revolver in seiner Tasche. Gestern abend hatte Big Charley bei seiner Heimkehr auf der gegenüberliegenden Straßenseite im Auto auf ihn gewartet. Charley hatte das Fenster heruntergekurbelt und ihm eine braune Papiertüte gereicht. Als Denny sie entgegennahm, hatten seine Finger die Umrisse eines Revolvers gefühlt.

»Die Kearney macht uns langsam echte Schwierigkeiten«, hatte Big Charley zu ihm gesagt. »Es braucht nicht mehr nach einem Unfall auszusehen. Mach, daß du sie auf irgendeine Weise zu fassen kriegst.«

Er war sehr in Versuchung, ihnen in den Park zu folgen, sie alle beide zu erledigen. Aber das hätte Big Charley womöglich nicht gepaßt.

Denny begann, in die entgegengesetzte Richtung zu gehen. Er hatte sich heute in einen weiten Pullover gehüllt, der ihm bis zu den Knien reichte, zerrissene Hosen und Ledersandalen angezogen und eine Strickmütze aufgesetzt, die früher einmal leuchtend gelb gewesen war. Darunter trug er eine graue Perücke, und fettige graue Strähnen klebten ihm auf der Stirn. Er sah aus wie ein leicht umnebelter Drogensüchtiger. In der anderen Aufmachung glich er einem Säufer. Auf diese Weise würde niemand sich an einen bestimmten Typ erinnern können, der sich in der Nähe von Neeve Kearneys Wohnblock aufgehalten hatte.

Als er eine Münze in das Drehkreuz der U-Bahn-Station warf, dachte Denny, daß er eigentlich von Big Charley eine Zulage verlangen müßte für das, was ihn der ständige Kleiderwechsel kostete.

Neeve und Jack betraten den Central Park auf der Höhe der 79. Straße. Sie liefen zuerst ein Stück in östlicher, danach in nördlicher Richtung. Als sie sich dem Metropolitan Museum näherten, bog Neeve instinktiv wieder nach Westen ab. Sie wollte nicht an der Stelle vorbeilaufen, wo ihre Mutter gestorben war. Jack warf ihr einen erstaunten Blick zu. »Verzeihung«, sagte Neeve. »Sie führen ja.«

Sie bemühte sich krampfhaft, geradeaus zu schauen, konnte aber nicht umhin, einen kurzen Blick in die Gegend hinter den kahlen Bäumen zu werfen. *Der Tag, an dem ihre Mutter nicht gekommen war, um sie von der Schule abzuholen. Die Vorsteherin, Schwester Maria, hatte ihr vorgeschlagen, im Büro zu warten und schon damit zu beginnen, ihre Hausaufgaben zu machen. Es wurde beinahe fünf Uhr, bis Myles sie holen kam. Da wußte sie bereits, daß etwas Schlimmes geschehen war. Ihre Mutter kam nie zu spät.*

Als sie aufblickte und Myles vor sich stehen sah, mit rotgeränderten Augen und einem Ausdruck voller Verzweiflung und Mitleid, hatte sie sofort Bescheid gewußt. Sie hatte ihm die Arme entgegengestreckt. »Ist Mama tot?«

»Mein armes, kleines Kind«, hatte Myles gesagt und sie auf den Arm genommen und an sich gedrückt. »Mein armes, kleines Kind.«

Neeve spürte, daß ihr Tränen in die Augen traten. Mit einem raschen Spurt rannte sie bis ans Ende des stillen Weges, vorbei am Anbau des Museums mit der ägyptischen Abteilung. Erst als sie schon fast beim großen Reservoir angelangt war, verlangsamte sie ihr Tempo wieder.

Jack hatte mit ihr Schritt gehalten. Jetzt ergriff er ihren Arm. »Neeve.« Es war eine Frage. Als sie sich nach Westen und dann wieder nach Süden wandten und allmählich in ein rasches Spaziergängertempo fielen, erzählte sie ihm von Renata.

Sie verließen den Park wieder bei der 79. Straße. Die letzten Häuserblocks bis zum »Schwab House« gingen sie nebeneinander her und hielten sich an den Händen.

Als Ruth am Samstag morgen um sieben Uhr das Radio einschaltete, hörte sie die Nachricht von Ethels Tod. Um Mitternacht hatte sie eine Schlaftablette genommen und war daraufhin mehrere Stunden in einen schweren, betäubenden Schlaf gesunken, der erfüllt war von Alpträumen, an die sie sich nur dunkel erinnerte. Seamus war verhaftet. Seamus stand vor Gericht. Diese Teufelin Ethel sagte gegen ihn aus. Vor mehreren Jahren hatte Ruth in einer Anwaltspraxis gearbeitet und wußte daher einigermaßen Bescheid, welche Art von Anklagen gegen Seamus erhoben werden konnten.

Doch als sie jetzt die Nachrichten hörte, stellte sie die Teetasse mit zitternden Fingern auf den Tisch. Sie erkannte, daß noch ein Anklagepunkt hinzukam: *Mord.*

Sie stieß den Stuhl vom Tisch zurück und rannte ins Schlafzimmer. Seamus war erst im Begriff zu erwachen. Er schüttelte den Kopf und fuhr sich mit der Hand übers Gesicht, eine Geste, die Ruth schon immer gereizt hatte.

»Du hast sie umgebracht!« brüllte sie. »Wie soll ich dir helfen, wenn du mir nicht die Wahrheit sagst!«

»Von was redest du?«

Vehement stellte sie das Radio an. Der Nachrichtensprecher berichtete gerade, wie und wo man Ethel gefunden hatte. »Jahrelang bist du mit den Kindern in den Morrison State Park zum Picknicken gefahren«, schrie sie. »Du kennst die Gegend wie deine Hosentasche. *Sag mir endlich die Wahrheit! Hast du sie erstochen?*«

Eine Stunde später, wie gelähmt vor Entsetzen, machte Seamus sich auf zu seiner Bar. Man hatte Ethels Leiche gefunden. Er wußte, daß die Polizei ihn abholen würde.

Am Vortag hatte Brian, der Barkeeper, die Tages- und Abendschicht arbeiten müssen. Um seine Unzufriedenheit zu zeigen, hatte er das Lokal schmutzig und unaufgeräumt zurückgelassen. Der junge Vietnamese, der sich um die Küche kümmerte, war schon da. Wenigstens einer, der bereit war zu arbeiten. »Meinen Sie wirklich, daß Sie schon herkommen sollten, Mr. Lambston?« fragte er. »Sie sehen immer noch krank aus.«

Seamus suchte sich zu erinnern, was Ruth ihm eingeschärft hatte. *»Sag, daß du einen Anflug von Grippe hattest. Du bleibst praktisch nie von der Arbeit weg. Sie müssen dir glauben, daß du gestern wirklich krank warst, daß du auch am Wochenende krank warst. Sie müssen unbedingt glauben, daß du am letzten Wochenende deine Wohnung überhaupt nicht verlassen hast. Hast du mit irgend jemand ge-*

sprochen? Hast du irgendwen gesehen? Die Nachbarin wird unweiger-
lich erzählen, daß du letzte Woche ein paarmal dort gewesen bist.«

»Ich werde diesen scheußlichen Virus nicht los«, murmelte er.
»Gestern fühlte ich mich schlecht, aber am Wochenende war ich
richtig krank.«

Ruth rief um zehn Uhr an. Wie ein folgsames Kind hörte er zu
und wiederholte Wort für Wort, was sie ihm auftrug.

Um elf Uhr öffnete er das Lokal. Gegen zwölf erschienen allmählich die wenigen verbliebenen Stammgäste. »Seamus«, rief einer von ihnen mit Stentorstimme und verzog das Gesicht zu einem jovialen Lächeln, »traurige Nachrichten, was die arme Ethel
betrifft, aber großartig für Sie, daß Sie die Alimente los sind. Spen-
dieren Sie eine Runde?«

Um zwei Uhr, kurz nachdem der nicht allzu lebhafte Mittags-
betrieb verebbt war, betraten zwei Männer die Bar. Der eine, Anfang fünfzig, mit breiten Schultern und einem rotbackigen Gesicht, sah schon von weitem wie ein Polizist aus. Sein Begleiter
war ein schlanker Lateinamerikaner Ende zwanzig. Sie wiesen
sich aus als die Inspektoren O'Brien und Gomez vom 20. Polizeirevier.

»Mr. Lambston«, fragte O'Brien ganz ruhig, »wissen Sie, daß
Ihre frühere Frau, Ethel Lambston, im Morrison State Park gefunden wurde und daß sie das Opfer eines Mords ist?«

Seamus klammerte sich an den Rand der Bartheke. Seine Hand-
knöchel wurden weiß, er nickte nur und brachte kein Wort heraus.

»Würden Sie bitte mit uns ins Revier kommen?« sagte Inspektor O'Brien und räusperte sich. »Wir möchten Ihnen gerne ein
paar Fragen stellen.«

Sobald Seamus in sein Lokal gegangen war, hatte Ruth in Ethel
Lambstons Wohnung angerufen. Der Hörer wurde abgenommen,
aber niemand meldete sich. Schließlich sagte sie: »Ich möchte bitte
mit Ethel Lambstons Neffen, Douglas Brown, sprechen. Hier ist
Ruth Lambston.«

»Was wollen Sie?« Ruth erkannte die Stimme des Neffen.

»Ich muß Sie sehen. Ich bin gleich bei Ihnen.«

Zehn Minuten später setzte ein Taxi sie vor Ethels Haus ab.

Während sie ausstieg und den Fahrer bezahlte, blickte sie nach oben. Im dritten Stock bewegte sich ein Vorhang. Die lieben Nachbarn, die nichts verpassen wollten!

Douglas Brown hatte bereits Ausschau nach ihr gehalten. Er öffnete die Tür und trat einen Schritt zurück, um sie hereinzulassen. Die Wohnung war noch immer ungewöhnlich gut aufgeräumt, obwohl Ruth eine feine Staubschicht auf dem Tisch bemerkte. In New York mußte man täglich Staub wischen.

Erstaunt, daß sie in diesem Augenblick überhaupt an so etwas denken konnte, stand sie jetzt Douglas gegenüber. Sie bemerkte den teuren Morgenmantel und den seidenen Pyjama, der darunter hervorsah. Douglas' Augen waren verschwollen, als ob er getrunken hätte. Seine regelmäßigen Züge hätten schön sein können, wenn sie markanter gewesen wären. So erinnerten sie Ruth an Sandburgen, die Kinder am Strand bauen und die von Wind und Wasser wieder eingeebnet werden.

»Was wollen Sie?« fragte er.

»Ich will weder Ihre noch meine Zeit damit verschwenden zu sagen, ich sei betrübt über Ethels Tod. Ich will den Brief holen, den Seamus ihr geschrieben hat, und ich will, daß Sie dies an seine Stelle tun.« Sie hielt ihm einen Umschlag hin. Er war nicht zugeklebt. Douglas öffnete ihn. Er enthielt einen am 5. April datierten Alimentenscheck.

»Was versuchen Sie vorzutäuschen?«

»Ich täusche gar nichts vor. Ich mache einfach einen Tausch. Geben Sie mir den Brief zurück, den Seamus an Ethel geschrieben hat. Und merken Sie sich folgendes: Der Grund von Seamus' Kommen am letzten Mittwoch war, Ethel den Alimentenscheck zu bringen. Ethel war nicht zu Hause. Am Donnerstag kam Seamus noch einmal, weil er befürchtete, den Umschlag nicht genügend tief in ihren Briefkasten gesteckt zu haben. Er wußte, daß sie ihn verklagen würde, wenn der Scheck nicht da war.«

»Warum sollte ich darauf eingehen?«

»Weil Seamus Ethel letztes Jahr fragte, wem sie eigentlich ihr ganzes Geld hinterlassen wolle. Darum. Sie antwortete ihm, daß sie gar keine Wahl hätte, Sie seien ihr einziger Verwandter. Aber letzte Woche erzählte Ethel Seamus, daß Sie sie bestehlen und sie deshalb vorhabe, ihr Testament zu ändern.«

Ruth sah, wie Douglas kreidebleich wurde. »Sie lügen!«

»Meinen Sie?« fragte Ruth. »Ich gebe *Ihnen* eine Chance, und Sie werden Seamus eine Chance geben. Wir halten den Mund wegen Ihrer Diebstähle, und Sie halten den Mund wegen des Briefes.«

Wider Willen empfand Douglas Bewunderung für die Frau, die ihm so entschlossen entgegentrat. So wie sie dastand, die Handtasche unter den Arm geklemmt, mit ihrem Allwettermantel, praktischen Halbschuhen, der randlosen Brille, die ihre blaßblauen Augen vergrößerte, dem strengen, schmallippigen Mund, wußte er, daß sie nicht bluffte.

Er richtete den Blick gegen die Zimmerdecke. »Sie scheinen zu vergessen, daß das Klatschmaul da oben jedem, der es hören will, erzählt, Seamus und Ethel hätten am Tag, bevor Ethel nicht zu ihren Verabredungen erschien, einen Riesenkrach gehabt.«

»Ich habe mit der Frau gesprochen. Sie kann kein einziges Wort wiedergeben. Behauptet nur, sie habe laute Stimmen gehört. Seamus spricht immer sehr laut. Und Ethel kreischte, sobald sie den Mund aufmachte.«

»Sie scheinen wirklich an alles gedacht zu haben«, bemerkte Doug. »Ich hole den Brief.« Er ging ins Schlafzimmer.

Geräuschlos trat Ruth an den Schreibtisch. Neben einem Stapel von Briefen sah sie den Rand des Dolchs mit dem rotgoldenen Griff, den Seamus ihr beschrieben hatte. Im nächsten Augenblick befand er sich in ihrer Handtasche. War es nur Einbildung, daß er sich klebrig anfühlte?

Als Douglas Brown mit Seamus' Brief wieder aus dem Schlafzimmer kam, warf Ruth rasch einen Blick darauf und steckte ihn tief in das Außenfach ihrer Handtasche. Ehe sie wegging, gab sie Doug die Hand. »Es tut mir sehr leid, daß Ihre Tante tot ist, Mr. Brown«, sagte sie. »Seamus hat mich gebeten, Ihnen auch sein Beileid auszudrücken. Trotz aller Schwierigkeiten, die er und Ethel hatten, gab es doch eine Zeit, wo sie sich liebten und glücklich miteinander waren. Diese Zeit wird er in Erinnerung behalten.«

»Mit anderen Worten«, erwiderte Douglas kalt, »wenn die Polizei Fragen stellt, war dies der offizielle Grund Ihres Besuchs.«

»Sehr richtig. Der inoffizielle Grund ist, daß, wenn Sie sich an die Abmachungen halten, weder Seamus noch ich bei der Polizei auch nur das geringste darüber verlauten lassen, daß Ihre Tante Sie enterben wollte.«

Ruth kehrte nach Hause zurück und begann mit geradezu religiösem Eifer, die Wohnung zu putzen. Sie scheuerte die Wände, nahm die Vorhänge ab und legte sie zum Einweichen in die Badewanne. Der zwanzig Jahre alte Staubsauger wimmerte müde, als sie mit ihm über den abgetretenen Spannteppich fuhr.

Während sie sich so zu schaffen machte, wurde Ruth von dem Gedanken verfolgt, wie sie den Dolch loswerden konnte.

Alle sich automatisch anbietenden Orte schieden aus. Der Müllschlucker? Was, wenn die Polizei die Abfallcontainer untersuchte? Sie wollte ihn auch nicht in einen Abfallcontainer irgendwo auf der Straße werfen. Vielleicht wurde sie beobachtet, und ein Polizist holte ihn wieder heraus.

Zwischendurch rief sie Seamus an und wiederholte mit ihm, was er aussagen sollte, wenn er befragt würde.

Sie konnte es nicht länger aufschieben. Sie mußte sich entscheiden, was sie mit dem Dolch tun wollte. Sie nahm ihn aus der Handtasche, hielt ihn unter kochendheißes Wasser und rieb dann mit Messingpolitur auf ihm herum. Auch so kam er ihr immer noch klebrig vor – klebrig von Ethels Blut.

Sie empfand keinen Funken Mitleid für Ethel. Es kam einzig und allein darauf an, ihren Töchtern eine fleckenlose Zukunft zu sichern.

Voller Abscheu starrte sie auf den Dolch. Er sah jetzt nagelneu aus. So ein verrücktes indisches Ding mit rasiermesserscharfer Klinge und einem kunstvoll in Rot und Gold verzierten Griff. Wahrscheinlich sehr kostbar.

Nagelneu.

Natürlich! Es war ja so einfach, so leicht. Jetzt wußte sie genau, wo sie ihn verstecken mußte.

Um zwölf Uhr machte Ruth sich auf zu Prahm und Singh, einem indischen Kunsthandwerkgeschäft in der Sixth Avenue. Sie ging von einem Regal zum andern, blieb vor Ausstellungstischen stehen, inspizierte eingehend die Körbe voll Kleinkram. Schließlich fand sie, was sie gesucht hatte, einen großen Korb voller

Brieföffner. Die Griffe waren billige Imitationen des kunstvollen Musters auf Ethels antikem Stück. Aufs Geratewohl nahm sie einen in die Hand. Dann zog sie aus ihrer Handtasche Ethels Dolch hervor, ließ beide Stücke in den Korb fallen und wühlte noch ein bißchen darin herum, bis sie sicher war, daß die Mordwaffe ganz unten auf dem Boden lag.

»Kann ich Ihnen behilflich sein?« fragte ein Verkäufer.

Erschrocken blickte Ruth auf. »Ach ja … Ich wollte gerade … ich meine, ich würde mir gerne ein paar Untersetzer ansehen.«

»Die sind dort drüben. Ich werde sie Ihnen zeigen.«

Um ein Uhr war Ruth wieder zu Hause, goß sich eine Tasse Tee auf und wartete, daß ihr Herzklopfen nachließ.

Niemand wird ihn dort finden, tröstete sie sich selber. Niemals, niemals …

Nachdem Neeve ins Geschäft gegangen war, schenkte Myles sich noch einmal Kaffee ein und dachte über die Tatsache nach, daß Jack Campbell sie nach Rockland County begleiten wollte. Jack hatte ihm auf Anhieb sehr gut gefallen. Seit Jahren schärfte er Neeve immer wieder ein, sie dürfe sich nicht zu sehr auf die Vorstellung von Liebe auf den ersten Blick verlassen. Mein Gott, dachte er, ist es doch möglich, daß der Blitz zweimal einschlägt?

Um Viertel nach zehn machte er es sich in seinem tiefen Ledersessel bequem und sah zu, wie die Fernsehkameras Nicky Sepettis Begräbnis übertrugen. Drei mit teuren Blumenarrangements beladene Wagen fuhren vor dem Sarg her zur Kirche. In einer Flotte von gemieteten Limousinen folgten die Trauernden und jene, die vorgaben zu trauern. Myles wußte, daß der FBI und die Staatsanwaltschaft und auch die Polizei ihre Leute geschickt hatten, die sich die Nummern der Privatwagen notierten und die Gesichter der Leute fotografierten, die in die Kirche strömten.

Nickys Witwe wurde von einem stämmigen, etwa vierzigjährigen Mann und einer etwas jüngeren Frau begleitet, die in ein schwarzes Cape mit Kapuze gehüllt war, die ihr Gesicht fast verdeckte. Alle drei trugen dunkle Brillen. Der Sohn und die Tochter wollten nicht erkannt werden, schloß Myles. Er wußte, daß beide sich von Nickys Partnern ferngehalten hatten. Kluge Kinder.

Die Übertragung wurde aus dem Inneren der Kirche fortgesetzt. Myles dämpfte den Ton und ging zum Telefon, wobei er nach wie vor den Bildschirm im Auge behielt. Herb war in seinem Büro.

»Hast du die *News* und die *Post* gelesen?« fragte Herb. »Die spielen den Mord an Ethel Lambston wirklich hoch.«

»Ich hab's gesehen.«

»Unsere Ermittlungen konzentrieren sich immer noch auf den Ex-Mann. Mal sehen, was bei der Haussuchung zum Vorschein kommt. Die Auseinandersetzung, die die Nachbarin am letzten Donnerstag mit anhörte, könnte damit geendet haben, daß er sie erdolchte. Andererseits kann er ihr so viel Angst eingejagt haben, daß sie sich entschloß, die Stadt zu verlassen, und daß er ihr gefolgt ist. Myles, von dir habe ich gelernt, daß jeder Mörder eine Visitenkarte hinterläßt. Die werden wir auch in diesem Fall finden.«

Sie machten ab, daß Neeve die Beamten der Mordkommission vom 20. Polizeirevier am Sonntag nachmittag in Ethels Wohnung treffen sollte. »Ruf mich an, wenn ihr in Rockland County irgend etwas erfahrt, das von Interesse sein könnte«, bat Herb. »Der Bürgermeister möchte verkünden, daß der Fall gelöst ist.«

»Sonst noch was?« bemerkte Myles lakonisch. »Ich sag dir Bescheid.«

Er stellte den Ton des Fernsehers wieder auf normale Lautstärke und sah zu, wie der Priester die sterblichen Überreste von Nicky Sepetti segnete. Dann wurde der Sarg aus der Kirche getragen, während der Chor »Fürchte dich nicht« sang. Myles hörte auf die Worte. »Fürchte dich nicht, denn ich werde immer bei dir sein.« *Du* bist bei mir gewesen, Tag und Nacht, siebzehn Jahre lang, du Hund! dachte er. Vielleicht werde ich, wenn du unter der Erde bist, endlich von dir befreit sein.

Nickys Witwe erschien auf der Kirchentreppe. Sie wandte sich plötzlich um und ging auf den nächsten Fernsehkommentator zu. Während ihr Gesicht auf dem Bildschirm erschien, ein müdes, resigniertes Gesicht, begann sie zu sprechen. »Ich möchte eine Erklärung abgeben. Eine Menge Leute waren nicht einverstanden mit den Geschäften meines Mannes – möge seine Seele in Frieden ruhen. Für diese Geschäfte wurde er ins Gefängnis geschickt. Man hat ihn aber viele weitere Jahre im Gefängnis behalten wegen eines Verbrechens, das er *nicht* begangen hatte. Auf dem Totenbett hat Nicky mir geschworen, daß er nichts zu tun hatte mit der Ermordung von Commissioner Kearneys Ehefrau. Denken Sie von ihm, was Sie wollen, aber halten Sie ihn nicht für den Verantwortlichen an jenem Tod.«

Ein Hagel von Fragen, die unbeantwortet blieben, folgte ihr, als sie zu ihren Kindern zurückging und sich neben sie stellte. Myles schaltete den Fernseher aus. Ein Lügner bis an sein Ende, dachte er. Doch während er sich eine Krawatte umband und mit geschickten, raschen Bewegungen knotete, merkte er, daß der Keim des Zweifels in seinem Kopf gelegt worden war.

Nachdem er erfahren hatte, daß Ethel Lambstons Leiche gefunden worden war, stürzte Gordon Steuber sich in fieberhafte Aktivität. Er ordnete die Räumung seines letzten illegalen Ateliers in Long Island City an und ließ die Schwarzarbeiter vor den Folgen warnen, wenn sie der Polizei etwas sagten. Dann telefonierte er mit Korea, um eine erwartete Lieferung aus einer seiner dortigen Fabriken abzubestellen. Als er erfuhr, daß die Ware bereits auf dem Flugplatz verladen wurde, warf er mit einer wütenden Geste das Telefon an die Wand. Dann zwang er sich zu vernünftigen Überlegungen und versuchte, das Ausmaß des Schadens abzuschätzen. Welche Beweise hatte Ethel Lambston wirklich gehabt, und wieviel war nur Bluff gewesen? Wie konnte er sich, wenn der Artikel erschien, am besten aus der Affäre ziehen?

Obwohl es Samstag war, saß May Evans, seine langjährige Sekretärin, im Büro, um einige Akten aufzuarbeiten. May war mit einem Trinker verheiratet und hatte einen halbwüchsigen Jungen, der laufend in Schwierigkeiten geriet. Mindestens ein halbes Dutzend Mal hatte Steuber Schadenersatz bezahlt und ihn vor einer Anzeige bewahrt. Auf Mays Verschwiegenheit konnte er zählen. Er bat sie in sein Büro.

Steuber hatte sich wieder beruhigt und betrachtete May eingehend, ihre trockene, bereits ganz faltige Haut, die ängstlichen, niedergeschlagenen Augen, ihr hastiges, geflissentliches Gebaren. »May«, begann er. »Sie haben vermutlich von Ethel Lambstons tragischem Tod gehört.«

May nickte.

»May, ist Ethel vor ungefähr zehn Tagen an einem Abend hiergewesen?«

May blickte ihn unsicher an. »An einem Abend bin ich ein bißchen länger hiergeblieben. Außer Ihnen war niemand mehr da. Ich glaube, daß ich Ethel hereinkommen sah und daß Sie sie vor die Tür setzten. Irre ich mich?«

Gordon lächelte. »Ethel ist nicht hiergewesen, May.«

Sie nickte. »Ich verstehe. Haben Sie letzte Woche ihren Anruf entgegengenommen? Ich glaube, daß ich ihn durchgestellt habe. Sie wurden sehr wütend und hängten auf.«

»Ich habe den Anruf nie entgegengenommen.« Gordon ergriff Mays blaugeäderte Hand und drückte sie leicht. »Meiner Erinnerung nach habe ich mich geweigert, mit ihr zu sprechen oder sie zu empfangen, und ich habe keine Ahnung, was sie in ihrem demnächst erscheinenden Artikel über mich geschrieben haben könnte.«

May entzog ihm ihre Hand und trat vom Schreibtisch zurück. Ihr glanzloses braunes Haar ringelte sich um ihr Gesicht. »Ich verstehe, Mr. Steuber«, sagte sie ganz ruhig.

»Gut. Bitte schließen Sie die Tür ab, wenn Sie gehen.«

Genau wie Myles sah auch Anthony della Salva sich Nicky Sepettis Begräbnis im Fernsehen an. Sal lebte in einer Wohnung mit Terrasse im obersten Stockwerk des »Trump Park«, dem luxuriösen Wohngebäude, das von Donald Trump für sehr reiche Leute renoviert worden war. Die Wohnung, die vom neusten arrivierten Innenarchitekten nach Motiven des Südsee-Looks eingerichtet war, hatte eine atemberaubende Aussicht auf den Central Park. Seit der Scheidung von seiner letzten Frau hatte Sal beschlossen, in Manhattan zu bleiben. Er wollte keine abgelegenen Villen mehr in Westchester oder Connecticut oder Long Island bewohnen. Er liebte es, zu jeder Nachtstunde ausgehen zu können und ein Restaurant zu finden, das noch offen hatte. Er liebte Theaterpremieren und elegante Partys und genoß es, von Leuten erkannt zu werden, die eine Rolle spielten.

»Überlassen wir die Provinz den Hinterwäldlern«, war sein Wahlspruch.

Sal trug eine seiner neusten Kreationen, Hosen und Lumber aus feinstem Ziegenleder. Dunkelgrüne Manschetten und ein dunkelgrüner Kragen betonten die sportliche Note. Die Modekritiker hatten seine beiden letzten großen Kollektionen nicht gerade freundlich beurteilt, seine männliche Linie jedoch mit gewissen Vorbehalten gelobt. Die wirklichen Stars der Branche blieben natürlich die Couturiers, die die weibliche Mode revolutionierten. Doch was auch immer über Sals Kollektionen gesagt oder nicht gesagt wurde, er galt nach wie vor als einer der bahnbrechenden Modeschöpfer des 20. Jahrhunderts.

Sal dachte an den Tag vor zwei Monaten, als Ethel Lambston zu ihm ins Büro gekommen war. Der nervös plappernde Mund, die Angewohnheit, immer hastig zu sprechen. Sie hatte auf die Wand mit dem Südsee-Look-Motiv gedeutet und »Das ist genial!« gesagt.

»Selbst eine schnüffelnde Journalistin wie Sie erkennt die Wahrheit, Ethel«, hatte er erwidert, worauf sie beide lachen mußten.

»Kommen Sie schon«, hatte sie ihm zugesetzt, »seien Sie aufrichtig und vergessen Sie den ganzen Quatsch von wegen Villa in Rom. Was ihr Herrschaften immer noch nicht kapiert habt: Der ganze falsche Schein von Adel beeindruckt nicht mehr. Wir leben in der Welt des Burger King. Heute muß man aus einfachen Verhältnissen stammen. Ich tue Ihnen geradezu einen Gefallen, wenn ich die Leute wissen lasse, daß Sie in der Bronx aufgewachsen sind.«

»Es gibt eine Menge Leute in meiner Umgebung, die mehr zu verstecken haben als eine bescheidene Herkunft, Ethel. Ich schäme mich gar nicht.«

Sal sah zu, wie der Sarg mit Nicky Sepetti die Kirchentreppe hinuntergetragen wurde. Das reicht, dachte er und wollte gerade den Apparat ausschalten, als Sepettis Witwe das Mikrophon ergriff und verkündete, ihr Mann habe nichts mit der Ermordung von Renata zu tun gehabt.

Eine Weile blieb Sal mit gefalteten Händen sitzen. Er war sicher, daß auch Myles sich die Übertragung ansah. Er wußte, wie Myles zumute sein mußte, und beschloß, ihn anzurufen. Zu seiner Erleichterung sprach Myles ganz gefaßt mit ihm. Ja, er hatte das Intermezzo auch gesehen, sagte er.

»Meiner Meinung nach hoffte Sepetti, daß seine Kinder ihm

glauben«, bemerkte Sal. »Sie sind beide gut verheiratet und möchten sicher nicht, daß die Enkelkinder erfahren, daß ihr Großvater in den Akten der Polizei registriert ist.«

»Das ist die nächstliegende Erklärung«, antwortete Myles. »Mein Gefühl sagt mir allerdings, daß ein Geständnis auf dem Totenbett, um seine Seele zu retten, eher Nickys Stil entsprach.« Er brach ab. »Ich muß jetzt gehen. Neeve wird gleich da sein. Sie hat die unangenehme Aufgabe, festzustellen, ob die Kleider, die Ethel trug, aus ihrem Geschäft stammen.«

»Ich hoffe für sie, daß es nicht der Fall ist«, sagte Sal. »Sie hat diese Art von Publizität nicht nötig. Sag Neeve, sie soll vorsichtig sein, sonst sagen die Leute, sie möchten in ihren Kleidern nicht begraben sein. Mehr ist nicht nötig, um den Ruf von ›Neeve's Boutique‹ zu ruinieren.«

Um drei Uhr stand Jack Campbell vor der Wohnungstür der Kearneys. Neeve hatte sich, nachdem sie aus dem Geschäft nach Hause gekommen war, umgezogen und trug einen rot-schwarz karierten hüftlangen Rippenpullover und lange Hosen. Den Harlekin-Eindruck unterstrichen die Ohrgehänge, die sie selber für dieses Ensemble entworfen hatte: Masken der Komödie und der Tragödie aus Onyx und Granaten.

»Ihre Hoheit, die Schachkönigin«, bemerkte Myles trocken, als er Jack die Hand schüttelte.

Neeve zuckte die Achseln. »Ich kann dir nur sagen, Myles, daß mir das, was wir jetzt zu tun haben, nicht besonders angenehm ist. Aber Ethel, die so viel Freude an der Mode fand, hätte dieses neue Modell gefallen.«

Die letzten Strahlen der verschwindenden Sonne gaben Myles' Arbeitszimmer eine freundliche Wärme. Die Wettervorhersage erwies sich als richtig. Wolken zogen über dem Hudson River auf. Jack betrachtete wohlgefällig einige Dinge, die ihm am Vorabend entgangen waren. Das hübsche kleine Ölbild der toskanischen Hügel, das links neben dem Kamin hing. Die gerahmte sepiafarbene Fotografie eines kleinen Kindes auf den Armen einer dunkelhaarigen jungen Frau von beeindruckender Schönheit. Was mochte es heißen, die Frau, die man liebte, durch einen Mörder zu verlieren? Der Schmerz mußte unerträglich sein.

Er bemerkte, daß Neeve und ihr Vater sich mit demselben trotzigen Gesicht anstarrten. Die Ähnlichkeit war so groß, daß er am liebsten gelächelt hätte. Er spürte jedoch, daß das Thema Mode offenbar ein ständiger Anlaß für kleine Auseinandersetzungen zwischen ihnen war, in die er lieber nicht hineingezogen werden wollte. Er ging zum Fenster, wo ein sichtlich beschädigtes Buch zum Trocknen in der Sonne lag.

Myles hatte frischen Kaffee gemacht und goß ihn in schöne Porzellanbecher von Tiffany. »Eins kannst du mir glauben, Neeve«, sagte er, »deine Freundin Ethel braucht künftig keine Unsummen mehr für extravagante Kleider auszugeben. Sie liegt jetzt im Evaskostüm auf einem Tisch im Leichenschauhaus mit einer Identitätsetikette am großen Zeh.«

»Hat Mutter auch so geendet?« entfuhr es Neeve mit leiser, wütender Stimme. Dann hielt sie erschrocken inne, rannte zu ihrem Vater und legte ihm beide Hände auf die Schultern. »Oh, Myles, verzeih! Das war gemein von mir, so etwas zu sagen.«

Myles stand unbeweglich wie eine Statue mit der Kaffeekanne in der Hand. Eine Ewigkeit von zwanzig Sekunden verstrich. »Ja«, sagte er dann, »genau so hat auch deine Mutter geendet. Und es war gemein von uns beiden, so etwas zu sagen.«

Er wandte sich an Jack. »Entschuldigen Sie den Familienstreit. Zu ihrem Glück oder Unglück hat meine Tochter ein italienisches Temperament gepaart mit irischer Empfindlichkeit geerbt. Ich für mein Teil habe nie begriffen, daß Frauen so viel Theater um Kleider machen können. Meine eigene Mutter trug während der Woche Kittelschürzen und hatte ein bedrucktes Kleid mit Blumenmuster für die Messe am Sonntag und für die Festessen des Polizeiklubs. Über dieses Thema habe ich mit Neeve, genau wie früher mit ihrer Mutter, interessante Diskussionen.«

»Das habe ich gemerkt.« Jack nahm sich einen Becher von dem Tablett, das Myles ihm hinhielt. »Ich bin froh, daß auch noch andere Leute zuviel Kaffee trinken.«

»Ein Whisky oder ein Glas Wein wären wahrscheinlich willkommener«, sagte Myles, »aber das sparen wir uns für später. Ich habe noch eine ausgezeichnete Flasche Burgunder, die uns zur gegebenen Stunde wieder erwärmen wird, was immer mein Arzt auch dazu sagen mag.« Er ging zum Weingestell, das sich im unteren Teil des Bücherschranks befand, und zog eine Flasche heraus.

»Früher konnte ich den einen Wein nicht vom anderen unterscheiden«, erzählte er Jack. »Der Vater meiner Frau hatte einen wirklich erlesenen Weinkeller, so daß Renata im Haus eines Kenners aufwuchs. Von ihr hab ich gelernt, was ein guter Wein ist. Sie hat mir auch noch viele andere Dinge beigebracht, von denen ich nichts wußte.« Er deutete auf das Buch auf der Fensterbank. »Das gehörte ihr. Es ist vorgestern abend naß geworden. Könnte man es irgendwie restaurieren?« .

Jack nahm das Buch in die Hand. »Wie schade«, sagte er. »Diese Zeichnungen müssen reizend gewesen sein. Haben Sie ein Vergrößerungsglas?«

»Irgendwo ja.«

Neeve suchte auf Myles' Schreibtisch und brachte eine Lupe. Sie sahen beide zu, wie Jack die fleckigen, welligen Buchseiten eingehend betrachtete. »Die Zeichnungen sind nicht wirklich verwischt worden«, sagte er. »Wissen Sie was? Ich erkundige mich einmal bei meinen Angestellten, ob jemand mir einen guten Restaurator nennen kann.« Er gab Myles das Vergrößerungsglas zurück. »Übrigens halte ich es nicht für gut, daß die Sonne draufscheint.«

Myles nahm das Buch und die Lupe und legte beides auf seinen Schreibtisch. »Ich bin für alles dankbar, was Sie tun können. Und jetzt sollten wir uns auf den Weg machen.«

Sie setzten sich zu dritt auf die vorderen Sitze von Myles' sechs Jahre altem Lincoln. Myles chauffierte. Jack Campbell legte seinen Arm ungezwungen auf die Rücklehne. Neeve versuchte, nicht darauf zu achten, sich nicht an ihn zu lehnen, als der Wagen von der Schnellstraße in die Auffahrtsrampe zur George-Washington-Brücke abbog.

Jack berührte ihre Schulter. »Entspannen!« sagte er. »Ich beiße nicht.«

Das Büro des Bezirksanwalts von Rockland County war typisch für die Büros von Bezirksanwälten im ganzen Land. Vollgestopft. Altmodische, unbequeme Möbel. Akten, die sich auf Tischen und Schränken türmten. Überheizte Räume, außer wenn ein Fenster offenstand und ein eiskalter, unangenehmer Durchzug herrschte.

Zwei Inspektoren der Mordkommission warteten bereits auf sie. Neeve merkte, daß eine Veränderung mit Myles vorging, kaum daß er das Gebäude betreten hatte. Sein Kinn wurde markanter, sein Gang aufrechter. Seine Augen bekamen einen stahlblauen Glanz. »Er ist in seinem Element«, flüsterte sie Jack Campbell zu. »Ich weiß gar nicht, wie er das Untätigsein im letzten Jahr ausgehalten hat.«

»Der Bezirksanwalt bittet Sie zu sich ins Büro, Sir.« Die Inspektoren wußten offensichtlich, daß sie den Mann vor sich hatten, der der angesehene Chef der Polizei der Stadt New York gewesen war und ihr am längsten vorgestanden hatte.

Der Bezirksanwalt, Myra Bradley, war eine anziehende junge Frau, die kaum mehr als sechs- oder siebenunddreißig Jahre alt sein konnte. Neeve genoß das Erstaunen auf Myles' Gesicht. Du bist wirklich ein männlicher Chauvinist, dachte sie. Du mußt doch gewußt haben, daß Myra Bradley letztes Jahr ernannt wurde, aber du hast es lieber verdrängt.

Neeve und Jack wurden vorgestellt. Myra Bradley bedeutete ihnen mit einer Geste, sich zu setzen, und kam gleich zur Sache. »Es geht hier um die Frage der örtlichen Zuständigkeit. Wir wissen, daß die Leiche transportiert worden ist, aber wir wissen nicht, von wo. Die Frau kann im Park nur fünf Schritte von der Stelle, an der sie gefunden wurde, ermordet worden sein. In diesem Fall sind wir zuständig.«

Die Bezirksanwältin zeigte auf den Aktenordner auf ihrem Schreibtisch. »Laut dem Befund des Gerichtsmediziners wurde der Tod durch einen heftigen Schnitt mit einem scharfen Gegenstand verursacht, der die Halsschlagader durchtrennte und die Luftröhre aufschlitzte. Möglicherweise hat sie sich gewehrt. Ihr Unterkiefer war schwarz und blau unterlaufen, und sie hatte einen Schnitt am Kinn. Im übrigen ist es ein Wunder, daß sie nicht schon von Tieren gefunden wurde. Wahrscheinlich deshalb nicht, weil sie fast vollständig mit Steinen bedeckt war. Sie sollte ja nicht gefunden werden. Sie an diesem Ort zu verstecken, setzte sehr sorgfältiges Planen voraus.«

»Das heißt, Sie suchen nach jemand, der die Gegend gut kennt«, sagte Myles.

»Ja. Es ist unmöglich, die genaue Todeszeit festzustellen, aber nach Aussage ihres Neffen ist sie am Freitag der letzten Woche nicht zu der Verabredung mit ihm erschienen. Die Leiche war ziemlich gut erhalten, und wenn wir uns die Wetterbedingungen ansehen, stellen wir fest, daß der Kälteeinbruch vor neun Tagen, am Donnerstag, erfolgte. Wenn Ethel Lambston also am Donnerstag oder Freitag gestorben ist und kurz darauf begraben wurde, würde dies erklären, warum noch keine Verwesung eingetreten ist.«

Neeve saß rechts vom Schreibtisch der Distriktanwältin, Jack neben ihr. Sie erschauerte plötzlich, und er legte seinen Arm auf ihre Stuhllehne. *Wenn ich mich doch nur an ihren Geburtstag erinnert hätte!* Sie versuchte, den Gedanken zu verdrängen und sich auf das zu konzentrieren, was Myra Bradley sagte.

»... leicht sein können, daß man Ethel Lambston monatelang nicht gefunden hätte, so lange, daß eine Identifizierung äußerst schwierig geworden wäre. Sie sollte auch nicht identifiziert werden können. Sie trug keinen Schmuck, und es wurde weder eine Handtasche noch eine Brieftasche in ihrer Nähe gefunden.« Sie wandte sich an Neeve. »Ist in den Kleidern, die Sie verkaufen, immer eine Etikette eingenäht?«

»Selbstverständlich.«

»Aus den Kleidern von Mrs. Lambston waren sämtliche Etiketten entfernt worden.« Die Bezirksanwältin stand auf. »Würden Sie so freundlich sein, Miss Kearney, und sich die Kleider jetzt ansehen?«

Sie gingen ins Nebenzimmer. Einer der Inspektoren brachte zwei Plastiksäcke mit zerknitterten, schmutzigen Kleidungsstücken herein. Neeve sah zu, wie er die Säcke ausleerte. Der eine enthielt Unterwäsche, einen Büstenhalter und den dazugehörigen Slip, beide mit Spitzen gesäumt, der Büstenhalter blutbespritzt, ferner eine Strumpfhose mit einer breiten Laufmasche auf der Vorderseite des rechten Beins. Die blauen weichen Lederpumps waren von einem Gummiband zusammengehalten. Neeve mußte an die Schuhregale in Ethels ausgeklügeltem Kleiderschrank denken, auf die sie so stolz gewesen war.

Im zweiten Sack befand sich ein dreiteiliges Kostüm: eine Jacke aus weißem Wollstoff mit blauen Ärmelaufschlägen und blauem Kragen, ein weißer wollener Rock und eine blau-weiß gestreifte

Hemdbluse. Alle drei Stücke waren blutgetränkt und voll Schmutz. Neeve spürte Myles' Hand auf ihrer Schulter. Sie nahm sich zusammen und besah die Kleider. Irgend etwas daran stimmte nicht, irgend etwas, das über das schreckliche Ende hinausging, das diesen Kleidern und der Frau, die sie getragen hatte, widerfahren war.

Sie hörte die Bezirksanwältin fragen: »Gehören diese Stücke zu den Sachen, die in Ethel Lambstons Kleiderschrank fehlen?«

»Ja.«

»Haben Sie ihr das Ensemble verkauft?«

»Ja, kurz vor Weihnachten.« Neeve blickte Myles an. »Sie trug es bei unserer Einladung, weißt du noch?«

»Nein.«

Neeve sprach langsam. Es kam ihr vor, als hätte die Zeit sich verflüchtigt. Sie war wieder in ihrer Wohnung mit dem für die traditionelle Weihnachtsparty aufgebauten kalten Buffet. Ethel hatte besonders hübsch ausgesehen. Das weiß-blaue Kostüm hatte Chic und stand ihr gut zu den dunkelblauen Augen und dem platinblonden Haar. Mehrere Leute machten ihr Komplimente. Aber dann hatte Ethel Myles mit Beschlag belegt und pausenlos auf ihn eingeredet, und er verbrachte den Rest des Abends mit vergeblichen Versuchen, ihr zu entgehen …

Irgend etwas stimmte nicht in ihrer Erinnerung. Aber was? »Sie kaufte das Kostüm mit ein paar anderen Kleidern Anfang Dezember. Es ist ein Originalmodell von Gordon Steuber.« Was war es bloß, das ihr nicht einfallen wollte? Sie kam einfach nicht darauf. »Hatte sie einen Mantel an?«

»Nein.« Die Bezirksanwältin gab den Beamten ein Zeichen mit dem Kopf, und sie begannen, die Kleider zusammenzulegen und wieder in die Plastiksäcke zu tun. »Commissioner Schwartz sagte mir, Sie hätten angefangen, sich wegen Ethel Sorgen zu machen, als Sie entdeckten, daß alle warmen Mäntel in ihrem Kleiderschrank hingen. Wäre es nicht denkbar gewesen, daß sie sich bei jemand anders als bei Ihnen einen Mantel gekauft hatte?«

Neeve stand auf. Der Raum schien schwach nach einem Desinfektionsmittel zu riechen. Sie wollte sich nicht lächerlich machen, indem sie betonte, daß Ethel einfach nirgendwo anders als bei ihr kaufte. »Ich mache gern ein Inventar von Ethels Kleiderschrank«, sagte sie. »Ich habe sämtliche Quittungen ihrer Käufe in einem Ordner und kann Ihnen genau angeben, was fehlt.«

»Ich möchte eine möglichst vollständige Aufstellung haben. Hat sie für gewöhnlich Schmuck zu diesem Ensemble getragen?«

»Ja, eine goldene mit Brillanten besetzte Nadel, dazu passende Ohrringe und ein breites Goldarmband. Sie trug auch immer mehrere Brillantringe.«

»Sie hatte keinen Schmuck an. Wir könnten es also einfach mit einem Raubmord zu tun haben.«

Jack nahm Neeves Arm, als sie das Zimmer verließen. »Ist alles in Ordnung?«

Neeve schüttelte den Kopf. »Irgend etwas ist mir entgangen.« Einer der Inspektoren hatte sie gehört. Er gab ihr seine Karte. »Sie können mich jederzeit anrufen.«

Sie begaben sich zum Ausgang des Gerichtsgebäudes. Myles ging voraus und unterhielt sich mit Myra Bradley; seine silbergraue Mähne überragte ihren dunkelbraunen Bubikopf um Haupteslänge. Letztes Jahr hatte sein Kaschmirmantel ihm viel zu weit von den Schultern gehangen. Nach der Operation war er bleich und mager gewesen. Jetzt füllten seine Schultern den Mantel aus. Sein Gang war energisch und sicher. Er fühlte sich sichtlich wohl. Polizeiarbeit war das, was seinem Leben einen Sinn gab. Neeve betete im stillen, daß wegen der Stelle in Washington nichts dazwischenkam.

Solange er arbeiten kann, wird er hundert Jahre alt, dachte sie. Es gab eine verrückte Redensart: Willst du ein Jahr lang glücklich sein, dann gewinne in der Lotterie. Willst du dein Leben lang glücklich sein, dann liebe das, was du machst. Die Liebe zu seiner Arbeit hatte Myles geholfen, nach dem Tod von Renata weiterzumachen.

Die Inspektoren waren, als die anderen gingen, zurückgeblieben, um Ethels Sachen wieder wegzutragen. Kleider, von denen Neeve wußte, daß sie eines Tages bei einem Prozeß wieder vorgezeigt würden. Die Ethel zuletzt getragen hatte ...

Myles hatte recht. Es war dumm von ihr gewesen, in so einer Harlekinaufmachung mit den leise klingelnden Ohrgehängen an diesen düsteren Ort zu kommen. Neeve war froh, daß sie ihr schwarzes Cape, unter dem sich das auffallende Ensemble verbarg, nicht ausgezogen hatte. Eine Frau war tot. Keine einfache und keine beliebte, aber eine hochintelligente Frau, die sich durchzusetzen wußte; die gerne gut aussehen wollte, aber weder die Zeit noch den richtigen Instinkt hatte, um sich in der Modewelt zurechtzufinden.

Mode. Das war es. Irgend etwas war mit dem Ensemble, das Ethel trug, nicht in Ordnung …

Ein Frösteln ging durch Neeves Körper. Jack Campbell mußte es gespürt haben. Er nahm plötzlich ihren Arm. »Sie haben sich ihr sehr verbunden gefühlt, nicht wahr?«

»Mehr, als ich dachte.«

Ihre Schritte hallten in dem langen Korridor wider. Der Marmorboden war alt und abgetreten und voller Risse, wie Adern unter der Haut.

Ethels Schlagader. Ihr Hals war dünn, aber faltenlos gewesen. Bei vielen Frauen stellten sich, wenn sie auf die sechzig zugingen, die verräterischen Zeichen des Alters ein. »Es beginnt beim Hals«, pflegte Renata zu sagen, wenn ein Kleiderfabrikant sie überreden wollte, tief ausgeschnittene Modelle für reife Frauen zu bestellen.

Sie kamen zur Tür des Gerichtsgebäudes. Die Bezirksanwältin und Myles einigten sich, daß Manhattan und Rockland County bei den Ermittlungen eng zusammenarbeiten wollten. »Eigentlich habe ich ja nichts zu sagen«, bemerkte Myles. »Nur vergesse ich manchmal, daß ich nicht derjenige bin, der die Hebel betätigt.«

Neeve wußte, worum sie noch bitten mußte, und hoffte inständig, daß es nicht lächerlich wirkte. »Ich frage mich …« Die Bezirksanwältin, Myles und Jack warteten. Sie setzte noch einmal an. »Ich frage mich, ob es möglich wäre, mit der Frau zu sprechen, die Ethels Leiche gefunden hat. Ich weiß nicht warum, aber ich habe das Gefühl, daß ich mit ihr reden sollte.« Sie spürte einen Kloß im Hals und schluckte leer, während die anderen sie anblickten.

»Mrs. Conway hat eine vollständige Aussage gemacht«, erwiderte Myra Bradley langsam. »Sie können sie sich ansehen, wenn Sie möchten.«

»Ich würde lieber mit ihr sprechen.« Laßt sie bloß nicht nach dem Grund fragen, dachte Neeve verzweifelt. »Ich muß es einfach.«

»Dank meiner Tochter konnte Ethel Lambston identifiziert werden«, sagte Myles. »Wenn sie mit der Zeugin sprechen möchte, sollte man es ihr meiner Meinung nach erlauben.«

Er hatte die Tür bereits geöffnet, und Myra Bradley zitterte im kalten Aprilwind. »Man könnte glauben, wir seien noch im März«, sagte sie. »Hören Sie, ich habe absolut nichts einzuwenden. Wir haben zwar den Eindruck, daß Mrs. Conway uns alles gesagt hat, was sie weiß, aber vielleicht kommt noch etwas zum Vorschein. Einen Augenblick, bitte. Ich werde anrufen, um zu sehen, ob sie zu Hause ist.«

Kurz darauf kam sie zurück. »Mrs. Conway ist da und gerne bereit, mit Ihnen zu sprechen. Hier ist die Adresse und eine Beschreibung, wie Sie hinfinden.« Sie tauschte mit Myles ein Lächeln, das Lächeln zweier professioneller Polizeibeamten. »Sollte sie sich erinnern, den Kerl gesehen zu haben, der Ethel Lambston umgebracht hat, rufen Sie uns rasch an, nicht wahr?«

Kitty Conway hatte im Bibliothekszimmer das Kaminfeuer angezündet, ein flackerndes Feuer mit blauen Flammenspitzen, die von den glühenden Holzscheiten emporloderten. »Sagen Sie mir, wenn es Ihnen zu warm ist«, entschuldigte sie sich. »Aber ich friere seit dem Augenblick, als ich die Hand der armen Frau berührt habe.« Verlegen schwieg sie, doch die drei auf sie gerichteten Augenpaare schienen voller Verständnis zu sein.

Sie waren ihr sympathisch. Neeve Kearney. Nicht einfach schön, sondern interessant. Ein faszinierendes Gesicht mit vorstehenden Backenknochen und einem weißen Teint, der ihre intensiv blickenden braunen Augen zur Geltung brachte. Aber ihre Züge wirkten abgespannt; die Pupillen waren riesengroß. Ganz offensichtlich war der jüngere Mann, Jack Campbell, besorgt um sie. Als er ihr das Cape abnahm, sagte er: »Neeve, Sie zittern noch immer.«

Kitty verspürte plötzlich Sehnsucht. Ihr Sohn war derselbe Typ wie Jack Campbell; etwas größer als einen Meter achtzig, breitschultrig, schlank, mit einem energischen, intelligenten Gesicht. Sie bedauerte, daß Mike junior am andern Ende der Welt lebte.

Myles Kearney. Als der Anruf der Bezirksanwältin kam, hatte Kitty sofort gewußt, um wen es sich handelte. Jahrelang war sein

Name immer wieder in den Medien erwähnt worden. Einige Male hatte sie ihn auch gesehen, als sie hin und wieder mit Mike zum Essen in »Neary's Pub« in der 57. Straße gegangen war. Sie hatte von seinem Herzinfarkt und seiner Pensionierung gelesen, aber er schien sich ganz erholt zu haben. Ein gutaussehender Ire.

Kitty war froh, daß sie statt der Jeans und des alten, viel zu weiten Pullovers eine seidene Bluse und Slacks angezogen hatte. Da ihre Besucher die angebotenen Drinks ablehnten, bestand Kitty darauf, Tee zu machen. »Sie brauchen etwas, um sich aufzuwärmen«, sagte sie zu Neeve und verschwand im Korridor, der zur Küche führte.

Myles hatte sich in einen Ohrenfauteuil mit rot-orangebraun gestreiftem Bezug gesetzt. Neeve und Jack saßen nebeneinander auf Sesseln, die im Halbrund vor dem Kamin standen. Myles warf einen wohlgefälligen Blick auf die Einrichtung. Gemütlich. Es gab nicht viele Leute, die so gescheit waren, Sofas und Sessel zu kaufen, in denen ein großgewachsener Mann bequem seinen Kopf zurücklehnen konnte. Er stand auf, um sich die gerahmten Familienfotos zu betrachten. Die übliche Lebensgeschichte. Das junge Paar. Kitty Conway hatte sich im Lauf der Jahre nicht viel verändert. Sie und ihr Mann mit ihrem kleinen Sohn. Eine Zusammenstellung von Bildern des Jungen in verschiedenen Altersstufen. Zuletzt ein Bild mit ihrem Sohn und seiner japanischen Frau und deren Töchterchen. Myra Bradley hatte ihm gesagt, daß die Frau, die Ethels Leiche entdeckt hatte, verwitwet war.

Myles hörte Kittys Schritte im Flur. Rasch wandte er sich den Bücherregalen zu. Eine Reihe fiel ihm besonders auf, eine Sammlung offenbar vielgelesener Bücher über Anthropologie. Er besah sie sich näher.

Kitty stellte das Silbertablett auf den runden Tisch beim Kamin, schenkte Tee ein und bot Gebäck an. »Ich habe heute morgen für reichlich Aufregung gesorgt, nehme ich an. Kein Wunder, nach dem, was ich gestern erlebt habe«, sagte sie und ging hinüber zu Myles.

»Wer ist denn hier der Anthropologe?« fragte er.

Sie lächelte. »Eine reine Liebhaberei von mir. Es packte mich auf der Universität, als der Professor sagte, um die Zukunft zu verstehen, müsse man die Vergangenheit studieren.«

»Genau das habe ich meinen Inspektoren auch immer einge-schärft«, erwiderte Myles.

»Er dreht seinen Charme an«, flüsterte Neeve Jack zu. »Ein ganz ungewohnter Anblick.«

Während sie Tee tranken, erzählte Kitty, wie ihr Pferd den Hang hinuntergaloppiert war, das Stück Plastik ihr ins Gesicht flog und sie den flüchtigen Eindruck von einer Hand in einem blauen Ärmel hatte. Sie erklärte, daß der aus dem Wäschekorb heraushängende Ärmel ihres Trainingsanzugs sie plötzlich dazu bewog, noch einmal in den Park zurückzukehren und genau nachzusehen.

Die ganze Zeit hörte Neeve ihr aufmerksam zu, den Kopf zur Seite geneigt, um kein einziges Wort zu verpassen. Sie wurde noch immer von dem Gedanken verfolgt, daß irgend etwas ihr entging, etwas, das in ihrer Reichweite lag und nur festgehalten werden mußte. Plötzlich wußte sie es.

»Mrs. Conway, bitte beschreiben Sie mir genau, was Sie sahen, als Sie die Leiche fanden.«

»Neeve?« Myles schüttelte den Kopf. Er wollte seine Fragen sorgfältig aufbauen und nicht unterbrochen werden.

»Entschuldige, Myles, aber es ist schrecklich wichtig. *Beschrei-ben Sie mir Ethels Hand. Beschreiben Sie, was Sie sahen.*«

Kitty schloß die Augen. »Sie sah aus wie die Hand einer Schau-fensterpuppe. Sie war ganz weiß, und die Fingernägel schienen grellrot. Die Manschette des Jackenärmels war blau und reichte bis zum Handgelenk; ein Stückchen schwarzes Plastik haftete dar-an. Die Bluse war blau und weiß, sah aber kaum unter der Man-schette hervor. Sie war ziemlich zerknittert. Es scheint verrückt, aber ich hätte sie beinahe zurechtgezogen.«

Neeve stieß einen langen Seufzer aus. Sie beugte sich vor und rieb sich die Stirn. »Das war's, was mir nicht einfallen wollte! Die Bluse.«

»Was ist damit?« fragte Myles.

»Sie –« Neeve biß sich auf die Lippen. Er würde es wieder für lächerlich halten, was sie sagen wollte. Die Bluse, die Ethel ange-habt hatte, gehörte ursprünglich zu dem dreiteiligen Modell. Doch als Ethel das Kostüm kaufte, hatte Neeve ihr gesagt, daß sie die Bluse nicht für passend hielt. Sie hatte Ethel eine andere Bluse verkauft, ganz weiß und ohne die unruhigen blauen Streifen. Sie hatte Ethel zweimal in dem Ensemble gesehen, und beide Male hatte sie die weiße Bluse getragen.

Wieso hatte sie die blau-weiß gestreifte Bluse angezogen?

»Also, was ist, Neeve?« beharrte Myles.

»Wahrscheinlich ist es nichts. Ich habe mich nur gewundert, daß Ethel diese Bluse zu dem Kostüm anhatte. Für mich paßte sie nicht richtig.«

»Aber hast du nicht selber der Polizei gesagt, du hättest das Ensemble wiedererkannt, und wußtest auch, wer es entworfen hat?«

»Ja, Gordon Steuber. Es stammte aus seinem Atelier.«

»Tut mir leid, Neeve, aber jetzt komme ich nicht mehr mit.« Myles versuchte, seine Gereiztheit zu verbergen.

»Aber *ich* glaube zu verstehen.« Kitty schenkte Neeve noch eine Tasse dampfenden Tee ein. »Trinken Sie das!« befahl sie. »Sie sehen erschöpft aus.« Sie sah Myles ins Gesicht. »Wenn ich Ihre Tochter richtig verstanden habe, will sie sagen, daß Ethel Lambston sich nicht von sich aus so angezogen hätte, wie sie aufgefunden wurde.«

»Ich bin ganz sicher, daß sie die Bluse nicht zu dem Kostüm getragen hätte«, sagte Neeve und begegnete Myles' ungläubigem Blick. »Offenbar ist die Leiche transportiert worden. Gibt es eine Möglichkeit, festzustellen, ob jemand sie, nachdem sie schon tot war, angezogen hat, oder nicht?«

Douglas Brown wußte, daß die Mordkommission beabsichtigte, in Ethels Wohnung eine Haussuchung vorzunehmen. Trotzdem war es ein Schock für ihn, als sie mit dem Befehl vor der Tür standen. Ein Team von vier Detektiven verteilte sich in der Wohnung. Er sah zu, wie sie Puder auf Oberflächen streuten, mit dem Staubsauger über Teppiche, Fußböden und Möbel fuhren, Plastiktüten sorgfältig verschlossen und beschrifteten, in die sie Staub und Fasern und Teilchen getan hatten, als sie die kleine Perserbrücke neben Ethels Schreibtisch eingehend untersuchten und berochen.

Beim Anblick von Ethels Leiche war es Douglas schlecht geworden, was ihm unpassenderweise die einzige Dampferfahrt seines Lebens in Erinnerung rief, bei der er entsetzlich seekrank geworden war. Ethel war mit einem Tuch bedeckt, das auch ihr Gesicht einhüllte wie ein Nonnenschleier, so daß er wenigstens ihren Hals nicht ansehen mußte. Um nicht an ihren Hals zu denken, konzentrierte er sich auf die schwarz und blau unterlaufene Stelle am Unterkiefer. Dann hatte er nur genickt und war hinaus auf die Toilette gestürzt.

Die ganze Nacht hatte er in Ethels Bett wach gelegen und sich überlegt, was er tun sollte. Er könnte der Polizei von Seamus erzählen und von seinen verzweifelten Bemühungen, Ethel zum Verzicht auf die Alimente zu bewegen. Aber Seamus' Frau Ruth würde über ihn, Douglas, schwatzen. Kalter Schweiß trat ihm auf die Stirn, als ihm bewußt wurde, wie dumm es von ihm gewesen war, vor ein paar Tagen zur Bank zu gehen und die abgehobene Summe ausdrücklich in Hunderternoten zu verlangen. Wenn die Polizei herausfand ...

Ehe die Polizei kam, hatte er sich mit dem Gedanken herumgeschlagen, ob es richtig war, die Banknoten dort zu lassen, wo er sie versteckt hatte. Doch wer konnte, wenn sie nicht mehr da wären, sagen, ob Ethel sie nicht alle ausgegeben hatte? Irgend jemand könnte es wissen. Das verrückte Geschöpf, das zum Putzen gekommen war, hatte die Scheine möglicherweise gesehen.

Am Ende entschied Douglas sich dafür, gar nichts zu tun. Sollten die Polizisten das Geld ruhig finden. Falls Seamus oder seine Frau versuchten, ihn zu beschuldigen, würde er sie als Lügner bezeichnen. Der Gedanke verschaffte ihm eine gewisse Beruhigung, und er überlegte, wie es in Zukunft weiterginge. Die Wohnung gehörte jetzt ihm. Ethels Geld war seins. Er würde alle die lächerlichen Kleider und das ganze Drum und Dran – A paßt zu A, B gehört zu B – loswerden. Vielleicht sollte er den ganzen Krempel einfach zusammenpacken und in die Mülltonne tun. Bei dieser Vorstellung verzog sein Gesicht sich zu einem grimmigen Lächeln. Doch wozu verschwenderisch werden und das viele Geld, das Ethel für ihre Garderobe ausgegeben hatte, einfach zum Fenster rauswerfen! Lieber wollte er eine gute Second-hand-Boutique ausfindig machen und die Sachen verkaufen.

Als er sich an diesem Samstagmorgen anzog, hatte er bewußt eine dunkelblaue Hose und ein dunkles Sporthemd mit langen Ärmeln gewählt. Er wollte den Eindruck von zurückhaltender

Trauer erwecken. Nach der schlaflosen Nacht hatte er Ringe um die Augen, was ihm jetzt nur gelegen kam.

Die Detektive nahmen sich Ethels Schreibtisch vor. Douglas sah zu, wie sie die mit »Wichtig« bezeichnete Mappe aufmachten. Das Testament! Er hatte sich immer noch nicht entschieden, ob er zugeben sollte, daß er es kannte. Der eine Detektiv beendete seine Lektüre und blickte zu ihm herüber. »Haben Sie das irgendwann gesehen?« fragte er in beiläufigem Ton.

Auf der Stelle traf Douglas seine Entscheidung. »Nein. Die Papiere gehören meiner Tante.«

»Hat sie nie mit Ihnen über ihr Testament gesprochen?«

Douglas brachte ein klägliches Lächeln zustande. »Sie hat manchmal Witze darüber gemacht und gesagt, wenn sie mir bloß ihre Alimente vermachen könnte, hätte ich für mein Leben ausgesorgt.«

»Dann wußten Sie also nicht, daß sie Ihnen offenbar eine ganz stattliche Summe hinterläßt?«

Douglas wies mit einer ausholenden Geste auf die Wohnung. »Ich dachte nicht, daß Tante Ethel ein Vermögen besäße. Sie hat dieses Apartment gekauft, als das Haus in Eigentumswohnungen aufgeteilt wurde. Das muß sie eine schöne Stange Geld gekostet haben. Als Schriftstellerin hat sie ganz gut verdient, aber sie gehörte nicht zur Spitzenklasse.«

»Dann muß sie ihr Leben lang ziemlich sparsam gewesen sein.« Der Detektiv hatte das Testament mit Handschuhen angefaßt und hielt das Blatt nur an den äußersten Rändern. Douglas blickte bestürzt drein, als der Kriminalbeamte den mitgebrachten Experten bat: »Nimm mal die Fingerabdrücke hiervon ab.«

Fünf Minuten später gestand Douglas, der vor Nervosität seine auf den Knien liegenden Hände nicht stillhalten konnte. Er leugnete jedoch, irgend etwas von den Hundertdollarnoten zu wissen, die die Inspektoren der Mordkommission in der Wohnung gefunden hatten. Um sie vom Thema abzulenken, erklärte er, daß er bis gestern keinen Telefonanruf abgenommen hätte.

»Warum?« Kriminalinspektor O'Brien leitete die Haussuchung.

»Ethel war darin komisch. Einmal hatte ich nämlich, als ich sie besuchte, das Telefon abgenommen, was sie furchtbar in Rage brachte. Sie sagte, es ginge mich nichts an, wer sie anriefe. Aber gestern dachte ich auf einmal, sie könnte selber versuchen, sich mit mir in Verbindung zu setzen. Darum begann ich, das Telefon zu beantworten.«

»Hätte sie Sie auch bei der Arbeit erreichen können?«

»Daran habe ich nie gedacht.«

»Und der erste Anruf war gleich eine Drohung gegen sie. Was für ein Zufall, daß dieser Anruf fast genau zu der Stunde erfolgte, als man die Leiche fand.« O'Brien brach das Verhör abrupt ab. »Mr. Brown, haben Sie vor, in dieser Wohnung zu bleiben?«

»Ja.«

»Wir kommen morgen mit Miss Neeve Kearney her. Sie wird Miss Lambstons Schrank auf fehlende Kleidungsstücke durchsehen. Es könnte sein, daß wir noch mal mit Ihnen sprechen möchten. Sie sind dann hier.« Das war keine Bitte, sondern eine klare Feststellung.

Irgendwie fühlte Douglas sich nicht erleichtert, daß die Befragung zu Ende war. Und dann erwiesen seine Befürchtungen sich als begründet. »Wahrscheinlich werden wir Sie bitten, ins Hauptkommissariat zu kommen«, sagte O'Brien. »Wir melden uns.«

Sie nahmen die Plastiktüten mit dem Inhalt des Staubsaugers, Ethels Testament, ihren Terminkalender und die Perserbrücke mit. Ehe die Wohnungstür sich schloß, hörte Douglas einen von ihnen sagen: »Sie können sich noch so große Mühe geben, es gelingt ihnen nie, sämtliche Blutspuren von einem Teppich zu beseitigen.«

Im St.-Vincent-Krankenhaus befand Tony Vitale sich immer noch auf der Intensivstation, da sein Zustand nach wie vor kritisch war. Aber der Chefchirurg versicherte seinen Eltern weiterhin: »Er ist jung. Er ist zäh. Wir glauben, daß er durchkommt.«

In Bandagen eingehüllt, die die Schußwunden in Kopf, Schulter, Brust und Beinen bedeckten, und an einen Infusionstropf angeschlossen, aus dem eine Flüssigkeit in seine Venen floß, mit Plastikschläuchen in beiden Nasenlöchern und mit elektronischen Monitoren verbunden, die jede Veränderung in seinem Körper registrierten, tauchte Tony aus dem Zustand tiefer Bewußtlosigkeit auf in kurze Momente des Bewußtseins. Dann fielen ihm jene letzten Augenblicke ein. *Nicky Sepettis Augen durchbohrten ihn. Er wußte, daß Nicky ihn verdächtigte, eingeschleust zu sein. Er hätte bis ins Kommissariat fahren und nicht unterwegs anhalten sollen, um zu telefonieren. Er hätte wissen müssen, daß seine Tarnung erkannt worden war.*

Tony glitt in die Dunkelheit zurück.

Als er mühsam das Bewußtsein wiedererlangte, hörte er den Arzt sagen: »Jeder Tag bringt einen Fortschritt.«

Jeder Tag. Wie lange war er schon hier? Er versuchte zu sprechen, aber es kam kein Laut aus seinem Mund.

Nicky hatte gebrüllt und mit der Faust auf den Tisch geschlagen und befohlen, daß der Kontrakt annulliert würde.

Joey hatte ihm gesagt, daß dies unmöglich sei.

Daraufhin hatte Nicky zu wissen verlangt, wer ihn ausgeschrieben hatte.

»… Jemand hat ihm die Hölle heiß gemacht«, hatte Joey gesagt. »Seine Machenschaften aufgedeckt. Jetzt ist ihm der FBI auf den Fersen …« Und dann hatte Joey den Namen genannt.

Während sein Bewußtsein wieder schwand, war Tony der Name eingefallen: *Gordon Steuber.*

Im 20. Polizeirevier in der 82. Straße West saß Seamus und wartete. Sein bleiches, rundes Gesicht war schweißgebadet.

Er versuchte, sich an alle Ermahnungen von Ruth zu erinnern und auch an das, was sie ihm eingeschärft hatte auszusagen.

In seinem Kopf schwirrte alles durcheinander.

Das Zimmer, in dem er saß, war spartanisch. Ein Tisch, dessen Oberfläche voller Brandflecken von Zigaretten war. Holzstühle. Der, auf dem er saß, tat ihm im Rücken weh. Ein schmutziges Fenster ging auf die Querstraße hinaus. Der Verkehr draußen war die Hölle; Taxis, Busse und Autos hupten durcheinander. Das Gebäude war umringt von Polizeiwagen.

Wie lange würden sie ihn wohl hierbehalten?

Eine weitere halbe Stunde verging, ehe zwei Polizeibeamte hereinkamen. Eine Gerichtsstenographin folgte ihnen und setzte sich auf einen Stuhl hinter Seamus. Er wandte sich um und sah zu, wie sie den Stenographierapparat auf ihren Knien bereitmachte.

Der Name des älteren Polizisten war O'Brien. Er hatte sich ihm schon in der Bar vorgestellt, ebenso seinen Kollegen Steve Gomez.

Seamus hatte zwar erwartet, daß man ihn über seine Rechte und Pflichten aufklären würde; aber es gab ihm doch einen Schock, als er sie vorgelesen bekam und O'Brien ihm eine gedruckte Kopie hinhielt und verlangte, daß er sie las.

Er nickte nur, als er gefragt wurde, ob er alles verstanden habe. Ja. Ob er einen Anwalt zuziehen wolle. Nein. Ob er wisse, daß er sich jederzeit weigern könne, weitere Fragen zu beantworten. Ja. Ob er wisse, daß alles, was er sage, gegen ihn verwendet werden könne.

»Ja«, flüsterte er.

O'Briens Benehmen veränderte sich. Er wurde eine Spur liebenswürdiger, sein Ton ungezwungener. »Mr. Lambston, es ist meine Pflicht, Sie darauf hinzuweisen, daß Sie als Tatverdächtiger im Falle des Todes Ihrer früheren Frau, Ethel Lambston, in Frage kommen.«

Ethel tot. Keine Alimentenzahlungen mehr. Kein Würgegriff mehr für ihn und Ruth und die Mädchen. Oder war er jetzt erst recht im Würgegriff? Im Geist sah er erneut ihre Hände, die sich an ihn klammerten, sah ihren Blick, als sie nach hinten fiel, die Art, wie sie sich aufgerappelt und nach dem Brieföffner gegriffen hatte. Er spürte die Feuchtigkeit ihres Blutes auf seinen Händen.

Was hatte der Inspektor gerade im freundlichen Unterhaltungston zu ihm gesagt? »Mr. Lambston, Sie hatten einen Streit mit Ihrer geschiedenen Frau. Sie machte Sie rasend. Die Alimente trieben Sie in den Bankrott. Manchmal kann der Druck zu groß für uns werden, dann explodieren wir. War das bei Ihnen der Fall?«

War er rasend geworden? Er spürte erneut den Haß jenes Augenblicks, erinnerte sich, wie ihm die Galle übergelaufen war, er die Fäuste geballt und sie gegen den spöttischen, bösartigen Mund erhoben hatte.

Seamus legte den Kopf auf den Tisch und brach in Weinen aus. Die Schluchzer schüttelten ihn. »Ich bitte um einen Anwalt«, stammelte er.

Zwei Stunden später erschien Robert Lane, der etwa fünfzigjährige Rechtsanwalt, mit dem Ruth sich panikartig in Verbindung hatte setzen können. »Sehen Sie vor, formell Klage gegen meinen Klienten zu erheben?« fragte er.

Inspektor O'Brien sah ihn mit saurer Miene an. »Nein. Vorläufig noch nicht.«

»Dann steht es Mr. Lambston frei zu gehen?«

O'Brien seufzte. »Jawohl.«

Seamus war sicher gewesen, daß er verhaftet würde. Er wagte kaum, an das, was er gerade gehört hatte, zu glauben. Er stützte die Hände auf den Tisch und erhob sich schwerfällig von seinem Stuhl. Er spürte, wie Robert Lane seinen Arm ergriff und ihn aus dem Zimmer führte. Dann hörte er Lane sagen: »Ich möchte eine Kopie der Aussagen meines Klienten haben.«

»Die kriegen Sie.« Inspektor Gomez wartete, bis die Tür sich geschlossen hatte, ehe er sich seinem Kollegen zuwandte. »Den Kerl hätte ich am liebsten einsperren lassen.«

O'Brien lächelte, ein schmallippiges, freudloses Lächeln. »Geduld. Wir müssen die Resultate der Laboruntersuchung abwarten. Und wir sollten noch feststellen, wo Lambston sich am Donnerstag und Freitag aufgehalten hat. Im übrigen können wir Gift drauf nehmen, daß das Geschworenengericht sein Urteil gefällt haben wird, ehe Seamus Lambston sich über die Beendigung der Alimentenzahlung freuen kann.«

Als Neeve, Myles und Jack in die Wohnung zurückkamen, war eine Nachricht auf dem Telefonbeantworter. Ob Myles bitte Commissioner Schwartz im Büro anrufen würde.

Herb Schwartz wohnte in Forest Hills, wo »traditionsgemäß neunzig Prozent aller Polizeichefs zu wohnen pflegen«, wie Myles Jack erklärte, während er zum Hörer griff. »Wenn Herb sich an einem Samstagabend nicht in seinem Haus zu schaffen macht, muß irgend etwas Wichtiges passiert sein.«

Das Gespräch war nur kurz. Als Myles wieder aufhängte, sagte er: »Sieht so aus, als wäre schon alles vorbei. Sie hatten kaum begonnen, den Ex-Mann zu verhören, da weinte er schon wie ein kleines Kind und verlangte einen Rechtsanwalt. Es ist nur noch eine Frage der Zeit, bis sie genügend Indizien haben, um Anklage zu erheben.«

»Demnach hat er also noch nicht gestanden, nicht wahr?« bemerkte Neeve. Sie war dabei, überall die Stehlampen anzumachen, die das Zimmer in ein sanftes, warmes Licht tauchten. Licht und Wärme. War es das, wonach der Geist verlangte, nachdem er der harten Wirklichkeit des Todes gegenübergestanden hatte? Sie wurde das Gefühl nicht los, daß irgend etwas sie bedrohte. Seit sie Ethels Kleider auf dem Tisch ausgebreitet gesehen hatte, ging ihr das Wort *Leichentuch* im Kopf herum. Jetzt war ihr klargeworden, daß sie dauernd daran denken mußte, was sie selber wohl trüge, wenn sie starb. Vorahnung? Irischer Aberglaube? Das Gefühl, daß jemand über ihr Grab ging?

Jack Campbell beobachtete sie. Er weiß Bescheid, dachte sie. Er spürt, daß noch etwas anderes im Spiel ist als nur die Kleider. Myles hatte darauf hingewiesen, daß die Bluse, die Ethel sonst zu dem Kostüm trug, gerade in der Reinigung sein könnte. Dann hätte sie automatisch diejenige angezogen, die zu dem Ensemble gehörte.

Alle Argumente, die Myles anführte, klangen logisch. Er stand vor ihr, hatte ihr die Hände auf die Schultern gelegt. »Neeve, du hast kein Wort von dem gehört, was ich gerade gesagt habe. Du hast mir eine Frage gestellt, und ich habe sie beantwortet. Was ist los mit dir?«

»Ich weiß es nicht.« Sie versuchte zu lächeln. »Schau, es war ein scheußlicher Nachmittag. Ich glaube, wir sollten einen Drink nehmen.«

Myles sah sie forschend an. »Ich glaube, wir sollten einen *starken* Drink nehmen, und dann sollten Jack und ich mit dir essen gehen.« Er blickte zu Jack. »Aber vielleicht haben Sie schon etwas anderes vor?«

»Ich habe nichts anderes vor, außer, wenn ich darf, uns jetzt die Drinks zu mixen.«

Der Whisky, wie schon der Tee bei Kitty Conway, bewirkte, daß Neeve wenigstens für eine Weile das Gefühl loswurde, in einen unheilvollen Strudel gerissen zu werden. Myles wiederholte, was Herb Schwartz ihm gesagt hatte: Die Inspektoren der Mordkommission waren der Ansicht, daß Seamus Lambston drauf und dran war, ein Geständnis abzulegen.

»Ist es dann noch nötig, daß ich morgen Ethels Kleiderschrank durchsehe?« Neeve war nicht ganz sicher, ob sie von dieser Aufgabe lieber entbunden worden wäre.

»Ja. Ich glaube zwar nicht, daß es von großer Bedeutung ist, ob

Ethel vorhatte zu verreisen und ihre Sachen selber packte, oder ob er sie tötete und dann versuchte, es so aussehen zu lassen, als sei sie von sich aus weggefahren. Aber wir dürfen bei der Untersuchung nichts auslassen.«

»Hätte er denn nicht weiterhin auf unbestimmte Zeit Alimente zahlen müssen, wenn man annahm, Ethel sei verreist? Sie hat mir einmal erzählt, daß ihr Buchhalter Anweisung habe, Seamus anzurufen und mit einer Klage zu drohen, falls der Scheck nicht rechtzeitig käme. Wäre Ethels Leiche nicht gefunden worden, hätte er sieben Jahre lang weiterbezahlen müssen, ehe man sie rechtlich für tot erklären konnte.«

Myles zuckte die Achseln. »Neeve, der Prozentsatz an Tötungsdelikten, die auf tätliche Auseinandersetzungen zwischen Eheleuten zurückgehen, ist erschreckend. Und halte die Menschen nur nicht für allzu intelligent. Sie handeln impulsiv. Die Sicherung brennt durch. Und dann versuchen sie, die Spuren zu verwischen. Du weißt, was ich immer und immer wieder gesagt habe: Jeder Mörder hinterläßt seine Visitenkarte.«

»Wenn das zutrifft, wüßte ich gerne, welche Visitenkarte Ethels Mörder hinterlassen hat.«

»Das will ich dir sagen. Ich glaube, daß es der blaue Fleck an Ethels Kiefer ist. Du hast den Autopsiebericht nicht gesehen. Aber ich. Als Junge war Seamus Lambston ein ausgezeichneter Amateurboxer. Der Schlag hat Ethels Kiefer beinahe gebrochen. Mit oder ohne Geständnis bezieht mein Verdacht sich auf jemand, der Erfahrung im Boxen hat.«

»Die Legende hat gesprochen. Und du liegst völlig falsch.«

Jack Campbell saß auf dem Ledersofa und trank einen Chivas Regal. Schon zum zweitenmal hielt er sich heute lieber aus der Diskussion zwischen Neeve und ihrem Vater heraus. Ihnen zuzuhören, war beinahe so, als verfolge man ein Tennismatch zwischen zwei gleichwertigen Gegnern. Fast hätte er gelächelt, doch dann wurde er wieder von Besorgnis gepackt, als er Neeve beobachtete. Sie war noch immer sehr blaß, und das tiefschwarze Haar, das ihr Gesicht umrahmte, betonte den seidigen Glanz ihres Teints. Er hatte die bernsteinfarbenen Augen schon vor Freude leuchten sehen, doch an diesem Abend fiel ihm die Traurigkeit darin auf, die nicht nur Ethel Lambstons Tod betraf. Was immer diesen Tod herbeigeführt haben mochte, war noch nicht vorbei, dachte Jack. Und es hat etwas mit Neeve zu tun.

Unwirsch schüttelte er den Kopf. Seine schottischen Vorfahren, die ebenfalls die Gabe des Zweiten Gesichts hatten, regten sich in ihm. Der Grund, warum er Neeve und ihren Vater zum Bezirksanwalt von Rockland County begleitet hatte, war einfach der gewesen, daß er den Tag mit Neeve verbringen wollte. Als er sie am Morgen verlassen hatte, war er nach Hause gegangen, hatte geduscht, sich umgezogen und sich dann in die Stadtbibliothek begeben. Dort hatte er auf Mikrofilm den siebzehn Jahre alten Zeitungsartikel mit der Schlagzeile EHEFRAU DES POLIZEICHEFS IM CENTRAL PARK ERMORDET! gelesen. Er hatte jede Einzelheit in sich aufgenommen und hatte sich eingehend die Bilder des Trauerzugs vor der St.-Patrick-Kathedrale betrachtet.

Die zehnjährige Neeve in einem dunklen Mantel und mit einem kleinen Hut, die mit Tränen in den Augen an Myles' Hand ging. Myles' Gesicht, wie aus Granit gemeißelt. Die unübersehbaren Reihen von Polizisten, die sich die ganze Fifth Avenue hinunterzuziehen schienen. Die Zeitungskommentare, die den bereits verurteilten Mafiaboss Nicky Sepetti mit der Hinrichtung der Frau des Polizeichefs in Verbindung brachten.

Nicky Sepetti war heute vormittag beerdigt worden. Das mußte sowohl bei Neeve als auch bei ihrem Vater die Erinnerung an Renata Kearneys Tod wieder schmerzlich wachgerufen haben. Die alten Zeitungen waren voll gewesen von Spekulationen, ob Nicky Sepetti von seiner Gefängniszelle aus angeordnet hatte, daß auch Neeve getötet würde. Heute früh hatte Neeve Jack erzählt, wie sehr ihr Vater die Entlassung Sepettis gefürchtet hatte. Nun schien Nickys Tod Myles von der ständigen Sorge um seine Tochter befreit zu haben.

Warum bin ich dann beunruhigt wegen Neeve? fragte Jack sich und wußte die Antwort so selbstverständlich, als ob er die Frage laut gestellt hätte. Weil ich sie liebe. Weil ich nach ihr gesucht habe seit jenem Tag, als sie aus dem Flugzeug vor mir weggelaufen ist.

Jack bemerkte, daß sie alle ihr Glas ausgetrunken hatten. Er griff nach dem von Neeve. »Heute abend sollten Sie, glaube ich, nicht nur auf einem Bein stehen.«

Während sie den zweiten Cocktail tranken, sahen sie die Abendnachrichten. Ausschnitte von Nicky Sepettis Begräbnis wurden gezeigt, ebenso die leidenschaftliche Erklärung seiner Witwe. »Was hältst du davon?« fragte Neeve ihren Vater.

Myles schaltete den Fernseher ab. »Was ich davon halte, ist nicht druckreif.«

Sie gingen zum Abendessen in »Neary's Pub«. Jimmy Neary, ein Ire mit blitzenden Augen und einem verschmitzten Lächeln, eilte auf sie zu und begrüßte sie. »Commissioner, welche Freude, Sie zu sehen!« Sie wurden zu einem der besten Seitentische geführt, die für besondere Gäste reserviert waren. Jimmy wurde mit Jack bekannt gemacht, der gleich die gerahmten Fotografien an den Wänden erläutert bekam. »Das ist er, höchstpersönlich.« Ein Bild des ehemaligen Gouverneurs von New York war so aufgehängt, daß man es nicht übersehen konnte. »Nur die Creme ist da oben«, sagte Jimmy zu Jack. »Sehen Sie, wo der Commissioner hängt?« Das Foto von Myles hing genau dem des Gouverneurs gegenüber.

Es wurde ein angenehmer Abend. Bei Neary trafen sich viele Politiker und Kirchenleute. Ein paarmal blieben Gäste an ihrem Tisch stehen und begrüßten Myles. »Wie schön, Sie wiederzusehen, Commissioner. Sie scheinen wieder ganz fit zu sein.«

»Er genießt das«, flüsterte Neeve Jack zu. »Er haßte es, krank zu sein, und hat sich ein Jahr lang überhaupt nirgends blicken lassen. Jetzt scheint er soweit zu sein, in die Wirklichkeit zurückzukehren.«

Senator Moynihan kam zu ihnen herüber. »Myles, ich hoffe bei Gott, daß Sie die Leitung der Drogenfahndungsstelle übernehmen werden«, sagte er. »Wir brauchen Sie. Wir müssen diese Rauschgiftschweinerei loswerden. Sie sind der richtige Mann.«

Als der Senator gegangen war, hob Neeve den Blick. »Du hast was von ›Fühler ausstrecken‹ gesagt. Und das ist schon so weit gediehen?«

Myles vertiefte sich in die Speisekarte. Margaret, seine langjährige, bevorzugte Kellnerin, kam zu ihnen. »Wie sind denn die Scampi nach Kreolenart, Margaret?«

»Ausgezeichnet.«

Myles seufzte. »Das war mir schon klar. Aber in Anbetracht meiner Diät bringen Sie mir bitte eine gekochte Flunder.«

Sie gaben ihre Bestellung auf, und während sie von dem Wein tranken, begann Myles: »Es bedeutet natürlich, daß ich ziemlich viel Zeit in Washington sein werde. Und das heißt, daß ich dort eine Wohnung mieten muß. Ich glaube nicht, daß ich dich hier allein gelassen hätte, Neeve, wenn Nicky Sepetti frei herumgelaufen wäre. Aber jetzt fühle ich mich deinetwegen beruhigt. Seine Leute haßten Nicky dafür, daß er die Ermordung deiner Mutter angeordnet hatte. Wir haben sie nicht aus den Augen gelassen, bis die meisten der alten Garde sich wieder bei ihm zusammenfanden.«

»Dann glauben Sie also seiner Erklärung auf dem Totenbett nicht?« fragte Jack.

»Wer in dem Glauben erzogen wurde, daß Reue auf dem Totenbett einen Menschen ins Paradies kommen läßt, der kann es schwer fassen, daß man mit einem Meineid auf den Lippen ins Jenseits geht. Aber im Fall von Nicky bleibe ich bei meiner ursprünglichen Reaktion. Es war eine Abschiedsgeste für seine Angehörigen, und offenbar sind sie darauf reingefallen. Doch das reicht für diesen schlimmen Tag. Reden wir lieber über etwas Interessantes. Sind Sie schon lange genug in New York, Jack, um beurteilen zu können, ob der Bürgermeister eine neue Wahl gewinnen wird?«

Als sie beim Kaffee waren, kam Jimmy Neary nochmals an ihren Tisch. »Wußten Sie, Commissioner, daß die Leiche der Lambston von einer Dame gefunden wurde, die zu meinen alten Gästen zählt? Kitty Conway. Sie kam früher öfter mit ihrem Mann hierher. Sie ist wirklich eine fabelhafte Frau.«

»Wir haben sie heute nachmittag bereits kennengelernt«, sagte Myles.

»Richten Sie ihr bitte einen Gruß von mir aus, wenn Sie sie wiedersehen, und sagen Sie ihr, sie solle sich nicht so rar machen.«

»Vielleicht kann ich noch etwas Besseres tun«, sagte Myles in ungezwungenem Ton. »Vielleicht bringe ich sie selber her.«

Das Taxi setzte Jack als ersten bei seiner Wohnung ab. Als er sich verabschiedete, fragte er: »Ich möchte nicht aufdringlich erscheinen, aber hätten Sie etwas dagegen, wenn ich morgen mit in Ethels Wohnung käme?«

Myles zog die Augenbrauen hoch. »Nein, wenn Sie versprechen, im Hintergrund zu bleiben und den Mund zu halten.«

»Myles!«

Jack lachte. »Ihr Vater hat völlig recht, Neeve. Ich akzeptiere die Bedingungen.«

Als das Taxi vor dem »Schwab House« hielt, öffnete der Portier die Wagentür, damit Neeve aussteigen konnte, während Myles noch auf das Wechselgeld des Chauffeurs wartete. Dann trat er zurück und stellte sich wieder vor die Tür der Eingangshalle. Das Wetter hatte aufgeklart, und der nächtliche Himmel war voller Sterne. Neeve entfernte sich von dem Taxi. Im Gehen hob sie den Kopf und bewunderte die Milchstraße.

Auf der anderen Straßenseite hockte Denny Adler an eine Hauswand gelehnt, neben sich eine Weinflasche. Durch halbgeschlossene Augen beobachtete er, wie Neeve aus dem Taxi stieg. Er tat einen heftigen Atemzug. Jetzt könnte er direkt auf sie zielen und schon verschwunden sein, ehe irgend jemand ihn bemerkte. Denny griff in die Tasche der ausgeleierten Strickjacke, die er heute abend anhatte.

Jetzt.

Sein Finger fand den Abzug. Er wollte gerade den Revolver aus der Tasche ziehen, als neben ihm die Tür aufging. Eine ältere Frau trat aus dem Haus mit einem kleinen Pudel, der ungeduldig an seiner Leine zog. Der Hund stürzte auf Denny zu.

»Sie müssen keine Angst vor Schätzchen haben«, sagte die Frau. »Sie ist ein ganz liebes Tierchen.«

Wie Lava aus einem Vulkan quoll die Wut in Denny hoch, als er Myles Kearney aus dem Taxi steigen und hinter Neeve ins »Schwab House« gehen sah. Seine Finger streckten sich nach dem Hals des Pudels aus, aber es gelang ihm, sich zu beherrschen, und er ließ die Hand auf den Gehsteig sinken.

»Schätzchen läßt sich gerne streicheln«, ermunterte ihn die ältere Frau. »Auch von Fremden.« Sie ließ einen Vierteldollar auf Dennys Schoß fallen. »Das hilft Ihnen hoffentlich ein bißchen.«

10

Am Sonntag morgen rief Inspektor O'Brien an und fragte nach Neeve.

»Weshalb wollen Sie sie sprechen?« fragte Myles kurz angebunden.

»Wir möchten uns mit der Reinmachefrau unterhalten, die letzte Woche in der Wohnung von Ethel Lambston war. Hat Ihre Tochter vielleicht die Telefonnummer?«

»Ach so.« Myles wußte selber nicht, warum er sich sofort erleichtert fühlte. »Das ist einfach. Ich werde Neeve fragen.«

Fünf Minuten später rief Tse-Tse an. »Neeve, ich soll als Zeugin einvernommen werden!« Tse-Tse schien ganz aufgeregt. »Aber darf ich die Inspektoren bitten, mich um halb zwei bei euch in der Wohnung zu treffen? Ich bin noch nie von der Polizei befragt worden. Es wäre mir lieber, wenn du und dein Vater dabeisein könnten.« Dann senkte sie die Stimme. »Die meinen doch nicht etwa, daß *ich* sie umgebracht habe?«

Neeve mußte lächeln. »Natürlich nicht, Tse-Tse. Keine Angst. Vater und ich gehen um zwölf zur Messe in die St.-Pauls-Kirche. Halb zwei paßt uns gut.«

»Soll ich ihnen was von dem Neffen sagen, der mir nicht geheuer ist? Daß er das Geld genommen und nachher wieder zurückgelegt hat? Und daß Ethel gedroht hatte, ihn zu enterben?«

Neeve fuhr der Schrecken in die Glieder. »Tse-Tse, du hast gesagt, daß Ethel wütend auf ihn war, aber du hast nichts davon gesagt, daß sie gedroht hat, ihn zu enterben. Selbstverständlich mußt du der Polizei das erzählen.«

Als sie den Hörer auflegte, sah Myles sie fragend an. »Um was ging es?«

Sie erzählte es ihm. Myles pfiff durch die Zähne.

Tse-Tse kam zur abgemachten Zeit. Sie hatte das Haar zu einem schlichten Knoten aufgesteckt und sich, bis auf die falschen Wimpern, nur sehr wenig zurechtgemacht. Sie trug ein altmodisches

Kleid und flache Schuhe. »Das ist das Kostüm, in dem ich eine Haushälterin gespielt habe, die angeklagt war, ihren Herrn vergiftet zu haben.«

Die Inspektoren O'Brien und Gomez erschienen ein paar Minuten später. So wie sie Myles begrüßten, dachte Neeve, hätte niemand vermutet, daß er nicht mehr die Nummer eins im Polizeihauptquartier war.

Als Tse-Tse vorgestellt wurde, blickte O'Brien verwirrt drein. »Douglas Brown hat uns gesagt, die Hausangestellte sei Schwedin.«

Voll ungläubigem Erstaunen hörte er zu, wie Tse-Tse ganz ernst erklärte, daß sie sich verschiedene Persönlichkeiten zulegte, je nachdem, was für eine Rolle sie in ihrem kleinen Theater gerade zu spielen hatte. »Zuletzt habe ich ein schwedisches Zimmermädchen gespielt«, schloß sie, »und Joseph Pap eine persönliche Einladung zur letzten Vorstellung gestern abend geschickt. Mein Horoskop sagte, daß Saturn gerade im Steinbock steht und meine beruflichen Chancen sehr groß sind. Ich hatte wirklich das Gefühl, daß er käme.« Sie schüttelte traurig den Kopf. »Aber er ist nicht erschienen. Es ist überhaupt niemand erschienen.«

Gomez hustete heftig. O'Brien unterdrückte ein Lächeln. »Das tut mir leid für Sie. Und jetzt, Tse-Tse – wenn ich Sie so nennen darf?« Er begann damit, ihr Fragen zu stellen.

Die Befragung wurde zu einem Dreiergespräch, als Neeve erklärte, warum sie Tse-Tse in Ethels Wohnung mitgenommen hatte, warum sie noch mal zurückgekommen war, um die Mäntel im Kleiderschrank zu inspizieren und Ethels Terminkalender anzusehen. Tse-Tse erzählte von Ethels wütendem Telefongespräch mit ihrem Neffen vor einem Monat und von dem Geld, das in der vergangenen Woche zurückgelegt worden war.

Um halb drei klappte O'Brien sein Notizbuch zu. »Sie waren uns beide eine große Hilfe. Tse-Tse, wären Sie so gut, Miss Kearney nachher in Ethel Lambstons Wohnung zu begleiten? Sie kennen sie sehr gut. Vielleicht fällt Ihnen auf, ob irgend etwas fehlt. Kommen Sie bitte in einer Stunde mit hinüber. Vorher möchte ich mich noch mal mit Douglas Brown unterhalten.«

Myles hatte die ganze Zeit mit gerunzelter Stirn in seinem tiefen Ledersessel gesessen. »Somit käme also ein habgieriger Neffe ins Spiel«, bemerkte er.

Neeve lächelte bitter. »Was könnte denn deiner Meinung nach seine Visitenkarte sein, Commissioner?«

Um halb vier betraten Myles, Neeve, Jack Campbell und Tse-Tse Ethels Wohnung. Douglas Brown saß auf dem Sofa, die Hände nervös auf dem Schoß gefaltet. Mit unfreundlicher Miene blickte er auf. Auf seinem hübschen, mürrischen Gesicht standen Schweißtropfen. Die Inspektoren O'Brien und Gomez saßen ihm gegenüber mit aufgeschlagenen Notizbüchern. Tischflächen und Schreibtisch waren unaufgeräumt und voller Staub.

Tse-Tse flüsterte Neeve zu: »Die Wohnung war blitzsauber, als ich wegging.«

Neeve erklärte ihr leise, daß die Schmutzstreifen von dem Pulver herrührten, das die Fingerabdruckspezialisten verstreut hatten. Dann wandte sie sich mit ruhiger Stimme an Douglas Brown. »Es tut mir schrecklich leid um Ihre Tante. Ich hatte sie sehr gern.«

»Dann waren Sie eine der wenigen«, gab er unfreundlich zurück. Er stand auf. »Hören Sie zu, jeder, der Ethel kannte, wird Ihnen bestätigen, wie sehr sie einem auf die Nerven fallen und wie schrecklich anspruchsvoll sie sein konnte. Gut, sie hat mich häufig zum Abendessen eingeladen. Ich habe dafür an etlichen Abenden darauf verzichtet, mit meinen Freunden zusammenzusein, nur weil Ethel Gesellschaft haben wollte. Gut, sie hat mir auch manchmal eine der Hundertdollarnoten zugesteckt, die sie überall in der Wohnung verteilt hatte. Dann vergaß sie aber, wo sie die anderen hingelegt hatte, und behauptete, ich hätte sie genommen. Dann fand sie sie wieder und entschuldigte sich. Das ist die ganze Geschichte.« Er starrte Tse-Tse an. »Was, zum Teufel, soll denn diese Aufmachung? Haben Sie eine Wette abgeschlossen? Wenn Sie sich nützlich machen wollen, holen Sie gefälligst den Staubsauger und fangen Sie an, hier aufzuräumen.«

»Ich habe für Miss Lambston gearbeitet«, sagte Tse-Tse würdevoll, »und Miss Lambston ist tot.« Sie blickte Inspektor O'Brien an. »Was möchten Sie, daß ich tue?«

»Ich möchte, daß Miss Kearney uns eine Liste der Kleider macht, die in Miss Lambstons Schrank fehlen, und ich möchte, daß Sie sich ganz allgemein hier umsehen, ob sonst irgend etwas fehlt.«

Myles wandte sich leise an Jack. »Wollen Sie nicht mit Neeve rübergehen? Vielleicht können Sie Notizen für sie machen.« Er selber setzte sich lieber auf einen Stuhl mit gerader Lehne in der Nähe des Schreibtisches. Von dort konnte er gut die Wand mit Ethels Fotogalerie sehen. Nach einer kleinen Weile stand er auf, um die Bilder näher zu betrachten. Zu seiner Überraschung sah er Aufnahmen von Ethel beim letzten Parteitag der Republikaner auf der Tribüne neben der Familie des Präsidenten; Ethel, die den Bürgermeister von New York vor seiner Residenz umarmt; Ethel bei der Entgegennahme des großen Journalistenpreises für den besten Artikel des Jahres. Die Frau muß interessanter gewesen sein, als ich dachte, sagte sich Myles.

Da war das Buch, das Ethel hatte schreiben wollen. Eine Menge Geld, das aus Verbrechen stammte, wurde mit Hilfe der Modeindustrie gewaschen. War Ethel hier auf eine Spur gestoßen? Myles beschloß, Herb Schwartz zu fragen, ob irgendeine geheime, größere Untersuchung lief, die die Konfektionsbranche betraf.

Obwohl das Bett tadellos gemacht und auch sonst im Schlafzimmer nichts in Unordnung war, wirkte der Raum ebenso verwahrlost wie die restliche Wohnung. Selbst der Kleiderschrank sah anders aus. Augenscheinlich war jedes Kleidungsstück und jedes Accessoire herausgeholt, untersucht und irgendwohin wieder zurückgetan worden. »Fabelhaft!« sagte Neeve zu Jack. »Das macht die Sache noch ein bißchen schwieriger.«

Jack trug einen dicken weißen Pullover mit Zopfmuster und eine dunkelblaue Cordhose. Als er im »Schwab House« eintraf, hatte Myles ihm die Tür aufgemacht, die Augenbrauen hochgezogen und bemerkt: »Ihr beide seht ja aus wie Zwillinge!« Dann war er beiseite getreten, um Jack hereinzulassen, der sich im nächsten Augenblick Neeve gegenübersah, die ebenfalls einen weißen dicken Pullover mit Zopfmuster und dunkelblaue Cordhosen trug. Sie waren beide in schallendes Lachen ausgebrochen, und Neeve hatte rasch eine dunkelblau und weiß gemusterte Jacke angezogen.

Der kleine Zwischenfall hatte Neeve ein bißchen von der Furcht befreit, Ethels persönliche Sachen anrühren zu müssen. Dafür war sie jetzt bestürzt, mit welcher Unbekümmertheit Ethels geliebte Garderobe behandelt worden war.

»Schwieriger ja, aber nicht unmöglich«, antwortete Jack ganz ruhig. »Sagen Sie mir, wie wir am besten vorgehen wollen.«

Neeve gab ihm die Mappe mit den Durchschlägen von Ethels Rechnungen. »Wir fangen mit den letzten Einkäufen an.«

Sie nahm die ganz neuen Kleider aus dem Schrank, die Ethel noch nie getragen hatte, legte sie aufs Bett und arbeitete sich dann Stück für Stück weiter, wobei sie Jack die Kleider und Kostüme aufzählte, die noch im Schrank hingen. Es wurde sehr rasch klar, daß alle fehlenden Stücke nur für kaltes Wetter geeignet waren. »Somit scheidet die Annahme aus, daß sie eine Reise in die Karibik oder so etwas Ähnliches geplant und deshalb keinen Mantel mitgenommen hat«, murmelte Neeve zu sich selbst, aber auch zu Jack. »Und Myles hatte recht. Die weiße Bluse, die zu dem Kostüm gehört, in dem man sie gefunden hat, ist nicht da. Vielleicht ist sie wirklich in der Reini … Moment mal!«

Sie unterbrach sich plötzlich und tastete mit der Hand ganz weit nach hinten in den Schrank. Dann zog sie einen Kleiderbügel hervor, der sich zwischen zwei Wolljacken verfangen hatte. Die weiße Seidenbluse mit dem Jabot und den Spitzenmanschetten hing darauf. »Da ist das, was ich gesucht habe!« teilte Neeve Jack triumphierend mit. »Warum hat Ethel sie nicht angezogen? Und falls sie beschlossen hatte, die andere Bluse anzuziehen, wieso hat sie dann nicht auch diese hier eingepackt?«

Sie setzten sich nebeneinander auf die Chaiselongue, und Neeve schrieb aus Jacks Notizen ab, bis sie eine genaue Liste der fehlenden Kleider hatte. Jack wartete stumm und ließ seinen Blick durchs Zimmer wandern. Schmuddelig, wahrscheinlich infolge der Hausdurchsuchung. Gute Möbel. Teurer Bettüberwurf und schöne Zierkissen. Aber es fehlte die persönliche Note. Keine Rahmen mit Fotos, keine hübschen Spielereien. Die wenigen an den Wänden verteilten Bilder waren völlig belanglos. Es war ein bedrückendes Zimmer, das Leere suggerierte statt Geborgenheit. Jack wurde auf einmal von einem überwältigenden Mitleid für Ethel ergriffen. Er hatte sie sich so ganz anders vorgestellt, sie eher für eine Art Tennisball gehalten, ständig durch eigene Energie von einer Seite des Platzes auf die andere getrieben. Die Frau, die aus diesem Zimmer sprach, war eher eine bedauernswerte Einzelgängerin.

Sie kehrten ins Wohnzimmer zurück, wo Tse-Tse eben damit beschäftigt war, die Haufen von Post auf Ethels Schreibtisch durchzusehen. »Er ist nicht da«, sagte sie.

»Was ist nicht da?« fragte O'Brien scharf.

»Ethel hatte einen alten Dolch als Brieföffner, einen von diesen indischen Dingern mit einem verzierten Griff in Rot und Gold.«

Neeve fand, daß Inspektor O'Brien plötzlich ein Gesicht machte wie ein Apportierhund, der eine Fährte wittert.

»Können Sie sich erinnern, Tse-Tse, wann Sie den Dolch das letztemal sahen?«

»Ja. Er war noch an beiden Tagen da, als ich geputzt habe. Dienstag und Donnerstag.«

O'Brien blickte Douglas Brown an. »Gestern, als wir Ihre Fingerabdrücke nahmen, war der Brieföffner-Dolch nicht hier. Haben Sie eine Ahnung, wo wir danach suchen könnten?«

Douglas schluckte leer. Er versuchte, sich den Anschein zu geben, als denke er tief nach. Der Brieföffner war am Freitag morgen noch auf dem Schreibtisch gewesen. Niemand war hereingekommen außer Ruth Lambston.

Ruth Lambston! Sie hatte ihm gedroht, sie werde der Polizei erzählen, daß Ethel ihn enterben wollte. Aber er hatte der Polizei bereits gesagt, daß Ethel das Geld immer wiederfand, von dem sie behauptete, er habe es weggenommen. Das war eine blendende Antwort gewesen. Sollte er ihnen jetzt einen Hinweis auf Ruth geben oder lieber sagen, er habe keine Ahnung?

O'Brien wiederholte seine Frage, diesmal in eindringlicherem Ton. Douglas entschied, daß es an der Zeit war, die Aufmerksamkeit des Polizeibeamten von sich abzulenken. »Am Freitag nachmittag kam Ruth Lambston her. Sie holte einen Brief ab, den Seamus für Ethel dagelassen hatte. Sie drohte mir, sie werde der Polizei sagen, daß Ethel nicht gut auf mich zu sprechen sei, falls ich Ihnen gegenüber auch nur ein einziges Wort über Seamus verlöre.« Douglas hielt ein und fügte dann in fast kindlichem Ton hinzu: »Als sie kam, war der Brieföffner da. Sie stand neben dem Schreibtisch, als ich ins Schlafzimmer ging. Ich habe ihn seit Freitag nicht mehr gesehen. Fragen Sie sie lieber selber, warum sie ihn gestohlen hat.«

Nachdem Ruth am Samstag nachmittag den telefonischen Hilferuf von Seamus erhalten hatte, war es ihr mit vieler Mühe gelungen, die Personalchefin ihrer Firma zu Hause zu erreichen. Diese war es gewesen, die den Anwalt, Robert Lane, aufs Polizeikommissariat geschickt hatte.

Als Seamus von Lane nach Hause gebracht wurde, war Ruth überzeugt, daß ihr Mann kurz vor einem Herzanfall stand, und wollte ihn zur Notfallstation des Krankenhauses bringen. Seamus widersetzte sich vehement, war aber bereit, sich ins Bett zu legen. Mit rotgeränderten Augen, aus denen die Tränen flossen, schlurfte er ins Schlafzimmer, ein gebrochener Mann.

Lane wartete im Wohnzimmer, um mit Ruth zu sprechen. »Ich bin kein Strafrechtler«, erklärte er geradeheraus, »und Ihr Mann wird einen guten Strafverteidiger brauchen.«

Ruth nickte.

»Nach dem, was er mir im Taxi erzählte, kann er aufgrund momentaner Unzurechnungsfähigkeit auf Freispruch oder eine kürzere Strafe zählen.«

Ruth erstarrte. »Hat er zugegeben, daß er sie getötet hat?«

»Nein. Er sagte mir, daß er ihr einen Faustschlag versetzte und sie nach dem Brieföffner griff, den er ihr entwand. Bei dem Ringen bekam ihre rechte Backe einen Schnitt ab. Er sagte mir ferner, daß er einen Mann, der bei ihm in der Bar herumhing, beauftragt habe, sie telefonisch zu bedrohen.«

Ruths Lippen verkrampften sich. »Das habe ich gestern abend von ihm erfahren.«

Lane zuckte die Achseln. »Ihr Mann wird einem strengen Verhör nicht standhalten. Mein Rat ist, daß er ein Geständnis ablegt und auf eine kürzere Strafe plädiert. Sie glauben, daß er sie getötet hat, nicht wahr?«

»Ja.«

Lane erhob sich. »Wie gesagt, ich bin kein Strafverteidiger, aber ich werde mich erkundigen, ob ich jemanden für Sie finden kann. Es tut mir leid.«

Mehrere Stunden saß Ruth still da, mit der Ruhe völliger Verzweiflung. Um zehn Uhr sah sie die Nachrichten und hörte den Bericht, daß Ethel Lambstons geschiedener Mann wegen ihres Todes einvernommen worden sei. Sie sprang auf und schaltete den Fernsehapparat ab.

Die Ereignisse der vergangenen Woche spulten sich wieder und wieder in ihrem Kopf ab. Vor zehn Tagen der verstörte Anruf von Jeannie – »Mama, ich schäme mich so furchtbar! Der Scheck ist nicht gedeckt.« – mit dem alles begonnen hatte. Ruth hatte geschrien und Seamus mit Vorwürfen überschüttet. Ich habe ihn so weit getrieben, dachte sie, daß er ausrastete …

Ein kürzeres Strafmaß? Was bedeutete das? Totschlag? Wieviel Jahre? Fünfzehn? Zwanzig? Aber er hatte die Leiche begraben. Er hatte sich alle Mühe gegeben, sein Verbrechen zu verheimlichen. Wie hatte er es dann fertig gebracht, so ruhig zu bleiben?

Ruhig? Seamus? Mit dem Brieföffner in der Hand sollte er auf die Frau gestarrt haben, deren Kehle er gerade durchschnitten hatte? Unmöglich!

Eine andere Erinnerung kehrte in Ruths Gedächtnis zurück, etwas, worüber die ganze Familie gelacht hatte, damals, als sie noch lachen konnten. Seamus hatte bei Marcys Geburt dabeisein wollen und war prompt ohnmächtig geworden. Beim Anblick von Blut war er umgesunken. »Sie waren besorgter um deinen Vater als um dich und mich«, erzählte Ruth ihrer Tochter. »Das war das erste und letzte Mal, daß ich Papa erlaubt habe, in den Kreißsaal zu kommen. Es war besser für ihn, sich in der Bar einen zu genehmigen, als dem Arzt im Weg zu stehen.«

Seamus, der zusah, wie das Blut aus Ethels Kehle quoll; der ihre Leiche in einen Plastiksack zwängte, sie heimlich aus der Wohnung schaffte? In den Nachrichten hatte es geheißen, daß die Etiketten aus Ethels Kleidern entfernt worden waren. Seamus sollte die Kaltblütigkeit gehabt haben, das zu tun und sie dann in der Höhle im Park zu begraben? Das war einfach nicht möglich, entschied sie.

Doch wenn er Ethel nicht getötet hatte, wenn er sie wirklich so zurückgelassen hatte, wie er behauptete, dann hatte sie selber, als sie den Brieföffner reinigte und wegbrachte, womöglich einen Beweis vernichtet, der zu jemand anderem hätte führen können!

Sie konnte sich mit dieser erdrückenden Möglichkeit nicht länger beschäftigen. Erschöpft stand sie auf und ging ins Schlafzimmer. Seamus atmete gleichmäßig, aber er rührte sich. »Ruth, bleib bei mir.« Als sie sich ins Bett legte, schlang er die Arme um sie und schlief ein, den Kopf an ihre Schulter gelegt.

Um drei Uhr morgens versuchte Ruth immer noch, irgendeinen Entschluß zu fassen, was sie tun sollte. Dann fiel ihr, fast wie eine Antwort auf ein stummes Gebet, plötzlich Ex-Commissioner Kearney ein, dem sie im Supermarkt schon öfter begegnet war. Er lächelte immer sehr freundlich und grüßte mit »guten Morgen«. Einmal, als ihre Einkaufstüte platzte, war er ihr sogar zu Hilfe geeilt. Sie mochte ihn instinktiv, obgleich sein Anblick sie daran erinnerte, daß wenigstens ein Teil von Seamus' Geld im Luxusgeschäft seiner Tochter ausgegeben wurde.

Die Kearneys wohnten im »Schwab House« in der 74. Straße. *Morgen würden sie und Seamus hingehen und bitten, mit dem Commissioner zu sprechen. Er würde wissen, was sie tun sollten. Sie konnte ihm vertrauen.* Mit dem Gedanken: *Einem* Menschen muß ich vertrauen, können, schlief Ruth ein.

Zum erstenmal seit Jahren verschlief sie den Sonntag vormittag. Als sie sich, auf einen Arm gestützt, aufrichtete, um die Zeit festzustellen, zeigte der Wecker schon auf Viertel vor zwölf. Die Sonne schien hell durch die schlecht schließenden Rolläden ins Zimmer. Sie sah auf Seamus hinunter. Im Schlaf verlor er den verängstigten, besorgten Ausdruck, der ihr so sehr auf die Nerven ging, und seine regelmäßigen Züge zeigten wieder Spuren des einst gutaussehenden Mannes. Die Töchter sahen dem Vater ähnlich, dachte Ruth, und sie hatten auch seinen Humor geerbt. Früher war Seamus witzig und voller Zuversicht gewesen. Doch dann begann der Abstieg. Die Miete für die Bar war in astronomische Höhen geklettert, die Gegend vornehmer und teurer geworden, und die alten Kunden waren einer nach dem anderen weggeblieben. Dazu kamen jeden Monat die Alimente.

Ruth schlüpfte aus dem Bett und ging zum Schreibsekretär. Unbarmherzig schien die Sonne auf die Schrammen und lädierten Stellen. Ruth versuchte, die Schublade geräuschlos zu öffnen, aber sie klemmte und quietschte. Seamus bewegte sich.

»Ruth.« Er war noch nicht ganz wach.

»Bleib liegen«, sagte sie mit sanfter Stimme. »Ich ruf dich, wenn das Frühstück fertig ist.«

Sie wollte eben den Speck aus der Pfanne nehmen, als das Telefon läutete. Die Mädchen riefen an. Sie hatten die Nachricht wegen Ethel gehört. Marcy, die Älteste, sagte: »Mama, sie tut uns zwar leid, aber das bedeutet doch sicher, daß Papa jetzt seine Verpflichtungen los ist, nicht wahr?«

Ruth bemühte sich, ihrer Stimme einen heiteren Klang zu geben. »Es sieht wirklich ganz danach aus. Wir haben uns noch gar nicht an den Gedanken gewöhnen können.« Sie rief Seamus, der zum Telefon kam.

Ruth wußte, welche Anstrengung es ihn kostete, sagen zu können: »Es ist schrecklich, sich darüber zu freuen, daß jemand tot ist; aber es ist nicht schrecklich, sich zu freuen, daß eine finanzielle Belastung wegfällt. Aber erzähl mal. Wie geht's denn den Dolly Sisters? Benehmen die Jungs sich euch gegenüber auch anständig?«

Ruth hatte frischen Orangensaft gepreßt, Speck mit Rührei, Toast und Kaffee gemacht. Sie wartete, bis Seamus fertig war mit essen und sie ihm Kaffee nachgeschenkt hatte. Dann setzte sie sich ihm gegenüber an den schweren Eichentisch und begann: »Wir müssen miteinander reden.«

Sie stützte die Ellbogen auf den Tisch und faltete die Hände unterm Kinn. In dem fleckigen Spiegel über dem Geschirrbuffet sah sie ihr Bild und wurde sich auf einmal ihrer trübseligen Erscheinung bewußt. Ihr Morgenrock war verwaschen, ihr früher so schönes hellbraunes Haar strähnig und glanzlos; die runden Brillengläser gaben ihrem schmalen Gesicht etwas Verbissenes. Sie verdrängte diese Gedanken als unwichtig und fuhr fort, auf Seamus einzureden. »Als du mir sagtest, du habest Ethel einen Faustschlag versetzt, der Brieföffner habe ihr ins Kinn geschnitten, und du hättest jemand dafür bezahlt, sie zu bedrohen, glaubte ich, du seist noch einen Schritt weiter gegangen. Ich glaubte, du hättest sie umgebracht.«

Seamus stierte in seine Kaffeetasse. Man könnte meinen, sie enthalte alle Geheimnisse dieser Welt, dachte Ruth. Dann richtete er sich auf und blickte ihr fest in die Augen. Es sah aus, als hätten eine durchgeschlafene Nacht, das Gespräch mit seinen Töchtern und das reichliche Frühstück ihn wieder zu sich gebracht. »Ich habe Ethel nicht getötet«, sagte er. »Ich habe ihr Angst eingejagt. Und ich habe es, weiß Gott, selbst mit der Angst zu tun gekriegt. Ich hatte nie die Absicht, sie zu schlagen; das geschah wahrscheinlich instinktiv. Sie schnitt sich in die Backe, weil sie den Brieföffner packte und ich ihn ihr entriß und dann zurück auf den Schreibtisch warf. Sie hatte panische Angst. Und da sagte sie: ›Also gut, du kannst deine verfluchten Alimente behalten!‹«

»Das war am Donnerstag nachmittag«, sagte Ruth.

»Donnerstag ungefähr um zwei Uhr. Du weißt, wie ruhig es um diese Zeit im Lokal wird. Du weißt auch, in was für einem Zustand du wegen des ungedeckten Schecks warst. Ich ging um halb zwei aus der Bar weg. Dan war da, er kann meine Aussage bestätigen.«

»Bist du noch in die Bar zurückgekehrt?«

Seamus trank seinen Kaffee aus und stellte die Tasse zurück auf den Unterteller. »Ja, das mußte ich. Danach kam ich nach Hause und betrank mich. Und ich blieb das ganze Wochenende betrunken.«

»Bist du rausgegangen, um eine Zeitung zu kaufen?«

Seamus lächelte, ein leeres, trauriges Lächeln. »Ich war gar nicht im Stande zu lesen.« Er wartete auf ihre Reaktion, und Ruth sah einen Hoffnungsschimmer auf seinem Gesicht. »Du glaubst mir also«, sagte er in demütigem, überraschtem Ton.

»Gestern und am Freitag habe ich dir nicht geglaubt«, sagte Ruth. »Doch jetzt glaube ich dir. Du hast viele Eigenschaften, gute und schlechte, aber ich weiß, daß du nie ein Messer oder einen Brieföffner in die Hand nehmen und jemand die Kehle durchschneiden könntest.«

»Das Große Los hast du kaum mit mir gezogen«, sagte Seamus ganz ruhig.

Ruths Ton wurde lebhaft. »Ich hätte eine schlechtere Wahl treffen können. Aber jetzt laß uns überlegen, was wir tun können. Mir ist der Anwalt nicht sympathisch; er hat auch zugegeben, daß du einen andern brauchst. Ich möchte etwas versuchen. Zum letzten Mal: Bitte schwör mir bei deinem Leben, daß du Ethel nicht getötet hast.«

»Ich schwöre es bei meinem Leben.« Seamus zögerte. »Beim Leben meiner drei Töchter.«

»Wir brauchen Hilfe. Wirkliche Hilfe. Ich habe gestern abend die Nachrichten angesehen. Da war die Rede von dir. Daß du verhört worden bist. Sie wollen möglichst rasch beweisen, daß du es getan hast. Wir müssen unbedingt jemand die ganze Wahrheit erzählen, jemand, der uns einen Rat geben kann, was wir tun sollen, oder uns zum richtigen Rechtsanwalt schickt.«

Ruth redete den ganzen Nachmittag auf Seamus ein, argumentierte, debattierte, bewies und erörterte, bis er schließlich einwilligte. Es war halb fünf, als sie ihre Mäntel anzogen und die drei Straßen weit bis zum »Schwab House« gingen. Sie sprachen wenig unterwegs. Obwohl die Luft ungewöhlich frisch für die Jahreszeit war, genossen die Leute, daß die Sonne schien. Beim Anblick der kleinen Kinder mit Luftballons, denen erschöpft aussehende Eltern folgten, mußte Seamus lächeln. »Weißt du noch, wie wir mit unseren Mädchen am Sonntagnachmittag in den Zoo gingen?«

Der Portier vor dem »Schwab House« sagte ihnen, daß Commissioner Kearney und seine Tochter ausgegangen seien. Zögernd bat Ruth darum, drinnen warten zu dürfen. Eine halbe Stunde lang saßen sie nebeneinander auf dem Sofa in der Eingangshalle, und in Ruth begannen sich Zweifel zu regen, ob es wirklich ein weiser Entschluß gewesen war, herzukommen. Gerade wollte sie Seamus vorschlagen, wegzugehen, als der Portier die Eingangstür für eine Gruppe von vier Personen offen hielt, die Kearneys und zwei Unbekannte.

Ehe Ruth den Mut sinken ließ, stürzte sie auf sie zu.

»Myles, ich wollte, du hättest ihnen erlaubt, mit dir zu sprechen.« Sie befanden sich in der Küche. Jack bereitete einen Salat zu. Neeve war dabei, die Reste der Spaghettisoße vom Donnerstag aufzutauen.

Myles mixte sehr trockene Martinis für sich und Jack. »Neeve, ich darf mir unmöglich ihre ganze Geschichte anhören. Du bist Zeugin in dieser Sache. Wenn er mir erzählt, daß er Ethel bei einer tätlichen Auseinandersetzung getötet hat, bin ich moralisch verpflichtet, es anzuzeigen.«

»Ich bin überzeugt, daß es nicht das ist, was er dir erzählen wollte.«

»Wie dem auch sei, ich kann dir jedenfalls versichern, daß Seamus Lambston und seine Frau ein strenges Verhör auf dem Kommissariat zu gewärtigen haben. Vergiß nicht, daß Ruth Lambston, falls der kriecherische Neffe die Wahrheit sagt, den Brieföffner gestohlen hat, und du kannst Gift drauf nehmen, daß sie ihn nicht als Souvenir haben wollte. Ich habe getan, was ich konnte, nämlich Pete Kennedy angerufen. Er ist ein erstklassiger Strafverteidiger und wird morgen vormittag mit ihnen sprechen.«

»Und können sie sich überhaupt einen erstklassigen Verteidiger leisten?«

»Wenn Seamus Lambston unschuldig ist, wird Pete unseren Leuten zeigen, daß sie auf der falschen Fährte sind. Und wenn er schuldig ist, dann ist Pete jede Summe wert, die er verlangt, wenn er erreicht, daß Seamus Lambston nicht wegen Mord, sondern nur wegen Totschlag verurteilt wird.«

Beim Abendessen schien es Neeve, als lenke Jack das Gespräch absichtlich in andere Bahnen. Er befragte Myles über einige der berühmtesten Fälle seiner Amtszeit, ein Thema, über das zu sprechen Myles nie müde wurde. Erst beim Abdecken des Tisches fiel Neeve auf einmal auf, daß Jack über eine Menge Fälle Bescheid wußte, von denen man im Mittleren Westen bestimmt nie gehört hatte. »Sie haben sich in alten Zeitungen über Myles orientiert!« sagte sie ihm ins Gesicht.

Er wurde keineswegs verlegen. »Ja, das stimmt. Und nun lassen Sie mal die Töpfe im Spülbecken stehen. Die wasche *ich* ab, Sie ruinieren sich die Fingernägel.«

Es ist nicht möglich, dachte Neeve, daß in einer einzigen Woche so viel passiert sein soll. Es kam ihr vor, als sei Jack schon immer dagewesen. Was tat sich da eigentlich?

Sie wußte, was sich tat. Und plötzlich durchfuhr sie ein eiskalter Schauer. Moses, der das Gelobte Land erblickte und wußte, daß er es nie betreten würde. Warum hatte sie dieses Gefühl? Warum fühlte sie sich irgendwie deprimiert? Warum meinte sie, als sie heute das traurige Foto von Ethel betrachtete, darin noch etwas anderes zu sehen, etwas Verborgenes, als wollte Ethel ihr sagen: »Warte nur, bis du siehst, wie es ist.«

Was ist *es*? fragte sich Neeve.

Der Tod.

Die Zehn-Uhr-Nachrichten brachten eine Menge weiterer Einzelheiten über Ethel. Jemand hatte in aller Eile einen Bericht über ihr Leben zusammengestellt. Es fehlte den Medien an anderen Neuigkeiten, so daß Ethels Geschichte ein Vakuum füllte.

Die Sendung war kaum zu Ende, als das Telefon klingelte. Es war Kitty Conway. Ihre helle, fast musikalische Stimme klang etwas hastig. »Neeve, es tut mir leid, Sie zu stören. Ich bin eben erst nach Hause gekommen. Als ich meinen Mantel weghängte, habe ich gesehen, daß Ihr Vater seinen Hut im Garderobenschrank vergessen hat. Da ich morgen am späteren Nachmittag in die Stadt komme, könnte ich ihn vielleicht irgendwo für ihn abgeben.«

Neeve war verwundert. »Einen Augenblick, ich hole ihn rasch.« Als sie Myles den Hörer reichte, murmelte sie: »Du vergißt doch sonst nie etwas. Was bahnt sich da an?«

»Oh, die reizende Kitty Conway.« Myles schien hocherfreut. »Ich fragte mich schon, ob sie den verflixten Hut wohl je finden würde.« Als er den Hörer wieder auflegte, blickte er Neeve betreten an. »Sie kommt morgen gegen sechs Uhr vorbei. Dann gehe ich mit ihr zum Abendessen aus. Willst du mitkommen?«

»Bestimmt nicht. Es sei denn, du brauchst einen Chaperon. Ich muß morgen sowieso in die Seventh Avenue.«

Von der Küchentür her fragte Jack: »Sagen Sie mir, wenn ich Ihnen auf die Nerven falle. Sonst hätte ich vorgeschlagen, daß wir morgen zusammen essen gehen.«

»Sie wissen ganz genau, daß Sie niemandem auf die Nerven fallen. Ich gehe gern mit zum Essen, falls es Ihnen nichts ausmacht, auf meinen Anruf zu warten. Ich kann die Zeit noch nicht voraussagen. Gewöhnlich mache ich den letzten Besuch bei Onkel Sal und kann von dort aus telefonieren.«

»Mir ist alles recht, Neeve. Nur noch eins: Bitte seien Sie vorsichtig! Sie sind eine wichtige Zeugin im Mordfall Ethel Lambston. Die Begegnung mit Seamus Lambston und seiner Frau hat mich beunruhigt. Die beiden sind verzweifelt, Neeve. Ob schuldig oder nicht, sie möchten jedenfalls, daß die Untersuchung eingestellt wird. Der Wunsch, Ihrem Vater alles zu erzählen, kann spontan gewesen sein, aber auch einfach berechnend. Tatsache ist, daß Mörder sich nicht scheuen, nochmals zu töten, wenn ihnen jemand in die Quere kommt.«

11

Da Montag Dennys freier Tag war, würde seine Abwesenheit im Delikatessenladen nicht auffallen. Er wollte sich aber auch noch das Alibi verschaffen, daß er den Tag im Bett verbracht hatte. »Ich glaube, ich habe Grippe«, sagte er mit heiserer Stimme zu dem gleichgültigen Portier in der Eingangshalle seines Apartmenthauses. Big Charley hatte ihn gestern hier in dieser Halle ans Telefon rufen lassen. »Entweder wirst du sie sofort los, oder wir suchen uns jemand, der dazu imstande ist.«

Denny wußte, was das bedeutete. Man würde ihn nicht weiter herumlaufen lassen, da er sein Wissen von dem Auftrag ja irgendwann dazu benutzen könnte, vor Gericht Milde für sich zu erwirken. Außerdem wollte er den Rest des Geldes haben.

Sorgfältig setzte Denny seinen Plan in die Tat um. Er ging in den Drugstore an der nächsten Ecke, wandte sich hustend an den Apotheker und bat ihn, ihm ein rezeptfreies Mittel zu empfehlen. Bei seiner Rückkehr ließ er sich absichtlich auf ein Gespräch mit dem dummen alten Frauenzimmer ein, das zwei Türen weiter wohnte und es darauf abgesehen hatte, sich mit ihm anzufreunden. Fünf Minuten später kam er aus ihrem Zimmer mit einem übelriechenden Tee in einem angeschlagenen Becher.

»Der kuriert jede Krankheit«, sagte sie zu ihm. »Ich sehe dann später nach Ihnen.«

»Vielleicht können Sie mir gegen Mittag noch mal einen Tee machen?« bat Denny weinerlich.

Er ging zur Toilette, die von den Mietern des ersten und zweiten Stockwerks gemeinsam benutzt wurde, und jammerte dem alten Säufer, der geduldig vor der Tür wartete, etwas von Bauchkrämpfen vor. Der Alte war nicht bereit, ihm den Vortritt zu lassen.

Wieder in seinem Zimmer, packte Denny sorgfältig alle die schäbigen Kleider zusammen, die er getragen hatte, als er Neeve verfolgte. Man konnte nie wissen, ob nicht einer der Portiers ein scharfes Auge hatte und eine genaue Beschreibung von jemandem geben konnte, der sich in der Nähe des »Schwab House« aufgehalten hatte. Selbst die übereifrige Alte mit dem Hund. Sie hatte ihn genau betrachten können. Denny zweifelte nicht daran, daß ein Heer von Polizisten nach jedem kleinsten Anhaltspunkt suchen würde, sobald die Tochter des ehemaligen Commissioners aus dem Weg geräumt war.

Er wollte die Kleider in der Nähe in eine Mülltonne werfen. Das war noch leicht. Der schwierige Teil war, Neeve Kearney von ihrem Laden bis in die Seventh Avenue zu folgen. Aber er hatte sich schon etwas ausgedacht. Er besaß einen neuen grauen Trainingsanzug, in dem ihn noch niemand gesehen hatte. Ferner hatte er eine Punkerperücke und eine große Fliegerbrille. In dieser Aufmachung würde er aussehen wie einer der Boten, die auf ihren Fahrrädern kreuz und quer durch die Stadt sausten und Fußgänger über den Haufen fuhren. Er wollte sich mit einem großen braunen Umschlag bewaffnen und darauf warten, daß Neeve Kearney aus dem Geschäft kam. Wahrscheinlich würde sie ein Taxi zum Modeviertel nehmen. Er wollte ihr in einem andern Taxi folgen, dem Fahrer irgendeine Räubergeschichte erzählen, daß sein Fahrrad gerade gestohlen worden sei und er dieser Dame dringend die Papiere zustellen mußte.

Er hatte mit eigenen Ohren gehört, wie Neeve Kearney sich um halb zwei mit einer dieser reichen Ziegen verabredet hatte, die es sich leisten konnten, Unsummen für Kleider auszugeben. Da es besser war, einen gewissen Spielraum für Irrtümer mit einzukalkulieren, würde er lieber schon vor halb zwei zur Stelle sein.

Es spielte keine Rolle, daß der Taxifahrer den Zusammenhang herstellen konnte, wenn Neeve Kearney umgelegt war. Man würde ja nach einem Punkertyp suchen.

Nachdem Denny seinen Plan festgelegt hatte, stopfte er das Bündel mit den alten Kleidern unter sein Bett. Was für eine Bruchbude, dachte er, als er sich in dem winzig kleinen Zimmer umsah. Voller Küchenschaben. Stinkend. Ein Tisch, der nichts anderes war als eine Orangenkiste. Aber sobald er diesen Job erledigt und die zweiten zehntausend Piepen kassiert hatte, würde er gerade noch so lange bleiben, bis seine Bewährungsfrist vorbei war, und dann hier abhauen. Und wie er abhauen würde!

Den restlichen Vormittag begab Denny sich noch des öfteren

zur Toilette und jammerte jedem, den er antraf, etwas von Bauchschmerzen vor. Um zwölf Uhr mittags klopfte die alte Hexe von seinem Flur an seine Tür und brachte ihm eine neue Tasse Tee und ein altbackenes Brötchen. Er ging noch ein paarmal auf die Toilette, blieb hinter der verriegelten Tür stehen, vermied es, die widerwärtigen Ausdünstungen einzuatmen, und ließ andere so lange warten, bis sie murrend protestierten.

Um Viertel vor eins kam er herausgeschlurft und bemerkte zu dem alten Säufer: »Ich glaub, es geht mir etwas besser. Ich hau mich jetzt mal aufs Ohr.« Sein Zimmer lag im ersten Stock und ging auf einen Hinterhof. Ein Dachvorsprung ragte über die unteren Stockwerke hinaus. Es dauerte nur wenige Minuten, bis Denny seinen grauen Trainingsanzug angezogen, die Punkerperücke und Fliegerbrille aufgesetzt, das Bündel mit den Bettlerkleidern auf die Straße geworfen hatte und hinausgesprungen war.

Er stopfte das Bündel tief in eine von Ratten verseuchte Mülltonne hinter einem Haus in der 108. Straße, nahm die Untergrundbahn zur Station Lexington und 84. Straße, besorgte sich in einer Kaufhalle einen großen braunen Umschlag und Farbstifte, schrieb in Druckbuchstaben DRINGEND auf den Umschlag und begab sich auf seinen Beobachtungsposten gegenüber von »Neeve's Boutique«.

Am Montag morgen um neun Uhr erhielt ein koreanisches Frachtflugzeug, Flug Nr. 771, die Landeerlaubnis für den Kennedy Airport. Lieferwagen der Firma »Gordon Steuber Textiles« warteten bereits, um die Kisten mit Kleidern und Sportbekleidung abzuholen, die in die Lagerhäuser auf Long Island gebracht werden sollten – Lagerhäuser, die in den Büchern der Firma nirgends auftauchten.

Es waren auch noch andere da, die auf die Fracht warteten: staatliche Justizbeamte, die sich anschickten, den wohl größten Drogenfang der letzten zehn Jahre zu machen.

»Eine unglaubliche Idee«, bemerkte einer von ihnen, der im Mechanikeranzug auf dem Rollfeld wartete. »Ich hab schon erlebt, daß das Zeug in Möbeln oder Puppen oder Hundehalsbändern oder Wegwerfwindeln versteckt war, aber noch nie in Haute-Couture-Kleidern.«

Das Flugzeug zog eine Schleife, landete und kam vor dem Hangar zum Stehen. In Sekundenschnelle wimmelte es ringsum von FBI-Beamten. Wenig später war die erste Kiste aufgebrochen, und die Säume einer wunderschön genähten leinenen Kostümjacke wurden aufgeschlitzt. In einen Plastikbeutel, den der Chef der Operation darunterhielt, rieselte reines, unvermischtes Heroin. »Jesses«, entfuhr es ihm, »allein in dieser Kiste muß Stoff für mindestens zwei Millionen Dollar stecken. Lassen Sie Steuber festnehmen.«

Um neun Uhr vierzig stürmten FBI-Leute in Gordon Steubers Büro. Seine Sekretärin versuchte, ihnen den Weg zu verstellen, wurde jedoch unsanft zur Seite geschoben. Steuber hörte mit unbewegter Miene zu, als ihm die Rechtsbelehrung vorgelesen wurde. Äußerlich ungerührt, sah er zu, wie ihm Handschellen angelegt wurden. Innerlich tobte er vor tödlicher, rasender Wut, und diese Wut richtete sich gegen Neeve.

Als man ihn hinausführte, blieb er vor seiner weinenden Sekretärin kurz stehen. »May«, sagte er, »sagen Sie lieber alle meine Verabredungen ab. Vergessen Sie es nicht.«

Der Ausdruck in ihren Augen bestätigte ihm, daß sie verstanden hatte. Sie würde nichts davon verlauten lassen, daß vor zwölf Tagen, am Mittwoch abend, Ethel Lambston in Steubers Büro eingedrungen war und ihm gesagt hatte, daß sie über seine Tätigkeit genau im Bild sei.

Douglas Brown schlief schlecht in der Nacht von Sonntag auf Montag. Während er sich unruhig auf Ethels feinen Satinlaken hin und her wälzte, träumte er von ihr. In kurzen Traumfetzen sah er Ethel, die ihm im »San Domenico« mit einem Glas Dom Pérignon zuprostete: »Auf Seamus, den Schlappschwanz!« Ethel erschien ihm und sagte in kaltem Ton: »Wieviel hast du diesmal weggenommen?« Im Traum kam auch die Polizei und holte ihn ab.

Am Montag vormittag rief das Büro des Gerichtsmediziners von Rockland County an. Als nächster Angehöriger wurde Doug gefragt, was er wegen der Beisetzung der sterblichen Überreste von Ethel Lambston zu tun beabsichtige. Doug versuchte, sich den Anschein von Besorgtheit zu geben. »Es war der Wunsch meiner Tante, eingeäschert zu werden. Können Sie mir raten, was ich tun muß?«

In Wirklichkeit hatte Ethel einmal erwähnt, daß sie bei ihren Eltern in Ohio begraben werden wollte, aber die Überführung einer Urne wäre sehr viel billiger als die eines Sargs.

Doug bekam ein Beerdigungsinstitut genannt. Die Frau, die das Telefon abnahm, war liebenswürdig und teilnehmend und erkundigte sich nach den finanziellen Voraussetzungen. Doug versprach, sich wieder zu melden, und rief Ethels Buchhalter an. Der Buchhalter war über ein verlängertes Wochenende verreist gewesen und hatte die schreckliche Nachricht gerade erst erfahren.

»Ich war Zeuge, als sie ihr Testament machte«, sagte er. »Ich habe eine Kopie des Originals. Sie hat Sie sehr gern gehabt.«

»Ich habe sie ebenfalls geliebt.« Doug hängte auf. Er hatte sich noch nicht an den Gedanken gewöhnt, daß er jetzt ein reicher Mann war. Jedenfalls für seine Verhältnisse.

Wenn nur nicht alles plötzlich zunichte gemacht wird, dachte er.

Instinktiv hatte er zwar erwartet, daß die Polizei erschiene; trotzdem wurde ihm sehr unbehaglich zumute, als es energisch an der Tür klopfte und er aufgefordert wurde, zum Verhör aufs Kommissariat mitzukommen.

Der Schreck fuhr ihm in die Glieder, als man ihm auf dem Polizeirevier vorlas, welches seine Rechte und Pflichten waren. »Das kann doch nicht Ihr Ernst sein!«

»Wir sind lieber übertrieben vorsichtig«, beschwichtigte ihn Inspektor Gomez. »Denken Sie daran, daß Sie auf Fragen nicht antworten müssen, daß Sie einen Anwalt beiziehen oder das Verhör abbrechen können. Sie brauchen es nur zu sagen.«

Doug dachte an Ethels Geld, an Ethels Eigentumswohnung, an die Kleine im Geschäft, die ihm schöne Augen machte, daran, daß er seinen Job an den Nagel hängen und den Scheißkerl von Chef zum Teufel schicken wollte. Er nahm eine versöhnliche Haltung ein. »Ich bin selbstverständlich bereit, Ihre Fragen zu beantworten.«

Schon die erste Frage, die Inspektor O'Brien ihm stellte, brachte ihn aus der Fassung. »Am letzten Donnerstag sind Sie zur Bank gegangen und haben vierhundert Dollar abgehoben, die Sie sich in Hunderternoten auszahlen ließen. Das können Sie nicht leugnen. Wir haben es nachgeprüft. Es ist das Geld, das wir in der Wohnung gefunden haben, nicht wahr? Warum haben Sie es dort hingelegt, wenn doch Ihre Tante, wie Sie uns sagten, die Banknoten immer wiedergefunden hat, von denen sie behauptete, Sie hätten sie ihr gestohlen?«

Myles schlief von Mitternacht bis halb sechs. Als er aufwachte, wußte er, daß er nicht damit rechnen konnte, wieder einzuschlafen. Nichts war ihm verhaßter, als im Bett liegen zu bleiben in der vagen Hoffnung, noch einmal in Morpheus' Arme zu sinken. Er stand auf, ergriff seinen Bademantel und ging in die Küche.

Während er eine frisch aufgegossene Tasse koffeinfreien Kaffee trank, ging er Schritt für Schritt die Ereignisse der vergangenen Woche durch. Die Erleichterung, die er ursprünglich bei der Nachricht von Nicky Sepettis Tod empfunden hatte, war im Schwinden begriffen. Warum?

Er sah sich in der ordentlichen Küche um. Die Art, wie Jack Campbell Neeve gestern abend beim Aufräumen geholfen hatte, war stillschweigend von ihm gutgeheißen worden. Jack fand sich in einer Küche zurecht. Myles mußte lächeln, als er an seinen eigenen Vater dachte. Ein großartiger Mann. »Der Herr des Hauses« sagte seine Mutter, wenn sie von ihm sprach. Aber, weiß Gott, Papa hatte nie einen Teller zum Spülbecken getragen, nie ein Kind gehütet, nie einen Staubsauger in der Hand gehabt. Die heutigen jungen Ehemänner waren anders. Sie hatten sich zum Guten verändert …

Was für ein Ehemann war er selber für Renata gewesen? Ein guter, nach dem Maßstab der meisten Leute. »Ich habe sie geliebt«, sagte er zu sich mit kaum hörbarer Stimme. »Ich war stolz auf sie. Wir hatten schöne Zeiten zusammen. Aber wie gut habe ich sie eigentlich gekannt? Wie weit war ich während unserer Ehe der Sohn meines Vaters? Habe ich sie über ihre Rolle als Ehefrau und Mutter hinaus ernst genommen?«

Gestern abend – oder war es schon vorgestern gewesen? – hatte er Jack Campbell erzählt, daß er alles, was er über Wein wußte, von Renata gelernt hatte. Damals bemühte ich mich, meine Ecken und Kanten abzuschleifen, dachte Myles. Schon ehe er Renata traf, hatte er sich ein persönliches Bildungsprogramm zurechtgelegt: Karten für Carnegie Hall, Karten für die Met, regelmäßige Besuche des Kunstmuseums.

Renata hatte das Pflichtprogramm in herrliche Entdeckungsausflüge verwandelt. Sie summte, wenn sie nach der Oper nach Hause kamen, die Melodien mit ihrer hellen, kräftigen Sopranstimme noch vor sich hin. »Milo, *caro*, bist du der einzige unmusikalische Ire auf der Welt?« pflegte sie ihn zu necken. In den elf wunderbaren Jahren, die uns gegeben waren, haben wir nur angefangen, das auszuloten, was wir später füreinander hätten bedeuten können.

Myles stand auf und schenkte sich eine zweite Tasse Kaffee ein. Woher rührte auf einmal diese Beunruhigung? Was entging ihm? Irgend etwas. Irgend etwas. Ach, Renata, flehte er im stillen, ich weiß nicht, warum, aber ich habe Angst um Neeve. Ich habe in diesen siebzehn Jahren alles für sie getan, was ich konnte. Sie ist doch auch dein Kind. Ist sie in Gefahr?

Der zweite Kaffee brachte Myles wieder zu sich, und er kam sich ein wenig lächerlich vor. Als Neeve gähnend die Küche betrat, hatte er sich genügend gefaßt, um zu sagen: »Dein Verleger ist ein ausgezeichneter Tellerwäscher.«

Neeve grinste und beugte sich vor, um ihrem Vater einen Kuß auf die Stirn zu geben. »Es ist also ›die reizende Kitty Conway‹«, antwortete sie. »Sie haben meine Zustimmung, Commissioner. Es wird wirklich Zeit, daß du dich etwas unter den Damen umsiehst. Schließlich wirst du auch nicht jünger.« Sie duckte sich, um seinem Klaps zu entgehen.

Um ins Geschäft zu gehen, wählte Neeve ein blaßrosa und grau gemustertes Chanel-Kostüm mit goldenen Knöpfen, graue Wildlederpumps und eine passende Schultertasche. Das Haar kämmte sie nach hinten und schlang es zu einem lockeren Knoten.

Myles nickte anerkennend. »Diese Art Kleid gefällt mir besser als die Harlekinade vom Samstag. Ich muß schon sagen, daß du, was Kleider betrifft, den Geschmack deiner Mutter hast.«

»Sir Huberts Lob freut mich ungemein.« An der Tür zögerte Neeve einen Augenblick. »Commissioner, könntest du mir einen großen Gefallen tun und den Gerichtsmediziner fragen, ob es denkbar ist, daß Ethels Kleider gewechselt wurden, nachdem sie bereits tot war?«

»Daran hatte ich noch nicht gedacht.«

»Dann tu es bitte! Selbst wenn du es nicht für richtig hältst, tu es mir zuliebe. Und noch etwas: Glaubst du, daß Seamus Lambston und seine Frau versuchen wollten, uns reinzulegen?«

»Absolut denkbar.«

»Na gut. Aber jetzt hör mir einmal bis zu Ende zu, Myles, ohne mich zu unterbrechen. Die letzte Person, die zugegeben hat, Ethel lebend gesehen zu haben, ist ihr Ex-Mann Seamus. Das war, wie wir wissen, am Donnerstag nachmittag. Kann jemand ihn fragen, was für ein Kleid sie da getragen hat? Ich wette, daß es ein buntes, kaftanartiges Hausgewand aus leichter Wolle war, das sie immer anzog, wenn sie zu Hause war. Dieses Kleid hing nicht in ihrem Schrank. Ethel nahm es aber nie auf Reisen mit. Myles, sieh mich nicht so an! Ich weiß, was ich sage. Worauf ich hinauswill, ist die Annahme, daß Seamus – oder jemand anders – Ethel tötete, als sie den Kaftan trug, und sie dann anders anzog.«

Neeve öffnete die Tür. Myles merkte, daß sie auf eine ironische Bemerkung von ihm wartete. Er nahm einen sachlichen Ton an. »Das würde bedeuten ...«

»Das würde bedeuten, daß Ethels Ex-Mann, falls sie nach ihrem Tod umgezogen wurde, als Täter nicht in Betracht kommen kann. Hast du gesehen, wie er und seine Frau angezogen waren? Die haben von Mode ungefähr soviel Ahnung wie ich vom Funktionieren einer Raumkapsel. Andererseits gibt es auch noch diesen schmierigen Schuft namens Gordon Steuber. Er könnte automatisch eines seiner eigenen Modelle genommen und Ethel angezogen haben, und zwar in der ursprünglichen Zusammenstellung.«

Ehe Neeve die Tür hinter sich schloß, fügte sie noch hinzu: »Du sagst doch immer, daß ein Mörder seine Visitenkarte hinterläßt, Commissioner.«

Rechtsanwalt Peter Kennedy wurde immer gefragt, ob er mit *den* Kennedys verwandt sei. Er hatte tatsächlich starke Ähnlichkeit mit dem verstorbenen Präsidenten. Er war Anfang fünfzig, hatte rötliches, erst spärlich mit Grau durchzogenes Haar, ein breites, markantes Gesicht und eine schlanke Gestalt. Zu Beginn seiner Karriere hatte er als Assistent im Büro des Staatsanwalts gearbeitet und eine dauerhafte Freundschaft mit Myles Kearney angeknüpft. Auf Myles' dringenden Anruf hin hatte Peter einen Termin abgesagt und sich bereit erklärt, Seamus und Ruth Lambston in seinem Büro im Stadtzentrum zu empfangen.

Jetzt hörte er ihnen ungläubig zu und sah in ihre angespannten, müden Gesichter. »Sie sagten, Mr. Lambston, daß Sie Ihrer früheren Frau einen so starken Schlag versetzten, daß sie rückwärts hinfiel, daß sie wieder aufsprang und den Dolch ergriff, den sie als Brieföffner benutzte, und daß sie bei dem darauffolgenden Kampf, als Sie ihr den Dolch zu entwinden versuchten, einen Schnitt an der Backe davontrug.«

Seamus nickte. »Ethel sah, daß ich fast bereit gewesen wäre, sie umzubringen.«

»Fast?«

»Fast«, wiederholte Seamus mit leiser, beschämter Stimme. »Das heißt, eine Sekunde lang wäre ich froh gewesen, wenn der Schlag sie getötet hätte. Seit über zwanzig Jahren machte sie mir das Leben zur Hölle. Als sie wieder aufstand, wurde mir klar, was hätte geschehen können. Aber sie war zu Tode erschrocken und sagte zu mir, sie würde auf die Alimente verzichten.«

»Und dann …«

»Ging ich weg. Ich kehrte in die Bar zurück. Danach ging ich nach Hause und betrank mich und blieb betrunken. Ich kannte Ethel. Es hätte ihr ähnlich gesehen, mich wegen Körperverletzung zu verklagen. Dreimal hat sie versucht, mich einsperren zu lassen, als ich mit den Alimentenzahlungen im Verzug war.« Er lachte freudlos auf. »Das eine Mal genau am Tag, als Jeannie geboren wurde.«

Peter fuhr mit seinen Fragen fort und holte geschickt aus Seamus heraus, daß dieser Angst gehabt hatte, Ethel könnte ihn anzeigen. Er war überzeugt, daß sie, sobald sie richtig zu sich gekommen wäre, es sich anders überlegen und die Alimente wieder von ihm verlangen würde. Er war so töricht gewesen, Ruth zu erzählen, daß Ethel auf die Alimente verzichten wolle, und er war zutiefst erschrocken, als Ruth verlangte, daß Ethel dies schriftlich bestätigte.

»Und dann steckten Sie versehentlich sowohl den Scheck als auch das Schreiben in den Briefkasten und kehrten später zurück, in der Hoffnung, sie wieder herausholen zu können?«

Seamus rang nervös die Hände auf seinem Schoß. Er kam sich selber wie ein armer Irrer vor. Was er tatsächlich war. Aber es kam noch etwas hinzu. Die Drohungen. Irgendwie konnte er sich noch nicht überwinden, auch hiervon etwas zu sagen.

»Nach Donnerstag, dem 13. März, haben Sie Ihre frühere Frau, Ethel Lambston, nicht mehr gesehen oder mit ihr gesprochen?«

»Nein.«

Er hat mir nicht alles gesagt, dachte Peter, aber für den Anfang genügt es. Er beobachtete, wie Seamus Lambston sich auf dem braunen Ledersofa zurücklehnte und sich zu entspannen begann. Bald würde er so weit sein, alle Karten auf den Tisch zu legen. Es wäre ein Fehler, jetzt noch weiter in ihn zu dringen. Peter wandte sich Ruth Lambston zu. Mit besorgtem Blick saß sie steif neben ihrem Mann. Peter sah, daß Seamus' Enthüllungen sie mit Angst erfüllten.

»Kann man Seamus denn wegen Körperverletzung oder was es sonst ist verklagen, weil er Ethel einen Schlag versetzt hat?« fragte sie.

»Ethel Lambston lebt nicht mehr, um Anzeige zu erstatten«, antwortete Peter. Theoretisch konnte die Polizei dies tun. »Mrs. Lambston, ich glaube ein ziemlicher Menschenkenner zu sein. Sie waren diejenige, die ihren Mann dazu überredete, mit dem Commissioner —« er korrigierte sich – »dem ehemaligen Commissioner Kearney zu sprechen. Sie hatten sehr richtig erkannt, daß Sie Hilfe brauchten. Ich kann Ihnen aber nur unter der Bedingung helfen, daß Sie mir die Wahrheit sagen. Irgend etwas gibt es noch, das Sie abwägen, und ich muß wissen, was es ist.«

Unter den fest auf sie gerichteten Blicken ihres Mannes und des so beeindruckend wirkenden Anwalts gestand Ruth: »Ich glaube, ich habe die Tatwaffe weggeworfen.«

Als sie eine Stunde später weggingen und Seamus einverstanden war, sich einem Test mit dem Lügendetektor zu unterziehen, traute Peter Kennedy seiner Intuition nicht mehr so recht. Ganz zum Schluß ihrer Aussprache war Seamus noch damit herausgerückt, daß er einen versoffenen Kerl dafür bezahlt hatte, Ethel zu drohen. Entweder ist er bloß dumm und hat Angst, oder er treibt ein besonders abgefeimtes Spiel, sagte sich Peter und nahm sich vor, Myles Kearney zu verstehen zu geben, daß nicht alle Klienten, die Myles ihm schickte, unbedingt sein Fall waren.

Die Nachricht von Gordon Steubers Festnahme ging wie ein Lauffeuer durch das Modeviertel. Die Telefonlinien waren ständig besetzt. »Nein, es ist nicht wegen der Beschäftigung von Schwarzarbeitern. Das tut ja jeder. Es geht um Rauschgift.« Und dann die große Frage: »Wieso? Er verdient doch Millionen! Man hat ihm eins auf die Finger gegeben wegen der illegalen Ateliers. Man hat auch schon eine Untersuchung wegen Steuerhinterziehung eingeleitet. Doch da können ein paar gute Anwälte einen Prozeß jahrelang verzögern. Aber Drogen!« Nach einer Stunde mischte sich schon schwarzer Humor ein: »Hütet euch vor Neeve Kearneys Zorn! Im Handumdrehen habt ihr eure Armbanduhr gegen Handschellen eingetauscht.«

Umringt von einem Schwarm geschäftiger Mitarbeiter, war Anthony della Salva dabei, die letzten Details für seine Herbstmodenschau auszuarbeiten, die in der kommenden Woche stattfinden sollte. Es war eine besonders gut gelungene Kollektion. Der neue Junge, den er frisch von der Modehochschule weg engagiert hatte, war ein Genie. »Sie sind ein zweiter Anthony della Salva«, hatte er mit strahlender Miene zu Roger gesagt. Es war Sals höchstes Lob.
»Oder ein künftiger Mainbocher«, murmelte der schmalgesichtige, schmächtige Roger vor sich hin. Aber er erwiderte Sals seliges Lächeln. In zwei Jahren hätte er garantiert genügend Rückhalt, um ein eigenes Unternehmen zu eröffnen. Er hatte mit Zähnen und Klauen darum gekämpft, gewisse Motive des Südsee-Designs in Verkleinerung bei den Accessoires der neuen Kollektion verwenden zu dürfen, Seidenschals, Unterarmtaschen und Gürtel in den leuchtenden tropischen Farben und raffinierten Mustern, die den ganzen geheimnisvollen Zauber der Unterwasserwelt einfingen.
»Kommt nicht in Frage«, hatte Sal kurz und bündig erklärt.
»Es ist noch immer das Beste, was Sie je kreiert haben. Es ist Ihr Markenzeichen.«

Als die Kollektion fertig war, mußte Sal zugeben, daß Roger recht gehabt hatte.

Es war halb vier, als Sal hörte, was mit Gordon Steuber geschehen war und welche Witze darüber kursierten. Sofort rief er Myles an. »Wußtest du, daß sich so etwas anbahnte?«

»Nein«, sagte Myles etwas unwirsch. »Man hält mich nicht auf dem laufenden über alles, was im Polizeihauptquartier vorgeht.« Sals besorgter Ton verstärkte die schlimmen Vorahnungen, die ihn schon den ganzen Tag verfolgten.

»Dann sollte man es vielleicht tun«, gab Sal zurück. »Hör zu, Myles, wir haben alle gewußt, daß Steuber Verbindungen zur Unterwelt hat. Wenn Neeve ihn wegen der Beschäftigung von Schwarzarbeitern anprangert, ist das *eine* Sache. Wenn sie aber indirekt bewirkt, daß ein Drogengeschäft in der Höhe von hundert Millionen Dollar auffliegt, dann wird die Geschichte verdammt gefährlich.«

»Hundert Millionen? Die Zahl war mir nicht bekannt.«

»Dann schalt mal dein Radio ein. Meine Sekretärin hat es gerade gehört. Vielleicht solltest du dir überlegen, ob du für Neeve einen Leibwächter engagieren willst. *Paß gut auf sie auf!* Sie ist natürlich deine Tochter, aber ich habe, glaube ich, auch ein berechtigtes Interesse.«

»Das hast du. Ich werde mit den Leuten vom Hauptquartier reden und mir die Sache überlegen. Ich habe gerade versucht, Neeve anzurufen. Sie ist aber schon in die Seventh Avenue gegangen. Es ist ja ihr Einkaufstag. Kommt sie noch bei dir vorbei?«

»Gewöhnlich endet ihre Runde bei mir. Sie weiß auch, daß ich ihr gerne die neue Herbstlinie zeigen möchte.«

»Sag ihr, sobald du sie siehst, daß sie mich anrufen soll. Sag, daß ich auf ihren Anruf warte.«

»Wird gemacht.«

Myles wollte sich schon verabschieden, doch dann fiel ihm noch etwas ein. »Wie geht's deiner Hand, Sal?«

»Besser. Es ist mir eine Lehre, nicht so ungeschickt zu sein. Was mich viel mehr grämt, ist, daß ich das Buch beschädigt habe.«

»Mach dir keine Vorwürfe. Es trocknet schon wieder. Neeve hat einen neuen Verehrer, einen Verleger. Er gibt es einem Restaurator.«

»Kommt nicht in Frage. Das muß ich selber in Ordnung bringen. Ich schicke jemanden, der es abholt.«

Myles lachte. »Sal, du bist zwar ein guter Modeschöpfer, aber ich glaube, für diese Aufgabe ist Jack Campbell der richtige Mann.«

»Myles, ich bestehe darauf!«

»Bis später, Sal.«

Um zwei Uhr kamen Seamus und Ruth Lambston erneut in Peter Kennedys Anwaltsbüro, um sich den Tests mit dem Lügendetektor zu unterziehen. Peter hatte ihnen gesagt: »Wenn wir uns einverstanden erklären, daß ein polizeilicher Test mit dem Lügendetektor vorgenommen wird, falls es zum Prozeß kommt, kann ich sie vermutlich überreden, keine Anklage wegen Körperverletzung oder Unterschlagung eines Beweismittels zu erheben.«

Ruth und Seamus hatten die vergangenen zwei Stunden in einem kleinen Café im Stadtzentrum verbracht, um eine Kleinigkeit zu Mittag zu essen. Keiner würgte mehr als ein paar Bissen von den Sandwiches hinunter, welche die Kellnerin vor sie hinstellte. Sie bestellten lieber noch Tee nach. Seamus brach das Schweigen. »Was hältst du von dem Anwalt?«

Ruth sah ihn nicht an. »Ich habe das Gefühl, daß er uns nicht glaubt.« Sie wandte den Kopf und blickte ihrem Mann in die Augen. »Aber wenn du die Wahrheit sagst, dann haben wir richtig gehandelt.«

Der Test erinnerte Ruth an ihr letztes Elektrokardiogramm, mit dem Unterschied, daß diese Drähte andere Impulse maßen. Der Mann, der den Apparat bediente, war distanziert freundlich. Er fragte Ruth nach ihrem Alter und wo sie arbeite und erkundigte sich nach ihrer Familie. Als sie von ihren Töchtern sprach, entspannte sie sich, und ihre Stimme bekam einen Anflug von Stolz.

Dann folgten die Fragen, die ihren Besuch in Ethels Wohnung betrafen und die Gründe, wieso sie den Scheck zerrissen, den Brieföffner entwendet, ihn mit nach Hause genommen, gewaschen und später in den Korb in dem indischen Laden gelegt hatte.

Als sie fertig war, bat Peter Kennedy sie, im Empfangszimmer zu warten und Seamus zu ihm zu schicken. Die nächsten fünfundvierzig Minuten saß sie da, halb betäubt vor Besorgnis. Wir haben die Kontrolle über unser Leben verloren. Andere entscheiden, ob wir vor Gericht kommen, ins Gefängnis kommen.

Der Raum war beeindruckend mit dem großen und dem kleinen Sofa aus demselben teuren Leder, dem runden Mahagonitisch, auf dem die neuesten Zeitschriften lagen, und den ausgezeichneten modernen Lithographien an den getäfelten Wänden. Ruth war sich bewußt, daß die Empfangssekretärin ihr verstohlene Blicke zuwarf. Wen sah diese elegant gekleidete junge Frau vor sich? Eine unscheinbare Frau in einem unscheinbaren grünen Wollkleid und gewöhnlichen Halbschuhen, das Haar zu einem Knoten aufgesteckt, aus dem Strähnen heraushingen. Wahrscheinlich denkt sie, daß wir uns das Honorar hier gar nicht leisten können, und sie hat recht damit.

Die Tür des Flurs, der zu Peter Kennedys Privatbüro führte, ging auf. Kennedy stand dort mit einem warmen, entgegenkommenden Lächeln. »Kommen Sie, Mrs. Lambston, es ist alles in Ordnung.«

Nachdem der Experte mit dem Lügendetektor weggegangen war, hatte Kennedy die Karten auf den Tisch gelegt. »Normalerweise würde ich lieber nicht so schnell vorgehen. Aber Sie sind besorgt, denn je länger Seamus von den Medien als möglicher Täter bezeichnet wird, um so schlimmer wird dies für Ihre Töchter. Ich schlage deshalb vor, daß ich mich mit der Mordkommission in Verbindung setze, die den Fall untersucht. Ich verlange, daß man sofort einen Test mit dem Lügendetektor macht, um die für Sie unerträgliche Situation voller Andeutungen zu bereinigen. Ich mache Sie aber auf eins aufmerksam: Um einen sofortigen Test zu erwirken, müssen wir uns ausdrücklich einverstanden erklären, daß die Resultate dieses Tests als Beweismittel zugelassen werden, falls es zum Prozeß kommt. Darauf werden sie eingehen, glaube ich, und ich glaube auch, daß ich sie dazu bringen kann, eventuelle andere Anklagepunkte fallenzulassen.«

Seamus schluckte leer. Sein schweißnasses Gesicht glänzte. »Tun Sie es, bitte.«

Kennedy stand auf. »Es ist jetzt drei Uhr. Möglicherweise können wir heute noch hingehen. Warten Sie bitte draußen, bis ich gesehen habe, was ich erreichen kann.«

Eine halbe Stunde später kam er heraus. »Sie sind einverstanden. Gehen wir.«

Der Montag galt bei den Geschäften als der Tag, an dem wenig lief, aber wie Neeve Eugenia gegenüber bemerkte: »Bei uns scheint das nicht zu stimmen.« Vom ersten Augenblick an, als sie um halb zehn die Tür aufgeschlossen hatte, war Betrieb in der Boutique gewesen. Myles hatte ihr von Sals Befürchtungen erzählt, die vielen Hinweise auf sie im Zusammenhang mit dem Tod von Ethel Lambston könnten dem Geschäft schaden. Nachdem sie jedoch bis mittags ununterbrochen zu tun gehabt hatte, bemerkte Neeve trocken zu Eugenia: »Offensichtlich fänden eine Menge Leute es doch nicht so schlimm, in einem Kostüm aus meiner Boutique begraben zu werden.« Dann fügte sie hinzu: »Bestell mir bitte telefonisch einen Kaffee und ein Sandwich, ja?«

Als ihr die Bestellung ins Büro gebracht wurde, blickte Neeve auf und zog die Augenbrauen hoch. »Oh, ich habe erwartet, daß Denny käme. Er hat doch nicht etwa die Stelle gewechselt?«

Der Austräger, ein schlaksiger neunzehnjähriger Bursche, setzte die Tüte unsanft auf ihrem Schreibtisch ab. »Montag hat er frei.«

Als sich die Tür hinter ihm schloß, bemerkte Neeve: »Der Zimmerservice läßt zu wünschen übrig.« Vorsichtig nahm sie den Deckel von dem Pappbecher mit heißem Kaffee.

Jack rief wenige Minuten später an. »Geht's Ihnen gut?«

Neeve lächelte in den Hörer. »Oh, ja. Es geht mir nicht nur gut, ich bin sogar dabei, reich zu werden. Ich hatte einen großartigen Vormittag.«

»Dann könnten Sie mich vielleicht in Zukunft mit ernähren. Ich bin auf dem Weg zum Lunch mit einem literarischen Agenten, den mein Angebot wahrscheinlich nicht gerade glücklich macht.« Jack ließ den scherzhaften Ton fallen. »Neeve, notieren Sie sich bitte diese Telefonnummer. Es sind die ›Four Seasons‹. Ich bin die nächsten zwei Stunden dort, für den Fall, daß Sie mich brauchen.«

»Ich wollte eben mein Thunfischsandwich anbeißen. Bringen Sie mir die Reste von Ihrer Tafel mit.«

»Neeve, es ist mir ernst.«

Neeves Stimme wurde ruhig. »Jack, mir geht's gut. Sparen Sie sich aber etwas von Ihrem Appetit fürs Abendessen. Es kann wahrscheinlich halb sieben oder sieben werden, bis ich Sie anrufe.«

Eugenia warf Neeve einen kritischen Blick zu, als diese den Hörer auflegte. »Der Verleger, nehme ich an.«

Neeve wickelte ihr Sandwich aus. »Hm, hm.« Sie hatte den ersten Bissen im Mund, als das Telefon erneut klingelte.

Es war Inspektor Gomez. »Miss Kearney, ich habe die vom gerichtsmedizinischen Institut gemachten Fotos der verstorbenen Ethel Lambston angesehen. Sie haben den Verdacht geäußert, daß die Kleider ihr erst nach ihrem Tod angezogen wurden.«

»Ja.« Ihre Kehle schnürte sich zusammen, und sie legte das Sandwich wieder hin. Sie wußte, daß Eugenia sie anstarrte, und spürte, wie ihr alle Farbe aus dem Gesicht wich.

»Um diese Annahme näher zu untersuchen, habe ich sehr starke Vergrößerungen der Fotos machen lassen. Die Tests sind noch nicht abgeschlossen, und wir wissen, daß die Leiche transportiert wurde; darum ist es sehr schwer zu sagen, ob Ihre Vermutung richtig ist oder nicht. Aber sagen Sie mir bitte etwas: Wäre Ethel Lambston je mit einer breiten Laufmasche im Strumpf aus dem Haus gegangen?«

Neeve erinnerte sich, die Laufmasche gesehen zu haben, als sie Ethels Kleider identifiziert hatte. »Niemals«, sagte sie..

»Das hatte ich mir gedacht«, pflichtete Gomez ihr bei. »Der Autopsiebericht erwähnt Nylonfasern an einem Zehennagel. Demnach entstand die Laufmasche, als die Strumpfhose angezogen wurde. Das würde bedeuten, daß Ethel Lambston, falls sie sich selber angekleidet hat, in einem Haute-Couture-Kostüm und mit einem kaputten Strumpf ausgegangen wäre. Darüber möchte ich mich in ein, zwei Tagen noch näher mit Ihnen unterhalten. Sind Sie erreichbar?«

Sie hatte eben den Hörer aufgelegt, als es kurz an der Tür klopfte. Die Empfangsdame trat eilig ein. »Neeve«, flüsterte sie, »Mrs. Poth ist da. Und haben Sie schon gehört, daß Gordon Steuber verhaftet worden ist?«

Irgendwie brachte Neeve es fertig, ein ruhiges, aufmerksames

Lächeln zu bewahren, während sie ihrer wohlhabenden Kundin half, drei Abendkleider von Adolfo und zwei Donna-Karan-Kostüme sowie Sandaletten, Pumps und Handtaschen dazu auszuwählen. Mrs. Poth, eine auffallend elegante Frau von Mitte sechzig, erklärte, daß Modeschmuck sie nicht interessiere. »Er ist hübsch, aber ich ziehe meine echten Schmuckstücke vor.« Doch am Ende ging sie auf alle Vorschläge von Neeve ein.

Neeve begleitete Mrs. Poth zu ihrer Limousine, die genau vor der Boutique geparkt war. Die Madison Avenue wimmelte von Menschen, die Einkäufe machten oder flanierten. Trotz der ungewöhnlich niedrigen Temperaturen schien jedermann das sonnige Wetter zu genießen. Als Neeve sich wieder ihrem Geschäft zuwandte, bemerkte sie auf der gegenüberliegenden Straßenseite einen Mann in einem grauen Trainingsanzug, der sich gegen die Hauswand lehnte. Einen flüchtigen Augenblick kam er ihr bekannt vor, doch sie dachte nicht weiter darüber nach, sondern eilte zurück in ihr Büro. Nachdem sie sich die Lippen neu geschminkt hatte, nahm sie ihre Ledermappe unter den Arm. »Kümmere dich ums Geschäft«, sagte sie zu Eugenia. »Ich komme nicht mehr zurück. Schließ also bitte auch die Tür ab.«

Freundlich lächelnd ging sie durchs Geschäft, blieb ein, zwei Mal kurz stehen, um mit einer alten Kundin ein Wort zu wechseln, und begab sich zur Ausgangstür. Die Empfangsdame hatte ihr bereits ein Taxi bestellt. Neeve stieg rasch ein und sah nicht, daß der Mann mit der verrückten Punkerfrisur und dem grauen Trainingsanzug auf der anderen Straßenseite ein Taxi anhielt.

Wieder und wieder und unter verschiedenen Gesichtspunkten antwortete Doug auf dieselben Fragen. Um welche Zeit war er in Ethels Wohnung eingetroffen? Wieso hatte er sich entschlossen, dort einzuziehen? Wann war der Anruf gekommen, in dem Ethel gedroht wurde, falls sie Seamus nicht von den Zahlungen befreite? Wie erklärte er die Tatsache, daß er erst nach einer Woche anfing, das Telefon zu beantworten, und daß der erste Anruf, den er abnahm, eine Drohung war?

Mehrmals wurde Doug darauf hingewiesen, daß es ihm freistehe, Fragen zu beantworten, daß er einen Anwalt verlangen könne, doch seine Antwort lautete: »Ich brauche keinen Rechtsanwalt. Ich habe nichts zu verbergen.« Aber allmählich geriet er in Panik.

»Mir waren gerade Befürchtungen gekommen, es könnte ihr vielleicht etwas zugestoßen sein. Ich sah in ihrem Terminkalender nach und stellte fest, daß sie alle Verabredungen nach dem Freitag, an dem sie mich in ihrer Wohnung treffen wollte, abgesagt hatte. Das beruhigte mich. Aber dann erzählte mir die Nachbarin, daß dieser Trottel von Ex-Mann einen Riesenkrach mit Ethel gehabt hätte und noch mal aufgekreuzt sei, als ich bei der Arbeit war. Dann verschafft sich auch noch seine Frau fast gewaltsamen Eintritt und zerreißt einfach Ethels Alimentenscheck. Da hab ich mir gesagt, daß irgend etwas nicht stimmte.«

»Und dann«, sagte Inspektor O'Brien voller Sarkasmus, »beschlossen Sie, das Telefon abzunehmen, und gleich der erste Anruf war eine gegen das Leben Ihrer Tante gerichtete Drohung, nicht wahr? Und der zweite kam von der Bezirksanwaltschaft von Rockland County und setzte Sie davon in Kenntnis, daß die Leiche gefunden worden sei.«

Douglas spürte den Schweiß in seinen Achselhöhlen. Er rutschte unruhig hin und her und versuchte, sich auf dem harten Stuhl bequemer hinzusetzen. Von der anderen Seite des Tisches her beobachteten ihn die beiden Kriminalbeamten. »Langsam reicht's mir«, erklärte Doug.

O'Briens Gesicht wurde hart. »Dann vertreten Sie sich ein bißchen die Beine, Wertester. Aber vielleicht sind Sie so freundlich, uns vorher noch eine Frage zu beantworten. Der kleine Teppich vor dem Schreibtisch Ihrer Tante war mit Blut bespritzt. Jemand hat ganze Arbeit geleistet und ihn gereinigt. Mr. Brown, haben Sie, ehe Sie Ihre derzeitige Stelle bekamen, nicht bei Sears im Reinigungsdienst für Möbel und Teppiche gearbeitet?«

Die Panik löste bei Doug eine Reflexhandlung aus. Er sprang auf und stieß den Stuhl so heftig zurück, daß er umfiel. »Scheiße!« fluchte er und stürzte aus dem Verhörraum.

Mit seinem Beschluß, ein Taxi erst herbeizuwinken, sobald Neeve ihres bestieg, hatte Denny sich bewußt auf ein Risiko eingelassen. Aber er wußte, daß Taxifahrer neugierig waren. Er wurde einfach glaubwürdiger, wenn er sich einen Wagen schnappte und scheinbar atemlos sagte: »Irgendein gemeiner Typ hat mein Fahrrad geklaut. Fahren Sie bitte hinter dem Taxi dort her. Es kostet mich den Kopf, wenn ich der Frau dort diesen Umschlag nicht bringe.«

Der Fahrer war Vietnamese. Er nickte gleichgültig, schnitt geschickt einem herankommenden Bus den Weg ab, als er auf die andere Straßenseite wechselte, fuhr dann die Madison Avenue hinauf und bog nach links in die 85. Straße ein. Denny lehnte sich in die Ecke und hielt den Kopf gesenkt. Er wollte dem Taxichauffeur nicht zuviel Gelegenheit geben, ihn im Rückspiegel zu betrachten. Die einzige Bemerkung des Fahrers war: »Mistkerle. Wenn man Fürze verkaufen könnte, würden sie die auch noch stehlen.« Das Englisch des Vietnamesen war erstaunlich gut.

An der Ecke Seventh Avenue und 36. Straße fuhr das andere Taxi gerade noch über die Kreuzung, ehe die Ampel auf Rot umschaltete. Sie verpaßten den Anschluß. »Tut mir leid«, entschuldigte sich der Fahrer.

Denny wußte, daß Neeve wahrscheinlich schon beim nächsten oder übernächsten Häuserblock aussteigen würde. Ihr Taxi konnte in diesem dichten Verkehr nur dahinschleichen. »Sollen sie mich doch rausschmeißen. Ich habe mein Bestes versucht.« Er bezahlte den Fahrer und schlenderte zu Fuß weiter. Aus dem Augenwinkel konnte er sehen, wie sein Taxi wieder anfuhr, weiter die Seventh Avenue hinunter. Rasch kehrte Denny sich um und eilte zurück, der 36. Straße zu.

Wie gewöhnlich herrschte auf den Straßen des Bekleidungsviertels Hochbetrieb. Riesige Lastwagen, die entladen wurden, parkten in zwei Reihen nebeneinander auf der ganzen Straßenlänge und brachten den Verkehr beinahe zum Stillstand. Botenjungen auf Rollschuhen flitzten zwischen den Fußgängern hindurch; Angestellte der Lieferfirmen stießen, unbekümmert um Menschen und Fahrzeuge, mit Kleidern vollgehängte Ständer vor sich her. Hupen dröhnten. Nach der letzten Mode gekleidete Männer und Frauen liefen, aufgeregt miteinander diskutierend, vorbei, ohne auch nur im geringsten auf die Leute und den Verkehr ringsum zu achten.

Der ideale Ort für ein Attentat, dachte Denny befriedigt. Einen halben Häuserblock weiter sah er ein Taxi an den Straßenrand fahren und beobachtete, wie Neeve Kearney ausstieg. Ehe Denny nahe an sie herankommen konnte, war sie bereits in einem Haus verschwunden. Er bezog auf der gegenüberliegenden Straßenseite einen Beobachtungsposten, abgeschirmt von einem der großen Lastwagen. »Statt teure Kleider auszusuchen, Neeve Kearney, solltest du dir lieber ein Leichenhemd bestellen«, murmelte er vor sich hin.

Der dreißigjährige Jim Greene war erst vor kurzem zum Inspektor bei der Kriminalpolizei befördert worden. Seine Fähigkeit, eine Situation rasch zu erfassen und instinktiv richtig zu handeln, hatte ihm das Vertrauen seiner Vorgesetzten eingetragen.

Jetzt hatte man ihm die langweilige, aber überaus wichtige Aufgabe zugeteilt, das Krankenhausbett des Inspektors Tony Vitale zu bewachen. Es war kein beneidenswerter Job. Wäre Tony auf der Privatstation gewesen, so hätte Jim vor seiner Zimmertür Wache halten können. Auf der Intensivstation mußte er jedoch im Schwesternzimmer sitzen. Dort wurde er seine ganze Acht-Stunden-Schicht lang ständig an die Vergänglichkeit des Lebens erinnert, wenn die Monitoren plötzlich Alarmsignale von sich gaben und das Krankenpersonal herbeieilte, um den Tod abzuwehren.

Jim, schlank und drahtig und nur mittelgroß, versuchte, in dem kleinen, eng begrenzten Raum so wenig Platz wie möglich einzunehmen. Nach vier Tagen behandelten ihn die Schwestern, als gehöre er schon dazu. Und alle schienen sich ganz besonders um den zähen jungen Polizisten zu sorgen, der so sehr um sein Leben kämpfte.

Jim wußte, wieviel Mut es brauchte, sich als Polizeispitzel in eine Gangsterbande einschleusen zu lassen, mit kaltblütigen Killern an einem Tisch zu sitzen und zu wissen, daß die Tarnung jeden Augenblick entdeckt werden konnte. Er wußte von der Befürchtung, daß Nicky Sepetti einen Tötungsbefehl für Neeve Kearney ausgegeben hatte, kannte die Erleichterung, als Tony mit großer Mühe herausgebracht hatte: »Nicky … kein Kontrakt, Neeve Kearney …«

Jim hatte gerade Dienst, als Commissioner Schwartz zusammen mit Myles Kearney im Krankenhaus erschienen war, und er hatte Gelegenheit gehabt, diesem die Hand zu schütteln. Der Legende. Kearney wurde seinem Ruf wirklich gerecht. Nach dem gewaltsamen Tod seiner Frau mußte er sich vor Sorge zerfleischen, wenn er daran dachte, daß Sepetti es jetzt auf seine Tochter absehen könnte.

Wie der Polizeichef sagte, glaubte Tonys Mutter, daß ihr Sohn versuchte, ihnen noch irgend etwas mitzuteilen. Die Krankenschwestern hatten Anweisung, Jim sofort zu holen, wenn Tony imstande war zu sprechen.

Dies geschah am Montag nachmittag um vier Uhr. Vitales Eltern waren gerade weggegangen, mit einem Funken Hoffnung in ihren erschöpften Gesichtern. Wenn nichts Unerwartetes eintrat, war Tony außer Gefahr. Die Schwester ging hinein, um nach dem Patienten zu sehen. Durch die Glasscheibe sah Jim zu und stand dann rasch auf, als sie ihm ein Zeichen gab, zu kommen.

Glukose tropfte in Tonys Arm, und Sauerstoff wurde ihm durch Schläuche in den Nasenlöchern zugeführt. Seine Lippen bewegten sich. Er flüsterte ein Wort.

»Er sagt seinen eigenen Namen«, teilte die Krankenschwester Jim mit.

Jim schüttelte den Kopf. Er beugte sich hinunter und legte sein Ohr dicht an Tonys Lippen. »Kearney« hörte er und dann ein ganz schwaches »Nee …«

Er berührte Vitales Hand. »Tony, ich bin Polizeibeamter. Sie sagten gerade ›Neeve Kearney‹, nicht wahr? Drücken Sie meine Hand, wenn ich recht habe.«

Er spürte einen ganz schwachen Druck auf seiner Handfläche. »Tony«, fuhr er fort, »als Sie herkamen, versuchten Sie etwas von einem Kontrakt zu sagen. Ist es das, was Sie mir erzählen möchten?«

»Sie regen den Patienten auf«, protestierte die Schwester.

Jim blickte kurz zu ihr hoch. »Er ist Polizist, und zwar ein guter. Es wird ihm bessergehen, wenn er das loswird, was er uns mitzuteilen versucht.« Er wiederholte seine Frage in Tonys Ohr.

Wieder ein kaum spürbarer Druck auf seiner Hand.

»Sehr gut. Sie möchten uns etwas über Neeve Kearney und über einen Kontrakt sagen.« In aller Eile rief Jim sich den Wortlaut dessen, was Vitale bei seiner Einlieferung ins Krankenhaus gesagt hatte, ins Gedächtnis. »Tony, Sie sagten: ›Nicky, kein Kontrakt.‹ War das vielleicht nur ein Teil dessen, was Sie sagen wollten?«

Ein plötzlicher Gedanke ließ Jim fast erstarren. »Tony, versuchten Sie, uns zu sagen, daß Sepetti keinen Kontrakt auf Neeve Kearney ausgeschrieben hat, daß aber jemand anders es tat?«

Ein Augenblick verging, ehe seine Hand krampfhaft umklammert wurde.

»Tony«, flehte Jim. »Versuchen Sie's. Ich schaue auf Ihre Lippen. Wenn Sie wissen, wer den Mordbefehl ausgegeben hat, sagen Sie's mir.«

Es schien Tony, als ob die Fragen des anderen Polizisten wie durch einen Tunnel widerhallten. Er verspürte eine riesige, überwältigende Erleichterung, daß es ihm gelungen war, eine solche Warnung hervorzubringen. Jetzt sah er das Bild im Geist ganz klar vor sich: Joey, der zu Nicky sagte, Steuber habe den Mord angeordnet. Seine Stimme gehorchte ihm einfach nicht, aber er konnte die Lippen langsam bewegen, sie so spitzen, daß sie die Silbe »Stu« bildeten, und dann für den Laut »ber« wieder loslassen.

Jim blickte ihn mit äußerster Aufmerksamkeit an. »Ich glaube, er versucht so etwas zu sagen wie ›Tru …‹«

Die Schwester unterbrach ihn. »Meiner Meinung nach hieß es ›Stu-ber‹.«

Mit einer letzten Anstrengung, ehe er wieder in einen tiefen, heilsamen Schlaf sank, drückte Inspektor Tony Vitale Jims Hand und brachte ein leichtes Nicken zustande.

Nach dem wütenden Abgang von Doug Brown aus dem Verhörraum diskutierten die Inspektoren O'Brien und Gomez über das, was ihnen an Tatsachen im Fall Ethel Lambston bisher bekannt war. Sie waren sich einig, daß Doug Brown ein Taugenichts war und seine Geschichte sehr fadenscheinig; daß er vermutlich seine Tante ständig bestohlen hatte; daß seine Begründung, warum er das Telefon nicht beantwortet hatte, eine glatte Lüge war; und daß er in Panik geraten mußte, als seine Geschichte von den gegen Ethel gerichteten telefonischen Drohungen fast mit der Nachricht von der Entdeckung ihrer Leiche zusammenfiel.

O'Brien lehnte sich auf seinem Stuhl zurück und versuchte, die Füße auf den Tisch zu legen, seine »Denkerstellung«, wenn er am Schreibtisch saß. Der Tisch war jedoch zu hoch, als daß es bequem gewesen wäre. Ärgerlich stellte er die Füße wieder auf den Boden, brummelte etwas von »das Letzte an Mobiliar« und fügte dann hinzu: »Diese Ethel Lambston muß wirklich eine Menschenkennerin gewesen sein. Der Ex-Mann eine Niete, der Neffe ein Dieb. Aber ich würde sagen, daß von den beiden Arschlöchern es der Ex-Mann war, der sie umgebracht hat.«

Gomez beobachtete seinen Kollegen mit Zurückhaltung. Er hatte seine eigenen Vorstellungen, die er Schritt für Schritt darlegen wollte. »Nehmen wir an, sie sei zu Hause ermordet worden.«

O'Brien pflichtete mit einem Grunzlaut bei.

Gomez fuhr fort: »Wenn du und Miss Kearney recht haben, dann hat jemand Ethel andere Kleider angezogen, jemand die Etiketten rausgerissen, jemand vermutlich ihren Koffer und ihre Handtasche weggeworfen.«

Durch halb geschlossene, aber wachsame Augen gab O'Brien sein Einverständnis zu erkennen.

»Jetzt kommt der springende Punkt.« Gomez hielt den Augenblick für gekommen, seine Theorie zu enthüllen. »Warum sollte Seamus die Leiche verstecken? Es war ein reiner Zufall, daß sie so rasch entdeckt wurde. Er hätte weiterhin die Alimente an ihren Buchhalter überweisen müssen. Aber was für einen Grund hätte der Neffe gehabt, die Leiche zu verstecken und die Firmenetiketten aus den Kleidern zu trennen? Wenn Ethel unentdeckt verwest wäre, hätte er sieben Jahre warten müssen, um an ihre Piepen heranzukommen, und obendrein noch saftige Anwaltshonorare zu berappen gehabt. Wenn einer von den beiden es gewesen ist, dann hätte er doch *gewollt*, daß die Leiche gefunden wird. Oder?«

O'Brien hob die Hand. »Nun statte die beiden nicht auch noch mit Intelligenz aus! Wir nehmen sie weiterhin in die Zange, setzen ihnen zu, und früher oder später wird dann einer von ihnen kommen und sagen: ›Ich wollte es doch gar nicht tun.‹ Ich wette immer noch, daß es der Ehemann war. Willst du fünf Dollar auf den Neffen setzen?«

Die Wahl wurde Gomez erspart, da das Telefon läutete. Der Commissioner wollte beide Inspektoren sofort in seinem Büro sprechen.

Während sie mit dem Streifenwagen ins Stadtzentrum unterwegs waren, versuchten O'Brien und Gomez das, was sie bisher unternommen hatten, zu beurteilen. Der Polizeichef hatte sich persönlich in die Sache eingeschaltet. Hatten sie irgendeine Dummheit gemacht? Es war Viertel nach vier, als sie sein Büro betraten.

Commissioner Schwartz hörte dem Gang der Diskussion aufmerksam zu. Inspektor O'Brien war absolut dagegen, Seamus Lambston sofort zu verhaften. »Sir«, sagte er verteidigend, »ich bin von Anfang an der Meinung gewesen, daß der Ex-Mann die Tat begangen hat. Aber warten Sie noch, und geben Sie mir drei Tage Zeit, um den Beweis zu erbringen.«

Herb war drauf und dran, O'Briens Bitte nachzugeben, als seine Sekretärin hereinkam. In aller Eile entschuldigte er sich und ging hinaus ins Vorzimmer. Nach fünf Minuten kehrte er zurück. »Man hat mir gerade mitgeteilt«, sagte er ruhig, »daß Gordon Steuber wahrscheinlich einen Mordkontrakt auf Neeve Kearney ausgeschrieben hat. Wir werden ihn sofort verhören. Neeve hatte auf seine illegalen Nähateliers aufmerksam gemacht, was die Untersuchungen auslöste, die dann dazu führten, daß das Drogengeschäft aufflog. Damit wäre ein Grund gegeben. Aber Ethel Lambston kann ebenfalls Wind von Steubers Geschäften gekriegt haben. Die Wahrscheinlichkeit ist also groß, daß Steuber etwas mit ihrer Ermordung zu tun haben könnte. Ich möchte daher den Ex-Mann entweder festnageln oder ausschalten. Akzeptieren Sie den Vorschlag des Anwalts. Sehen Sie zu, daß der Test mit dem Lügendetektor noch heute vorgenommen wird.«

»Aber ...« O'Brien sah den Ausdruck im Gesicht des Commissioners und beendete den Satz nicht.

Eine Stunde später wurden Gordon Steuber, der die Kaution von zehn Millionen Dollar noch nicht aufgebracht hatte, und Seamus Lambston in zwei verschiedenen Verhörzimmern vernommen. Steuber hatte seinen Anwalt neben sich, während Inspektor O'Briens Fragen auf ihn niederprasselten.

»Wissen Sie etwas von einem Kontrakt, der auf Neeve Kearney ausgeschrieben wurde?«

Gordon Steuber, trotz der in der Wartezelle verbrachten Stunden noch immer tadellos aussehend, versuchte, den Ernst der Lage abzuschätzen. Er brach in schallendes Lachen aus. »Sie machen wohl einen Witz! Aber die Idee wäre nicht schlecht.«

Im Nebenzimmer saß Seamus und war zum zweitenmal an diesem Tag an einen Lügendetektor angeschlossen. Er sagte sich immer wieder, daß dies dasselbe sei wie beim ersten Test, den er bestanden hatte. Aber es *war* nicht dasselbe. Die harten, unfreundlichen Gesichter der Kriminalbeamten, die bedrückende Enge des Raums, die Gewißheit, daß sie ihn für Ethels Mörder hielten, jagten ihm Angst ein. Die Ermutigungen seines Anwalts, Peter Kennedy, konnten daran nichts ändern. Er wußte, daß er einen Fehler gemacht hatte, als er sich mit dem Test einverstanden erklärte.

Seamus war kaum imstande, auch nur die einfachsten Fragen zu beantworten. Als er zur letzten Begegnung mit Ethel kam, war ihm, als stünde er wieder vor ihr, sähe ihr spöttisches Gesicht, wüßte, daß sie sich an seinem Elend weidete und ihn nie von seinen Verpflichtungen erlösen würde. Wut staute sich in ihm an wie an jenem Abend. Die Fragen gingen weiter.

»Sie haben Ethel Lambston einen Schlag versetzt?«

Seine Faust, die ihr Kinn traf, ihr Kopf, der zurückflog. »Ja, ja.«

»Sie nahm den Brieföffner und versuchte, Sie damit anzugreifen?«

Der Haß in ihrem Gesicht. Nein, *Verachtung* war es gewesen. Sie wußte, daß sie ihn in ihren Klauen hatte. »Ich lasse dich verhaften, du Biest!« hatte sie geschrien, den Brieföffner gepackt und war damit auf ihn losgegangen. Er hatte ihn ihr entwunden und ihr bei dem Ringen einen Schnitt im Gesicht beigebracht. Dann hatte sie den Ausdruck in seinen Augen gesehen und gesagt: »Also gut, in Ordnung, du brauchst mir keine Alimente mehr zu bezahlen.«

Dann ...

»Haben Sie Ihre frühere Frau, Ethel Lambston, getötet?«

Seamus schloß die Augen. »Nein, nein ...«

Peter Kennedy brauchte die Bestätigung von Inspektor O'Brien nicht mehr, um mit Bestimmtheit zu wissen, was er bereits geahnt hatte. Er hatte das Spiel verloren.

Seamus hatte beim Test des Lügendetektors versagt.

Zum zweitenmal an diesem Nachmittag hörte Herb Schwartz mit unbewegtem Gesicht zu, was ihm die Inspektoren O'Brien und Gomez berichteten.

Die ganze letzte Stunde war er hin- und hergerissen gewesen, ob er Myles sagen sollte, daß der Verdacht bestand, Gordon Steuber könnte einen Kontrakt auf Neeve ausgeschrieben haben. Es könnte genügen, um einen neuen Herzanfall auszulösen.

Wenn Steuber einen Mordbefehl erteilt hatte, war es dann schon zu spät, um die Ausführung zu verhindern? Herbs Eingeweide verkrampften sich, als ihm klar wurde, daß die Antwort »Ja« lauten würde. Wenn Steubers Kontrakt angenommen worden war, hatte er schon fünf oder sechs Zwischenstufen durchlaufen, ehe die eigentliche Tat vorbereitet wurde. Der Killer würde nie erfahren, wer den Mord bestellt hatte. Aller Wahrscheinlichkeit nach würde man einen auswärtigen Gangster anheuern, der sofort verschwand, sobald der Befehl ausgeführt war.

Neeve Kearney! Mein Gott, dachte Herb, ich kann es unmöglich geschehen lassen. Er war vierunddreißig und Stellvertretender Commissioner gewesen, als Renata ermordet wurde. Bis an sein Lebensende würde er den Ausdruck auf Myles Kearneys Gesicht nicht vergessen, als er neben der Leiche seiner Frau gekniet hatte.

Und jetzt seine Tochter?

Der Faden der Untersuchung, der Steuber mit Ethel Lambstons Tod verknüpfte, schien jetzt nicht mehr in Betracht zu kommen. Der ehemalige Ehemann hatte beim Test mit dem Lügendetektor versagt, und O'Brien machte keinen Hehl aus seiner Überzeugung, daß Seamus Lambston seiner geschiedenen Frau die Kehle durchgeschnitten hatte. Herb bat O'Brien, nochmals seine Gründe darzulegen.

Es war ein langer Tag gewesen. O'Brien hob mißmutig die Schultern, nahm aber auf einen kalten Blick des Commissioners hin eine respektvollere Haltung an. So präzise, als befände er sich im Zeugenstand, führte er seine stichhaltigen Gründe für die Schuld von Seamus Lambston an. »Er ist pleite. Er ist verzweifelt. Er hatte Krach mit seiner Frau wegen eines ungedeckten Schecks für das Schulgeld. Er begibt sich zu Ethel, und die Nachbarin im dritten Stock hört, wie sie sich streiten. Während des ganzen Wochenendes geht er nicht in seine Bar. Niemand bekommt ihn zu Gesicht. Er kennt den Morrison State Park wie seine eigene Hosentasche. Er hat früher mit seinen Kindern die Sonntage dort verbracht. Ein paar Tage später wirft er bei Ethel einen Brief in den Kasten, in dem er sich bedankt, daß sie ihn von seinen Verpflichtungen entbunden hat, und in denselben Umschlag tut er einen Scheck, den er angeblich gar nicht mehr zu schicken braucht. Dann kehrt er zurück, um ihn wieder zu holen. Er gibt zu, Ethel einen Kinnhaken versetzt und einen Schnitt beigebracht zu haben. Sehr wahrscheinlich hat er seiner Frau alles gebeichtet, denn sie stahl die Mordwaffe und beseitigte sie.«

»Hat man sie gefunden?« unterbrach Schwartz ihn.

»Unsere Leute sind gerade dabei, sie zu suchen. Und zum Abschluß, Sir, er hat beim Lügendetektor versagt.«

»Aber den Test im Büro seines Anwalts hat er bestanden«, warf Gomez ein, ohne seinen Kollegen anzusehen. Er hielt den Moment für gegeben, auszusagen, wie er die Sache sah. »Sir, ich habe mit Miss Kearney gesprochen. Sie ist sicher, daß irgend etwas mit den Kleidern nicht stimmt, die Ethel Lambston anhatte. Die Autopsie ergab, daß das Opfer ihren Strumpf zerriß, als sie ihn anzog. Als ihr die Strumpfhose über den rechten Fuß gezogen wurde, blieb sie am Nagel des großen Zehs hängen, so daß vorne auf der ganzen Länge eine breite Laufmasche entstand. Miss Kearney sagt, daß Ethel Lambston niemals so ausgegangen wäre. Ich halte viel von Miss Kearneys Meinung. Eine Frau, die Wert auf ihr Aussehen legt, würde so nicht aus dem Haus gehen, wenn sie sich in zehn Sekunden ein anderes Paar Strümpfe anziehen könnte.«

»Haben Sie den Autopsiebericht und die Fotos der Leiche bei sich?« fragte Herb.

»Ja, Sir.«

Herb studierte die vorgelegten Bilder mit klinischer Objektivität. Das erste Foto zeigte die Hand, die aus der Erde ragte; ein weiteres die in der Totenstarre zusammengekrümmte Leiche, nachdem man sie aus der höhlenartigen Vertiefung herausgeholt hatte. Dann kamen die Vergrößerungen von Ethels Kiefer, der dunkelrot und schwarz und blau unterlaufen war. Dann der blutige Schnitt in ihrer Backe.

Herb nahm sich ein anderes Foto vor. Es zeigte nur die Halspartie zwischen Ethels Kinn und dem unteren Teil der Kehle. Beim Anblick der häßlichen, klaffenden Wunde zuckte Herb zusammen. Trotz der vielen Jahre, die er nun schon bei der Polizei war, gingen ihm die schrecklichen Beweise der Grausamkeit, die Menschen einander antaten, noch immer unter die Haut.

Es war aber noch mehr.

Herb hielt die Aufnahme krampfhaft in der Hand. Die Art, wie die Kehle aufgeschlitzt war. Ein langer, senkrechter Schnitt, dann eine gerade Linie vom Halsansatz bis zum linken Ohr. Denselben Schnitt hatte er schon einmal gesehen. Er griff nach dem Telefon.

Der Schock war seiner Stimme nicht anzumerken, als Commissioner Schwartz in ruhigem Ton um eine bestimmte Akte aus dem Polizeiarchiv bat.

Neeve merkte rasch, daß sie nicht in der richtigen Stimmung war, um Freizeitkleider zu bestellen. Ihr erster Besuch war bei »Gardner Separates«. Die Shorts und T-Shirts mit den farblich kontrastierenden losen Jacken waren amüsant und tadellos geschnitten. Sie stellte sich vor, daß sie Anfang Juni damit eine Strandszene im Schaufenster dekorieren könnte. Aber nachdem sie sich für diese Sachen entschieden hatte, war sie nicht mehr imstande, sich den Rest der Kollektion noch anzusehen. Sie entschuldigte sich mit Zeitknappheit und verließ eilig den übereifrigen Verkäufer, der ihr unbedingt noch die neuen Badeanzüge zeigen wollte. »Sie werden ausflippen, so toll sind sie!«

Auf der Straße zögerte sie einen Augenblick. Am liebsten würde ich jetzt nach Hause gehen, dachte sie. Ich brauche einen Moment Ruhe. Sie spürte einen Anflug von Kopfweh, einen leichten Druck, als läge ein Reifen um ihre Stirn. Ich bekomme doch sonst nie Kopfschmerzen, ermahnte sie sich selber, während sie unschlüssig vor dem Gebäude stand.

Sie konnte noch nicht nach Hause gehen. Im Weggehen hatte Mrs. Poth sie gebeten, nach einem einfachen weißen Kleid für eine Hochzeit im engsten Familienkreis Ausschau zu halten. »Nichts zu Bräutliches«, hatte sie erklärt. »Meine Tochter hat schon zwei Verlobungen gelöst. Der Pfarrer notiert ihre Hochzeitsdaten nur mit Bleistift. Aber diesmal kommt es vielleicht wirklich dazu.«

Es gab verschiedene Häuser, bei denen Neeve sich nach dem

Kleid umsehen konnte. Sie wollte sich nach rechts wenden, hielt dann aber ein. Vielleicht war es besser, zuerst zu der anderen Firma zu gehen. Bei ihrer Kehrtwendung fiel ihr Blick auf die andere Straßenseite. Ein Mann in einem grauen Trainingsanzug und mit einem braunen Umschlag unter dem Arm, ein Mann mit einer großen dunklen Brille und einer verrückten Punkerfrisur kam durch das Verkehrsgewühl auf sie zugelaufen. Einen Moment trafen sich ihre Blicke, und Neeve glaubte, eine Alarmglocke läuten zu hören. Der Druck um ihre Stirn wurde stärker. Ein Lastwagen setzte sich in Bewegung und verdeckte den Blick auf den Boten. Neeve ärgerte sich plötzlich über ihre Unentschlossenheit und ging resolut die Straße hinunter.

Es war halb fünf. Die tiefstehende Sonne ließ die schrägen Schatten immer länger werden. Neeve betete im stillen, daß sie bei der ersten Firma ein geeignetes Kleid finden möge. Dann dachte sie: Ich lasse es bleiben und gehe gleich zu Sal.

Sie hatte es aufgegeben, Myles davon überzeugen zu wollen, daß es wichtig war, welche Bluse Ethel bei ihrem Tod getragen hatte. Aber Sal würde es verstehen.

Jack Campbell ging nach dem Mittagessen direkt zu einer Redaktionssitzung. Sie dauerte bis um halb fünf. Als er wieder in seinem Büro war, versuchte er, sich auf die Berge von Post zu konzentrieren, die Ginny für ihn schon vorsortiert hatte, aber es war ihm unmöglich. Das Gefühl, daß irgend etwas nicht stimmte, daß ihm irgendwo ein schrecklicher Fehler unterlaufen war, ließ ihn nicht los. Aber welcher?

Ginny stand an der Tür, die Jacks Büro von dem kleinen Raum trennte, in dem sie arbeitete. Erst vor einem Monat hatte Jack die Leitung des Verlags übernommen, aber in dieser Zeit war Ginny dazu gelangt, ihn mehr und mehr zu bewundern und ihn gern zu haben. Ursprünglich hatte sie befürchtet, nach zwanzig Jahren der Zusammenarbeit mit seinem Vorgänger sich nicht auf jemand neues einstellen zu können oder von Jack entlassen zu werden, weil er niemand aus der alten Equipe um sich haben wollte.

Beide Befürchtungen waren grundlos gewesen. Während sie ihn jetzt voller Sympathie betrachtete und über seine jungenhafte

Art lächeln mußte, die Krawatte zu lockern und den obersten Hemdenknopf zu öffnen, erkannte sie, daß irgend etwas ihm ernste Sorgen machte. Er hatte die Hände unter dem Kinn gefaltet und starrte die Wand an. Auf seiner Stirn waren tiefe Furchen. Wie mochte die Redaktionssitzung verlaufen sein? Ginny wußte, daß es immer noch ein paar Leute gab, die sich nicht damit abgefunden hatten, daß Jack für den höchsten Posten geholt worden war.

Sie klopfte an die offene Tür. Jack sah auf, und sie wartete, bis er sie richtig wahrgenommen hatte. »Sind Sie gerade am Meditieren?« fragte sie leichthin. »Dann kann die Post auch warten.«

Jack versuchte zu lächeln. »Nein. Mich beschäftigt diese Geschichte mit Ethel Lambston. Irgend etwas an der Sache muß mir entgangen sein, und ich überlege krampfhaft, was es sein könnte.«

Ginny setzte sich Jack gegenüber auf die Stuhlkante. »Vielleicht kann ich Ihnen helfen. Erinnern Sie sich an den Tag, als Ethel herkam? Sie haben ungefähr zwei Minuten mit ihr gesprochen. Die Tür stand offen, so daß ich Sie hören konnte. Sie bellte irgendwas von einem Modeskandal, ging aber absolut nicht auf Details ein. Sie wollte nur über viel Geld sprechen, und Sie nannten ihr eine Summe. Ich glaube nicht, daß Ihnen da etwas entgangen ist.«

Jack seufzte. »Wahrscheinlich nicht. Aber wissen Sie was? Bringen Sie mir doch die Unterlagen, die Toni Mendell geschickt hat. Vielleicht finde ich etwas in Ethels Notizen.«

Als Ginny um halb sechs den Kopf hereinstreckte, um gute Nacht zu sagen, nickte Jack geistesabwesend. Er brütete noch immer über Ethels umfangreichem Material, das sie für ihren Artikel zusammengetragen hatte. Für jeden Designer, der darin vorkam, hatte sie anscheinend einen eigenen Ordner mit biographischen Angaben sowie Fotokopien von Dutzenden von Artikeln über Modethemen aus den bekanntesten Zeitungen und Zeitschriften angelegt.

Ganz offensichtlich war Ethel jemand gewesen, der sehr sorgfältig recherchierte. In den Interviews mit Designern fanden sich zahlreiche Anmerkungen wie »Entspricht nicht dem, was sie in *Vogue* gesagt hat.« – »Zahlen nachprüfen.« – »Hat nie diesen Preis bekommen.« – »Versuchen, Gattin des Gouverneurs zu interviewen, um Behauptung zu checken, sie habe Puppenkleider für sie genäht.«

Für die endgültige Fassung des Artikels gab es ein Dutzend Entwürfe, alle mit Streichungen und Einschüben versehen.

Jack überflog die Blätter, bis er auf den Namen Gordon Steuber stieß. Steuber. Ethel hatte ein von ihm entworfenes Kostüm getragen, als sie gefunden wurde. Neeve hatte so eindringlich darauf hingewiesen, daß die Bluse, die man der Leiche ausgezogen hatte, zwar mit dem Kostüm zusammen verkauft worden war, daß Ethel sie aber nie von sich aus dazu angezogen hätte.

Mit größter Aufmerksamkeit studierte er die Informationen über Gordon Steuber und war beunruhigt, wie häufig sein Name in den Zeitungsausschnitten der letzten drei Monate im Zusammenhang mit polizeilichen Ermittlungen auftauchte. In ihrem Artikel schrieb Ethel Neeve das Verdienst zu, auf Steubers Machenschaften hingewiesen zu haben. Im vorletzten Entwurf zu dem Artikel war nicht nur von der Aufdeckung seiner illegalen Ateliers und von seiner Steuerhinterziehung die Rede, sondern es stand auch ein weiterer Satz darin: »Steuber begann seine berufliche Karriere im Geschäft seines Vaters, der Futter für Pelzmäntel herstellte. Es heißt, daß niemand in der Geschichte der Mode in den letzten Jahren mehr Geld mit Futtern und Säumen verdient hat als der untadelige Mr. Steuber.«

Ethel hatte den Satz unterstrichen und an den Rand geschrieben: *Beibehalten*. Ginny hatte Jack von der Festnahme Steubers nach der Beschlagnahme der Drogensendung erzählt. Sollte Ethel schon mehrere Wochen vorher entdeckt haben, daß Steuber Heroin im Futter und in den Säumen seiner importierten Kleider schmuggelte?

Es paßt ins Bild, dachte Jack. Es paßt zu Neeves Theorie über die Kleider, die Ethel anhatte. Es paßt zu dem von Ethel angekündigten »Riesenskandal«.

Jack erwog, ob er Myles anrufen sollte, entschied sich dann aber dafür, die Unterlagen zuerst Neeve zu zeigen.

Neeve. War es wirklich möglich, daß er sie erst seit sechs Tagen kannte? Nein. Es waren sechs Jahre. Seit jenem Tag im Flugzeug hatte er sie gesucht. Er sah den Telefonapparat an. Sein Bedürfnis, mit ihr zusammenzusein, war überwältigend. Er hatte sie noch kein einziges Mal in den Armen gehalten, doch jetzt verlangte er mit allen Fasern danach. Sie wollte ihn, sobald sie fertig war, vom Büro ihres Onkels Sal aus anrufen.

Sal. Anthony della Salva, der berühmte Modeschöpfer. Der nächste Stapel von Zeitungsausschnitten, Modeskizzen und Artikeln betraf ihn. Nach einem Blick auf das Telefon, in der Hoffnung, Neeve würde jetzt gleich anrufen, begann er, die Unterlagen über Anthony della Salva durchzusehen. Sie enthielten eine Menge Abbildungen der Südsee-Look-Kollektion. Ich verstehe, warum die Leute so begeistert waren, dachte Jack, dabei habe ich doch wenig Ahnung von Mode. Er überflog die Beschreibungen der Modejournalisten. Bei ihrem Lob der Farben wurden sie geradezu lyrisch.

»Anfang 1972 besuchte Anthony della Salva die großartige Ausstellung im Aquarium von Chicago, wo er sich von der Schönheit der Unterwasserwelt des Korallenriffs im Südpazifik inspirieren ließ. Stundenlang ging er durch die Räume und zeichnete das Reich, in dem herrlich schöne Fische mit wunderbaren Pflanzen, prachtvollen Korallenbäumen und Hunderten von zart getönten Muscheln wetteifern. Er zeichnete die Farben in Mustern und Zusammenstellungen, die die Natur vorgegeben hatte. Er studierte die Bewegungen all dieser Meeresbewohner, um ihre natürliche, fließende Grazie mit Hilfe seiner Schere und seiner Stoffe einzufangen ...«

Er muß wirklich gut sein, dachte Jack und begann, die Papiere über della Salva in den Ordner zurückzulegen. Doch irgend etwas ließ ihn nicht los. Irgend etwas mußte ihm entgangen sein. Aber was? Er hatte den endgültigen Text von Ethels Artikel gelesen. Jetzt sah er sich noch einmal die vorletzte Fassung an.

Sie war mit zahlreichen Anmerkungen versehen. »Aquarium in Chicago: Besuchsdatum nachprüfen.« Ethel hatte eine der Zeichnungen der Südsee-Look-Kollektion mit einer Büroklammer am Kopf der Manuskriptseite angeheftet. Daneben hatte sie eine Skizze gezeichnet.

Jack bekam einen trockenen Mund. Genau diese Zeichnung

hatte er schon vor ein paar Tagen gesehen – auf den fleckigen Seiten von Renata Kearneys Kochbuch.

Und das Aquarium. »Besuchsdatum nachprüfen.« Natürlich! Mit wachsendem Entsetzen begann er zu verstehen. Er mußte sich vergewissern. Es war jetzt kurz vor sechs. Das bedeutete, daß es in Chicago fast fünf Uhr war. In größter Eile rief er die Auskunft in Chicago an.

Eine Minute vor fünf hatte er die Nummer des Teilnehmers in Chicago gewählt. Das Telefon wurde abgenommen. »Bitte rufen Sie den Direktor morgen vormittag an«, teilte ihm eine ungeduldige Stimme mit.

»Geben Sie ihm meinen Namen. Er kennt mich. Ich muß sofort mit ihm sprechen. Und eins kann ich Ihnen sagen: Wenn ich erfahre, daß er im Büro war und Sie mich nicht weiterverbunden haben, dann haben Sie Ihren Job gehabt!«

»Ich verbinde, Sir.«

Im nächsten Moment fragte eine überraschte Stimme: »Jack, was ist los?«

Die Frage sprudelte von Jacks Lippen. Er hatte eiskalte, feuchte Hände. Neeve, dachte er, Neeve, sei bitte vorsichtig! Er starrte auf Ethels Artikel und auf die Stelle, wo sie geschrieben hatte: »Wir verehren Anthony della Salva, der den Südsee-Look kreiert hat.« Ethel hatte den Namen della Salva ausgestrichen und darüber geschrieben: »den Designer des Südsee-Looks«.

Die Antwort des Aquariumdirektors war noch erschreckender, als er gedacht hatte. »Sie haben völlig recht. Und wissen Sie, das verrückteste ist, daß Sie der zweite sind, der mich deswegen in den letzten vierzehn Tagen anruft.«

»Wissen Sie noch, wer der andere war?« fragte Jack, der die Antwort bereits kannte.

»Natürlich. Irgendeine Journalistin. Edith … nein, Ethel. Ethel Lambston.« .

Myles hatte einen unerwartet geschäftigen Tag. Um zehn Uhr klingelte das Telefon. Ob er mittags Zeit für eine Besprechung wegen des angebotenen Postens in Washington hätte. Er verabredete sich zum Lunch im Hotel Plaza. Am späteren Nachmittag ging er in seinen Fitneßclub, um zu schwimmen und sich massieren zu lassen, und er freute sich insgeheim, als der Masseur ihm bestätigte, daß er wieder blendend in Form sei.

Myles wußte, daß sein Gesicht die fürchterliche Blässe verloren hatte. Aber es war nicht nur die äußere Erscheinung. Er fühlte sich auch glücklich. Ich bin zwar achtundsechzig, dachte er, während er im Garderobenraum seine Krawatte band, aber ich halte mich gut.

Wenigstens in *meinen* Augen halte ich mich gut, verbesserte er sich etwas reumütig, als er auf den Lift wartete. Eine Frau sieht das vielleicht anders. Oder genauer gesagt, gab er sich selber zu, als er auf die Straße trat und sich auf den Weg zur Fifth Avenue und zum Plaza machte, sieht Kitty Conway mich vielleicht in etwas weniger günstigem Licht.

Das Mittagessen mit dem hohen Regierungsbeamten hatte den ganz bestimmten Zweck, Myles zu einer Antwort zu bewegen. War er bereit, die Leitung der Drogenfahndungsstelle zu übernehmen? Er versprach, binnen achtundvierzig Stunden eine Entscheidung zu treffen. »Wir hoffen, daß sie positiv ausfallen wird«, sagte der Mann aus Washington.

Kaum war er wieder in seiner Wohnung, als sein Wohlbefinden plötzlich schwand. Er hatte im Arbeitszimmer ein Fenster offengelassen. Als er den Raum betrat, flog eine Taube herein, beschrieb einen Kreis, flatterte einen Moment, setzte sich dann aufs Fensterbrett und flog von dort hinaus zum Hudson River. »Eine Taube im Haus ist ein Zeichen des Todes.« Die Worte seiner Mutter klangen ihm eindringlich in den Ohren.

Verrückter, abergläubischer Unsinn, dachte Myles ärgerlich, aber er wurde das Gefühl drohenden Unheils nicht ganz los. Er hatte auf einmal das Bedürfnis, mit Neeve zu sprechen. Rasch wählte er die Nummer des Geschäfts.

Eugenia nahm das Telefon ab.

»Sie ist gerade zur Seventh Avenue gegangen, Commissioner. Ich kann versuchen, sie dort irgendwo zu erreichen.«

»Nein, es ist nicht so wichtig«, sagte Myles, »aber wenn sie sich zufällig meldet, sagen Sie ihr, daß sie zurückrufen soll.«

Er hatte kaum den Hörer aufgelegt, als das Telefon läutete. Es war Sal, der ihm bestätigte, daß auch er wegen Neeve beunruhigt war.

Die nächste halbe Stunde kämpfte Myles mit sich, ob er Herb Schwartz anrufen sollte. Aber wozu? Neeve würde gar nicht als Zeugin gegen Steuber auftreten müssen. Sie hatte ja nur den Anstoß für die Untersuchung gegen ihn gegeben. Allerdings wäre die Beschlagnahme von Drogen im Wert von hundert Millionen Dollar Grund genug gewesen, daß Steuber und seine Komplizen Rache schworen.

Vielleicht kann ich Neeve überreden, mit mir nach Washington zu ziehen, dachte Myles und verwarf die Idee gleich als lächerlich. Neeve hatte ihr Leben, ihr Geschäft in New York. Und falls er ein guter Beobachter war, hatte sie jetzt Jack Campbell. Dann kann ich Washington vergessen, entschied Myles, während er im Zimmer hin und her lief. Ich muß hierbleiben und sie schützen. Ob sie es wollte oder nicht, er würde einen Leibwächter für sie engagieren.

Er erwartete Kitty Conway gegen sechs Uhr. Um Viertel nach fünf ging er in sein Schlafzimmer, zog sich aus, duschte und wählte dann sorgfältig den Anzug, das Hemd und die Krawatte aus, die er zum Abendessen anziehen wollte. Um zwanzig vor sechs war er schon bereit.

Vor längerer Zeit hatte er entdeckt, daß es in einer unerträglich schwierigen Situation beruhigend auf ihn wirkte, wenn er etwas mit den Händen machte. Er konnte während der Wartezeit doch versuchen, den Griff, der sich vor ein paar Tagen von der Kaffeekanne gelöst hatte, wieder zu befestigen.

Erneut betrachtete er sich mit einem kritischen Blick im Spiegel. Das Haar war jetzt schlohweiß, aber immer noch voll. Keine Glatzen in seiner Familie. Aber was sollte es ausmachen? Warum sollte eine sehr hübsche, zehn Jahre jüngere Frau sich für einen ehemaligen Polizeichef mit einem angeschlagenen Herzen interessieren?

Er mochte den Gedanken nicht weiterverfolgen und sah sich im Schlafzimmer um. Das Himmelbett, der Schrank, die Kommode und der Spiegel waren antike Stücke aus Renatas Familie. Myles blickte intensiv auf das Bett, erinnerte sich an Renata, die, in Kissen gelehnt, der kleinen Neeve die Brust gab. »*Cara, cara, mia cara*«, flüsterte sie und drückte die Lippen auf die Stirn des Kindes.

Myles hielt sich am Fußende des Bettes fest, als er Sals besorgte Warnung wieder hörte. »Paß gut auf Neeve auf!« Gott im Himmel! Nicky Sepetti hatte gesagt: »Passen Sie gut auf Ihre Frau und Ihr Kind auf!«

Genug jetzt, ermahnte Myles sich, als er aus dem Schlafzimmer in die Küche hinüberging. Du entwickelst dich noch zu einer hysterischen alten Jungfer, die schon beim Anblick einer Maus außer sich gerät.

In der Küche suchte er unter Töpfen und Pfannen die Espresso-Kanne heraus, mit der Sal sich am Donnerstag abend die Hand verbrüht hatte. Er trug sie ins Arbeitszimmer, stellte sie auf seinen Schreibtisch, holte den Werkzeugkasten aus dem Besenschrank und schlüpfte in seine Rolle als »Axt im Haus«, wie Neeve es nannte.

Kurz darauf stellte er überrascht fest, daß die Ursache, warum der Griff sich gelöst hatte, nicht bei lockeren oder abgebrochenen Schrauben lag. »Das ist ja völlig verrückt!« entfuhr es ihm.

Er versuchte, sich genau zu erinnern, was an diesem Abend vor sich gegangen war, als Sal sich verbrüht hatte …

Am Morgen erwachte Kitty Conway mit einem Gefühl von Vorfreude, wie sie es schon lange nicht mehr empfunden hatte. Brav widerstand sie der Versuchung, noch ein bißchen in den Federn zu bleiben, sondern zog ihren Jogginganzug an und lief von sieben bis acht durch die schönen, breiten Alleen, in denen sich der Frühling ankündigte. Letzte Woche, als sie hier gelaufen war, hatte sie beim Anblick der knospenden Bäume voller Sehnsucht an Mike gedacht. Wehmütig hatte sie zugesehen, wie der junge Ehemann, der am Ende ihrer Straße wohnte, seiner Frau und den kleinen Kindern zuwinkte, während er den Wagen rückwärts aus der Einfahrt fuhr. Ihr schien, als sei es erst gestern gewesen, daß sie Michael in den Armen gehalten und Mike zum Abschied zugewinkt hatte.

Gestern und vor dreißig Jahren.

Heute lächelte sie ihren Nachbarn geistesabwesend zu, als sie sich ihrem Haus näherte. Vom Mittag an erwartete man sie im Museum. Um vier Uhr würde sie wieder zu Hause sein, gerade rechtzeitig, um sich umzuziehen und nach New York hineinzufahren. Sie überlegte noch, ob sie zum Friseur gehen sollte, entschied dann aber, daß sie ihr Haar selber besser frisieren könnte.

Myles Kearney.

Kitty fischte den Hausschlüssel aus ihrer Hosentasche, schloß auf und stieß drinnen einen langen Seufzer aus. Man fühlte sich gut nach einem Dauerlauf, aber – bei Gott! – sie spürte auch ihre achtundfünfzig Jahre.

Schwungvoll öffnete sie den Garderobenschrank in der Eingangshalle und sah auf den Hut, den Myles Kearney »vergessen« hatte. Als sie ihn am gestrigen Abend entdeckte, hatte sie sofort gewußt, daß dies sein Vorwand war, um sie wiederzusehen. Sie mußte an das Kapitel aus Pearl Bucks Roman »Die gute Erde« denken, in dem der Ehemann seine Pfeife zurückläßt zum Zeichen dafür, daß er in der Nacht ins Zimmer seiner Gattin zu kommen gedenkt. Kitty mußte lächeln, strich über den Hut und ging nach oben, um zu duschen.

Die Zeit verging schnell. Um halb fünf schwankte sie, welches von zwei Kleidern sie anziehen sollte, ein einfaches schwarzes Wollkleid, das sie sehr schlank machte, oder ein Deux-pièces in blau-grüner Impriméseide, das ihr rotes Haar besonders schön zur Geltung brachte. »Nur Mut!« sagte sie zu sich und entschied sich für das letztere.

Um fünf Minuten nach sechs meldete der Portier im »Schwab House« ihre Ankunft und gab ihr die Nummer von Myles' Wohnung. Um sieben nach sechs stieg sie aus dem Lift. Myles erwartete sie schon auf dem Gang.

Sie spürte sofort, daß irgend etwas nicht stimmte. Seine Begrüßung war beinahe unpersönlich. Doch instinktiv wußte sie, daß die kühle Förmlichkeit nichts mit ihr zu tun hatte.

Myles schob seine Hand unter ihren Arm und geleitete sie den Gang entlang bis zu seiner Wohnung. Drinnen nahm er ihr den Mantel ab und legte ihn zerstreut auf einen Stuhl im Eingang. »Kitty«, sagte er, »haben Sie Nachsicht mit mir. Ich zerbreche mir gerade den Kopf über etwas, das ungeheuer wichtig ist.«

Sie gingen in sein Zimmer. Kitty blickte sich in dem hübschen Raum um und bewunderte die gemütliche, warme Atmosphäre und den guten Geschmack, mit dem es eingerichtet war. »Kümmern Sie sich nicht um mich«, sagte sie, »sondern machen Sie weiter mit dem, was Sie beschäftigt hat.«

Myles ging zurück zu seinem Schreibtisch. »Der springende Punkt ist«, sagte er, laut denkend, »daß der Griff sich nicht einfach von selber gelöst hat. Er wurde *absichtlich* gelockert. Es war das erstemal, daß Neeve diese Kanne benutzte; vielleicht wurde sie schon so geliefert, was nicht erstaunlich wäre bei der Qualität der heutigen Waren ... Aber hätte sie denn nicht gemerkt, daß der verfluchte Griff bloß an einem Faden hing?«

Kitty wußte, daß Myles keine Antwort erwartete. Sie ging ruhig im Zimmer herum, bewunderte die schönen Bilder und die gerahmten Familienfotos. Beim Anblick von drei Personen mit Taucherbrillen mußte sie unwillkürlich lächeln. Es war unmöglich, die Gesichter zu erkennen, aber zweifellos waren es Myles, seine Frau und die sieben- oder achtjährige Neeve. Auch Kitty hatte mit Mike und Michael in Hawaii getaucht.

Kitty sah Myles an. Mit angespannter Miene hielt er den Griff gegen die Kaffeekanne. Sie ging hinüber und stellte sich neben ihn. Ihr Blick fiel auf das offene Kochbuch. Die Seiten waren voller Kaffeeflecken, doch die Zeichnungen hoben sich, obwohl sie etwas von ihrer Farbe verloren hatten, erstaunlicherweise sogar deutlicher vom Hintergrund ab. Kitty beugte sich vor, um sie genauer zu betrachten, und griff nach dem daneben liegenden Vergrößerungsglas. Aufmerksam sah sie sich die Zeichnung an und konzentrierte sich auf eine Skizze. »Wie reizend«, sagte sie. »Das ist natürlich Neeve. Sie muß das erste Kind gewesen sein, das den Südsee-Look getragen hat. Was für einen Chic sie damals schon hatte!«

Sie spürte, wie Myles sie am Handgelenk packte. »Was haben Sie gesagt?« fragte er. »*Was haben Sie eben gesagt?*«

Als Neeve zu Estrazy kam, dem ersten Hersteller, wo sie sich nach einem weißen Kleid umsehen wollte, war der Showroom voller Leute. Einkäufer der großen Modehäuser Saks, Bonwit's, Bergdorf, aber auch kleinerer Geschäfte drängten sich, und jedermann sprach von Gordon Steuber.

»Wissen Sie, Neeve«, vertraute ihr die Einkäuferin von Saks an, »ich bleibe auf einem großen Teil seiner Sportkollektion sitzen.

Die Leute sind komisch. Sie wären erstaunt, wenn Sie wüßten, wie viele nichts mehr von Gucci und Nippon wissen wollten, als sie wegen Hinterziehung der Umsatzsteuer verurteilt wurden. Eine meiner besten Kundinnen sagte mir, sie würde keine habgierigen Gauner unterstützen.«

Eine Verkäuferin flüsterte Neeve zu, daß ihre beste Freundin, Gordon Steubers Sekretärin, ganz verzweifelt sei. »Steuber hat sie immer gut behandelt, aber jetzt ist er in größten Schwierigkeiten, und meine Freundin fürchtet, daß sie selber auch hineingezogen werden könnte. Was soll sie machen?«

»Die Wahrheit sagen«, antwortete Neeve. »Und raten Sie ihr, keine falschen Loyalitätsgefühle für Gordon Steuber zu haben. Er verdient sie nicht.«

Die Verkäuferin suchte drei weiße Kleider heraus, von denen eines, wie Neeve mit Sicherheit wußte, genau passend für Mrs. Poths Tochter sein würde. Sie bestellte es fest und erbat die zwei anderen zur Auswahl.

Es war fünf Minuten nach sechs, als sie bei Sals Geschäftshaus eintraf. Die Straßen leerten sich bereits. Zwischen fünf und halb sechs war die Betriebsamkeit im Konfektionsviertel mit einem Schlag vorbei. Neeve betrat die Eingangshalle und stellte erstaunt fest, daß der Portier nicht an seinem Empfangspult in der Ecke saß. Wahrscheinlich mußte er auf die Toilette, dachte sie, während sie zu den Aufzügen hinüberging. Nach sechs Uhr war nur noch ein Lift in Betrieb. Seine Tür schloß sich gerade, als sie noch eilige Schritte auf dem Marmorfußboden hörte. Ehe die Tür ganz zu war und der Aufzug sich in Bewegung setzte, sah sie kurz einen grauen Trainingsanzug und eine Punkerfrisur. Blicke trafen sich.

Der Bote. Schlagartig erinnerte sie sich, ihn gesehen zu haben. als sie Mrs. Poth zu ihrem Wagen begleitete, und noch einmal, als sie bei »Gardner Separates« herauskam.

Plötzlich war ihr Mund ganz trocken. Sie drückte den Knopf der 12. Etage und danach alle Knöpfe der restlichen oberen neun Stockwerke. Als der Lift hielt, stieg sie aus und rannte das kurze Stück hinüber zu Sals Büros.

Die Tür zum Showroom stand offen. Sie stürzte hinein und schloß die Tür hinter sich. Der Raum war leer. »Sal!« rief sie, fast in Panik. »Onkel Sal!«

Er kam eilig aus seinem Privatbüro. »Neeve, was ist denn los?«

»Sal, ich glaube, jemand verfolgt mich.« Neeve packte ihn am Arm. »Bitte, schließ die Tür ab!«

Sal starrte sie an. »Neeve, bist du sicher?«

»Ja, ich habe ihn drei- oder viermal gesehen.«

Diese dunklen, tiefliegenden Augen, das bleiche Gesicht.

Neeve spürte, daß sie selber leichenblaß wurde. »Sal«, flüsterte sie. »Ich weiß, wer er ist. Er arbeitet im Delikatessengeschäft in meiner Nähe.«

»Warum sollte er dich verfolgen?«

»Das weiß ich nicht.«

Neeve sah Sal unverwandt an. »Es sei denn, daß Myles die ganze Zeit recht hatte. Ist es möglich, daß Nicky Sepetti meinen Tod wollte?«

Sal öffnete die Tür zum Korridor. Sie hörten das Summen des Aufzugs, der nach unten fuhr. »Neeve«, sagte Sal, »willst du einen Versuch wagen?«

Ohne zu wissen, was sie zu erwarten hatte, nickte Neeve zustimmend.

»Ich lasse jetzt diese Tür hier offen. Du und ich können uns unterhalten. Wenn wirklich jemand hinter dir her ist, wäre es besser, ihn nicht abzuschrecken.«

»Willst du denn, daß ich mich irgendwo hinstelle, wo man mich sehen kann?«

»Was fällt dir ein! Geh dort hinter die Kleiderpuppe. Ich bleibe hinter der Tür. Falls jemand reinkommt, kann ich mich auf ihn stürzen. Wichtig ist, daß wir ihn festhalten und herausfinden, wer ihn geschickt hat.«

Sie sahen auf die Anzeige des Etagenstands. Der Aufzug war im Erdgeschoß. Er begann sich in Bewegung zu setzen.

Sal rannte in sein Büro, zog die Schreibtischschublade auf und nahm einen Revolver heraus. Dann eilte er zu Neeve zurück. »Seit man mich vor ein paar Jahren ausgeraubt hat«, flüsterte er, »besitze ich einen Waffenschein. *Stell dich hinter die Kleiderpuppe, Neeve!*«

Wie im Traum gehorchte Neeve. Das Licht im Showroom war jetzt nur noch gedämpft; trotzdem erkannte sie, daß die Kleiderpuppen Sals neue Kollektion trugen. Dunkle Herbstfarben, Rostrot und Nachtblau, Graubraun und Tiefschwarz. Auf Taschen,

Schals und Gürteln leuchteten die Farben des Südsee-Looks. Korallenrot und Gold und Aquamarinblau und Smaragdgrün und Silber fügten sich, in stark verkleinertem Maßstab, zu jenen zarten Mustern zusammen, die Sal vor so langer Zeit im Aquarium gezeichnet hatte. Die Accessoires und Farbakzente zeigten die typische Handschrift seines großartigen, klassischen Designs.

Neeve starrte auf den Chiffonschal, der vor ihrem Gesicht hing. *Das Muster.* Zeichnungen. *Mama, malst du mich? Mama, das ist aber nicht das Kleid, das ich anhabe … Ach, bambola mia, ich habe mir da nur etwas ausgedacht, das hübsch aussehen könnte …*

Zeichnungen – Renatas Zeichnungen, die sie drei Monate vor ihrem Tod gemacht hatte, ein Jahr bevor Anthony della Salva die Modewelt mit seinem Südsee-Design in Erstaunen versetzte. Erst vor einer Woche hatte Sal versucht, das Buch wegen einer darin enthaltenen Zeichnung zu zerstören.

»Neeve, sag etwas zu mir.« Sals Flüstern bohrte sich in den Raum wie ein dringender Befehl.

Die Tür stand offen. Vom Korridor her war zu hören, daß der Lift hielt. »Ich habe gerade gedacht«, sagte sie und versuchte, ihrer Stimme einen normalen Klang zu geben, »daß es mir sehr gut gefällt, wie du den Südsee-Look in die Herbstlinie integriert hast.«

Die Lifttüren öffneten sich. Ein leises Geräusch von Schritten auf dem Korridor.

Sals freundliche Stimme. »Ich habe heute alle früh nach Hause gehen lassen. Sie haben sich sehr abgerackert, um rechtzeitig mit den Vorbereitungen für die Modeschau fertig zu werden. Ich glaube, es ist meine beste Kollektion seit Jahren.« Er lächelte ihr ermutigend zu und trat hinter die halb geöffnete Tür. Im Dämmerlicht fiel sein Schatten riesig groß auf die gegenüberliegende Wand des Showrooms. Neeve berührte den Schal auf der Kleiderpuppe und starrte auf den Schatten. Sie wollte Sal antworten, aber sie brachte kein Wort heraus.

Langsam ging die Tür ganz auf. Sie sah die Umrisse einer Hand, den Lauf eines Revolvers. Vorsichtig kam Denny herein, suchte den Raum mit raschen Blicken nach ihnen ab. Geräuschlos trat Sal hinter der Tür hervor. Er hob den Revolver. »Denny«, sagte er leise.

Als Denny herumfuhr, drückte Sal ab. Die Kugel traf Denny

mitten in die Stirn. Er ließ den Revolver fallen und sank, ohne einen Laut von sich zu geben, zu Boden.

Starr vor Schrecken sah Neeve zu, wie Sal sein Taschentuch aus seinem Jackett zog, es entfaltete, sich bückte und damit Dennys Revolver aufhob.

»Du hast ihn erschossen«, flüsterte Neeve. »Du hast ihn kaltblütig erschossen. Das war nicht nötig. Du hast ihm keine Chance gegeben.«

»Er hätte dich getötet.« Sal warf seinen Revolver auf den Tisch der Empfangssekretärin. »Ich habe dich bloß beschützt.« Mit Dennys Revolver in der Hand kam er auf sie zu.

»Du *wußtest,* daß er kam«, sagte sie. »Du *wußtest,* wie er hieß. Du hast dies alles geplant!«

Der herzliche, joviale Ausdruck, den Sal immer gehabt hatte, war aus seinem Gesicht verschwunden. Seine aufgedunsenen Wangen glänzten vor Schweiß. Die Augen, die stets zu zwinkern schienen, waren nur noch zwei enge Schlitze, die in seinem fleischigen Gesicht verschwanden. Seine Hand, die noch gerötet und voll Brandblasen war, hielt den Revolver auf sie gerichtet. Spritzer von Dennys Blut glänzten auf dem blanken Stoff seines Jacketts. Die Blutlache auf dem Teppich zu seinen Füßen wurde ständig größer. »Natürlich war ich es«, sagte er. »Das Gerücht geht, daß Steuber den Befehl gab, dich umzulegen. Was aber keiner weiß, ist, daß *ich* das Gerücht in Umlauf gesetzt habe und daß ich derjenige bin, der den Kontrakt ausgeschrieben hat. Myles werde ich sagen, daß ich deinen Killer erschießen konnte, aber zu spät, um dich zu retten. Keine Angst, Neeve, ich werde Myles schon trösten. Darin bin ich sehr gut.«

Neeve stand wie angewurzelt, unfähig sich zu rühren, unfähig, noch Angst zu empfinden. »Meine Mutter hat den Südsee-Look erfunden«, sagte sie zu ihm. »Du hast ihre Zeichnungen gestohlen, nicht wahr? Und Ethel hat es irgendwie herausbekommen. »Du bist derjenige, der auch sie umgebracht hat. *Du* hast sie umgezogen, nicht Steuber. *Du* wußtest, welche Bluse zu welchem Kostüm gehört.«

Sal begann zu lachen, ein hämisches Kichern, das seinen ganzen Körper schüttelte. »Neeve«, sagte er, »du bist ein ganzes Stück klüger als dein Vater. Darum muß ich dich mir auch vom

Hals schaffen. Du hast gleich vermutet, daß etwas nicht stimmte, als Ethel wegblieb. Du hast gemerkt, daß alle ihre Wintermäntel noch im Schrank hingen. Ich dachte mir das schon. Als ich eine Skizze mit dem Südsee-Muster in dem Kochbuch sah, wußte ich, daß ich es auf irgendeine Art ausschalten mußte, auch wenn ich mir dabei die Hand verbrühte. Du hättest früher oder später den Zusammenhang hergestellt. Myles hätte ihn nie erkannt, auch wenn man die Zeichnung auf Plakatformat vergrößert hätte. Ethel fand heraus, daß meine Geschichte wegen der Inspiration im Aquarium eine Lüge war. Ich sagte, daß ich es ihr erklären könnte, und ging zu ihr in die Wohnung. Sie war verdammt gescheit, sagte mir, sie wisse, daß ich gelogen hätte und warum – weil ich nämlich das Design gestohlen hätte. Und sie würde es beweisen.«

»Ethel hatte das Kochbuch gesehen«, sagte Neeve mit tonloser Stimme. »Sie hat eine der Zeichnungen in ihrem Terminkalender kopiert.«

Sal lächelte. »Ist sie dadurch auf den Zusammenhang gekommen? Sie hat nicht lange genug gelebt, um mir das zu verraten. Wenn wir Zeit hätten, würde ich dir die Mappe zeigen, die deine Mutter mir gegeben hat. Die ganze Kollektion ist darin.«

Das war nicht Onkel Sal. Das war nicht der Jugendfreund ihres Vaters. Dies war ein Fremder, der sie haßte, der Myles haßte. »Dein Vater und Dev – nie haben sie mich für voll genommen, schon als wir Kinder waren. Immer wurde ich ausgelacht. Deine Mutter. Große Klasse. Schön. Mit einem angeborenen Sinn für Mode. Verschwendete ihre ganze Begabung an einen groben Klotz wie deinen Vater, der einen Morgenrock nicht von einer Krönungsrobe unterscheiden kann. Renata hat mich immer von oben herab betrachtet. Sie wußte, daß ich nicht ihr Talent hatte. Aber als sie einen Rat brauchte, zu wem sie mit ihrem Design gehen sollte, dann rate mal, an wen sie sich da gewandt hat.

Aber das Beste weißt du noch gar nicht, Neeve. Du bist die einzige, die es je erfährt, und du wirst keine Gelegenheit mehr haben, es weiterzusagen. Neeve, du Idiotin, ich hab deiner Mutter nicht bloß das Südsee-Design gestohlen. *Ich hab ihr dafür die Kehle durchgeschnitten!*«

»Es war Sal«, flüsterte Myles. »Er hat den Griff der Kaffeekanne losgerissen. Er hat versucht, die Zeichnungen zu ruinieren. Und Neeve ist womöglich jetzt bei ihm.«

»Wo?« Kitty packte Myles am Arm.

»In seinem Büro. 36. Straße.«

»Mein Wagen steht unten. Er hat ein Autotelefon.«

Myles nickte nur und rannte bereits zur Tür. Zusammen liefen sie den Gang entlang. Es dauerte die Ewigkeit von einer Minute, bis der Aufzug kam. Zweimal hielt er unterwegs, um Leute einsteigen zu lassen. Unten angekommen, rannte Myles mit Kitty an der Hand durch die Eingangshalle. Ohne auf den Verkehr zu achten, stürzten sie auf die andere Straßenseite.

»Ich fahre«, erklärte Myles. Mit quietschenden Reifen machte er eine Kehrtwendung, raste die West End Avenue hinunter und nahm das Risiko in Kauf, daß eine Polizeistreife ihn sehen und ihm folgen würde.

Wie immer in kritischen Situationen wurde er auf einmal eiskalt und beherrscht. Sein Geist schien wie losgelöst von ihm und wägte ab, was zu tun war. Er gab Kitty eine Telefonnummer an. Wortlos stellte sie die Verbindung her und reichte ihm den Hörer.

»Polizeipräsidium.«

»Myles Kearney hier. Geben Sie mir den Commissioner.«

Geschickt steuerte Myles den Wagen so schnell wie möglich durch den dichten Abendverkehr. Er mißachtete Rotlichter und ließ einen Schweif wütend hupender Autofahrer hinter sich. Sie waren jetzt am Columbus Circle.

Herbs Stimme. »Myles, ich habe gerade versucht, dich anzurufen. Steuber hat den Kontrakt auf Neeve ausgeschrieben. Wir müssen ihr Schutz geben. Im übrigen, Myles, ich glaube, es gibt einen Zusammenhang zwischen Ethel Lambstons Ermordung und Renatas Tod. Die Form der Wunde ist in beiden Fällen dieselbe.«

Renata mit durchschnittener Kehle. Renata in ihrem Blut im Park liegend. So ruhig. Kein Anzeichen eines Kampfes. Renata, die nicht hinterrücks überfallen worden war, sondern einen Menschen getroffen hatte, dem sie vertraute, den Jugendfreund ihres Mannes. Mein Gott, dachte Myles. Oh, mein Gott!

»Herb, Neeve ist in Anthony della Salvas Büro, 52 West 36.

Straße, 12. Stock. Herb, schick unsere Leute so rasch wie möglich hin. Sal ist ein Mörder!«

Zwischen der 56. und 44. Straße wurde die rechte Hälfte der Seventh Avenue neu gepflastert. Aber die Arbeiter waren bereits weggegangen. Unbekümmert durchbrach Myles die Abschrankung und fuhr über den noch frischen Asphalt, vorbei an der 38. Straße, an der 37. Straße ...

Neeve, Neeve, Neeve. Laß mich rechtzeitig kommen, betete Myles. Erhalte mir mein Kind!

Jack hatte den Hörer aus der Hand gelegt und mußte immer noch verdauen, was er gerade gehört hatte. Sein Freund, der Direktor des Aquariums in Chicago, hatte ihm bestätigt, was er vermutete. Das neue Museum war vor achtzehn Jahren eröffnet worden, aber die großartige Ausstellung im obersten Stock, die dem Betrachter das Gefühl gab, auf dem Meeresboden im Südpazifik spazierenzugehen, war erst vor *sechzehn* Jahren fertig geworden. Nur ein paar Leute wußten, daß es mit den Wassertanks im obersten Stock Probleme gegeben hatte und diese Abteilung daher fast zwei Jahre nach Eröffnung des Museums geschlossen bleiben mußte. Dieses Detail wurde natürlich nicht in den Prospekten des Aquariums erwähnt. Jack wußte davon nur, weil er, als er noch dort in der Gegend lebte, regelmäßig das Museum besucht hatte.

Anthony della Salva behauptete, seine Inspiration für den Südsee-Look bei einem Besuch des Aquariums vor *siebzehn* Jahren erhalten zu haben. Das war unmöglich. Warum hatte er dann gelogen?

Jack blickte unverwandt auf Ethels umfangreiche Notizen; die zahlreichen Zeitungsausschnitte mit Berichten über Sal; die riesigen Fragezeichen neben Sals überschwenglichen Schilderungen der Wirkung, die der erste Anblick der Unterwasserwelt im Aquarium in Chicago auf ihn ausgeübt hatte; die Kopie der Zeichnung aus dem Kochbuch. Ethel hatte die Unstimmigkeit festgestellt, war ihnen nachgegangen. Jetzt war sie tot.

Jack dachte daran, mit welcher Hartnäckigkeit Neeve behauptet hatte, daß irgend etwas an der Art, wie Ethel angezogen war, nicht stimmen konnte. Er dachte auch an Myles' Bemerkung: »Jeder Mörder hinterläßt seine Visitenkarte.«

Gordon Steuber war nicht der einzige Couturier, der irrtümlicherweise seinem Opfer ein scheinbar zusammengehörendes Ensemble hatte anziehen können.

Anthony della Salva konnte denselben Fehler gemacht haben.

In Jacks Büro herrschte Stille, eine Stille, wie sie eintritt, wenn es in einem Raum, in dem sonst Besucher und Sekretärinnen ein- und ausgehen und das Telefon läutet, plötzlich ruhig geworden ist.

Jack griff hastig nach dem Telefonbuch. Anthony della Salva hatte sechs verschiedene Geschäftsadressen. Er versuchte es mit der ersten Nummer. Niemand antwortete. Unter der zweiten und dritten Nummer kam der Anrufbeantworter: »Unsere Geschäftszeit ist von halb neun bis fünf Uhr. Bitte hinterlassen Sie eine Nachricht.«

Er versuchte, in der Wohnung im »Schwab House« anzurufen. Nach sechsmaligem Läuten gab er es auf. Als letzte Möglichkeit rief er in ihrem Geschäft an. Bitte, lieber Gott, flehte er, laß jemand das Telefon abnehmen!

»Neeve's Boutique.«

»Ich muß Neeve Kearney unbedingt sprechen. Hier ist Jack Campbell, ein Freund von ihr.«

Eugenias Stimme wurde herzlich. »Sie sind doch der Verleger …«

Jack unterbrach sie. »Sie wollte della Salva aufsuchen. Wo?«

»In seinem Hauptbüro. Nummer 52 West, 36. Straße. Ist etwas passiert?«

Jack legte auf, ohne zu antworten.

Sein Büro befand sich in der Park Avenue bei der 41. Straße. Er rannte durch die leeren Korridore, erwischte sofort einen abwärtsfahrenden Lift und hielt auf der Straße ein leeres Taxi an. Er warf dem Fahrer zwanzig Dollar hin und rief ihm die Adresse zu. Es war achtzehn Minuten nach sechs.

Ist es so meiner Mutter ergangen? fragte sich Neeve. Hat sie ihn an jenem Tag auch angeblickt und die Veränderung in seinem Gesicht gesehen? War sie irgendwie gewarnt gewesen?

Neeve wußte, daß sie sterben würde. Die ganze Woche hatte sie das Gefühl gehabt, daß ihre Zeit abgelaufen war. Jetzt, da es keine Hoffnung mehr gab, schien es ihr auf einmal unendlich wichtig, Antwort auf diese Fragen zu erhalten.

Sal kam näher an sie heran. Er war jetzt nur noch einen Meter entfernt. Hinter ihm, nahe bei der Tür, lag Dennys zusammengekrümmter Körper auf dem Boden. Mit halbem Auge sah Neeve, daß noch immer Blut aus seiner Stirnwunde quoll. Der große Umschlag, den er bei sich hatte, war mit Blut bespritzt, die Punkerperücke bedeckte sein Gesicht zur Hälfte.

Es schien ewig her zu sein, seit Denny hereingekommen war. Wie lange? Eine Minute? Weniger. Das Gebäude wirkte menschenleer, aber es war möglich, daß doch jemand den Schuß gehört hatte. Irgend jemand könnte ihm nachgehen ... Eigentlich sollte der Portier unten sein ... Sal hatte keine Zeit zu verlieren, das wußten sie beide.

Aus weiter Ferne hörte Neeve ein leises Surren. Der Lift fuhr. Vielleicht kam jemand. Könnte sie den Augenblick hinauszögern, in dem Sal abdrückte?

»Onkel Sal«, sagte sie ruhig, »kannst du mir eine einzige Sache erklären? Warum war es nötig, daß du meine Mutter getötet hast? Hättest du nicht mit ihr zusammenarbeiten können? Es gibt keinen Designer, der nicht auch Ideen seiner Assistenten übernimmt.«

»Wenn ich etwas Geniales sehe, dann teile ich nicht, Neeve«, antwortete Sal trocken.

Das Gleiten der sich öffnenden Lifttüren. Jemand war da. Damit Sal die sich nähernden Schritte nicht hörte, hob Neeve die Stimme: »Du hast meine Mutter aus Habgier umgebracht. Uns hast du getröstet und mit uns geweint. An ihrem Sarg sagtest du zu Myles: ›Denk einfach, daß dein süßes Kind nur schläft.‹«

»Hör auf!« Sal streckte die Hand vor.

Die Mündung des Revolvers war genau auf ihr Gesicht gerichtet. Sie wandte den Kopf und sah Myles unter der Tür.

»Myles, lauf weg, sonst bringt er dich um!« schrie sie.

Blitzartig drehte Sal sich um.

Myles rührte sich nicht. Mit absoluter Autorität hallte seine Stimme im Raum wider. »Gib mir den Revolver, Sal«, befahl er. »Das Spiel ist aus.«

Sal hielt sie beide mit der Waffe in Schach. Mit irrem Blick,

Furcht und Haß in den Augen, trat er näher, als Myles langsam auf ihn zukam. »Keinen Schritt näher oder ich schieße!« brüllte er.

»Das tust du nicht, Sal.« Myles' Stimme war von tödlicher Gelassenheit, ohne eine Spur von Angst oder Zweifel. »Du hast meine Frau getötet. Du hast Ethel Lambston getötet. Und im nächsten Augenblick hättest du auch meine Tochter getötet. Aber Herb und seine Leute werden jeden Augenblick hier sein. Sie sind über dich im Bild. Durch Lügen kannst du dich nicht mehr aus der Affäre ziehen. *Gib mir die Waffe!*«

Mit erstaunlicher Kraft und voller Verachtung kam jedes einzelne Wort aus seinem Mund. Er hielt einen Augenblick ein, ehe er weitersprach. »Oder tu dir und uns allen einen Gefallen und steck den Lauf des Revolvers in dein Lügenmaul und drück ab!«

Myles hatte Kitty angewiesen, im Auto zu bleiben. Sie starb fast vor Angst, während sie wartete. Oh, Gott – hilf ihnen, bitte! Vom Ende der Straße her hörte sie unablässiges Sirenengeheul. Unmittelbar vor ihr hielt ein Taxi, und Jack Campbell sprang heraus.

»Jack!« Kitty öffnete ihre Wagentür und rannte hinter ihm her in die Eingangshalle. Der Portier war gerade am Telefon.

»Della Salva?« fragte Jack hastig.

Der Portier hob die Hand. »Einen Moment.«

»Zwölfter Stock«, sagte Kitty.

Der einzige noch fahrende Lift war nicht da. Die Leuchttafel zeigte an, daß er sich im 12. Stock befand. Jack packte den Portier am Kragen. »Stellen Sie einen anderen Lift an!«

»He, was fällt Ihnen ein …«

Vor dem Gebäude kamen jetzt Polizeiwagen mit quietschenden Reifen zum Stehen. Mit erschrocken geweiteten Augen warf der Portier Jack einen Schlüssel zu. »Damit können Sie sie in Betrieb setzen.«

Jack und Kitty fuhren bereits hinauf, als die Polizei in die Eingangshalle stürmte. »Ich glaube, daß della Salva …« begann er.

»Ich weiß«, sagte Kitty.

Der Aufzug bewegte sich rüttelnd bis zum 12. Stock und hielt an. »Warten Sie hier«, sagte Jack zu Kitty.

Jack kam in dem Augenblick hinzu, als Myles mit ruhiger, beherrschter Stimme sagte: »Wenn du ihn nicht gegen dich selbst richten willst, Sal, *dann gib mir den Revolver.*«

Jack stand an der Tür. Der ganze Raum war in Halbdunkel getaucht, und die Szene glich einem surrealistischen Bild. Die Leiche auf dem Fußboden. Neeve und ihr Vater vor der auf sie gerichteten Waffe. Auf dem Tisch nahe bei der Tür sah Jack ein metallisches Aufblitzen. Ein Revolver. Würde er ihn rechtzeitig erreichen können?

Doch dann sah er, wie Anthony della Salva die Hand sinken ließ. »Nimm ihn, Myles«, flehte er. »Ich wollte es doch nicht tun, Myles. Ich habe es nie gewollt.« Sal fiel auf die Knie und umklammerte Myles', Beine. »Du bist mein bester Freund, Myles. Sag ihnen, daß ich es nicht tun wollte.«

Zum letztenmal an diesem Tag besprach sich Commissioner Herb Schwartz in seinem Büro mit den Inspektoren O'Brien und Gomez. Herb war gerade von Anthony della Salvas Büro zurückgekommen. Er war dort unmittelbar nach dem ersten Streifenwagen eingetroffen. Nachdem der Schweinehund della Salva abgeführt worden war, hatte Herb mit Myles gesprochen. »Myles, siebzehn Jahre lang hast du dich mit dem Gedanken gequält, Nicky Sepettis Drohung nicht ernst genommen zu haben. Wäre es nicht höchste Zeit, mit deinen Schuldgefühlen Schluß zu machen? Glaubst du denn, du hättest das Südsee-Design als genialen Entwurf erkannt, wenn Renata damit zu dir gekommen wäre? Du magst ein erstklassiger Polizist sein, aber in Kleiderfragen bist du blind. Ich weiß noch, daß Renata sagte, sie habe dir immer die richtige Krawatte hinlegen müssen.«

Myles würde sich wieder zurechtfinden. Nur schade, daß das Wort »Auge um Auge, Zahn um Zahn« nicht mehr zutraf. Für den Rest seines Lebens würden die Steuerzahler für della Salva aufkommen müssen …

O'Brien und Gomez warteten. Ihr Vorgesetzter sah erschöpft aus. Es war aber ein erfolgreicher Tag gewesen. Della Salva hatte den Mord an Ethel Lambston gestanden. Da säßen ihnen wenigstens das Weiße Haus und der Bürgermeister nicht mehr im Nacken.

O'Brien hatte dem Commissioner noch einige Sachen zu berichten. »Vor ungefähr einer Stunde kam Steubers Sekretärin von sich aus her. Die Lambston hat Steuber vor zehn Tagen aufgesucht. Und hat ihm gesagt, sie würde dafür sorgen, daß er ins Kittchen käme. Wahrscheinlich hatte sie seine Drogengeschäfte spitzgekriegt, aber das spielt jetzt keine Rolle. Er hat die Lambston ja nicht umgebracht.«

Schwartz nickte.

Gomez ergriff das Wort. »Wir wissen jetzt, Sir, daß Seamus Lambston unschuldig am Tod seiner Ex-Frau ist. Bestehen Sie noch auf der Anklage gegen ihn wegen Körperverletzung und gegen die seiner Frau wegen Unterschlagung eines Beweismittels?«

»Ist die Tatwaffe gefunden worden?«

»Ja. In dem indischen Laden, genau wie sie uns gesagt hat.«

»Geben wir den beiden armen Teufeln eine Chance.« Herb stand auf. »Es war ein langer Tag. Gute Nacht, meine Herren.«

Bischof Devin Stanton trank in der Residenz des Kardinals in der Madison Avenue mit dem Hausherrn einen Aperitif, während im Fernsehen die Abendnachrichten liefen. Als alte Freunde sprachen sie über Devins bevorstehende Ernennung.

»Sie werden mir fehlen, Dev«, sagte der Kardinal. »Wollen Sie diese Stelle wirklich übernehmen? Baltimore kann im Sommer das reinste Schwitzbad sein.«

Die Nachrichtensendung war beinahe zu Ende, als die Meldung kam: Der bekannte Modeschöpfer Anthony della Salva war des Mordes an Ethel Lambston, Renata Kearney und Denny Adler angeklagt sowie des versuchten Mordes an Neeve Kearney, der Tochter des ehemaligen Commissioners Kearney.

Der Kardinal wandte sich zu Devin um. »Das sind doch Ihre Freunde!«

Devin sprang auf. »Wollen Sie mich bitte entschuldigen, Eminenz.«

Ruth und Seamus Lambston hörten sich die Sieben-Uhr-Nachrichten im Radio an, darauf gefaßt, daß es heißen würde, Ethel Lambstons Ex-Mann habe beim Test mit dem Lügendetektor versagt. Sie waren erstaunt gewesen, daß man Seamus erlaubt hatte, das Polizeihauptquartier zu verlassen, und beide waren überzeugt, daß seine Verhaftung nur eine Frage der Zeit sei.

Peter Kennedy hatte versucht, ihnen Mut zuzusprechen. »Diese Tests sind nicht unfehlbar. Wenn es zum Prozeß kommt, haben wir immer noch den Beweis, daß Sie den ersten Test mit dem Lügendetektor bestanden haben.«

Ruth war zu dem indischen Laden gebracht worden. Der Korb, in den sie den Dolch hatte fallen lassen, stand an einem anderen Platz. Darum hatten die Polizeibeamten den Dolch nicht gefunden. Ruth suchte ihn für sie heraus und sah zu, wie sie ihn mit unbeteiligten Mienen in einen Plastikbeutel taten.

»Ich habe ihn gescheuert«, erklärte sie ihnen.

»Blutspuren verschwinden nicht immer.«

Wie hatte es nur zu alledem kommen können? fragte sie sich, als sie in dem schweren, mit Samt bezogenen Sessel saß, den sie von jeher gehaßt hatte und der ihr jetzt so vertraut und bequem erschien. Wie konnten wir so die Kontrolle über unser Leben verlieren?

Die Meldung von der Verhaftung Anthony della Salvas kam in dem Augenblick, als sie gerade das Radio abstellen wollte. Sie und Seamus starrten sich an, einen Moment außerstande, das Gehörte zu begreifen. Dann streckten sie einander unbeholfen die Arme entgegen.

Douglas Brown hörte ungläubig den Bericht in den Abendnachrichten an und setzte sich dann auf Ethels Bett, nein, auf *sein* Bett, den Kopf in die Hände gestützt. Es war vorüber. Die Polypen konnten nicht beweisen, daß er Ethels Geld gestohlen hatte. Er war ihr Erbe. Er war jetzt reich.

Das mußte gefeiert werden. Er zog sein Notizbuch aus der Jacke und suchte nach der Telefonnummer der netten Kleinen am Empfang im Geschäft. Dann zögerte er. Das Mädchen, das zum Putzen kam, die Schauspielerin. Die hatte etwas an sich. Der blöde Name. Tse-Tse. Sie stand in Ethels privatem Telefonverzeichnis.

Dreimal läutete es am anderen Ende, dann wurde abgenommen. »'allo.«

Offenbar teilte sie ihr Zimmer mit einer Französin. »Kann ich bitte mit Tse-Tse sprechen? Hier ist Doug Brown.«

Tse-Tse, die gerade die Rolle einer französischen Prostituierten einstudierte, vergaß plötzlich ihren Akzent. »Sie können mich mal, Sie Blödian!« antwortete sie und knallte den Hörer auf die Gabel.

Devin Stanton, designierter Erzbischof des Bistums Baltimore, betrachtete von der Tür des Wohnzimmers aus die Silhouetten von Neeve und Jack, die sich gegen das Fenster abzeichneten. Hinter ihnen war die Mondsichel zwischen den Wolken zum Vorschein gekommen. Mit steigender Wut dachte Devin an die Grausamkeit, die Habgier und Scheinheiligkeit von Sal Esposito. Ehe die christliche Nächstenliebe wieder die Oberhand gewann, murmelte er noch vor sich hin: »Der elende Schuft.« Dann, beim Anblick von Neeve in Jacks Armen, dachte er: Renata, ich hoffe, und ich bete, daß du dies auch siehst.

In seinem Arbeitszimmer griff Myles nach der Weinflasche. Kitty saß in einer Sofaecke. Ihr rotes Haar schimmerte sanft im Schein der viktorianischen Lampe, die auf dem Tisch stand. »Sie haben wunderschönes rotes Haar«, hörte Myles sich sagen. »Meine Mutter hätte den Farbton wahrscheinlich Erdbeerblond genannt. Ist das richtig?«

Kitty lächelte. »Es war einmal. Jetzt wird der Natur ein bißchen nachgeholfen.«

»In Ihrem Fall braucht die Natur keine Nachhilfe.« Plötzlich war Myles um Worte verlegen. Wie sollte er der Frau danken, die seiner Tochter das Leben gerettet hatte? Wenn Kitty die Zeichnung nicht mit dem Südsee-Look in Verbindung gebracht hätte, wäre er niemals rechtzeitig zu Neeve gekommen. Myles dachte wieder daran, wie Neeve und Kitty und Jack die Arme um ihn gelegt hatten, nachdem Sal von Polizisten abgeführt worden war. Er hatte geschluchzt. »Ich wollte nicht auf Renata hören. Nie. Ich bin schuld, daß sie zu ihm ging und starb.«

»Sie ist zu ihm gegangen, um den Rat eines Fachmanns einzuholen«, hatte Kitty mit Bestimmtheit gesagt. »Geben Sie selber ehrlich zu, daß Sie ihr den nicht hätten geben können.«

Wie konnte man einer Frau deutlich machen, daß allein durch ihre Gegenwart die schreckliche Wut und die Schuldgefühle, die man jahrelang mit sich herumgeschleppt hatte, der Vergangenheit angehörten, daß man sich nicht mehr leer und verwüstet vorkam, sondern sich stark fühlte und bereit, das Leben, das noch vor einem lag, auch wirklich zu leben? Es war ihm nicht möglich.

Myles merkte, daß er immer noch die Weinflasche in der Hand hielt. Er sah sich suchend nach Kittys Glas um.

»Ich weiß nicht, wo es ist«, sagte sie. »Wahrscheinlich habe ich es irgendwohin gestellt.«

Es gab doch eine Möglichkeit, es ihr zu sagen. Entschlossen füllte Myles sein eigenes Glas bis zum Rand und reichte es dann Kitty. »Nehmen Sie meins.«

Neeve und Jack standen am Fenster und sahen hinaus auf den Hudson River, auf die Schnellstraße und die Umrisse der Wohnblocks und Restaurants auf dem jenseitigen Ufer in New Jersey.

»Warum bist du in Sals Büro gekommen?« fragte Neeve mit ruhiger Stimme.

»Ethels Notizen über Sal waren voll von Hinweisen auf den Südsee-Look. Sie hatte ein ganzes Bündel von Inseraten aus Magazinen, in denen die Kreationen im Südsee-Look abgebildet waren. Daneben hatte sie eine Skizze gemacht. Diese Skizze kam mir irgendwie bekannt vor, und mir ging auf, daß ich dieselbe Zeichnung im Kochbuch deiner Mutter gesehen hatte.«

»Und da wurde dir alles klar?«

»Ich erinnerte mich, daß du mir erzählt hast, Sal habe den Look nach dem Tod deiner Mutter kreiert. Aus Ethels Notizen ging hervor, daß Sal behauptete, die Inspiration im Aquarium in Chicago erhalten zu haben. Das jedoch war schlicht nicht möglich. Als ich das erkannte, wurde mir alles klar. Und da ich wußte, daß du zu ihm gegangen warst, wurde ich plötzlich fast verrückt vor Angst.«

Vor vielen, vielen Jahren, als zehnjähriges Kind, war Renata zwischen zwei Armeen, die aufeinander schossen, nach Hause geeilt und aus einem Gefühl von Vorahnung in eine Kirche getreten und hatte einem amerikanischen Soldaten das Leben gerettet.

Neeve spürte, daß Jack ihr den Arm um die Taille legte. Die Geste war nicht zögernd, sondern sicher und entschlossen.

»Neeve?«

Während all der vergangenen Jahre hatte sie Myles immer wieder gesagt, daß sie wissen würde, wenn es geschah.

Als Jack sie an sich zog, wußte sie, daß dieser Tag nun gekommen war.

SCHWESTERLEIN,
KOMM TANZ MIT MIR

1

MONTAG, 18. FEBRUAR

Das Zimmer war dunkel. Er kauerte im Sessel, die Arme um die Beine geschlungen. Es passierte wieder. Charley wollte nicht in seinem Versteck bleiben. Charley wollte unbedingt an Erin denken. *Nur noch zwei,* flüsterte Charley. *Dann höre ich auf.*

Er wußte, daß es keinen Sinn hatte, sich zu wehren. Aber es wurde immer gefährlicher. Charley wurde leichtsinnig. Charley wollte angeben. *Geh weg, Charley, laß mich in Ruhe,* flehte er. Charleys spöttisches Lachen gellte durch den Raum.

Hätte Nan ihn doch nur gemocht, dachte er. Hätte sie ihn doch vor fünfzehn Jahren zu ihrer Geburtstagsparty eingeladen … Er hatte sie so sehr geliebt! Er war ihr nach Darien gefolgt mit dem Geschenk, das er in einem Discountladen für sie gekauft hatte, einem Paar Tanzschuhen. Der Schuhkarton war schlicht und billig gewesen. Er hatte sich solche Mühe gegeben, ihn zu verzieren, und hatte eine Skizze der Schuhe auf den Deckel gezeichnet.

Ihr Geburtstag war am 12. März, während der Frühjahrsferien. Er war nach Darien hinuntergefahren, um sie mit dem Geschenk zu überraschen. Als er ankam, hatte er das Haus hell erleuchtet vorgefunden. Diener waren im Begriff, die Autos zu parken. Er war langsam vorbeigefahren, schockiert und wie vor den Kopf geschlagen, Studenten aus Brown hier zu sehen.

Es war ihm noch immer peinlich, wenn er daran dachte, daß er geweint hatte wie ein Kind, als er wendete, um zurückzufahren. Dann fiel ihm das Geburtstagsgeschenk wieder ein, und er überlegte es sich anders. Nan hatte ihm gesagt, sie jogge jeden Morgen um sieben Uhr, bei Regen oder Sonnenschein, in dem Waldgebiet in der Nähe ihres Hauses. Am nächsten Morgen war er da und wartete auf sie.

Noch immer erinnerte er sich lebhaft an ihre *Überraschung*, als sie ihn sah. *Überraschung*, nicht Freude. Sie war stehengeblieben, keuchend, eine dünne Mütze über dem seidigen blonden Haar, einen Schulsweater über dem Jogginganzug, die Füße in Nike-Laufschuhen.

Er hatte ihr zum Geburtstag gratuliert, zugesehen, wie sie die Schachtel öffnete, und sich ihren unaufrichtigen Dank angehört. Er hatte die Arme um sie gelegt. »Nan, ich liebe dich so sehr. Laß mich sehen, wie hübsch deine Füße in den Tanzschuhen aussehen. Ich werde sie dir zumachen. Wir können gleich hier zusammen tanzen.«

»Hau ab!« Sie stieß ihn weg, warf den Schuhkarton nach ihm und schickte sich an, an ihm vorbeizulaufen.

Da war ihr Charley nachgerannt, hatte sie gepackt und zu Boden geworfen. Charleys Hände hatten ihren Hals zugedrückt, bis ihre Arme zu wedeln aufhörten. Charley befestigte die Tanzschuhe an ihren Füßen und tanzte mit Nan. Ihr Kopf lehnte schlaff an seiner Schulter. Charley legte sie auf den Boden; einen Tanzschuh ließ er an ihrem rechten Fuß; dem linken zog er wieder den Nike-Laufschuh an.

Viel Zeit war vergangen. Charley war zu einer verschwommenen Erinnerung geworden, einer schattenhaften Figur, die irgendwo in einem entlegenen Winkel seiner Psyche lauerte – bis vor zwei Jahren. Da hatte Charley angefangen, ihn an Nan zu erinnern, an ihren schlanken Fuß mit dem hohen Spann, ihre schmalen Fesseln, ihre Schönheit und Anmut, wenn sie mit ihm tanzte …

Eene meene muh. Pack die Tänzerin beim Schuh. Zehn rosige Zehen als Schweinchen. Das Spiel, das seine Mutter immer spielte, als er noch klein war. *Dies kleine Schweinchen ging zum Markt. Dies kleine Schweinchen blieb daheim.*

»Spiel es zehnmal!« pflegte er zu bitten, wenn sie aufhörte. »Einmal für jedes Zehenschweinchen.«

Seine Mutter hatte ihn so geliebt! Dann hatte sie sich verändert. Er konnte noch immer ihre Stimme hören. *»Was sollen diese Zeitschriften in deinem Zimmer? Warum hast du diese Pumps aus meinem Kleiderschrank genommen? Nach allem, was wir für dich getan haben! Du bist eine solche Enttäuschung für uns.«*

Als Charley vor zwei Jahren wieder aufgetaucht war, hatte er ihm befohlen, in Zeitungen Bekanntschaftsanzeigen aufzugeben.

Eine ganze Reihe. Und Charley diktierte ihm, was in der besonderen Anzeige zu stehen hatte.

Jetzt waren sieben Mädchen auf dem Grundstück begraben, jede mit einem Tanzschuh am rechten Fuß und ihrem Schuh oder Turnschuh oder Stiefel am linken ...

Er hatte Charley angefleht, ihn für eine Weile aufhören zu lassen. Er wollte es nicht mehr tun. Er hatte Charley gesagt, der Boden sei noch gefroren – er könne sie nicht begraben, und es sei gefährlich, ihre Leichen in der Tiefkühltruhe aufzubewahren ...

Aber Charley schrie: »Ich will, daß diese beiden letzten gefunden werden. Ich will, daß sie genau so gefunden werden, wie ich Nan zurückließ.«

Charley hatte diese letzten beiden auf dieselbe Weise ausgesucht wie alle anderen nach Nan. Sie hießen Erin Kelley und Darcy Scott. Beide hatten auf zwei verschiedene Bekanntschaftsanzeigen geantwortet, die er aufgegeben hatte. Und noch wichtiger, sie hatten beide auch auf seine *besondere* Anzeige geantwortet.

Unter allen Antworten, die er bekommen hatte, waren *ihre* Briefe und Bilder Charley sofort ins Auge gesprungen. Die Briefe waren amüsant, sie klangen anziehend, fast, als höre er Nans Stimme mit ihrem selbstironischen Witz, ihrem trockenen, intelligenten Humor. Und dann waren da noch die Bilder. Beide waren einladend, auf verschiedene Weise ...

Erin Kelley hatte einen Schnappschuß geschickt, auf dem sie auf der Kante eines Schreibtischs hockte. Sie saß ein bißchen vorgebeugt, als rede sie gerade; ihre Augen leuchteten, und der lange, schlanke Körper war sprungbereit, als warte sie auf eine Aufforderung zum Tanz.

Das Foto von Darcy Scott zeigte sie vor einer gepolsterten Fensterbank, die Hand auf dem Vorhang. Sie war halb der Kamera zugewandt. Eindeutig hatte man sie überrascht, als das Foto aufgenommen wurde. Sie trug Stoffmuster über dem Arm und einen konzentrierten, aber amüsierten Ausdruck im Gesicht. Sie hatte hohe Wangenknochen, war zierlich gebaut, und ihre langen Beine hatten schmale Fußgelenke; die schlanken Füße steckten in Gucci-Slippern.

Wieviel attraktiver würden sie in Tanzschuhen aussehen! dachte er bei sich.

Er stand auf und reckte sich. Die dunklen Schatten im Raum störten ihn nicht mehr. Charley war jetzt ganz da, und er war ihm willkommen. Keine nagende Stimme bat ihn mehr, sich zu wehren.

Als Charley bereitwillig wieder in der dunklen Höhle verschwand, aus der er aufgetaucht war, las er Erins Brief noch einmal und fuhr mit den Fingerspitzen über ihr Bild.

Er lachte laut auf, als er an die verlockende Anzeige dachte, die Erin zu ihm geführt hatte.

Sie begann so: »*Suche junge Frau, die gerne tanzt.*«

2

DIENSTAG, 19. FEBRUAR

Kälte. Schneematsch. Schmutz. Schrecklicher Verkehr. Es spielte keine Rolle. Es war gut, wieder in New York zu sein.

Fröhlich warf Darcy ihren Mantel ab, fuhr sich mit den Fingern durchs Haar und betrachtete die säuberlich sortierte Post auf ihrem Schreibtisch. Bev Rothhouse, mager, voller Arbeitseifer, intelligent, Abendschülerin in Parsons Designschule und ihre unentbehrliche Sekretärin, wies in der Reihenfolge ihrer Wichtigkeit auf die verschiedenen Stapel.

»Rechnungen«, sagte sie und zeigte ganz nach rechts. »Dann Bankauszüge mit Zahlungseingängen. Etliche.«

»Hoffentlich beträchtliche«, meinte Darcy.

»Ganz ordentlich«, bestätigte Bev. »Dort sind Nachrichten. Sie haben Angebote, zwei weitere Mietwohnungen auszustatten. Also wirklich, Sie wußten schon, was Sie taten, als Sie ein Secondhand-Geschäft aufmachten.«

Darcy's Corner, Preiswerte Innenausstattung stand auf dem Schild an der Bürotür. Das Büro befand sich im Flatiron Building in der 23. Straße.

»Wie war's in Kalifornien?« fragte Bev.

Amüsiert nahm Darcy den ehrfürchtigen Unterton in der Stimme der anderen jungen Frau wahr. In Wirklichkeit meinte Bev:

»Wie geht's Ihrer Mutter und Ihrem Vater? Wie ist es, mit ihnen zusammen zu sein? Sind sie wirklich so großartig, wie sie in Filmen aussehen?«

Die Antwort, dachte Darcy, lautet: »Ja, sie sind großartig. Ja, sie sind wunderbar. Ja, ich liebe sie und bin stolz auf sie. Ich habe mich bloß in ihrer Welt nie zu Hause gefühlt.«

»Wann brechen sie nach Australien auf?« Bev versuchte, das beiläufig zu fragen.

»Sie sind schon unterwegs. Ich habe die Maschine nach New York noch erwischt, nachdem ich sie verabschiedet hatte.«

Darcy hatte einen Besuch zu Hause mit einer Geschäftsreise nach Lake Tahoe verbunden, wo man sie engagiert hatte, um im Skigebiet ein Musterhaus für preisbewußte Käufer einzurichten. Ihre Mutter und ihr Vater gingen mit ihrem Theaterstück auf eine internationale Tournee. Sie würde sie wenigstens sechs Monate lang nicht sehen.

Jetzt öffnete sie den Kaffeebecher, den sie an einem nahegelegenen Imbißstand gekauft hatte, und setzte sich an ihren Schreibtisch.

»Sie sehen fabelhaft aus«, bemerkte Bev. »Das Ensemble ist toll.«

Das rote Wollkleid mit dem eckigen Ausschnitt und der passende Mantel stammten von dem Einkaufsbummel am Rodeo Drive, auf dem ihre Mutter bestanden hatte. »Für ein so hübsches Mädchen achtest du einfach zu wenig auf deine Kleidung, Liebling«, hatte ihre Mutter sich aufgeregt. »Du solltest deinen wunderbar ätherischen Typ unterstreichen.«

Von einer irischen Vorfahrin hatte Darcy nicht nur ihren Vornamen, sie hatte auch die gleichen, weit auseinanderstehenden Augen, mehr grün als braun, das gleiche weiche braune Haar mit den goldenen Lichtreflexen, die gleiche gerade Nase. Nur war sie nicht so zierlich wie die frühere Darcy, und sie hatte nie vergessen, wie sie mit sechs Jahren zufällig einen Regisseur sagen hörte: »Wie ist es möglich, daß zwei so schöne Menschen ein so unansehnliches Kind in die Welt setzen?« Sie erinnerte sich noch, daß sie sich ganz still verhalten und den Schock in sich aufgenommen hatte.

Nachdem sie heute morgen vom Kennedy-Airport aus ihr Gepäck in ihre Wohnung gebracht hatte, war sie direkt ins Büro gefahren, ohne sich noch die Zeit zu nehmen, ihre übliche Arbeitskleidung anzuziehen, Jeans und einen Pullover. Bev wartete, bis Darcy den ersten Schluck Kaffee getrunken hatte, und griff dann nach den Botschaften. »Möchten Sie, daß ich anfange, diese Leute für Sie zurückzurufen?«

»Ich möchte mich zuerst rasch bei Erin melden.«

Erin nahm beim ersten Läuten den Hörer ab. Ihr etwas zerstreuter Gruß verriet Darcy, daß sie schon an ihrem Arbeitstisch saß. Im College in Mount Holyoke hatten sie ein Zimmer geteilt. Dann hatte Erin Schmuckdesign studiert. Kürzlich hatte sie den renommierten N.W.-Ayer-Preis für junge Designer gewonnen.

Auch Darcy hatte ihre berufliche Nische gefunden. Vier Jahre lang hatte sie sich in einer Werbeagentur hochgearbeitet und dann den Beruf gewechselt und sich statt mit Buchhaltung mit preiswerter Innendekoration beschäftigt. Beide Frauen waren jetzt achtundzwanzig Jahre alt, und sie standen sich noch immer so nahe wie während ihres Zusammenlebens im College.

Darcy konnte Erin an ihrem Arbeitstisch vor sich sehen, gekleidet in Jeans und einen weiten Sweater, das rote Haar mit einer Spange oder als Pferdeschwanz zurückgebunden, in ihre Arbeit vertieft, ohne äußere Ablenkungen wahrzunehmen.

Auf das zerstreute »Hallo« folgte ein freudiger Juchzer, als Erin Darcys Stimme hörte.

»Du arbeitest«, sagte Darcy. »Ich stör dich nicht lange. Wollte nur sagen, daß ich wieder da bin, und natürlich wollte ich mich erkundigen, wie es Billy geht.«

Billy war Erins Vater. Er war bettlägerig und lebte seit drei Jahren in einem Pflegeheim in Massachusetts.

»Ziemlich unverändert«, antwortete Erin.

»Was macht das Collier? Als ich dich am Freitag anrief, schienst du besorgt zu sein.« Unmittelbar nach Darcys Abreise im vorigen Monat hatte Erin vom Juweliergeschäft Bertolini den Auftrag bekommen, eine Halskette zu entwerfen, in die die Familienjuwelen eines Kunden eingearbeitet werden sollten. Bertolini war gleichrangig mit Cartier und Tiffany.

»Da hatte ich noch Angst, der Entwurf sei nicht zu verwirklichen. Er war wirklich ziemlich kompliziert. Aber alles ist gutgegangen. Morgen früh liefere ich die Kette ab, und ich muß sagen, ich finde sie selbst sensationell. Wie war Bel-Air?«

»Glamourös.« Sie lachten beide. Dann sagte Darcy: »Und wie steht's mit dem Bekanntschaften-Projekt?«

Nona Roberts, Redakteurin bei Hudson Cable Network, einem Kabelsender, hatte sich im Fitneßclub mit Darcy und Erin angefreundet. Nona bereitete einen Dokumentarfilm über Bekanntschaftsanzeigen vor – über die Art von Leuten, die solche Anzeigen aufgaben und beantworteten, und deren gute oder schlechte Erfahrungen. Nona hatte Darcy und Erin gebeten, ihr bei den Recherchen zu helfen und auf einige der Anzeigen zu antworten. »Ihr braucht niemanden mehr als einmal zu treffen«, hatte sie sie gedrängt. »Fast alle Singles im Sender machen mit, und es gibt eine Menge zu lachen. Wer weiß, vielleicht lernt ihr ja auch jemand ganz Tolles kennen. Wie auch immer, überlegt's euch mal.«

Erin, die eigentlich die Kühnere war, hatte ungewöhnlich widerstrebend reagiert. Darcy hatte sie überzeugt, daß es vielleicht Spaß machen könnte. »Wir geben selbst keine Annoncen auf«, meinte sie. »Wir beantworten nur ein paar, die interessant aussehen. Wir geben auch unsere Adressen nicht an, nur eine Telefonnummer. Und wir treffen die Männer an öffentlichen Orten. Was haben wir da zu verlieren?«

Vor sechs Wochen hatten sie angefangen. Darcy hatte nur Zeit für ein einziges Treffen gehabt, ehe sie nach Lake Tahoe und Bel-Air abreiste. Dieser Mann hatte geschrieben, er sei einsfünfundachtzig groß. Wie sie Erin hinterher erzählte, mußte er auf einer Leiter gestanden haben, als er sich maß. Außerdem hatte er behauptet, er sei leitender Mitarbeiter einer Werbeagentur. Aber als Darcy beiläufig die Namen einiger Agenturen und Kunden erwähnte, war er total ins Schwimmen geraten. Ein Lügner und eine Null, berichtete sie Erin und Nona. Jetzt lächelte Darcy erwartungsvoll und bat Erin, von ihren neusten Begegnungen zu erzählen.

»Das heb ich mir für morgen abend auf, wenn wir mit Nona zusammenkommen«, sagte Erin. »Ich schreibe alle Einzelheiten in das Notizbuch, das du mir zu Weihnachten geschenkt hast. Jetzt nur soviel: Seit unserem Gespräch habe ich zwei weitere Treffen gehabt. Das macht insgesamt acht Verabredungen in den letzten drei Wochen. Die meisten waren Trottel, für die es sich nicht gelohnt hat. Einen kannte ich schon vorher, wie sich herausstellte. Einer der Neuen war wirklich attraktiv, und der hat natürlich nicht wieder angerufen. Heute abend treffe ich wieder einen. Hörte sich gut an, aber warten wir's ab.«

Darcy grinste. »Offenbar hab ich eine Menge verpaßt. Wie viele Anzeigen hast du für mich beantwortet?«

»Ungefähr ein Dutzend. Ich dachte, es könnte lustig sein, wenn wir auf einige Anzeigen beide antworten würden. Dann können wir unsere Notizen vergleichen, falls die Typen anrufen.«

»Wunderbar. Und wo triffst du heute abend deinen Kandidaten?«

»In einem Lokal in der Nähe vom Washington Square.«

»Was macht er?«

»Er ist Anwalt. Aus Philadelphia. Er läßt sich gerade hier nieder. Du kannst doch morgen abend kommen, oder?«

»Natürlich.« Sie wollten sich mit Nona zum Abendessen treffen.

Erins Ton veränderte sich. »Ich bin froh, daß du wieder in der Stadt bist, Darce. Ich hab dich vermißt.«

»Ich dich auch«, sagte Darcy, und es kam von Herzen. »Okay, bis morgen.« Sie wollte sich schon verabschieden, fragte aber noch: »Wie heißt denn die heutige Katze im Sack?«

»Charles North.«

»Hört sich nach was Besserem an, gehobene weiße Mittelklasse. Also dann viel Spaß, Erin.« Darcy legte auf.

Bev wartete geduldig mit den Nachrichten. Jetzt war ihr Ton eindeutig neidisch. »Ehrlich, wenn Sie beide reden, hören Sie sich an wie zwei Schulmädchen. Sie stehen sich näher als Schwestern. Wenn ich an *meine* Schwester denke, dann würde ich sagen, viel näher.«

»Da haben Sie vollkommen recht«, sagte Darcy leise.

In der Sheridan-Galerie in der 78. Straße unweit der Madison Avenue war eine Auktion in vollem Gange. Der Inhalt des riesigen Landhauses eines verstorbenen Ölbarons hatte eine große Menge von Händlern und Sammlern angelockt.

Chris Sheridan beobachtete die Szene aus dem Hintergrund

des Raumes und dachte zufrieden, welcher Triumph es gewesen war, Sotheby's und Christie's das Privileg wegzuschnappen, diese Sammlung zu versteigern. Absolut wundervolle Möbel aus der Queen-Ann-Periode; Gemälde, die sich weniger durch ihre Technik als durch ihre Seltenheit auszeichneten; Revere-Silber, von dem er wußte, daß es fieberhafte Gebote auslösen würde.

Mit seinen dreiunddreißig Jahren glich Chris Sheridan noch immer mehr der Sportskanone, die er im College gewesen war, als einer führenden Autorität auf dem Gebiet antiker Möbel. Seine Größe von fast einsneunzig wurde noch betont durch seine gerade Haltung. Er hatte breite Schultern und schmale Hüften. Sandfarbenes Haar rahmte ein Gesicht mit ausgeprägten Zügen ein. Die blauen Augen schauten entwaffnend und freundlich. Seine Konkurrenten hatten allerdings die Erfahrung gemacht, daß diese Augen rasch ein durchdringendes, zielstrebiges Funkeln annehmen konnten.

Chris verschränkte die Arme, während er den letzten Geboten für einen Domenico-Cucci-Schrank mit Paneelen aus *pietra dura* und in der Mitte eingelegten Steinreliefs zuhörte. Er war kleiner und weniger fein ausgeführt als die beiden Schränke, die Cucci für Ludwig XIV. angefertigt hatte, aber dennoch ein herrliches, makelloses Stück, von dem er wußte, daß das Metropolitan-Museum es unbedingt haben wollte.

Es wurde still im Raum, als die beiden hochrangigen Konkurrenten, das Met und der Vertreter einer japanischen Bank, ihren Kampf fortsetzten. Jemand tippte Chris auf den Arm, und mit zerstreutem Stirnrunzeln wandte er sich um. Es war Sarah Johnson, seine Assistentin, eine Kunstexpertin, die er aus einem Privatmuseum in Boston abgeworben hatte. »Chris, ich fürchte, es gibt ein Problem«, sagte sie mit besorgter Miene. »Ihre Mutter ist am Telefon. Sie sagt, sie müsse Sie sofort sprechen. Sie wirkt ziemlich aufgeregt.«

»Das Problem ist diese verdammte Fernsehsendung!« Chris ging zur Tür, stieß sie auf, ignorierte den Aufzug und rannte die Treppe hinauf.

Vor einem Monat war in der beliebten Fernsehserie *Authentische Verbrechen* eine Folge gezeigt worden, die den unaufgeklärten Mord an Chris' Zwillingsschwester Nan behandelt hatte. Mit neunzehn Jahren war Nan erwürgt worden, als sie in der Nähe ihres Hauses in Darien, Connecticut, ihren Waldlauf machte. Trotz seiner heftigen Proteste war es Chris nicht gelungen, das Kamerateam daran zu hindern, lange Einstellungen von Haus und Grundstück zu drehen, und er hatte auch nicht verhindern können, daß sie Nans Tod im nahegelegenen Wald, wo ihre Leiche gefunden worden war, nachstellten.

Er hatte seine Mutter angefleht, sich die Sendung nicht anzusehen, aber sie hatte darauf bestanden, sie mit ihm zusammen zu verfolgen. Es war den Produzenten gelungen, eine junge Schauspielerin zu finden, die Nan verblüffend ähnlich sah. Der Dokumentarfilm zeigte sie beim Joggen; er zeigte, wie eine Gestalt sie im Schutz der Bäume beobachtete; dann die Konfrontation; den Fluchtversuch; den Mörder, der sie packte und erwürgte und dann den Nike-Laufschuh von ihrem rechten Fuß zog und durch einen hochhackigen Abendschuh ersetzte.

Den Kommentar lieferte ein Sprecher, dessen sonore Stimme unnötig entsetzt klang. »War es ein Fremder, der sich an die schöne, begabte Nan Sheridan heranmachte? Sie und ihr Zwillingsbruder hatten am Vorabend im Landhaus der Familie ihren neunzehnten Geburtstag gefeiert. Wurde jemand, den Nan kannte, der vielleicht an ihrem Geburtstag mit ihr angestoßen hatte, zu ihrem Mörder? In fünfzehn Jahren ist nicht die kleinste Information zutage getreten, die dieses schreckliche Verbrechen vielleicht aufklären könnte. Wurde Nan Sheridan das zufällige Opfer eines geisteskranken Ungeheuers, oder war ihr Tod ein Akt persönlicher Rache?«

Dann folgte eine Reihe von Nahaufnahmen. Das Haus und das Grundstück aus verschiedenen Blickwinkeln. Die Telefonnummer, die man anrufen sollte, »falls Sie irgendeine Information haben«. Die letzte Nahaufnahme war das Polizeifoto von Nans Leiche, wie man sie gefunden hatte, ordentlich auf dem Boden ausgestreckt, die Hände über der Taille gefaltet, den linken Fuß im Nike-Turnschuh, den rechten in einem paillettenbesetzten Abendschuh.

Der letzte Satz lautete: »Wo sind die Gegenstücke dieses Turnschuhs und dieses graziösen Abendschuhs? Sind sie noch im Besitz des Mörders?«

Greta Sheridan hatte sich die Sendung angesehen, ohne zu weinen. Als sie zu Ende war, hatte sie gesagt: »Chris, ich hab immer wieder darüber nachgedacht. Deshalb wollte ich den Film sehen. Nach Nans Tod war ich so durcheinander, ich konnte gar nicht klar denken. Aber Nan hatte mir so viel von allen in der Schule erzählt … Ich … ich dachte einfach, wenn ich diese Sendung ansähe, würde mir vielleicht etwas einfallen, das wichtig sein könnte. Erinnerst du dich an den Tag der Beerdigung? Die Menschenmenge. Alle diese jungen Leute aus dem College. Weißt du noch, wie Polizeichef Harriman sagte, er sei überzeugt, ihr Mörder sitze in der Trauergemeinde? Weißt du noch, wie sie Kameras aufstellten, um in der Aussegnungshalle und in der Kirche von allen Leuten Fotos zu machen?«

Dann, als habe eine riesige Hand sie ins Gesicht geschlagen, war Greta Sheridan in herzzerreißendes Schluchzen ausgebrochen. »Dieses Mädchen sah Nan so ähnlich, nicht? Ach, Chris, ich hab sie so vermißt in all den Jahren. Dad wäre noch am Leben, wenn sie hier wäre. Dieser Herzinfarkt war seine Art, um sie zu trauern.«

Ich wünschte, ich hätte mit einer Axt jeden Fernseher im Haus zertrümmert, statt Mutter diese verdammte Sendung sehen zu lassen, dachte Chris, während er den Gang hinunter zu seinem Büro lief. Die Finger seiner linken Hand trommelten auf den Schreibtisch, als er nach dem Hörer griff. »Was ist los, Mutter?«

Greta Sheridans Stimme klang angespannt und zittrig. »Chris, tut mir leid, daß ich dich mitten in der Auktion störe, aber gerade ist ein äußerst seltsamer Brief gekommen.«

Noch eine Folge dieser gräßlichen Sendung, dachte Chris erbost. Alle diese verrückten Briefe. Sie reichten von den Angeboten von Medien, Séancen abzuhalten, bis zu Geldforderungen im Austausch für Gebete. »Ich wünschte, du würdest diesen Unsinn nicht lesen«, sagte er. »Die Briefe regen dich nur auf.«

»Dieser ist anders, Chris. Jemand schreibt, zum Gedenken an Nan würde ein Mädchen aus Manhattan am Abend des 19. Februar beim Tanzen auf genau die gleiche Weise sterben wie Nan.« Greta Sheridans Stimme wurde lauter. »Chris, was ist, wenn der Brief nicht von einem Geisteskranken kommt? Was können wir tun? Können wir jemanden warnen?«

Doug Fox zog an seiner Krawatte, band sie sorgfältig zu einem präzisen Knoten und betrachtete sich im Spiegel. Gestern hatte er eine Gesichtsmaske aufgelegt, und seine Haut glänzte rosig. Die Volumen-Packung hatte seinem dünner werdenden Haar Fülle gegeben, und die bräunliche Farbspülung verdeckte das Grau, das an seinen Schläfen auftauchte.

Gutaussehender Bursche, versicherte er sich selbst und bewunderte, wie sein gestärktes weißes Hemd die Linien seiner muskulösen Brust und seiner schlanken Taille nachzeichnete. Er griff nach seiner Anzugjacke und freute sich im stillen darüber, wie fein sich die schottische Wolle anfühlte. Dunkelblau mit dünnen Nadelstreifen, betont durch das kleine rote Druckmuster auf seiner Hermès-Krawatte. Von Kopf bis Fuß der Investment-Banker, der hervorragende Bürger von Scarsdale, der hingebungsvolle Ehemann von Susan Frawley Fox und Vater von vier lebhaften, hübschen Kindern.

Niemand, dachte Doug mit amüsierter Befriedigung, würde auf die Idee kommen, daß er noch ein anderes Leben hatte: als lediger, freischaffender Illustrator mit einem Apartment in der gesegneten Anonymität von »London Terrace« in der 23. Straße, einem weiteren Versteck in Pawling und einem neuen Volvo-Kombi.

Doug warf einen letzten Blick in den hohen Spiegel, zupfte das Taschentuch in der Brusttasche zurecht, vergewisserte sich, daß er nichts vergessen hatte, und ging zur Tür. Immer irritierte ihn dieses Schlafzimmer. Es war mit ländlichen, antiken Möbeln aus Frankreich ausgestattet, und zwar von einem hochrangigen Innenarchitekten, aber Susan schaffte es trotzdem, daß es unordentlich und kleinbürgerlich aussah. Kleider waren achtlos auf die Chaiselongue geworfen, und die silbernen Toilettengegenstände lagen wild durcheinander auf der Kommode. Kinderzeichnungen waren mit Klebeband an die Wände geheftet. Nichts wie raus hier, dachte Doug.

In der Küche herrschte das übliche Tohuwabohu. Der dreizehnjährige Donny und die zwölfjährige Beth stopften sich ihr Frühstück in den Mund. Susan ermahnte sie, der Schulbus werde gleich um die Ecke biegen. Das Baby krabbelte mit nasser Windel und klebrigen Händen herum. Trish maulte, sie wolle heute nachmittag nicht in den Kindergarten gehen, sondern zu Hause bleiben und mit Mami *Alle meine Kinder* anschauen.

Susan trug einen alten flanellenen Morgenrock über ihrem Nachthemd. Als sie geheiratet hatten, war sie ein hübsches Mädchen gewesen. Ein hübsches Mädchen, das sich hatte gehenlassen. Sie lächelte Doug zu und goß ihm Kaffee ein. »Möchtest du nicht einen Pfannkuchen oder sonst etwas?«

»Nein.« Würde sie je aufhören, ihm jeden Morgen diese Dickmacher aufzudrängen? Doug sprang zurück, als das Baby versuchte, sein Bein zu umarmen. »Verdammt, Susan, wenn du ihn nicht sauberhalten kannst, dann laß ihn wenigstens nicht in meine Nähe. Ich kann nicht schmutzig ins Büro gehen.«

»Der Schulbus!« kreischte Beth. »Tschüs, Mami, tschüs, Dad.«

Donny griff nach seinen Büchern. »Kannst du heute abend zu meinem Basketballspiel kommen, Dad?«

»Ich komm erst spät nach Hause, Junge. Wichtige Konferenz. Nächstes Mal ganz sicher, ich versprech's.«

»Klar.« Donny ließ krachend die Tür hinter sich zufallen.

Drei Minuten später saß Doug in dem Mercedes und war auf dem Weg zum Bahnhof, Susans vorwurfsvolles »Komm-nicht-zu-spät-nach-Hause« noch im Ohr. Doug spürte, wie er sich allmählich entspannte. Sechsunddreißig Jahre alt, und da saß er mit einer fetten Ehefrau, vier lauten Kindern und einem Haus in der Vorstadt. Der amerikanische Traum. Mit zweiundzwanzig hatte er es für einen geschickten Schachzug gehalten, Susan zu heiraten.

Leider war die Ehe mit der Tochter eines reichen Mannes nicht gleichbedeutend mit einer reichen Heirat. Susans Vater war ein Geizkragen. Leihen, nie schenken! Dieses Motto war in sein Gehirn tätowiert.

Nicht, daß er die Kinder nicht liebte oder nicht genug an Susan hing. Er hatte sich nur nicht so früh auf diese Familienvater-Routine einlassen sollen. Als Douglas Fox, Investment-Banker, hervorragender Bürger von Scarsdale, war sein Leben ein Muster an Langeweile.

Er parkte und rannte, um den Zug zu erwischen. Er tröstete sich mit dem Gedanken, daß sein Leben als Doug Fields, unverheirateter Künstler und Fürst der Bekanntschaftsanzeigen, bunt und geheimnisvoll war, und wenn der dunkle Drang ihn überkam, gab es eine Möglichkeit, ihn zu befriedigen.

3

MITTWOCH, 20. FEBRUAR

Am Mittwoch abend traf Darcy pünktlich um halb sieben in Nona Roberts' Büro ein. Sie hatte am Riverside Drive einen Termin mit einem Kunden gehabt und Nona angerufen, um ihr vorzuschlagen, gemeinsam ein Taxi zum Restaurant zu nehmen.

Nonas Büro war eine vollgestopfte Kabine in einer ganzen Reihe vollgestopfter Kabinen im neunten Stock des Gebäudes von Hudson Cable Network. Es enthielt einen etwas ramponierten, mit Papieren und mehreren Aktenordnern beladenen Eichenschreibtisch, dessen Schubladen nicht mehr richtig schlossen, Regale mit Nachschlagewerken und Bändern, ein sichtlich unbequemes Zweiersofa und einen Chefdrehsessel, von dem Darcy wußte, daß er sich nicht mehr drehte. Auf dem schmalen Fensterbrett ließ eine Pflanze, die Nona ständig zu gießen vergaß, müde die Blätter hängen.

Nona liebte dieses Büro. Darcy fragte sich insgeheim, wieso es sich eigentlich nicht durch spontane Entzündung selbst verbrannte. Als sie kam, war Nona am Telefon; also ging sie hinaus, um Wasser für die Pflanze zu holen. »Sie fleht um Gnade«, sagte sie, als sie zurückkam.

Nona hatte den Anruf eben beendet. Sie sprang auf, um Darcy zu umarmen. »Ich hab halt keinen grünen Daumen.« Sie trug einen khakifarbenen Wolloverall, der die Linien ihres schlanken Körpers getreulich nachzeichnete. Ein schmaler Ledergürtel mit einer weißgoldenen Schnalle in Form verschränkter Hände umschloß ihre Taille. Ihr mittelblondes Haar mit grauen Strähnen war streng geschnitten und reichte kaum bis zum Kinn. Ihr lebhaftes Gesicht war eher interessant als hübsch.

Darcy war froh zu sehen, daß der Kummer in Nonas dunkelbraunen Augen fast völlig einem Ausdruck trockenen Humors gewichen war. Nona war frisch geschieden, und das hatte ihr hart zugesetzt. Wie sie es ausdrückte: »Es ist schon traumatisch genug, vierzig zu werden, ohne daß der Ehemann einen wegen eines einundzwanzigjährigen Gänschens sitzenläßt.«

»Bißchen spät geworden«, entschuldigte sich Nona. »Treffen wir Erin um sieben?«

»Zwischen sieben und Viertel nach sieben«, sagte Darcy, deren Finger danach juckten, die toten Blätter der Pflanze abzuzupfen.

»Also fünfzehn Minuten für den Weg, vorausgesetzt, ich werfe mich vor einem leeren Taxi auf die Fahrbahn. Großartig. Eins möchte ich noch machen, bevor wir gehen. Komm doch mit und schau dir die mitfühlende Seite des Fernsehens an.«

»Ich wußte gar nicht, daß es eine hat.« Darcy griff nach ihrer Umhängetasche.

Alle Büros waren um einen großen Mittelraum herum angeordnet, in dem Sekretärinnen und Schreibkräfte an ihren Schreibtischen saßen. Computer surrten, Faxmaschinen ratterten. Am Ende des Raumes saß ein Sprecher vor einer Kamera und verlas Nachrichten. Nona winkte einen allgemeinen Gruß, als sie vorbeiging. »Hier gibt es keine einzige unverheiratete Person, die nicht für mich auf Bekanntschaftsanzeigen antwortet. Ich hab sogar den Verdacht, daß ein paar vermutlich verheiratete Typen sich ebenfalls heimlich mit attraktiven Chiffrenummern treffen.«

Sie führte Darcy in einen Vorführraum und machte sie mit Joan Nye bekannt, einer hübschen Blondine, die nicht älter aussah als zweiundzwanzig. »Joan macht die Nachrufe«, erklärte sie. »Sie hat gerade einen wichtigen fertig und bat mich, ihn mir anzusehen.« Sie wandte sich Joan Nye zu. »Ich bin sicher, er ist prima«, sagte sie beruhigend.

Joan seufzte. »Hoffentlich«, sagte sie und drückte auf den Knopf, um den Film abzuspielen.

Das Gesicht der großen Filmschauspielerin Ann Bouchard füllte den Bildschirm. Die einschmeichelnde Stimme von Gary Finch, dem Moderator von Hudson Cable, klang angemessen gedämpft, als er zu sprechen begann.

»Ann Bouchard gewann ihren ersten Oscar im Alter von neunzehn

Jahren, als sie 1928 in dem Klassiker ›Gefährlicher Weg‹ für die erkrankte Lillian Marker eingesprungen war …«

Auf Filmausschnitte der bemerkenswertesten Rollen von Ann Bouchard folgten Glanzlichter aus ihrem Privatleben: ihre sieben Ehemänner, ihre Häuser, ihre durch alle Zeitungen gehenden Kämpfe mit Studiochefs, Auszüge aus Interviews aus ihrer langen Karriere, ihre emotionale Reaktion, als sie einen Preis für ihre Lebensleistung erhielt:»Ich war gesegnet. Ich bin geliebt worden. Und ich liebe euch alle.«

Dann war es zu Ende.»Ich wußte gar nicht, daß Ann Bouchard gestorben ist«, rief Darcy aus.»Mein Gott, noch letzte Woche hat sie mit meiner Mutter telefoniert. Wann ist das passiert?«

»Überhaupt nicht«, sagte Nona.»Die Nachrufe auf berühmte Leute machen wir im voraus, genau wie die Zeitungen. Und wir bringen sie regelmäßig auf den neusten Stand. Wenn dann das Unvermeidliche passiert, brauchen wir nur noch die Einleitung nachzudrehen.« Sie wandte sich zu Joan Nye um.»Das war super und hat mich fast zu Tränen gerührt. Ach, übrigens, haben Sie auf irgendwelche neuen Bekanntschaftsanzeigen geantwortet?«

Joan grinste.»Das kann Sie teuer zu stehen kommen, Nona. Neulich hatte ich eine Verabredung mit irgendeinem Trottel. Blieb natürlich im Verkehr stecken. Ich stellte mein Auto in der zweiten Reihe ab, um rasch hineinzulaufen und ihm zu sagen, ich käme gleich wieder. Draußen war schon ein Polizist dabei, mir ein Strafmandat zu verpassen. Schließlich fand ich sechs Blocks entfernt eine Garage, und als ich zurückkam –«

»– war er weg«, vermutete Nona.

»Woher wissen Sie das?« fragte Joan mit aufgerissenen Augen.

»Weil das einigen anderen auch schon passiert ist. Nehmen Sie's nicht persönlich. Und jetzt müssen wir uns beeilen.« An der Tür rief Nona über die Schulter:»Geben Sie mir den Strafzettel. Ich kümmere mich darum.«

Im Taxi auf dem Weg, um Erin zu treffen, dachte Darcy darüber nach, warum jemand sich so benahm. Joan Nye war wirklich attraktiv. War sie zu jung für den Mann, den sie getroffen hatte? Als sie die Anzeige beantwortete, mußte sie ihr Alter angegeben haben. Hatte er eine Vorstellung im Kopf, der Joan nicht entsprach?

Das war ein beunruhigender Gedanke. Als das Taxi sich stoßweise durch den Verkehr in der 72. Straße schlängelte, sagte sie: »Nona, als wir anfingen, diese Annoncen zu beantworten, hab ich es für einen Spaß gehalten. Jetzt bin ich nicht mehr so sicher. Es ist wie ein Rendezvous mit einem Unbekannten, aber ohne die Sicherheit, mit dem Burschen bekannt gemacht zu werden, weil er der beste Freund von jemandes Bruder ist. Kannst du dir vorstellen, daß irgendein Mann, den du kennst, so etwas macht? Selbst wenn Joans Kandidat aus irgendeinem Grund die Art, wie sie sich anzieht, oder ihre Frisur nicht leiden konnte, hätte er doch bloß rasch einen Drink nehmen und dann sagen können, er müsse ein Flugzeug erwischen. So wäre er sie losgeworden und hätte sie nicht mit dem Gefühl zurückgelassen, genarrt worden zu sein.«

»Machen wir uns nichts vor, Darcy«, erwiderte Nona. »Nach allem, was ich so höre, sind die meisten Leute, die solche Anzeigen aufgeben oder beantworten, ganz schön unsicher. Viel beängstigender finde ich, daß ich gerade heute einen Brief von einem FBI-Agenten bekommen habe, der von dem Projekt gehört hat und mit mir sprechen will. Er möchte, daß wir eine Warnung aussprechen, weil diese Anzeigen ein Tummelplatz für sexuelle Psychopathen sind.«

»Was für ein entzückender Gedanke!«

Wie gewöhnlich bot das »Bella Vita« Geborgenheit und Wärme. Das wunderbar vertraute Aroma von Knoblauch lag in der Luft. Man hörte das leise Summen von Gesprächen und Lachen. Adam, der Besitzer, begrüßte sie. »Ah, die schönen Damen. Ich habe einen Tisch für Sie.« Er wies auf einen Tisch am Fenster.

»Erin müßte jede Minute kommen«, sagte Darcy zu ihm, als sie Platz genommen hatten. »Es überrascht mich, daß sie noch nicht da ist. Sie ist so pünktlich, daß ich richtige Komplexe bekomme.«

»Vermutlich steckt sie im Verkehr fest«, sagte Nona. »Laß uns Wein bestellen. Wir wissen ja, daß sie Chablis trinkt.«

Eine halbe Stunde später schob Darcy ihren Stuhl zurück. »Ich gehe und rufe Erin an. Ich kann mir nur vorstellen, daß irgendeine Änderung nötig war, als sie das Collier ablieferte, das sie für Bertolini entworfen hat. Und wenn sie arbeitet, vergißt sie die Zeit.«

In Erins Wohnung war der Anrufbeantworter eingeschaltet. Darcy kehrte an den Tisch zurück und stellte fest, daß Nonas ängstlicher Gesichtsausdruck ihre eigenen Gefühle widerspiegelte. »Ich habe hinterlassen, daß wir hier auf sie warten und daß sie anrufen soll, wenn sie es nicht schafft.«

Sie bestellten das Essen. Darcy liebte dieses Restaurant, doch heute abend merkte sie kaum, was sie aß. Alle paar Minuten schaute sie zur Tür und hoffte, Erin werde hereinstürzen mit einer völlig vernünftigen Erklärung, warum sie zu spät kam.

Doch sie kam nicht.

Darcy lebte im obersten Stockwerk eines Sandsteinhauses in der 49. Straße, Nona in einer Eigentumswohnung am Central Park West. Als sie das Restaurant verließen, nahmen sie getrennte Taxis und verabredeten, wer zuerst von Erin höre, werde die andere anrufen.

Sofort, als sie nach Hause kam, wählte Darcy erneut Erins Nummer. Eine Stunde später, unmittelbar vor dem Schlafengehen, versuchte sie es noch einmal. Diesmal hinterließ sie eine eindringliche Nachricht: »Erin, ich mach mir Sorgen um dich. Es ist Mittwoch, dreiundzwanzig Uhr fünfzehn. Egal, wie spät du nach Hause kommst, ruf mich auf jeden Fall noch an.«

Schließlich fiel Darcy in einen unruhigen Schlaf.

Als sie um sechs Uhr früh erwachte, war ihr erster Gedanke, daß Erin nicht angerufen hatte.

Jay Stratton starrte aus dem Eckfenster seines Apartments im »Waterside Plaza« Ecke 25. Straße und East River Drive. Der Blick war phantastisch: der East River, überwölbt von der Brooklyn Bridge und der Williamsburg Bridge, dahinter die Zwillingstürme, hinter diesen der Hudson; der Verkehrsstrom, der zur abendlichen Stoßzeit nur quälend langsam vorankam, floß jetzt recht schnell dahin. Es war halb acht.

Jay runzelte die Stirn; seine schmalen Augen wurden dadurch fast unsichtbar. Sein dunkelbraunes Haar, teuer geschnitten und von attraktiven grauen Strähnen durchzogen, unterstrich sein kultiviertes Aussehen und seine lässige Eleganz. Er war sich seiner Neigung zum Dickwerden bewußt und trieb darum eisern Sport. Er wußte, daß er etwas älter aussah, als er war, nämlich siebenunddreißig, aber das hatte sich als vorteilhaft erwiesen. Die meisten Leute fanden ihn immer ungewöhnlich gutaussehend.

Ganz bestimmt hatte ihn die Witwe des Zeitungsmagnaten attraktiv gefunden, die er letzte Woche ins Tadsch-Mahal-Casino in Atlantic City begleitet hatte. Als er allerdings erwähnt hatte, er fände es gut, wenn sie sich ein Schmuckstück entwerfen ließe, war ihr Gesicht versteinert. »Kein Verkaufsgespräch, bitte«, hatte sie scharf gesagt. »Das wollen wir klarstellen.«

Er hatte sich nicht die Mühe gemacht, sie wiederzusehen. Jay hielt nichts von Zeitverschwendung. Heute hatte er im »Jockey Club« zu Mittag gegessen, und während er auf einen Tisch wartete, hatte er ein Gespräch mit einem älteren Ehepaar begonnen. Die Ashtons waren auf Urlaub in New York, um ihren vierzigsten Hochzeitstag zu feiern. Sie waren offensichtlich wohlhabend, aber etwas verwirrt außerhalb ihres vertrauten North Carolina, und sie reagierten bereitwillig auf seine Konversationsversuche.

Der Ehemann hatte erfreut ausgesehen, als Jay ihn fragte, ob er seiner Frau ein angemessenes Schmuckstück geschenkt habe, um an die vierzig gemeinsamen Jahre zu erinnern. »Ich sage Frances dauernd, sie solle mich ihr ein wirklich schönes Stück kaufen lassen, aber sie findet, wir sollten das Geld für Frances junior sparen.«

Jay hatte gemeint, irgendwann in ferner Zukunft würde es Frances junior vielleicht gefallen, ein wunderschönes Halsband oder Armband zu tragen und ihrer eigenen Tochter oder Enkelin zu erzählen, dies sei ein ganz besonderes Geschenk von Großvater an Großmutter gewesen. »Königliche Familien machen das seit Jahrhunderten so«, erklärte er, als er ihnen seine Karte gab.

Das Telefon läutete. Jay eilte hin und nahm den Hörer ab. Vielleicht sind es die Ashtons, dachte er.

Es war Aldo Marco, der Manager von Bertolini. »Also«, sagte Jay herzlich, »ich wollte Sie eben anrufen. Es ist doch sicher alles in Ordnung, nicht?«

»Gar nichts ist in Ordnung.« Marcos Ton war eisig. »Als Sie mich mit Erin Kelley bekannt gemacht haben, war ich sehr beeindruckt von ihr und ihrer Mappe. Der Entwurf, den sie vorlegte, war hervorragend, und wie Sie wissen, gaben wir ihr den Familienschmuck unseres Kunden zur Verarbeitung. Das Halsband hätte heute morgen geliefert werden sollen. Miss Kelley hat den Termin nicht eingehalten und auf unsere wiederholten Anrufe nicht reagiert. Mr. Stratton, ich möchte entweder dieses Halsband, oder Sie bringen mir auf der Stelle die Juwelen meines Klienten zurück.«

Jay fuhr sich mit der Zunge über die Lippen. Er merkte, daß seine Hand, die den Hörer hielt, feucht war. Er hatte das Halsband ganz vergessen. Sorgfältig legte er sich seine Antwort zurecht. »Ich habe Miss Kelley vor einer Woche gesehen. Sie hat mir das Collier gezeigt. Es war hinreißend. Da muß ein Mißverständnis vorliegen.«

»Das Mißverständnis besteht darin, daß sie das Collier nicht abgeliefert hat, und es wird am Freitag abend für eine Verlobungsparty benötigt. Ich wiederhole, morgen möchte ich das Halsband haben oder die Steine meines Kunden. Ich mache Sie dafür verantwortlich, daß eines von beiden geschieht.«

Das scharfe Klicken, mit dem der Hörer aufgelegt wurde, hallte in Strattons Ohr wider.

Michael Nash sah am Mittwoch nachmittag um fünf Uhr seinen letzten Patienten, Gerald Renquist. Renquist war pensionierter Manager einer internationalen pharmazeutischen Firma. Seine persönliche Identität war so stark mit den Intrigen und der Politik des Vorstandszimmers verknüpft, daß die Pensionierung ihm vorkam, als habe er jeden Status verloren.

»Ich weiß, ich sollte eigentlich froh sein«, sagte Renquist, »aber ich fühle mich so verdammt nutzlos. Selbst meine Frau zieht mich mit dem alten Scherz auf, sie habe mich für gute und für schlechte Tage geheiratet, aber nicht dazu, daß ich zum Mittagessen zu Hause bin.«

»Sie müssen doch Pläne für ihre Pensionierung gehabt haben«, meinte Nash milde.

Renquist lachte. »Und ob. Nämlich, sie um jeden Preis zu verhindern.«

Depression, dachte Nash. Unter den psychischen Krankheiten das, was unter den körperlichen ein gewöhnlicher Schnupfen ist. Er merkte, daß er müde war und Renquist nicht seine volle Aufmerksamkeit schenkte. Unfair, dachte er bei sich. Er bezahlt mich dafür, daß ich ihm zuhöre. Trotzdem war er spürbar erleichtert, als er um zehn vor sechs die Sitzung beenden konnte.

Nachdem Renquist gegangen war, begann Nash abzuschließen. Seine Praxis befand sich im Eckhaus der 77. Straße und Park Avenue; seine Wohnung lag im neunzehnten Stock desselben Gebäudes. Er ging durch die Tür hinaus, die in die Halle führte.

Die neue Bewohnerin von 19 B, eine Blondine Anfang Dreißig, wartete auf den Aufzug. Er unterdrückte seine Gereiztheit über die Aussicht, mit ihr nach oben zu fahren. Das unverblümte Interesse in ihrem Blick war ihm lästig, genau wie ihre fast unvermeidlichen Einladungen, auf einen Drink vorbeizukommen.

Michael Nash hatte dasselbe Problem mit einigen seiner Patientinnen. Er konnte ihre Gedanken lesen. Gutaussehender Bursche, geschieden, keine Kinder, Mitte bis Ende Dreißig, zu haben. Zurückhaltende Reserviertheit war ihm zur zweiten Natur geworden.

Zumindest heute abend wiederholte die neue Nachbarin ihre Einladung nicht. Vielleicht lernte sie dazu. Als sie aus dem Aufzug traten, murmelte er: »Guten Abend.«

Seine Wohnung spiegelte die präzise Sorgfalt wider, mit der er alles in seinem Leben tat. Die elfenbeinfarbenen Bezüge der beiden Sofas im Wohnzimmer wiederholten sich an den Stühlen im Eßzimmer, die um den runden Eichentisch standen. Diesen Tisch hatte er auf einer Antiquitätenversteigerung in Bucks County erstanden. Die Teppiche wiesen gedämpfte geometrische Muster auf elfenbeinfarbenem Hintergrund auf. Eine Wand war mit Bücherregalen bedeckt, auf den Fensterbänken standen Pflanzen, ein altes Waschbecken im Kolonialstil diente ihm als Bar. Überall waren hübsche Kleinigkeiten, die er auf Auslandsreisen entdeckt hatte, und gute Gemälde verteilt. Ein komfortabler, hübscher Raum.

Küche und Arbeitszimmer lagen links vom Wohnzimmer, die Schlafzimmer und das Bad rechts. Eine angenehme Wohnung und eine attraktive Ergänzung des großen Hauses in Bridgewater, das Stolz und Freude seiner Eltern gewesen war. Nash war oft versucht, es zu verkaufen, aber er wußte, er würde das Reiten an den Wochenenden vermissen.

Er zog sein Jackett aus und überlegte, ob er sich den Rest der

6-Uhr-Nachrichten oder seine neue CD anhören sollte, eine Mozart-Symphonie. Mozart gewann. Als die vertrauten Takte des Anfangs sanft den Raum füllten, läutete es an der Tür.

Nash wußte genau, wer das sein würde. Resigniert ging er öffnen. Die neue Nachbarin stand da, einen Eiskübel in der Hand – der älteste Trick der Welt. Gott sei Dank hatte er noch nicht angefangen, seinen Drink zu mixen. Er gab ihr das Eis, erklärte, er könne leider nicht zu ihr kommen, da er ausgehen müsse, und lotste sie zur Tür. Als sie fort war, noch immer etwas von »Vielleicht nächstes Mal« flötend, ging er schnurstracks an die Bar, mixte sich einen trockenen Martini und schüttelte bedauernd den Kopf.

Er setzte sich auf das Sofa am Fenster, schlürfte den Cocktail, genoß seinen weichen, beruhigenden Geschmack und dachte über die junge Frau nach, die er um acht Uhr zum Dinner treffen würde. Ihre Antwort auf seine Annonce war ausgesprochen amüsant gewesen.

Sein Verleger war begeistert von der ersten Hälfte des Buches, an dem er schrieb; er analysierte darin Menschen, die Bekanntschaftsanzeigen aufgaben oder beantworteten, ihre psychologischen Bedürfnisse und ihre Flucht in Phantasien bei der Art, wie sie sich selbst beschrieben.

Sein Arbeitstitel lautete: *Bekanntschaftsanzeigen – Suche nach Gefährten oder Flucht vor der Realität?*

4

DONNERSTAG, 21. FEBRUAR

Darcy saß an ihrem kleinen Tisch in der Eßecke, trank Kaffee und starrte aus dem Fenster auf die Gärten hinunter, ohne etwas zu sehen. Jetzt waren sie kahl und von noch nicht geschmolzenem Schnee gesprenkelt, aber im Sommer waren sie exquisit bepflanzt und makellos gepflegt. Zu den prominenten Besitzern der privaten Sandsteinhäuser, hinter denen sie lagen, gehörten Aga Khan und Katharine Hepburn.

Erin liebte es, Darcy zu besuchen, wenn die Gärten blühten.

»Von der Straße aus würde man nie vermuten, daß es sie überhaupt gibt«, seufzte sie dann. »Wirklich, Darcy, du hast Glück gehabt, als du diese Wohnung gefunden hast.«

Erin. Wo war sie? Gleich, als sie aufgewacht war und ihr bewußt wurde, daß Erin nicht angerufen hatte, hatte Darcy mit dem Pflegeheim in Massachusetts telefoniert. Mr. Kelleys Verfassung war unverändert. Der halbkomatöse Zustand, in dem er sich befand, konnte unbegrenzt anhalten; allerdings wurde Billy immer schwächer. Die Tagschwester wußte nicht, ob Erin gestern abend wie üblich angerufen hatte.

»Was soll ich machen?« fragte Darcy sich laut. Sie als vermißt melden? Die Polizei anrufen und mich nach Unfällen erkundigen?

Ein plötzlicher Einfall ließ sie erschauern. Angenommen, Erin hätte einen Unfall in der Wohnung gehabt ... Sie hatte die Angewohnheit, mit ihrem Stuhl zu schaukeln, wenn sie sich konzentrierte. Angenommen, sie hätte die ganze Zeit bewußtlos dagelegen!

Darcy brauchte drei Minuten, um in Hosen und einen Pullover zu schlüpfen und Mantel und Handschuhe überzustreifen. In der Second Avenue mußte sie quälende Minuten warten, ehe sie ein Taxi erwischte.

»Christopher Street einhunderteins, und bitte, beeilen Sie sich.«

»Alle sagen immer, ich soll mich beeilen. Ich sage, lassen Sie sich Zeit, dann leben Sie länger.« Der Taxifahrer zwinkerte in den Rückspiegel.

Darcy wandte den Kopf ab. Sie war nicht in der Stimmung, mit dem Fahrer zu scherzen. Warum hatte sie nicht an die Möglichkeit eines Unfalls gedacht? Vorigen Monat, kurz vor ihrer Abreise nach Kalifornien, war Erin zum Abendessen vorbeigekommen. Sie hatten die Fernsehnachrichten angeschaut. Einer der Werbespots zeigte eine gebrechliche alte Frau, die gestürzt war und Hilfe herbeirief, indem sie das Notsignal berührte, das sie an einer Kette um den Hals trug. »So werden wir in fünfzig Jahren sein«, hatte Erin gesagt. Sie hatte den Werbespot nachgeahmt und gestöhnt: »Hilfe! Hilfe! Ich bin hingefallen und kann nicht mehr aufstehen!«

Gus Boxer, der Hausmeister von Christopher Street 101, hatte einen Blick für hübsche Frauen. Als er in die Halle eilte, um das ausdauernde Läuten an der Haustür zu beantworten, wich sein verärgerter Ausdruck daher schnell einem schmeichlerischen Lächeln.

Was er sah, gefiel ihm. Das hellbraune Haar der Besucherin war vom Wind zerzaust. Es fiel ihr ins Gesicht und erinnerte ihn an die Filme mit Veronica Lake, die er sich spät in der Nacht ansah. Ihre hüftlange Lederjacke war alt, besaß aber die Klasse, die Gus inzwischen erkannte, seit er seinen Job in Greenwich Village hatte.

Sein anerkennender Blick verweilte auf ihren langen, schlanken Beinen. Dann wurde ihm klar, wieso sie ihm bekannt vorkam. Er hatte sie ein paarmal mit 3 B gesehen, Erin Kelley. Er öffnete die Flurtür und trat zur Seite. »Zu Ihren Diensten«, sagte er in einem Ton, den er für gewinnend hielt.

Darcy ging an ihm vorbei und versuchte, ihren Abscheu nicht zu zeigen. Von Zeit zu Zeit beklagte sich Erin über den sechzigjährigen Casanova in seinem schmutzigen Unterhemd. »Boxer ist mir zuwider«, hatte sie gesagt. »Ich hasse die Vorstellung, daß er einen Generalschlüssel zu meiner Wohnung hat. Einmal kam ich nach Hause und fand ihn dort vor, und er erzählte mir irgendeine erlogene Geschichte über ein undichtes Rohr in der Wand.«

»Hat jemals etwas aus der Wohnung gefehlt?« hatte Darcy gefragt.

»Nein. Den Schmuck, an dem ich arbeite, bewahre ich immer im Safe auf. Und sonst gibt es nichts, das zu stehlen sich lohnen würde. Es sind eher seine scheußlichen, schleimigen Annäherungsversuche, bei denen ich eine Gänsehaut bekomme. Ach, was soll's! Wenn ich in der Wohnung bin, schiebe ich den Riegel vor, und außerdem ist die Miete billig. Vermutlich ist er harmlos.«

Darcy kam gleich zur Sache. »Ich mache mir Sorgen um Erin Kelley«, sagte sie dem Hausmeister. »Ich war gestern abend mit ihr verabredet, und sie ist nicht erschienen. Am Telefon meldet sie sich nicht. Ich möchte in ihrer Wohnung nachsehen. Vielleicht ist ihr etwas passiert.«

Boxer zwinkerte. »Gestern war sie okay.«

»Gestern?«

Dicke Augenlider senkten sich über farblose Augen. Er befeuchtete sich mit der Zunge die Lippen. Wirre Falten erschienen auf seiner Stirn. »Nein, stimmt nicht. Ich hab sie am Dienstag gesehen. Spätnachmittags. Sie kam mit irgendwelchen Lebensmitteln nach Hause.« Jetzt schlug er einen rechtschaffenen Ton an. »Ich hab ihr angeboten, sie nach oben zu tragen.«

»Das war am Dienstag nachmittag. Haben Sie sie am Dienstag abend ausgehen oder nach Hause kommen sehen?«

»Nein. Hab ich nicht. Aber wissen Sie, ich bin kein Portier. Die Mieter haben ihren eigenen Schlüssel. Und Boten melden sich über die Sprechanlage, wenn sie hereinwollen.«

Darcy nickte. Obwohl sie wußte, daß es nutzlos war, hatte sie bei Erins Wohnung geläutet, ehe sie beim Hausmeister klingelte. »Bitte, ich habe Angst, daß etwas nicht stimmt. Ich muß in ihre Wohnung. Haben Sie Ihren Generalschlüssel bei sich?«

Das verzerrte Lächeln erschien wieder. »Verstehen Sie, normalerweise lasse ich Leute nicht in Wohnungen, nur, weil sie sagen, sie wollten rein. Aber Sie habe ich mit Miss Kelley gesehen. Ich weiß, daß Sie Freundinnen sind. Sie sind wie sie. Sie haben Klasse und sehen gut aus.«

Darcy ignorierte das Kompliment und ging auf die Treppe zu.

Treppen und Treppenabsätze waren sauber, aber unansehnlich. Die fleckigen Wände waren grau wie Schlachtschiffe, die Fliesen auf den Stufen uneben. Wenn man in Erins Wohnung kam, hatte man das Gefühl, aus einem Keller ins Tageslicht zu treten. Als Erin vor drei Jahren hier eingezogen war, hatte Darcy ihr beim Tapezieren und Anstreichen geholfen. Sie hatten einen Anhänger gemietet und waren nach Connecticut und New Jersey gefahren, um billige Gebrauchtmöbel zu erstehen.

Die Wände hatten sie strahlend weiß gestrichen. Bunte Indianerteppiche lagen auf dem zerkratzten, aber blankpolierten Parkettboden. Gerahmte Museumsplakate hingen über einer Couch, die mit leuchtendrotem Samt bezogen und mit passenden bunten Kissen bedeckt war.

Die Fenster gingen auf die Straße hinaus. Obwohl der Himmel bedeckt war, hatte man ausgezeichnetes Licht. Unter den Fenstern lagen ordentlich aufgeräumt Erins Werkzeuge auf dem langen Arbeitstisch: Lötlampe, Handbohrer, Feilen und Zangen, Schraubzwingen und Pinzetten, Lötblock, Meßzangen, Bohrer. Darcy hatte es immer faszinierend gefunden, Erin bei der Arbeit zuzusehen und zu beobachten, wie geschickt ihre schlanken Finger mit zarten Schmuckstücken hantierten.

Neben dem Tisch stand Erins einziges extravagantes Stück, eine hohe Kommode mit mehreren Dutzend kleinen Schubladen. Ein Apothekenschrank aus dem neunzehnten Jahrhundert, dessen untere Schubladen nur Fassade waren, hinter der sich ein Safe verbarg. Ein bequemer Sessel, ein Fernsehapparat und eine gute Stereoanlage vervollständigten die gemütliche Einrichtung.

Darcys erster Eindruck erleichterte sie. Hier war nichts in Unordnung. Gus Boxer im Schlepptau, ging sie in die winzige Küche, einen kleinen, fensterlosen Raum, den sie hellgelb gestrichen und mit eingerahmten Geschirrhandtüchern dekoriert hatten.

Der schmale Flur führte ins Schlafzimmer. Das Messingbett und eine Frisierkommode waren die einzigen Möbelstücke in dem engen Raum. Das Bett war gemacht. Nichts lag herum.

Auf dem Halter im Badezimmer hingen saubere, trockene Handtücher. Darcy öffnete den Medizinschrank. Mit geübtem Blick sah sie, daß Erins Zahnbürste, ihre Kosmetika und Cremes alle da waren.

Boxer wurde ungeduldig. »Sieht so aus, als wär alles in Ordnung. Zufrieden?«

»Nein.« Darcy ging zurück ins Wohnzimmer und trat an den Arbeitstisch. Der Anrufbeantworter zeigte an, daß zwölf Anrufe gespeichert waren. Sie drückte auf die Rücklauftaste.

»Also, ich weiß nicht –«

Sie unterbrach Boxers Protest. »Erin wird vermißt. Haben Sie das begriffen? Sie wird *vermißt*. Ich werde mir dieses Band anhören, um festzustellen, ob es vielleicht einen Hinweis darauf enthält, wo sie sein könnte. Dann werde ich die Polizei anrufen. Vielleicht liegt sie bewußtlos in einem Krankenhaus. Sie können bei mir bleiben, aber wenn Sie zu tun haben, können Sie auch gehen. Also, was möchten Sie?«

Boxer zuckte die Achseln. »Wahrscheinlich ist nichts dagegen einzuwenden, daß ich Sie hier allein lasse.«

Darcy drehte ihm den Rücken zu, griff in ihre Handtasche und nahm ihr Notizbuch und einen Stift heraus. Sie hörte Boxer nicht hinausgehen, als das Band ablief. Der erste Anruf war am Dienstag abend um Viertel vor sieben gekommen. Jemand namens Tom Swartz. Bedankte sich für die Antwort auf seine Anzeige. Hatte gerade ein hervorragendes, preiswertes Restaurant entdeckt. Könnten sie sich dort zum Abendessen treffen? Er würde wieder anrufen.

Am Dienstag abend hatte Erin Charles North um sieben Uhr in einem Lokal in der Nähe des Washington Square treffen wollen. Um Viertel vor sieben war sie zweifellos schon unterwegs gewesen, dachte Darcy.

Der nächste Anruf war um fünf vor halb acht gekommen. Michael Nash. »Erin, es hat mich wirklich gefreut, Sie zu treffen, und ich hoffe, daß Sie diese Woche irgendwann Zeit haben, mit mir zu Abend zu essen. Falls Sie können, rufen Sie mich doch heute abend zurück.« Nash hatte sowohl seine private Telefonnummer als auch die seiner Praxis hinterlassen.

Am Mittwoch morgen begannen die Anrufe um neun Uhr. Die ersten paar waren belanglose Geschäftsanrufe. Doch der von Aldo Marco von Bertolini ließ Darcys Kehle eng werden. »Miss Kelley, ich bin enttäuscht, daß Sie unsere Verabredung um zehn Uhr nicht eingehalten haben. Es ist sehr wichtig, daß ich das Collier sehe und mich vergewissere, daß keine Änderungen in letzter Minute mehr nötig sind. Bitte, rufen Sie mich sofort zurück.«

Dieser Anruf war um elf gekommen. Drei weitere Anrufe von Marco folgten, zunehmend gereizt und dringlich. Außer Darcys eigenen Anrufen gab es noch einen, der mit dem Auftrag von Bertolini zu tun hatte.

»Erin, hier ist Jay Stratton. Was ist los? Marco nervt mich wegen der Halskette und macht mich haftbar, weil ich Sie zu ihm gebracht habe.«

Darcy wußte, daß Stratton der Juwelier war, der Erins Mappe zu Bertolini gebracht hatte. Er hatte Mittwoch abend gegen sieben angerufen. Darcy wollte das Band schon zurückspulen, doch dann hielt sie inne. Vielleicht wäre es besser, diese Anrufe nicht zu löschen. Sie schaute im Telefonbuch nach der Nummer des nächstgelegenen Polizeireviers. »Ich möchte jemanden als vermißt melden«, sagte sie, als der Hörer abgenommen wurde. Man sagte ihr, sie müsse persönlich vorbeikommen. Solche Informationen über eine erwachsene Person im Vollbesitz ihrer Kräfte könnten telefonisch nicht entgegengenommen werden.

Ich gehe auf dem Heimweg dort vorbei, dachte Darcy. Sie ging in die Küche und kochte Kaffee. Dabei bemerkte sie, daß die einzige Milchflasche ungeöffnet war. Erin begann den Tag mit Kaffee und trank ihn immer mit viel Milch. Boxer hatte sie am Dienstag nachmittag mit Lebensmitteln gesehen. Darcy schaute in den Abfalleimer unter der Spüle. Es gab ein paar leere Packungen, aber keine leere Milchflasche. Sie war gestern morgen nicht hier, dachte Darcy. Sie ist am Dienstag abend überhaupt nicht zurückgekommen.

Sie trug den Kaffee zum Arbeitstisch. In der obersten Schublade lag ein Terminkalender. Sie blätterte ihn durch, anfangend beim heutigen Tag. Für heute gab es keine Eintragungen. Gestern, Mittwoch, waren zwei Termine notiert: Bertolini, 10 Uhr; Bella Vita, 19 Uhr (Darcy und Nona).

In den vorherigen Wochen gab es Eintragungen über Verabredungen mit Männern, die Darcy unbekannt waren. Gewöhnlich lagen sie zwischen siebzehn und neunzehn Uhr. Die meisten waren mit Treffpunkt notiert: O'Neal's, Mickey Mantle's, J. P. Clarke's, Plaza, Sheraton ... lauter Cocktailbars in Hotels und bekannte Lokale.

Das Telefon läutete. Laß es Erin sein, betete Darcy, als sie den Hörer abnahm. »Hallo?«

»Erin?« Eine Männerstimme.

»Nein. Hier ist Darcy Scott. Erins Freundin.«

»Wissen Sie, wo ich Erin erreichen kann?«

Intensive, überwältigende Enttäuschung stieg in Erin auf. »Wer spricht da?«

»Jay Stratton.«

Jay Stratton hatte die Nachricht wegen des Bertolini-Schmucks hinterlassen. Was sagte er da?

»... wenn Sie irgendeine Ahnung haben, wo Erin ist, dann sagen Sie ihr bitte, wenn sie das Collier nicht bekommen, erstatten sie Anzeige bei der Polizei.«

Darcy schaute rasch nach dem Apothekenschrank. Sie wußte, daß Erin die Kombination für den Safe in ihrem Adreßbuch unter den Namen der Herstellerfirma geschrieben hatte. Stratton redete noch immer.

»Ich weiß, daß sie das Collier in einem Safe in ihrem Arbeitszimmer aufbewahrte. Gibt es irgendeine Möglichkeit, daß Sie
nachschauen, ob es da ist?« drängte er.

»Warten Sie einen Augenblick.« Darcy legte die Hand auf die
Sprechmuschel. Was für eine dumme Idee, dachte sie. Hier ist ja
gar niemand, den ich fragen könnte. Aber in gewisser Weise fragte sie Erin. Wenn das Collier nicht im Safe war, könnte das bedeuten, daß Darcy Opfer eines Raubes geworden war, als sie versuchte, es abzuliefern. Wenn es aber da war, so war es ein fast sicherer
Beweis dafür, daß ihr etwas passiert war. Nichts hätte Erin davon
abhalten können, dieses Collier pünktlich zu liefern.

Sie öffnete Erins Adreßbuch und schlug die Seite mit D auf. Neben »Dalton-Safes« stand eine Reihe von Zahlen. »Ich habe die
Kombination«, sagte sie zu Stratton. »Ich warte hier auf Sie. Ich
möchte Erins Safe nicht ohne Zeugen öffnen. Und falls das Collier
da ist, möchte ich, daß Sie mir eine Quittung dafür geben.«

Er sagte, er käme gleich. Nachdem sie den Hörer wieder aufgelegt hatte, beschloß Darcy, auch den Hausmeister kommen zu lassen. Sie wußte nichts über Jay Stratton, nur, daß Erin ihr gesagt
hatte, er sei Juwelier und habe ihr den Auftrag von Bertolini verschafft.

Während sie wartete, sah Darcy Erins Aktenordner durch. Unter »Projekt Bekanntschaftsanzeigen« fand sie herausgerissene In-
seratenseiten aus Zeitschriften und Zeitungen. Auf allen Blättern
waren einige Anzeigen mit einem Kreis versehen. Waren das diejenigen, die Erin beantwortet hatte oder beantworten wollte? Bestürzt stellte Darcy fest, daß es mindestens zwei Dutzend waren.
Wenn überhaupt, welche war dann von Charles North aufgegeben worden, dem Mann, mit dem Erin sich Dienstag abend treffen
wollte?

Als sie und Erin sich darauf geeinigt hatten, auf die Anzeigen
zu antworten, waren sie systematisch vorgegangen. Sie hatten
sich preiswertes Briefpapier zugelegt, auf dem nur ihre Namen
standen. Sie hatten beide einen Schnappschuß gewählt, der ihnen
gefiel, um ihn mitzuschicken, wenn Bilder verlangt wurden. Einen heiteren Abend hatten sie damit zugebracht, Briefe aufzuset-
zen, die abzuschicken sie nicht die Absicht hatten. »Ich liebe
nichts so sehr wie Putzen«, hatte Erin vorgeschlagen. »Mein be-

vorzugtes Hobby ist die Handwäsche. Von meiner Großmutter habe ich den Schrubber geerbt. Meine Kusine wollte ihn auch haben. Das war Anlaß zu einem großen Familienkrach. Wenn ich meine Periode habe, bin ich etwas unwirsch, aber sonst bin ich ein sehr lieber Mensch. Bitte, rufen Sie bald an.«

Schließlich hatten sie einigermaßen ansprechende Antworten aufgesetzt. Als Darcy nach Kalifornien abreiste, hatte Erin gesagt: »Darce, ich schicke deine ungefähr zwei Wochen vor deiner Rückkehr ab. Ich ändere nur hin und wieder einen Satz, damit deine Zuschrift zur Anzeige paßt.«

Erin besaß keinen Computer. Darcy wußte, daß sie die Briefe auf ihrer elektrischen Schreibmaschine schrieb, aber nicht fotokopierte. Alle Informationen trug sie in das Notizbuch ein, das sie in der Handtasche hatte: die Chiffrenummern der Anzeigen, die sie beantwortete, die Namen der Leute, die sie anrief, und ihre Eindrücke von denen, mit denen sie sich traf.

Jay Stratton lehnte sich im Taxi zurück, die Augen halb geschlossen. Aus dem Lautsprecher hinter seinem rechten Ohr dröhnte Rockmusik. »Können Sie das leiser stellen?« sagte er barsch.

»Mann, wollen Sie mir vielleicht meine Musik verbieten?« Der Taxifahrer war Anfang Zwanzig. Dünnes, gelocktes Haar hing ihm bis in den Nacken. Er warf einen Blick nach hinten, sah den Ausdruck in Strattons Gesicht, murmelte halblaut etwas vor sich hin und drehte die Musik leiser.

Stratton fühlte, daß sich in seinen Achselhöhlen Schweiß bildete. Er mußte diesen Coup landen. Er tippte auf seine Brusttasche. Die Quittungen, die Erin ihm für die Bertolini-Juwelen gegeben hatte, als er sie ihr letzte Woche brachte, waren in seiner Brieftasche. Darcy Scott hatte sich intelligent angehört. Er durfte nicht den leisesten Argwohn erwecken.

Der neugierige Hausmeister mußte ihn erwartet haben. Er war in der Halle, als Stratton ankam. Offensichtlich erkannte er ihn. »Ich bringe Sie nach oben«, sagte er. »Ich soll dabei bleiben, wenn sie den Safe öffnet.«

Stratton fluchte lautlos, als er dem gedrungenen Mann die Treppe hinauf folgte. Er brauchte keinen zweiten Zeugen.

Als Darcy ihnen die Tür öffnete, hatte Stratton eine freundliche, leicht beunruhigte Miene aufgesetzt. Er hatte vorgehabt, beschwichtigend zu wirken, aber die Sorge in Darcys Augen zeigte ihm, daß Banalitäten nicht angebracht waren. Also stimmte er ihr zu, irgend etwas müsse ganz und gar nicht in Ordnung sein.

Kluges Mädchen, dachte er. Offenbar hatte Darcy sich die Kombination des Safes eingeprägt. Sie würde also niemandem zeigen, wo Erin sie aufbewahrte. Sie hielt Notizblock und Stift bereit. »Ich möchte alles auflisten, was wir darin finden.«

Stratton drehte ihr absichtlich den Rücken zu, während sie die Kombination einstellte. Dann hockte er sich neben sie, als sie die Tür öffnete. Der Safe war ziemlich tief. Schachteln und Beutel lagen in den Fächern.

»Lassen Sie mich die Sachen herausnehmen und Ihnen geben«, schlug er vor. »Ich beschreibe das, was wir finden, und Sie schreiben es auf.«

Darcy zögerte, sah dann aber ein, daß sein Vorschlag vernünftig war. Schließlich war er der Juwelier. Sein Arm streifte ihren. Instinktiv rückte sie zur Seite.

Stratton schaute über die Schulter zurück. Der gereizt aussehende Boxer zündete sich eine Zigarette an und sah sich im Zimmer um, vermutlich auf der Suche nach einem Aschenbecher. Das war Strattons einzige Chance. »Ich glaube, das ist das Samtetui, in dem Erin das Collier aufbewahrte.« Er griff danach und stieß dabei absichtlich an eine kleinere Schachtel, die herausfiel.

Darcy fuhr zusammen, als die glitzernden Steine über den Boden rollten, und kroch ihnen nach, um sie wieder einzusammeln. Eine Sekunde später war Stratton an ihrer Seite und verfluchte seine Ungeschicklichkeit. Sie suchten den Boden gründlich ab. »Ich bin sicher, daß wir alle haben«, sagte er. »Das sind Halbedelsteine, geeignet für guten Modeschmuck. Aber wichtiger ...« Er öffnete die Samtschachtel. »Hier ist das Bertolini-Collier.«

Darcy starrte die exquisite Halskette an. Smaragde, Brillanten, Saphire, Mondsteine, Opale und Rubine waren zu einem Schmuckstück verarbeitet, das sie an mittelalterliche Juwelen erinnerte, die sie auf Porträts im Metropolitan-Museum gesehen hatte.

»Wunderschön, nicht?« sagte Stratton. »Sie verstehen sicher, warum der Direktor von Bertolini so aufgeregt war bei dem Gedanken, etwas könne damit passiert sein. Erin ist bemerkenswert talentiert. Sie hat es nicht nur verstanden, eine Fassung zu entwerfen, die diese Steine zehnmal wertvoller aussehen läßt, als sie tatsächlich sind – und sie sind einiges wert –, sie hat sie auch im byzantinischen Stil gearbeitet. Die Familie, die die Kette in Auftrag gegeben hat, stammt ursprünglich aus Rußland. Diese Steine waren das einzig Wertvolle, das sie mitnehmen konnten, als sie 1917 flohen.«

Darcy konnte Erin vor sich sehen, wie sie an ihrem Arbeitstisch saß, die Fußknöchel um die Streben des Stuhls geschlungen; so hatte sie im College immer dagesessen, wenn sie lernte. Das Gefühl bevorstehenden Unheils war überwältigend. Wo konnte Erin freiwillig hingegangen sein, ohne dieses Collier rechtzeitig abzuliefern?

Freiwillig nirgends, entschied sie.

Sie biß sich auf die Lippen, um deren Zittern zu unterdrücken, und nahm den Stift zur Hand. »Würden Sie es mir beschreiben? Ich glaube, wir sollten jeden Edelstein darin identifizieren, damit kein Zweifel daran besteht, daß alle da sind.«

Während Stratton weitere Beutel, Samtschachteln und Etuis aus dem Safe nahm, fiel ihr auf, daß er immer erregter wurde. Schließlich sagte er: »Die übrigen öffne ich alle auf einmal, und dann schreiben wir den Inhalt auf.« Er sah sie direkt an. »Das Bertolini-Collier ist da, aber ein Beutel mit Brillanten im Wert von einer Viertelmillion Dollar, den ich Erin gegeben hatte, ist nicht dabei.«

Darcy verließ die Wohnung mit Stratton. »Ich gehe zum Polizeirevier, um eine Vermißtenanzeige aufzugeben«, sagte sie zu ihm.

»Das ist ganz richtig«, sagte er. »Ich sorge dafür, daß Bertolini das Collier sofort bekommt, und wenn wir in einer Woche noch nichts von Erin gehört haben, setze ich mich wegen der Brillanten mit der Versicherungsgesellschaft in Verbindung.«

Es war Punkt zwölf Uhr mittags, als Darcy das Sechste Polizeirevier in der Charles Street betrat. Da sie darauf beharrte, etwas sei ganz und gar nicht in Ordnung, kam ein Inspektor heraus, um mit ihr zu sprechen. Ein großgewachsener Schwarzer Mitte Vierzig mit militärischer Haltung, der sich ihr als Dean Thompson vorstellte und teilnehmend zuhörte, als sie ihm ihre Befürchtungen mitteilte.

»Wir können wirklich keine Vermißtenanzeige für eine erwachsene Frau aufnehmen, nur, weil ein oder zwei Tage lang niemand von ihr gehört hat«, erklärte er. »Das verstößt gegen das Recht auf Bewegungsfreiheit. Aber wenn Sie mir eine Beschreibung von ihr geben, werde ich sie mit den eingegangenen Unfallprotokollen vergleichen.«

Voller Besorgnis gab Darcy ihm die Informationen: einssiebenundsechzig groß, vierundfünfzig Kilo schwer, kastanienbraunes Haar, blaue Augen, achtundzwanzig Jahre alt. »Warten Sie, ich habe ein Foto von ihr in der Brieftasche.«

Thompson betrachtete es und gab es ihr dann zurück. »Eine sehr attraktive Frau.« Er gab ihr seine Karte und bat sie um ihre. »Wir bleiben in Verbindung.«

Susan Frawley Fox umarmte die fünfjährige Trish und führte das widerstrebende kleine Mädchen zu dem wartenden Schulbus, der sie für den Nachmittag in den Kindergarten bringen würde. Trishs jammervoller Gesichtsausdruck ließ erkennen, daß sie gleich in Tränen ausbrechen würde. Das Baby, das Susan fest unter dem anderen Arm hielt, griff nach unten und zog Trish an den Haaren. Das war der benötigte Vorwand. Trish begann zu heulen.

Susan biß sich auf die Lippen, hin und her gerissen zwischen Ärger und Mitgefühl. »Er hat dir nicht weh getan, und du wirst nicht zu Hause bleiben.«

Die Busfahrerin, eine matronenhafte Frau mit warmherzigem Lächeln, sagte einladend: »Komm nur, Trish. Du darfst dich ganz vorn neben mich setzen.«

Susan winkte lebhaft und seufzte erleichtert, als der Bus abfuhr. Sie verschob das Gewicht des Babys auf ihrer Hüfte und eilte von der Straßenecke zurück in ihr verwinkeltes Haus aus Ziegeln und weißem Verputz. Noch immer lag Schnee an schattigen Stellen des Rasens. Die Bäume wirkten öde und blutleer vor dem grauen Himmel. In ein paar Monaten würde das Grundstück von üppig blühenden Hecken umgeben sein, und die Weiden würden dichtes Laub tragen. Schon als Kind hatte Susan darauf geachtet, wann die Weiden die ersten Anzeichen von Frühling zeigten.

Sie stieß die Seitentür auf, wärmte eine Flasche für das Baby, brachte es in sein Zimmer, wickelte es und legte es zum Schlafen hin. Ihre ruhige Zeit hatte begonnen: anderthalb Stunden, bis der Kleine wieder aufwachte. Sie wußte, daß sie einen Haufen Arbeit vor sich hatte. Die Betten waren noch nicht gemacht. Die Küche war ein Chaos. Heute morgen hatte Trish unbedingt Törtchen backen wollen, und noch immer klebte übergelaufener Teig auf dem Tisch.

Susan betrachtete die Backform auf der Anrichte und lächelte ein wenig. Die Törtchen sahen köstlich aus. Wenn Trish sich nur wegen des Kindergartens nicht so anstellen würde. Es ist fast März, dachte Susan besorgt. Wie soll das werden, wenn sie in die erste Klasse kommt und den ganzen Tag von zu Hause fort sein muß?

Doug gab Susan die Schuld dafür, daß Trish so ungern in den Kindergarten ging. »Wenn du selbst öfter ausgehen würdest, zum Mittagessen in den Club oder als freiwillige Mitarbeiterin bei irgendeinem Komitee, dann wäre Trish daran gewöhnt, von anderen Leuten betreut zu werden.«

Susan setzte den Kessel auf, wischte den Tisch sauber und machte sich ein gegrilltes Sandwich mit Käse und Schinken. Es gibt einen Gott, dachte sie dankbar, während sie die wohltuende Stille genoß.

Bei einer zweiten Tasse Tee gestattete sie sich, die Wut zuzulassen, die in ihr brannte. Doug war letzte Nacht wieder nicht nach Hause gekommen. Wenn er noch spät eine Konferenz hatte, pflegte er in der Firmensuite im »Gateway-Hotel« in der Nähe seines Büros im World Trade Center zu übernachten. Er wurde wütend, wenn sie ihn dort anrief. »Zum Donner, Susan, außer bei welterschütternden Notfällen darfst du nicht anrufen. Sie können mich nicht aus einer Konferenz herausholen, und bis sie zu Ende sind, ist es gewöhnlich weit nach Mitternacht.«

Susan nahm ihren Tee, stand auf und ging durch den langen Flur ins Elternschlafzimmer. Entschlossen stellte sie sich vor den großen Spiegel und betrachtete sich. Tagsüber hielt sie sich selten mit Make-up auf, aber sie brauchte auch keins. Ihre Haut war rein und faltenlos, ihr Teint frisch. Bei ihrer Größe von etwas über einssechzig hätte es gewiß nicht geschadet, fünf Kilo abzunehmen. Als sie und Doug vor vierzehn Jahren geheiratet hatten, hatte sie weniger als fünfzig Kilo gewogen. Sweatshirts und Turnschuhe waren zu ihrer üblichen Bekleidung geworden, vor allem, seit Trish und Conner geboren waren.

Ich bin fünfunddreißig Jahre alt, sagte sich Susan. Ich könnte etwas abnehmen, aber im Gegensatz zu dem, was mein Mann denkt, bin ich nicht fett. Ich bin keine besonders gute Hausfrau, aber ich weiß, daß ich eine gute Mutter bin. Und auch eine gute Köchin. Ich mag meine Zeit nicht außer Haus verbringen, solange ich kleine Kinder habe, die mich brauchen. Vor allem, da ihr Vater sich überhaupt nicht um sie kümmert.

Sie trank den restlichen Tee, und ihr Zorn wuchs. Am Dienstag abend, als Donny von dem Basketballspiel zurückkam, schwankte er zwischen Ekstase und Kummer. Er hatte den Siegestreffer erzielt. »Alle sind aufgestanden und haben mir zugejubelt, Mami!« Dann fügte er hinzu: »Daddy war praktisch der einzige Vater, der nicht da war.«

Susan hatte der Schmerz in den Augen ihres Sohnes fast das Herz zerrissen. Der Babysitter hatte in letzter Minute abgesagt, und darum hatte sie selbst auch nicht zu dem Spiel gehen können. »Dies ist ein welterschütterndes Ereignis«, hatte sie entschlossen gesagt. »Schauen wir mal, ob wir Dad erreichen und es ihm erzählen können.«

Douglas Fox war im Hotel nicht eingetragen. Kein Konferenzsaal wurde benutzt. Die Suite für Mitarbeiter von Keldon Equities stand leer.

»Vermutlich irgendeine neue Telefonistin, die sich nicht auskennt«, hatte Susan zu Donny gesagt und sich bemüht, ruhig zu bleiben.

»Ja, wahrscheinlich, Mami.« Aber Donny ließ sich nichts vormachen. Im Morgengrauen war Susan erwacht, weil sie gedämpftes Schluchzen hörte. Sie hatte vor seiner Tür gestanden, aber gewußt, er würde nicht wollen, daß sie ihn weinen sah.

Mein Mann liebt weder mich noch seine Kinder, sagte Susan zu ihrem Spiegelbild. Er belügt uns. Er bleibt jede Woche mehrmals über Nacht in New York. Er hat mich so unter Druck gesetzt, daß ich ihn fast nie anrufe. Er gibt mir das Gefühl, eine fette, oberflächliche, langweilige, nutzlose Kuh zu sein. Und das bin ich leid.

Sie wandte sich vom Spiegel ab und betrachtete das unordentliche Schlafzimmer. Ich könnte sehr viel organisierter sein, räumte sie ein. Früher war ich das. Wann habe ich aufgegeben? Wann war ich so verdammt entmutigt, daß ich meinte, es sei gar keinen Versuch wert, ihm zu gefallen?

Nicht schwer zu beantworten. Vor beinahe zwei Jahren, als sie mit dem Baby schwanger war. Sie hatten ein schwedisches Aupair-Mädchen gehabt, und Susan war sicher, daß Doug ein Verhältnis mit ihr hatte.

Warum habe ich der Sache damals nicht ins Auge gesehen? fragte sie sich, während sie begann, das Bett zu machen. Weil ich noch in ihn verliebt war? Weil ich nicht zugeben wollte, daß mein Vater in bezug auf ihn recht gehabt hatte?

Sie und Doug hatten eine Woche nach ihrem College-Abschluß in Bryn Mawr geheiratet. Ihr Vater hatte ihr eine Weltreise angeboten, falls sie es sich anders überlegte. »Unter seinem Schuljungencharme versteckt sich ein skrupelloser, mieser Charakter«, hatte er sie gewarnt.

Ich bin mit offenen Augen da hineingerannt, gestand Susan sich ein, während sie in die Küche zurückkehrte. Wenn Dad auch nur die Hälfte gewußt hätte, würde er einen Herzinfarkt bekommen haben, dachte sie.

Auf dem Wandtisch in der Küche lag ein Stapel Zeitschriften. Sie blätterte sie durch, bis sie diejenige fand, die sie suchte. Eine Ausgabe von *People* mit einem Artikel über eine Privatdetektivin in Manhattan. Berufstätige Frauen engagierten sie, um Nachforschungen über die Männer anzustellen, die sie eventuell heiraten wollten. Sie beschäftigte sich auch mit Scheidungsfällen.

Susan ließ sich von der Auskunft ihre Telefonnummer geben und rief gleich an. Sie konnte mit der Privatdetektivin einen Termin für den folgenden Montag, den 25. Februar, vereinbaren. »Ich glaube, mein Mann trifft sich mit anderen Frauen«, erklärte sie ruhig. »Ich denke an Scheidung, und ich möchte alles über seine Aktivitäten wissen.«

Als sie aufgelegt hatte, widerstand sie der Versuchung, einfach sitzen zu bleiben und weiter über alles nachzudenken. Statt dessen machte sie sich energisch über die Küche her. Es war an der Zeit, das Haus wieder in Schuß zu bringen. Wenn sie Glück hätte, konnte es bis zum Sommer zum Verkauf stehen.

Es würde nicht leicht sein, allein vier Kinder aufzuziehen. Susan wußte, Doug würde sich nach der Scheidung wenig oder gar nicht um die Kinder kümmern. Im Geldausgeben war er groß, aber in hundert unbedeutenden Dingen war er kleinlich. Er würde sich gegen einen angemessenen Unterhalt für die Kinder wehren. Doch es würde viel einfacher sein, mit einem schmalen Budget zu leben, als diese Farce fortzusetzen.

Das Telefon läutete. Es war Doug, der sich wieder einmal über die verfluchten späten Konferenzen der beiden letzten Abende beklagte. Heute war er erschöpft, aber sie waren noch immer nicht mit allem fertig. Er würde nach Hause kommen, aber spät. Sehr spät.

»Mach dir keine Sorgen, Lieber«, sagte Susan besänftigend. »Ich verstehe vollkommen.«

Die Landstraße war schmal, kurvenreich und dunkel. Charley begegnete keinem einzigen anderen Auto. Seine Einfahrt war an der Stelle, wo sie von der Straße abging, von Büschen fast verdeckt. Ein geheimer, stiller Ort, neugierigen Blicken entzogen. Er hatte das Haus vor sechs Jahren gekauft. Es war ein Nachlaßverkauf gewesen. Oder vielmehr die Verschleuderung eines Nachlasses. Das Haus hatte einem exzentrischen Junggesellen gehört, der es als Hobby selbst renovierte.

Das Äußere des 1902 erbauten Hauses war unprätentiös. Innen hatte die Renovierung darin bestanden, aus dem ganzen Untergeschoß einen einzigen Raum zu machen, mit Küchenzeile und offenem Kamin. Die breiten Eichendielen des Fußbodens hatten einen seidigen Glanz. Die Möbel waren Pennsylvania Dutch, schmucklos und schön.

Charley hatte eine breite, gepolsterte Couch mit braunem Stoffbezug, einen passenden Sessel und einen Teppich zwischen Couch und Kamin hinzugefügt.

Der erste Stock war ganz so geblieben, wie er ihn vorgefunden hatte. Zwei kleine Räume waren zu einem größeren Schlafzimmer zusammengelegt worden. Shaker-Möbel, ein Bett mit geschnitztem Kopfteil und eine hohe Kommode. Beide aus Kiefernholz. In dem modernisierten Bad hatte man die ursprüngliche Badewanne auf ihren geschwungenen Füßen frei stehen lassen.

Nur der Keller war verändert. Die zwei Meter fünfzig breite

Gefriertruhe enthielt keinerlei Lebensmittel mehr, die Gefriertruhe, in der er, wenn es nötig war, die Leichen der Mädchen aufbewahrte. Hier hatten sie als Eisjungfrauen darauf gewartet, daß unter den wärmenden Strahlen der Frühlingssonne ihre Gräber gegraben wurden. Es gab auch einen Arbeitstisch im Keller, den Arbeitstisch mit einem Stapel aus zehn Schuhkartons. Nur einer mußte noch verziert werden.

Ein reizendes Haus, das in den Wäldern versteckt lag. Er hatte nie jemanden hierher gebracht bis vor zwei Jahren, als er angefangen hatte, von Nan zu träumen. Davor hatte es genügt, das Haus zu besitzen. Wenn er fliehen wollte, war es seine Zuflucht. Das Alleinsein. Die Möglichkeit, so zu tun, als tanze er mit schönen Mädchen. Er pflegte auf dem Videorecorder alte Filme abzuspielen, Filme, in denen er Fred Astaire wurde und mit Ginger Rogers und Rita Hayworth und Leslie Caron tanzte. Er folgte Astaires anmutigen Bewegungen, bis er jeden Schritt mittanzen und Astaires Bewegungen genau nachahmen konnte. Immer spürte er Ginger und Rita und Leslie und Freds andere Partnerinnen in seinen Armen, die ihn verehrend ansahen, die Musik liebten, die gern mit ihm tanzten.

Dann, vor zwei Jahren, war es eines Tages plötzlich vorbei. Mitten im Tanz verschwand Ginger, und Charley hielt wieder Nan in den Armen. Genau wie in den Augenblicken, nachdem er sie getötet hatte und auf dem Waldweg Walzer tanzte; ihr leichter, schlanker Körper war so mühelos zu halten, und ihr Kopf lehnte an seiner Schulter.

Als diese Erinnerung zurückkehrte, rannte er in den Keller, nahm die Gegenstücke des paillettenbesetzten Tanzschuhs und des Nike-Turnschuhs, die er an ihren Füßen gelassen hatte, aus dem Schuhkarton und hielt sie in den Armen, während er zur Musik aus der Stereoanlage tanzte. Es war, als sei er wieder mit Nan zusammen, und da hatte er gewußt, was er tun mußte.

Zuerst hatte er eine versteckte Videokamera angebracht, damit er jeden einzelnen Moment dessen, was geschehen sollte, noch einmal erleben konnte. Dann hatte er angefangen, die Mädchen eine nach der anderen hierherzubringen. Erin war die achte, die hier gestorben war. Aber Erin würde sich nicht zu den anderen in der bewaldeten Erde rings um das Haus gesellen. Heute nacht würde er Erins Leiche wegbringen. Er hatte genau geplant, wo er sie zurücklassen würde.

Der Kombiwagen glitt geräuschlos in die Einfahrt und an die hintere Seite des Hauses. Er hielt vor der Metalltür an, die in den Keller führte.

Charleys Atemzüge wurden kürzer und gingen in ein erregtes Keuchen über. Er streckte die Hand nach dem Griff aus, um die Kofferraumtür des Wagens zu öffnen, und hielt dann unentschlossen inne. Alle seine Instinkte warnten ihn, die Sache nicht zu verzögern. Er mußte Erins Leiche aus der Kühltruhe nehmen, sie in den Wagen tragen, in die Stadt zurückfahren und sie auf dem verlassenen Dock in der 56. Straße neben dem West Side Highway zurücklassen. Aber der Gedanke, das Videoband von Erin anzuschauen, noch ein einziges Mal mit ihr zu tanzen, war unwiderstehlich.

Charley eilte um das Haus herum zur Vordertür, schloß auf, schaltete das Licht ein, und ohne sich damit aufzuhalten, seinen Mantel auszuziehen, lief er durch den Raum zum Videorecorder. Erins Band lag zuoberst auf den anderen. Er legte es ein, setzte sich auf die Couch und lächelte erwartungsvoll.

Das Band setzte sich in Gang.

Erin, so hübsch, kam lächelnd zur Tür herein, entzückt über das Haus. »Ich beneide Sie um diese Zuflucht.« Er bereitete Drinks für sie zu. Sie saß zusammengerollt auf der Couch, er in dem Sessel ihr gegenüber. Er stand auf und zündete ein Streichholz an, um das Feuer im Kamin anzufachen.

»Machen Sie sich doch nicht die Mühe, ein Feuer anzuzünden«, hatte sie gesagt. »Ich muß wirklich zurück.«

»Sogar für eine halbe Stunde ist es der Mühe wert«, hatte er sie beruhigt. Dann hatte er die Stereoanlage eingeschaltet, leise, weich und angenehm, Songs aus den vierziger Jahren. »Nächstes Mal gehen wir in den ›Rainbow Room‹«, sagte er. »Sie tanzen ja genauso gern wie ich.«

Erin hatte gelacht. Die Lampe neben ihr betonte die roten Glanzlichter in ihrem kastanienbraunen Haar. »Wie ich Ihnen ja schrieb, als ich auf Ihre Anzeige antwortete, tanze ich für mein Leben gern.«

Er war aufgestanden und hatte die Arme ausgestreckt. »Warum nicht jetzt gleich?« Dann, als sei ihm plötzlich etwas eingefallen, hatte er ge-

sagt: »Warten Sie einen Moment. Wir wollen es richtig machen. Was für eine Schuhgröße haben Sie? Sieben? Siebeneinhalb? Acht?«

»Siebeneinhalb, schmal.«

»Perfekt. Ob Sie's glauben oder nicht, ich habe ein Paar Abendschuhe, die Ihnen passen müßten. Meine Schwester hatte mich gebeten, sie abzuholen, nachdem sie sie bestellt hatte. Und als guter Bruder tat ich, was sie verlangte. Dann rief sie an und sagte mir, ich solle sie zurückbringen. Sie hätte ein Paar gefunden, das ihr besser gefiel.«

Erin hatte mit ihm zusammen gelacht. »Typisch kleine Schwester.«

»Es ist mir zu lästig, sie wieder zurückzutragen.«

Die Kamera blieb auf sie gerichtet und fing ihren lächelnden, zufriedenen Gesichtsausdruck ein, als sie sich im Raum umsah.

Er war nach oben ins Schlafzimmer gegangen und hatte den Schrank aufgemacht, wo Kartons mit neuen Abendschuhen auf dem Fachbrett standen. Die Schuhe, die er für sie ausgesucht hatte, hatte er in verschiedenen Größen gekauft. Rosa und silbern. Vorn und hinten offen. Bleistiftdünne Absätze. Hauchdünne Fesselriemen. Er griff nach dem Paar in ihrer Größe und trug es nach unten, noch in Seidenpapier gewickelt.

»Probieren Sie sie an, Erin.«

Nicht einmal da schöpfte sie Verdacht. »Sie sind entzückend.«

Er war niedergekniet und hatte ihr mit unpersönlichen Griffen die kurzen Lederstiefel abgestreift. Sie hatte gesagt: »Ach wirklich, ich glaube nicht ...« Er hatte ihren Protest ignoriert und die Schuhe an ihren Füßen befestigt.

»Versprechen Sie, sie zu tragen, wenn wir nächsten Sonntag in den ›Rainbow Room‹ gehen?«

Sie hatte den rechten Fuß ein wenig vom Teppich gehoben und über die Schönheit der Schuhe gelächelt. »Ich kann sie nicht als Geschenk annehmen ...«

»Bitte.« Er hatte zu ihr aufgelächelt.

»Gut, aber dann kaufe ich sie Ihnen ab. Es ist komisch, sie passen genau zu einem neuen Kleid, das ich erst einmal getragen habe.«

»Ich habe Sie in dem Kleid gesehen«, hatte ihm auf der Zunge gelegen. Statt dessen hatte er gemurmelt: »Über die Bezahlung reden wir später.« Dann hatte er seine Hand auf ihren Knöchel gelegt und gerade so lange verweilt, daß sie argwöhnisch wurde. Er war aufgestanden und zur Stereoanlage gegangen. Die Kassette, die er extra vorbereitet hatte, lag bereits darin. »Till There Was You« war das erste Lied. Das Tommy-

Dorsey-Orchester begann zu spielen, und die unvergeßliche Stimme des jungen Frank Sinatra füllte den Raum.

Er ging zurück zur Couch und griff nach Erins Händen.

»Lassen Sie uns üben.«

Der Blick, auf den er gewartet hatte, trat in Erins Augen. Das erste, winzige Aufflackern des Bewußtseins, daß etwas nicht ganz stimmte. Sie erkannte die subtile Veränderung in seinem Ton und seinem Verhalten.

Erin war wie die anderen. Alle reagierten auf die gleiche Weise. Redeten zu schnell, nervös. »Ich glaube, wir sollten uns besser auf den Rückweg machen. Ich habe morgen sehr früh einen Termin.«

»Nur einen Tanz.«

»Also gut.« Ihr Ton war widerstrebend gewesen.

Als sie zu tanzen begannen, schien sie sich zu entspannen. Alle Mädchen waren gute Tänzerinnen gewesen, aber Erin war perfekt. Er war sich illoyal vorgekommen, weil er gedacht hatte, sie tanze vielleicht sogar besser als Nan. Sie war schwerelos in seinen Armen. Reine Anmut. Aber als die letzten Noten verklungen waren, trat sie zurück. »Jetzt muß ich aber gehen.«

Dann, als er gesagt hatte: »Sie werden nirgendwohin gehen«, hatte Erin zu laufen begonnen. Wie die anderen rutschte sie auf dem Fußboden, den er so liebevoll gebohnert hatte, aus. Die Tanzschuhe wurden ihr Feind, als sie vor ihm davonrannte und zur Tür lief, die verriegelt war, und auf den Notrufknopf der Alarmanlage drückte, nur, um festzustellen, daß er eine Attrappe war. Als sie ihn berührte, ertönte ein manisches, hohles Lachen, eine zusätzliche kleine Ironie, die die meisten von ihnen zum Schluchzen brachte, während er nach ihrer Kehle griff.

Erin war besonders befriedigend gewesen. Am Ende schien sie zu wissen, daß Bitten zwecklos war, und kämpfte mit animalischer Kraft, krallte sich an den Händen fest, die um ihren schlanken Hals lagen. Erst, als er an der schweren Goldkette um ihren Hals gedreht hatte und sie anfing, das Bewußtsein zu verlieren, hatte sie geflüstert: »Lieber Gott, bitte hilf mir, oh, Daddy ...«

Als sie tot war, tanzte er erneut mit ihr. Kein Widerstand war jetzt mehr in dem schönen Körper. Sie war seine Ginger, seine Rita, seine Leslie, seine Nan und all die anderen. Als die Musik verstummte, zog er ihr den linken Tanzschuh aus und ersetzte ihn durch ihren Stiefel.

Das Videoband endete, als er ihre Leiche nach unten in den Keller trug, wo er sie in die Kühltruhe legte und den einen Tanzschuh und den Stiefel in den wartenden Schuhkarton packte.

Charley stand vom Sofa auf und seufzte. Er ließ das Band zurücklaufen, nahm es heraus und schaltete den Videorecorder aus. Die Musikkassette, die er für Erin vorbereitet hatte, war noch in der Stereoanlage. Er drückte auf »Play«.

Als die Musik den Raum füllte, eilte Charley nach unten und öffnete die Tiefkühltruhe. »Entzückend, entzückend«, seufzte er, als er das stille Gesicht sah, die bläulichen Venen, die in der eisblauen Haut sichtbar waren. Zärtlich griff er nach ihr.

Es war das erste Mal, daß er mit einem der Mädchen tanzte, deren Leichen er eingefroren hatte. Es war eine neue, aber prickelnde Erfahrung. Erins Gliedmaßen waren jetzt nicht mehr geschmeidig. Ihr Rücken bog sich nicht nach hinten. Er drückte ihre Wange an seinen Hals, sein Kinn ruhte auf dem kastanienbraunen Haar. Das vorher so weiche Haar hatte jetzt Eisperlen. Minuten vergingen. Endlich, nach dem Schluß des dritten Liedes, wirbelte er sie ein letztes Mal herum, blieb dann zufrieden stehen und verbeugte sich.

Alles hatte mit Nan vor fünfzehn Jahren am dreizehnten März angefangen, dachte er. Er küßte Erins Lippen genauso, wie er die von Nan geküßt hatte. Der dreizehnte März war noch drei Wochen entfernt. Bis dahin würde er Darcy nach hier geholt haben, und es wäre vorbei.

Er merkte, daß Erins Bluse sich allmählich feucht anfühlte. Er mußte sie in die Stadt schaffen. Er hielt sie mit einem Arm fest und schleifte sie halb zur Stereoanlage.

Während er die Apparate ausschaltete, merkte Charley nicht, daß ein Onyxring mit einem goldenen E von Erins gefrorenem Finger glitt. Er hörte auch nicht das leise Klirren, mit dem er auf dem Fußboden landete und fast zwischen den Teppichfransen verschwand.

5

FREITAG, 22. FEBRUAR

Ohne etwas zu sehen, starrte Darcy auf den Plan des Apartments, das sie ausstattete. Die Besitzerin verbrachte ein Jahr in Europa und hatte genau gesagt, was sie brauchte: »Ich will die Wohnung möbliert vermieten, aber meine eigenen Sachen lagere ich ein. Ich will nicht, daß irgendein ungehobelter Klotz Löcher in meine Teppiche oder Polstermöbel brennt. Richten Sie die Wohnung geschmackvoll, aber billig ein. Wie ich höre, sind Sie darin ein Genie.«

Gestern, nachdem sie auf dem Polizeirevier gewesen war, hatte Darcy sich gezwungen, zu einer Wohnungsauflösung in Old Tappan, New Jersey, zu fahren. Sie hatte eine Goldgrube an guten Möbeln gefunden, die praktisch verschleudert wurden. Einige davon würden genau in dieses Apartment passen; den Rest konnte sie für zukünftige Aufträge einlagern.

Sie nahm ihren Stift und ihren Skizzenblock. Das Anbausofa sollte an der langen Wand stehen, den Fenstern gegenüber. Das ... Sie legte den Stift hin und verbarg das Gesicht in den Händen. Ich muß diesen Job erledigen. Ich muß mich konzentrieren, dachte sie verzweifelt.

Unwillkürlich stieg eine Erinnerung in ihr auf. Die letzten Wochen ihres zweiten Studienjahres mit den Abschlußprüfungen. Sie und Erin in ihrem Zimmer, in ihre Bücher vertieft. Die Musik von Bruce Springsteen aus der Stereoanlage im Nebenzimmer, die durch die Wände drang und sie verlockte, sich den Feiernden anzuschließen, deren Prüfungen schon vorbei waren. Erin, die jammerte: »Darce, wenn Bruce spielt, kann ich mich nicht konzentrieren.«

»Du mußt aber. Vielleicht kann ich uns Ohrstöpsel kaufen.«

Erin, mit einem verschmitzten Blick: »Ich habe eine bessere Idee.« Nach dem Abendessen waren sie in die Bibliothek gegangen. Als sie geschlossen wurde, versteckten sie sich in den Kabinen der Toilette, bis die Aufseher gegangen waren. Sie hatten sich im sechsten Stock an die Schreibtische beim Aufzug gesetzt, wo fluoreszierende Lampen die ganze Nacht hindurch brannten, und in völliger Ruhe gelernt; bei Morgengrauen hatten sie sich durch ein Fenster davongemacht.

Darcy biß sich auf die Lippen. Sie merkte, daß ihr schon wieder die Tränen kamen. Ungeduldig betupfte sie ihre Augen, griff nach dem Telefon und rief Nona an. »Ich hab's gestern abend schon versucht, aber du warst nicht da.« Sie erzählte von ihrem Besuch in Erins Wohnung, von Jay Stratton, von dem Bertolini-Collier, das sie gefunden hatte, und von den fehlenden Brillanten.

»Stratton will ein paar Tage abwarten, ob Erin wieder auftaucht, ehe er es der Versicherung meldet. Und die Polizei kann keine Vermißtenanzeige aufnehmen, weil das gegen Erins Recht auf Bewegungsfreiheit verstößt.«

»So ein Blödsinn«, sagte Nona rundweg.

»Natürlich ist es Blödsinn. Nona, Erin hat sich am Dienstag abend mit jemand getroffen. Sie hatte auf seine Anzeige geantwortet. Das ist es, was mir Sorgen macht. Meinst du, man sollte diesen FBI-Agenten anrufen, der dir geschrieben hat, und mit ihm reden?«

Ein paar Minuten später streckte Bev den Kopf in Darcys Büro. »Ich will Sie nicht stören, aber es ist Nona.« Ihr Gesicht zeigte mitfühlendes Verständnis. Darcy hatte ihr von Erins Verschwinden erzählt.

Nona faßte sich kurz. »Ich habe dem FBI-Mann eine Nachricht hinterlassen, er solle mich anrufen. Sobald er es tut, melde ich mich bei dir.«

»Wenn er sich mit dir treffen will, wäre ich gern dabei.« Als Darcy auflegte, schaute sie hinüber zu der Kaffeemaschine auf einem Beistelltisch am Fenster. Sie füllte die Kanne und gab absichtlich eine großzügige Menge gemahlenen Kaffee in den Filter.

Erin hatte in der Nacht, als sie sich in der Bibliothek versteckten, eine Thermoskanne mit schwarzem, starkem Kaffee mitgebracht. »Das läßt die grauen Zellen strammstehen«, hatte sie nach der zweiten Tasse verkündet.

Jetzt, nach der zweiten Tasse, war Darcy endlich in der Lage, sich voll auf den Plan des Apartments zu konzentrieren. Du hast immer recht, Erin, dachte sie, als sie nach ihrem Skizzenblock griff.

Vince D'Ambrosio kehrte aus dem Konferenzraum des FBI-Hauptquartiers in sein Büro im 27. Stock zurück. Er war groß und schlank, und niemand, der ihn sah, hätte daran gezweifelt, daß er nach fünfundzwanzig Jahren noch immer den Geschwindigkeitsrekord seiner High-School über eine Meile hielt.

Sein rötlichbraunes Haar war kurz geschnitten. Seine warmen braunen Augen standen weit auseinander. Auf seinem mageren Gesicht erschien bereitwillig ein Lächeln. Instinktiv mochten die Leute Vince D'Ambrosio und vertrauten ihm.

Vince hatte als Offizier zur Untersuchung von Kriminalfällen in Vietnam gedient, nach seiner Rückkehr sein Psychologiestudium abgeschlossen und dann beim FBI begonnen. Vor zehn Jahren hatte er bei der Ausbildungsakademie des FBI in der Marinebasis Quantico in der Nähe von Washington an der Aufstellung des *Violent Criminal Apprehension Program* teilgenommen, eines Programms zur Auswertung von Gewaltverbrechen. VICAP, wie es genannt wurde, war ein computerisiertes nationales Hauptregister, das besonderen Nachdruck auf Serienmorde legte.

Vince hatte soeben einen Kurs geleitet, der Kriminalbeamte aus dem New Yorker Bereich, die in Quantico VICAP-Kurse belegt hatten, auf den neuesten Stand bringen sollte. Der Zweck der heutigen Zusammenkunft war die Mitteilung gewesen, daß der Computer, der scheinbar nicht miteinander verbundenen Verbrechen nachging, ein Warnsignal gegeben hatte. Möglicherweise lief in Manhattan ein Serienmörder frei herum.

Es war das dritte Mal in ebenso vielen Wochen, daß Vince dieselbe ernüchternde Mitteilung gemacht hatte: »Wie Sie alle wissen, ist VICAP in der Lage, Gemeinsamkeiten in Fällen festzustellen, von denen man vorher annahm, sie hätten nichts miteinander zu tun. Die Analytiker und Ermittler von VICAP haben uns kürzlich auf eine mögliche Verbindung zwischen sechs jungen Frauen hingewiesen, die in den letzten beiden Jahren verschwunden sind.

Sie alle hatten Apartments in New York. Niemand weiß genau, ob sie wirklich *in* New York waren, als sie verschwanden. Sie sind noch immer offiziell als vermißt registriert. Wir glauben inzwischen, daß das ein Fehler ist. Möglicherweise ist ihnen etwas zugestoßen.

Die Ähnlichkeiten zwischen diesen Frauen sind auffallend. Alle sind schlank und sehr attraktiv. Ihr Alter reicht von zwei- und-zwanzig bis vierunddreißig. Alle gehören nach Herkunft und Ausbildung der oberen Mittelschicht an. Waren kontaktfreudig. Extravertiert. Und schließlich hatten sie alle angefangen, regelmäßig auf Bekanntschaftsanzeigen zu antworten. Ich bin überzeugt, daß wir es hier mit einem weiteren Serienmörder zu tun haben, der mit Kontaktanzeigen arbeitet, und zwar mit einem verdammt cleveren.

Wenn das stimmt, so sieht das Profil des Täters folgendermaßen aus: gut ausgebildet; kultiviert; Ende Zwanzig bis Anfang Vierzig; physisch attraktiv. Für einen ungeschliffenen Diamanten hätten sich diese Frauen nicht interessiert. Möglicherweise ist er nie wegen eines Gewaltverbrechens verhaftet worden, aber es kann sein, daß er eine jugendliche Vorgeschichte als Voyeur hat oder als jemand, der in der Schule persönliche Gegenstände von Frauen stahl. Sein Hobby könnte Fotografieren sein.«

Die Kriminalbeamten waren gegangen und hatten versprochen, besonders auf Berichte über vermißte junge Frauen zu achten, die in diese Kategorie paßten. Dean Thompson, der Inspektor aus dem Sechsten Revier, blieb hinter den anderen zurück. Vince und er hatten sich in Vietnam kennengelernt und waren seither Freunde geblieben.

»Vince, gestern ist eine junge Frau gekommen, um eine Freundin als vermißt zu melden, Erin Kelley. Sie ist seit Dienstag abend nicht mehr gesehen worden. Sie paßt in das Profil, das du beschrieben hast. *Und* sie hatte auf eine Kontaktanzeige geantwortet. Ich bleibe der Sache auf der Spur.«

»Halt mich auf dem laufenden.«

Vince, der jetzt die Nachrichten auf seinem Schreibtisch durchblätterte, nickte zufrieden, als er sah, daß Nona Roberts ihn angerufen hatte. Er wählte ihre Nummer, sagte ihrer Sekretärin seinen Namen und wurde sofort durchgestellt.

Er runzelte die Stirn, als Nona Roberts mit besorgter Stimme erklärte: »Erin Kelley, eine junge Frau, die ich dazu überredet habe, für meine Dokumentarsendung Bekanntschaftsanzeigen zu beantworten, wird seit Dienstag abend vermißt. Erin wäre nie und nimmer verschwunden, wenn ihr nicht ein Unfall oder Schlimmeres zugestoßen wäre. Dafür lege ich meine Hand ins Feuer.«

Vince schaute auf seinen Terminkalender. Für den Rest des Vormittags hatte er Verabredungen im Haus. Um halb zwei wurde er im Büro des Bürgermeisters erwartet. Absagen konnte er nichts. »Würde Ihnen drei Uhr passen?« fragte er Nona Roberts. Und nachdem er den Hörer aufgelegt hatte, sagte er laut: »Noch eine.«

Kurz nachdem sie Darcy telefonisch von der Verabredung mit Vince D'Ambrosio um drei Uhr erzählt hatte, erhielt Nona unerwarteten Besuch von Austin Hamilton, dem Vorstandsvorsitzenden und alleinigen Eigentümer von Hudson Cable Network.

Hamilton hatte eine eisige, sarkastische Art, die seinen Angestellten Schrecken einjagte. Nona hatte es geschafft, Hamilton zu dem Dokumentarfilm über Kontaktanzeigen zu überreden, obwohl seine erste Reaktion gelautet hatte: »Wen interessiert schon ein Haufen Verlierer, die andere Verlierer treffen?«

Widerstrebend hatte er ihr grünes Licht gegeben, nachdem sie ihm Seiten um Seiten mit Kontaktanzeigen in Zeitungen und Zeitschriften gezeigt hatte. »Das ist *das* soziale Phänomen unserer Gesellschaft«, hatte sie argumentiert. »Diese Anzeigen sind alles andere als billig. Die alte Geschichte. Junge möchte Mädchen kennenlernen. Älterer Angestellter möchte reiche Geschiedene kennenlernen. Der springende Punkt ist die Frage, ob der Märchenprinz Dornröschen findet. Oder ob diese Anzeigen eine kolossale und sogar erniedrigende Zeitverschwendung sind.«

Hamilton hatte zähneknirschend eingeräumt, daß das eine Geschichte hergeben könnte. »Zu meiner Zeit«, hatte er bemerkt, »lernte man die Leute in den entsprechenden Schulen und im College und bei Einführungsparties kennen. Man gewann einen ausgewählten Freundeskreis, und durch diese Freunde lernte man andere sozial Gleichgestellte kennen.«

Hamilton war sechzig Jahre alt, hochnäsig und ein perfekter Snob. Doch er hatte Hudson Cable ganz allein aufgebaut, und sein innovatives Programm war eine ernsthafte Herausforderung für die drei großen Networks.

Als er in Nonas Büro kam, war er frostig gestimmt. Obwohl er immer makellos gekleidet war, fand Nona, daß es ihm trotzdem gelang, bemerkenswert unattraktiv auszusehen. Sein Maßanzug aus der Savile Row verbarg nicht ganz seine schmalen Schultern und seine rundliche Taille. Sein spärliches Haar war in einem silbrig blonden Ton gefärbt, der unnatürlich wirkte. Seine dünnen Lippen, die sich zu einem herzlichen Lächeln verziehen konnten, wenn er sich dazu entschlossen hatte, bildeten einen fast unsichtbaren Strich. Seine blaßblauen Augen waren eiskalt.

Er kam direkt zur Sache. »Nona, ich habe Ihr Projekt verdammt satt. Ich glaube, es gibt keinen ungebundenen Menschen in diesem Gebäude, der nicht Kontaktanzeigen aufgibt oder beantwortet und Zeit damit vergeudet, die Resultate ad nauseam zu vergleichen. Bringen Sie dieses Projekt entweder schnell zu Ende, oder vergessen Sie's.«

Wenn man den richtigen Moment erwischte, konnte man Hamilton beschwichtigen oder neugierig machen. Nona entschied sich für letztere Möglichkeit. »Ich hatte keine Ahnung, wie explosiv die Sache mit den Anzeigen sein würde.« Sie suchte auf ihrem Schreibtisch nach dem Brief von Vincent D'Ambrosio und reichte ihn Hamilton. Als er ihn las, zog er die Augenbrauen hoch.

»Er kommt um drei Uhr her.« Nona schluckte. »Wie Sie sehen, weist er darauf hin, daß es bei diesen Anzeigen eine dunkle Seite gibt. Eine gute Freundin von mir, Erin Kelley, hat Dienstag abend auf eine geantwortet. Sie ist verschwunden.«

Hamiltons Instinkt für Nachrichten siegte über seinen Starrsinn. »Glauben Sie, daß da ein Zusammenhang besteht?«

Nona wandte den Kopf ab und bemerkte zerstreut, daß die Pflanze, die Darcy vor zwei Tagen gegossen hatte, schon wieder die Blätter hängen ließ. »Ich hoffe nicht. Ich weiß nicht.«

»Berichten Sie mir, wenn Sie mit diesem Mann gesprochen haben.«

Angewidert erkannte Nona, daß Hamilton beim potentiellen Medienwert von Erins Verschwinden das Wasser im Munde zusammenlief. Sichtlich bemüht, mitfühlend zu klingen, sagte er: »Wahrscheinlich ist mit Ihrer Freundin alles in Ordnung. Machen Sie sich keine Sorgen.«

Als er fort war, streckte Nonas Sekretärin Connie Frender den Kopf durch die Tür. »Leben Sie noch?«

»Mit Müh und Not.« Nona versuchte zu lächeln. War sie jemals einundzwanzig gewesen? fragte sie sich. Connie war das schwarze Gegenstück von Joan Nye, die die Nachrufe machte. Jung, hübsch, intelligent, clever. Matts neue Frau war jetzt zweiundzwanzig. Und ich werde einundvierzig, dachte Nona. Ohne Kind und Kegel. Reizender Gedanke.

»Ich habe einen ganzen Stapel neuer Antworten von einigen der Chiffreanzeigen, auf die Sie geschrieben haben. Möchten Sie sie anschauen?«

»Natürlich.«

»Noch etwas Kaffee? Nach Austin dem Schrecklichen haben Sie ihn vermutlich nötig.«

Diesmal wußte Nona, daß ihr Lächeln beinahe mütterlich war. Connie schien nicht zu wissen, daß einige Feministinnen die Stirn runzelten, wenn man seiner Chefin eine Tasse Kaffee anbot. »Schrecklich gern.«

Fünf Minuten später kam Connie mit dem Kaffee zurück. »Nona, Matt ist am Telefon. Ich sagte, Sie seien in einer Besprechung, aber er sagte, es sei sehr wichtig, er müsse Sie unbedingt sprechen.«

»Natürlich.« Nona wartete, bis die Tür sich geschlossen hatte, und trank einen Schluck Kaffee, ehe sie nach dem Hörer griff. Matthew, dachte sie. Was bedeutete der Name? Gabe Gottes. Na, sicher. »Hallo, Matt. Wie geht's dir und der Schönheitskönigin?«

»Nona, kannst du nicht aufhören, giftig zu sein?« Hatte er sich immer so nörglerisch angehört?

»Nein, kann ich nicht.« Verdammt, dachte Nona. Nach fast zwei Jahren tut es mir immer noch weh, mit ihm zu reden.

»Nona, ich habe mir etwas überlegt. Warum zahlst du mir nicht meinen Anteil am Haus aus? Jeanie mag die Hamptons nicht. Der Markt ist noch immer lausig, ich mache dir also einen wirklich guten Preis. Du weißt ja, du kannst dir von deiner Familie immer etwas leihen.«

Matty, der Schnorrer, dachte Nona. Das hatte die Ehe mit der Kleinen aus ihm gemacht. »Ich will das Haus nicht«, sagte sie ruhig. »Ich kaufe mir selbst eines, wenn wir es los sind.«

»Nona, du liebst doch das Haus. Du tust das nur, um mich zu bestrafen.«

»Ich muß Schluß machen.« Nona legte den Hörer auf. Du irrst dich, Matt, dachte sie. Ich liebte das Haus, weil wir es zusammen gekauft und Hummer gekocht haben, um unsere erste Nacht darin zu feiern, und jedes Jahr haben wir etwas anderes gemacht, damit es noch schöner wurde. Jetzt will ich ganz von vorn anfangen. Keine Erinnerungen.

Sie begann den Stapel neuer Briefe durchzusehen. Sie hatte mehr als hundert Briefe an Leute geschrieben, die in letzter Zeit Anzeigen aufgegeben hatten, und sie gebeten, ihr ihre Erfahrungen mitzuteilen. Sie hatte auch den Moderator des Senders, Gary Finch, dazu überredet, die Zuschauer zu bitten, über die Ergebnisse von Kontaktanzeigen zu berichten, die sie entweder aufgegeben oder beantwortet hatten, und auch Gründe mitteilen, warum sie so etwas eventuell nicht mehr taten.

Das Ergebnis dieser über den Sender ausgestrahlten Aufforderung erwies sich als Goldgrube. Eine relativ geringe Zahl von Zuschauern schrieb begeistert über die Begegnung »mit der wunderbarsten Person der Welt, und jetzt sind wir verlobt« … »leben zusammen« … »sind verheiratet«.

Viele andere äußerten Enttäuschung. »Er sagte, er sei Unternehmer. In Wirklichkeit war er pleite. Versuchte beim ersten Kennenlernen, Geld von mir zu leihen.« Jemand, der sich als »schüchterner, lediger Weißer« beschrieben hatte: »Sie kritisierte mich während des ganzen Essens. Sagte, es sei ganz schön frech, in der Anzeige zu schreiben, ich sei attraktiv. Junge, Junge, ich fühlte mich wirklich lausig.« – »Plötzlich bekam ich mitten in der Nacht obszöne Anrufe.« – »Als ich von der Arbeit nach Hause kam, saß er auf der Treppe vor meinem Haus und schnupfte Koks.«

Einige Briefe waren anonym. »Ich möchte nicht, daß Sie erfahren, wer ich bin, aber ich bin sicher, daß einer der Männer, die ich durch eine Kontaktanzeige kennenlernte, derjenige ist, der in mein Haus eingebrochen ist.« – »Ich nahm einen sehr attraktiven leitenden Angestellten in den Vierzigern mit nach Hause und ertappte ihn dabei, wie er versuchte, meine siebzehnjährige Tochter zu küssen.«

Nona war bestürzt, als sie den letzten Brief des Stapels las. Er kam von einer Frau aus Lancaster, Pennsylvania. »Meine zweiundzwanzigjährige Tochter, Schauspielerin, ist vor fast zwei Jahren verschwunden. Als sie auf unsere Anrufe nicht reagierte, sind wir zu ihrer New Yorker Wohnung gefahren. Es war offensicht-

lich, daß sie sie seit Tagen nicht mehr betreten hatte. Sie antwortete auf Bekanntschaftsanzeigen. Wir sind verzweifelt. Es gibt absolut keine Spur von ihr.«

Oh, Gott, dachte Nona, bitte, laß mit Erin alles in Ordnung sein.
Mit zitternden Händen begann sie, die Briefe zu sortieren und die
interessantesten in einen von drei Aktenordnern einzuheften:
Glücklich mit den Anzeigen. Enttäuscht. Ernsthafte Probleme. Den
letzten Brief heftete sie nicht ab, weil sie ihn D'Ambrosio zeigen
wollte.

Um ein Uhr brachte ihr Connie ein Sandwich mit Schinken und
Käse. »Es geht doch nichts über ein bißchen Cholesterin«, bemerkte Nona.

»Es hat ja keinen Zweck, für Sie Thunfisch zu bestellen, wenn
Sie ihn doch nie essen«, antwortete Connie.

Um zwei hatte Nona Briefe an potentielle Gäste diktiert. Sie
nahm sich vor, für die Sendung noch einen Psychiater oder Psy-
chologen einzuladen. Ich brauche jemanden, der eine Gesamtana-
lyse der ganzen Kontaktanzeigenszene geben kann, beschloß sie.

Vincent D'Ambrosio kam um Viertel vor drei. »Er weiß, daß er
zu früh dran ist«, sagte Connie zu Nona, »und es macht ihm
nichts aus, wenn er warten muß.«

»Nein, ist schon gut. Bitten Sie ihn herein.«

Nach weniger als einer Minute vergaß Vincent D'Ambrosio die
bemerkenswerte Unbequemlichkeit des grünen Zweiersofas in
Nona Roberts' Büro. Er hielt sich selbst für einen guten Menschenkenner und mochte Nona auf Anhieb. Ihre Art war direkt und angenehm. Ihr Aussehen gefiel ihm. Nicht hübsch, aber attraktiv,
vor allem diese großen, nachdenklichen braunen Augen. Sie trug
wenig oder gar kein Make-up. Er mochte auch die grauen Fäden
in ihrem dunkelblonden Haar. Alice, seine Ex-Frau, war ebenfalls
blond, aber ihre goldenen Locken waren das Ergebnis regelmäßi-
ger Besuche bei Vidal Sassoon. Nun ja, wenigstens war sie jetzt
mit einem Burschen verheiratet, der sich das leisten konnte.

Es war nicht zu übersehen, daß Nona Roberts sich verzweifelte
Sorgen machte. »Ihr Brief stimmt mit den neuesten Antworten
überein, die ich bekommen habe«, sagte sie zu ihm. »Leute schreiben, sie hätten Diebe, Schnorrer, Süchtige, Wüstlinge, Perverse

kennengelernt. Und jetzt …« Sie biß sich auf die Lippen. »Und jetzt ist jemand, der nie im Traum daran gedacht hätte, eine Kontaktanzeige zu beantworten, und mir nur einen Gefallen tun wollte, verschwunden.«

»Erzählen Sie mir von ihr.«

Einen Moment lang war Nona Vince D'Ambrosio dankbar, weil er keine Zeit mit leeren Tröstungen vergeudete. »Erin ist sieben- oder achtundzwanzig. Wir lernten uns vor sechs Monaten in unserem Fitneßclub kennen. Sie, Darcy Scott und ich waren im selben Tanzkurs und freundeten uns an. Darcy wird in ein paar Minuten hier sein.« Sie nahm den Brief von der Frau aus Lancaster und reichte ihn Vince. »Der ist gerade gekommen.«

Vince las ihn rasch und pfiff lautlos vor sich hin. »Diesen Bericht haben wir nicht bekommen. Das Mädchen steht nicht auf unserer Liste. Mit ihr sind es jetzt sieben Vermißte.«

Im Taxi auf dem Weg zu Nonas Büro dachte Darcy an die Zeit, als sie und Erin in ihrem letzten Collegejahr zum Skilaufen nach Stowe gefahren waren. Die Hänge waren vereist gewesen, und die meisten Leute waren früh in die Hütte gegangen. Auf ihr Drängen hin hatten sie und Erin eine letzte Abfahrt gemacht. Erin geriet auf eine eisige Stelle, stürzte und brach sich das Bein.

Als der Rettungsdienst kam und eine Rutsche für Erin brachte, war Darcy auf Skiern nebenher gefahren und dann mit in den Krankenwagen gestiegen. Sie erinnerte sich noch an Erins kalkweißes Gesicht und ihren Versuch, es scherzhaft zu nehmen. »Hoffentlich schadet das meiner Tanzerei nicht. Ich habe nämlich vor, Königin des Stardust Ballroom zu werden.«

»Wirst du auch.«

Im Krankenhaus zog der Chirurg die Augenbrauen hoch, als die Röntgenaufnahmen entwickelt waren. »Das haben Sie wirklich sauber hingekriegt, aber wir flicken Sie schon wieder zusammen.« Er hatte Darcy zugelächelt. »Schauen Sie nicht so besorgt. Sie kommt wieder in Ordnung.«

»Ich bin nicht bloß besorgt. Ich fühle mich so verdammt schuldig«, hatte sie zu dem Arzt gesagt. »Erin wollte die letzte Abfahrt gar nicht machen.«

Als sie jetzt Nonas Büro betrat und mit dem Agenten D'Ambrosio bekannt gemacht wurde, merkte Darcy, daß sie ganz genauso wie damals reagierte. Dieselbe Erleichterung, daß jemand sich der Sache annahm, dieselben Schuldgefühle, weil sie Erin gedrängt hatte, mit ihr zusammen die Kontaktanzeigen zu beantworten.

»Nona hatte nur gefragt, ob wir es nicht *versuchen* wollten. Ich war diejenige, die Erin dazu überredet hat«, sagte sie D'Ambrosio. Er machte sich Notizen, als sie von dem Anruf am Dienstag sprach und erzählte, daß Erin gesagt hatte, sie werde in einem Lokal in der Nähe des Washington Square einen Mann namens Charles North treffen. Sie bemerkte die Veränderung in D'Ambrosios Verhalten, als sie berichtete, daß sie den Safe geöffnet und Jay Stratton das Bertolini-Collier gegeben hatte und daß Stratton behauptete, es fehlten Brillanten.

Er fragte sie nach Erins Familie.

Darcy starrte auf ihre Hände.

Ich weiß noch, wie ich am ersten Tag des ersten Collegejahres nach Mount Holyoke kam. Erin war schon da, ihre Koffer waren ordentlich in der Ecke gestapelt. Wir haben uns gegenseitig gemustert und uns gleich gemocht. Erins Augen hatten sich geweitet, als sie Mutter und Dad erkannte, aber sie hatte nicht die Haltung verloren.

»Als Darcy mir diesen Sommer schrieb und sich vorstellte, wurde mir nicht klar, daß ihre Eltern Barbara Thorne und Robert Scott sind«, hatte sie gesagt. »Ich glaube, ich habe keinen Ihrer Filme versäumt.« Sie hatte hinzugefügt: »Darcy, ich wollte mich nicht einrichten, bevor du hier warst. Ich dachte, du würdest vielleicht ein bestimmtes Bett oder einen bestimmten Schrank haben wollen.«

Sie erinnerte sich an den Blick, den Vater und Mutter getauscht hatten. Sie dachten, was Erin doch für ein nettes Mädchen sei. Und sie luden sie ein, mit uns zu Abend zu essen.

Erin war allein ins College gekommen. Ihr Vater sei Invalide, hatte sie erklärt. Wir fragten uns, warum sie ihre Mutter nicht einmal erwähnte. Später erzählte sie mir, als sie sechs Jahre alt war, habe ihr Vater multiple Sklerose bekommen und einen Rollstuhl gebraucht. Als sie sieben war, ging ihre Mutter fort. »Das stand nicht im Ehevertrag«, hatte sie gesagt. »Erin, du kannst mit mir kommen, wenn du willst.«

»Ich kann Daddy nicht allein lassen. Er braucht mich.«

Im Laufe der Jahre hatte Erin den Kontakt zu ihrer Mutter ganz verloren. »Zuletzt hörte ich, daß sie mit einem Mann zusammenlebt, der ein

Charter-Segelboot in der Karibik hat.« *Ihr Aufenthalt in Mount Holyoke wurde durch ein Stipendium finanziert.* »Wie Daddy sagt, hat man im Rollstuhl viel Zeit, seinem Kind bei den Schularbeiten zu helfen. Wenn man ihr schon kein College zahlen kann, kann man wenigstens dazu beitragen, daß sie kostenlos studieren darf.« Oh, Erin, wo bist du? Was ist mit dir passiert?

Darcy merkte, daß D'Ambrosio auf die Beantwortung seiner Frage wartete. »Ihr Vater ist seit einigen Jahren in einem Pflegeheim in Massachusetts«, sagte sie. »Er bekommt nicht mehr viel mit. Ich nehme an, außer ihm bin ich so etwas wie Erins nächste Angehörige.«

Vince sah den Schmerz in Darcys Augen. »In meinem Beruf habe ich die Erfahrung gemacht, daß ein einziger guter Freund manchmal mehr wert ist als ein Haufen Verwandte.«

Darcy brachte ein Lächeln zustande. »Erins Lieblingszitat stammt von Aristoteles. ›Was ist ein Freund? Eine einzige Seele, die in zwei Körpern weilt.‹«

Nona stand auf, trat neben Darcys Stuhl und legte ihr tröstend die Hände auf die Schultern. Sie sah D'Ambrosio unverwandt an. »Was können wir tun, damit man Erin findet?«

Vor langer Zeit war Petey Potters Bauarbeiter gewesen. »*Riesenjobs*«, wie er sich gern vor jedem brüstete, der zuhören wollte. »World Trade Center. Ich war auf einem dieser Stahlträger. Ich kann euch sagen, der Wind da oben bläst so heftig, daß man sich dauernd fragt, ob man auch oben bleibt.« Dann lachte er krächzend. »Toller Blick, sag ich euch, toller Blick!«

Aber abends machte der Gedanke, wieder da oben auf dem Stahlträger zu stehen, Petey allmählich zu schaffen. Ein paar Whiskys, ein paar Bierchen, und Wärme strömte in seine Magengrube und breitete sich in seinem Körper aus.

»Du bist genau wie dein Vater«, begann seine Frau ihn anzuschreien. »Ein nichtsnutziger Trunkenbold.«

Petey war niemals beleidigt. Er verstand. Er hatte zu lachen angefangen, als seine Frau über Pop schimpfte. Pop war vielleicht 'ne Nummer gewesen. Manchmal verschwand er wochenlang, nüchterte sich dann in einem Abbruchhaus in der Bowery aus und kam wieder nach Hause. »Wenn ich Hunger habe, ist es kein

Problem«, hatte er dem achtjährigen Petey anvertraut. »Ich geh
zur Heilsarmee, tauche ein, bekomme eine Mahlzeit, ein Bad und
ein Bett. Das klappt immer.«

»Was bedeutet ›tauche ein‹?« hatte Petey gefragt.

»Wenn man zur Heilsarmee geht, dann erzählen sie einem was
von Gott und Vergebung und daß wir alle Brüder sind und gerettet werden möchten. Dann sagen sie, jeder, der an das gute Buch
glaubt, soll vortreten und seinem Schöpfer danken. So bekommst
du Religion. Du läufst nach vorn, fällst auf die Knie und redest
was von Gerettetsein. Das ist Eintauchen.«

Fast vierzig Jahre später brachte die Erinnerung den heimatlosen Penner Petey Potters noch immer zum Lachen. Er hatte sich
selbst eine Zuflucht geschaffen, eine Ansammlung von Holz und
Blech und alten Lumpen, aus der er sich im verlassenen Terminal
des Piers in der 56. Straße eine Art Zelt gebaut hatte.

Peteys Bedürfnisse waren schlicht. Wein. Glimmstengel. Ein
bißchen Essen. Papierkörbe waren eine ständige Quelle von Do-
sen und Flaschen, die man gegen Pfand abgeben konnte. Wenn er
ehrgeizig war, nahm Petey einen Fensterwischer und eine Flasche
mit Wasser und stellte sich an die Ausfahrt des West Side Highway in der 56. Straße. Kein Fahrer wollte sich von ihm die Auto-
fenster verschmieren lassen, aber die meisten hatten Angst, ihn
wegzuwinken. Erst letzte Woche hatte er gehört, wie eine alte
Krähe zur Fahrerin eines Mercedes gesagt hatte: »Jane, wieso läßt
du es dir gefallen, daß man dich so aufhält?«

Die Antwort hatte Petey Spaß gemacht: »Weil ich nicht möchte,
Mutter, daß er mir den Kotflügel zerkratzt, wenn ich ablehne.«

Aber Petey zerkratzte nichts, wenn er abgewiesen wurde. Er
ging einfach weiter zum nächsten Wagen, bewaffnet mit seiner
Wasserflasche, ein aufforderndes Lächeln im Gesicht.

Gestern war einer der guten Tage gewesen. Gerade genug
Schnee, um den Highway mit Matsch zu bedecken, der von den
Reifen der vorderen Wagen auf die Windschutzscheiben der hinteren spritzte. Kaum jemand hatte sich Peteys Dienstleistungen an
der Ausfahrt verbeten. Er hatte 18 Dollar eingenommen, genug
für ein Jumbo-Sandwich, Zigaretten und drei Flaschen spanischen
Rotwein.

Gestern abend hatte er sich in seinem Zelt niedergelassen, in die alte Armeedecke gewickelt, die die armenische Kirche in der Second Avenue ihm gegeben hatte, eine Skimütze auf dem Kopf, die ihn warm hielt, und in einem zerlumpten Mantel, dessen mottenzerfressener Pelzkragen behaglich seinen Hals einhüllte. Das Sandwich hatte er zur ersten Flasche Wein gegessen, und dann hatte er geraucht und weiter getrunken, zufrieden und warm in seiner trunkenen Benommenheit. Pop, der eintaucht. Mutter, die in die Wohnung in der Tremont Avenue zurückkommt, müde vom Putzen bei anderen Leuten. Birdie, seine Frau. *Harpie*, nicht Birdie. So hätten sie sie nennen sollen.

Petey zitterte vor Heiterkeit über das Wortspiel. Wo mag sie jetzt wohl sein? Und das Kind? Nettes Kind.

Petey war nicht sicher, ob er einen Wagen heranfahren hörte. Er versuchte krampfhaft, richtig wach zu werden, weil er instinktiv sein Territorium schützen wollte. Hoffentlich keine Bullen, die sein Zelt abreißen wollten. Nee. Mitten in der Nacht gaben sich die Bullen nicht mit solchen Kleinigkeiten ab.

Vielleicht ein Junkie. Petey packte den Hals einer leeren Weinflasche. Sollte bloß keiner versuchen, hier hereinzukommen. Aber niemand kam. Nach ein paar Minuten hörte er den Wagen wieder anfahren; vorsichtig spähte er nach draußen. Die Rücklichter verschwanden auf dem leeren West Side Highway. Vielleicht mußte jemand pinkeln, entschied Petey, während er nach der letzten Flasche griff.

Als Petey die Augen wieder öffnete, war später Nachmittag. Sein Kopf fühlte sich leer an und dröhnte. In seinen Eingeweiden brannte es. Sein Mund war wie der Boden eines Vogelkäfigs. Er rappelte sich auf. Die drei leeren Flaschen boten keinen Trost. In den Manteltaschen fand er zwanzig Cents. Ich habe Hunger, jammerte er im stillen. Er streckte den Kopf hinter der Blechplatte hervor, die ihm als Tür diente, und entschied, es müsse später Nachmittag sein. Auf dem Dock lagen lange Schatten. Seine Augen versuchten, sich auf etwas zu konzentrieren, das eindeutig kein Schatten war. Petey blinzelte, murmelte halblaut einen Fluch und stand mühsam auf.

Seine Beine waren steif und sein Gang unbeholfen, als er taumelnd auf das zuging, was da auf dem Pier lag.

Es war eine schlanke Frau. Jung. Rote Locken umgaben ihr Gesicht. Petey war sicher, daß sie tot war. Eine Halskette war in ihren Hals gedreht. Sie trug eine Bluse und Hosen. Ihre Schuhe paßten nicht zusammen.

Die Halskette glitzerte im verblassenden Licht. Gold. Richtiges Gold. Nervös leckte Petey sich die Lippen. Er wappnete sich gegen den Schock, das tote Mädchen zu berühren, und griff um ihren Hals nach dem Verschluß der fein gearbeiteten Halskette. Seine Finger fummelten ungeschickt herum. Sie waren dick und zittrig und konnten den Verschluß nicht öffnen. Himmel, sie fühlte sich kalt an.

Er wollte nichts kaputtmachen. War die Kette lang genug, um sie ihr über den Kopf zu ziehen? Er versuchte, den strangulierten, mit blauen Adern durchzogenen Hals zu ignorieren, und zerrte an der Kette.

Schmutzige Fingerabdrücke waren auf Erins Gesicht zu sehen, als Petey die Halskette gelöst hatte und in seine Tasche gleiten ließ. Die Ohrringe. Die waren auch gut.

Aus der Ferne hörte Petey das Heulen einer Polizeisirene. Wie ein erschrockenes Kaninchen sprang er auf und vergaß die Ohrringe. Das war kein Ort für ihn. Er würde seine Sachen nehmen und sich eine neue Zuflucht suchen müssen. Wenn die Leiche gefunden wurde, könnte es den Bullen schon reichen, daß er sich bloß hier herumtrieb.

Das Bewußtsein einer möglichen Gefahr machte Petey nüchtern. Stolpernd eilte er zurück in seine Zuflucht. Alles, was er besaß, konnte er in die Armeedecke wickeln. Sein Kissen. Einige Sockenpaare, etwas Unterwäsche. Ein Flanellhemd. Einen Teller, eine Gabel, eine Tasse. Streichhölzer. Alte Zeitungen für kalte Nächte.

Fünfzehn Minuten später war Petey in der Welt der Heimatlosen verschwunden. Er schnorrte ein bißchen in der Seventh Avenue und bekam vier Dollar und zweiunddreißig Cents zusammen. Er benutzte sie, um Wein und eine Brezel zu kaufen. In der 57. Straße gab es einen jungen Burschen, der heißen Schmuck verkaufte. Er gab Petey für die Halskette 25 Dollar. »Die ist gut, Mann. Versuch, mehr davon aufzutreiben.«

Um zehn Uhr schlief Petey auf einem U-Bahn-Schacht, der warme, feuchte Luft verströmte. Um elf wurde er wachgerüttelt. Eine nicht unfreundliche Stimme sagte: »Komm, Junge. Heute nacht wird's richtig kalt. Wir bringen dich an einen Ort, wo du ein anständiges Bett und eine gute Mahlzeit kriegst.«

Freitag abend um Viertel vor sechs fuhr Wanda Libbey, gemütlich und sicher in ihrem neuen BMW, im Schneckentempo über den West Side Highway. Wanda war zufrieden mit den Einkäufen, die sie in der Fifth Avenue gemacht hatte, aber sie ärgerte sich, weil es so spät geworden war, als sie sich auf den Rückweg nach Tarrytown machte. Die Stoßzeit an Freitagabenden war die schlimmste der ganzen Woche, weil viele New Yorker zu ihren Häusern auf dem Land aufbrachen. Sie wollte nie wieder in New York leben. Zu schmutzig. Zu gefährlich.

Wanda schaute auf die Handtasche von Valentino auf dem Beifahrersitz. Als sie heute morgen auf dem Kinney-Parkplatz ausgestiegen war, hatte sie sie fest unter den Arm geklemmt und den ganzen Tag dort gehalten. Sie war nicht so dumm, sie von ihrem Arm baumeln zu lassen, wo jemand sie packen konnte.

Noch eine verdammte Ampel. Nun ja, nach ein paar Blocks würde sie die Ausfahrt erreichen und diesen schrecklichen Abschnitt des sogenannten Highways hinter sich haben.

Ein Klopfen an der Scheibe ließ Wanda rasch nach rechts schauen. Ein bärtiges Gesicht grinste sie an. Ein Stoffetzen begann mit wischenden Bewegungen über die Windschutzscheibe zu fahren.

Wandas Lippen zogen sich zu einer strengen Linie zusammen. Verdammt. Sie schüttelte heftig den Kopf. Nein. Nein.

Der Mann ignorierte sie.

Ich lasse mich von solchen Leuten nicht aufhalten, dachte Wanda wütend und drückte heftig auf den Knopf, der das Beifahrerfenster öffnete. »Ich will nicht –« Sie begann zu kreischen. Der Fetzen wurde gegen die Windschutzscheibe geworfen. Eine Flasche mit einer Flüssigkeit fiel von der Motorhaube. Eine Hand griff in den Wagen. Sie sah, wie ihre Tasche verschwand.

Ein Streifenwagen fuhr auf der 55. Straße nach Westen. Der Fahrer reckte plötzlich den Kopf. »Was ist da los?« Auf der Zufahrt zum Highway sah er stehenden Verkehr und Leute, die aus ihren Autos stiegen. »Los!« Mit heulender Sirene und eingeschaltetem Blinklicht schoß der Streifenwagen vorwärts und schlängelte sich geschickt zwischen fahrenden Autos und in zweiter Reihe geparkten Fahrzeugen durch.

Noch immer schreiend vor Wut und Frustration, zeigte Wanda auf den einen Block entfernten Pier. »Meine Handtasche. Da ist er hingelaufen.«

»Gehen wir.« Der Streifenwagen steuerte nach links und dann in eine scharfe Rechtskurve, als sie auf den Pier rasten. Der Polizist auf dem Beifahrersitz schaltete den Scheinwerfer ein; das Zelt wurde sichtbar, das Petey aufgegeben hatte. »Ich schaue drinnen nach.« Dann rief er plötzlich: »He, da drüben, hinter dem Terminal. Was ist das?«

Die Leiche von Erin Kelley, vom Schneeregen glänzend, mit einem silbrigen Schuh, der im mächtigen Strahl des Scheinwerfers glitzerte, war zum zweiten Mal entdeckt worden.

Darcy verließ Nonas Büro zusammen mit Vince D'Ambrosio. Sie nahmen ein Taxi zu ihrer Wohnung, und sie gab ihm Erins Terminkalender und ihre Akten mit den Kontaktanzeigen. Vince untersuchte sie sorgfältig. »Nicht viel da«, sagte er dann. »Wir werden feststellen, wer die Annoncen aufgegeben hat, die sie eingekringelt hat. Mit etwas Glück ist Charles North einer davon.«

»Erin ist mit ihren Aufzeichnungen nicht allzu sorgfältig gewesen«, sagte Darcy. »Ich könnte in ihre Wohnung zurückgehen und noch einmal ihren Schreibtisch durchsuchen. Vielleicht ist mir etwas entgangen.«

»Das könnte nützlich sein. Aber machen Sie sich keine Sorgen. Wenn North ein Rechtsanwalt aus Philadelphia ist, sollte es kein Problem sein, ihn zu finden.« Vince stand auf. »Ich werde mich sofort darum kümmern.«

»Und ich fahre jetzt gleich in Erins Wohnung zurück. Ich komme mit Ihnen.« Darcy zögerte. Das Licht des Anrufbeantworters blinkte. »Können Sie einen Moment warten, bis ich die Nachrichten abgehört habe?« Sie versuchte zu lächeln und sagte: »Es besteht ja immer noch die Möglichkeit, daß Erin etwas hinterlassen hat.«

Es gab zwei Anrufe. Beide drehten sich um Bekanntschaftsanzeigen. Einer war freundlich. »Hallo, Darcy. Ich versuch's wieder. Ihr Brief hat mir gefallen. Hoffe, daß wir uns mal treffen können. Ich bin Chiffre 4358. David Weld, 555-4890.«

Der andere war ganz anders. »He, Darcy, warum verschwenden Sie *Ihre* Zeit, indem Sie auf Anzeigen antworten, und *meine* Zeit, da ich Sie nicht erreichen kann? Dies ist mein vierter Anruf. Ich hinterlasse nicht gern Nachrichten, aber hier ist eine. Fallen Sie tot um!«

Vince schüttelte den Kopf. »Ziemlich ungeduldiger Bursche.«

»Ich hatte den Anrufbeantworter nicht eingeschaltet, während ich fort war«, sagte Darcy. »Falls jemand versucht hat, mich nach den wenigen Briefen, die ich selbst abgeschickt hatte, zu erreichen, hat er vermutlich aufgegeben. Erin hat vor zwei Wochen angefangen, Anzeigen in meinem Namen zu beantworten. Das sind die ersten Anrufe, die ich bekommen habe.«

Gus Boxer war überrascht und nicht sonderlich erfreut, als er auf die Türklingel reagierte und dieselbe junge Frau vor sich sah, die ihn gestern so viel Zeit gekostet hatte. Er war entschlossen, sich strikt zu weigern, sie noch einmal in Erin Kelleys Wohnung zu lassen, aber er hatte keine Gelegenheit dazu. »Wir haben Erins Verschwinden dem FBI gemeldet«, sagte Darcy zu ihm. »Der zuständige Beamte hat mich gebeten, ihren Schreibtisch zu durchsuchen.«

Das FBI. Gus spürte ein nervöses Zittern durch seinen Körper gehen. Aber das war lange her. Er brauchte sich keine Sorgen zu machen. In letzter Zeit hatten einige Leute ihre Namen hinterlassen für den Fall, daß eine Wohnung frei würde. Ein gutaussehendes Mädchen hatte gesagt, es sei ihr tausend Dollar in bar und ohne Quittung wert, wenn er sie an die Spitze der Liste setzen würde. Wenn also Kelleys Freundin feststellen sollte, daß ihr etwas passiert war, dann bedeutete das für ihn ein schönes Stück Geld.

»Ich mach mir genau solche Sorgen wie Sie um das Mädchen«, jammerte er, und der ungewohnt mitfühlende Ton fiel ihm nicht leicht. »Kommen Sie mit nach oben.«

In der Wohnung schaltete Darcy sofort alle Lampen ein, weil es schon dämmrig wurde. Gestern hatte das Apartment noch einigermaßen heiter gewirkt. Heute hatte Erins fortgesetzte Abwesenheit schon ihre Spuren hinterlassen. Ein wenig Ruß lag auf der Fensterbank. Auch der Arbeitstisch mußte abgestaubt werden. Die gerahmten Plakate, die dem Zimmer immer Helligkeit und Farbe gegeben hatten, schienen sich über sie lustig zu machen.

Der Picasso aus Genf. Erin hatte ihn von ihrer einzigen Studienreise ins Ausland mitgebracht. »Ich mag das Plakat, obwohl es nicht mein Lieblingsthema ist«, hatte sie dazu gesagt. Es stellte eine Mutter mit Kind dar.

Auf Erins Anrufbeantworter waren keine neuen Anrufe. Eine Durchsuchung des Schreibtischs brachte nichts Bedeutsames zutage. In der Schublade lag eine neue Kassette für den Anrufbeantworter. Wahrscheinlich würde Agent D'Ambrosio das alte Band, das die Nachrichten enthielt, haben wollen. Darcy wechselte die Bänder aus.

Das Pflegeheim. Um diese Zeit rief Erin gewöhnlich dort an. Darcy schlug die Nummer nach und wählte. Die Oberschwester von Billy Kelleys Abteilung kam an den Apparat. »Ich habe Dienstag abend gegen fünf Uhr wie üblich mit Erin gesprochen. Ich habe ihr gesagt, daß es mit ihrem Vater wohl bald zu Ende geht. Sie sagte, sie würde das Wochenende in Wellesley verbringen.« Dann fügte sie hinzu: »Wie ich höre, wird sie vermißt. Wir alle beten, daß ihr nichts passiert ist.«

Weiter kann ich hier nichts tun, dachte Darcy, und plötzlich verspürte sie den überwältigenden Wunsch, nach Hause zu gehen.

Es war Viertel vor sechs, als sie in ihre Wohnung zurückkam. Jetzt wäre eine heiße Dusche gut, beschloß sie, und ein heißer Grog.

Um zehn nach sechs ließ sie sich, in ihren Lieblingsbademantel gehüllt, mit einem dampfenden Grog auf der Couch nieder und drückte auf den Einschaltknopf der Fernbedienung.

Gerade liefen die Nachrichten. John Miller, der Kriminalreporter von Channel 4, stand am Eingang eines Piers der West Side. Hinter ihm waren in einem abgesperrten Bereich die Silhouetten Dutzender von Polizisten vor dem kalten Wasser des Hudson zu sehen. Darcy stellte den Ton lauter.

»... Leiche einer unbekannten jungen Frau wurde soeben auf diesem verlassenen Pier in der 56. Straße gefunden. Anscheinend ist sie erwürgt worden. Die Frau ist schlank, Mitte Zwanzig und hat kastanienbraunes Haar. Sie trägt Hosen und eine buntgemusterte Bluse. Merkwürdig ist, daß sie verschiedene Schuhe trägt, einen braunen, knöchelhohen Stiefel am linken Fuß, einen Abendschuh am rechten.«

Darcy starrte auf den Fernseher. Kastanienbraunes Haar. Mitte Zwanzig. Buntgemusterte Bluse. Sie hatte Erin eine buntgemusterte Bluse zu Weihnachten geschenkt. Erin war entzückt gewesen. »Sie hat alle Farben von Josephs Mantel«, hatte sie gesagt. »Hinreißend.«

Kastanienbraun. Schlank. Josephs Mantel.

Der biblische Mantel Josephs war blutbefleckt gewesen, als seine verräterischen Brüder ihn als Beweis für Josephs Tod ihrem Vater gezeigt hatten.

Irgendwie gelang es Darcy, in ihrer Handtasche die Karte zu finden, die Agent D'Ambrosio ihr gegeben hatte.

Vince war gerade im Begriff, sein Büro zu verlassen. Er war mit seinem fünfzehnjährigen Sohn Hank beim Madison Square Garden verabredet. Sie wollten rasch zu Abend essen und sich dann ein Spiel der Rangers ansehen. Während er Darcy zuhörte, wurde ihm klar, daß er diesen Anruf erwartet hatte; er hatte nur nicht damit gerechnet, daß er so schnell kommen würde.

»Hört sich nicht gut an«, sagte er zu ihr. »Ich werde das Revier anrufen, in dessen Bezirk sie gefunden wurde. Warten Sie. Ich rufe Sie gleich zurück.«

Nachdem er aufgelegt hatte, rief er »Hudson Cable« an. Nona war noch in ihrem Büro. »Ich fahre sofort zu Darcy hinüber«, sagte sie.

»Man wird sie auffordern, die Leiche zu identifizieren«, warnte Vince.

Er rief das Revier Innenstadt Nord an und wurde zum Chef der Mordkommission durchgestellt. Die Leiche war noch nicht vom Fundort entfernt worden. Wenn sie ins Leichenschauhaus kam, würden sie einen Streifenwagen zu Miss Scott schicken. Vince erklärte sein Interesse an dem Fall. »Wir wären Ihnen für Ihre Hilfe dankbar«, sagte man ihm. »Wenn sich dieser Fall nicht als sonnenklar herausstellt, würden wir ihn gern durch VICAP laufen lassen.«

Vince rief Darcy zurück und sagte ihr, ein Streifenwagen werde sie abholen und Nona sei auf dem Weg zu ihr. Sie bedankte sich. Ihre Stimme klang flach und gepreßt.

Chris Sheridan verließ die Galerie um zehn nach fünf und ging mit langen Schritten die vierzehn Blocks von der Ecke 78. Straße und Madison Avenue bis zur 56. Straße und Fifth Avenue. Es war eine geschäftige und höchst erfolgreiche Woche gewesen, und er genoß den Luxus, das ganze Wochenende frei und für sich zu haben. Kein einziger Termin.

Seine Wohnung im neunten Stock ging auf den Central Park hinaus. »Direkt gegenüber dem Zoo«, wie er seinen Freunden sagte. Er hatte einen eklektischen Geschmack, und seine Wohnung war eine Mischung aus antiken Tischen, Lampen und Teppichen und breiten, bequemen Polstersofas, die er mit einem nach einem mittelalterlichen Gobelin kopierten heraldischen Muster hatte beziehen lassen. Die Gemälde waren englische Landschaften. Jagddrucke aus dem neunzehnten Jahrhundert und ein seidener Wandbehang mit einem Lebensbaum ergänzten den Chippendale-Tisch und die Stühle im Eßbereich.

Es war ein bequemer, einladender Raum, und in den letzten acht Jahren hatten viele junge Frauen ihn hoffnungsvoll beäugt.

Chris ging ins Schlafzimmer und zog ein langärmliges Sporthemd und leichte Baumwollhosen an. Ein sehr trockener Martini, beschloß er. Vielleicht würde er später ausgehen, um eine Kleinigkeit zu essen. Mit dem Drink in der Hand schaltete er die 6-Uhr-Nachrichten ein und sah dieselbe Sendung, die auch Darcy verfolgte.

Sein Mitgefühl mit dem toten Mädchen und dem Kummer ihrer Familie schlug rasch in blanken Schrecken um. Erwürgt! Ein Tanzschuh an einem Fuß! »Mein Gott«, sagte Chris laut. Wer auch immer dieses Mädchen ermordet hatte – konnte es derselbe Mann sein, der seiner Mutter den Brief geschickt hatte? Darin hatte es geheißen, ein Mädchen, das in Manhattan lebte, würde Dienstag abend beim Tanzen auf genau die gleiche Weise sterben wie Nan.

Dienstag nachmittag, nach dem Anruf seiner Mutter, hatte er Glenn Moore angerufen, den Polizeichef von Darien. Moore hatte

Greta aufgesucht, den Brief mitgenommen und ihr versichert, wahrscheinlich stamme er von einem Geistesgestörten. Dann hatte er Chris zurückgerufen. »Chris, selbst wenn etwas dran ist, wie sollten wir es wohl anstellen, alle jungen Frauen in New York zu beschützen?«

Jetzt wählte Chris die Nummer der Polizeistation von Darien und wurde zum Chef durchgestellt. Moore hatte noch nichts von dem Mordfall in New York gehört. »Ich werde das FBI anrufen«, sagte er. »Wenn dieser Brief von dem Mörder stammt, ist er ein Beweisstück. Ich muß Sie warnen, das FBI wird wahrscheinlich mit Ihnen und Ihrer Mutter über Nans Tod reden wollen. Tut mir leid, Chris. Ich weiß, was das für Ihre Mutter bedeutet.«

Am Eingang zu »Charlie's Beefsteak-Restaurant« im Madison Square Garden legte Vince einen Arm um die Schultern seines Sohnes. »Ich könnte schwören, daß du seit voriger Woche gewachsen bist.« Sie waren jetzt gleich groß. »Demnächst wirst du deinen blauen Teller von meinem Kopf essen.«

»Was in aller Welt ist ein blauer Teller?« Hanks mageres Gesicht mit den Sommersprossen auf der Nase war dasselbe, das Vince vor fast dreißig Jahren im Spiegel gesehen hatte. Nur die Farbe der blaugrauen Augen hatte er von seiner Mutter geerbt.

Der Kellner führte sie an einen Tisch. Als sie saßen, erklärte Vince: »Ein blauer Teller war früher immer das Tagesgericht in einem billigen Restaurant. Für neunundsiebzig Cents bekam man ein Stück Fleisch, ein bißchen Gemüse, eine Kartoffel. Der Teller war unterteilt, damit die Säfte nicht durcheinanderliefen. Dein Großvater war selig, wenn er etwas so billig bekam.«

Sie entschieden sich für Hamburger mit allen Zutaten, Pommes frites und Salat. Vince trank ein Bier, Hank eine Cola. Vince zwang sich, nicht an Darcy Scott und Nona Roberts zu denken, wie sie ins Leichenschauhaus fuhren, um die Leiche des Opfers zu sehen. Ein verdammt schwerer Gang für beide.

Hank berichtete ihm von seiner Staffelmannschaft. »Nächsten Samstag laufen wir in Randall's Island. Meinst du, du kannst kommen?«

»Na klar, es sei denn ...«

»Ja, sicher.« Im Gegensatz zu seiner Mutter verstand Hank die

Anforderungen von Vinces Job. »Arbeitest du an einem neuen Fall?«

Vince berichtete ihm von der Sorge, ein Serienmörder laufe frei herum, von dem Treffen in Nona Roberts' Büro und der Überzeugung, daß die tote Frau, die man auf dem Pier gefunden hatte, wahrscheinlich Erin Kelley war.

Hank hörte aufmerksam zu. »Und du glaubst, du würdest in die Sache eingeschaltet, Dad?«

»Nicht unbedingt. Vielleicht ist es auch ein lokaler Fall, für den nur die New Yorker Polizei zuständig ist, aber sie haben die Unterstützung der verhaltenswissenschaftlichen Abteilung in Quantico angefordert, und ich werde ihnen helfen, so gut ich kann.« Er bat um die Rechnung. »Wir sollten uns besser auf den Weg machen.«

»Dad, ich komme am Sonntag wieder her. Warum läßt du mich das Spiel nicht allein anschauen? Ich weiß ja, daß du an der Sache dranbleiben willst.«

»Aber du sollst es nicht ausbaden müssen.«

»Schau, das Spiel ist ausverkauft. Wir machen ein Geschäft. Ich will niemanden übers Ohr hauen, aber wenn ich deine Eintrittskarte für genau den gleichen Preis verkaufe, den du dafür bezahlt hast, darf ich dann das Geld behalten? Ich hab morgen abend eine Verabredung. Ich bin nämlich blank, und ich hasse es, Mutter um ein Darlehen anzubetteln. Sie schickt mich dann immer zu diesem Jammerlappen, den sie geheiratet hat.«

Vince lächelte. »Du kriegst wirklich jeden rum. Also gut, dann bis Sonntag, Junge.«

Auf dem Weg ins Leichenschauhaus hielten sich Nona und Darcy im Streifenwagen fest an den Händen. Als sie ankamen, führte man sie in einen Raum neben der Eingangshalle. »Sie werden Sie abholen, wenn sie so weit sind«, erklärte der Beamte, der sie gefahren hatte. »Wahrscheinlich machen sie Fotos.«

Fotos. *Mach dir keine Sorgen, Erin. Schick ein Bild von dir, wenn sie es verlangen. Wenn schon, denn schon.* Darcy sah starr vor sich hin, war sich des Zimmers und Nonas Arms um ihre Schulter kaum bewußt. Charles North. Erin hatte ihn Dienstag abend um sieben Uhr getroffen. Erst vor ein paar kurzen Tagen. Dienstag morgen hatten sie und Erin noch über diese Verabredung gescherzt.

Laut sagte Darcy: »Und ich sitze im Leichenschauhaus von New York City und warte darauf, eine tote Frau zu sehen, von der ich sicher bin, daß sie Erin ist.« Vage fühlte sie, wie Nonas Arm sich fester um sie legte.

Der Polizist kam zurück. »Ein FBI-Agent ist unterwegs. Er möchte, daß Sie warten, bis er kommt, ehe Sie nach unten gehen.«

Vince ging zwischen Darcy und Nona. Seine Hände stützten energisch ihre Ellbogen. Vor dem Glasfenster, das sie von der reglosen Gestalt auf der Bahre trennte, blieben sie stehen. Auf Vinces Nikken hin zog der Beamte das Laken vom Gesicht des Opfers.

Aber Darcy wußte es schon. Eine Strähne des kastanienbraunen Haars hatte unter dem Laken hervorgeschaut. Dann sah sie das vertraute Profil, die jetzt geschlossenen Augen, die Wimpern, die dunkle Schatten waren, und die immer lächelnden Lippen, jetzt still und unbewegt.

Erin. Ach, Erin. Liebe Erin, dachte sie und merkte, wie sie in gnädige Dunkelheit versank.

Vince und Nona fingen sie auf. »Nein. Nein. Schon gut.« Sie kämpfte die Wellen der Benommenheit nieder und richtete sich auf. Sie stieß die stützenden Arme weg und starrte auf Erin, studierte entschlossen das kalkige Weiß ihrer Haut, die blauen Flekken an ihrem Hals. »Erin«, sagte sie wild, »ich schwöre dir, ich werde Charles North finden. Ich gebe dir mein Wort, er wird für das bezahlen, was er dir angetan hat.«

Gequältes Schluchzen hallte in dem nüchternen Gang wider. Darcy merkte, daß es von ihr kam.

Der Freitag war für Jay Stratton ein überaus erfolgreicher Tag gewesen. Morgens war er im Büro von Bertolini vorbeigegangen. Gestern, als er das Collier gebracht hatte, war Aldo Marco, der Manager, noch immer wütend über die Verzögerung gewesen. Heute schlug Marco einen anderen Ton an. Sein Kunde war begeistert. Miss Kelley hatte genau das verwirklicht, was sie sich vorgestellt hatten, als sie sich entschlossen hatten, die Steine neu fassen zu lassen. Sie freuten sich darauf, weiter mit ihr zusammenzuarbeiten. Auf Jays Bitte hin wurde für ihn als Erin Kelleys Manager ein Scheck über zwanzigtausend Dollar ausgestellt.

Von dort war Stratton zum Polizeirevier gegangen, um Anzeige wegen der fehlenden Brillanten zu erstatten. Mit der Kopie der Anzeige in der Hand hatte er das Stadtbüro seiner Versicherung aufgesucht. Die betrübte Versicherungsangestellte sagte ihm, Lloyd's in London habe diese Steine rückversichert. »Sie werden zweifellos eine Belohnung aussetzen«, sagte sie nervös. »Lloyd's regt sich schrecklich über die Juwelendiebstähle in New York auf.«

Um vier Uhr war Jay im »Stanhope« gewesen und hatte mit Enid Armstrong, einer Witwe, die eine seiner Bekanntschaftsanzeigen beantwortet hatte, einen Drink genommen. Aufmerksam hatte er zugehört, wie sie von ihrer überwältigenden Einsamkeit erzählte. »Es ist jetzt ein Jahr her«, hatte sie mit feuchten Augen gesagt. »Wissen Sie, die Leute sind mitfühlend und führen einen gelegentlich aus, aber es ist eine Tatsache, daß das Leben sich paarweise abspielt, und eine überzählige Frau ist einfach lästig. Letzten Monat habe ich allein eine Kreuzfahrt durch die Karibik gemacht. Es war absolut grauenhaft.«

Jay gab die passenden verständnisvollen Zischlaute von sich und griff nach ihrer Hand. Enid Armstrong war einigermaßen hübsch, Ende Fünfzig, gut gekleidet, aber ohne Stil. Er hatte den Typ oft genug getroffen. Jung geheiratet. Hausfrau geblieben. Kinder großgezogen und dem Country Club beigetreten. Ein Ehemann, der erfolgreich wurde, aber selbst den Rasen mähte. Die Art, die dafür sorgt, daß seine Frau gut versorgt ist, wenn er den Löffel abgibt.

Jay betrachtete Enid Armstrongs Verlobungs- und Ehering. Alle Brillanten waren von erster Qualität. Der Solitär war ein Prachtexemplar. »Ihr Mann war sehr großzügig«, bemerkte er.

»Den habe ich zum silbernen Hochzeitstag bekommen. Sie hätten den Stecknadelkopf sehen sollen, den er mir schenkte, als wir uns verlobten. Wir waren noch solche Kinder.« Wieder feuchte Augen.

Jay winkte nach einem weiteren Glas Champagner. Als er sich von Enid Armstrong trennte, war sie ganz aufgeregt über seinen Vorschlag, sich nächste Woche wieder zu treffen. Sie hatte sogar eingewilligt, sich zu überlegen, ob er ihren Schmuck nicht umarbeiten solle. »Ich würde Sie gern mit einem großen Ring sehen, der alle diese Steine faßt. Der Solitär und die Baguettes in der Mitte, auf beiden Seiten abwechselnd von Brillanten und Smaragden eingerahmt. Wir nehmen die Brillanten aus Ihrem Ehering, und ich kann Ihnen zu einem sehr günstigen Preis Smaragde von bester Qualität besorgen.«

Bei einem geruhsamen Abendessen im »Water Club« dachte er über das Vergnügen nach, den Solitär in Enid Armstrongs Ring durch einen gleich geschliffenen Zirkon zu ersetzen. Manche davon waren so gut, daß sich sogar ein Juwelier mit bloßem Auge täuschen ließ. Aber natürlich würde er den neuen Ring für sie schätzen lassen, solange der Solitär noch darin war. Erstaunlich, wie leicht alleinstehende Frauen darauf hereinfielen. »Wie aufmerksam von Ihnen, daß Sie ihn mit mir schätzen lassen wollen. Ich trage ihn gleich zu meiner Versicherungsgesellschaft.«

Nach dem Essen verweilte er an der Bar des »Water Club«. Es tat gut, sich zu entspannen. Das Geschäft, für diese alten Mädchen charmant und attraktiv zu sein, war anstrengend, wenn auch lukrativ.

Es war halb zehn, als er die wenigen Blocks vom Restaurant zu seiner Wohnung zurückging. Um zehn Uhr trug er einen Pyjama und einen Morgenrock, den er kürzlich bei Armani gekauft hatte. Mit einem Bourbon on the Rocks ließ er sich auf der Couch nieder und schaltete die Nachrichten ein.

Das Glas bebte in Strattons zitternden Händen, und der Whisky floß auf seinen Morgenrock, während er auf den Bildschirm starrte und von der Entdeckung von Erin Kelleys Leiche erfuhr.

Michael Nash überlegte reumütig, ob er Anne Thayer, der Blondine, die unglücklicherweise die Wohnung neben seiner gekauft hatte, eine kostenlose Analyse anbieten sollte. Als er am Freitag nachmittag um zehn nach sechs die Praxis verließ, stand sie am Tisch in der Halle und sprach mit dem Portier. Sobald sie ihn sah, eilte sie an seine Seite und wartete mit ihm auf den Lift. Während der Fahrt plapperte sie ununterbrochen, als müsse sie ihn in der knappen Zeit, bis sie den neunzehnten Stock erreichten, um jeden Preis bestricken.

»Ich war heute bei ›Zabar's‹ und habe herrlichen Lachs gefunden. Und eine Platte mit Hors d'oeuvres. Meine Freundin wollte herüberkommen, aber sie schafft es nicht. Ich kann den Gedanken nicht ertragen, das alles zu vergeuden. Ich dachte gerade ...«

Nash unterbrach sie. »Der Lachs von ›Zabar's‹ ist wunderbar. Legen Sie ihn in den Kühlschrank. Er hält sich ein paar Tage.« Der mitleidige Blick des Aufzugführers war ihm bewußt. »Bis gleich, Ramon, ich muß nachher noch fort.«

Er sagte der niedergeschlagenen Miss Thayer entschlossen guten Abend und verschwand in seiner eigenen Wohnung. Er wollte tatsächlich ausgehen, aber erst in einer Stunde oder später. Und wenn er sie dann zufällig traf, würde sie vielleicht allmählich begreifen, daß er in Ruhe gelassen werden wollte. »Abhängige Persönlichkeit, vermutlich neurotisch, könnte unangenehm werden, wenn ihr etwas nicht paßt«, sagte er laut und lachte dann. He, du hast Feierabend. Vergiß es.

Er wollte das Wochenende in Bridgewater verbringen. Morgen abend fand bei den Balderstons eine Dinnerparty statt. Sie hatten immer interessante Gäste. Und, was wichtiger war, er wollte den größten Teil der nächsten beiden Tage mit der Arbeit an seinem Buch zubringen. Nash gestand sich ein, daß ihn das Projekt inzwischen so fesselte, daß er sich nur ungern davon ablenken ließ.

Unmittelbar vor dem Aufbruch rief er Erin Kelleys Nummer an. Mit einem halben Lächeln hörte er die Nachricht, die ihre fröhliche Stimme hinterlassen hatte. »Hier ist Erin. Tut mir leid, daß ich Ihren Anruf verpasse. Bitte, hinterlassen Sie eine Nachricht.«

»Hier spricht Michael Nash. Tut mir auch leid, daß ich Sie verpasse, Erin. Ich hab neulich schon versucht, Sie zu erreichen. Vermutlich sind Sie weggefahren. Ich hoffe, mit Ihrem Vater ist alles in Ordnung.« Wieder hinterließ er seine Privatnummer und die seiner Praxis.

Die Fahrt nach Bridgewater am Freitag abend war wie immer lästig wegen der verstopften Straßen. Erst als er auf Route 80 Paterson passiert hatte, ließ der Verkehr nach. Dann wurde die Gegend mit jeder Meile ländlicher. Nash merkte, daß er sich zu entspannen begann. Als er das Tor von Scothays hinter sich hatte, fühlte er sich vollkommen wohl.

Sein Vater hatte den Besitz gekauft, als Michael elf war. Vierhundert Morgen Gärten, Wälder und Felder. Schwimmbad, Tennisplätze, Stall. Das Haus war die Kopie eines alten Herrenhauses in England. Steinmauern, rote Dachziegel, grüne Fensterläden, weißer Säulenvorbau. Insgesamt zweiundzwanzig Zimmer. Die Hälfte davon hatte Michael seit Jahren nicht mehr betreten. Irma und John Hughes, das Hauswartsehepaar, unterhielten das Haus für ihn.

Irma wartete mit dem Abendessen. Sie servierte es im Arbeitszimmer. Michael setzte sich in seinen alten Lieblingsledersessel, um die Notizen zu studieren, die er morgen verwenden wollte, wenn er das nächste Kapitel seines Buches schrieb. Das Kapitel würde sich auf die psychologischen Probleme von Menschen konzentrieren, die bei der Beantwortung von Kontaktanzeigen fünfundzwanzig Jahre alte Fotos von sich beilegten. Er würde sich damit beschäftigen, welche Motive sie veranlaßten, diesen Trick zu versuchen, und welche Erklärungen sie abgaben, wenn sie den anderen dann persönlich kennenlernten. Einer Reihe von Mädchen, die er interviewt hatte, waren solche Dinge passiert. Einige waren empört gewesen. Andere hatten die Begegnung sehr komisch geschildert.

Um Viertel vor zehn schaltete Michael den Fernseher ein, um auf die Nachrichten zu warten, und ging dann an seine Notizen zurück. Der Name Erin Kelley ließ ihn verblüfft aufblicken. Er griff nach der Fernbedienung und drückte so hektisch auf den Lautstärkeregler, daß die Stimme des Sprechers plötzlich durch den Raum brüllte.

Als die Meldung beendet war, schaltete Michael den Apparat aus und starrte auf den dunklen Bildschirm.

»Erin«, sagte er laut, »wer konnte Ihnen das antun?«

Doug Fox machte am Freitag abend in »Harry's Bar« halt, um einen Drink zu nehmen, ehe er den Heimweg nach Scarsdale antrat. »Harry's Bar« war die Stammkneipe der Wall-Street-Leute. Wie gewöhnlich standen sie in Viererreihen an der Bar, und keiner achtete auf die Nachrichten im Fernsehen. Doug sah die Meldung über die Leiche nicht, die man auf dem Pier gefunden hatte.

Wenn sie sicher war, daß er nach Hause kommen würde, fütterte Susan die Kinder gewöhnlich vorher und wartete dann, um mit ihm zusammen zu essen, doch als er um acht heimkam, saß Susan im Wohnzimmer und las. Sie hob kaum den Blick, als er den Raum betrat, und wandte den Kopf ab, als er sie auf die Stirn zu küssen versuchte.

Donny und Beth seien mit den Goodwyns ins Kino gegangen, erklärte sie. Trish und das Baby schliefen. Sie erbot sich nicht, ihm etwas zurechtzumachen. Ihre Augen kehrten zu ihrem Buch zurück.

Einen Augenblick lang blieb Doug unsicher neben ihr stehen. Dann drehte er sich um und ging in die Küche. Ausgerechnet an dem Abend, an dem ich einmal Hunger habe, muß sie diese Schau abziehen, dachte er bitter. Sie ist einfach sauer, weil ich ein paar Nächte nicht nach Hause gekommen bin und es gestern so spät war. Er öffnete die Tür des Kühlschranks. Eines konnte Susan wirklich, nämlich kochen. Mit wachsendem Ärger dachte er, wenn er es schon schaffte, nach Hause zu kommen, könnte sie wenigstens etwas für ihn vorbereitet haben.

Er zerrte Päckchen mit Schinken und Käse heraus und ging zum Brotkasten. Die Wochenzeitung der Gemeinde lag auf dem Küchentisch. Doug machte sich ein Sandwich, goß sich ein Bier ein und überflog die Zeitung, während er aß. Die Sportseite fiel ihm ins Auge. Beim Turnier zur Mitte des Schuljahres hatte Scarsdale Dobbs Ferry unerwartet geschlagen. Den spielentscheidenden Korb hatte Donald Fox geworfen.

Donny! Warum hatte ihm das keiner gesagt?

Doug spürte, wie seine Handflächen feucht wurden. Hatte Susan Dienstag abend versucht, ihn anzurufen? Donny war enttäuscht und mürrisch gewesen, als Doug ihm gesagt hatte, er könne nicht zu dem Spiel kommen. Es würde Susan ähnlich sehen, ihm vorzuschlagen, Daddy die Nachricht am Telefon zu übermitteln.

Dienstag abend. Mittwoch abend.

Die neue Telefonistin im Hotel. Sie war nicht wie die jungen Dinger, die bereitwillig die hundert Dollar nahmen, die er ihnen von Zeit zu Zeit zusteckte. »Nicht vergessen, wenn irgendwelche Anrufe für mich kommen und ich nicht da bin, dann bin ich in einer Konferenz. Und wenn es wirklich spät ist, dann habe ich hinterlassen, daß ich nicht gestört werden will.«

Die neue Telefonistin sah aus, als entstamme sie einem Plakat der moralischen Mehrheit. Er überlegte noch immer, wie er sie dazu bringen könnte, für ihn zu lügen. Er hatte sich allerdings keine allzu großen Sorgen gemacht. Er hatte Susan abgewöhnt, ihn anzurufen, wenn er »Konferenzen« hatte.

Doch am Dienstag abend hatte sie es bestimmt versucht. Da war er ganz sicher. Sonst hätte sie dafür gesorgt, daß Donny ihn

Mittwoch nachmittag im Büro anrief. Und diese dumme Telefonistin hatte ihr wahrscheinlich gesagt, es finde keine Konferenz statt und die Firmensuite stehe leer.

Doug sah sich in der Küche um. Sie war überraschend sauber. Als sie das Haus vor acht Jahren kauften, hatten sie es völlig renovieren lassen. Die Küche war der Traum jedes Kochs. Schrankinsel mit Ausguß und Hackklotz in der Mitte. Geräumige Arbeitsflächen. Modernste Geräte. Oberlichter.

Susans alter Herr hatte ihnen das Geld für die Renovierung geliehen. Er hatte ihnen auch den größten Teil der Anzahlung geliehen. *Geliehen!* Nicht geschenkt.

Wenn Susan wirklich böse würde ...

Doug warf den Rest seines Sandwichs in den Müllzerkleinerer und trug sein Bier ins Wohnzimmer.

Susan sah ihn hereinkommen. Mein gutaussehender Mann, dachte sie. Sie hatte absichtlich die Zeitung auf dem Küchentisch liegenlassen und gewußt, daß Doug sie sicher lesen würde. Jetzt schwitzt er Blut. Er denkt, daß ich wahrscheinlich im Hotel angerufen habe, damit Donny ihm die Neuigkeit mitteilt. Komisch, wenn man sich endlich der Realität stellt, kann man die Dinge erstaunlich klar sehen.

Doug setzte sich ihr gegenüber auf die Couch. Er hat Angst, weil er nicht weiß, wie er anfangen soll, dachte sie bei sich. Sie klemmte ihr Buch unter den Arm und stand auf. »Die Kinder kommen gegen halb elf zurück«, sagte sie zu ihm. »Ich lese im Bett weiter.«

»Ich werde auf die Kinder warten, Schatz.«

Schatz! Er muß sich wirklich Sorgen machen.

Susan ging mit dem Buch zu Bett. Sie merkte, daß sie sich nicht auf die gedruckten Worte konzentrieren konnte, legte es weg und schaltete den Fernseher ein.

Doug kam genau in dem Augenblick ins Schlafzimmer, als die 10-Uhr-Nachrichten begannen. »Da draußen ist es so einsam.« Er setzte sich aufs Bett und griff nach ihrer Hand. »Wie geht's meinem Mädchen?«

»Gute Frage«, sagte Susan. »Wie geht's ihr?«

Er versuchte, es scherzhaft zu übergehen. Er hob ihr Kinn und sagte: »Für mich sieht sie recht wohl aus.«

Beide wandten sich dem Fernseher zu, als der Nachrichtensprecher die Schlagzeilen verlas. »Erin Kelley, eine preisgekrönte
junge Schmuckdesignerin, wurde erwürgt auf dem Pier in der 56.
Straße aufgefunden. Mehr in wenigen Augenblicken.«

Ein Werbespot.

Susan sah Doug an. Er starrte auf den Bildschirm und war kreidebleich geworden. »Doug, was ist los?«

Er schien sie nicht gehört zu haben.

»... die Polizei sucht nach Petey Potters, einem Obdachlosen,
von dem man weiß, daß er dort lebte, und der vielleicht beobachtet hat, wie die Leiche auf dem kalten, mit Unrat übersäten Pier
abgelegt wurde.«

Als die Meldung beendet war, wandte sich Doug Susan zu. Als
habe er ihre Frage gerade erst gehört, sagte er barsch: »Nichts ist
los. Nichts.« Auf seiner Stirn hatten sich Schweißperlen gebildet.

Um drei Uhr morgens erwachte Susan aus ihrem unruhigen
Schlaf, weil Doug sich neben ihr herumwarf. Er murmelte etwas.
Ein Name? »... nein, kann nicht ...« Wieder der Name. Susan
stützte sich auf einen Ellbogen und lauschte aufmerksam.

Erin. Das war es. Der Name der jungen Frau, die ermordet aufgefunden worden war.

Sie wollte Doug gerade wachrütteln, doch da hielt sie inne. Mit
wachsendem Entsetzen wurde Susan sich darüber klar, warum
die Meldung ihn so aufgeregt hatte. Zweifellos brachte er sie mit
dieser schrecklichen Zeit im College in Verbindung, als er einer
der Studenten war, die man wegen des erwürgten Mädchens verhört hatte.

6

SAMSTAG, 23. FEBRUAR

Am Samstag morgen las Charley mit wachsender Faszination die
New York Post. MORD DURCH NACHAHMUNGSTÄTER, lautete die überdimensionale Schlagzeile.

Hauptthema des Berichts auf den Innenseiten war die Ähnlichkeit von Erin Kelleys Tod mit der *Authentische Verbrechen* Sendung über Nan Sheridan.

Jemand hatte einem Kriminalreporter der *Post* von dem Brief an Nan Sheridans Mutter erzählt, in dem angekündigt worden war, Dienstag abend würde eine junge Frau aus New York ermordet werden. Der Reporter zitierte eine nicht genannte Quelle und schrieb, das FBI sei einem möglichen Serienmörder auf der Spur. In den letzten zwei Jahren seien sieben junge Frauen aus Manhattan verschwunden, nachdem sie auf Bekanntschaftsanzeigen geantwortet hatten. Auch Erin Kelley hatte das getan.

Nan Sheridans Tod wurde noch einmal geschildert.

Erin Kelleys Hintergrund; Interviews mit Kollegen aus der Juweliersbranche. Alle gaben die gleiche Antwort. Erin war ein reizender, warmherziger Mensch und ungeheuer begabt. Das Bild, das die *Post* abdruckte, war das gleiche, das Erin Charley geschickt hatte. Das entzückte ihn.

Am Mittwoch abend würde der Sender in der Reihe *Authentische Verbrechen* die Episode über Nans Tod wiederholen. Das würde interessant sein. Natürlich hatte er die Sendung letzten Monat aufgezeichnet, aber es würde trotzdem reizvoll sein, sie noch einmal zu sehen und dabei zu wissen, daß jetzt Hunderttausende von Leuten Amateurdetektiv spielten.

Charley runzelte die Stirn. *Nachahmungstäter!*

Nachahmungstäter bedeutete, daß sie meinten, jemand anders imitiere ihn. Wut stieg in ihm auf, heftige, wilde Wut. Sie hatten kein Recht, nicht ihn für den Täter zu halten. Genauso, wie Nan kein Recht gehabt hatte, ihn vor fünfzehn Jahren nicht zu ihrer Party einzuladen.

In den nächsten paar Tagen würde er in sein Versteck zurückkehren. Er mußte einfach hingehen. Er würde den Videorecorder einschalten und die gleichen Schritte tanzen wie Fred Astaire. Und dabei würde er nicht Ginger, Leslie oder Ann Miller in den Armen halten.

Sein Herz begann schneller zu schlagen. Diesmal würde es auch nicht Nan sein. Es würde Darcy sein.

Er nahm Darcys Bild zur Hand. Das weiche braune Haar, der schlanke Körper, die großen, fragenden Augen. Wieviel schöner würde dieser Körper sein, wenn er ihn steif und kalt in den Armen hielt!

Nachahmungstäter.

Wieder runzelte er die Stirn. Die Wut pochte in seinen Schläfen und begann eine seiner schrecklichen Migränen auszulösen. Nur ich allein, Charley, habe die Macht über Leben und Tod dieser Frauen. Ich, Charley, bin in das Gefängnis der anderen Seele eingedrungen und beherrsche sie nun.

Er würde Darcy nehmen und das Leben aus ihr herauswürgen, wie er es bei den anderen getan hatte. Und er würde die Behörden mit seinem Genie an der Nase herumführen und ihren langsamen Verstand narren und verwirren.

Nachahmungstäter.

Die Leute, die das schrieben, sollten die Schuhkartons im Keller sehen. Dann würden sie Bescheid wissen. Diese Kartons, die einen Schuh und einen Abendschuh vom Fuß aller toten Mädchen enthielten, angefangen mit Nan.

Natürlich.

Es gab eine Möglichkeit zu beweisen, daß er kein Nachahmungstäter war. Sein Körper zitterte in lautlosem, unfrohem Lachen.

Ja, natürlich. Es gab eine Möglichkeit.

7

SAMSTAG, 23. FEBRUAR,
bis
DIENSTAG, 26. FEBRUAR

Die folgende Woche verging für Darcy, als sei sie ein Roboter, den man aufgezogen und darauf programmiert hatte, bestimmte Aufgaben zu erfüllen.

Begleitet von Vince D'Ambrosio und einem Inspektor des örtlichen Polizeireviers, ging sie am Samstag in Erins Wohnung. Nachdem sie am Freitag morgen dagewesen war, waren drei weitere Anrufe gekommen. Darcy spulte das Band zurück. Eine

Nachricht stammte von dem Manager Bertolinis. »Miss Kelley, wir haben Ihrem Manager, Mr. Stratton, Ihren Scheck gegeben. Wir können Ihnen gar nicht sagen, wie sehr uns das Collier gefällt.«

Darcy zog die Augenbrauen hoch. »Ich habe nie gehört, daß Erin Stratton als ihren Manager bezeichnet hätte.«

Der zweite Anruf stammte von jemandem, der sich als Chiffrenummer 2695 bezeichnete. »Erin, hier ist Milton. Wir sind vorigen Monat zusammen ausgegangen. Ich war verreist. Ich würde Sie gern wiedersehen. Meine Telefonnummer ist 555-3681. Und hören Sie, es tut mir leid, wenn ich letztes Mal ein bißchen zu aufdringlich war.«

Der dritte Anruf stammte von Michael Nash. »Er hat neulich abends auch eine Nachricht hinterlassen«, sagte Darcy.

Vince schrieb sich die Namen und Telefonnummern auf. »Wir lassen den Anrufbeantworter noch ein paar Tage eingeschaltet.«

Vince hatte Darcy gesagt, in Kürze würden Experten der New Yorker Polizei eintreffen, um Spuren zu sichern und Erins Wohnung nach möglichen Beweismitteln zu durchsuchen. Sie hatte ihn gefragt, ob sie mit ihm kommen und Erins private Papiere an sich nehmen könnte. »Ich bin bei ihrer Bank und ihren Versicherungen als Treuhänderin für ihren Vater eingetragen. Sie sagte mir, die Papiere seien unter seinem Namen bei ihren Akten.«

Erins Instruktionen waren einfach und klar. Wenn ihr etwas zustieße, sollte Darcy wie vereinbart Erins Versicherung dazu verwenden, die Kosten für das Pflegeheim zu bezahlen. Mit einem Beerdigungsunternehmer in Wellesley hatte sie abgemacht, daß er sich zu gegebener Zeit um das Begräbnis ihres Vaters kümmern würde. Alles in ihrer Wohnung sowie ihren privaten Schmuck und ihre Kleidung sollte Darcy Scott bekommen.

Für Darcy gab es eine kurze Notiz: »Darce, dies nur für alle Fälle. Aber ich weiß, Du wirst Dein Versprechen halten, Dich um Dad zu kümmern, wenn ich nicht mehr da bin. Und falls das jemals passieren sollte, vielen Dank für all die schönen Zeiten, die wir miteinander hatten. Genieße das Leben für uns beide.«

Mit trockenen Augen betrachtete Darcy die vertraute Unterschrift.

»Ich hoffe, Sie werden den Rat befolgen«, sagte Vince leise.

»Eines Tages schon«, antwortete Darcy, »aber nicht jetzt. Würden Sie mir eine Kopie der Akte mit den Bekanntschaftsanzeigen machen, die ich Ihnen gab?«

»Natürlich«, sagte Vince. »Aber wozu? Wir werden feststellen, wer die Anzeigen aufgegeben hat, die sie eingekreist hatte.«

»Aber Sie werden sich nicht mit ihnen treffen. Einige Annoncen hat sie für uns beide beantwortet. Vielleicht bekomme ich Anrufe von Männern, mit denen sie ausgegangen ist.«

Darcy ging, als die Leute von der Spurensicherung eintrafen. Sie fuhr direkt nach Hause und begann zu telefonieren. Mit dem Beerdigungsunternehmer in Wellesley. Anteilnahme, dann praktische Dinge. Er würde einen Leichenwagen zum Leichenschauhaus schicken, wenn Erins Leiche freigegeben wurde. Wie sollte sie bekleidet werden? Offener oder geschlossener Sarg?

Darcy dachte an die Male an Erins Hals. Bestimmt würden Reporter in die Aussegnungshalle kommen. »Geschlossener Sarg. Kleidung für sie bringe ich vorbei.« Aufbahrung am Montag. Totenmesse am Dienstag in St. Paul.

St. Paul, die Kirche, in die sie so oft mit Erin und ihrem Vater gegangen war.

Sie fuhr zurück in Erins Wohnung. Vince D'Ambrosio war noch da. Er begleitete sie ins Schlafzimmer und sah zu, wie sie die Tür des Kleiderschranks öffnete.

»Erin hatte so viel Stil«, sagte Darcy mit zitternder Stimme, während sie nach dem Kleid suchte, an das sie dachte. »Sie sagte mir immer, sie hätte sich so unscheinbar gefühlt, als ich damals am ersten Tag im College mit meinen Eltern ins Zimmer kam. Ich trug ein Designerkostüm und italienische Stiefel, die meine Mutter mir aufgezwungen hatte. Dabei fand ich, daß sie hinreißend aussah in ihren Baumwollhosen, dem Pullover und dem herrlichen Schmuck. Schon damals entwarf sie ihre eigenen Stücke.«

Vince war ein guter Zuhörer, und Darcy empfand es als wohltuend, daß er sie reden ließ. »Niemand wird sie sehen«, sagte sie, »außer vielleicht ich, nur für eine Minute. Aber ich möchte das Gefühl haben, daß sie mit dem zufrieden wäre, was ich für sie aussuche … Erin hat mich immer gedrängt, mit meinen Kleidern etwas mutiger zu sein. Und ich sagte ihr, sie solle ihrem eigenen Instinkt vertrauen. Sie hatte einen fabelhaften Geschmack.«

Sie zog ein zweiteiliges Cocktailkleid heraus: blaßrosa Jacke, tailliert und mit zarten Silberknöpfen, dazu ein fließender Chiffonrock in Rosa und Silber. »Das hat Erin gerade erst gekauft, um es bei einer Wohltätigkeitsveranstaltung zu tragen, einem Dinner mit Tanz. Sie war eine wunderbare Tänzerin. Wir tanzten beide gern. Nona auch. Wir lernten Nona bei einem Tanzkurs in unserem Fitneßclub kennen.«

Vince erinnerte sich, daß Nona ihm das erzählt hatte. »Nach dem, was Sie sagen, könnte ich mir vorstellen, daß Erin mit diesem Kleid zufrieden wäre.«

Es gefiel ihm nicht, daß Darcys Pupillen so geweitet waren. Am liebsten hätte er Nona Roberts angerufen. Aber sie hatte ihm gesagt, sie müsse heute unbedingt zu Dreharbeiten wegfahren. Darcy Scott sollte nicht zuviel allein sein.

Darcy merkte, daß sie D'Ambrosios Gedanken lesen konnte. Sie merkte auch, daß es keinen Zweck hatte, ihn zu beruhigen. Den besten Dienst erwies sie ihm, wenn sie von hier verschwand und die Experten für Fingerabdrücke und weiß Gott was sonst noch ihre Arbeit tun ließ. Sie versuchte, sachlich zu klingen, als sie fragte: »Was tun Sie, um den Mann zu finden, den Erin Dienstag abend getroffen hat?«

»Wir haben Charles North schon gefunden. Was Erin Ihnen sagte, hat gestimmt. Es war ein glücklicher Zufall, daß Sie sie nach dem Mann gefragt hatten. Er ist letzten Monat aus einer Anwaltssozietät in Philadelphia ausgetreten und in eine in der Park Avenue eingetreten. Gestern ist er nach Deutschland geflogen. Wenn er am Montag zurückkommt, werden wir auf ihn warten. Kriminalbeamte aus dem örtlichen Revier gehen in der Nähe vom Washington Square mit Erins Bild durch Bars und Lokale. Wir wollen wissen, ob irgendein Barkeeper oder Kellner sich erinnert, daß er sie am Dienstag abend gesehen hat, und möglicherweise North identifizieren kann, wenn wir ihn haben.«

Darcy nickte. »Ich fahre nach Wellesley und bleibe dort bis nach der Beerdigung.«

»Wird Nona Roberts Sie dort treffen?«

»Am Dienstag morgen. Früher kann sie nicht kommen.« Darcy versuchte zu lächeln. »Bitte, machen Sie sich keine Sorgen. Erin hatte eine Menge Freunde. Viele von den Absolventen von Mount

Holyoke haben sich gemeldet. Sie werden da sein. Und auch eine Menge unserer Freunde aus New York. Außerdem hat sie ihr ganzes Leben in Wellesley verbracht. Ich wohne bei den Leuten, die ihre Nachbarn waren.«

Die Beerdigung war ein Medienereignis. Fotografen und Kameras. Nachbarn und Freunde. Neugierige. Vince hatte ihr gesagt, versteckte Kameras würden jeden aufnehmen, der in die Aussegnungshalle, in die Kirche und zur Beerdigung käme, für den Fall, daß Erins Mörder dabei sein sollte.

Der weißhaarige Monsignore, der Erin ihr ganzes Leben lang gekannt hatte. »Wer kann den Anblick des kleinen Mädchens vergessen, das den Rollstuhl seines Vaters in diese Kirche schob?«

Der Solist. »... *Ich will nur, daß ihr euch immer daran erinnert, daß ich euch geliebt habe ...*«

Die Beerdigung. »Wenn alle Tränen getrocknet sein werden ...«

Die Stunden, die sie mit Billy verbrachte. Ich bin froh, daß du es nicht weißt, dachte sie. Sie hielt seine Hand. Wenn er etwas begreift, dann hoffe ich, er hält mich für Erin.

Dienstag nachmittag saß sie neben Nona im Flugzeug zurück nach New York. »Kannst du dir ein paar freie Tage nehmen, Darce?« fragte Nona. »Das war eine schreckliche Zeit für dich.«

»Sobald ich weiß, daß sie Charles North in Gewahrsam haben, werde ich eine Woche wegfahren. Freunde von mir wohnen in St. Thomas. Sie möchten, daß ich sie besuche.«

Nona zögerte. »So wird das nicht laufen, Darcy. Vince hat mich gestern abend angerufen. Sie haben Charles North gesprochen. Letzten Dienstag abend war er mit zwanzig anderen Teilnehmern bei einer Besprechung in seiner Anwaltssozietät. Wer immer sich mit Erin getroffen hat, hat seinen Namen benutzt.«

Nachdem er die Sendung gesehen und mit Polizeichef Moore telefoniert hatte, entschloß sich Chris Sheridan, über das Wochenende nach Darien zu fahren. Er wollte in der Nähe sein, wenn das FBI mit seiner Mutter sprach.

Er wußte, daß Greta vorhatte, an einem feierlichen Abendessen im Club teilzunehmen. Er kehrte unterwegs bei »Nicola« ein, um zu essen, kam gegen zehn im Haus an und beschloß, sich einen Film anzusehen. Als Liebhaber klassischer Filme entschied er sich für *Die Brücke von San Luis Rey* und wunderte sich dann über seine Wahl. Der Gedanke, daß verschiedene Leben in einem bestimmten Augenblick miteinander verknüpft wurden, faszinierte ihn immer wieder. Wieviel war Schicksal? Wieviel war Zufall? Gab es eine Art unerklärlichen und unausweichlichen Plan für all das?

Kurz vor Mitternacht hörte er das Summen des Garagentors und ging zum Absatz der Kellertreppe, um auf Greta zu warten. Wieder einmal wünschte er sich, sie hätte eine Angestellte, die im Haus wohnte. Ihm gefiel der Gedanke nicht, daß sie spät in der Nacht allein in dieses große Haus zurückkehrte.

Greta weigerte sich beharrlich, seinem Vorschlag zuzustimmen. Dorothy, die seit drei Jahrzehnten tagsüber kam und den Haushalt führte, genügte ihr vollkommen. Sie und der wöchentliche Reinigungsdienst. Wenn sie eine Dinnerparty gab, ließ sie sich die Speisen ins Haus liefern. Fertig.

Als sie sich der Treppe näherte, rief er nach unten: »Hallo, Mutter!«

Sie keuchte hörbar. »Was! Ach, du lieber Gott, Chris. Du hast mich erschreckt. Ich bin ein Nervenbündel.« Sie schaute nach oben und versuchte zu lächeln. »Ich war so froh, dein Auto zu sehen.« Im Dämmerlicht erinnerte ihn ihr feingeschnittenes Gesicht an die zarten Züge von Nan. Ihr silbern schimmerndes Haar war zu einem französischen Knoten zurückgesteckt. Sie trug ein langes, schmales Samtkleid in Schwarz und darüber eine Zobeljacke. Greta wurde demnächst sechzig. Eine schöne, elegante Frau, deren Lächeln nie ganz die Traurigkeit aus ihren Augen vertrieb.

Plötzlich fiel Chris auf, daß seine Mutter immer auf etwas zu warten oder zu lauschen schien, eine Art Signal. Als er noch ein Kind war, hatte ihm sein Großvater eine Geschichte aus dem Ersten Weltkrieg erzählt. Ein Soldat hatte eine Nachricht verloren, die vor einem bevorstehenden feindlichen Angriff warnte. Später gab er sich für alle Zeit die Schuld an den schrecklichen Verlusten und hörte sein Leben lang nicht auf, in Straßenrinnen und unter Steinen nach der verlorenen Nachricht zu suchen.

Bei einem Schlaftrunk erzählte er Greta von Erin Kelley, und

ihm wurde klar, warum ihm der Ausdruck seiner Mutter aufgefallen war. Greta meinte immer, Nan habe ihr vor ihrem Tod etwas erzählt, das sie instinktiv alarmierte. Vorige Woche hatte sie
wieder eine Warnung erhalten und hatte wieder nichts tun können, um eine Tragödie zu verhindern.

»Das Mädchen, das sie fanden, hatte einen hochhackigen
Abendschuh an?« fragte Greta. »Wie Nan? So eine Art Tanzschuh? In dem Brief stand, ein Tanzmädchen werde sterben.«

Chris wählte seine Worte sorgfältig. »Erin Kelley war
Schmuckdesignerin. Soweit ich hörte, nimmt man an, daß da ein
Nachahmungstäter am Werk ist. Jemand, der durch die Senderei-
he *Authentische Verbrechen* auf die Idee gekommen ist. Ein FBI-
Agent möchte mit uns darüber sprechen.«

Polizeichef Moore rief am Samstag an. Ein Agent des FBI, Vincent
D'Ambrosio, würde die Sheridans gern am Sonntag aufsuchen.

Chris war froh, als D'Ambrosio ausdrücklich betonte, niemand
hätte nach dem Brief, den Greta erhalten hatte, etwas unternehmen können. »Mrs. Sheridan«, sagte er zu ihr, »wir bekommen oft
viel präzisere Hinweise als diesen und können doch nicht verhindern, daß eine Tragödie passiert.«

Vince bat Chris, mit ihm hinauszugehen. »Die Polizei von Darien hat die Akten über den Tod Ihrer Schwester«, erklärte er. »Sie
machen Kopien für mich. Würde es Ihnen etwas ausmachen, mich
an die genaue Stelle zu führen, wo sie gefunden wurde?«

Sie gingen die Straße entlang, die vom Grundstück der Sheridans zu dem Waldstück mit dem Jogging-Weg führte. Die Bäume
waren in den fünfzehn Jahren gewachsen, die Äste dicker geworden, doch sonst sei die Stelle ziemlich unverändert, erklärte Chris.

Eine malerische Szenerie in einer reichen Stadt; als Kontrast dazu ein verlassener Pier an der West Side. Nan Sheridan war ein
neunzehnjähriges Mädchen gewesen. Studentin. Joggerin. Erin
Kelley war eine achtundzwanzigjährige Karrierefrau. Nan stammte aus einer wohlhabenden Familie der Gesellschaft. Erin stand
auf eigenen Füßen. Die beiden einzigen Ähnlichkeiten waren die
Todesart und die Schuhe. Beide waren erwürgt worden. Beide
hatten einen Abendschuh getragen. Vince fragte Chris, ob Nan

während ihrer Schulzeit irgendwelche Verabredungen mit Unbekannten getroffen habe, die sie durch Kontaktanzeigen fand.

Chris lächelte. »Glauben Sie mir, Nan hatte so viele Verehrer, die ihr nachliefen, daß sie nicht auf Anzeigen zu antworten brauchte. Außerdem gab es diese Art Anzeigen noch gar nicht, als wir im College waren.«

»Sie waren in Brown?«

»Nan war da. Ich war in Williams.«

»Ich nehme an, daß die engeren Freunde Ihrer Schwester befragt wurden?«

Sie gingen den Weg entlang, der sich durch den Wald schlängelte. Chris blieb stehen. »Hier habe ich sie gefunden.« Er schob die Hände in die Taschen seines Anoraks. »Nan meinte, jede, die sich an einen festen Freund binde, sei verrückt. Sie flirtete gern. Sie amüsierte sich gern. Sie versäumte nie freiwillig eine Party, und sie ließ keinen Tanz aus.«

Vince drehte sich zu ihm um. »Das ist wichtig. Sind Sie sicher, daß der Tanzschuh, den Ihre Schwester trug, als sie gefunden wurde, nicht ihr gehörte?«

»Vollkommen. Nan haßte hohe Absätze. Sie hätte solche Schuhe einfach nicht gekauft. Und natürlich fand man in ihrem Kleiderschrank auch nicht den zweiten Schuh.«

Als er nach New York zurückfuhr, dachte Vince weiter über die Ähnlichkeiten und die Unterschiede zwischen Nan Sheridan und Erin Kelley nach. Es muß ein Nachahmungstäter sein, sagte er sich. *Ein Mädchen beim Tanzen.* Das ließ ihn nicht los. Der Brief, den Greta Sheridan bekommen hatte. Nan Sheridan hatte keinen Tanz ausgelassen. War das in der Fernsehsendung erwähnt worden? Erin hatte Nona Roberts in einem Tanzkurs kennengelernt. War das ein Zufall?

Am Dienstag nachmittag wurde Charles North zum zweiten Mal von Vincent D'Ambrosio vernommen. Am Montag abend hatten sie ihn auf dem Kennedy Airport erwartet, und sein Erstaunen, von zwei FBI-Agenten begrüßt zu werden, war rasch in Ärger umgeschlagen. »Ich habe nie von Erin Kelley gehört. Ich habe nie eine Kontaktanzeige beantwortet. Ich finde so etwas lächerlich.

Und ich kann mir nicht vorstellen, wer meinen Namen benutzt haben sollte.«

Es war leicht festzustellen, daß North am vergangenen Dienstag abend um sieben Uhr, zu der Zeit, als Erin Kelley ihn angeblich treffen sollte, bei einer Konferenz gewesen war.

Diesmal fand die Vernehmung im Hauptquartier des FBI statt. North war mittelgroß und kräftig gebaut. Sein leicht gerötetes Gesicht deutete auf jemanden, der gern Martinis trinkt. Dennoch fand Vince, daß er eine gewisse Autorität und Kultiviertheit ausstrahlte, die Frauen vermutlich anzogen. Er war vierzig Jahre alt und vor seiner kürzlich erfolgten Scheidung zwölf Jahre verheiratet gewesen. Er machte kein Hehl daraus, daß er ganz und gar nicht mit der Forderung einverstanden war, er solle zu einer zweiten Vernehmung in Vinces Büro kommen.

»Sie müssen doch verstehen, ich bin gerade Partner in einer sehr angesehenen Anwaltssozietät geworden. Es wäre äußerst unangenehm, wenn man mich in irgendeiner Weise mit dem Tod dieser jungen Frau in Verbindung brächte. Unangenehm für mich persönlich und gewiß auch für meine Firma.«

»Tut mir sehr leid, daß ich Ihnen Unannehmlichkeiten bereite, Mr. North«, sagte Vince kühl. »Ich kann Ihnen versichern, daß Sie im Augenblick nicht als Verdächtiger im Fall Erin Kelley gelten. Aber Erin Kelley ist tot, Opfer eines brutalen Mordes. Es ist möglich, daß sie eine von etlichen jungen Frauen ist, die auf Kontaktanzeigen geantwortet haben und verschwunden sind. Jemand hat Ihren Namen benutzt, um diese Anzeige aufzugeben. Ein sehr cleverer Jemand, der wußte, daß Sie zur Zeit seiner Verabredung mit Erin Kelley nicht mehr in Philadelphia sein würden.«

»Wollen Sie mir bitte erklären, warum das irgend jemanden interessieren sollte?« versetzte North barsch.

»Weil einige Frauen, die auf Kontaktanzeigen antworten, klug genug sind, sich nach dem Mann zu erkundigen, mit dem sie sich treffen wollen. Nehmen wir an, Erin Kelleys Mörder glaubte, sie könne so vorsichtig sein. Welcher Name hätte sich besser geeignet als der von jemandem, der gerade seine Anwaltsfirma in Philadelphia verlassen hat, um sich in New York niederzulassen. Nehmen wir an, Erin hätte Sie im Anwaltsverzeichnis von Pennsylvania gefunden und in Ihrem früheren Büro angerufen. Sie hätte erfahren, daß Sie die Firma gerade verlassen haben, um nach New York zu gehen. Vielleicht hätte sie sogar in Erfahrung bringen können, daß Sie geschieden sind. Dann hätte sie keine Bedenken mehr gehabt, sich mit Charles North zu treffen.«

Vince beugte sich über seinen Schreibtisch. »Ob Ihnen das gefällt oder nicht, Mr. North, Sie sind ein Verbindungsglied zu Erin Kelleys Tod. Jemand, der Ihre Aktivitäten kennt, hat Ihren Namen benutzt. Wir gehen einer Menge Hinweisen nach. Wir nehmen Kontakt auf mit den Leuten, auf deren Annoncen Erin Kelley möglicherweise geantwortet hat. Wir fragen ihre Freunde aus, ob sie sich vielleicht an irgendwelche Namen erinnern, die Erin erwähnt hat und die wir nicht kennen. Und in jedem einzelnen Fall werden wir mit Ihnen reden, um festzustellen, ob diese Person jemand ist, der irgendeine Verbindung zu Ihnen hat.«

North stand auf. »Wie ich sehe, werde ich nicht gefragt, sondern habe mich nach Ihnen zu richten. Nur eines noch: Ist mein Name in die Medien gelangt?«

»Nein, ist er nicht.«

»Dann sorgen Sie dafür, daß das so bleibt. Und wenn Sie mich im Büro anrufen, melden Sie sich nicht als FBI. Sagen Sie«, er lächelte unfroh, »daß es eine persönliche Angelegenheit ist. Und erwähnen Sie um Gottes willen keine Kontaktanzeigen.«

Als er gegangen war, lehnte Vince sich auf seinem Stuhl zurück. Ich mag keine Klugscheißer, dachte er. Er nahm den Hörer der Sprechanlage. »Betsy, ich möchte eine komplette Überprüfung des Hintergrundes von Charles North. Wirklich komplett. Und dann noch jemand. Gus Boxer, der Hausmeister von Christopher Street 101. Das ist das Apartmenthaus, in dem Erin Kelley wohnte. Sein Gesicht verfolgt mich seit Samstag. Wir haben eine Akte über ihn, da bin ich sicher.«

Vince schnippte mit den Fingern. »Warten Sie eine Sekunde. Das ist gar nicht sein Name. Jetzt erinnere ich mich. Er heißt *Hoffman*. Vor zehn Jahren war er Hausmeister in dem Gebäude, in dem eine zwanzigjährige Frau ermordet wurde.«

Dr. Michael Nash war nicht überrascht, als er am Sonntag abend nach Manhattan zurückkehrte und auf seinem Anrufbeantworter die Mitteilung vorfand, er solle sich mit dem FBI-Agenten Vincent

D'Ambrosio in Verbindung setzen. Offenbar überprüften sie die Leute, die Nachrichten für Erin Kelley hinterlassen hatten.

Er erwiderte den Anruf am Montag morgen und vereinbarte mit Vince, daß dieser vor seinem ersten Termin am Dienstag bei ihm vorbeikommen sollte.

Pünktlich um acht Uhr fünfzehn am Dienstag morgen erschien Vince in Nashs Praxis. Die Empfangssekretärin erwartete ihn und führte ihn zu Nash, der bereits an seinem Schreibtisch saß.

Es war ein angenehmer Raum, fand Vince. Mehrere bequeme Sessel, Wände in Sonnengelb, Vorhänge, die das Tageslicht durchließen, aber vor den Blicken der vorbeigehenden Fußgänger schützten. Die traditionelle Couch, eine lederne Version der Chaiselongue, die Alice vor Jahren gekauft hatte, stand rechtwinklig zum Schreibtisch.

Ein beruhigender Raum. Der Ausdruck in den Augen des Mannes am Schreibtisch war freundlich und nachdenklich. Vince dachte an Samstagnachmittage. Beichte. »Segnen Sie mich, Pater, denn ich habe gesündigt.« Die Verstöße reichten vom Ungehorsam gegenüber den Eltern bis zu gröberen Sünden in den Teenagerjahren.

Es störte ihn jedesmal, wenn jemand äußerte, die Psychoanalyse habe die Beichte ersetzt. »Bei der Beichte klagt man sich selbst an«, pflegte er dann zu sagen. »In der Analyse klagt man alle anderen an.« Sein eigener Hochschulabschluß in Psychologie hatte ihn in dieser Ansicht bestärkt.

Er hatte das Gefühl, daß Nash seine instinktive Feindseligkeit gegen die meisten Seelenklempner spürte. Spürte und verstand.

Sie beäugten einander. Gut gekleidet, aber unauffällig, dachte Vince. Er war sich bewußt, daß er selbst nicht sehr dafür begabt war, zu jedem Anzug die richtige Krawatte zu wählen. Alice hatte das für ihn getan. Nicht, daß ihm viel daran gelegen war. Er trug lieber eine braune Krawatte zu einem blauen Anzug, als sich dauernd ihr Lamentieren anzuhören. »Warum gehst du nicht vom FBI weg und suchst dir einen Job, in dem du wirklich Geld verdienen kannst?« Alice war jetzt Mrs. Malcolm Drucker. Malcolm trug Krawatten von Hermès und Maßanzüge.

Nash hatte eine graue Tweedjacke und einen rotgrauen Schlips an. Gutaussehender Mann, räumte Vince ein. Starkes Kinn, tiefliegende Augen. Die Haut leicht gebräunt. Vince mochte es, wenn ein Mann so aussah, als verkrieche er sich bei schlechtem Wetter nicht im Haus.

Er kam gleich zur Sache. »Dr. Nash, Sie haben zwei Nachrichten für Erin Kelley hinterlassen. Sie hören sich an, als hätten Sie sie gekannt und sich mit ihr getroffen. Ist das der Fall?«

»Ja. Ich bin dabei, ein Buch zu schreiben, in dem ich das soziale Phänomen der Bekanntschaftsanzeigen analysiere. Kearns und Brown ist mein Verlag, Justin Crowell mein Lektor.«

Für den Fall, daß ich denke, er habe wirklich versucht, ein Rendezvous zu bekommen, dachte Vince, hütete sich aber, darauf einzugehen. »Wie kam es dazu, daß Sie mit Erin Kelley ausgingen? Hat sie auf Ihre Anzeige geantwortet oder umgekehrt?«

»Sie hat meine beantwortet.« Nash griff in seine Schublade. »Ich hatte Ihre Frage erwartet. Hier ist die Anzeige, auf die sie geantwortet hat, und hier ist ihr Brief. Ich habe sie am 13. Januar im ›Pierre‹ zu einem Drink getroffen. Sie war eine reizende junge Frau. Ich äußerte meine Überraschung, daß jemand, der so attraktiv aussah, es nötig hätte, Bekanntschaften zu suchen. Sie erzählte mir ganz offen, daß sie die Anzeigen einer Freundin zuliebe beantwortete, die eine Dokumentation plant. Normalerweise verrate ich nicht, daß solche Begegnungen für mich Recherchen sind, aber ihr gegenüber war ich ganz aufrichtig.«

»Und das war das einzige Mal, daß Sie sie gesehen haben?«

»Ja. Ich habe schrecklich viel zu tun. Ich bin fast fertig mit meinem Buch und wollte es abschließen. Ich hatte vor, Erin wieder anzurufen, nachdem ich es abgeliefert hätte. Aber vorige Woche wurde mir klar, daß die Fertigstellung noch einen Monat dauern wird; es kommt nichts dabei heraus, wenn man zu schnell arbeiten will.«

»Und darum haben Sie sie angerufen.«

»Ja, Anfang der Woche. Und am Donnerstag noch einmal. Nein, es war am Freitag, kurz bevor ich zum Wochenende wegfuhr.«

Vince las den Brief, den Erin an Nash geschrieben hatte. Seine Anzeige war angeheftet: Arzt, weiß, 37, 1,85, attraktiv, erfolgreich, Sinn für Humor. Liebt Skifahren, Reiten, Museen und Konzerte. Sucht kreative, attraktive, weiße Sie. Chiffre 3295.

Erins maschinengeschriebener Brief lautete:

Hallo, Chiffre 3295. Habe vielleicht alle gewünschten Eigenschaften. Nein, nicht ganz. Sinn für Humor habe ich. Ich bin 28, knapp 1,70 groß, wiege 54 Kilo, und meine beste Freundin sagt, ich sei sehr attraktiv! Ich bin Schmuckdesignerin und fange allmählich an, Erfolg zu haben. Ich bin eine gute Skifahrerin; reiten kann ich, wenn das Pferd langsam und fett ist. Museen besuche ich sehr gern. Tatsächlich finde ich in Museen eine Menge guter Ideen für meine Schmuckentwürfe. Und Musik ist ein Muß. Sehen wir uns? Erin Kelley, 212-555-1432.

»Sie verstehen, warum ich sie angerufen habe«, sagte Nash.

»Und Sie haben sie nie wiedergesehen?«

»Ich hatte keine Gelegenheit dazu.« Michael Nash stand auf. »Es tut mir leid. Wir müssen Schluß machen. Mein erster Patient kommt früher als gewöhnlich. Aber ich bin hier, wenn Sie mich brauchen. Wenn ich Ihnen irgendwie helfen kann, lassen Sie es mich wissen.«

»Wieso glauben Sie, daß Sie helfen könnten, Doktor?« Vince stand auf, während er ihm diese Frage stellte.

Nash zuckte mit den Schultern. »Ich weiß nicht. Ich nehme an, es ist der instinktive Wunsch, daß ein Mörder vor Gericht kommt. Erin Kelley liebte offensichtlich das Leben und hatte eine Menge zu bieten. Sie war erst achtundzwanzig.« Er streckte die Hand aus. »Sie halten nicht viel von uns Seelenklempnern, nicht wahr, Mr. D'Ambrosio? Sie finden, daß neurotische, selbstsüchtige Leute gutes Geld dafür bezahlen, zu mir zu kommen und sich zu beklagen. Lassen Sie mich erklären, wie ich meinen Job sehe. Mein Berufsleben ist dem Versuch gewidmet, Menschen zu helfen, die aus irgendeinem Grund in Gefahr sind, unterzugehen. Manche Fälle sind einfach. Ich bin wie ein Rettungsschwimmer, der hinausschwimmt, weil er sieht, daß jemand am Ertrinken ist, und ihn zurückholt. Andere Fälle sind wesentlich schwieriger. Die sind so, als versuchte ich, während eines Hurrikans das Opfer eines Schiffsuntergangs zu bergen. Es dauert lange, bis ich herankomme, und die Dünung treibt mich zurück. Es ist ziemlich befriedigend, wenn die Bergung gelingt.«

Vince steckte Erins Brief in seine Aktenmappe. »Vielleicht können Sie uns helfen, Doktor. Wir versuchen, die Leute zu finden, die Erin durch Kontaktanzeigen kennenlernte. Wären Sie bereit, mit einigen von ihnen zu reden und mir Ihre berufliche Meinung darüber zu sagen, was sie antreibt?«

»Selbstverständlich.«

»Ach, übrigens, sind Sie Mitglied der AAPL?« Psychiater, die der *American Association of Psychiatry and the Law* angehörten, waren, wie Vince wußte, besonders geübt im Umgang mit Psychopathen.

»Nein, bin ich nicht. Aber meine Recherchen, Mr. D'Ambrosio, haben mir gezeigt, daß die meisten Leute, die solche Anzeigen aufgeben oder beantworten, das aus Einsamkeit oder Langweile tun. Andere haben vielleicht finsterere Motive.«

Vince wandte sich um und ging zur Tür. Während er den Türknopf drehte, blickte er zurück. »Auf Erin Kelleys Fall trifft das wahrscheinlich zu.«

Am Dienstag abend fuhr Charley in sein Versteck und ging geradewegs in den Keller. Er nahm den Stapel Schuhkartons und stellte ihn auf die Tiefkühltruhe. An jeden war der Name des Mädchens geheftet, zu dem er gehörte. Natürlich brauchte er diese Gedächtnisstütze nicht. Er erinnerte sich an jede einzelne in allen Details. Überdies hatte er außer von Nan von allen Videobänder. Und er hatte die *Authentische Verbrechen* Sendung über Nans Tod aufgezeichnet. Sie hatten es geschafft, ein Mädchen zu finden, das ihr wirklich ähnlich sah.

Er öffnete Nans Schachtel. Der zerkratzte Nike-Turnschuh und der schwarze, paillettenbesetzte Abendschuh. Er war ziemlich protzig. Inzwischen hatte sich sein Geschmack verbessert.

Sollte er Nans und Erins Schuhe gleichzeitig zurückschicken? Sorgfältig überdachte er die Idee. Es war eine so interessante Entscheidung.

Nein. Wenn er das tat, würden die Polizei und die Medien sofort erkennen, daß ihre Theorie über einen Nachahmungstäter nicht stimmte. Sie würden wissen, daß beide Mädchen von derselben Hand getötet worden waren.

Vielleicht würde es mehr Spaß machen, sie eine Weile an der Nase herumzuführen.

Vielleicht sollte er zuerst Nans Schuh und den des ersten anderen Mädchens zurückschicken. Das war Claire gewesen, vor zwei Jahren. Eine aschblonde Musical-Darstellerin aus Lancaster. Sie konnte so gut tanzen. Begabt. Wirklich begabt. Ihre Brieftasche lag mit ihrer weißen Sandale und dem goldenen Abendschuh im Karton. Inzwischen hatte ihre Familie sicher ihre Wohnung aufgelöst. Er würde das Päckchen an die Adresse in Lancaster schicken.

Dann würde er alle paar Tage ein weiteres Päckchen abschicken. Janine. Marie. Sheila. Leslie. Annette. Tina. Erin.

Er würde es zeitlich so einrichten, daß bis zum dreizehnten März alle Päckchen angekommen wären. In fünfzehn Tagen also. Und an diesem Abend, ganz gleich, wie er das anstellen mußte, würde Darcy hier sein und mit ihm tanzen.

Charley starrte auf die Tiefkühltruhe. Darcy würde die letzte sein. Vielleicht würde er sie für immer bei sich behalten …

Als Darcy am Dienstag abend vom Flughafen nach Hause kam, waren ein Dutzend Nachrichten auf ihrem Anrufbeantworter. Alte Freunde hatten ihr kondoliert. Sieben Anrufe bezogen sich auf Kontaktanzeigen, die Erin für sie beantwortet haben mußte. Wieder dieser David Weld mit der angenehmen Stimme. Diesmal hatte er eine Telefonnummer hinterlassen. Das hatten auch Len Parker, Cal Griffin und Albert Booth.

Gus Boxer hatte angerufen und gesagt, er habe einen Bewerber für Erin Kelleys Wohnung. Ob Miss Scott sie bis zum Wochenende räumen könne? Wenn sie das täte, bräuchte sie die Miete für März nicht zu bezahlen.

Darcy spulte das Band zurück, schrieb sich die Namen und Telefonnummern der Anrufer auf, die sich auf die Kontaktanzeigen bezogen, und wechselte die Kassette aus. Vince D'Ambrosio würde vielleicht die Stimmaufzeichnungen haben wollen.

Sie machte sich eine Dose Suppe heiß und aß sie auf einem Tablett im Bett. Als sie fertig war, griff sie nach dem Telefon und der Liste der Männer, die wegen einer Verabredung angerufen hatten. Sie wählte die erste Nummer. Als es zu läuten begann, warf sie den Hörer wieder auf die Gabel. Tränen strömten über ihre Wangen, und sie schluchzte: »Ach, Erin, ich möchte *dich* anrufen.«

8

MITTWOCH, 27. FEBRUAR

Um neun Uhr ging Darcy ins Büro. Bev war schon dort. Sie hatte Kaffee gekocht, frischen Saft und warme Brötchen besorgt. Auf dem Fensterbrett stand eine neue Pflanze. Bev umarmte sie kurz; Mitgefühl stand in ihren extravagant geschminkten Augen. »Sie wissen vermutlich schon alles, was ich sagen will.«

»Ja, ich weiß.« Darcy merkte, daß der Duft des Kaffees verlockend war. Sie griff nach einem Brötchen. »Ich habe gar nicht gewußt, daß ich hungrig bin.«

Bev gab sich geschäftsmäßig. »Gestern hatten wir zwei Anrufe. Leute, die gesehen haben, was Sie aus der Wohnung in Ralston Arms gemacht haben. Möchten, daß Sie für sie auch so etwas machen. Und wären Sie wohl bereit, ein Hotel garni an der Ecke 30. Straße und Ninth Avenue einzurichten? Neue Besitzer, die behaupten, sie hätten mehr Geschmack als Geld.«

»Bevor ich irgend etwas anderes tue, muß ich Erins Wohnung räumen.« Darcy nahm einen Schluck Kaffee und strich ihr Haar zurück. »Mir graut davor.«

Bev machte den Vorschlag, sie solle einfach alle Möbel einlagern. »Sie sagten doch, die Einrichtung sei entzückend. Könnten Sie nicht Erins Möbel nach und nach für Ihre Aufträge verwenden? Eine der Frauen, die anrief, wollte, daß Sie das Zimmer ihrer Tochter ganz besonders schön einrichten. Das Mädchen ist sechzehn und kommt nach langer Krankheit aus dem Krankenhaus nach Hause. Sie wird noch eine ganze Weile liegen müssen.«

Der Gedanke, daß ein solches Mädchen sich an Erins Messingbett freuen würde, gefiel ihr. Er machte es leichter. »Ich will mich nur erkundigen, ob es in Ordnung ist, wenn ich alles ausräume.« Sie rief Vince D'Ambrosio an.

»Ich weiß, daß die New Yorker Polizei mit der Spurensicherung fertig ist«, sagte er ihr.

Bev bestellte für den nächsten Tag einen Möbelwagen in die Christopher Street. »Ich kümmere mich darum. Zeigen Sie mir nur, was Sie haben wollen.« Mittags ging sie mit Darcy zu Erins Wohnung. Boxer ließ sie ein.

»Nett von Ihnen, daß Sie die Wohnung räumen«, säuselte er. »Die neue Bewohnerin ist reizend.«

Ich frage mich, wieviel du unter der Hand bekommen hast, dachte Darcy. Ich möchte die Wohnung nie wieder betreten.

Es gab ein paar Blusen und Schals, die sie als Andenken behalten wollte. Den Rest von Erins Kleidern schenkte sie Bev. »Sie haben Erins Größe. Aber bitte, tragen Sie die Sachen nicht im Büro.«

Die Schmuckstücke, die Erin angefertigt hatte. Rasch packte sie sie zusammen, da sie jetzt nicht an Erins Talent denken wollte. Was war es nur, das da an ihr nagte? Schließlich legte sie alle Stücke auf den Arbeitstisch. Ohrringe, Halsketten, Anstecknadeln, Armbänder. Gold. Silber. Halbedelsteine. Alles war phantasievoll, ob es nun echter oder Modeschmuck war. *Was störte sie bloß?*

Die neue Kette, die Erin angefertigt hatte, die mit den dicken goldenen Nachbildungen römischer Münzen. Erin hatte darüber gewitzelt. »Die werde ich für dreitausend Dollar verkaufen. Ich hab sie für eine Modenschau im April entworfen. Kann mir nicht leisten, sie selbst zu behalten, aber bis dahin werde ich sie ein paarmal tragen.«

Wo war diese Kette?

Hatte Erin sie getragen, als sie zum letzten Mal ausging? Diese Kette und den Ring mit ihren Initialen und ihre Uhr? Waren sie bei den Kleidern, die sie getragen hatte, als ihre Leiche gefunden wurde?

Darcy packte Erins privaten Schmuck zusammen mit dem Inhalt des Safes in einen Koffer. Sie würde die losen Steine schätzen lassen und verkaufen, um damit Billys Pflegeheim zu bezahlen. Sie drehte sich nicht um, als sie zum letzten Mal die Tür von Apartment 3B hinter sich schloß.

Am Mittwoch nachmittag um vier Uhr machte ein Inspektor des Sechsten Reviers, bewaffnet mit Erin Kelleys Bild, die Runde durch die Lokale am Washington Square. Bisher war seine Suche ergebnislos gewesen. Einige Barkeeper hatten freimütig eingeräumt, Erin zu kennen. »Sie kam gelegentlich vorbei. Manchmal in Begleitung. Manchmal traf sie jemanden. Letzten Dienstag? Nein. Ich habe sie die ganze letzte Woche nicht gesehen.«

Das Foto von Charles North löste überhaupt keine Wirkung aus. »Nein. Nie gesehen.«

Endlich, in »Eddie's Aurora« in der 4. Straße, sagte ein Barkeeper entschieden: »Ja, dieses Mädchen war letzten Dienstag hier. Ich bin am Mittwoch morgen nach Florida geflogen. Gerade zurückgekommen. Deswegen bin ich sicher, daß es Dienstag war. Ich habe mich mit ihr unterhalten. Ich sagte ihr, daß ich endlich in die Sonne fliegen könne. Sie sagte, sie sei eine typische Rothaarige und bekäme immer Sonnenbrand. Sie wartete auf jemanden und saß etwa vierzig Minuten hier. Er erschien nicht. Nettes Mädchen. Schließlich bezahlte sie ihre Rechnung und ging.«

Der Barkeeper war sicher, daß es am Dienstag gewesen war; sicher, daß Erin Kelley um sieben Uhr gekommen war; sicher, daß sie versetzt worden war. Er beschrieb zutreffend die Kleider, die sie getragen hatte, und auch eine ungewöhnliche Halskette, die an römische Münzen erinnerte. »Die Kette war wirklich ausgefallen. Sah teuer aus. Ich sagte ihr, sie solle damit nicht draußen herumlaufen, ohne ihren Mantelkragen darüberzuziehen.«

Vom Münztelefon in der Bar aus erstattete der Inspektor Vince D'Ambrosio Bericht. Vince rief sofort Darcy an, die bestätigte, daß Erin eine Halskette mit Goldmünzen besessen hatte. »Ich dachte, man hätte sie vielleicht bei ihr gefunden.« Sie sagte Vince, daß auch Erins Ring mit ihren Initialen und ihre Uhr fehlten.

»Sie trug eine Uhr und Ohrringe, als sie gefunden wurde«, sagte Vince leise und fragte, ob er hinüberkommen könne.

»Natürlich«, sagte Darcy. »Ich werde lange arbeiten.«

Als Vince im Büro ankam, hatte er eine Kopie von Erins Unterlagen über die Kontaktanzeigen bei sich. »Wir haben sämtliche Papiere gründlich untersucht. Dabei haben wir eine Quittung für eines der privaten Schließfächer gefunden, die rund um die Uhr zugänglich sind. Erin hat es erst letzte Woche gemietet. Sie hat dem Manager gesagt, daß sie Schmuckdesignerin sei und sich nicht wohl fühle, wenn sie so wertvolle Steine in ihrer Wohnung aufbewahre.«

Darcy hörte Vince D'Ambrosio aufmerksam zu, als er ihr berichtete, daß Erin am Dienstag abend versetzt worden war. »Sie verließ diese Bar allein, und zwar gegen Viertel vor acht. Wir neigen zu der Theorie, daß es ein Raubmord war. Sie trug am Dienstag abend diese Halskette, aber sie trug sie nicht mehr, als sie gefunden wurde. Von dem Ring wissen wir nichts.«

»Sie trug diesen Ring immer«, sagte Darcy.

Vince nickte. »Vielleicht hatte sie den Beutel Brillanten bei sich.« Er fragte sich, ob Darcy ihn überhaupt gehört hatte. Sie saß an ihrem Schreibtisch; ein blaßgelber Pullover betonte die blonden Glanzlichter in ihrem braunen Haar; ihr Gesichtsausdruck war vollkommen beherrscht, und ihre Augen wirkten heute mehr grün als braun. Es paßte ihm überhaupt nicht, ihr Kopien von Erin Kelleys Unterlagen über die Kontaktanzeigen zu geben. Er war sicher, daß sie anfangen würde, auf diejenigen zu antworten, die umkringelt waren.

Unbewußt wurde seine Stimme tiefer, als er nachdrücklich sagte: »Darcy, ich weiß, welchen Zorn Sie empfinden, weil Sie eine Freundin wie Erin verloren haben. Aber bitte, fangen Sie nicht an, diese Kontaktanzeigen zu beantworten in der törichten Annahme, Sie würden den Mann finden, der sich Charles North nannte. Wir tun alles, was in unserer Macht steht, um Erins Mörder zu finden. Aber Tatsache bleibt, daß ein Serienmörder diese Anzeigen benutzt, um junge Frauen anzulocken, und selbst wenn Erin vielleicht nicht sein Opfer war, will ich nicht, daß Sie seine nächste Bekanntschaft sind.«

Doug Fox hatte Scarsdale am Wochenende nicht verlassen. Er hatte sich Susan und den Kindern gewidmet, und seine Bemühungen wurden dadurch belohnt, daß Susan ihm sagte, sie habe für Montag nachmittag einen Babysitter bestellt. Sie wollte Einkäufe machen und schlug vor, sie sollten sich zum Abendessen in New York treffen und dann zusammen nach Hause fahren.

Daß sie vor ihren Einkäufen einen Termin bei einer Privatdetektei hatte, hatte sie ihm nicht gesagt.

Doug hatte sie zum Abendessen ins »San Domenico« geführt und sich bemüht, besonders charmant zu sein. Er hatte sogar gesagt, manchmal vergesse er, wie hübsch sie eigentlich sei.

Susan hatte gelacht.

Dienstag abend war Doug um Mitternacht nach Hause gekommen. »Diese verdammten langen Konferenzen«, hatte er geseufzt.

Mittwoch morgen hatte er sich sicher genug gefühlt, um Susan zu sagen, er müsse Kunden zum Abendessen ausführen und werde vielleicht im »Gateway« bleiben. Er war erleichtert, wie verständnisvoll sie es aufnahm. »Ein Kunde ist ein Kunde, Doug. Lade dir bloß nicht zuviel auf.«

Als er am Mittwoch nachmittag das Büro verlassen hatte, ging er direkt in die Wohnung im »London Terrace«. Um halb acht wollte er sich mit einer geschiedenen, zweiunddreißigjährigen Immobilienmaklerin in SOHO zu einem Drink treffen. Aber zuvor wollte er sich leger anziehen und einen Anruf erledigen.

Er hoffte, daß er heute abend Darcy Scott erreichen würde.

Am Mittwoch nachmittag erhielt Jay Stratton einen Anruf von Merrill Ashton aus Winston-Salem in North Carolina. Ashton hatte lange und gründlich über Strattons Vorschlag nachgedacht, er solle seiner Frau zu ihrem vierzigsten Hochzeitstag ein wertvolles Schmuckstück schenken. »Wenn ich mit Frances darüber spreche, wird sie versuchen, es mir auszureden«, sagte Ashton, und seine Stimme klang, als lächle er. »Tatsächlich muß ich nächste Woche geschäftlich nach New York. Haben Sie irgend etwas, das Sie mir zeigen könnten? Ich dachte an ein Brillantarmband.«

Jay versicherte ihm, selbstverständlich könne er ihm etwas zeigen. »Ich habe kürzlich ein paar besonders schöne Brillanten gekauft, die gerade zu einem Armband verarbeitet werden. Das wäre genau das Richtige für Ihre Frau.«

»Ich möchte eine Schätzung.«

»Selbstverständlich. Wenn das Armband Ihnen gefällt, können Sie es einem Juwelier Ihres Vertrauens in Winston-Salem zeigen, und wenn er nicht der Meinung ist, daß es seinen Preis wert ist, dann machen wir das Geschäft eben nicht. Sind Sie bereit, vierzigtausend Dollar auszugeben? Tausend für jedes Ehejahr?«

Er hörte, wie Ashton mit der Antwort zögerte. »Tja, das ist eine Menge Geld.«

»Ein wirklich exquisites Armband«, versicherte Jay ihm. »Etwas, das Frances junior stolz ihrer eigenen Tochter hinterlassen wird.«

Sie verabredeten sich zu einem Drink am nächsten Montag, den 4. März.

Als er das tragbare Telefon auf den Couchtisch stellte, fragte

Stratton sich, ob nicht alles zu glatt laufe. Der Scheck über zwanzigtausend Dollar für das Bertolini-Collier. Würde jemand auf die Idee kommen, danach zu suchen? Die Versicherungssumme für den Beutel Brillanten. Da Erins Leiche gefunden worden war, konnte die Möglichkeit, daß man sie beraubt hatte, nicht ausgeschlossen werden. Er würde Ashton die Steine zu einem vernünftigen, aber nicht fragwürdigen Preis geben. Ein Juwelier in Winston-Salem würde nicht nach Steinen Ausschau halten, die als vermißt oder gestohlen gemeldet waren.

Eine Welle reinen Vergnügens überschwemmte ihn. Stratton lachte und erinnerte sich an das, was sein Onkel vor zwanzig Jahren zu ihm gesagt hatte. »Jay, ich habe dich auf eine Ivy-League-Schule geschickt. Du hast den Grips, aus eigener Kraft gute Noten zu schaffen, und du betrügst trotzdem. Dein Vater wird nie tot sein, solange du in der Nähe bist.«

Als er seinem Onkel erzählt hatte, er habe den Rektor in Brown dazu überredet, ihn die Prüfung wiederholen zu lassen, falls er für zwei Jahre zum Peace Corps ginge, hatte dieser sarkastisch erwidert: »Sei vorsichtig. Im Peace Corps gibt es nichts zu stehlen, und du könntest tatsächlich arbeiten müssen.«

So schlimm war es mit der Arbeit nicht gewesen. Mit zwanzig hatte er in Brown wieder neu angefangen. Laß dich nie erwischen, hatte sein Vater ihn gewarnt. Und wenn du doch erwischt wirst, dann sorg dafür, daß es nicht in die Akten kommt, ganz gleich, wie du das anstellst.

Natürlich war er älter gewesen als die anderen Studenten. Sie waren ihm alle vorgekommen wie Kinder, sogar die, die offensichtlich reich waren.

Bis auf eine.

Das Telefon läutete. Es war Enid Armstrong. Enid Armstrong? Natürlich, die Witwe, die so nah am Wasser gebaut hatte.

Sie klang aufgeregt. »Ich habe mit meiner Schwester über Ihren Vorschlag mit dem Ring gesprochen, und sie hat gesagt: ›Enid, wenn dir das Auftrieb gibt, dann mach es. Du darfst dich ruhig ein bißchen verwöhnen.‹«

In den 6-Uhr-Nachrichten auf Channel 4 verlas der Reporter John Miller eine Meldung über Erin Kelley. Man hatte festgestellt, daß

Brillanten im Wert von einer Viertelmillion Dollar aus ihrem Safe fehlten. Lloyd's of London hatte eine Belohnung von fünfzigtausend Dollar für ihre Wiederbeschaffung ausgesetzt. Die Polizei glaubte noch immer, sie sei das Opfer eines Nachahmungstäters, der vielleicht nicht gewußt hatte, daß sie Wertsachen bei sich trug. Der Bericht endete mit dem Hinweis, daß in der Reihe *Authentische Verbrechen* um acht Uhr die Sendung über Nan Sheridans Tod wiederholt werde.

Darcy schaltete den Apparat mit der Fernbedienung aus. »Es hatte nichts mit einem Raub zu tun«, sagte sie laut. »Es hatte nichts mit einer Nachahmungstat zu tun. Ganz gleich, was sie sagen, es hatte nur mit einer Kontaktanzeige zu tun.«

Vince D'Ambrosio würde zweifellos die Identität einiger der Leute feststellen, mit denen Erin sich getroffen hatte. Aber Erin war zum ersten Mal mit einem Mann verabredet gewesen, der sich Charles North genannt hatte, und er war nicht aufgetaucht. Und wenn er gerade die Bar betreten und sie an der Tür getroffen hätte? Und wenn er einer von denen gewesen wäre, denen sie ein Bild geschickt hatte? Wenn er gesagt hätte: »Erin Kelley, ich bin Charles North. Ich bin im Verkehr steckengeblieben. Hier ist es so voll. Gehen wir anderswo hin?«

Das ergibt einen Sinn, dachte Darcy. Wenn da draußen ein Serienmörder herumläuft und auch für andere Todesfälle verantwortlich ist, dann wird er jetzt nicht aufhören. Wenn sie nur wüßte, welche Anzeigen Erin tatsächlich beantwortet und welche davon sie für sie beide beantwortet hatte!

Es war sieben Uhr, eine gute Zeit, um die Anrufe zu erwidern, die ihr Anrufbeantworter aufgenommen hatte. In den nächsten vierzig Minuten erreichte sie drei Personen und hinterließ den anderen vier Nachrichten. Jetzt hatte sie eine Verabredung zu einem Drink mit Len Parker im »McMullen's« am Donnerstag, eine mit David Weld im »Smith and Wollensky's Grill« am Freitag, eine zum Brunch mit Albert Booth im »Victory Café« am Samstag.

Was war mit den Männern, die auf Erins Anrufbeantworter Nachrichten hinterlassen hatten? Ein paar hatten Telefonnummern angegeben, die sie sich aufgeschrieben hatte. Vielleicht würde sie sie zurückrufen, ihnen von Erin erzählen, falls sie es nicht schon wußten, und versuchen, sich mit ihnen zu verabreden.

Wenn sie viele Mädchen trafen, hatten sie vielleicht jemanden über eine Bekanntschaft berichten hören, die sich als unheimlich herausstellte.

Die beiden ersten meldeten sich nicht. Der nächste nahm sofort den Hörer ab. »Michael Nash.«

»Hello, ich bin Darcy Scott, eine gute Freundin von Erin Kelley. Wahrscheinlich wissen Sie, was ihr zugestoßen ist.«

»Darcy Scott.« Die angenehme Stimme wurde tiefer und klang betroffen. »Erin hat mir von Ihnen erzählt. Es tut mir so leid. Gestern habe ich mit einem FBI-Agenten gesprochen und ihm versichert, daß ich nach Kräften helfen möchte. Erin war ein reizendes Mädchen.«

Darcy merkte, daß sich ihre Augen mit Tränen füllten. »Ja, das war sie.«

Offenbar hatte er ihrer Stimme die Tränen angehört. »Das ist furchtbar hart für Sie. Kann ich Sie bald einmal abends zum Essen ausführen? Vielleicht hilft es Ihnen, wenn Sie darüber reden.«

»Ja, gern.«

»Morgen?«

Darcy dachte rasch nach. Sie traf Len um sechs. »Wenn acht Uhr Ihnen paßt?«

»Sehr gut. Ich reserviere einen Tisch im ›Le Cirque‹. Übrigens, wie erkenne ich Sie?«

»Ich werde ein blaues Wollkleid mit weißem Kragen tragen.«

»Ich bin der am durchschnittlichsten aussehende Mann im Lokal. Ich warte an der Bar.«

Darcy legte auf und fühlte sich irgendwie getröstet, und gleich ertappte sie sich dabei, wie sie sich instinktiv vornahm, Erin anzurufen und ihr das zu erzählen.

Sie stand auf und massierte ihren Nacken. Dumpfe Kopfschmerzen machten ihr bewußt, daß sie seit Mittag nichts gegessen hatte. Jetzt war es Viertel vor acht. Schnell eine heiße Dusche, beschloß sie. Dann wärme ich mir eine Suppe und schaue mir diese Sendung an.

Die Suppe, die dampfend heiß sehr appetitlich war, wurde zu einem dicken Brei aus in Tomatenbrühe schwimmenden Gemüsestückchen, während Darcy auf den Bildschirm starrte. Das Foto der toten Neunzehnjährigen, einen Fuß in einem verschrammten

Nike-Turnschuh, den anderen in einem paillettenbesetzten schwarzen Satinpumps, war entsetzlich. Hatte Erin so ausgesehen, als man sie gefunden hatte? Die Hände in der Taille gefaltet, die Spitzen der nicht zueinander passenden Schuhe in die Luft zeigend? Welches kranke Gehirn konnte dieses Bild sehen und es nachahmen wollen? Die Sendung endete mit dem Hinweis, daß möglicherweise ein Nachahmungstäter für den Mord an Erin Kelley verantwortlich sei.

Als es vorbei war, schaltete sie den Apparat aus und vergrub das Gesicht in den Händen. Vielleicht hatte das FBI recht mit dem Nachahmungstäter. Es konnte kein Zufall sein, daß ein paar Wochen nach der Ausstrahlung der Sendung Erin auf die gleiche Weise gestorben war.

Aber warum Erin? Und hatte der Schuh, den sie trug, gepaßt? Wenn ja, woher kannte der Mörder ihre Schuhgröße? Vielleicht bin ich verrückt, dachte sie. Vielleicht sollte ich mich heraushalten und die ganze Sache Leuten überlassen, die wissen, was sie tun.

Das Telefon läutete. Am liebsten hätte sie den Hörer nicht abgenommen. Sie war plötzlich zu müde, um mit irgend jemandem zu reden. Aber vielleicht gab es Neuigkeiten von Billy. Das Pflegeheim hatte für Notfälle ihre Telefonnummer. Sie hob ab. »Darcy Scott.«

»Persönlich? Na, *endlich!* Ich habe alle paar Tage versucht, Sie zu erreichen. Ich bin Chiffre 2721. Doug Fields.«

9

DONNERSTAG, 28. FEBRUAR

Am Donnerstag morgen stellte Nona zusammen mit ihrer Kollegin Liz Kroll die Planung des Dokumentarfilms fertig. Liz, eine junge Frau mit hagerem Gesicht und scharfen Zügen, hatte die potentiellen Gäste interviewt und die Nieten aussortiert, wie sie sich ausdrückte.

»Wir haben eine gute Mischung«, versicherte sie Nona. »Zwei Paare, die geheiratet haben. Die Cairones verliebten sich beim ersten Treffen ineinander und sind gefühlsduselig genug, um die romantischen Gemüter zufriedenzustellen. Die Quinlans haben gegenseitig auf ihre Anzeigen geschrieben und erzählen recht lustig, wie ihre Briefe sich in der Post kreuzten. Wir haben jemanden, der aussieht wie der junge Abraham Lincoln. Er gesteht seine Schüchternheit ein und sagt auch, daß er noch immer das richtige Mädchen sucht. Wir haben eine junge Frau, deren Anzeige sich versehentlich so anhörte, als sei sie eine reiche Geschiedene. Sie bekam siebenhundert Zuschriften und hat sich bisher mit zweiundfünfzig Männern getroffen. Wir haben eine Frau, die sich mit ihrem Partner zum Essen verabredete, und am Schluß brach er einen Streit mit ihr vom Zaun, ging einfach weg und ließ sie mit der Rechnung sitzen. Der nächste Typ fiel buchstäblich über sie her, als er sie nach Hause fuhr. Jetzt lungert er vor ihrem Haus herum. Eines Morgens wachte sie auf und sah, daß er in ihr Schlafzimmerfenster spähte. Wenn Ihre Freundin Erin Kelley ihren Kandidaten an diesem Abend wirklich getroffen hätte, dann hätten wir einen sensationellen Aufmacher.«

»Ach, wirklich?« sagte Nona ruhig und stellte fest, daß sie Liz nie gemocht hatte.

Liz Kroll schien das nicht zu bemerken. »Dieser FBI-Agent, Vince D'Ambrosio, ist süß. Gestern hab ich mit ihm gesprochen. Er wird in der Sendung Bilder von all diesen vermißten Mädchen zeigen und die Leute warnen, weil sie alle Kontaktanzeigen beantwortet haben. Er wird fragen, ob irgend jemand Informationen hat, solche Sachen. Das beunruhigt mich ein bißchen. Wir wollen ja schließlich nicht klingen wie *Authentische Verbrechen*, aber was können wir machen?« Sie stand auf, um zu gehen. »Noch etwas. Sie erinnern sich sicher an diese Mrs. Barnes aus Lancaster, deren Tochter Claire seit zwei Jahren verschwunden ist? Mir kam gestern eine Idee. Wie wär's, wenn wir sie in die Sendung holten? Nur für ein kurzes Gespräch. Ich habe zufällig Hamilton getroffen, und er fand die Idee prima, sagte aber, ich solle das mit Ihnen absprechen.«

»Niemand trifft Austin Hamilton zufällig.« Nona spürte, wie Ärger die dumpfe Lethargie durchbrach, die mit jedem Tag mehr von ihr Besitz ergriff. Keine einzige Minute lang konnte sie Erin vergessen. Dieses Gesicht, immer zu einem Lächeln bereit, dieser schlanke, anmutige Körper. Wie die anderen in dem Walzerkurs, in dem sie sich kennengelernt hatten, war Nona eine recht gute Tänzerin, aber sowohl Erin als auch Darcy waren hervorragend. Vor allem Erin. Alle anderen blieben stehen, um zuzusehen, wenn sie mit dem Kursleiter tanzte. Und ich habe mich mit ihnen angefreundet und ihnen von meiner großartigen Idee für eine Dokumentarsendung über Kontaktanzeigen erzählt. Wenn Vince D'Ambrosio bloß recht hätte. Er glaubt, Erin sei das zufällige Opfer eines Nachahmungstäters geworden. Bitte, lieber Gott, laß es so sein, betete Nona. Laß es so sein.

Aber wenn Erin gestorben war, weil sie Kontaktanzeigen beantwortet hatte, dann sollte dieses Programm dazu beitragen, anderen das Leben zu retten. »Ich werde Mrs. Barnes in Lancaster anrufen«, sagte sie zu Liz Kroll, und ihr Ton war eindeutig ein Hinauswurf.

Darcy saß auf dem Fensterbrett des Schlafzimmers, das sie für das junge Mädchen einrichtete, das bald aus dem Krankenhaus entlassen werden sollte. Erins Bett würde ausgezeichnet passen. Die reizende kleine Damenkommode aus der Zeit der Jahrhundertwende, die sie letzte Woche in Old Tappan erstanden hatte, besaß tiefe Schubladen. Sie wirkte wie eine kleine Ankleidekommode und würde den Raum nicht zu voll machen. Die gegenwärtige Kommode mit den doppelten Schubladenreihen, ein verschrammtes Möbel mit Mahagonifurnier, war scheußlich. Umfangreichere Gegenstände wie dicke Pullover könnte man auf zusätzlichen Fachbrettern oben im Wandschrank unterbringen.

Sie merkte, daß die Mutter des Mädchens, einen müden Ausdruck in den sympathischen Zügen, sie ängstlich beobachtete. »Lisa liegt schon so lange in einem öden Krankenhauszimmer, daß ich dachte, es würde ihr Auftrieb geben, wenn ich ihr Zimmer neu einrichte. Sie braucht noch viel Therapie, aber sie hat Mumm. Sie hat den Ärzten gesagt, in zwei Jahren würde sie wieder Ballettunterricht nehmen. Schon seit sie laufen konnte, fing sie an zu tanzen, sobald sie Musik hörte.«

Lisa war von einem Fahrradboten angefahren worden, der in halsbrecherischem Tempo in der falschen Richtung durch eine Einbahnstraße raste. Er prallte gegen sie und brach ihr Beine, Fußknöchel und Fersenbeine. »Sie tanzt so gern«, fügte ihre Mutter wehmütig hinzu.

Junge Frau, die gerne tanzt. Darcy lächelte, als sie an das gerahmte Poster mit diesem Titel dachte, das in Erins Schlafzimmer gehangen hatte. Erin sagte immer, das sähe sie morgens als erstes, und es helle ihren Tag auf. Entschlossen unterdrückte sie den Wunsch, das Poster als Andenken zu behalten. »Für diese Wand habe ich genau das Richtige«, sagte sie und spürte, wie der ständige Schmerz ein wenig nachließ. Es war fast, als hätte Erin zustimmend genickt.

Die Agentur Harkness in der 45. Straße war das diskrete Detektivbüro, das Susan Fox beauftragt hatte, ihren Ehemann Douglas bei seinen nächtlichen Streifzügen zu beschatten. Die Vorauszahlung von fünfzehnhundert Dollar kam ihr vor wie ein Symbol. Genau diese Summe hatte sie auf ihrem persönlichen Sparkonto für Dougs Geburtstag im August angesammelt. Sie lächelte traurig, als sie den Scheck ausschrieb.

Am Mittwoch rief sie Carol Harkness an. »Heute abend hat mein Mann eine seiner berühmten Nicht-Konferenzen.«

»Wir werden Joe Pabst, einen unserer besten Leute, auf ihn ansetzen«, wurde ihr versichert.

Am Donnerstag erstattete Pabst, ein kräftig gebauter Mann mit jovialen Zügen, seiner Chefin Bericht. »Der Kerl hat mich ganz schön in Trab gehalten. Er verläßt sein Büro, fährt im Taxi nach ›London Terrace‹. Er hat dort ein Apartment, das ihm der Besitzer, ein Ingenieur namens Carter Fields, für zwei Jahre untervermietet hat. Er ist als Douglas Fields registriert. Praktisch. Auf diese Weise kommt keiner hinter die illegale Untervermietung, und von seiner Familie und aus seinem Büro findet ihn niemand. Außerdem haben die beiden Namen dieselben Initialen. Das ist ein Glücksfall. Er braucht sich also keine Sorgen über das Monogramm auf seinen Manschettenknöpfen zu machen.«

Mit widerwilliger Bewunderung schüttelte Pabst den Kopf. »Die Nachbarn glauben, er sei Illustrator. Der Hausmeister erzählte mir, er habe eine Menge gerahmter Federzeichnungen in der Wohnung hängen sehen. Ich habe dem Hausmeister die Schwindelgeschichte erzählt, Fields käme für einen Regierungsauftrag in

Frage, und ihm die üblichen zwanzig Dollar gegeben, damit er den Mund hält.«

Mit ihren achtunddreißig Jahren sah Carol Harkness aus wie einer der weiblichen Manager in den AT & T-Werbespots. Nur eine goldene Reversnadel zierte ihr gutgeschnittenes schwarzes Kostüm. Ihr aschblondes Haar trug sie schulterlang. Die haselnußbraunen Augen zeigten einen kühlen, unpersönlichen Ausdruck. Als Tochter eines Inspektors der Polizei von New York City lag die Liebe zur Polizeiarbeit ihr im Blut.

»Ist er dort geblieben oder ausgegangen?« fragte sie.

»Ausgegangen. Gegen sieben Uhr. Sie hätten sehen sollen, wie verändert er war. So frisiert, daß sein Haar ganz lockig wirkte. Pullover mit hoch angeschnittenem Hals. Jeans. Lederjacke. Verstehen Sie mich nicht falsch, er sah nicht billig aus. Eher so, wie Künstlertypen mit Geld sich anziehen. Er traf sich in einer Bar in SOHO mit einem Mädchen. Attraktiv. Um die Dreißig. Sie hatte Klasse. Ich saß am Tisch hinter ihnen. Sie nahmen ein paar Drinks, und dann sagte sie, sie müsse gehen.«

»Wollte sie ihn loswerden?« fragte Carol Harkness schnell.

»Ganz und gar nicht. Sie hatte nur Augen für ihn. Er ist ein gutaussehender Bursche und kann charmant sein, wenn er will. Sie haben eine Verabredung für Freitag abend. Sie wollen in irgendeinem Nachtclub in der Innenstadt tanzen gehen.«

Mit vor Konzentration gerunzelter Stirn studierte Vince D'Ambrosio den Autopsiebericht über Erin Kelley. Er besagte, daß sie etwa vier Stunden vor ihrem Tod gegessen hatte. Ihr Körper wies keine Anzeichen von Zersetzung auf. Ihre Kleidung war von Nässe durchweicht. Diese Tatsachen waren ursprünglich dem kalten, matschigen Wetter am Tag ihres Auffindens zugeschrieben worden. Die Autopsie ergab, daß ihre Organe teilweise aufgetaut waren. Der Mediziner schloß daraus, daß man ihren Leichnam unmittelbar nach dem Tod eingefroren hatte.

Eingefroren! Warum? Weil es für den Mörder zu gefährlich war, sich der Leiche sofort zu entledigen? Wo hatte er sie aufbewahrt? War sie am Dienstag abend gestorben? Oder war es möglich, daß sie irgendwo gefangengehalten wurde und erst am Donnerstag starb?

Hatte sie vorgehabt, den Beutel mit den Brillanten in das Schließfach zu bringen? Allen Schilderungen nach war Erin Kelley eine intelligente junge Frau. Sie schien ganz gewiß nicht der Typ, der einem Fremden anvertraut, daß er ein Vermögen an Juwelen in seiner Handtasche bei sich trägt.

Oder doch?

Sie hatten die Identität der Männer überprüft, die einige der Anzeigen aufgegeben hatten, von denen sie annahmen, Erin habe sie beantwortet. Bislang war bei allen ungefähr das gleiche herausgekommen wie bei diesem Rechtsanwalt North. Hieb- und stichfeste Alibis, wo sie an dem fraglichen Dienstag abend gewesen waren. Einige von ihnen holten die Zuschriften bei den Zeitschriften oder Zeitungen, in denen sie inseriert hatten, selbst ab. Drei der Nachsendeadressen für die anderen erwiesen sich als Postfächer. Vermutlich verheiratete Männer, die nicht Gefahr laufen wollten, daß ihre Frauen die Briefe öffneten.

Es war fast fünf, als Vince einen Anruf von Darcy Scott erhielt. »Ich wollte schon den ganzen Tag mit Ihnen reden, aber ich hatte außerhalb des Büros zu tun«, erklärte sie.

Das ist das beste für sie, dachte Vince. Er mochte Darcy Scott. Nachdem man Kelleys Leiche gefunden hatte, hatte er Nona Roberts nach Darcys Familie gefragt und zu seinem Erstaunen erfahren, daß sie die Tochter von zwei Superstars war. Dabei hatte dieses Mädchen nichts von Hollywood an sich. Sie war natürlich. Überraschend, daß sie noch nicht in festen Händen war. Er fragte, wie es ihr gehe.

»Ganz gut soweit«, sagte Darcy.

Vince versuchte zu analysieren, was er in ihrer Stimme hörte. Als er sie in Nonas Büro zum ersten Mal traf, verriet ihr leiser, angestrengter Ton akute Sorge. Im Leichenschauhaus hatte sie bis zu ihrem Zusammenbruch mit der emotionslosen Monotonie eines Menschen gesprochen, der unter Schock steht. Jetzt hörte er eine gewisse Forschheit. Entschlossenheit. Vince wußte sofort, Darcy Scott war noch immer überzeugt, daß Erin gestorben war, weil sie auf Kontaktanzeigen geantwortet hatte.

Er wollte darüber gerade mit ihr sprechen, als sie fragte: »Vince, etwas hat mir keine Ruhe gelassen. Dieser hochhackige Schuh, den Erin trug – paßte er? Ich meine, hatte er ihre Größe?«

»Er hatte die gleiche Größe wie ihr Stiefel, siebeneinhalb, schmal.«

»Wer immer ihn ihr angezogen hat, wieso hatte er zufällig einen Schuh genau in ihrer Größe?«

Kluges Mädchen, dachte Vince. Vorsichtig wägte er seine Worte ab. »Miss Scott, daran arbeiten wir gerade. Wir versuchen den Hersteller dieses Schuhs zu finden, um feststellen zu können, wo er gekauft wurde. Er ist nicht billig. Das Paar hat vermutlich sogar mehrere hundert Dollar gekostet. Das schränkt die Zahl der Geschäfte im New Yorker Raum, die diese Schuhe führen, beträchtlich ein. Ich verspreche Ihnen, wenn es etwas Neues gibt, halte ich Sie auf dem laufenden.« Er zögerte und fügte dann hinzu: »Ich hoffe, Sie haben sich die Idee aus dem Kopf geschlagen, irgendwelche Kontaktanzeigen weiterzuverfolgen, die Erin Kelley für Sie beantwortet hat.«

»Tatsache ist«, antwortete ihm Darcy, »daß ich in einer Stunde die erste Verabredung mit einem dieser Leute habe.«

Len Parker um sechs. Sie trafen sich im »McMullen's« an der Ecke 76. Straße und Third Avenue. Ziemlich im Trend, dachte Darcy, und bestimmt ungefährlich. Ein Lieblingslokal derer, die in New York »in« waren. Sie war dort ein paarmal verabredet gewesen und mochte den Besitzer, Jim McMullen. Sie würde mit Parker nur ein Glas Wein trinken. Er hatte ihr erzählt, er treffe sich danach mit ein paar Freunden im Athletic Club, um Basketball zu spielen.

Sie hatte Michael Nash gesagt, sie würde ein blaues Wollkleid mit weißem Kragen tragen. Jetzt, da sie es anhatte, fühlte sie sich übertrieben aufgemacht. Erin zog sie immer mit den Kleidern auf, mit denen ihre Mutter sie überschüttete. »Wenn du dich dazu durchringst, sie zu tragen, dann sehen wir anderen alle aus, als kauften wir in Billigläden ein.«

Stimmt nicht, dachte Darcy, während sie noch etwas mitternachtsgrauen Lidschatten auftrug. Erin sah immer fabelhaft aus, sogar im College, als sie so wenig Geld für Kleider hatte.

Sie entschloß sich, die Nadel aus Silber und Azurit zu tragen, die Erin ihr zum Geburtstag geschenkt hatte. »Auffallend, aber lustig«, hatte Erin sie genannt. Die Ansteckerdnadel war geformt wie

Notenlinien. Die Noten waren in Azurit ausgeführt und hatten genau die gleiche meerblaue Farbe wie ihr Kleid. Silberne Armbänder und Ohrringe und schmale Wildlederstiefel vervollständigten ihre Aufmachung.

Aufmerksam betrachtete Darcy sich im Spiegel. Auf der Reise nach Kalifornien hatte ihre Mutter sie dazu überredet, ihren persönlichen Coiffeur aufzusuchen. Er hatte ihre Frisur geändert, hier und da ein paar Zentimeter abgeschnitten und dann die natürlichen blonden Glanzlichter in ihrem Haar betont. Sie mußte zugeben, daß das Resultat ihr gefiel. Sie zuckte mit den Achseln. Okay, ich sehe gut genug aus, damit Len Parker sich nicht davonmacht, wenn ich auftauche.

Parker war groß und klapperdürr, aber nicht unattraktiv. Er sagte, er sei Lehrer in einem College, kürzlich aus Wichita, Kansas, nach New York gezogen und kenne noch nicht viele Leute. Bei einem Glas Wein vertraute er ihr an, ein Freund habe ihm den Vorschlag gemacht, eine Bekanntschaftsanzeige aufzugeben. »Aber sie sind ganz schön teuer. Sie würden erstaunt sein. Es ist viel vernünftiger, auf die Anzeigen anderer Leute zu antworten, aber ich bin doch froh, daß Sie auf meine geschrieben haben.« Seine Augen waren hellbraun, groß und ausdrucksvoll. Er starrte Darcy an. »Eins muß ich wirklich sagen, Sie sind sehr hübsch.«

»Danke.« Warum verursachte etwas, das er an sich hatte, ihr Unbehagen? War er wirklich Lehrer, oder war er wie der andere Mann, den sie getroffen hatte, bevor sie nach Kalifornien ging? Dieser Bursche hatte behauptet, er sei leitender Mitarbeiter einer Werbeagentur, und keine Ahnung von den Agenturen gehabt, die sie ihm gegenüber erwähnt hatte.

Parker rutschte auf seinem Barhocker herum und schaukelte ein wenig damit. Er sprach leise, und im Stimmengewirr der Gespräche ringsum mußte Darcy sich vorbeugen, um ihn zu verstehen.

»Sehr hübsch«, betonte er. »Wissen Sie, nicht alle Mädchen, die ich getroffen habe, waren hübsch. Wenn man die Briefe liest, die sie schreiben, dann könnte man annehmen, sie seien Miss Universum. Und dann erscheint eine graue Maus.«

Er winkte nach einem zweiten Glas Wein. »Sie auch?«

»Danke, ich hab noch.« Sorgfältig wählte Darcy ihre Worte. »Sicher waren nicht alle so unscheinbar. Ich wette, Sie haben auch ein paar wirklich hübsche Mädchen getroffen.«

Er schüttelte nachdrücklich den Kopf. »Nicht wie Sie. Überhaupt nicht wie Sie.«

Es war eine lange Stunde. Darcy hörte von Parkers Schwierigkeiten, eine Wohnung zu finden. Die Preise, lieber Gott. Manche Mädchen meinten, er müsse sie fein zum Essen ausführen. Also wirklich! Wer konnte sich das leisten?

Endlich gelang es Darcy, Erins Namen ins Spiel zu bringen. »Ich weiß. Meine Freundin und ich, wir haben durch diese Anzeigen auch ein paar seltsame Leute kennengelernt. Sie hieß Erin Kelley. Haben Sie sie zufällig getroffen?«

»Erin Kelley?« Parker schluckte heftig. »War das nicht das Mädchen, das letzte Woche ermordet wurde? Nein, ich habe sie nie getroffen. Und sie war Ihre Freundin? Ach, das tut mir aber leid. Schrecklich. Hat man den Mörder schon gefunden?«

Sie wollte nicht über Erins Tod sprechen. Selbst wenn Erin diesen Mann einmal getroffen hätte, wäre sie mit Sicherheit kein zweites Mal mit ihm ausgegangen. Sie schaute auf die Uhr. »Ich muß laufen. Und Sie kommen noch zu spät zu Ihrem Basketballspiel.«

»Ach, das macht nichts. Ich schwänze. Bleiben Sie zum Essen. Sie haben hier gute Hamburger. Teuer, aber gut.«

»Ich kann wirklich nicht. Ich habe eine Verabredung.«

Parker runzelte die Stirn. »Morgen abend? Ich meine, ich weiß, ich sehe nicht besonders aus, und Lehrer sind bekannt dafür, daß sie nicht viel verdienen, aber ich würde Sie wirklich gern wiedersehen.«

Darcy schob die Arme in ihren Mantel. »Ich kann wirklich nicht. Danke.«

Parker stand auf und schlug mit der Faust auf die Bar. »Na gut, dann können Sie die Drinks bezahlen. Sie meinen, Sie seien zu gut für mich. Dabei bin ich zu gut für Sie!«

Sie war erleichtert, als sie ihn das Restaurant verlassen sah. Als der Barkeeper mit der Rechnung kam, sagte er: »Miss, geben Sie sich nicht mit diesem Verrückten ab. Hat er wieder die Nummer mit dem Lehrer am College abgezogen? In Wirklichkeit ist er einer der Hausmeister an der Universität von New York. Durch die Anzeigen, die er aufgibt, verschafft er sich eine Menge kostenlose Drinks und Mahlzeiten. Sie sind billig davongekommen.«

Darcylachte. »Ja, das glaub ich auch.« Ihr kam ein Gedanke. Sie griff in ihre Tasche und nahm Erins Bild heraus. »Haben Sie ihn zufällig jemals mit diesem Mädchen gesehen?«

Der Barkeeper, der aussah, als sei er vielleicht Schauspieler, betrachtete das Foto aufmerksam und nickte dann. »Allerdings. Vor etwa zwei Wochen. Sie war eine Wucht. Ließ ihn einfach hier sitzen.«

Nona war überrascht und erfreut, als sie um sechs Uhr einen Anruf von Vince D'Ambrosio erhielt. »Offensichtlich gehören Sie auch zu denen, die sich nicht an feste Bürostunden halten«, sagte er. »Ich würde gern mit Ihnen über Ihre Sendung reden. Haben Sie in etwa einer Stunde Zeit, mit mir zu Abend zu essen?«

Sie hatte.

»Okay, bestellen Sie einen Tisch in einem guten Steaklokal in Ihrer Nähe.«

Lächelnd legte sie auf. D'Ambrosio war eindeutig ein Typ für Fleisch und Kartoffeln, aber sie würde ihren letzten Dollar darauf wetten, daß sein Cholesterinspiegel in Ordnung war. Sie merkte, daß sie sich ganz unvernünftig freute, heute ihren neuen Donna-Karan-Overall zu tragen. Das dunkle Rot stand ihr, und der goldene Gürtel mit den verschlungenen Händen betonte ihre schlanke Taille. Nona hielt diese Taille für ihren größten Pluspunkt. Dann überkam sie ganz plötzlich überwältigende Traurigkeit. Erin hatte ihr diesen Gürtel zu Weihnachten angefertigt.

Sie schüttelte den Kopf, als wolle sie die Realität von Erins Tod leugnen, stand auf, ging um ihren Schreibtisch herum und ließ die Schultern kreisen. Sie hatte den ganzen Tag lang an der Dokumentarsendung gearbeitet und fühlte sich, als ob ihr Körper aus lauter Knoten bestünde. Um drei Uhr hatte Gary Finch, der Moderator von Hudson Cable, sie mit ihr zusammen angeschaut. Am Schluß hatte Finch, ein notorischer Perfektionist, gelächelt und gesagt: »Das wird fabelhaft.«

»Wenn Sir Hubert etwas billigt, ist das in der Tat ein großes Lob.« Nona reckte sich und versuchte sich zu entscheiden, ob sie

Emma Barnes in Lancaster noch einmal anrufen sollte. Sie hatte es schon drei- oder viermal versucht. Zugegeben, Liz war schlau gewesen, als sie vorgeschlagen hatte, diese Mrs. Barnes in der Sendung auftreten und über ihre vermißte Tochter sprechen zu lassen, die Kontaktanzeigen beantwortet hatte. Liz war intelligent und hatte Einfälle. Aber sie hat versucht, mich auszustechen, als sie mit Hamilton über Mrs. Barnes sprach, entschied Nona. Sie will meinen Job. Soll sie es nur versuchen!

Nach einer letzten, langen Dehnung setzte sie sich an ihren Schreibtisch und wählte die Nummer in Lancaster. Wieder meldete sich niemand im Hause Barnes.

Vince erschien pünktlich um sieben. Er trug einen gutgeschnittenen grauen Nadelstreifenanzug und dazu eine braun und beige gemusterte Krawatte. Ihm sucht bestimmt keine Frau die Krawatten aus, dachte Nona und erinnerte sich, wie pingelig Matt mit Krawatten zu bestimmten Hemden und Anzügen gewesen war.

Das Restaurant lag am Broadway, ein paar Blocks von Nonas Apartment entfernt. »Heben wir uns die ernsthaften Sachen zum Dessert auf«, schlug Vince vor. Beim Salat skizzierten sie kurz ihr persönliches Leben. »Wenn Sie eine Bekanntschaftsanzeige aufgäben, was würden Sie über sich selbst sagen?« fragte er.

Nona dachte nach. »Geschiedene Weiße, 41 Jahre alt, Redakteurin beim Kabelfernsehen.«

Er schlürfte seinen Scotch. »Weiter.«

»Eingefleischte Bewohnerin von Manhattan. Hält jeden, der anderswo lebt, für geisteskrank.«

Er lachte. Sie merkte, daß dabei freundliche Fältchen in seinen Augenwinkeln erschienen.

Nona trank von ihrem Wein. »Dieser Burgunder ist köstlich«, sagte sie. »Sie sollten ihn auch bestellen, wenn das Steak kommt.«

»Werde ich. Bitte, beenden Sie Ihre Anzeige.«

»Abschluß in Barnard. Wie Sie sehen, habe ich nicht einmal für das College Manhattan verlassen. Allerdings war ich ein Jahr im Ausland, und ich reise gern, solange ich nicht mehr als drei Wochen fort bin.«

»Ihre Anzeige wird ganz schön teuer.«

»Jetzt mach ich's kurz. Sauber, aber nicht besonders ordentlich. Sie haben mein Büro gesehen. Habe keinen grünen Daumen. Gute Köchin, aber ich hasse komplizierte Gerichte. Ich liebe Jazz. Und, ach ja, ich bin eine gute Tänzerin.«

»So haben Sie sich mit Erin Kelley und Darcy Scott angefreundet, in einem Tanzkurs«, bemerkte D'Ambrosio, und er sah, daß Schmerz Nonas Augen verdüsterte. Hastig fügte er hinzu: »Meine Anzeige ist ein bißchen kürzer. Ich arbeite für die Regierung. Geschiedener Weißer, 43 Jahre alt, FBI-Agent, aufgewachsen in Waldwick, New Jersey, Collegeabschluß an der NYU. Kann nicht tanzen, ohne über meine eigenen Füße zu stolpern. Reise gern, solange es nicht Vietnam ist. Drei Jahre dort waren genug. Und last not least habe ich einen fünfzehnjährigen Sohn, Hank, der ein prima Junge ist.«

Wie sie versprochen hatte, waren die Steaks erstklassig. Beim Kaffee sprachen sie über die Sendung. »Wir zeichnen sie in zwei Wochen auf«, sagte Nona. »Sie möchte ich mir gern für den Schluß aufheben, damit die Leute eine ernüchternde Warnung vor den potentiellen Gefahren bei der Beantwortung dieser Anzeigen bekommen. Sie werden die Bilder der vermißten Mädchen zeigen, nicht?«

»Ja. Es besteht immer die Möglichkeit, daß ein Zuschauer vielleicht Informationen über eine von ihnen hat.«

Es war schneidend kalt, als sie das Restaurant verließen. Der eisige Winterwind ließ Nona keuchen. Vince nahm ihren Arm, als sie die Straße überquerten. Während des restlichen Weges zu ihrer Wohnung ließ er ihn nicht mehr los.

Er nahm ihre Einladung an, zu einem letzten Glas mit nach oben zu kommen. Froh erinnerte sich Nona, daß ihre Reinigungsfrau Lola dagewesen war. Die Wohnung würde präsentabel aussehen.

Das aus sieben Zimmern bestehende Apartment befand sich in einem Gebäude aus der Vorkriegszeit. Sie sah, wie D'Ambrosio die Augenbrauen hochzog, als er die große Halle, die hohen Dekken, die langen Fenster auf den Central Park West, die Gemälde im Wohnzimmer und die massiven alten englischen Möbel in sich aufnahm. »Sehr schön«, war sein Kommentar.

»Meine Eltern gaben mir die Wohnung, als sie nach Florida zogen. Ich bin ihr einziges Kind, und so fühlt mein Vater sich zu Hause, wenn sie nach New York kommen. Er haßt Hotels.« Sie ging an die Bar. »Was möchten Sie?«

Sie goß Sambuca für sie beide ein und hielt dann inne. »Es ist erst Viertel nach neun. Macht es Ihnen etwas aus, wenn ich mir eine Minute nehme, um jemanden anzurufen?« Sie griff in ihre Tasche. Während sie die Nummer der Barnes' aufschlug, erklärte sie ihm den Grund des Anrufs.

Diesmal wurde der Hörer sofort aufgenommen. Nona erstarrte, als ihr klarwurde, daß die Laute, die sie im Hintergrund hörte, die Schreie einer Frau waren. Ein Mann meldete sich mit zerstreuter Stimme. Schockiert und verwirrt sagte er: »Wer immer am Apparat ist, bitte geben Sie die Leitung frei. Ich muß unverzüglich die Polizei anrufen. Wir waren den ganzen Tag fort und haben gerade die Post geöffnet. Sie enthielt ein an meine Frau adressiertes Päckchen.«

Die Schreie steigerten sich nun zu einem schrillen Kreischen. Nona winkte Vince, das tragbare Telefon auf dem Tisch neben ihm aufzunehmen.

»Unsere Tochter«, fuhr die verwirrte Stimme fort. »Sie wird seit zwei Jahren vermißt. In dem Päckchen befinden sich einer von Claires eigenen Schuhen und ein hochhackiger Satinschuh.« Er begann zu schreien: »Wer hat das geschickt? Und warum hat er es geschickt? Bedeutet das, daß Claire tot ist?«

Der Portier half Darcy aus dem Taxi. Sie betrat das »Le Cirque« und spürte, wie sie sich zu entspannen begann. Sie hatte gar nicht gemerkt, wieviel Energie dieses Treffen mit Len Parker sie gekostet hatte. Ihr Kopf schwirrte noch immer von der Erkenntnis, daß er Erin getroffen hatte. Warum hatte er es geleugnet? Erin hatte ihn sitzenlassen. Gewiß hatte sie sich nie wieder mit ihm getroffen. Lag es einfach daran, daß er nicht befragt werden und die Lügen über seinen Hintergrund nicht eingestehen wollte?

Jedesmal, wenn ihr Vater und ihre Mutter in New York waren, aßen sie im »Le Cirque«. Es war ein wundervolles Restaurant. Darcy ertappte sich bei der Frage, wieso sie nicht häufiger hingingen. *Wie ist es möglich, daß zwei so schöne Menschen ein so unansehn-*

liches Kind in die Welt setzen? Wieso blieb ein einziger Satz so fest in ihrem Gedächtnis haften?

Die Bar lag auf der linken Seite. Sie war klein und anheimelnd, und man lungerte dort nicht herum, sondern wartete auf einen Gast oder einen freien Tisch. Ein junges Paar stand in der Nähe und unterhielt sich angeregt. Am Ende stand ein einzelner Mann. *Ich bin der am durchschnittlichsten aussehende Mann im Lokal.* Michael Nash hatte sich selbst unrecht getan. Dunkelblondes Haar, ein Gesicht, das ein ziemlich scharfes Kinn vor konventioneller Hübschheit bewahrte, ein langer, schlanker Körper, dunkelblauer Anzug mit feinen Nadelstreifen, blau und silbern gemusterte Krawatte. Als er sie offensichtlich erkannte und erfreut ansah, bemerkte Darcy, daß Michael Nashs Augen eine ungewöhnliche Farbe hatten, irgendwo zwischen Saphirblau und Mitternachtsblau.

»Darcy Scott.« Das war eine Feststellung, keine Frage. Er gab dem Oberkellner ein Zeichen und schob eine Hand unter ihren Ellbogen.

Sie erhielten einen sehr guten Tisch mit freiem Blick auf den Eingang. Michael Nash mußte hier ein häufiger und geschätzter Gast sein.

»Etwas zu trinken? Wein?«

»Weißwein, bitte. Und ein Glas Wasser.«

Er bestellte eine Flasche San Pellegrino und eine Flasche Chardonnay. Dann lächelte er. »Nachdem wir nun für das Notwendige gesorgt haben, wie ein alter Freund es ausdrückt – es ist schön, Sie kennenzulernen, Darcy.«

Während der nächsten halben Stunde merkte sie, daß er absichtlich dem Thema Erin auswich. Erst nachdem sie begonnen hatte, von dem Wein zu trinken und Stücke von einem Brötchen zu essen, sagte er: »Auftrag ausgeführt. Ich denke, Sie fangen endlich an, sich sicher zu fühlen.«

Darcy starrte ihn an. »Was meinen Sie damit?«

»Ich meine, daß ich Sie beobachtet habe. Ich habe gesehen, wie hastig Sie hereinkamen. Alles an Ihnen verriet starke Anspannung. Was war los?«

»Nichts. Ich würde wirklich gern über Erin sprechen.«

»Ich auch. Aber, Darcy ...« Er hielt inne. »Schauen Sie, ich kann das, was ich den ganzen Tag tue, nicht verleugnen. Ich bin Psychiater.« Sein Lächeln wirkte entschuldigend.

Endlich spürte sie, daß sie sich entspannte. »Ich bin diejenige, die sich entschuldigen sollte. Sie haben vollkommen recht. Ich war tatsächlich ziemlich angespannt, als ich kam.« Sie erzählte ihm von Len Parker.

Er hörte aufmerksam zu, den Kopf leicht geneigt. »Sie werden natürlich der Polizei von diesem Mann berichten.«

»Ja, dem FBI.«

»Vincent D'Ambrosio? Wie ich schon erwähnte, als Sie mich anriefen, er kam am Dienstag in mein Büro. Leider konnte ich ihm sehr wenig sagen. Ich traf Erin vor mehreren Wochen zu einem Drink. Ich hatte sofort das Gefühl, daß ein Mädchen wie sie es nicht nötig hätte, auf Kontaktanzeigen zu antworten. Ich sagte ihr das auch ins Gesicht, und sie erzählte mir von der Sendung, die Ihre Freundin vorbereitet. Sie erwähnte Sie. Sagte, ihre beste Freundin beantworte mit ihr zusammen solche Anzeigen.«

Darcy nickte und hoffte, ihre Augen würden sich nicht mit Tränen füllen.

»Normalerweise verrate ich nicht, daß der Grund, warum ich diesen Weg gehe, ein Buch ist, an dem ich arbeite, aber Erin habe ich es gesagt. Wir tauschten einige Geschichten über unsere beiderseitigen Verabredungen aus. Ich habe versucht, mich an alles zu erinnern, was sie gesagt hat, aber sie hat keine Namen genannt, und es waren lustige Geschichten. Ich konnte nicht ahnen, daß jemand ihr Sorgen machte. Ich fragte, ob wir bald einmal zusammen essen könnten, und sie war einverstanden. Ich versuchte, mein Buch zu Ende zu schreiben, und sie wollte ein Collier fertigstellen, das sie entworfen hatte. Ich sagte, ich würde mich wieder melden. Als ich es tat, bekam ich keine Antwort. Nach dem, was Vincent D'Ambrosio sagte, war es bereits zu spät.«

»Das war der Abend, an dem sie dachte, sie würde sich mit einem Mann namens Charles North treffen. Obwohl er nicht erschienen ist, meine ich noch immer, daß ihr Tod etwas mit einer Annonce zu tun hat, die sie beantwortet hatte.«

»Wenn Sie das denken, warum antworten Sie dann jetzt auf Anzeigen?«

»Weil ich diesen Mann finden will.«

Er sah verwirrt aus, sagte aber nichts dazu. Sie studierten die Speisekarte und bestellten beide die Seezunge Dover.

Während sie aßen, schien Nash sie bewußt von Erins Tod ablenken zu wollen. Er erzählte ihr von sich. »Mein Vater verdiente sein Geld mit Plastik. Dann kaufte er ein ziemlich protziges Anwesen in Bridgewater. Er war ein netter, anständiger Mann, und jedesmal, wenn ich mich frage, wieso wir eigentlich zu dritt zweiundzwanzig Zimmer brauchten, erinnere ich mich daran, wie glücklich er war, wenn er damit angeben konnte.«

Er sprach auch über seine Scheidung. »Ich heiratete eine Woche nach meinem Collegeabschluß. Das war für uns beide ein schrecklicher Fehler. Keine finanziellen Probleme, aber ein Medizinstudium, vor allem, wenn man gleichzeitig noch eine psychoanalytische Ausbildung macht, ist ein langer, harter Weg. Wir hatten keine Zeit füreinander. Nach vier Jahren reichte es ihr. Sheryl lebt jetzt in Chicago und hat drei Kinder.«

Nun war Darcy an der Reihe. Vorsichtig vermied sie es, die Namen ihrer berühmten Eltern zu nennen, und kam rasch darauf zu sprechen, wie sie die Werbeagentur verlassen und sich als Innenarchitektin selbständig gemacht hatte. Falls er die Lücken in ihrem Hintergrund bemerkte, so sagte er jedenfalls nichts dazu. Die Salate wurden gerade serviert, als ein mit ihren Eltern befreundeter Produzent an ihrem Tisch stehenblieb. »Darcy!« Eine herzliche Umarmung, ein Kuß. Er stellte sich Michael Nash vor. »Harry Curtis.« Dann wandte er sich wieder an Darcy. »Sie werden von Tag zu Tag hübscher. Wie ich höre, sind Ihre Eltern auf Tournee in Australien. Wie läuft es?«

»Sie sind gerade erst angekommen.«

»Nun, grüßen Sie sie herzlich von mir.« Noch eine Umarmung, und Curtis ging an seinen eigenen Tisch.

Nashs Augen verrieten keine Neugier. So ist das mit Psychiatern, dachte Darcy. Sie warten, bis man es ihnen von selbst erzählt. Sie gab keine Erklärung für das, was Curtis gesagt hatte.

Das Essen verlief angenehm. Nash gestand zwei Leidenschaften, Reiten und Tennis. »Das hält mich in Bridgewater.« Beim Espresso kam er auf das Thema von Erins Tod zurück. »Darcy, gewöhnlich biete ich den Leuten keine Ratschläge an, nicht einmal kostenlose, aber ich wünschte, Sie würden den Gedanken fallenlassen, diese Anzeigen zu beantworten. Der Mann vom FBI kam mir absolut kompetent vor, und soweit ich das beurteilen kann, wird er nicht lockerlassen, bis derjenige, der Erin ermordet hat, den Preis dafür bezahlt.«

»Das hat er mir auch wortreich zu verstehen gegeben. Vermutlich tut jeder von uns das, was er tun muß.« Sie brachte ein Lächeln zustande. »Als ich zum letzten Mal mit Erin sprach, sagte sie, sie hätte einen einzigen netten Mann getroffen, und ausgerechnet der habe nicht mehr angerufen. Ich wette meinen letzten Dollar darauf, daß Sie das waren.«

Er brachte sie in einem Taxi nach Hause, ließ den Fahrer warten und begleitete sie an die Tür. Der Wind blies scharf, und er drehte sich so, daß er sie vor seiner vollen Wucht abschirmte, während sie die Tür aufsperrte. »Darf ich Sie wieder anrufen?«

»Das würde mich freuen.« Einen Augenblick lang dachte sie, er werde ihre Wange küssen, doch er drückte ihr nur die Hand und ging zu dem wartenden Taxi zurück.

Der Wind zerrte an der Tür, so daß sie nur langsam zufiel. Als das Schloß klickte, ließ das Geräusch von Schritten sie zurückschauen. Durch das Glas sah sie die Gestalt eines Mannes, der die Stufen hinauflief. Einen Augenblick früher, und er wäre mit ihr im Hausflur gewesen. Während sie ihn anstarrte und ihr Mund zu trocken war, um zu schreien, hämmerte Len Parker an die Tür und trat dagegen. Dann drehte er sich um und rannte den Häuserblock entlang.

10

FREITAG, 1. MÄRZ

Greta Sheridan war unschlüssig, ob sie aufstehen oder versuchen sollte, noch eine Stunde zu schlafen. Ein böiger Märzwind rüttelte an den Fensterscheiben, und sie erinnerte sich, daß Chris sie gedrängt hatte, die Fenster auswechseln zu lassen.

Das frühmorgendliche Licht fiel gedämpft durch die geschlossenen Vorhänge. Sie schlief gern in einem kalten Zimmer. Der

Quilt und die Decken waren warm, und der blauweiße Moiré-Himmel gab dem Bett etwas angenehm Geborgenes.

Sie hatte von Nan geträumt. Bis zum Jahrestag ihres Todes, dem 13. März, waren es noch zwei Wochen. Am Tag zuvor war Nan neunzehn geworden. In diesem Jahr hätte sie ihren vierunddreißigsten Geburtstag gefeiert.

Hätte.

Ungeduldig warf Greta die Decken zurück, griff nach ihrem Veloursmorgenrock und stand auf. Sie schlüpfte in ihre Hausschuhe, ging in die Halle und die gewundene Treppe hinunter ins Erdgeschoß. Sie verstand, warum Chris besorgt war. Es war ein großes Haus, und alle Welt wußte, daß sie allein lebte. »Du ahnst nicht, wie leicht es für einen Profi ist, eine Alarmanlage außer Betrieb zu setzen«, hatte er sie mehrmals gewarnt.

»Ich liebe dieses Haus.« Jeder Raum enthielt so viele glückliche Erinnerungen. Irgendwie hatte Greta das Gefühl, sie würde, wenn sie dieses Haus verließe, auch die Erinnerungen verlassen. Und falls Chris demnächst endlich eine Familie gründet und mir ein paar Enkelkinder schenkt, dachte sie mit einem unbewußten Lächeln, dann wird es wunderbar für sie sein, wenn sie mich hier besuchen können.

Die *Times* lag vor der Seitentür. Während der Kaffee durch die Maschine lief, begann Greta zu lesen. Auf einer Innenseite stand ein Bericht über das Mädchen, das letzte Woche in New York tot aufgefunden worden war. Mord eines Nachahmungstäters. Was für ein entsetzlicher Gedanke. Wie konnte es zwei so bösartige Menschen geben, einen, der Nans Leben ausgelöscht hatte, und einen, der Erin Kelley umgebracht hatte? Wäre Erin Kelley wohl noch am Leben, wenn diese Sendung nicht ausgestrahlt worden wäre?

Und an was hatte sie sich zu erinnern versucht, als sie darauf bestanden hatte, sie sich anzusehen? Nan. Ach, Nan, dachte sie. Du hast mir etwas erzählt, das ich als wichtig hätte erkennen sollen.

Nan, wie sie über die Schule, ihre Unterrichtsstunden, ihre Freundinnen, ihre Verabredungen sprach. Nan, wie sie sich auf den Sommerkurs in Frankreich freute. Nan, die so gern tanzte. »*I Could Have Danced All Night.*« Das Lied hätte für sie geschrieben sein können.

Erin Kelley war ebenfalls mit einem hochhackigen Schuh aufgefunden worden. Hochhackig? Was war mit diesem Wort? Ungeduldig schlug Greta das Kreuzworträtsel der *Times* auf.

Das Telefon läutete. Es war Gregory Layton. Sie hatte ihn beim Clubdinner neulich abends getroffen. Er war Anfang sechzig, Bundesrichter und wohnte etwa 60 Kilometer entfernt in Kent. »Ein attraktiver Witwer«, hatte Priscilla Clayburn ihr zugeflüstert. Er war tatsächlich attraktiv, und er bat sie, heute abend mit ihm zu essen. Greta willigte ein, und während sie den Hörer wieder auflegte, wurde ihr klar, daß sie sich auf den Abend freute.

Punkt neun Uhr kam Dorothy herein. »Hoffentlich müssen Sie heute vormittag nicht aus dem Haus gehen, Mrs. Sheridan. Dieser Wind ist gräßlich.« Sie trug die Post unter dem Arm, darunter auch ein dickes Päckchen. Sie legte alles auf den Tisch und runzelte die Stirn. »Sieht komisch aus, das Ding. Ich meine, weil kein Absender draufsteht. Hoffentlich ist es keine Bombe oder so was.«

»Wahrscheinlich wieder von einem Verrückten. Diese verdammte Fernsehsendung.« Greta fing an, die Schnur um das Päckchen zu lösen, doch plötzlich hatte sie ein Gefühl von Panik. »Sieht wirklich eigenartig aus. Ich rufe lieber Glenn Moore an.«

Polizeichef Moore war soeben in seinem Büro im Hauptquartier eingetroffen. »Rühren Sie das Päckchen nicht an, Mrs. Sheridan«, sagte er energisch. »Wir kommen sofort.« Er rief die Staatspolizei an. Sie versprachen, rasch ein mobiles Untersuchungslabor zum Haus der Sheridans zu schicken.

Um zehn Uhr legte ein Beamter der Sprengstoffabteilung das Päckchen mit unendlicher Vorsicht unter einen Röntgenapparat.

Vom Wohnzimmer aus, in das sie und Dorothy verbannt worden waren, hörte Greta das erleichterte Lachen des Mannes. Mit Dorothy auf den Fersen lief sie eilig zurück in die Küche.

»Das hier geht nicht in die Luft, Madam«, versicherte man ihr. »Nichts weiter drin als zwei verschiedene Schuhe.«

Greta sah Moores verblüfften Ausdruck und spürte, wie alles Blut aus ihrem Gesicht wich, als das Päckchen geöffnet wurde. Es enthielt einen Schuhkarton mit der Zeichnung eines Abendschuhs auf dem Deckel. Der Deckel wurde abgehoben. In Seidenpapier gewickelt, befanden sich in dem Karton ein hochhackiger Pumps mit Pailletten und ein verschrammter Laufschuh.

»Oh, Nan! Nan!« Greta spürte nicht, wie Moore sie auffing, als sie in Ohnmacht fiel.

Um drei Uhr früh am Freitag morgen wurde Darcy durch das beharrliche Läuten des Telefons aus einem unruhigen Schlaf gerissen. Sie griff nach dem Hörer und sah dabei auf den Radiowecker. Ihr »Hallo« war kurz und atemlos.

»Darcy.« Jemand flüsterte ihren Namen. Die Stimme kam ihr bekannt vor, aber sie konnte sie nicht unterbringen.

»Wer ist da?«

Das Flüstern wurde zum Schrei. »Schlagen Sie mir nie wieder die Tür vor der Nase zu! Haben Sie verstanden? Verstanden?«

Len Parker. Sie knallte den Hörer auf die Gabel und zog die Decken fest um sich. Einen Augenblick später begann das Telefon wieder zu läuten. Sie nahm nicht ab. Das Läuten hielt an. Fünfzehn-, sechzehn-, siebzehnmal. Sie hätte den Hörer aushängen können, aber sie konnte nicht ertragen, ihn zu berühren, da sie wußte, daß Parker am anderen Ende der Leitung war.

Endlich verstummte der Apparat. Sie riß den Stecker aus der Wand, rannte ins Wohnzimmer, schaltete den Anrufbeantworter ein und eilte dann wieder ins Bett, nachdem sie die Schlafzimmertür hinter sich zugeschlagen hatte.

Hatte er Erin das angetan? War er ihr gefolgt, als sie ihn sitzenließ? War er ihr vielleicht nachgegangen zu der Bar, wo sie jemanden namens Charles North treffen sollte? Hatte er sie vielleicht gezwungen, in ein Auto zu steigen?

Am Morgen würde sie Vince D'Ambrosio anrufen.

Sie lag noch zwei Stunden wach und fiel dann endlich wieder in einen unruhigen, von vagen, rastlosen Träumen gestörten Schlaf.

Um halb acht wachte sie mit einem instinktiven Angstgefühl auf. Dann erinnerte sie sich an den Grund dafür. Eine lange, heiße Dusche linderte die Spannung ein wenig. Sie zog Jeans, einen Rollkragenpullover und ihre Lieblingsstiefel an.

Der Anrufbeantworter hatte nur Anrufe aufgezeichnet, bei denen der Teilnehmer aufgelegt hatte.

Saft und Kaffee am Tisch vor dem Fenster. Sie starrte hinunter in den leblosen Garten. Um acht Uhr klingelte das Telefon. Bitte, nicht Len Parker. Ihr »Hallo« klang wachsam.

»Darcy, hoffentlich rufe ich nicht zu früh an. Ich wollte Ihnen nur sagen, wie gut mir der gestrige Abend mit Ihnen gefallen hat.«

Sie stieß einen erleichterten Seufzer aus. »Ach, Michael, ich kann Ihnen gar nicht sagen, wie froh ich war, mit Ihnen zusammenzusein.«

»Mit Ihnen stimmt doch etwas nicht. Was war los?«

Die Besorgnis in seiner Stimme war tröstlich. Sie erzählte ihm von Len Parker, dem Vorfall auf der Treppe, dem Anruf.

»Ich mache mir Vorwürfe, daß ich Sie nicht bis nach oben begleitet habe.«

»Aber nein, bitte nicht.«

»Darcy, rufen Sie den FBI-Agenten an und berichten Sie ihm von diesem Parker. Wie kann ich Sie bloß dazu bringen, daß Sie aufhören, auf solche Anzeigen zu antworten?«

»Gar nicht, fürchte ich. Aber ich rufe Vince D'Ambrosio gleich an.«

Nachdem sie sich verabschiedet hatte, legte sie mit merkwürdig getröstetem Gefühl auf.

Sie rief Vince vom Büro aus an. Bev stand mit großen Augen neben ihrem Schreibtisch, während sie mit einem anderen Beamten sprach. Vince war nach Lancaster geflogen. Der andere Beamte nahm die Information entgegen. »Wir arbeiten mit der Polizei zusammen. Den Burschen werden wir uns gleich vornehmen. Danke, Miss Scott.«

Nona rief an und erzählte ihr, warum Vince nach Lancaster geflogen war. »Darce, das ist so unheimlich. Wenn jemand die Episode aus *Authentische Verbrechen* gesehen hat und pervers genug war, sie nachzuahmen, dann ist das eine Sache, aber dies hier bedeutet, daß jemand vielleicht seit langem solche Verbrechen begeht. Claire Barnes wird seit zwei Jahren vermißt. Sie und Erin waren sich so ähnlich. Sie stand gerade vor ihrem ersten großen Durchbruch in einem Broadway-Musical. Und Erin hatte gerade ihren ersten großen Erfolg bei Bertolini.«

Ihr erster großer Erfolg bei Bertolini. Die Worte gingen Darcy nicht aus dem Kopf, während sie Anrufe empfing und selbst Leute anrief, die Zeitungen von Connecticut und New Jersey nach Verkaufsangeboten und Haushaltsauflösungen durchsah, rasch in das Apartment fuhr, das sie einrichtete, und schließlich zu einem Kaffee und einem Sandwich in eine Imbißstube einkehrte.

In diesem Moment wurde ihr klar, warum sie den Gedanken nicht losgeworden war. *Ihr erster großer Erfolg bei Bertolini.*

Erin hatte ihr gesagt, sie werde für Entwurf und Anfertigung des Colliers 20000 Dollar bekommen. Im Strudel der Ereignisse hatte sie die seltsame Nachricht auf Erins Anrufbeantworter vergessen. Sie würde den Juwelier anrufen, sobald sie wieder im Büro war, um sich zu vergewissern.

Aldo Marco kam an den Apparat. War sie eine Angehörige, die Nachforschungen anstellte?

»Ich bin Erin Kelleys Testamentsvollstreckerin.« Die Worte hörten sich in ihren Ohren entsetzlich an.

Die Zahlung war bereits geleistet worden, und zwar an Miss Kelleys Manager, Mr. Stratton. Gab es damit ein Problem?

»Nein, sicher nicht.« Stratton gab sich also als Erins Manager aus.

Er war nicht zu Hause. Die Nachricht, die sie hinterließ, war brüsk. Er möge sie unverzüglich wegen Erins Scheck anrufen.

Jay Stratton meldete sich kurz vor fünf Uhr. »Tut mir leid. Natürlich hätte ich früher anrufen sollen. Ich war unterwegs. Wie soll ich den Scheck ausschreiben?« Er erzählte Darcy, er habe, während er außerhalb der Stadt gewesen sei, an nichts anderes gedacht als an Erin. »Dieses schöne, begabte Mädchen. Ich bin fest überzeugt, daß jemand von den Steinen wußte, sie deswegen umgebracht und dann versucht hat, es wie eine Nachahmungstat aussehen zu lassen.«

Vor allem Sie haben von den Steinen gewußt. Es kostete sie Mühe, Stratton zuzuhören und freundlich auf seine mitfühlenden Kommentare zu antworten. Er mußte die Stadt wieder für ein paar Tage verlassen. Sie willigte ein, ihn am Montag abend zu treffen.

Nachdem sie sich von ihm verabschiedet hatte, starrte Darcy minutenlang gedankenverloren vor sich hin und sagte dann laut:

»Na ja, wie Sie schon sagten, Mr. Stratton, schließlich sollten sich zwei von Erins engsten Freunden besser kennenlernen.« Sie seufzte. Sie mußte unbedingt noch etwas Arbeit erledigen, ehe es Zeit wurde, sich für ihre Verabredung mit Chiffre 1527 umzuziehen.

Vince flog mit der ersten Maschine Freitag morgen nach Lancaster. Er hatte Claire Barnes' Vater gedrängt, niemandem außerhalb der Familie von dem Päckchen mit den Schuhen zu erzählen. Doch als er im Flughafen gelandet war, stand die Geschichte bereits in den Schlagzeilen der Lokalpresse. Er rief im Haus der Barnes' an und erfuhr vom Hausmädchen, daß Mrs. Barnes letzte Nacht eilig ins Krankenhaus gebracht worden war.

Lawrence Barnes war ein gewichtiger Managertyp, und Vince nahm an, daß er unter anderen Umständen eine gebieterische Präsenz besessen hätte. Er saß neben dem Bett, eine junge Frau an seiner Seite, und schaute ängstlich auf seine Frau nieder, die unter schweren Beruhigungsmitteln stand. Vince zeigte ihm seine Karte, und Barnes folgte ihm auf den Gang.

Er stellte ihm die junge Frau als seine zweite Tochter, Karen, vor. »Zufällig war ein Reporter in der Notaufnahme, als wir dort ankamen«, sagte Barnes tonlos. »Er hörte Emma etwas über das Päckchen schreien und daß Claire tot sei.«

»Wo sind die Schuhe jetzt?«

»Zu Hause.«

Karen Barnes fuhr ihn hin, um sie zu holen. Sie war Anwältin in Pittsburgh und hatte nie die Hoffnung ihrer Eltern geteilt, Claire würde eines Tages plötzlich wieder auftauchen. »Wenn sie am Leben gewesen wäre, hätte sie auf keinen Fall die Chance verpaßt, in Tommy Tunes Show mitzuwirken.«

Das Haus der Barnes' war ein Bau im Kolonialstil und lag in einer eindrucksvollen Nachbarschaft. Das Grundstück ist mindestens einen Morgen groß, dachte Vince. Auf der Straße stand ein Übertragungswagen des Fernsehens. Karen fuhr rasch daran vorbei in die Einfahrt und auf die Rückseite des Hauses. Ein Polizist hinderte den Reporter daran, sie aufzuhalten.

Der Wohnraum war voll mit gerahmten Familienfotos, darunter viele, die Karen und Claire als Heranwachsende zeigten. Ka-

ren nahm ein Bild vom Klavier. »Das habe ich von Claire aufgenommen, als ich sie zum letzten Mal sah. Wir waren im Central
Park, nur ein paar Wochen vor ihrem Verschwinden.«

Schlank. Hübsch. Blond. Mitte Zwanzig. Fröhliches Lächeln.
Du hast den richtigen Geschmack, Bürschchen, dachte Vince bitter. »Darf ich das haben? Ich lasse Kopien machen und gebe Ihnen
das Original gleich wieder zurück.«

Das Päckchen lag auf dem Tisch in der Halle. Gewöhnliches
braunes Packpapier, ein Adressenaufkleber, den man überall kaufen konnte, Blockschrift. Der Poststempel stammte aus New York
City. Der Schuhkarton trug keine Aufschriften bis auf eine zart ge-
zeichnete Skizze eines hochhackigen Pumps auf dem Deckel. Die
verschiedenen Schuhe. Der eine eine weiße Sandale von Bruno
Magli, der andere eine zehenfreie, goldene Riemchensandalette
mit hohem, dünnem Absatz. Beide hatten die gleiche Größe,
sechs, schmal.

»Sind Sie sicher, daß diese Sandale ihr gehört?«

»Ja. Ich habe die gleichen. Wir haben sie an diesem letzten Tag
in New York zusammen gekauft.«

»Wie lange hatte ihre Schwester schon auf Kontaktanzeigen geantwortet?«

»Ungefähr sechs Monate. Die Polizei hat alle überprüft, auf deren Anzeigen sie geschrieben hatte, zumindest alle, die sie finden
konnte.«

»Hat sie jemals selbst Anzeigen aufgegeben?«

»Nicht, daß ich wüßte.«

»Wo wohnte sie in New York?«

»Westliche 63. Straße. Ein Apartment in einem Ziegelhaus.
Mein Vater zahlte noch fast ein Jahr lang die Miete, nachdem sie
verschwunden war, und gab dann die Wohnung auf.«

»Wohin haben Sie ihre Habseligkeiten gebracht?«

»Die Möbel lohnten den Transport nicht. Ihre Kleider und Bücher und alles andere sind oben in ihrem alten Zimmer.«

»Ich würde sie gerne sehen.«

Auf einem Regal im Wandschrank stand ein Pappkarton. »Den
habe ich gepackt«, sagte Karen zu ihm. »Ihr Adreßbuch, ihr Terminkalender, Briefmappe, etwas Post und dergleichen. Als wir sie

als vermißt gemeldet haben, hat die New Yorker Polizei alle ihre persönlichen Papiere durchgesehen.«

Vince hob den Karton aus dem Schrank und öffnete ihn. Obenauf lag ein jetzt zwei Jahre alter Terminkalender. Er blätterte ihn durch. Von Januar bis August waren die Seiten mit Verabredungen gefüllt. Claire Barnes war nach dem 4. August nicht mehr gesehen worden.

»Was die Sache erschwert, ist, daß Claire ihre persönlichen Abkürzungen hatte.« Karen Barnes' Stimme zitterte. »Sehen Sie, da steht ›Jim‹. Damit war Jim Haworths Studio gemeint, wo sie Ballettstunden nahm. Hier, am 5. August, ›Tommy‹. Das bedeutete Probe für die Tommy-Tune-Show *Grand Hotel*.

Sie war gerade engagiert worden.«

Vince blätterte zurück. Unter dem 15. Juli um fünf Uhr sah er »Charley«.

Charley!

In beiläufigem Ton wies er auf den Eintrag hin. »Wissen Sie, wer das ist?«

»Nein. Obwohl sie einen Charley erwähnt hat, der sie einmal zum Tanzen ausgeführt hatte. Ich glaube, die Polizei hat ihn nicht finden können.« Karen Barnes' Gesicht wurde blaß. »Dieser Schuh! Solche Schuhe trägt man zum Tanzen.«

»Genau. Miss Barnes, erwähnen Sie diesen Namen bitte niemandem gegenüber. Übrigens, wie lange hatte Ihre Schwester in ihrer Wohnung gewohnt?«

»Ungefähr ein Jahr. Vorher hatte sie eine Wohnung im Village.«

»Wo?«

»Christopher Street. Christopher Street 101.«

Um Viertel vor fünf gab Darcy Bev die letzten Rechnungen, die zu bezahlen waren, und rief dann aus einem plötzlichen Impuls heraus die Mutter des genesenden jungen Mädchens an. Die Tochter sollte Ende nächster Woche nach Hause kommen. Der Anstreicher, den Darcy angeheuert hatte, ein fröhlicher Nachtwächter, war bereits an der Arbeit. »Bis Mittwoch ist das Zimmer fertig«, versicherte Darcy der Frau.

Gott sei Dank, daß ich so vernünftig war, heute morgen ein

paar Kleider mitzunehmen, dachte sie, als sie Pullover und Jeans auszog und eine langärmlige schwarze Seidenbluse mit ovalem Ausschnitt, einen wadenlangen italienischen Seidenrock in Grün- und Goldtönen und eine Stola anzog. Goldkette, ein schmales Goldarmband, goldene Ohrringe – alle Schmuckstücke hatte Erin angefertigt. Sie hatte das verrückte Gefühl, Erins Rüstung anzulegen, um in die Schlacht zu ziehen.

Sie löste die Spange aus ihrem Haar und bürstete es locker um ihr Gesicht.

Bev kam zurück, als sie gerade mit dem Auftragen des Lidschattens fertig war. »Sie sehen hinreißend aus, Darcy.« Bev zögerte. »Ich meine, ich hatte immer den Eindruck, als wollten Sie Ihr Aussehen herunterspielen, und jetzt, ich meine …, o Gott, ich kann es nicht richtig ausdrücken. Entschuldigung.«

»Erin sagte ungefähr dasselbe«, beruhigte Darcy sie. »Sie drängte mich immer, mehr Make-up zu benutzen oder ein paar von den modischen Klamotten zu tragen, die meine Mutter mir schickt.«

Bev trug einen Rock und einen Pullover, die Darcy schon oft an ihr gesehen hatte. »Übrigens, wie passen Ihnen Erins Sachen?«

»Perfekt. Ich bin so froh, daß ich sie bekommen habe. Gerade sind die Studiengebühren wieder gestiegen, und ich schwöre Ihnen, bei den heutigen Preisen war ich schon darauf gefaßt, mir wie Scarlett O'Hara aus Vorhängen ein Kleid nähen zu müssen.«

Darcy lachte. »Das ist noch immer meine Lieblingsszene in *Vom Winde verweht*. Hören Sie, ich weiß, daß ich Sie gebeten hatte, Erins Sachen möglichst nicht im Büro zu tragen, aber sie wäre die erste, die Ihnen sagen würde, Sie sollten Ihren Spaß daran haben. Also tun Sie es ruhig.«

»Meinen Sie wirklich?«

Darcy griff an ihrer treuen Lederjacke vorbei nach dem Kaschmirumhang. »Natürlich.«

Sie traf Chiffrenummer 1527, David Weld, um halb sechs im Grill von »Smith and Wollensky's«. Er hatte gesagt, er würde auf dem letzten Barhocker sitzen oder »in der Nähe stehen«. Braunes Haar. Braune Augen. Etwa einsachtzig groß. Dunkler Anzug.

Es war nicht schwer, ihn zu finden.

Netter Mann, entschied Darcy fünfzehn Minuten später, als sie einander an einem der kleinen Tische gegenübersaßen. Geboren und aufgewachsen in Boston. Arbeitete bei Holden's, der Warenhauskette. War in den letzten paar Jahren hin und her gependelt, als sie ihre Niederlassungen in den Drei-Staaten-Raum ausdehnten.

Sie hielt ihn für Mitte Dreißig und fragte sich dann, ob es irgend etwas an diesem Alter geben mochte, das ungebundene Singles zu Kontaktanzeigen trieb.

Es war nicht schwer, das Gespräch zu lenken. Er hatte das Northeastern-College besucht. Sein Vater und sein Großvater waren leitende Angestellte bei Holden's gewesen. Auch er hatte seit seiner Jugend dort gearbeitet. Nach der Schule. Samstags. In den Sommerferien. »Kam mir nie in den Sinn, etwas anderes zu machen«, gestand er. »Der Einzelhandel liegt in der Familie.«

Er hatte Erin nie kennengelernt. Von ihrem Tod hatte er gelesen. »Da bekommt man ein seltsames Gefühl im Hinblick auf diese Anzeigen. Ich meine, ich will doch nur ein paar nette Frauen kennenlernen.« Pause. »Sie sind nett.«

»Danke.«

»Ich würde mich sehr freuen, mit Ihnen zu Abend zu essen, wenn Sie noch Zeit haben.« Er sah hoffnungsvoll aus, stellte diese Frage jedoch mit Würde.

Der hat keine Ego-Probleme, dachte Darcy. »Ich kann leider wirklich nicht, aber ich wette, daß Sie durch diese Anzeigen ein paar nette Frauen kennengelernt haben, oder?«

Er lächelte. »Ein paar sehr nette. Eine davon, Sie werden es kaum glauben, hat gerade angefangen, in einer der Niederlassungen von Holden's zu arbeiten. Sie ist Einkäuferin. Macht den gleichen Job, den ich auch hatte, bevor ich ins Management ging.«

»Ach, und welcher Job ist das?«

»Ich war Schuheinkäufer für unsere Häuser in New England.«

Vince kam am Freitag nachmittag um drei Uhr in sein Büro zurück. Man hatte die dringende Nachricht für ihn hinterlassen, er solle Polizeichef Moore in Darien anrufen. Von ihm erfuhr Vince von dem Päckchen, das im Haus der Sheridans angekommen war.

»Sind Sie sicher, daß das die Gegenstücke der Schuhe sind, die Nan Sheridan getragen hat?«

»Wir haben sie verglichen. Wir haben jetzt beide Paare.«

»Hat die Presse Wind davon bekommen?«

»Bis jetzt nicht. Wir versuchen, die Sache unter der Decke zu halten, aber wir haben keine Garantie. Sie kennen Chris Sheridan. Das war seine größte Sorge.«

»Meine ist es auch«, sagte Vince rasch. »Wir wissen jetzt, daß dieser Mörder vor fünfzehn Jahren angefangen hat, wenn nicht noch früher. Er muß einen Grund dafür haben, diese Schuhe gerade jetzt zurückzuschicken. Ich möchte mit einem unserer Psychiater reden und seine Meinung einholen. Aber wenn jemand, der schon zu Nan Sheridans Tod verhört wurde, auch mit Claire Barnes in Verbindung gebracht werden kann, dann haben wir etwas, womit wir weitermachen können.«

»Was ist mit Erin Kelley? Beziehen Sie sie nicht ein?«

»Das weiß ich noch nicht. Ihr Tod hängt möglicherweise mit den vermißten Steinen zusammen und wurde nur als Nachahmungstat getarnt.« Vince verabredete, die Schuhe am folgenden Tag zu holen, und legte auf.

Sein Assistent, Ernie Cizek, berichtete ihm von Darcys Anruf und ihren Mitteilungen über Len Parker.

»Dieser Kerl ist ein komischer Vogel«, sagte Cizek. »Hat einen Job als Hausmeister bei der NYU. Spezialist für elektrische Geräte. Kann einfach alles reparieren. Einzelgänger. Von paranoidem Geiz. Dabei, stellen Sie sich vor, ist seine Familie steinreich. Parker hat ein dickes Einkommen, das ein Treuhänder für ihn anlegt. Er hat nur einmal einen größeren Betrag abgehoben, vor ein paar Jahren. Der Treuhänder meint, er habe ein Grundstück gekauft. Scheint von seinem Hausmeistergehalt in einer billigen Absteige in der Ninth Avenue zu leben. Hat einen alten Kombiwagen. Keine Garage. Er parkt ihn auf der Straße.«

»Vorstrafenregister?«

»Ähnliche Sachen wie die, über die sich diese Miss Scott beschwert hat. Hat Mädchen nach Hause verfolgt. Sie angeschrien. An Türen gehämmert. Er gibt jede Menge Anzeigen auf. Keine will etwas von ihm wissen. Bislang keine Tätlichkeiten. Er wurde zur Zurückhaltung ermahnt, aber nicht verurteilt.«

»Bringen Sie ihn jetzt herein.«

»Ich habe mit seinem Psychiater geredet. Der sagt, er sei harmlos.«

»Sicher ist er harmlos. Genauso harmlos wie die Voyeure, die ihre Phantasien angeblich niemals in die Tat umsetzen würden. Aber wir wissen es besser, nicht?«

Susans Ankündigung, sie wolle mit den Kindern über das Wochenende ihren Vater in Guilford, Connecticut, besuchen, wurde von ihrem Mann mit beflissener Zustimmung aufgenommen. Doug war mit der geschiedenen Immobilienmaklerin zum Tanzen verabredet und hatte sich schon gefragt, ob er absagen solle. Er war diese Woche an zwei Abenden sehr spät nach Hause gekommen, und obwohl Susan das Essen in New York am Montag abend gefallen zu haben schien, war etwas in ihrem Verhalten, das er nicht definieren konnte.

Wenn Susan bis Sonntag mit den Kindern zu ihrem Vater fuhr, hatte er zwei freie Abende. Er bot nicht an, sie zu begleiten. Das wäre auch eine leere Geste gewesen. Susans Vater hatte ihn nie gemocht und immer Späße darüber gemacht, wie wichtig Doug sein müsse, weil er so oft Überstunden machte. »Merkwürdig, daß du bei all deiner harten Arbeit so viel Geld von mir leihen mußtest, um das Haus zu kaufen, Doug. Ich würde gern einmal dein Budget mit dir durchgehen und sehen, wo das Problem liegt.«

Das konnte Doug sich vorstellen.

»Viel Spaß, Schatz«, sagte Doug zu Susan, als er am Freitag morgen das Haus verließ. »Und viele Grüße an deinen Vater.«

Am gleichen Nachmittag, als das Baby schlief, rief Susan die Detektei an, um sich berichten zu lassen. Ruhig nahm sie die Informationen auf, die sie erhielt. Das Treffen mit der Frau in der Bar in SOHO. Die Verabredung, die sie zum Tanzen getroffen hatten. Die Wohnung in »London Terrace« unter dem Namen Douglas Fields. »Carter Fields ist ein alter Freund von ihm«, sagte sie der Detektivin. »Sie sind von der gleichen Sorte. Machen Sie sich nicht die Mühe, ihm noch einmal zu folgen. Mehr will ich nicht hören.«

Ihr Vater lebte das ganze Jahr über in dem Haus aus der Zeit vor dem Unabhängigkeitskrieg, das früher ihr Sommerhaus gewesen war. Nach mehreren Herzanfällen war er immer so blaß, daß es Susan das Herz zerriß. Doch weder seine Haltung noch seine Stimme wirkten gebrechlich. Nach dem Essen gingen Beth und Donny in der Nachbarschft Freunde besuchen. Susan brachte Trish und das Baby zu Bett, goß Mokka auf und trug ihn in die Bibliothek.

Sie wußte, daß ihr Vater sie beobachtete, als sie seine Tasse mit Süßstoff und etwas Zitronenschale herrichtete.

»Wann erfahre ich eigentlich den Grund für diesen unerwarteten, wenn auch höchst willkommenen Besuch?«

Susan lächelte. »Jetzt, denke ich. Ich werde mich von Doug scheiden lassen.«

Ihr Vater wartete.

Versprich, daß du nicht sagen wirst, du hättest es ja gewußt, betete Susan im stillen. Dann fuhr sie fort: »Ich habe ihn von einer Detektei beobachten lassen. Er hat in New York unter dem Namen Douglas Fields eine Wohnung in Untermiete. Gibt sich als freiberuflicher Illustrator aus. Wie du weißt, kann Doug sehr gut zeichnen. Hat jede Menge Verabredungen. Und dazwischen jammert er mir vor, wie hart er arbeiten müsse, ›all die späten Konferenzen‹. Donny durchschaut seine Lügen bereits und reagiert mit Wut und Verachtung. Er wird besser dran sein, wenn er nichts mehr von seinem Vater erwartet, als wenn er immer hofft, er werde sich ändern.«

»Möchtest du zu mir ziehen, Susan? Hier ist genug Platz.«

Sie warf ihm ein dankbares Lächeln zu. »Du würdest binnen einer Woche verrückt. Nein. Das Haus in Scarsdale ist zu groß. Doug wollte es unbedingt kaufen, um den Leuten im Club Eindruck zu machen. Wir konnten es uns damals nicht leisten, und ich komme allmählich dahinter, daß wir es uns auch heute nicht leisten können. Ich werde es verkaufen, ein kleineres nehmen, und nächstes Jahr gebe ich das Baby in eine Tageskrippe – in der Stadt gibt es eine, die sehr gut ist. Dann suche ich mir einen Job.«

»Es wird nicht leicht für dich sein.«

»Aber besser, als es jetzt ist.«

»Susan, ich bemühe mich, nicht ›ich hab's ja immer gewußt‹ zu sagen, aber nun ist es doch passiert. Dieser Bursche ist ein geborener Weiberheld, und er hat einen üblen Charakter. Erinnerst du dich noch an deinen achtzehnten Geburtstag? An dem Abend war er so betrunken, als er dich nach Hause brachte, daß ich ihn hinauswarf. Am nächsten Morgen waren alle Scheiben meines Autos eingeschlagen.«

»Du kannst noch immer nicht sicher sein, daß das Doug war.«

»Komm, Susan. Wenn du anfangen willst, den Fakten ins Auge zu sehen, dann bitte allen. Und sag mir noch etwas: Hast du ihn nicht gedeckt, als er nach dem Tod dieses Mädchens vernommen wurde?«

»Nan Sheridan?«

»Natürlich, Nan Sheridan.«

»Doug ist einfach nicht fähig —«

»Susan, um welche Zeit hat er dich abgeholt an dem Morgen, an dem sie starb?«

»Um sieben Uhr. Wir wollten zu einem Hockeyspiel nach Brown zurückfahren.«

»Susan, bevor sie starb, hat Großmutter mir die Wahrheit gesagt. Du hast geweint, weil du dachtest, Doug habe dich wieder versetzt. Er kam nach neun in unser Haus. Gib mir wenigstens die Befriedigung, daß du jetzt die Wahrheit sagst.«

Die Haustür schlug zu. Donny und Beth kamen herein. Donnys Gesicht wirkte glücklich und entspannt. Er sah allmählich genauso aus wie Doug in seinem Alter. Sie hatte sich im zweiten Jahr in der High-School in ihn verliebt.

Susan spürte einen stechenden Schmerz. Ich werde nie ganz über ihn hinwegkommen, gestand sie sich ein. *Doug, wie er sie anflehte:* »*Susan, mein Auto ging kaputt. Sie versuchen, mir etwas anzuhängen. Sie wollen einen Schuldigen. Bitte, sag, daß ich um sieben Uhr hier war.*«

Donny kam zu ihr, um ihr einen Kuß zu geben. Sie streckte die Hand aus und strich sein Haar glatt; dann wandte sie sich an ihren Vater. »Komm, Dad, du weißt, wie verwirrt Großmutter war. Schon damals konnte sie einen Tag nicht vom anderen unterscheiden.«

11

SAMSTAG, 2. MÄRZ

Es war halb drei am Samstag morgen, als er das Haus erreichte. Inzwischen war sein Bedürfnis, dort zu sein, überwältigend. Hier konnte Charley er selbst sein. Er brauchte sich nicht mehr hinter dem anderen zu verkriechen. Konnte im Gleichschritt mit Astaire tanzen, auf das Phantom in seinen Armen herunterlächeln, ihr leise ins Ohr singen. Die wunderbare Einsamkeit des Hauses, die gegen unziemliche Blicke zufällig Vorüberkommender geschlossenen Vorhänge, die Riegel, die ihn vor der Außenwelt sicherten, das grenzenlose Selbstgefühl, ungestört von Zuhörern oder Beobachtern, die Freiheit, in den köstlichen Erinnerungen zu schwelgen.

Nan. Claire. Janine. Marie. Sheila. Annette. Tina. Erin. Sie alle hatten ihn angelächelt, hatten sich so gefreut, bei ihm zu sein, und keine Gelegenheit bekommen, sich gegen ihn zu wenden, ihn zu verhöhnen, ihn verächtlich anzusehen. Am Ende, wenn sie begriffen hatten, war es wunderbar befriedigend gewesen. Er bedauerte, daß er Nan nicht die Chance gegeben hatte, zu verstehen, was da geschah, zu bitten. Leslie und Annette hatten um ihr Leben gefleht. Marie und Tina hatten geweint.

Manchmal kamen die Mädchen einzeln zu ihm zurück. Manchmal erschienen sie zusammen. *Wechsle den Partner und tanze mit mir.*

Inzwischen mußten die beiden ersten Päckchen angekommen sein. Ach, wenn man nur der sprichwörtliche Lauscher an der Wand sein, den Augenblick beobachten könnte, in dem sie geöffnet wurden und der verwirrte Ausdruck dem Begreifen wich.

Nachahmungstäter.

So würden sie ihn nicht mehr nennen. War nun Janine die nächste gewesen oder Marie? Janine. Am 20. September vor zwei Jahren. Jetzt würde er ihr Päckchen abschicken.

Er ging in den Keller. Die Schachteln mit den Schuhen waren ein so erfreulicher Anblick. Er zog die Gummihandschuhe an, die er immer benutzte, wenn er irgend etwas anfaßte, das den Mädchen gehörte, und griff nach dem Karton hinter dem Schildchen »Janine«. Er würde ihn ihrer Familie in White Plains schicken.

Sein Blick verweilte auf der letzten Beschriftung. »Erin.« Er begann zu kichern. Warum sollte er nicht auch ihren Karton jetzt schon abschicken? Damit wäre ihre Annahme, er sei ein Nachahmungstäter, erledigt. Sie hatte ihm gesagt, ihr Vater sei in einem Pflegeheim. Er würde den Karton an ihre New Yorker Adresse schicken.

Was aber, wenn niemand in ihrem Wohnhaus so schlau war, das Päckchen der Polizei zu übergeben? Welche Verschwendung, wenn es in einem Lagerraum verstauben würde!

Und wenn er die Schuhe zum Leichenschauhaus schickte? Schließlich war das ihre letzte Adresse in New York. Das wäre vielleicht komisch!

Zuerst mit aller Sorgfalt Schuhe und Kartons gründlich abwischen, um sicherzugehen, daß absolut keine Abdrücke darauf sind. Die Ausweise herausnehmen. Er hatte die Brieftaschen aus ihren Handtaschen genommen und vergraben.

Die nicht zueinander passenden Schuhe in frisches Seidenpapier wickeln. Die Deckel schließen. Er bewunderte seine Zeichnungen. Er wurde immer besser. Die auf Erins Schachtel war so gut, daß sie auch von einem Profi hätte stammen können.

Braunes Packpapier, Klebeband. Adreßschildchen. Alles hätte überall in den Vereinigten Staaten gekauft sein können.

Zuerst adressierte er Janines Päckchen.

Jetzt war Erin an der Reihe. Die Adresse des Leichenschauhauses würde er im New Yorker Telefonbuch finden.

Charley runzelte die Stirn. Und wenn irgendein Dummkopf im Postraum das Päckchen nicht öffnete, sondern dem Postboten zurückgab. »Hier arbeitet niemand, der so heißt.« Ohne Absenderangabe würde das Päckchen im Büro für unzustellbare Sendungen landen.

Es gab noch eine andere Möglichkeit. Wäre das ein Fehler? Nein. Eigentlich nicht. Er kicherte wieder. Das wird sie gewiß in Trab halten!

Er begann, in Druckschrift den Namen der Person zu schreiben, die er als Empfängerin für Erins Stiefel und den Tanzschuh ausgewählt hatte.

DARCY SCOTT ...

Am Samstag traf Darcy Chiffre 1143, Albert Booth, zum Brunch im »Victory Café«. Sie schätzte ihn auf ungefähr vierzig. Bei ihrem Telefongespräch hatte sie in Erfahrung bringen können, daß er in seiner Anzeige behauptete, Computerexperte zu sein, gern las, Ski lief, Golf spielte, Walzer tanzte, müßig durch Museen streifte und Platten hörte. Es hieß in der Annonce auch, er habe Sinn für Humor.

Das allerdings überdehnte die Wahrheit gewaltig, entschied Darcy, nachdem Booth sie gefragt hatte, ob ihr das Treffen mit einem Mann, von dem sie nur die Chiffre kannte, das Gefühl gebe, »eine Nummer zu sein«. Nachdem sie ihre erste Tasse Kaffee ausgetrunken hatte, zweifelte sie einfach an allem, was er behauptet hatte, außer an seinen Computerkenntnissen. Er hatte das verweichlichte Aussehen eines Stubenhockers, und rein gar nichts an ihm ließ auf einen Skiläufer, Golfspieler, Walzertänzer oder Wanderer schließen.

Seine Konversation drehte sich ausschließlich um die Vergangenheit, Gegenwart und Zukunft von Computern. »Vor vierzig Jahren brauchte ein Computer zwei Zimmer voller schwerer Geräte, um das zu leisten, was der auf Ihrem Schreibtisch heute leistet.«

»Ich habe mir erst voriges Jahr endlich einen gekauft.«

Er sah schockiert aus.

Bei Eiern à la Benedict ließ er seinen Abscheu vor der Art erkennen, wie clevere Studenten die Schulregister manipulierten, indem sie in Computersysteme eindrangen. »Sie sollten für fünf Jahre ins Gefängnis. Und außerdem eine dicke Geldstrafe bezahlen.«

Darcy war sicher, die Entweihung des Allerheiligsten oder der Bundeslade wäre für ihn nicht schwerwiegender gewesen.

Bei der letzten Tasse Kaffee schloß er mit der Darlegung seiner Theorie, zukünftige Kriege würden von Experten gewonnen oder verloren, die in der Lage seien, feindliche Computer zu knacken. »Alle Zahlen verändern, verstehen Sie? Sie glauben, sie hätten in Colorado zweitausend nukleare Sprengköpfe. Jemand macht daraus zweihundert. Armeen schwärmen aus. Die Statistiken verändern sich. Wo ist die Fünfte Division? Die Siebente? Sie wissen es nicht mehr. Richtig?«

»Richtig.«

Booth lächelte plötzlich. »Sie können gut zuhören, Darcy. Nicht viele Mädchen können gut zuhören.«

Das war die Eröffnung, die sie brauchte. »Ich habe gerade erst angefangen, auf Kontaktanzeigen zu antworten. Sie haben sicher die unterschiedlichsten Frauen kennengelernt. Welcher Typ ist am häufigsten?«

»Die meisten sind ziemlich langweilig.« Albert beugte sich über den Tisch. »Hören Sie, wollen Sie wissen, mit wem ich erst vor zwei Wochen ausgegangen bin?«

»Mit wem denn?«

»Mit diesem Mädchen, das ermordet wurde. Erin Kelley.«

Darcy hoffte, daß sie nicht übertrieben reagierte. »Und wie war sie?«

»Hübsches Mädchen. Nett. Sie machte sich über etwas Sorgen.«

Darcy umklammerte ihre Kaffeetasse. »Hat Sie Ihnen gesagt, worüber?«

»Allerdings. Sie sagte mir, sie stelle irgendeine Halskette fertig, und das sei ihr erster wirklich großer Auftrag, und sobald sie das Geld dafür bekommen habe, wolle sie sich nach einer neuen Wohnung umsehen.«

«Hat sie einen Grund genannt?«

»Sie sagte, der Hausmeister streife sie immer, wenn sie an ihm vorbeiginge, und komme unter Vorwänden in ihre Wohnung. Ein undichtes Rohr, eine Störung der Heizung, solche Sachen. Sie sagte, vermutlich sei er harmlos, aber es sei irgendwie unheimlich, wenn sie in ihr Schlafzimmer komme und ihn dort vorfinde. Wahrscheinlich ist so etwas an dem Tag passiert, bevor ich sie traf.«

»Meinen Sie nicht, daß Sie das der Polizei mitteilen sollten?«

»Kommt gar nicht in Frage! Ich arbeite bei IBM. Sie wollen nicht, daß irgendeiner ihrer Angestellten jemals in der Zeitung erscheint, außer, wenn er heiratet oder beerdigt wird. Ich erzähle der Polizei davon, und sie fangen an, mich zu überprüfen. Stimmt's? Aber ich frage mich doch, ob ich ihnen eine anonyme Mitteilung zukommen lassen sollte?«

Der riesige Ermittlungsapparat des FBI lief auf Hochtouren, um das Geschäft zu finden, in dem der hochhackige Abendschuh, der in das Haus von Claire Barnes geschickt worden war, sowie der, den man an Erin Kelleys Leiche gefunden hatte, gekauft worden war. Im Falle von Nan Sheridan hatte die Polizei vor fünfzehn Jahren den Schuh bis zu einem Geschäft in Connecticut zurückverfolgt. Dort hatte sich damals aber niemand daran erinnern können, wer ihn gekauft hatte.

Der Schuh von Claire Barnes war teuer, ein Modell von Charles Jourdan, das in besseren Warenhäusern im ganzen Land verkauft wurde. Zweitausend Paare, um genau zu sein. Unmöglich, allen nachzugehen. Erin Kelleys Schuh stammte von Salvatore Ferragamo und war ein aktuelles Modell.

FBI-Agenten und Kriminalbeamte der New Yorker Polizei schwärmten aus und besuchten Warenhäuser, Schuhsalons und Discountläden.

Len Parker wurde zur Vernehmung hereingeführt. Sofort begann er sich zu beschweren, wie grob Darcy zu ihm gewesen sei. »Ich wollte mich bloß entschuldigen. Ich wußte, daß ich mich mies benommen hatte. Vielleicht hatte sie wirklich eine Verabredung zum Abendessen. Ich bin ihr gefolgt, und sie hatte nicht gelogen. Ich wartete draußen in der Kälte, während sie in diesem schicken Restaurant aß.«

»Sie standen einfach da?«

»Ja.«

»Und dann?«

»Danach stieg sie mit einem Mann in ein Taxi. Ich nahm auch eins. Sie stieg am Ende des Blocks aus. Der Mann begleitete sie bis an die Tür und ging dann. Ich rannte hin. Nach allem, was ich durchgemacht hatte, um mich zu entschuldigen, schlug sie mir die Tür vor der Nase zu.«

»Was ist mit Erin Kelley? Sind Sie der auch gefolgt?«

»Warum sollte ich? Sie hatte mich sitzenlassen. Vielleicht war ich selbst schuld. Ich war schlechter Laune, als ich sie sah. Ich sagte ihr, alle Frauen seien nur hinter dem Geld her.«

»Warum haben Sie das dann Darcy Scott gegenüber nicht zugegeben? Als sie Sie fragte, leugneten Sie, Erin getroffen zu haben.«

»Weil ich wußte, daß ich dann hier landen würde.«

»Sie wohnen Ecke Ninth Avenue und 48. Straße?«

»Ja.«

»Ihr Treuhänder bei der Bank meint, Sie hätten noch einen anderen Wohnsitz. Sie haben vor fünf oder sechs Jahren eine große Summe abgehoben.«

»Es war mein Geld, mit dem ich machen kann, was ich will.«

»Haben Sie sich noch eine Wohnung gekauft?«

»Beweisen Sie mir das doch!«

Nachdem er am Samstag nachmittag mit Len Parker fertig war, fuhr Vince D'Ambrosio zur Christopher Street 101 und läutete. Gus Boxer kam mit verdrossener Miene an die Tür. Er trug ein langärmeliges Unterhemd. Fleckige Hosenträger hielten formlose Hosen. Die FBI-Marke schien ihn nicht zu beeindrucken. »Ich habe Feierabend. Was wollen Sie?«

»Ich möchte mit Ihnen reden. Soll ich das hier machen oder im Hauptquartier? Und tun Sie nicht so empört. Ich habe Ihre Akte auf meinem Schreibtisch, Mr. Hoffman.«

Boxers Blick wurde unstet. »Kommen Sie rein. Und reden Sie nicht so laut.«

»Mir war nicht bewußt, daß ich laut rede.«

Boxer führte ihn in seine Erdgeschoßwohnung. Wie Vince aufgrund seiner Kleidung erwartet hatte, war das Apartment ein Spiegelbild seiner Persönlichkeit. Schäbige, fleckige Polstermöbel, Überreste eines Teppichs. Ein wackliger Tisch mit einem Stapel Pornomagazinen.

Vince ließ sie durch die Hände gleiten. »Ganz schöne Sammlung haben Sie da!«

»Gibt es ein Gesetz dagegen?«

Vince warf die Hefte auf den Tisch. »Hören Sie, Hoffman, wir haben nichts Konkretes gegen Sie vorliegen, aber Ihr Name hat die unangenehme Eigenschaft, immer wieder im Computer aufzutauchen. Vor zehn Jahren waren Sie Hausmeister in einem Haus, in dessen Keller ein zweiundzwanzigjähriges Mädchen tot aufgefunden wurde.«

»Damit hatte ich nichts zu tun.«

»Sie hatte sich bei der Verwaltung beschwert und gesagt, sie habe Sie in ihrer Wohnung angetroffen, wo Sie den Wandschrank durchsuchten.«

»Ich suchte nach einem undichten Rohr. In der Wand hinter dem Schrank verlief eine Wasserleitung.«

»Dieselbe Geschichte haben Sie vor zwei Wochen Erin Kelley erzählt, nicht?«

»Wer sagt das?«

»Sie hat jemandem gesagt, sie werde so bald wie möglich umziehen, weil sie Sie in ihrem Schlafzimmer angetroffen hat.«

»Ich habe –«

»Nach einem undichten Rohr gesucht. Ich weiß. Nun lassen Sie uns über Claire Barnes reden. Wie oft sind Sie unerwartet in deren Wohnung eingedrungen, als sie hier wohnte?«

»Niemals.«

Als er Boxer verlassen hatte, ging Vince direkt in sein Büro. Er traf gerade noch rechtzeitig ein, um einen Anruf von Hank anzunehmen. Ob es in Ordnung sei, wenn er erst gegen acht oder so komme? In der Schule fand ein Basketballspiel statt, und hinterher wollten einige aus der Clique noch Pizza essen gehen.

Prima Junge, sagte Vince sich wieder, während er Hank versicherte, das sei in Ordnung. War den jahrelangen Versuch wert, seine Ehe mit Alice zu retten. Nun ja, wenigstens war sie jetzt glücklich. Ein verwöhntes Leben mit einem Mann, dessen Brieftasche genauso dick war wie sein Bauch. Und er? Ich würde gern jemanden kennenlernen, gestand Vince sich ein, und dann merkte er, daß er plötzlich Nona Roberts' Gesicht vor sich sah.

Sein Assistent Ernie sagte ihm, sie hätten Glück gehabt. Ein Inspektor aus dem Revier Innenstadt Nord hatte Petey Potters gefunden, den Obdachlosen, der auf dem Pier lebte, wo Erin Kelleys Leiche gefunden worden war. Sie brachten Petey zur Vernehmung ins Revier. Vince drehte sich um und lief zu den Aufzügen.

Petey hatte Schwierigkeiten mit dem Sehen. Er sah alles doppelt. Das passierte manchmal, wenn er ein paar Flaschen spanischen Rotwein intus hatte. Statt dreier Polizisten sah er drei Paar Zwillingspolizisten. Niemand schaute freundlich.

Petey dachte an das tote Mädchen. Wie kalt sie sich angefühlt hatte, als er ihr die Halskette abgenommen hatte.

Was sagte der Bulle da? »Petey, auf Erin Kelleys Hals sind Fingerabdrücke. Wir werden sie mit deinen vergleichen.«

Verschwommen fiel Petey einer seiner Freunde ein, der zufällig jemanden gestochen hatte. Er saß jetzt seit fünf Jahren im Knast, obwohl der, den er gestochen hatte, kaum einen Kratzer davongetragen hatte. Petey hatte nie Probleme mit den Bullen gehabt. Nie. Er konnte keiner Fliege was zuleide tun.

Das sagte er ihnen. Er merkte, daß sie ihm nicht glaubten.

»Hören Sie«, vertraute er ihnen unaufgefordert an. »Ich hab dieses Mädchen gefunden. Ich hatte nicht mal genug Geld, um mir 'ne Tasse Kaffee zu kaufen.« Tränen traten ihm in die Augen, als er sich daran erinnerte, wie durstig er gewesen war. »Ich konnte sehen, daß die Halskette aus echtem Gold war. Eine lange Kette mit vielen goldenen Münzen. Ich dachte, wenn ich sie nicht nehm, dann nimmt sie der nächstbeste, der vorbeikommt. Vielleicht auch der eine oder andere Polizist, von dem ich gehört habe.« Er bedauerte sofort, daß er das gesagt hatte.

»Was hast du mit der Halskette gemacht, Petey?«

»Hab sie für fünfundzwanzig Eier an diesen Kerl verkauft, der in der Seventh Avenue beim Central Park South arbeitet.«

»An-und-Verkauf-Bert«, bemerkte einer der Polizisten. »Wir knöpfen ihn uns vor.«

»Wann hast du die Leiche gefunden, Petey?« fragte Vince.

»Als ich spätmorgens aufwachte.« Petey blinzelte. Seine Augen nahmen einen listigen Ausdruck an. »Aber ganz früh, ich meine, wirklich früh, als es noch stockfinster war, hörte ich einen Wagen auf dem Pier, der an meinem Platz vorbeifuhr und dann anhielt. Ich dachte, das ist vielleicht ein Drogendeal, und blieb drinnen. Ehrlich.«

»Auch noch, als du wußtest, daß er weggefahren war?« fragte einer der Kriminalbeamten. »Du hast nicht mal rausgelugt?«

»Na ja, als ich sicher war, daß er weg war …«

»Hast du ihn noch gesehen, Petey?«

Sie glaubten ihm. Er wußte das. Wenn er ihnen nur noch was erzählen könnte, damit sie das Gefühl hätten, er arbeite mit. Petey zwang seinen Alkoholnebel, für den Bruchteil einer Sekunde aus seinem Hirn zu weichen. Ihm schoß durch den Kopf, wie er tagelang mit einer Flasche schmutzigem Wasser und einem Scheibenputzer an der Ausfahrt des West Side Highway in der 56. Straße gestanden hatte. Er hatte reichlich Gelegenheit gehabt, sich zu merken, wie Autos von hinten aussahen.

Wieder sah er die Rücklichter des Wagens, der vom Pier verschwand. Da war etwas mit dem Rückfenster. »Es war ein Kombiwagen«, sagte er triumphierend. »Bei Birdies Grab, es war ein Kombiwagen.«

Als der Nebel zurückkam, mußte Petey sich zwingen, nicht zu kichern. Birdie war vermutlich noch höchst lebendig.

Darcy und Nona hatten geplant, am Samstag abend zusammen zu essen. Andere Freunde riefen an und sagten, sie sollten mit ihnen kommen, aber Darcy war noch nicht in der Stimmung, Leute zu treffen.

Sie verabredeten, sich in Jimmy Nearys Restaurant in der 57. Straße zu treffen. Darcy kam als erste. Jimmy hatte den linken hinteren Ecktisch für sie reserviert. »Erin war eines der hübschesten Mädchen, die je durch diese Tür gekommen sind, sie möge in Frieden ruhen.« Er tätschelte Darcys Hand. »Sie waren ihr eine wunderbare Freundin. Und glauben Sie nicht, ich wüßte das nicht. Manchmal, wenn sie vorbeikam, um schnell etwas zu essen, setzte ich mich einen Augenblick zu ihr. Ich sagte ihr, sie solle sich in acht nehmen, wenn sie diese verrückten Annoncen beantwortete.«

Darcy lächelte. »Ich bin überrascht, daß sie Ihnen davon erzählt hat, Jimmy. Sie muß doch gewußt haben, daß Sie das nicht billigen würden.«

»Allerdings nicht. Letzten Monat suchte sie in ihrer Jackentasche nach einem Taschentuch, und dabei fiel eine Anzeige heraus, die sie aus einer Zeitschrift gerissen hatte. Sie fiel auf den Boden, und als ich sie aufhob, sah ich, was es war. Ich sagte zu ihr: ›Erin, ich hoffe, Sie geben sich nicht mit solchen Dummheiten ab.‹«

»Genau das habe ich befürchtet«, sagte Darcy zu ihm. »Das FBI versucht jetzt, alle zu finden, denen Erin geschrieben oder die sie getroffen hat, aber ich bin sicher, die Liste ist nicht vollständig.« Darcy beschloß, ihm nicht zu sagen, daß auch sie Annoncen beantwortete. »Erinnern Sie sich noch, was in der Anzeige stand?«

Neary runzelte nachdenklich die Stirn. »Nein, aber ich hab sie genau gesehen, und es wird mir schon wieder einfallen. Etwas mit Singen oder – ach, es wird schon wiederkommen. Schauen Sie, da kommt Nona mit noch jemandem.«

Vince folgte Nona an den Tisch. »Ich bleibe nur eine Minute«, sagte er zu Darcy. »Ich will Sie nicht beim Essen stören, aber ich habe versucht, Sie zu erreichen, Nona angerufen und erfahren, daß Sie hier sind.«

»Das ist schon in Ordnung, und es wäre nett, wenn Sie blieben.« Darcy merkte, daß Nonas Augen glänzten, wie sie es nie zuvor gesehen hatte. »Hat man Ihnen ausgerichtet, daß Erin einem ihrer Kandidaten erzählt hat, sie habe den Hausmeister wieder in ihrer Wohnung angetroffen?«

»Ich habe Boxer heute gesehen.« Vince zog eine Augenbraue hoch. »Wieder?«

»Erin hat mir schon voriges Jahr von solchen Vorfällen erzählt, aber sie hat sie immer als harmlos abgetan. Offenbar hat sie vor zwei Wochen ihre Meinung geändert.«

»Wir behalten ihn und auch andere Leute im Auge. Ich würde gern etwas von dem Typ von gestern abend hören.«

»Er war ein netter Bursche ...«

Die Kellnerin kam, um ihre Bestellungen aufzunehmen. Sie schaute Darcy mit einem raschen, mitfühlenden Lächeln an.

Dubonnet für Darcy und Nona. Ein Bier für Vince.

Darcy und Nona entschieden sich für Rotbarsch. Energisch sagte Nona zu Vince: »Irgendwann müssen Sie doch auch essen.«

Er bestellte Corned beef und Kohl.

Vince kam wieder auf Darcys andere Verabredung zurück. »Ich möchte von jedem erfahren, den Sie treffen. Sie haben schon zwei gefunden, die zugaben, Erin gekannt zu haben. Bitte, lassen Sie mich entscheiden, wer wichtig ist und wer nicht.«

Sie erzählte ihm von David Welch. »Er ist ein Manager aus Boston, der für die Holden-Kette arbeitet. Soweit ich ihn verstanden habe, ist er in den letzten zwei Jahren, seit sie neue Warenhäuser eröffnet haben, zwischen Boston und New York hin und her gependelt.« Sie hatte das Gefühl, Vince D'Ambrosios Gedanken lesen zu können. *Seit zwei Jahren zwischen New York und Boston hin und her.* Sie sagte: »Das einzige, was mir auffiel, ist, daß er Einkäufer für Schuhe war.«

»Einkäufer für Schuhe! Wie heißt der Mann?« Vince schrieb in sein Notizbuch. »David Welch, Chiffre 1527. Sie können sicher sein, daß wir ihn überprüfen. Darcy, hat Nona Ihnen von den Schuhen erzählt, die den Eltern des Mädchens aus Lancaster zugeschickt wurden?«

»Ja.«

Er zögerte, schaute sich um und sah, daß die Leute am Nebentisch in ihr eigenes Gespräch vertieft waren. »Wir versuchen, das nicht bekannt werden zu lassen. Gestern sind wieder zwei nicht zusammenpassende Schuhe angekommen. Es waren die Gegenstücke zu denen, die Nan Sheridan vor fünfzehn Jahren trug.«

Darcy umklammerte die Tischkante. »Dann ist Erins Tod vielleicht doch keine Nachahmungstat.«

»Wir wissen es einfach nicht. Wir stellen Nachforschungen an, um festzustellen, ob jemand, der Claire Barnes kannte, vielleicht auch Nan Sheridan kannte.«

»Und Erin?« fragte Nona.

»Dann wäre natürlich klar, daß wir es hier mit einem neuen Ted Bundy zu tun haben, der jahrelang mit Serienmorden davonkam.« Vince legte seine Gabel ab. »Ich muß es Ihnen ohne Umschweife sagen. Eine Menge Leute, die auf diese Anzeigen antworten, erweisen sich als sehr verschieden davon, wie sie sich selbst beschreiben. Alle jungen Frauen, die unser Computer als mögliche Opfer eines Serienmörders ausgemacht hat, sind in Ihrer Altersklasse, Ihrer Intelligenzklasse, Ihrer Aussehensklasse. Mit anderen Worten, unser Mörder kann sich mit fünfzig Mädchen treffen, und dann kommt eine, die ihn antörnt. Ich weiß, ich kann Sie nicht davon abhalten, diese Annoncen zu beantworten. Offen gesagt, Sie haben ein paar sehr interessante Leute für unsere Nachforschungen aufgetrieben. Trotzdem sind Sie nicht darauf trainiert, den Lockvogel zu spielen. Sie sind eine überaus nette, verwundbare junge Frau, die nicht die Fähigkeit besitzt, sich selbst zu schützen, wenn sie plötzlich feststellt, daß jemand sie in die Enge getrieben hat.«

»Ich habe nicht die Absicht, mich in die Enge treiben zu lassen.«

Vince trank noch rasch einen Kaffee und ging dann. Er erklärte, sein Sohn Hank komme mit dem Zug aus Long Island, und er wolle in der Wohnung sein, wenn er einträfe.

Nonas Augen folgten ihm, als er innehielt, um die Rechnung zu bezahlen. »Hast du seine Krawatte bemerkt?« fragte sie. »Heute war sie blauschwarz kariert, und das zu einer braunen Tweedjacke.«

»So? Na, dich scheint das nicht zu stören.«

»Nein, es gefällt mir. Vince D'Ambrosio ist so entschlossen, den zu finden, der dieses Mädchen umgebracht hat, daß er todsicher alles Unwichtige ausblendet. Zufällig habe ich im Haus der Barnes' in Lancaster angerufen, als sie gerade das Päckchen mit den Schuhen aufgemacht hatten, und ich kann dir sagen, es brach mir das Herz, sie zu hören. Heute habe ich Nan Sheridans Bruder angerufen und ihn gefragt, ob er in die Sendung kommen wolle. In seiner Stimme konnte ich denselben Schmerz hören. Oh, Darcy, um Himmels willen, sei bloß vorsichtig.«

12

SONNTAG, 3. MÄRZ

Am Sonntag morgen um neun Uhr rief Michael Nash an. »Ich habe an Sie gedacht, mir sogar Sorgen gemacht. Wie geht's?«

Sie hatte einigermaßen gut geschlafen. »Ganz gut, denke ich.«

»Hätten Sie Lust zu einer Fahrt nach Bridgewater, New Jersey, und einem frühen Abendessen?« Er wartete ihre Antwort nicht ab. »Für den Fall, daß Sie noch nicht aus dem Fenster geschaut haben, es ist ein herrlicher Tag. Fühlt sich richtig nach Frühling an. Meine Haushälterin ist eine großartige Köchin und muß wegen Frustration in Therapie, wenn ich nicht wenigstens am Wochenende einmal einen Gast mit nach Hause bringe.«

Irgendwie hatte sie sich vor diesem Tag gefürchtet. Wenn sie keine anderen Pläne hatten, hatten sie und Erin sich sonntags oft zum Brunch getroffen und den Nachmittag im Lincoln Center oder in einem Museum verbracht. »Das hört sich gut an.« Sie machten aus, daß er sie um halb zwölf abholen sollte.

»Und machen Sie sich bloß nicht fein. Wenn Sie gern reiten, ziehen Sie Jeans an. Ich habe ein paar verdammt gute Pferde.«

»Ich reite schrecklich gern.«

Sein Wagen war ein zweisitziger Mercedes. »Todschick«, sagte Darcy.

Nash trug ein Mao-Hemd mit Stehkragen, Jeans und ein Fischgrätjackett. Neulich abends beim Essen hatte sie den Eindruck gehabt, er habe freundliche Augen. Heute waren sie noch immer freundlich, aber es war noch etwas anderes da. Vielleicht, sagte sie sich, ist das einfach der Blick, den ein Mann bekommt, wenn er sich für eine Frau interessiert. Darcy stellte fest, daß der Gedanke ihr gefiel.

Die Fahrt war angenehm. Als sie auf Route 287 südlich vorankamen, verschwanden die Vorstädte. Die Häuser, die man von der Straße aus sah, waren nun immer weiter voneinander entfernt. Nash sprach mit liebevoller Wärme über seine Eltern. »Um mit dem alten Werbespot zu reden: ›Mein Vater machte sein Geld auf die altmodische Art: Er verdiente es.‹ Als ich geboren wurde, ging es gerade richtig los. Zehn Jahre lang zogen wir jedes Jahr um. Ein Haus wurde größer als das andere, bis er das gegenwärtige Anwesen kaufte. Da war ich elf. Wie ich Ihnen schon sagte, mein Geschmack war etwas schlichter, aber, mein Gott, er war so stolz an dem Tag, an dem wir einzogen. Trug meine Mutter über die Schwelle.«

Irgendwie war es leicht, mit Michael Nash über ihre berühmten Eltern und die Villa in Bel-Air zu reden. »Ich fühlte mich da immer wie ein Wechselbalg, als müsse die Prinzessin, die Tochter des königlichen Paares, in einer Hütte leben, und ich nähme zu Unrecht ihren Platz ein.« *Wie ist es nur möglich, daß zwei so schöne Menschen ein so unansehnliches Kind in die Welt setzen?*

Erin war der einzige Mensch, der davon gewußt hatte. Jetzt ertappte Darcy sich dabei, daß sie es Michael Nash erzählte. Dann fügte sie hinzu: »He, heute ist Sonntag. Sie haben frei, Doktor. Seien Sie vorsichtig, Sie haben so eine Art, als könnten Sie einfach zu gut zuhören.«

Er schaute sie an. »Und als Sie aufwuchsen, haben Sie nie in den Spiegel gesehen und erkannt, was für ein dummer Satz das war?«

»Hätte ich das sollen?«

»Ich denke schon.« Er steuerte den Wagen vom Highway aus durch den malerischen Ort und dann über eine Landstraße. »Da, wo der Zaun ist, beginnt unser Grundstück.«

Es dauerte eine volle Minute, bis sie in das Tor einbogen. »Mein Gott, wie viele Morgen haben Sie denn?«

»Vierhundert.«

Beim Essen im »Le Cirque« hatte er gesagt, das Haus sei überladen. Im stillen stimmte Darcy ihm zu, entschied aber trotzdem, daß es ein imposantes und stattliches Anwesen war. Die Bäume und Pflanzen waren kahl, und es gab keine Blumen, aber die immergrünen Sträucher, die die lange Einfahrt säumten, waren üppig und voll. »Falls Sie feststellen, daß es Ihnen hier gefällt, kommen Sie nächsten Monat wieder; dann lohnt sich die Fahrt«, sagte Nash.

Mrs. Hughes, die Haushälterin, hatte ein leichtes Mittagessen vorbereitet. Geviertelte Sandwiches ohne Kruste, belegt mit Huhn, Schinken und Käse, dann Kekse und Kaffee. Sie betrachtete Darcy wohlwollend und Michael streng. »Ich hoffe, das ist genug, Miss. Der Doktor sagte, da Sie früh zu Abend essen, solle ich es nicht übertreiben.«

»Es ist genau richtig«, antwortete Darcy aufrichtig. Sie aßen im Frühstückszimmer neben der Küche. Michael machte mit ihr einen kurzen Rundgang durch das Haus.

»Perfekt wie aus einer Zeitschrift für Innenarchitektur«, sagte er, »finden Sie nicht? Antiquitäten, die ein Vermögen gekostet haben. Ich habe den Verdacht, daß die Hälfte davon gefälscht ist. Eines Tages werde ich alles verändern, aber im Augenblick lohnt sich die Mühe nicht. Wenn ich nicht gerade Gäste habe, lebe ich in meinem Arbeitszimmer. Da sind wir.«

»Das ist wirklich ein angenehmes Zimmer«, sagte Darcy mit aufrichtigem Vergnügen. »Warm. Bewohnt. Wunderbarer Blick. Gute Beleuchtung. Dieses Aussehen versuche ich Räumen zu geben, wenn ich sie ausstatte.«

»Sie haben mir wirklich nicht viel über Ihren Beruf erzählt. Ich möchte mehr darüber hören, aber wie wär's jetzt mit einem Ritt? John hält die Pferde bereit.«

Darcy hatte im Alter von drei Jahren zu reiten begonnen. Das war eine der wenigen Aktivitäten, die sie nicht mit Erin geteilt hatte. »Sie hatte Angst vor Pferden«, erzählte Darcy Michael, als sie sich auf die kohlschwarze Stute schwang.

»Dann ist ein Ritt für Sie ja heute Gott sei Dank nicht mit Erinnerungen befrachtet. Das ist gut.«

Die Luft, frisch und sauber, schien endlich den Duft der Beerdigungsblumen aus ihrer Nase zu vertreiben. Sie ritten in leichtem Galopp über Michaels Grundstück, ließen die Pferde langsamer gehen, als sie den Ort durchquerten, und schlossen sich anderen Reitern an, die er als seine Nachbarn vorstellte.

Um sechs Uhr aßen sie in dem kleinen Speisezimmer zu Abend. Es war kälter geworden. Ein Feuer flackerte im Kamin, der Weißwein war kaltgestellt, auf der Anrichte stand dekantierter Rotwein. John Hughes, jetzt in Livree, servierte das wunderbar zubereitete Mahl. Krabbencocktail, Kalbsmedaillons, winzige Spargelstangen, Röstkartoffeln. Grüner Salat mit Pfefferkäse. Sorbet. Espresso.

Darcy seufzte, als sie den Kaffee trank. »Ich kann Ihnen gar nicht genug danken. Wenn ich den ganzen Tag allein zu Hause verbracht hätte, wäre es ziemlich schlimm gewesen.«

»Und wenn ich hier den ganzen Tag allein zugebracht hätte, wäre das ziemlich langweilig gewesen.«

Als sie gingen, konnte sie zufällig hören, wie Mrs. Hughes mit ihrem Mann sprach. »Endlich einmal ein nettes Mädchen. Ich hoffe, der Doktor bringt sie wieder mit.«

13

MONTAG, 4. MÄRZ

Am Montag abend traf Jay Stratton sich in der »Oak Bar« des Hotels »Plaza« mit Merrill Ashton. Das Armband, ein Brillantband in hübscher viktorianischer Fassung, gefiel Ashton auf Anhieb. »Frances wird es zauberhaft finden«, sagte er begeistert. »Ich bin wirklich froh, daß Sie mich auf die Idee gebracht haben, es für sie zu bestellen.«

»Ich wußte, daß es Ihnen gefallen würde. Ihre Gattin ist eine sehr hübsche Frau. Das Armband wird ihr gut stehen. Wie ich Ihnen schon sagte, möchte ich, daß Sie es schätzen lassen, wenn Sie nach Hause kommen. Wenn der Juwelier Ihnen sagt, es sei auch nur einen Cent weniger wert als 40 000 Dollar, dann kommt unser Handel nicht zustande. Tatsächlich wird er Ihnen zweifellos sagen, daß Sie ein gutes Geschäft gemacht haben. Ich hoffe, zu Weihnachten werden Sie an ein weiteres Schmuckstück für Frances denken. Ein Brillantcollier? Brillantohrringe? Wir werden sehen.«

»Das hier ist also ein unter Selbstkostenpreis angebotener Lockvogel für mich?« kicherte Ashton, während er nach seinem Scheckbuch griff. »Gutes Geschäft.«

Jay spürte das besondere Prickeln, das sich einstellte, wenn er Risiken einging. Jeder anständige Juwelier würde Ashton sagen, daß das Armband auch bei einem Preis von 50 000 Dollar noch ein gutes Geschäft war. Morgen hatte er zum Mittagessen eine Verabredung mit Enid Armstrong. Er konnte es gar nicht erwarten, ihren Ring in die Hand zu bekommen.

Danke, Erin, dachte er, als er den Scheck einsteckte.

Ashton lud Stratton zu einem kleinen Imbiß ein, ehe er zum Flughafen aufbrach. Er nahm die Maschine um neun Uhr dreißig zurück nach Winston-Salem. Stratton erklärte, er müsse um sieben einen Kunden treffen. Er fügte nicht hinzu, daß Darcy Scott nicht gerade die Art von Kundin war, die er sich wünschte. Er hatte einen Scheck über 17 500 Dollar in der Tasche; die 20 000 von Bertolini abzüglich seiner Provision.

Er verabschiedete sich überschwenglich von Ashton. »Meine besten Grüße an Ihre Frau. Ich weiß, wie glücklich Sie sie machen werden.«

Stratton bemerkte nicht, daß ein anderer Mann leise von einem nahen Tisch aufstand und Merrill Ashton in die Halle folgte.

»Dürfte ich Sie einen Augenblick sprechen, Sir?«

Ashton nahm die Karte, die ihm dargeboten wurde. *Nigel Bruce, Lloyd's of London.*

»Ich verstehe nicht«, stammelte Ashton.

»Sir, wenn Mr. Stratton herauskommt, möchte ich nicht gesehen werden. Würde es Ihnen etwas ausmachen, wenn wir in das Juweliergeschäft gleich da drüben gingen? Einer unserer Experten wird zu uns kommen. Wir möchten gern einen Blick auf das Schmuckstück werfen, das Sie gerade gekauft haben.« Der Versicherungsdetektiv hatte Mitleid, als er Ashtons verwirrte Miene sah. »Reine Routine, Sir.«

»Routine! Wollen Sie damit andeuten, daß das Armband, das ich gerade gekauft habe, gestohlen ist?«

»Ich deute gar nichts an, Sir.«

»Doch, das tun Sie. Nun, wenn mit diesem Armband irgend etwas nicht stimmt, dann möchte ich es auf der Stelle wissen. Der Scheck ist noch nicht eingelöst. Ich kann ihn morgen früh sperren lassen.«

Der Reporter der *New York Post* hatte seine Sache gut gemacht. Irgendwie hatte er in Erfahrung gebracht, daß in Nan Sheridans Haus ein Päckchen eingetroffen war und daß es die Gegenstücke der nicht zueinander passenden Schuhe enthielt, die sie getragen hatte, als sie tot aufgefunden wurde. Nan Sheridans Foto; Erins Foto; Claire Barnes' Foto. Alle drei nebeneinander groß auf der Titelseite. SERIENMÖRDER LÄUFT FREI HERUM.

Darcy las die Zeitung in einem Taxi auf dem Weg zum »Plaza«.

»Wir sind da, Miss.«

»Was? Oh, gut. Vielen Dank.«

Sie war froh, daß sie an diesem Tag einen Termin nach dem anderen hatte. Wieder hatte sie Kleidung zum Wechseln ins Büro mitgenommen, diesmal war es das rote Wollensemble, das sie beim letzten Einkaufsbummel mit ihrer Mutter gekauft hatte. Als sie aus dem Taxi stieg, erinnerte sie sich, daß sie es getragen hatte, als sie zum letzten Mal mit Erin sprach. Wenn ich sie doch nur noch einmal gesehen hätte, dachte sie.

Es war zehn vor sieben, etwas zu früh für ihr Treffen mit Jay Stratton. Darcy beschloß, noch kurz in den »Oak Room« zu schauen. Fred, der Oberkellner des Restaurants, war ein alter Freund. Solange sie sich erinnern konnte, hatten ihre Eltern im »Plaza« gewohnt, wenn sie nach New York kamen.

Etwas, das Michael Nash gestern gesagt hatte, nagte an ihr. Hatte er ihr nicht zu verstehen gegeben, daß sie noch immer ihren kindlichen Groll über eine achtlose, ja grausame Bemerkung hege, die mit der Gegenwart nichts zu tun hatte? Sie stellte fest, daß sie sich auf die nächste Begegnung mit Nash freute. Es war, als bekomme sie eine Gratisbehandlung. Aber ich möchte ihn danach fragen, gestand sie sich ein, als Fred strahlend herbeieilte, um sie zu begrüßen.

Pünktlich um sieben ging sie nach nebenan in die Bar. Jay Stratton saß an einem Ecktisch. Sie hatte ihn nur einmal gesehen, und zwar in Erins Wohnung. Ihr erster Eindruck war entschieden ungünstig gewesen. Er war wütend über das fehlende Bertolini-Collier gewesen, und als sie es dann gefunden hatten, hatte er auf ängstliche Sorge um den nicht vorhandenen Beutel mit Brillanten umgeschaltet. Die Sache mit dem Collier hatte ihn wesentlich mehr interessiert als die Tatsache, daß Erin vermißt wurde. Heute gab er sich wie ein anderer Mensch. Er bemühte sich, größtmöglichen Charme zu versprühen. Irgendwie war Darcy sicher, daß sie den wahren Jay Stratton in Erins Wohnung erlebt hatte.

Sie fragte ihn, wo er Erin kennengelernt habe.

»Lachen Sie nicht. Sie hat auf eine Kontaktanzeige geantwortet, die ich aufgegeben hatte. Ich kannte sie flüchtig und rief sie an. Einer von diesen glücklichen Zufällen. Bertolini hatte mit mir über die Neufassung dieser Steine gesprochen, und als ich Erins Brief las, fiel mir das wunderbare Stück ein, mit dem sie den N. W. Ayer-Preis gewonnen hatte. So kamen wir zusammen. Es war rein geschäftlich, obwohl sie mich bat, sie zu einer Wohltätigkeitsveranstaltung zu begleiten. Ein Kunde hatte ihr die Einladungen gegeben. Wir tanzten die ganze Nacht durch.«

Warum hält er es für nötig, mir zu sagen, es sei »rein geschäftlich« gewesen? fragte sich Darcy. War es für Erin auch rein geschäftlich gewesen? Erst vor sechs Monaten hatte Erin fast sehnsüchtig gesagt: »Weißt du, Darce, ich bin an einem Punkt, wo ich wirklich gern einen netten Mann kennenlernen und mich wahnsinnig verlieben möchte.«

Der Jay Stratton, der ihr gegenüber am Tisch saß, aufmerksam, gutaussehend, fähig, Erins Talent zu erfassen, mochte durchaus diesem Wunsch entsprochen haben.

»Auf welche Anzeige von Ihnen hat sie geantwortet?«

Stratton zuckte die Achseln. »Ehrlich gesagt, ich gebe so viele auf, daß ich sie vergesse.« Er lächelte. »Sie sehen schockiert aus, Darcy. Ich will Ihnen dasselbe erklären, was ich Erin erklärt habe. Eines Tages werde ich eine sehr reiche Frau heiraten. Ich habe sie noch nicht kennengelernt, aber seien Sie versichert, so wird es kommen. Durch diese Anzeigen lerne ich viele Frauen kennen. Es ist nicht sehr schwierig, ältere Frauen ganz sanft dazu zu überreden, daß sie ihre Einsamkeit lindern, indem sie sich selbst ein besonders schönes Schmuckstück gönnen oder ihre Ringe, Halsketten oder Armbänder umarbeiten lassen. Sie sind glücklich, ich bin glücklich.«

»Warum erzählen Sie mir das?« fragte Darcy. »Ich hoffe nicht, daß Sie mich auf diese Art ohne Anstrengung loswerden wollen. Ich betrachte den heutigen Abend nicht als Rendezvous. Für mich ist er ›rein geschäftlich‹.«

Stratton schüttelte den Kopf. »So anmaßend wäre ich nie. Ich sage Ihnen genau dasselbe, was ich Erin gesagt habe, nachdem sie mir erklärt hatte, warum sie auf Bekanntschaftsanzeigen antwortet. Der Dokumentarfilm Ihrer Redakteursfreundin, nicht?«

»Ja.«

»Was ich zu erklären versuchte, und vermutlich habe ich mich ungeschickt ausgedrückt, ist, daß es zwischen Erin und mir keinen romantischen Funken gab. Und noch etwas liegt mir am Herzen. Ich möchte mich aufrichtig für mein Verhalten bei unserer ersten Begegnung entschuldigen. Bertolini ist ein guter Kunde von mir. Ich hatte nie zuvor mit Erin gearbeitet. Ich kannte sie nicht gut genug, um völlig sicher zu sein, daß sie nicht aus einer Laune heraus verreisen und den Ablieferungstermin vergessen würde. Glauben Sie mir, es war mir furchtbar unangenehm, als ich darüber nachdachte und mir über den Eindruck klarwurde, den ich auf Sie gemacht haben muß, als Sie krank vor Sorge um Ihre Freundin waren und ich nur über Ablieferungstermine redete.«

Ein feiner Vortrag, dachte Darcy. Ich sollte ihn warnen und ihm sagen, daß ich den größten Teil meines Lebens mit den beiden besten Schauspielern des Landes verbracht habe. Sie fragte sich, ob es angebracht wäre, in Applaus auszubrechen. »Haben Sie den Scheck für das Collier?«

»Ja. Ich wußte nicht, wie ich ihn ausstellen soll. Finden Sie *Nachlaß Erin Kelley* angemessen?«

Nachlaß Erin Kelley. All die Jahre hindurch war Erin fröhlich ohne die Dinge ausgekommen, die die meisten ihrer Freundinnen als wesentlich ansahen. So stolz, daß sie ihren Vater in einem privaten Pflegeheim unterbringen konnte. Eben auf der Schwelle zum ganz großen Erfolg. Darcy schluckte den Kloß, der ihr in der Kehle saß, und sagte: »Ja, das geht.«

Sie blickte auf den Scheck nieder. 17 500 Dollar für den Nachlaß Erin Kelley, gezogen auf die Chase Manhattan Bank und unterschrieben von Jay Charles Stratton.

14

DIENSTAG, 5. MÄRZ

Als Agent Vincent D'Ambrosio am Dienstag morgen die Sheridan-Galerie betrat, schaute er sich rasch um, bevor er nach oben in Chris Sheridans Büro geführt wurde. Die Möbel erinnerten ihn an das, was sich in Nona Roberts' Wohnzimmer befand. Merkwürdig. Eines der Dinge, die immer auf seiner Liste gestanden hatten, war der Besuch von Kursen über Kunst und antike Möbel. Der Lehrgang des FBI über Kunstdiebstahl hatte seinen Appetit auf dieses Gebiet nur verstärkt.

Bis dahin, dachte Vince, während er einer Sekretärin durch den Korridor folgte, lebe ich mit Alices Fehlern. Als sie sich scheiden ließen, hatte er schon aufgehört, Fairneß von ihr zu erwarten. »Nimm mit, was du willst, wenn es dir so wichtig ist«, hatte er ihr angeboten.

Und sie hatte ihn beim Wort genommen.

Sheridan telefonierte gerade. Er lächelte und winkte Vince zu einem Stuhl. Scheinbar achtlos hörte Vince dem Gespräch zu. Es ging anscheinend um eine Sammlung, die stark überschätzt wurde.

Sheridan sagte gerade: »Sagen Sie Lord Kilman, daß sie ihm diese Summe vielleicht versprechen, sie aber nie werden bezahlen können. Wir können uns glücklich schätzen, wenn wir vernünftige Erstgebote bekommen. Der Markt gibt nicht mehr soviel her wie vor ein paar Jahren. Wäre er denn bereit, noch drei bis fünf Jahre abzuwarten? Wenn nicht, soll er sich unsere Schätzungen genau ansehen. Ich denke, dann wird er sehen, daß viele der Stükke, die er vor nicht allzu langer Zeit gekauft hat, ihm trotzdem noch einen hübschen Profit einbringen.«

Zuversicht. Sachkunde. Angeborene Wärme. So hatte Vince Chris Sheridan eingeschätzt, als er letzte Woche in Darien gewesen war. Neulich hatte er Sporthemd und Anorak getragen. Heute war er in einen anthrazitgrauen Anzug mit weißem Hemd und grauroter Krawatte gekleidet, ganz Geschäftsmann.

Chris legte auf und streckte die Hand über den Schreibtisch, um Vince zu begrüßen. Vince entschuldigte sich, ihn erst so kurz vorher benachrichtigt zu haben, und kam gleich zur Sache. »Als ich Sie letzte Woche sah, war ich ziemlich sicher, daß es sich bei dem Mord an Erin Kelley um eine Nachahmungstat handelte, und zwar wegen der *Authentische Verbrechen-Sendung* über Ihre Schwester. Aber jetzt bin ich nicht mehr so sicher.« Er erzählte ihm von Claire Barnes und dem Päckchen, das in ihrem Haus angekommen war.

Chris hörte aufmerksam zu. »Noch eine.«

Vince kam es so vor, als klinge aller noch vorhandene Schmerz über den Mord an seiner Schwester in diesen beiden Worten mit.

»Kann ich irgendwie behilflich sein?« fragte Chris.

»Ich weiß nicht«, sagte Vince unverblümt. »Wer immer Ihre Schwester umgebracht hat, er muß sie gekannt haben. Die passende Schuhgröße kann kein Zufall sein. Wir haben drei Möglichkeiten. Derselbe Mörder hat all die Jahre hindurch weiter junge Frauen getötet. Derselbe Mörder hörte zu töten auf und fing vor ein paar Jahren wieder damit an. Die dritte Möglichkeit ist, daß Nans Mörder seine Vorgehensweise jemand anderem anvertraute, der beschloß, an seiner Stelle weiterzumachen. Letzteres ist die unwahrscheinlichste Alternative.«

»Sie versuchen also, jemanden zu finden, der Nan gekannt hat und auch die anderen Frauen kannte?«

»Richtig. Obwohl in Erin Kelleys Fall wegen der fehlenden Brillanten immer noch die Möglichkeit besteht, daß wir es mit einem anderen Schuldigen zu tun haben. Deshalb möchten wir beide Alternativen verfolgen. Der Grund für mein Kommen ist, daß ich versuche, eine einzelne Person mit Nan, Erin Kelley und Claire Barnes in Verbindung zu bringen.«

»Jemanden, der vor fünfzehn Jahren meine Schwester kannte und in jüngster Zeit durch Kontaktanzeigen diese Mädchen kennengelernt hat?«

»Sie haben's erfaßt. Darcy Scott war Erin Kelleys beste Freundin. Die beiden hatten nur auf die Anzeigen geschrieben, weil eine Freundin von ihnen, die beim Fernsehen ist, eine Dokumentarsendung plant und sie gebeten hatte, bei den Recherchen mitzuhelfen. Darcy war einen Monat lang verreist. Sie gab Erin ein Muster der Briefe, die sie abschickte, und ein paar Fotos. Wir wissen, daß Erin einige dieser Annoncen für beide Mädchen beantwortet hat. Darcy hofft, daß Erins Mörder auch mit ihr Kontakt aufnehmen wird.«

Chris runzelte die Stirn. »Wollen Sie damit sagen, daß Sie einer anderen jungen Frau gestatten, sich als mögliches Opfer anzubieten?«

Vince hob die Hände, als wolle er diese Annahme von sich weisen. »Sie kennen Darcy Scott nicht. Ich gestatte ihr gar nichts. Sie selbst ist entschlossen, das zu machen. Allerdings muß ich ihr zugestehen, daß sie bereits ein paar sehr interessante Personen aufgetrieben und Informationen beschafft hat, die uns weiterhelfen könnten.«

»Trotzdem finde ich die Idee unmöglich«, sagte Chris gepreßt.

»Ich auch. Nachdem wir uns darüber einig sind, will ich Ihnen sagen, wie Sie vielleicht helfen können. Je eher wir diesen Burschen fassen, desto geringer die Gefahr, daß Darcy Scott oder einer anderen jungen Frau etwas passiert. Wir gehen nach Brown, um ein Verzeichnis aller Personen zu bekommen, die dort studierten oder unterrichteten, als Ihre Schwester da war. Wir vergleichen diese Namen mit allen, von denen wir wissen, daß Erin oder Darcy sich mit ihnen getroffen haben oder treffen. Außerdem fände ich es gut, wenn Sie neben den Schuljahrbüchern, die wir uns selbst besorgen können, alle Schnappschüsse, Alben und dergleichen ausgraben würden, aus denen man auf Freunde oder Bekannte Ihrer Schwester schließen kann. Sie müssen wissen, daß nicht jeder, der eine Kontaktanzeige beantwortet, seinen richtigen Namen benutzt. Ich möchte, daß Darcy Scott sich Nans Fotos anschaut. Vielleicht erkennt sie jemanden, den sie bei ihren Recherchen getroffen hat.«

»Natürlich haben wir zahllose Schnappschüsse von Nan«, sagte Chris langsam. »Vor zehn Jahren, nach dem Tod meines Vaters, konnte ich meine Mutter überreden, die meisten davon einzupacken und in den Speicher zu bringen. Mutter gab zu, daß Nans Zimmer allmählich zum Schrein wurde.«

»Gut gemacht«, sagte Vince. »Sie müssen ziemlich überzeugend gewesen sein.«

Chris lächelte kurz. »Ich wies sie darauf hin, daß es einer der hellsten Räume im Haus ist und ein wunderbares Besuchszimmer für zukünftige Enkel wäre. Das Problem ist nur, wie meine Mutter mir häufig in Erinnerung ruft, daß ich diese Enkel noch nicht geliefert habe.« Das Lächeln verschwand. »Ich kann erst am Wochenende nach Connecticut fahren. Am Sonntag bringe ich alles mit zurück.«

Vince stand auf. »Das ist sehr freundlich von Ihnen. Ich weiß, wie schwer das alles für Ihre Mutter ist, aber wenn es dazu führt, daß wir den Kerl finden, der für den Tod Ihrer Schwester verantwortlich ist, dann wird ihr das schließlich auch Frieden geben, glauben Sie mir.«

Als er sich umwandte, um zu gehen, ertönte sein Piepser. »Dürfte ich vielleicht in meinem Büro anrufen?«

Sheridan reichte ihm das Telefon und beobachtete, wie D'Ambrosios Stirn sich bewölkte. »Was ist mit Darcy?«

Chris Sheridan spürte plötzlich eine kalte, düstere Vorahnung. Er kannte dieses Mädchen nicht, empfand aber unvermittelt Angst um sie. Er hatte nie jemandem gesagt, daß er an dem Morgen nach Nans Geburtstagsparty gehört hatte, wie seine Schwester zum Joggen aufbrach. Er war noch schlaftrunken gewesen und hatte eigentlich aufstehen wollen. Irgendein Instinkt hatte ihn gedrängt, ihr zu folgen. Doch dann hatte er ihn achselzuckend abgetan und sich auf die andere Seite gedreht, um weiterzuschlafen.

Vince legte den Hörer auf und wandte sich wieder an Chris. »Gibt es irgendeine Möglichkeit, daß Sie diese Bilder sofort beschaffen? Die Polizei von White Plains hat angerufen. Der Vater von Janine Wetzl, einem der vermißten Mädchen, hat gerade das gleiche Päckchen bekommen wie Ihre Mutter und die Familie Barnes. Ihren eigenen Schuh und einen hochhackigen weißen Satinpumps.« Er schlug mit der Hand auf den Tisch. »Und während ein Beamter diesen Anruf entgegennahm, rief Darcy Scott an. Sie hatte soeben ein Päckchen aufgemacht, das mit der Morgenpost gekommen war. Die Gegenstücke der Schuhe, die an Erins Leiche gefunden wurden, hat man an Darcy Scott geschickt.«

Chris wußte, die Frustration und Wut, die er an Vince D'Ambrosio sah, spiegelten seinen eigenen Ausdruck wider. »Warum, zum Teufel, macht er das?« stieß er hervor. »Um zu beweisen, daß die Mädchen tot sind? Zum Spott? Was bringt ihn dazu?«

»Wenn ich das weiß, weiß ich auch, wer er ist«, sagte Vince ruhig. »Dürfte ich jetzt vielleicht noch einmal Ihr Telefon benutzen? Ich muß Darcy Scott anrufen.«

In dem Moment, als Darcy das Päckchen sah, hatte sie Bescheid gewußt. Der Postbote kam, als sie gerade zur Arbeit gehen wollte. Er hatte ihr das Päckchen, die Briefe und Werbesendungen gegeben. Danach hatte er verwirrt ausgesehen, erinnerte sich Darcy, weil sie seinen Gruß nicht erwidert hatte.

Steif wie ein Automat war sie nach oben in ihre Wohnung gegangen und hatte das Päckchen auf den Tisch am Fenster gelegt. Absichtlich behielt sie die Handschuhe an, als sie es öffnete, die Schnur aufknotete und das Klebeband aufschlitzte.

Die Zeichnung des Schuhs auf dem Deckel. Den Deckel abnehmen. Das Seidenpapier auseinanderfalten. Darunter Erins Stiefel und einen rosasilbernen Abendschuh nebeneinander liegen sehen.

Der Schuh ist so hübsch, dachte sie. Er hätte wunderbar zu dem Kleid gepaßt, in dem Erin beerdigt wurde.

Sie brauchte Vince D'Ambrosios Nummer nicht nachzuschlagen, ihr Gehirn hielt sie mühelos parat. Er war nicht da, aber man versprach ihr, ihn zu benachrichtigen. »Können Sie zu Hause auf ihn warten?«

»Ja.«

Ein paar Minuten später rief er an und war binnen einer halben Stunde in ihrer Wohnung. »Das ist hart für Sie.«

»Ich habe mit dem Handschuh den Absatz des Abendschuhs

berührt«, gestand sie. »Ich mußte einfach wissen, ob er Erins Schuhgröße hatte. Er hatte.«

Vince sah sie mitfühlend an. »Vielleicht sollten Sie es heute langsam angehen lassen.«

Darcy schüttelte den Kopf. »Das wäre für mich das Allerschlimmste.« Sie versuchte zu lächeln. »Ich habe einen Termin für einen großen Auftrag, und dann, Sie werden es nicht erraten, habe ich heute abend eine Verabredung.«

Als Vince mit dem Päckchen gegangen war, fuhr Darcy direkt zu dem Hotel in der 23. Straße, das soeben den Besitzer gewechselt hatte. Es war klein, hatte insgesamt dreißig Gästezimmer, sah heruntergekommen und stark renovierungsbedürftig aus, aber es bot ungeheure Möglichkeiten. Die neuen Besitzer, ein Ehepaar Ende Dreißig, erklärten, die Kosten der Grundrenovierung würden für die Neumöblierung sehr wenig Geld übriglassen. Sie waren entzückt über ihren Vorschlag, das Haus im Stil eines englischen Landgasthofs auszustatten. »Ich kann bei Privatverkäufen eine Menge gut erhaltener Sofas und Polstersessel und Lampen und Tische besorgen«, sagte sie. »Wir können diesem Haus sehr viel Charme geben. Schauen Sie sich das ›Algonquin‹ an. Die intimste Bar in Manhattan, und es wird Ihnen schwerfallen, einen Sessel zu finden, der nicht abgewetzt ist.«

Mit dem Ehepaar ging sie durch die Zimmer, notierte sich die verschiedenen Zuschnitte und Maße und hielt fest, welche Möbel noch brauchbar waren. Der Tag verging rasch. Sie hatte vorgehabt, nach Hause zu gehen und sich für ihre Verabredung umzuziehen, überlegte es sich aber anders. Als Doug Fields anrief, um das Treffen noch einmal zu bestätigen, sagte er ihr, er kleide sich zwanglos. »Sporthosen und Pullover sind für mich so etwas wie meine Uniform.«

Sie trafen sich um sechs in der Grillbar in der 23. Straße. Darcy kam auf die Minute pünktlich. Doug Fields kam eine Viertelstunde zu spät. Er platzte herein, eindeutig irritiert und voller Entschuldigungen. »Ich schwöre, so einen Verkehr habe ich hier noch nie erlebt. Es waren so viele Autos wie auf einem Fließband in Detroit. Tut mir schrecklich leid, Darcy. Ich lasse nie jemanden warten. Das liegt mir nicht.«

»Es spielt wirklich keine Rolle.« Er sieht gut aus, dachte Darcy. Attraktiv. Warum mußte er gleich betonen, daß er nie jemanden warten läßt?

Bei einem Glas Wein hörte sie ihm zu, und zwar auf zwei Ebenen. Er war amüsant, selbstsicher, beredt. Überaus liebenswürdig. Er war in Virginia aufgewachsen und dort zur Universität gegangen, bis er sein Jurastudium abgebrochen hatte. »Ich hätte einen lausigen Anwalt abgegeben. Bin nicht zupackend genug, um den richtigen Nerv zu treffen.«

Den Nerv zu treffen. Darcy dachte an die Quetschungen an Erins Hals.

»Ich hab dann Kunst studiert. Meinem Vater habe ich gesagt, statt über Büchern zu grübeln, machte ich Karikaturen von den Professoren. Es war eine gute Entscheidung. Ich illustriere gern und lebe gut davon.«

»Da gibt es den alten Spruch: ›Wenn du ein Jahr lang glücklich sein willst, mußt du in der Lotterie gewinnen; wenn du dein Leben lang glücklich sein willst, mußt du deinen Beruf lieben.‹« Darcy hoffte, entspannt zu klingen. Er war ein Mann, der Erin gefallen hätte, einer, dem sie nach ein oder zwei Verabredungen vertraut hätte. Ein Künstler? Die Zeichnung? War denn jeder verdächtig?

Die unvermeidliche Frage kam. »Warum hat ein hübsches Mädchen wie Sie es nötig, auf Bekanntschaftsanzeigen zu antworten?«

Diesmal war die Frage leicht zu parieren. »Warum hat ein gutaussehender, erfolgreicher Mann wie Sie es nötig, Bekanntschaftsanzeigen aufzugeben?«

»Das ist ganz einfach«, sagte er prompt. »Ich war acht Jahre verheiratet, und jetzt bin ich es nicht mehr. Ich habe kein Interesse an ernsthaften Beziehungen. Lernt man im Haus von Freunden eine Frau kennen und geht ein paarmal mit ihr aus, schon schauen einen alle an und warten auf die große Ankündigung. Durch die Annoncen lerne ich viele nette Frauen kennen. Ich lege einfach die Karten auf den Tisch und warte ab, ob es klickt. Sagen Sie, wie viele Verabredungen aufgrund von Anzeigen hatten Sie diese Woche?«

»Sie sind die erste.«

»Und vorige Woche? Bei Montag angefangen?«

Montag stand ich an Erins Sarg, dachte Darcy. Dienstag sah ich zu, wie der Sarg begraben wurde. Mittwoch war ich zu Hause und habe das Dokumentarspiel über den Mord an Nan Sheridan gesehen. Donnerstag hatte sie Len Parker getroffen. Freitag David Weld, den sanften, eher schüchternen Mann, der behauptete, er sei Manager bei einer Warenhauskette und habe Erin nicht gekannt. Samstag Albert Booth, den Computerspezialisten, der sich für die Wunder des Desktop Publishing begeisterte und wußte, daß Erin sich vor ihrem Hausmeister fürchtete.

»Ach, kommen Sie, geben Sie doch zu, daß Sie vorige Woche Verabredungen hatten«, drängte Doug. »Ich habe Sie am Mittwoch angerufen, und Sie hatten erst heute abend Zeit.«

Verblüfft merkte Darcy, daß Leute in letzter Zeit häufig ihre Fragen wiederholen mußten. »Entschuldigung. Ja, ich hatte letzte Woche ein paar Verabredungen.«

»Und? War es lustig?«

Sie dachte daran, wie Len Parker an die Tür gehämmert hatte. »So kann man es auch ausdrücken.«

Er lachte. »Das spricht Bände. Ich habe auch ein paar ausgefallene Typen getroffen. Jetzt kennen Sie meine Lebensgeschichte. Wie wär's, wenn Sie mir Ihre erzählten?«

Sie gab eine sorgfältig revidierte Fassung zum besten.

»Sie haben viel ausgelassen«, sagte Doug, »das spüre ich, aber wenn Sie mich besser kennen, füllen Sie die Lücken auf.«

Sie lehnte ein zweites Glas Wein ab. »Ich muß wirklich gehen.«

Er versuchte nicht, sie aufzuhalten. »Ich eigentlich auch. Wann sehe ich Sie wieder, Darcy? Morgen abend? Essen wir zusammen?«

»Ich habe wirklich zu tun.«

»Donnerstag?«

»Ich arbeite an einem Auftrag, der mich ganz in Anspruch nimmt. Rufen Sie mich in ein paar Tagen an?«

»Ja. Und wenn Sie mich dann wieder abweisen, verspreche ich, nicht zu insistieren. Aber ich hoffe, Sie tun es nicht.«

Er ist wirklich nett, dachte Darcy, oder er ist ein verdammt guter Schauspieler.

Doug setzte sie in ein Taxi und winkte dann rasch eines für sich selbst heran. In der Wohnung zog er schnell den Pullover und die Sporthosen aus und schlüpfte wieder in den Anzug, den er im Büro getragen hatte. Um Viertel vor acht saß er im Zug nach Scarsdale. Um Viertel vor neun las er Trish eine Gutenachtgeschichte vor, während Susan für ihn ein Steak briet. Sie verstand vollkommen, wie anstrengend diese späten Termine waren. »Du arbeitest zuviel, Doug, Lieber«, hatte sie beruhigend gesagt, als er ins Haus gestapft war und ärgerlich verkündet hatte, er habe den früheren Zug um Haaresbreite verpaßt.

Jay Stratton wurde stundenlang intensiv verhört, aber er blieb gelassen. Seine einzige Erklärung für die Brillanten in dem Armband, das er an Merrill Ashton verkauft hatte, war, es müsse sich um einen schrecklichen Irrtum handeln. Erin Kelley hatte den Auftrag gehabt, Fassungen für eine Reihe edler Brillanten zu entwerfen. Stratton behauptete, irgendwie habe er einen Fehler gemacht und unabsichtlich einige Steine, die in dem Kelley übergebenen Brillantbeutel sein sollten, durch andere ersetzt. Das sollte nicht heißen, daß diese anderen Steine nicht genauso wertvoll wären. Man solle sich die verschiedenen Versicherungspolicen ansehen.

Ein Durchsuchungsbefehl förderte in seiner Wohnung und in seinem Banksafe keine weiteren fehlenden Brillanten zutage. Er wurde wegen Verdachts der Hehlerei angezeigt und gegen Kaution freigelassen. Verächtlich schritt er mit seinem Anwalt aus dem Revier.

Vince hatte ihn zusammen mit Inspektoren des Sechsten Reviers vernommen. Sie alle wußten, daß er schuldig war; Vince sagte: »Da geht einer der überzeugendsten Schwindler, die ich je gesehen habe, und ihr könnt mir glauben, ich habe viele gesehen.«

Das Verrückte daran ist, dachte Vince, als er sich auf den Rückweg in sein Büro machte, daß Darcy Scott am Ende eine Zeugin *für* Stratton ist. Sie hat den Safe für ihn geöffnet und wird schwören, daß der Beutel mit den Brillanten nicht da war. Die große Frage war natürlich, ob Stratton den Nerv gehabt hätte, diese Brillanten als vermißt zu melden, wenn er nicht gewußt hätte, daß Erin Kelley nie wieder auftauchen würde und nicht sagen konnte, was aus ihnen geworden war.

Im Büro gab Vince barsch seine Befehle. »Ich möchte alles, und ich meine wirklich *alles*, über Jay Stratton wissen. Jay Charles Stratton.«

15

MITTWOCH, 6. MÄRZ

Chris Sheridan betrachtete Darcy Scott. Was er sah, gefiel ihm. Sie trug eine in der Taille gegürtete Lederjacke, braune Hosen, die in verschrammten, aber feinen Lederstiefeln steckten, einen geknoteten Seidenschal, der ihren zierlichen Nacken betonte. Ihr braunes Haar, mit blonden Glanzlichtern durchsetzt, fiel weich und locker um ihr Gesicht. Haselnußbraune Augen mit grünen Flecken waren von dunklen Wimpern gesäumt. Ihre schwarzen Augenbrauen betonten ihren porzellanartigen Teint. Er schätzte sie auf Ende Zwanzig.

Sie erinnert mich an Nan. Diese Erkenntnis schockierte ihn. Aber sie sehen sich nicht ähnlich, dachte er. Nan war die typische nordische Schönheit gewesen mit ihrer rosaweißen Haut, ihren lebhaften blauen Augen und dem goldblonden Haar. Wo also war die Ähnlichkeit? Sie lag in der vollkommenen Anmut, mit der Darcy sich bewegte. Nan war genauso gegangen, nämlich so, als würde sie in einen Tanzschritt gleiten, sobald Musik erklänge.

Darcy war sich bewußt, daß Chris Sheridan sie musterte. Auch sie hatte ihn betrachtet. Sie mochte die ausgeprägten Züge, den leichten Höcker auf seinem Nasenrücken, der vermutlich von einem Bruch herrührte. Die Breite seiner Schultern und ein allgemeiner Eindruck von disziplinierter Fitneß ließen auf einen Sportler schließen.

Vor ein paar Jahren hatten sich sowohl ihre Mutter als auch ihr Vater Schönheitsoperationen unterzogen. »Hier ein Abnäher, dort eine Naht«, hatte ihre Mutter lachend gesagt. »Schau nicht so mißbilligend, Darcy, Liebes. Vergiß nicht, daß unser Aussehen für unseren Marktwert sehr wichtig ist.«

Wie völlig irrelevant, sich jetzt daran zu erinnern, dachte Darcy. Versuchte sie einfach, dem verzögerten Schock über das Päckchen mit Erins Stiefel und dem Tanzschuh auszuweichen? Gestern hatte sie den ganzen Tag lang die Fassung bewahrt, doch heute früh um vier Uhr war sie aufgewacht, und ihr Gesicht und ihr Kopfkissen waren tränennaß gewesen. Bei dieser Erinnerung biß sie sich auf die Lippen, doch sie konnte nicht verhindern, daß ihr Tränen in die Augen stiegen. »Entschuldigen Sie bitte«, sagte sie rasch und versuchte, forsch zu klingen. »Es war sehr nett von Ihnen, daß Sie gestern abend wegen der Bilder nach Connecticut gefahren sind. Vince D'Ambrosio sagte mir, Sie hätten dafür extra Ihre Pläne ändern müssen.«

»Die waren nicht so wichtig.« Chris spürte, daß Darcy Scott nicht wollte, daß er auf ihren Kummer einging. »Eine schreckliche Menge Zeug«, sagte er sachlich. »Ich habe alles auf einem Tisch im Konferenzzimmer ausgebreitet. Ich schlage vor, Sie schauen es sich an. Wenn Sie die Sachen lieber bei sich zu Hause oder in Ihrem Büro haben wollen, lasse ich sie Ihnen bringen. Wenn Sie nur einen Teil haben wollen, können wir auch das einrichten. Die meisten Leute auf den Bildern kenne ich. Natürlich sind auch einige dabei, die ich nicht kenne. Also, schauen wir sie uns an.«

Sie gingen nach unten. Darcy merkte, daß in der Viertelstunde, die sie in Sheridans Büro verbracht hatte, die Menschenmenge, die die Gegenstände der nächsten Auktion besichtigte, beträchtlich angewachsen war. Sie liebte Auktionen. Als junges Mädchen hatte sie sie regelmäßig besucht, zusammen mit dem Händler, der ihre Eltern vertrat. Selbst konnten sie nie hingehen. Wenn bekannt wurde, daß einer von ihnen sich für den Kauf eines Gemäldes oder einer Antiquität interessierte, schoß sofort der Preis in die Höhe. Wenn sie ihre Mutter und ihren Vater die Geschichte ihrer Käufe erzählen hörte, fühlte sie sich unbehaglich.

Sie ging neben Sheridan zum hinteren Teil des Gebäudes, als sie einen Zylinderschreibtisch erspähte. Sofort ging sie darauf zu. »Ist das wirklich ein Roentgen?«

Chris strich mit der Hand über die Mahagonioberfläche. »Ja, ist es. Sie kennen sich aus in Antiquitäten. Sind Sie in dieser Branche tätig?«

Darcy dachte an den Roentgen in der Bibliothek des Hauses in

Bel-Air. Ihre Mutter erzählte gern, wie Marie Antoinette ihn als Geschenk für ihre Mutter, Kaiserin Maria Theresia, nach Österreich geschickt hatte; deshalb war er während der Französischen Revolution nicht verkauft worden. Dieser hier war offenbar auch aus Frankreich herausgebracht worden.

»Sind Sie in der Branche tätig?« wiederholte Chris.

»Oh, Verzeihung.« Darcy lächelte und dachte an das Hotel, das sie mit Gelegenheitskäufen aus Haushaltsauflösungen einrichtete. »In gewisser Weise könnte man es so ausdrücken.«

Chris zog die Augenbrauen hoch, fragte aber nicht weiter. »Hier entlang.« Eine geräumige Halle führte zu einem Raum mit Doppeltüren. Darin stand ein georgianischer Eßtisch unter einer Schutzdecke. Alben, Jahrbücher, gerahmte Bilder, Schnappschüsse und Dias waren auf dem Tisch aufgereiht.

»Vergessen Sie nicht, daß diese Aufnahmen vor über fünfzehn Jahren gemacht wurden«, gab Sheridan zu bedenken.

»Ich weiß.« Darcy betrachtete die zahlreichen Gegenstände. »Wie oft benutzen Sie diesen Raum?«

»Nicht sehr oft.«

»Wäre es möglich, alles hier zu lassen? Ich würde dann mehrmals kommen. Wenn ich im Büro bin, habe ich nämlich immer viel zu tun. Meine Wohnung ist nicht groß, und ich bin ohnehin nicht oft dort.«

Chris wußte, daß ihn das nichts anging, aber er konnte sich die Bemerkung nicht verkneifen. »Agent D'Ambrosio sagte mir, daß Sie auf Bekanntschaftsanzeigen antworten.« Er sah an Darcys Gesichtsausdruck, daß sie sich verschloß.

»Erin wollte nicht auf diese Annoncen schreiben«, sagte Darcy. »Ich habe sie überredet. Das kann ich nur gutmachen, indem ich mich bemühe, bei der Suche nach ihrem Mörder zu helfen. Sind Sie einverstanden, wenn ich mehrfach komme und gehe? Ich verspreche Ihnen, ich werde weder Sie noch Ihre Mitarbeiter stören.«

Chris wurde klar, was Vince D'Ambrosio gemeint hatte, als er sagte, Darcy Scott werde bezüglich der Annoncen tun, was sie wolle. »Sie stören niemanden. Eine der Sekretärinnen ist immer um acht Uhr hier. Das Reinigungspersonal arbeitet bis ungefähr zehn Uhr abends. Ich werde Bescheid geben, daß man Sie einläßt. Nein, noch besser ist es, wenn ich Ihnen einen Schlüssel gebe.«

Darcy lächelte. »Ich verspreche auch, mich nicht mit Sèvres-Porzellan davonzumachen. Ist es Ihnen recht, wenn ich jetzt noch eine Weile bleibe? Ich habe ein paar freie Stunden.«

»Natürlich. Und vergessen Sie nicht, ich kenne viele von diesen Leuten. Wenn Sie einen Namen wissen wollen, fragen Sie mich.«

Um halb vier kam Sheridan zurück; ihm folgte ein Mädchen, das ein Teetablett trug. »Ich dachte, Sie könnten eine Pause vertragen. Wenn ich darf, werde ich Ihnen Gesellschaft leisten.«

»Das wäre nett.« Darcy verspürte auf einmal leichte Kopfschmerzen. Ihr fiel ein, daß sie das Mittagessen ausgelassen hatte. Sie nahm eine Tasse Tee, goß ein paar Tropfen Milch aus einem zarten Limoges-Kännchen hinein und versuchte, nicht zu ängstlich auszusehen, als sie nach einem Zuckerplätzchen griff. Sie wartete, bis das Mädchen gegangen war, und sagte dann: »Ich weiß, wie schwer es für Sie gewesen sein muß, all das zusammenzusuchen. Solche Erinnerungen sind ziemlich bedrückend.«

»Das meiste hat meine Mutter gemacht. Sie überrascht mich. Als das Päckchen mit den Schuhen ankam, ist sie in Ohnmacht gefallen, aber jetzt geht es ihr nur noch darum, alles zu tun, um Nans Mörder zu finden und daran zu hindern, noch jemandem Schaden zuzufügen.«

»Und Sie?«

»Nan war sechs Minuten älter als ich. Das ließ sie mich nie vergessen. Sie nannte mich ihren ›kleinen Bruder‹. Sie war kontaktfreudig. Ich war schüchtern. Irgendwie glichen wir einander aus. Ich hatte schon vor langer Zeit die Hoffnung aufgegeben, ihren Mörder vor Gericht zu sehen. Jetzt wird diese Hoffnung wieder lebendig.« Er betrachtete den Stapel Bilder, den sie ausgebreitet hatte. »Irgend jemand dabei, den Sie kennen?«

Darcy schüttelte den Kopf. »Bisher nicht.«

Um Viertel vor fünf streckte sie den Kopf in sein Büro. »Ich gehe jetzt.«

Chris sprang auf. »Hier ist der Schlüssel. Ich wollte ihn Ihnen geben, wenn ich nach unten ginge.«

Darcy steckte ihn ein. »Vermutlich komme ich morgen früh wieder.«

Chris konnte nicht widerstehen. »Haben Sie jetzt eine dieser Verabredungen? Entschuldigen Sie. Ich habe kein Recht, Sie danach zu fragen. Ich bin nur besorgt, weil ich es so gefährlich finde.«

Er war froh zu sehen, daß Darcy sich diesmal nicht versteifte. Sie sagte nur: »Es wird schon gutgehen.« Mit einem halben Winken ging sie hinaus.

Er starrte ihr nach und erinnerte sich an das einzige Mal, als er zur Jagd gegangen war. Das Reh hatte aus einem Bach getrunken. Es hatte die Gefahr gespürt, den Kopf gehoben, gelauscht und sich zur Flucht angeschickt. Einen Moment später war es zu Boden gesunken. Er hatte nicht in die begeisterten Rufe eingestimmt, in die der Rest der Jagdgesellschaft ausgebrochen war. Sein Instinkt hatte ihn gedrängt, dem Tier eine Warnung zuzurufen. Der gleiche Instinkt machte sich jetzt wieder bemerkbar.

»Kommen Sie mit der Sendung voran?« fragte Vince Nona, während er versuchte, auf dem grünen Zweiersofa in ihrem Büro eine bequeme Stellung zu finden.

»Ja und nein«, seufzte Nona. Müde fuhr sie sich mit der Hand durchs Haar. »Am schwersten ist es, eine Ausgewogenheit zu finden. Als Sie mir schrieben und mich baten, auch die möglichen Gefahren beim Beantworten dieser Anzeigen zu erwähnen, hatte ich keine Ahnung, was die nächste Woche bringen würde. Ich glaube noch immer, daß mein ursprüngliches Konzept richtig ist. Ich möchte eine umfassende Darstellung geben und dann mit der Warnung schließen.« Sie lächelte ihm zu. »Ich bin froh, daß Sie angerufen und vorgeschlagen haben, einen Teller Pasta essen zu gehen.«

Es war ein langer Tag gewesen. Um halb fünf hatte Vince einen Einfall gehabt. Er hatte eine Liste der Daten zusammenstellen lassen, an denen die acht jungen Frauen verschwunden waren, und hatte die Ermittler angewiesen, Bekanntschaftsanzeigen aus Zeitungen und Zeitschriften der New Yorker Gegend zu sammeln, die drei Monate vor diesen Daten erschienen waren.

Eine gewisse Zufriedenheit über diese möglichen neuen Hinweise hatte ihn spüren lassen, wie erschöpft er war. Der Gedanke, in seine Wohnung zu gehen und in seinem vernachlässigten

Kühlschrank etwas Eßbares zu suchen, deprimierte ihn. So hatte er fast unbewußt nach dem Hörer gegriffen und Nona angerufen.

Jetzt war es sieben Uhr. Er war gerade in ihrem Büro eingetroffen, und Nona war zum Gehen bereit.

Das Telefon läutete. Nona wandte den Blick zum Himmel, griff nach dem Hörer und meldete sich. Vince sah, wie ihr Gesichtsausdruck sich veränderte.

»Da hast du recht, Matt. Du kannst immer sicher sein, mich hier zu finden. Was kann ich für dich tun?« Sie lauschte. »Matt, begreif doch endlich. Ich habe nicht die Absicht, dich auszukaufen. Nicht heute und nicht morgen. Vielleicht erinnerst du dich; als wir voriges Jahr einen Käufer hatten, fandest du den Preis nicht hoch genug. Das übliche. Jetzt kann ich warten. Du kannst warten. Was soll die Eile? Braucht Jeanie Zahnspangen oder so was?«

Nona lachte, als sie auflegte. »Das war der Mann, den ich lebenslänglich zu lieben und zu ehren versprochen hatte. Das Dumme ist nur, daß er das vergaß.«

»So etwas kommt vor.«

Sie gingen ins »Pasta Lovers« in der 58. Straße. »Hierher komme ich oft, wenn ich allein bin«, sagte Nona zu ihm. »Warten Sie, bis Sie die Nudeln probiert haben. Die vertreiben jede Depression.«

Ein Glas Rotwein. Salat. Warmes Brot. »Da ist ein Zusammenhang«, hörte Vince sich sagen. »Es muß eine Verbindung zwischen einem einzigen Mann und all diesen Mädchen geben.«

»Ich dachte, Sie wären überzeugt, daß außer bei Nan Sheridan die Verbindung in den Kontaktanzeigen besteht.«

»Bin ich auch. Aber verstehen Sie, es kann kein *Zufall* sein, daß er jeweils den Schuh in der richtigen Größe hatte. Sicher, er hätte die Schuhe kaufen können, nachdem er die Mädchen getötet hatte, aber den Schuh, den er an Nan Sheridans Fuß hinterließ, hatte er schon bei sich, als er sie angriff. Diese Art Mörder hält sich gewöhnlich an ein Muster.«

»Sie sprechen also von jemandem, der diese Mädchen kennenlernte, irgendwie ihre Schuhgröße in Erfahrung brachte, ohne daß sie mißtrauisch wurden, und sie dann in eine Situation lockte, wo sie spurlos verschwanden?«

»Richtig.« Bei Linguini mit Muschelsauce erzählte er ihr von seinem Plan, Kontaktanzeigen zu analysieren, die im New Yorker Raum in den drei Monaten vor dem jeweiligen Verschwinden der Frauen erschienen waren, um festzustellen, ob die gleiche Anzeige mehrmals auftauchte. »Natürlich könnte das wieder eine Sackgasse sein«, räumte er ein. »Soweit wir wissen, gibt derselbe Kerl ein Dutzend verschiedener Annoncen auf.«

Beide bestellten koffeinfreien Cappuccino. Nona begann von ihrer Sendung zu berichten. »Ich habe noch immer keinen Psychiater angeheuert«, sagte sie. »Auf keinen Fall will ich einen dieser Showprofis, die immer zu allem ihren Senf dazugeben.«

Vince erzählte ihr von Michael Nash. »Ein sehr redegewandter Mann. Schreibt ein Buch über Kontaktanzeigen. Er hat Erin gekannt.«

»Darcy hat mir von ihm erzählt. Eine sehr gute Idee, Mr. D'Ambrosio.«

Vince brachte Nona in einem Taxi nach Hause und ließ es warten, während er sie in das Gebäude begleitete. »Ich glaube, wir sind beide ganz schön fertig«, sagte er als Erwiderung auf ihren Vorschlag, einen Schlaftrunk zu nehmen. »Aber bitte, lassen Sie uns das nachholen.«

»In Ordnung.« Nona grinste. »Ich bin müde, und meine Putzhilfe war seit letzten Freitag nicht mehr hier. Ich glaube nicht, daß ich Sie jetzt schon mit meinem wahren Ich konfrontieren kann.«

Vince mußte sich daran erinnern, daß er technisch gesehen noch immer im Dienst war. Das hielt ihn jedoch nicht davon ab, sich zu überlegen, wie es sich anfühlen würde, Nona Roberts in den Armen zu halten.

Als er in seine Wohnung kam, war eine Nachricht auf dem Anrufbeantworter. Von Ernie, seinem Assistenten. »Nichts Dringendes, aber ich dachte, das würde Sie interessieren, Vince. Wir haben das Register der Studenten von Brown aus der Zeit, als Nan Sheridan dort war. Raten Sie mal, wer auch dort war und mit ihr zusammen verschiedene Kurse besucht hat! Niemand anders als unser Freund, der Juwelier Jay Stratton.«

Um halb sechs war Darcy mit Chiffre 4307, Cal Griffin, in der Bar im »Tavern on the Green« verabredet. Er ist nicht Anfang Dreißig, war ihr erster Eindruck. Eher um die Fünfzig. Ein bulliger Mann, der sich das Haar quer über den Kopf frisierte, um kahle Stellen zu verbergen, und sich teuer und konservativ kleidete. Er stammte aus Milwaukee, kam aber, wie er erklärte, regelmäßig nach New York.

Darauf folgte ein vielsagendes Zwinkern. Sie solle ihn nicht falsch verstehen, er sei ein glücklich verheirateter Mann, aber wenn er geschäftlich nach New York käme, wäre es wirklich nett, eine Freundin zu haben. Noch ein Zwinkern. Sie könne ihm glauben, er wisse, wie man eine Frau zu behandeln habe. Welche Show hatte sie noch nicht gesehen? Er wußte, wie man an Freikarten kam. Welches war Darcys Lieblingsrestaurant? Das »Lutèce«? Teuer, aber seinen Preis wert.

Darcy schaffte es, ihn zu fragen, wann er zum letzten Mal in New York gewesen sei.

Zu lange her. Vorigen Monat war er mit Frau und Kindern – fabelhafte Teenager, aber man weiß ja, wie Teenager sind – zum Skifahren in Vail gewesen. Sie hatten dort ein Haus. Jetzt bauten sie ein größeres. Geld spielte keine Rolle. Wie auch immer, die Kinder brachten ihre Freunde mit, und es war ein Tohuwabohu. Rock and Roll und so. Macht einen verrückt, nicht? Sie hatten eine große Stereoanlage im Haus.

Darcy hatte ein Perrier bestellt. Nachdem sie es zur Hälfte getrunken hatte, schaute sie auffällig auf die Uhr. »Mein Chef war wirklich böse, daß ich gegangen bin«, sagte sie. »Ich muß mich beeilen.«

»Vergessen Sie ihn«, befahl Griffin. »Sie und ich, wir machen uns einen netten Abend.«

Sie saßen auf einer Sitzbank. Ein bulliger Arm legte sich um sie. Ein feuchter Kuß traf ihr Ohr.

Darcy wollte keine Szene machen. »Oh, mein Gott«, sagte sie und wies auf einen nahen Tisch, an dem ein einzelner Mann saß, der ihnen den Rücken zuwandte. »Das ist mein Mann. Ich muß von hier verschwinden.«

Der Arm ließ ihre Taille los. Griffin sah erschrocken aus. »Ich will keine Schwierigkeiten.«

»Ich schleiche mich einfach davon«, flüsterte Darcy.

Auf dem Heimweg im Taxi hatte sie Mühe, nicht laut zu lachen. Na ja, eines jedenfalls war sicher – er war es nicht.

Das Telefon läutete, als sie den Schlüssel im Schloß drehte. Es war Doug Fields. »Hallo, Darcy. Warum muß ich dauernd an Sie denken? Ich weiß, Sie sagten, Sie hätten heute abend zu tun, aber meine Pläne haben sich geändert, und darum wollte ich's doch versuchen. Wie wär's mit einem Hamburger im ›J. P. Clarke's‹ oder so?«

Darcy fiel ein, daß sie vergessen hatte, Vince D'Ambrosio von Doug Fields zu erzählen. Ein netter Kerl. Attraktiv. Illustrator. Die Art Mann, für die Erin sich ohne weiteres hätte interessieren können. »Hört sich gut an«, antwortete sie. »Wann?«

Für wie dumm hält Doug mich eigentlich? dachte Susan, während sie mit Donny am Küchentisch saß und seine Geometrie-Hausaufgabe durchsah. Die Studienberaterin hatte sie heute nachmittag angerufen. Ob es zu Hause Probleme gäbe? Donny, der immer ein guter Schüler gewesen war, hatte in allen Fächern schlechtere Noten bekommen. Er wirkte zerstreut und deprimiert.

»Ja, gut so«, sagte sie fröhlich. »Wie *mein* Geometrielehrer zu sagen pflegte: ›Das zeigt, was Sie leisten können, Miss Frawley, wenn Sie es wirklich wollen.‹«

Donny lächelte und sammelte seine Bücher ein. »Mami …« Er zögerte.

»Donny, du hast immer mit mir reden können. Was ist los?«

Er schaute sich um.

»Die Kleinen sind im Bett. Beth nimmt eine ihrer stundenlangen Duschen. Wir können reden«, versicherte Susan ihm.

»Und Dad ist in einer seiner Konferenzen«, sagte Donny bitter.

Er argwöhnt etwas, dachte Susan. Es hatte keinen Sinn, ihn schützen zu wollen. Die Gelegenheit war so gut wie jede andere, um offen mit ihm zu reden. »Donny, Dad ist nicht in einer Konferenz.«

»Du weißt das?« Erleichterung malte sich auf seinem verstörten Gesicht ab.

»Ja, ich weiß es. Aber wie hast du es herausgefunden?«

Er schaute zu Boden. »Patrick Driscoll, einer der Jungs aus der Mannschaft, war am Freitag abend, als wir Großpapa besuchten, in New York. Dad war mit irgendeiner Frau in einem Restaurant. Sie hielten sich an den Händen und küßten sich. Patrick sagt, es sei eindeutig gewesen. Seine Mutter will es dir sagen, aber sein Vater läßt sie nicht.«

»Donny, ich habe vor, mich von deinem Vater scheiden zu lassen. Ich tue das nicht gern, aber das Leben, das wir jetzt führen, ist für keinen von uns angenehm. Dann brauchen wir nicht mehr dauernd auf ihn zu warten und uns seine Lügen anzuhören. Ich hoffe, daß er sich weiterhin um euch Kinder kümmern wird, aber ich kann nicht dafür garantieren. Es tut mir leid. Es tut mir schrecklich, schrecklich leid.« Sie merkte, daß sie weinte.

Donny tätschelte ihre Schulter. »Mami, er verdient dich nicht. Ich verspreche, ich werde dir mit den anderen Kindern helfen. Ich schwöre, ich werde meine Sache besser machen, als er sie mit uns gemacht hat.«

Donny sieht Doug zwar sehr ähnlich, dachte Susan, aber Gott sei Dank hat er genug von meinen Genen in sich, um sich niemals so zu verhalten wie sein Vater. Sie küßte Donny auf die Wange. »Laß es uns vorerst für uns behalten, ja? Okay.«

Susan ging um elf Uhr zu Bett. Doug war noch immer nicht zu Hause. Sie schaltete die Spätnachrichten ein und schaute entsetzt zu, wie der Moderator die Geschichte mit den vermißten Frauen schilderte und von den Päckchen mit den ungleichen Schuhen berichtete, die an ihre Familien geschickt worden waren.

Gerade sagte er: »Obwohl das FBI sich nicht dazu äußern will, haben wir aus gutunterrichteter Quelle erfahren, daß die zuletzt zurückgeschickten Schuhe die Gegenstücke derer sind, die Erin Kelley trug, als ihre Leiche aufgefunden wurde. Wenn das stimmt, gibt es wahrscheinlich eine Verbindung zum Verschwinden zweier junger Frauen, die aus Lancaster und White Plains stammten und in Manhattan wohnten, sowie zu dem noch immer unaufgeklärten Mord an Nan Sheridan.«

Nan Sheridan. Erin Kelley.

»Oh, mein Gott«, stöhnte Susan. Mit geballten Fäusten starrte sie auf den Bildschirm.

Bilder von Claire Barnes, Erin Kelley, Janine Wetzl und Nan Sheridan flimmerten über die Mattscheibe.

Der Moderator sagte: »Die Spur des Todes scheint an jenem kalten Märzmorgen begonnen zu haben, der nächste Woche fünfzehn Jahre zurückliegt, als Nan Sheridan auf dem Joggingpfad in der Nähe ihres Hauses erwürgt wurde.«

Susans Kehle wurde eng. Vor fünfzehn Jahren hatte sie für Doug gelogen, als er wegen Nans Tod vernommen wurde. Wären diese anderen jungen Frauen nicht verschwunden, wenn sie das nicht getan hätte? In der Nacht vor fast zwei Wochen, als Erin Kelleys Tod durchgegeben wurde, hatte Doug einen Alptraum gehabt. Er hatte im Schlaf *Erin* gerufen.

»... Das FBI arbeitet mit der New Yorker Polizei zusammen und versucht, den Käufer der Abendschuhe zu finden. Die Akte über Nan Sheridans Tod ist wieder geöffnet worden ...«

Und wenn sie Doug erneut vernehmen würden? Oder *mich* wieder vernehmen würden, dachte Susan. War sie verpflichtet, zu sagen, daß sie vor fünfzehn Jahren gelogen hatte?

Donny. Beth. Trish. Conner. Was für ein Leben würden sie haben, wenn sie als Kinder eines Serienmörders aufwuchsen?

Der New Yorker Kommissar wurde interviewt. »Wir glauben, daß wir es mit einem skrupellosen Serienmörder zu tun haben.«

Skrupellos.

»Was soll ich tun?« flüsterte Susan vor sich hin. Die Worte ihres Vaters klangen ihr in den Ohren. »Er neigt zur Skrupellosigkeit ...«

Vor zwei Jahren, als sie Doug auf sein Verhältnis mit dem Au-pair-Mädchen angesprochen hatte, hatte sich sein Gesicht vor Wut verzerrt. Die Angst, die sie damals empfunden hatte, überfiel sie jetzt wieder. Als die Nachrichten zu Ende waren, sah Susan endlich der Tatsache ins Auge, die sie nie hatte wahrhaben wollen. »An diesem Abend habe ich gedacht, er würde mir etwas antun.«

Tanzen wir? Tanzen wir? Tanzen wir? Fliegen wir auf einer Wolke von Musik ...? Tanzen wir, Arm in Arm, tanzen wir, tanzen wir?

Charley lachte laut vor Begeisterung über die Musik. Er tanzte im Gleichschritt mit Yul Brynner, stampfte mit den Füßen auf, wirbelte eine imaginäre Darcy in seinen Armen herum. Dazu würden sie nächste Woche tanzen! Und dann Astaire! Was für eine Freude! Was für eine Freude! Nur noch sieben Tage: Nans fünfzehnter Todestag!

Wir wissen ja, daß so etwas geschieht; also, tanzen wir? Tanzen wir? Tanzen wir?

Die Musik verklang. Er griff nach der Fernbedienung und schaltete den Videorecorder aus. Wenn er nur über Nacht hierbleiben könnte. Aber das wäre töricht. Er mußte das tun, wozu er gekommen war.

Die Kellertreppe knarrte, und er runzelte die Stirn. Darum mußte er sich kümmern. Annette war diese Treppe hinuntergelaufen, als sie floh. Das hektische Klappern ihrer Absätze auf dem nackten Holz hatte ihn fasziniert. Wenn Darcy auf dieselbe Weise zu entkommen versuchte, wollte er nicht, daß ein Knarren das Geräusch ihrer Schuhe bei der aussichtslosen Flucht störte.

Darcy. Wie schwer es gewesen war, ihr gegenüberzusitzen. Er hatte sagen wollen: »Komm mit mir.« Er hatte sie herbringen wollen. Wie das Phantom der Oper, das seine Geliebte in die Unterwelt einlädt.

Die Schuhkartons. Noch fünf. Marie und Sheila und Leslie und Annette und Tina. Plötzlich merkte er, daß er Lust hatte, sie alle gleichzeitig zurückzuschicken. Er wollte es hinter sich haben. Und dann würde es nur noch einen geben.

Nächste Woche würde nur noch Darcys Karton hier sein. Vielleicht würde er ihn nie zurückschicken.

Er öffnete den Riegel der Tiefkühltruhe, hob den schweren Deckel an und schaute in den leeren Innenraum. Er wartet auf eine neue Eisjungfrau, dachte Charley. Diese würde er nicht wieder hergeben.

16

DONNERSTAG, 7. MÄRZ

»Wie gut kannten Sie Nan Sheridan?« fragte Vince barsch. Er und ein Inspektor des Reviers Innenstadt Nord wechselten sich mit ihren Fragen an Jay Stratton ab.

Stratton blieb unerschütterlich. »Sie studierte in Brown, als ich auch dort war.«

»Sie gingen aus Brown fort und kamen zurück, als sie im zweiten Studienjahr war?«

»Richtig. In meinem ersten Jahr war ich kein guter Student. Mein Onkel dachte, es würde mir guttun, ein bißchen reifer zu werden. Ich ging für zwei Jahre zum Peace Corps.«

»Ich wiederhole: Wie gut kannten Sie Nan Sheridan?«

Tja, wie gut, dachte Stratton. Die entzückende Nan. *Mit ihr zu tanzen war, als halte man eine Fee in den Armen.*

D'Ambrosios Augen verengten sich. Er hatte in Strattons Gesicht etwas gesehen. »Sie haben mir nicht geantwortet.«

Stratton zuckte die Achseln. »Es gibt keine Antwort darauf. Natürlich erinnere ich mich an sie. Ich war dort, als die ganze Studentenschaft endlos über die Tragödie diskutierte.«

»Waren Sie zu ihrer Geburtstagsparty eingeladen?«

»Nein, war ich nicht. Nan Sheridan und ich hatten zufällig einige gemeinsame Kurse belegt. Punkt.«

»Sprechen wir über Erin Kelley. Sie hatten es schrecklich eilig, der Versicherungsgesellschaft diese fehlenden Brillanten zu melden.«

»Wie Miss Scott zweifellos bestätigen kann, war meine erste Reaktion, als ich mit ihr sprach, Ärger. Ich kannte Erin wirklich nur flüchtig. Es war ihre Arbeit, die ich kannte. Als sie den Termin für die Ablieferung des Colliers bei Bertolini nicht einhielt, war ich überzeugt, sie hätte ihn einfach vergessen. In dem Moment, als ich Darcy Scott traf, wurde mir klar, wie dumm das war. Ihre schreckliche Sorge ließ mich die Situation klar erkennen.«

»Bringen Sie oft wertvolle Steine durcheinander?«

»Natürlich nicht.«

Vince versuchte es auf andere Weise. »Sie haben Nan Sheridan nicht gut gekannt, aber kannten Sie jemanden, der in sie verliebt war? Außer Ihnen, natürlich«, fügte er bewußt hinzu.

17

FREITAG, 8. MÄRZ

Am Freitag nachmittag ging Darcy in die Wohnung auf der West Side, in der sie das Zimmer für Lisa, das genesende junge Mädchen, eingerichtet hatte. Sie brachte Pflanzen für die Fensterbank, ein paar Kissen und ein Kosmetikset aus Porzellan mit, das sie bei einer Haushaltsauflösung erworben hatte. Und Erins vielgeliebtes Poster.

Die großen Stücke waren bereits da; das Messingbett, die Kommode, der Nachttisch, der Schaukelstuhl. Der indianische Teppich, der in Erins Wohnzimmer gelegen hatte, paßte perfekt in diesen Raum. Pastellfarben gestreifte Tapeten gaben dem Zimmer Bewegung. Fast wie ein Karussell, dachte Darcy. Vorhänge und Bettüberwurf hatten die gleichen Streifen wie die Tapete. Gestärkte weiße Baumwollrüschen nahmen das strahlende Weiß von Decke und Zierleisten auf.

Sorgfältig suchte Darcy nach dem richtigen Platz für das Poster. Es stellte ein Gemälde von Egret dar, eines seiner frühen, weniger bekannten Werke: eine junge Tänzerin, die mit ausgestreckten Armen auf den Fußspitzen durch die Luft wirbelt. Er hatte dem Bild den Titel *Junge Frau, die gerne tanzt* gegeben.

Sie schlug Bilderhaken in die Wand und dachte an all die Tanzkurse, die sie und Erin besucht hatten. »Warum sollten wir bei Regen und Kälte draußen joggen, wo wir doch beim Tanzen genausoviel Bewegung haben?« hatte Erin gesagt. »Es gibt ja den alten Spruch: ›Wenn du ein bißchen Spaß in dein Leben bringen willst, versuch's mit Tanzen‹.«

Darcy trat zurück, um zu prüfen, ob das Poster auch gerade hing. Das tat es. Was also ging ihr nicht aus dem Kopf? *Die Kontaktanzeigen*. Warum gerade jetzt? Achselzuckend schloß sie ihren Werkzeugkasten.

Sie fuhr direkt zur Sheridan-Galerie. Bisher hatte sich das Betrachten der alten Fotos als nutzlos erwiesen. Sie hatte eines von Jay Stratton gefunden, aber Vince D'Ambrosio hatte seinen Namen bereits durch die Studentenliste erfahren. Gestern hatte Chris Sheridan gesagt, die Chance, das Große Los zu gewinnen, sei wahrscheinlich größer als die, auf ein vertrautes Gesicht zu stoßen.

Sie hatte befürchtet, er bereue vielleicht, daß er ihr den Konferenzraum überlassen hatte, aber das war nicht der Fall. »Sie sehen müde aus«, hatte er gestern am späten Nachmittag zu ihr gesagt. »Wie ich hörte, sind Sie schon seit dem frühen Morgen hier.«

»Ich konnte ein paar Termine verlegen. Das hier erschien mir wichtiger.«

Gestern abend hatte sie Chiffre 3823 getroffen, Owen Larkin, einen Internisten aus dem New York Hospital. Er war ziemlich von sich eingenommen gewesen. »Wenn man Arzt und unverheiratet ist, dann bieten einem sämtliche Krankenschwestern dauernd selbstgekochte Mahlzeiten an.« Er stammte aus Tulsa und haßte New York. »Sobald ich meine Facharztausbildung hinter mir habe, gehe ich sofort wieder nach Hause in Gottes eigenes Land. Diese überfüllten Städte liegen mir nicht.«

Beiläufig hatte sie Erins Namen erwähnt. In vertraulichem Ton hatte er darauf erwidert: »Ich habe sie nicht kennengelernt, aber einer meiner Freunde im Krankenhaus, der solche Anzeigen beantwortet, hat sie getroffen. Nur einmal. Er hält die Daumen und hofft, daß sie nicht Buch geführt hat. In einer Morduntersuchung vernommen zu werden, wäre das letzte, was er brauchen könnte.«

»Wann ist er ihr begegnet?«

»Anfang Februar.«

»Ich frage mich, ob ich ihn wohl kenne.«

»Nur, wenn Sie ihn um diese Zeit herum getroffen haben. Er hatte sich damals von seiner Freundin getrennt, und inzwischen sind sie wieder zusammen.«

»Wie heißt er?«

»Brad Whalen. Sagen Sie, ist das ein Verhör? Reden wir besser über Sie und mich.«

Brad Whalen. Noch ein Name, den Vince D'Ambrosio überprüfen konnte.

Chris stand am Fenster seines Büros, als er das Taxi vorfahren und Darcy aussteigen sah. Er schob die Hände in die Hosentaschen. Es war windig, und er beobachtete, wie Darcy die Tür des Taxis schloß und sich dem Gebäude zuwandte. Sie hielt den Halsausschnitt ihrer Jacke zu und beugte sich leicht nach vorn, während sie den Gehsteig überquerte.

Gestern hatte er viel zu tun gehabt. Ein paar wichtige japanische Kunden hatten das Silber aus dem Wallens-Nachlaß besichtigt, das nächste Woche versteigert werden sollte. Den größten Teil des Nachmittags hatte er mit ihnen verbracht.

Mrs. Vail, die in der Galerie für Ordnung sorgte, hatte Darcy Scott mit Morgenkaffee, einem leichten Mittagessen und Tee bewirtet. »Das arme Mädchen wird sich noch die Augen ruinieren, Mr. Sheridan«, hatte sie gejammert.

Um halb fünf war Chris in den Konferenzraum gegangen. Er hatte erkannt, welchen Fehler er gemacht hatte, als er sagte, die Aufgabe sei hoffnungslos. So ernst hatte er das nicht gemeint. Aber wenn man sie analysierte, waren Darcy Scotts Chancen, jemanden zu treffen, der Nan gekannt hatte, und ihn dann auf einem fünfzehn Jahre alten Foto zu erkennen, ziemlich gering.

Gestern hatte sie ihn gefragt, ob Nan sich je mit einem Mann namens Charles North getroffen habe.

Er wußte nichts davon. Als er nach Darien gekommen war, hatte Vince D'Ambrosio ihm und seiner Mutter die gleiche Frage gestellt.

Chris merkte, daß er Lust hatte, nach unten zu gehen und jetzt mit Darcy zu sprechen. Er fragte sich, ob sie wieder das Gefühl haben würde, er wolle sie loswerden.

Das Telefon läutete. Er ließ seine Sekretärin den Hörer abnehmen. Einen Augenblick später sagte sie über die Sprechanlage: »Es ist Ihre Mutter, Chris.«

Greta kam gleich zur Sache. »Chris, du weißt ja, es war die Rede von jemandem, der Charles heißt. Nachdem wir alle Bilder herausgesucht hatten, habe ich mich entschlossen, Nans restliche Sachen durchzusehen. Es hat ja keinen Sinn, daß du das eines Tages machen mußt. Ich habe ihre Briefe wieder gelesen. Es gibt einen vom September vor ... vor ihrem Tod. Sie hatte gerade das Wintersemester begonnen. Sie schrieb, sie sei mit einem Burschen namens Charley tanzen gegangen, und er habe sie aufgezogen, weil sie flache Schuhe trug.

Sie hat sich so ausgedrückt: ›Kannst du dir vorstellen, daß ein Junge meiner Generation findet, Mädchen sollten Stöckelschuhe tragen?‹«

»Um drei Uhr war ich mit meinen Patienten fertig, und ich fand es einfacher, herzukommen und mit Ihnen zu reden, als die Sache am Telefon zu besprechen.« Michael Nash veränderte leicht seine Haltung und versuchte, auf dem grünen Zweiersofa in Nonas Büro eine bequemere Stellung zu finden. Unwillkürlich überlegte er, warum eine offensichtlich intelligente und kontaktfreudige Person wie Nona Roberts ihren Besuchern dieses Folterobjekt zumutete.

»Tut mir leid, Doktor.« Nona räumte Aktenordner von dem einzigen bequemen Stuhl, der neben ihrem Schreibtisch stand. »Bitte.«

Bereitwillig wechselte Nash den Platz.

»Ich sollte das Ding wirklich abschaffen«, entschuldigte sich Nona. »Ich komme bloß nie dazu. Immer gibt es Interessanteres zu tun, als Möbel umzuräumen.« Sie lächelte schuldbewußt. »Aber sagen Sie das bloß nicht Darcy.«

Er erwiderte das Lächeln. »In meinem Beruf ist man zur Verschwiegenheit verpflichtet. So, und womit kann ich Ihnen behilflich sein?«

Ein wirklich attraktiver Mann, dachte Nona. Ende Dreißig. Eine gewisse Reife, die er wahrscheinlich durch seinen Beruf als Psychiater erworben hat. Darcy hatte ihr von ihrem Besuch in seinem Haus in New Jersey erzählt. Heirate nie des Geldes wegen, wie Nonas alte Tanten zu sagen pflegten, aber es ist genauso leicht, einen reichen Mann zu lieben wie einen armen. Nicht, daß Darcy es nötig gehabt hätte, Geld zu heiraten, Gott bewahre! Aber Nona hatte bei ihr immer eine gewisse Einsamkeit gespürt, das verlorene kleine Mädchen. Ohne Erin mußte das schlimmer werden. Es wäre wunderbar, wenn sie jetzt den richtigen Mann kennenlernte.

Sie merkte, daß Dr. Michael Nash sie mit einem amüsierten Ausdruck beobachtete. »Na, habe ich bestanden?« fragte er.

»Gewiß.« Sie griff nach dem Ordner mit den Unterlagen für die Dokumentarsendung. »Darcy hat Ihnen wahrscheinlich gesagt, warum sie und Erin auf Kontaktanzeigen antworteten.«

Nash nickte.

»Wir haben die Sendung so ziemlich fertig, aber ich möchte, daß ein Psychiater sich über die Menschen äußert, die Anzeigen aufgeben oder beantworten, und über ihre Motive spricht. Vielleicht wäre es möglich, ein paar Hinweise auf Verhaltensweisen zu geben, die Warnsignale sein könnten. Drücke ich mich da richtig aus?«

»Sie sagen es sehr deutlich. Vermutlich wird sich der FBI-Agent auf den Aspekt der Serienmorde konzentrieren.«

Nona spürte, wie sie sich versteifte. »Ja.«

»Mrs. Roberts, Nona, wenn Sie gestatten, ich wünschte, Sie könnten jetzt Ihren Gesichtsausdruck sehen. Sie und Darcy sind einander sehr ähnlich. Sie müssen aufhören, sich selbst zu quälen. Sie sind nicht mehr für Erin Kelleys Tod verantwortlich als eine Mutter, die mit ihrem Kind spazierengeht und miterleben muß, wie es von einem außer Kontrolle geratenen Auto überfahren wird. Manche Dinge sind eben Schicksal. Trauern Sie um Ihre Freundin. Tun Sie alles, was Sie können, um andere davor zu warnen, daß da draußen ein Verrückter herumläuft. Aber versuchen Sie nicht, Gott zu spielen.«

Nona bemühte sich, mit klarer Stimme zu sprechen. »Ich wünschte, das würde mir jemand fünfmal am Tag sagen. Für mich ist es schon schlimm, aber für Darcy ist es zehnmal schlimmer. Ich hoffe, Sie haben ihr das auch gesagt.«

Michael Nash lächelte breit. »Meine Haushälterin hat mich diese Woche dreimal angerufen und Speisepläne vorgeschlagen, damit ich Darcy auch ja wieder mitbringe. Sie wird am Sonntag nach Wellesley fahren, um Erins Vater zu besuchen, aber am Samstag ißt sie mit mir zu Abend.«

»Gut! Und jetzt zu unserer Sendung. Wir zeichnen sie am kommenden Mittwoch auf, und sie wird Donnerstag abend ausgestrahlt.«

»Normalerweise scheue ich vor solchen Sachen zurück. Zu viele meiner Kollegen drängen sich bei Kriminalprozessen auf den Bildschirm oder in den Zeugenstand. Doch hier kann ich vielleicht einen Beitrag leisten. Sie können mit mir rechnen.«

»Großartig.« Beide standen gleichzeitig auf. Nona wies mit der Hand auf die Schreibtische in dem Raum vor ihrem Büro. »Wie ich hörte, schreiben Sie ein Buch über Bekanntschaftsanzeigen.

Wenn Sie weitere Recherchen brauchen – die meisten unverheirateten Mitarbeiter hier spielen das Spiel mit.«

»Danke, aber ich habe schon ziemlich viel Material. Ich werde mein Manuskript gegen Ende des Monats abliefern.«

Nona beobachtete Nashs lange, leichtfüßige Schritte, während er zum Aufzug ging. Sie schloß die Tür ihres Büros und wählte Darcys Privatnummer.

Als sich der Anrufbeantworter meldete, sagte sie: »Ich weiß, daß du noch nicht zu Hause bist, aber ich mußte es dir sagen. Ich habe soeben Michael Nash kennengelernt, und er ist wirklich ein Schatz.«

Dougs Antennen fingen eine Warnung auf. Als er heute früh mit Susan telefoniert und ihr gesagt hatte, er habe sie letzte Nacht nicht durch einen Anruf wecken wollen, um ihr mitzuteilen, er könne nicht nach Hause kommen, hatte sie lieb und freundlich reagiert.

»Das war nett von dir, Doug. Ich bin nämlich früh zu Bett gegangen.«

Das Warnsignal war ertönt, als er aufgelegt hatte und sich darüber klargeworden war, daß sie ihn nicht gefragt hatte, ob er heute abend pünktlich kommen werde. Bis vor ein paar Wochen hatte sie immer routinemäßig gejammert: »Doug, diese Leute müssen doch begreifen, daß du eine Familie hast. Es ist nicht fair, wenn sie Abend für Abend von dir erwarten, daß du zu späten Sitzungen dableibst.«

Sie hatte ganz glücklich gewirkt, als sie ihn in New York zum Abendessen getroffen hatte. Vielleicht sollte er noch einmal anrufen und vorschlagen, sie solle heute abend wieder zum Essen kommen.

Vielleicht wäre es besser, früh nach Hause zu fahren und etwas mit den Kindern zu unternehmen. Letztes Wochenende waren sie nicht dagewesen.

Wenn Susan böse würde, wirklich böse, und das gerade jetzt, wo die Kontaktanzeigenmorde so hochgespielt wurden und man sich wieder für Nan interessierte …!

Dougs Büro lag im 43. Stock des World Trade Center. Ohne etwas zu sehen, starrte er auf die Freiheitsstatue hinunter.

Es war Zeit, die Rolle des hingebungsvollen Ehemannes und Vaters zu spielen.

Noch etwas. Er würde für eine Weile aufhören, das Apartment zu benutzen. Seine Kleider. Seine Skizzen. Die Annoncen. Wenn er nächste Woche Gelegenheit dazu hätte, würde er sie ins Landhaus bringen.

Vielleicht sollte er auch den Kombiwagen dort abstellen.

War es möglich? Darcy blinzelte und griff nach dem Vergrößerungsglas. Der kleine Schnappschuß von Nan Sheridan und ihren Freundinnen am Strand. Der Strandwart im Hintergrund. Sah er bekannt aus, oder war sie verrückt?

Sie hörte Chris Sheridan nicht hereinkommen. Als er ruhig sagte: »Ich will Sie nicht stören, Darcy«, fuhr sie zusammen.

Chris entschuldigte sich eilig. »Ich habe angeklopft. Sie haben mich nicht gehört. Tut mir schrecklich leid.«

Darcy rieb sich die Augen. »Sie brauchen doch nicht anzuklopfen. Das ist Ihr Zimmer. Ich glaube, ich werde allmählich nervös.«

Er schaute auf das Vergrößerungsglas in ihrer Hand. »Glauben Sie, daß Sie auf etwas gestoßen sind?«

»Ich weiß es nicht genau. Aber dieser Mann da …« Sie zeigte mit dem Finger auf die Gestalt hinter der Mädchengruppe. »Er sieht aus wie jemand, den ich kenne. Erinnern Sie sich, wo dieses Bild aufgenommen wurde?«

Chris betrachtete es. »Auf Belle Island. Das ist ein paar Kilometer von Darien entfernt. Eine von Nans besten Freundinnen hat dort ein Sommerhaus.«

»Kann ich das Bild mitnehmen?«

»Natürlich.« Besorgt beobachtete Chris, wie Darcy den Schnappschuß in ihre Aktentasche schob und die Bilder, die sie durchgesehen hatte, zu sauberen Stapeln ordnete. Ihre Bewegungen waren langsam, fast mechanisch, als sei sie schrecklich müde.

»Darcy, haben Sie heute abend eine Ihrer Verabredungen?«

Sie nickte.

»Drinks, Abendessen?«

»Ich versuche, es bei einem Glas Wein bewenden zu lassen. In der Zeit kann ich feststellen, ob sie Erin getroffen haben oder nicht oder sich komisch anhören, wenn sie leugnen, sie gekannt zu haben.«

»Sie steigen doch nicht zu ihnen ins Auto oder gehen in ihre Wohnung?«

»Gott behüte, nein.«

»Das ist gut. Sie sehen aus, als hätten Sie nicht viel Kraft, sich zu wehren, wenn jemand über Sie herfällt.« Chris zögerte. »Ob Sie's glauben oder nicht, ich bin nicht gekommen, um Sie nach Dingen zu fragen, die mich nichts angehen. Ich wollte Ihnen nur sagen, daß meine Mutter einen Brief von Nan gefunden hat; sie hat ihn ungefähr sechs Monate vor ihrem Tod geschrieben. Darin schreibt sie etwas von einem gewissen Charley, der meinte, Mädchen sollten Stöckelschuhe tragen.«

Darcy schaute zu ihm auf. »Haben Sie das Vince D'Ambrosio erzählt?«

»Noch nicht. Ich werde es natürlich tun. Aber ich dachte, ob es nicht eine gute Idee wäre, wenn Sie mit meiner Mutter sprechen würden. Nachdem sie alle diese Bilder herausgesucht hatte, hat sie Nans Briefe durchgesehen. Niemand hatte das von ihr verlangt. Ich meine nur, wenn meine Mutter etwas weiß, dann kommt es vielleicht schneller an die Oberfläche, wenn sie mit einer anderen Frau spricht, die die Art Schmerz versteht, mit dem sie all die Jahre gelebt hat.«

Nan war sechs Minuten älter als ich. Das ließ sie mich nie vergessen. Sie war kontaktfreudig. Ich war schüchtern.

Chris Sheridan und seine Mutter hatten sich vermutlich mit Nan Sheridans Tod abgefunden, dachte Darcy. Die Sendung *Authentische Verbrechen*, der Mord an Erin, die zurückgeschickten Schuhe und jetzt ich. Sie mußten alle Wunden, die vielleicht verheilt waren, wieder aufreißen. Für sie wie für mich wird es erst wieder Frieden geben, wenn das hier vorbei ist.

Der Kummer in Chris Sheridans Gesicht ließ ihn für einen Augenblick nicht mehr so selbstsicher und kultiviert wirken wie noch vor ein paar Tagen.

»Ich würde Ihre Mutter gern kennenlernen«, sagte Darcy. »Sie wohnt in Darien, nicht wahr?«

»Ja. Ich fahre Sie hin.«

»Ich fahre Sonntag früh nach Wellesley, um Erin Kelleys Vater zu besuchen. Wenn es Ihnen recht ist, komme ich am späten Sonntag nachmittag auf dem Rückweg bei Ihnen vorbei.«

»Das wird ja ein langer Tag für Sie. Wäre es nicht besser, Sie kämen morgen?«

Darcy fand es lächerlich, in ihrem Alter noch zu erröten. »Morgen habe ich etwas vor.«

Sie stand auf, um zu gehen. Um halb sechs traf sie sich mit Robert Kruse. Bis jetzt hatte niemand sonst angerufen. Und weitere Verabredungen durch Kontaktanzeigen hatte sie nicht.

Nächste Woche würde sie anfangen, auf die Annoncen zu antworten, die Erin angestrichen hatte.

Len Parker hatte bei der Arbeit Ärger gehabt. Er war einer der Hausmeister der New Yorker Universität, und es gab nichts, was er nicht reparieren konnte. Er hatte das zwar nicht gelernt, aber er hatte ein instinktives Gefühl für Drähte, Schlösser und Schlüssel, Scharniere und Schalter. Eigentlich war er nur für die routinemäßige Instandhaltung zuständig, aber wenn er etwas sah, das kaputt war, dann reparierte er es, ohne darüber zu sprechen. Das war das einzige, was ihm Frieden gab.

Aber heute waren seine Hände ungeschickt gewesen. Er hatte seinen Treuhänder beschimpft, weil der angedeutet hatte, er besitze vielleicht irgendwo ein Haus. Wen ging das etwas an? Wen?

Seine Familie? Was war mit ihr? Seine Brüder und Schwestern luden ihn nicht einmal ein. Sie waren froh, ihn los zu sein.

Dieses Mädchen, Darcy. Vielleicht war er gemein zu ihr gewesen, aber sie wußte nicht, wie kalt es gewesen war, als er vor diesem feinen Restaurant gestanden und auf sie gewartet hatte, um sich zu entschuldigen.

Er hatte Mr. Doran, dem Treuhänder, davon erzählt. Mr. Doran hatte gesagt: »Lenny, wenn Sie nur begreifen würden, daß Sie genug Geld haben, um jeden Abend Ihres Lebens im ›Le Cirque‹ oder sonstwo zu essen.«

Mr. Doran verstand ihn einfach nicht.

Lenny erinnerte sich, wie seine Mutter immer seinen Vater angeschrien hatte. »Du mit deinen verrückten Investitionen wirst noch dafür sorgen, daß die Kinder nicht einmal mehr ein Dach über dem Kopf haben!« Lenny krümmte sich dann ängstlich in seinem Bett zusammen. Er haßte den Gedanken, draußen in der Kälte zu sein.

Hatte er damals angefangen, im Pyjama nach draußen zu gehen, damit er daran gewöhnt war, wenn es wirklich passierte? Niemand wußte, daß er das tat. Als sein Vater dann endlich das große Geld verdient hatte, war er gewohnt, in der Kälte zu stehen.

Er konnte sich nur schwer erinnern. Das verwirrte ihn so. Manchmal bildete er sich Sachen ein, die gar nicht passiert waren.

Wie Erin Kelley. Er hatte ihre Adresse nachgeschlagen. Sie hatte ihm gesagt, sie wohne in Greenwich Village, und da stand sie: Erin Kelley, Christopher Street 101.

Eines Abends war er ihr gefolgt, oder?

Oder irrte er sich?

Hatte er nur geträumt, sie sei in diese Bar gegangen, und er habe draußen gestanden? Sie setzte sich hin und bestellte etwas. Was, wußte er nicht. Wein? Mineralwasser? Welchen Unterschied machte das? Er hatte zu entscheiden versucht, ob er zu ihr hineingehen sollte oder nicht.

Dann war sie herausgekommen. Er hatte sie gerade ansprechen wollen, als der Kombiwagen vorfuhr.

Er konnte sich nicht erinnern, ob er den Fahrer gesehen hatte. Manchmal träumte er von einem Gesicht.

Erin stieg ein.

Das war der Abend, an dem sie angeblich verschwunden war.

Die Sache war nur die, daß Lenny nicht genau wußte, ob er alles nicht nur geträumt hatte. Und wenn er das der Polizei erzählte, würden sie vielleicht sagen, er sei verrückt, und ihn wieder dahin schicken, wo man ihn einsperrte.

18

SAMSTAG, 9. MÄRZ

Am Samstag um die Mittagszeit saßen die FBI-Agenten Vince D'Ambrosio und Ernie Cizek in einem dunkelgrauen Chrysler auf der gegenüberliegenden Straßenseite vor dem Eingang von Christopher Street 101.

»Da kommt er«, sagte Vince. »Feingemacht für seinen freien Tag.«

Gus Boxer trat aus dem Gebäude. Er trug eine schwarz-rot karierte Holzfällerjacke über weiten dunkelbraunen Polyesterhosen, schwere Schnürstiefel und eine schwarze Mütze mit einem Schirm, der sein Gesicht halb verdeckte.

»Das nennen Sie feingemacht?« rief Ernie aus. »Ich dachte, so würde man sich nur anziehen, um eine Wette einzulösen!«

»Sie haben ihn eben nie in Unterhemd und Hosenträgern gesehen. Gehen wir.« Vince öffnete die Fahrertür.

Sie hatten sich bei der Hausverwaltung erkundigt. Boxer hatte jeden zweiten Samstag von zwölf Uhr mittags bis Montag morgen frei. In seiner Abwesenheit kümmerte sich der stellvertretende Hausmeister José Rodriguez um Beschwerden der Mieter und kleinere Reparaturen.

Rodriguez öffnete, als sie geläutet hatten. Er war ein untersetzter Mann Mitte Dreißig und wirkte unkompliziert. Vince fragte sich, wieso die Hausverwaltung ihn nicht ganztags beschäftigte. Er und Ernie zeigten ihre FBI-Ausweise. »Wir gehen von Wohnung zu Wohnung und fragen die Mieter nach Erin Kelley. Einige von ihnen waren nicht da, als wir zuletzt hier waren.«

Vince fügte nicht hinzu, daß er heute ganz genau wissen wollte, was die Mieter von Gus Boxer hielten.

Im dritten Stock hatte er Erfolg. Eine achtzigjährige alte Dame kam an die Tür, ohne die Sperrkette zu öffnen. Vince zeigte seine Dienstmarke. Rodriguez erklärte: »Das ist schon in Ordnung, Miss Durkin. Sie wollen Ihnen nur ein paar Fragen stellen. Ich bleibe hier stehen, wo Sie mich sehen können.«

»Ich verstehe nicht«, schrie die alte Frau.

»Ich möchte nur ...«

Rodriguez berührte D'Ambrosios Arm. »Sie hört besser als Sie und ich«, flüsterte er. »Kommen Sie, Miss Durkin, Sie haben Erin Kelley doch gern gehabt. Wissen Sie noch, wie sie Sie immer fragte, ob sie Ihnen etwas aus dem Supermarkt mitbringen sollte, und wie sie Sie manchmal zur Kirche gebracht hat? Sie wollen doch auch, daß die Polizei den Mann schnappt, der ihr das angetan hat, nicht?«

Die Tür öffnete sich, soweit die Kette das zuließ. »Stellen Sie Ihre Fragen.« Miss Durkin schaute Vince streng an. »Und schreien Sie nicht. Davon bekomme ich Kopfschmerzen.«

In den nächsten fünfzehn Minuten mußten die beiden FBI-Agenten sich anhören, was eine gebürtige New Yorkerin von achtzig Jahren davon hielt, wie die Stadt regiert wurde. »Ich habe mein ganzes Leben hier verbracht«, verkündete Miss Durkin forsch, und ihr graues Haar wippte lebhaft. »Früher haben wir nie die Türen verschlossen. Warum auch? Niemand tat einem etwas zuleide. Aber heute! Da gibt es all diese Verbrechen, und keiner tut etwas dagegen. Widerlich. Ich sage Ihnen, man sollte all diese Drogenhändler dahin bringen, wo der Pfeffer wächst!«

»Sie haben vollkommen recht, Miss Durkin«, sagte Vince müde. »Und jetzt zu Erin Kelley.«

Das Gesicht der alten Frau wurde traurig. »Ein netteres Mädchen können Sie sich nicht vorstellen. Ich würde gern den Mann in die Hand bekommen, der ihr das angetan hat. Vor ein paar Jahren saß ich zufällig am Fenster und schaute auf das Miethaus auf der anderen Straßenseite. Eine Frau wurde ermordet. Sie kamen herüber und stellten Fragen, aber May und ich – sie ist meine Nachbarin – beschlossen, den Mund zu halten. Wir haben alles gesehen. Wir wissen, wer es war. Aber die Frau war auch nicht besser, sie hatte es verdient.«

»Sie waren Zeugin eines Mordes und haben der Polizei nichts gesagt?« fragte Ernie ungläubig.

Sofort preßte sie die Lippen zusammen. »Wenn ich das gesagt habe, dann habe ich mich falsch ausgedrückt. Ich meinte, ich habe meinen Verdacht, und May auch. Aber mehr ist es nicht.«

Verdacht! Sie hat diesen Mord gesehen, dachte Vince. Und er wußte auch, daß niemand jemals sie oder ihre Freundin May dazu bringen würde, eine Aussage zu machen. Mit einem inneren Seufzer sagte er: »Miss Durkin, Sie sitzen am Fenster. Ich habe so das Gefühl, als wären Sie eine gute Beobachterin. Haben Sie Erin Kelley an jenem Abend mit irgend jemand fortgehen sehen?«

»Nein. Sie ging allein.«

»Trug sie etwas bei sich?«

»Nur ihre Schultertasche.«

»War sie groß?«

»Erin trug immer eine große Schultertasche. Oft hatte sie Schmuck bei sich und wollte keine Tasche, die man ihr aus der Hand reißen konnte.«

»Es war also allgemein bekannt, daß sie Schmuckstücke bei sich trug?«

»Vermutlich. Alle wußten, daß sie Schmuckdesignerin war. Von der Straße aus konnte man sie an ihrem Arbeitstisch sitzen sehen.«

»Hatte sie viele Verabredungen mit Männern?«

»Sie hatte welche. Aber ich würde nicht sagen, viele. Natürlich kann sie sich draußen mit Männern getroffen haben. So machen es die jungen Leute ja heute. Zu meiner Zeit holte einen der junge Mann zu Hause ab, oder man setzte keinen Fuß vor die Tür. Damals war es besser.«

»Da haben Sie wohl recht.« Sie standen noch immer im Flur. »Miss Durkin, könnten wir vielleicht für einen Moment hereinkommen? Ich möchte nicht, daß jemand mithört.«

»Haben Sie Schmutz an den Schuhsohlen?«

»Nein, Madam.«

»Ich warte vor der Tür, Miss Durkin«, versprach Rodriguez.

Die Wohnung hatte den gleichen Schnitt wie die, in der Erin Kelley gelebt hatte. Sie war makellos sauber. Viel zu große Polstermöbel mit Schutzdeckchen, Stehlampen mit eleganten Seidenschirmen, polierte Beistelltische, gerahmte Familienfotos von backenbärtigen Männern und streng dreinblickenden Frauen. Vince erinnerte sich an das Wohnzimmer seiner Großmutter in Jackson Heights.

Sie wurden nicht eingeladen, Platz zu nehmen.

»Miss Durkin, sagen Sie mir, was Sie von Gus Boxer halten.«

Ein damenhaftes Schnauben. »Ach, der! Glauben Sie mir, dies hier ist eine der wenigen Wohnungen, in die er nicht eindringt, um nach einem seiner berühmten undichten Rohre zu suchen. Dabei gibt es hier eines. Ich mag diesen Mann nicht. Ich weiß nicht, warum die Hausverwaltung ihn behält. Läuft in diesen abstoßenden Kleidern herum. Mürrisch. Ich kann mir nur vorstellen, daß die Hausverwaltung ihm nicht viel bezahlen muß. Eine Woche vor ihrem Verschwinden hörte ich, wie Erin Kelley ihm sagte, wenn sie ihn noch einmal in ihrer Wohnung anträfe, würde sie die Polizei rufen.«

»Das hat Erin ihm gesagt?«

»Allerdings. Und sie hatte recht.«

»Wußte Gus Boxer vom Wert der Juwelen, mit denen Erin Kelley umging?«

»Gus Boxer weiß alles, was in diesem Haus vor sich geht.«

»Sie haben uns sehr geholfen, Miss Durkin. Fällt Ihnen vielleicht sonst noch irgend etwas ein?«

Sie zögerte. »Vor Erins Verschwinden lungerte ein paar Wochen lang ein junger Bursche draußen vor dem Haus herum. Immer dann, wenn es dunkel wurde, so daß man ihn nicht deutlich sehen konnte. Was er wollte, weiß ich natürlich nicht. Aber an diesem Dienstag abend, als Erin zum letzten Mal das Haus verließ, konnte ich erkennen, daß sie allein war und diese große Schultertasche trug. Meine Brille war beschlagen, und ich bin nicht sicher, daß der Bursche auf der anderen Straßenseite derselbe war, aber ich glaube es, und als Erin die Straße hinunterging, bewegte er sich in die gleiche Richtung.«

»Sie haben ihn an diesem Abend nicht deutlich gesehen, aber an anderen Abenden. Wie hat er ausgesehen, Miss Durkin?«

»Dünn wie eine Bohnenstange. Hochgeschlagener Kragen. Hände in den Taschen, die Arme gegen den Körper gedrückt. Mageres Gesicht. Dunkles, unfrisiertes Haar.«

Len Parker, dachte Vince. Er schaute Ernie an, der offensichtlich den gleichen Einfall hatte.

»Darauf hab ich mich gefreut.« Darcy lehnte sich auf dem Beifahrersitz des Mercedes zurück und lächelte Michael an. »War eine harte Woche.«

»Das hab ich mitbekommen«, sagte er trocken. »Dauernd habe ich versucht, Sie zu Hause oder im Büro zu erreichen.«

»Ich weiß. Tut mir leid.«

»Ihnen soll gar nichts leid tun. Herrlicher Tag für einen Ausritt, nicht?«

Sie waren auf der Route 202 und näherten sich Bridgewater. »Ich habe nie viel über New Jersey gewußt«, bemerkte Darcy.

»Bis auf die Witze, die darüber gemacht werden. Alle meinen,

New Jersey sei dieses Autobahnstück mit all den Raffinerien. Ob Sie's glauben oder nicht, es hat eine längere Küste als die meisten anderen Staaten der Ostküste und mit die höchste Anzahl von Pferden pro Kopf der Bevölkerung.«

»Na, allerhand!« Darcy lachte.

»Allerhand. Wer weiß? Mit meinem missionarischen Eifer kann ich Sie vielleicht bekehren.«

Mrs. Hughes war ein einziges, breites Lächeln. »Ach, Miss Scott, als der Doktor gesagt hat, daß Sie kommen, habe ich ein richtig schönes Abendessen geplant.«

»Wie lieb von Ihnen.«

»Das Gästezimmer oben am Treppenabsatz ist fertig. Nach Ihrem Ritt können Sie sich dort erfrischen.«

»Wunderbar.«

Falls das möglich war, war der Tag noch vollkommener als der letzte Sonntag. Kühl. Sonnig. Ein Hauch von Frühling lag in der Luft. Es gelang Darcy, sich ganz der Freude des Galopps hinzugeben.

Als sie anhielten, um die Pferde ausruhen zu lassen, sagte Michael: »Ich brauche nicht zu fragen, ob Sie sich wohl fühlen. Man sieht's.«

Am Spätnachmittag wurde es empfindlich kühl. In Michaels Arbeitszimmer war ein Feuer angezündet worden. Der Kamin zog kräftig und ließ die Flammen hochzüngeln.

Michael schenkte ihr Wein ein, mixte für sich einen Old-Fashioned, setzte sich neben sie auf das bequeme Ledersofa und legte die Füße auf den Couchtisch. Sein Arm lag auf der Rückenlehne des Sofas. »Wissen Sie«, sagte er, »ich habe diese Woche weiter über das nachgedacht, was Sie mir erzählt haben. Es ist schrecklich, daß eine beiläufige Bemerkung ein Kind so verletzen kann. Aber Sie können sich doch täglich im Spiegel vom Gegenteil überzeugen, oder?«

»Nein, kann ich nicht.« Darcy zögerte. »Ich will um Gottes willen nicht den Anschein erwecken, als wollte ich eine Gratisberatung, aber ich mußte es Ihnen erzählen. Nun, vergessen Sie's.«

Seine Hand streifte ihr Haar. »Was ist? Schießen Sie los. Spukken Sie's aus.«

Sie sah ihn direkt an, konzentrierte sich auf die Freundlichkeit in seinen Augen. »Michael, ich habe den Eindruck, Sie verstehen, wie verheerend diese Bemerkung für mich war, aber anscheinend denken Sie – ich weiß nicht, wie ich es ausdrücken soll –, ich hätte unbewußt die ganzen Jahre über meiner Mutter und meinem Vater die Schuld gegeben.«

Michael stieß einen Pfiff aus. »He, Sie machen mich arbeitslos. Die meisten Leute brauchen ein Jahr Therapie, ehe sie zu einer solchen Schlußfolgerung kommen.«

»Sie haben mir nicht geantwortet.«

Er küßte sie auf die Wange. »Das habe ich auch nicht vor. Kommen Sie, ich glaube, Mrs. Hughes hat das gemästete Kalb auf dem Tisch.«

Um zehn Uhr kamen sie zu ihrer Wohnung zurück. Er parkte den Wagen und begleitete sie zur Tür. »Diesmal gehe ich erst, wenn ich sicher bin, daß Sie unbehelligt im Haus sind. Ich wünschte, Sie würden mir erlauben, Sie morgen nach Wellesley zu fahren. Es ist eine ganz schön lange Strecke für einen Tag.«

»Das macht mir nichts aus. Und auf dem Rückweg habe ich noch einen Termin.«

»Noch eine Haushaltsauflösung?«

Sie wollte nicht über die Bilder von Nan Sheridan sprechen. »So ungefähr. Eine Suchaktion.«

Er legte ihr die Hände auf die Schultern, hob ihr Gesicht an, drückte seine Lippen auf ihre. Sein Kuß war liebevoll, aber kurz. »Darcy, rufen Sie mich morgen abend an, wenn Sie nach Hause kommen. Ich will nur wissen, ob alles in Ordnung ist.«

»Mach ich. Danke.«

Sie stand innen hinter der Tür, bis der Wagen um die Ecke verschwunden war. Dann rannte sie summend die Treppe hinauf.

Hank sollte am frühen Samstagabend kommen. Wir haben so wenig Zeit füreinander, dachte Vince bedrückt, als er die Tür zu seiner Wohnung öffnete. Als sie noch verheiratet waren, hatten er und Alice in Great Neck gewohnt. Nach der Trennung hätte Pendeln nicht viel Sinn gehabt; also verkauften sie das Haus, und er hatte sich diese Wohnung an der Second Avenue genommen. Die Gegend von Gramercy Park. Natürlich nicht Gramercy Park selbst. Nicht bei seinem Gehalt.

Doch er mochte seine Wohnung. Sie lag im achten Stock, und die Fenster boten einen typischen Innenstadt-Ausblick. Rechts ein Zipfel vom Park mit seinen eleganten Ziegelhäusern, unten vor der Tür der mörderische Verkehr der Second Avenue, gegenüber eine Mischung aus Wohn- und Bürohäusern mit Restaurants, Delikatessengeschäften, koreanischen Lebensmittelläden und einem Videogeschäft.

Er hatte zwei Schlafzimmer, zwei Bäder, ein recht geräumiges Wohnzimmer, eine Eßnische und eine winzige Küche. Das zweite Schlafzimmer war für Hank, aber er hatte Bücherregale und einen Schreibtisch hineingestellt und benutzte es auch als Arbeitszimmer.

Wohnraum und Eßnische waren für seinen Geschmack zu verspielt und modisch möbliert. In dem Jahr vor ihrer Trennung hatte Alice das Wohnzimmer in Pastellfarben neu eingerichtet. Blasse Pfirsichtöne und Weiß für das Anbausofa, pfirsichfarbener Teppich, pfirsichfarben gemusterter Sessel ohne Armlehnen. Glastische. Lampen, die aussahen wie Knochen in der Wüste. Dieses Zeug hatte sie ihm überlassen, und die traditionellen Möbel, die er mochte, hatte sie mitgenommen. Demnächst, wenn er dazu kam, wollte Vince alles hinauswerfen und gute, altmodische, bequeme Möbel kaufen. Er war das Gefühl leid, in Barbies Traumhaus gestolpert zu sein.

Hank war noch nicht da. Vince stellte sich unter die heiße Dusche, zog frische Unterwäsche, einen Pullover, eine leichte Baumwollhose und Mokassins an. Er öffnete ein Bier, streckte sich auf dem Sofa aus und überdachte den Fall.

Die Ermittlungen waren rätselhaft. Unter jedem Stein, den man aufhob, fand man neue Hinweise.

Boxer. Erin hatte gedroht, seinetwegen zur Polizei zu gehen. Gestern hatte Darcy Scott angerufen und gesagt, sie habe ein Foto von Nan Sheridan auf Belle Island mit einem Strandwärter im Hintergrund, der Boxer sein könnte. Sie hatten das Bild abgeholt und untersuchten es.

Miss Durkin hatte jemanden gesehen, dessen Beschreibung sich ganz nach diesem Spinner Len Parker anhörte; er hatte in der Christopher Street herumgelungert, und sie meinte, er sei Erin Kelley an dem Abend, an dem sie verschwand, gefolgt.

Es gab eine direkte Verbindung zwischen diesem Schwindler Jay Stratton und Nan Sheridan. Und eine direkte Verbindung zwischen Jay Stratton und Erin Kelley.

Vince hörte, wie der Schlüssel im Schloß gedreht wurde. Hank stürmte herein. »He, Dad!« Er ließ seine Reisetasche fallen. Schnelle Umarmung.

Vince spürte, wie das krause Haar seine Wange streifte. Er mußte sich immer beherrschen, damit die heftige Liebe, die er für seinen Sohn empfand, nicht allzu deutlich hervortrat. Das würde den Jungen in Verlegenheit bringen. »Hallo, Kumpel. Wie geht's?«

»Prima, denke ich. Hab eine Supernote in Chemie.«

»Hast ja auch genug dafür gelernt.«

Hank zog seine Schuljacke aus und schleuderte sie durch den Raum. »Junge, gut, daß die Prüfungen vorbei sind.« Mit langen Schritten ging er in die Küche und öffnete die Tür des Kühlschranks. »Dad, das sieht aus, als könntest du einen Essensdienst gebrauchen.«

»Ich weiß. War eine harte Woche.« Vince hatte einen Einfall. »Ich habe neulich abends ein fabelhaftes neues Nudelrestaurant entdeckt. In der 58. Straße. Hinterher könnten wir ins Kino gehen.«

»Spitze.« Hank reckte sich. »Oh, Mann, es tut gut, hier zu sein. Mom und Blubber sind sauer aufeinander.«

Das geht mich nichts an, dachte Vince, aber er fragte doch. »Warum?«

»Sie will eine Rolex zum Geburtstag. Für sechzehneinhalb.«

»Sechzehneinhalbtausend Dollar? Und ich dachte schon, sie sei teuer, als ich mit ihr verheiratet war.«

Hank lachte. »Ich liebe Mom, aber du kennst sie ja. Sie denkt in großem Maßstab. Wie geht es mit den Serienmorden voran?«

Das Telefon läutete. Vince runzelte die Stirn. Nicht schon wieder an Hanks Abend, dachte er und beobachtete, daß Hank interessiert aufschaute. »Vielleicht hat es einen Durchbruch gegeben«, sagte er, als Vince den Hörer abnahm.

Es war Nona Roberts. »Vince, tut mir leid, daß ich Sie zu Hause störe, aber Sie gaben mir Ihre Nummer. Ich war den ganzen Tag bei Dreharbeiten und bin gerade erst ins Büro zurückgekommen. Mr. Nash hat eine Nachricht hinterlassen. Sein Verleger will nicht, daß er über Bekanntschaftsanzeigen redet, wo er doch gerade ein Buch darüber schreibt, das im Herbst erscheinen soll. Fällt Ihnen vielleicht ein anderer Psychiater ein, der für dieses Thema besonders geeignet wäre?«

»Ich habe mit einigen zu tun, die Mitglieder der AAPL sind. Das ist eine Organisation von Seelenklempnern, die Spezialisten für Psychiatrie und Recht sind. Ich werde versuchen, bis Montag jemanden für Sie aufzutreiben.«

»Tausend Dank. Und bitte, entschuldigen Sie die Störung. Ich gehe ins ›Pasta Lovers‹, um noch einen Teller von diesen Spaghetti zu essen.«

»Wenn Sie zuerst hinkommen, verlangen Sie einen Tisch für drei. Hank und ich wollten gerade losgehen.« Vince merkte, daß er aufdringlich klang. »Außer natürlich, wenn Sie mit Ihren eigenen Freunden unterwegs sind.« Oder Ihrem *Freund*, dachte er.

»Ich bin allein. Hört sich großartig an. Bis nachher also.« Das Telefon klickte an seinem Ohr.

Vince sah Hank an. »Bist du einverstanden, Chef?« fragte er. »Oder hätten wir lieber nur zu zweit gehen sollen?«

Hank griff nach der Jacke, die auf dem lehnenlosen Sessel gelandet war. »Aber überhaupt nicht. Ist doch meine Pflicht, mir anzusehen, mit wem du umgehst.«

19

SONNTAG, 10. MÄRZ

Am Sonntag morgen um sieben Uhr fuhr Darcy nach Massachusetts. Wie oft sind Erin und ich zusammen diese Strecke gefahren, um Billy zu besuchen, dachte sie, während sie den Wagen auf den East River Drive steuerte. Sie fuhren abwechselnd, hielten unterwegs bei »McDonald's« an, um sich Kaffee mitzunehmen, und beschlossen immer, sie sollten sich eine Thermosflasche kaufen, wie sie sie damals im College gehabt hatten.

Als sie sich beim letzten Mal darauf geeinigt hatten, hatte Erin gelacht. »Der arme Billy wird tot und begraben sein, bevor wir jemals diese Thermoskanne bekommen.«

Jetzt war Erin diejenige, die tot und begraben war.

Darcy fuhr ohne Unterbrechung durch und erreichte Wellesley um halb zwölf. Sie hielt vor St. Paul's und zog die Klingel des Refektoriums. Der Geistliche, der Erins Begräbnismesse abgehalten hatte, war da. Sie trank Kaffee mit ihm. »Ich habe im Pflegeheim Bescheid gegeben«, sagte sie zu ihm, »aber ich wollte es auch Ihnen sagen. Wenn Billy irgend etwas braucht, wenn es ihm schlechter geht oder wenn er zu Bewußtsein kommt, dann lassen Sie mich bitte benachrichtigen.«

»Er wird nicht mehr zu sich kommen«, sagte der Priester leise. »Ich glaube, das ist für ihn eine besondere Gnade.«

Sie ging in die Mittagsmesse und dachte an die Grabrede vor weniger als zwei Wochen. »Wer kann den Anblick des kleinen Mädchens vergessen, das den Rollstuhl seines Vaters in diese Kirche schob?«

Sie ging zum Friedhof. Der dunkelbraune Erdhügel über Erins Grab hatte sich noch nicht gesetzt; gefrorene Stellen glänzten in den schrägen Strahlen der schwachen Märzsonne. Darcy kniete nieder, zog ihren Handschuh aus und legte eine Hand auf das Grab. »Erin. Ach, Erin.«

Vom Friedhof aus fuhr sie zum Pflegeheim und setzte sich eine Stunde lang an Billys Bett. Er öffnete die Augen nicht, aber sie hielt seine Hand und sprach die ganze Zeit leise auf ihn ein. »Bei Bertolini sind sie ganz begeistert von dem Collier, das Erin entworfen hat. Sie soll noch viele andere Stücke für sie anfertigen.«

Sie sprach über ihren eigenen Beruf. »Wirklich, Billy, wenn Sie Erin und mich gesehen hätten, wie wir auf Speichern nach Schätzen stöberten, hätten Sie uns für verrückt gehalten. Sie hat ein paar Möbel erspäht, die mir entgangen wären.«

Als sie ging, beugte sie sich über ihn und küßte ihn auf die Stirn. »Alles Gute, Billy.«

Er drückte schwach ihre Hand. Er weiß, daß ich hier bin, dachte sie. »Ich komme bald wieder«, versprach sie.

Ihr Wagen war ein Buick-Kombi mit Mobiltelefon. Der Verkehr nach Süden kam nur langsam voran, und um fünf Uhr rief sie im Haus der Sheridans in Darien an. Chris meldete sich. »Es wird später, als ich erwartet hatte«, erklärte sie. »Ich möchte die Pläne Ihrer Mutter nicht durcheinanderbringen – oder Ihre, was das betrifft.«

»Keine Pläne«, versicherte er ihr. »Kommen Sie einfach vorbei.«

Um Viertel vor sechs bog sie in die Einfahrt der Sheridans ein. Es war schon fast dunkel, aber Außenlampen erhellten das hübsche Tudor-Haus. Die lange Einfahrt beschrieb vor dem Hauseingang einen Kreis. Darcy parkte direkt hinter der Biegung.

Offenbar hatte Chris Sheridan auf sie gewartet. Die Vordertür öffnete sich, und er kam heraus, um sie zu begrüßen. »Sie haben es geschafft«, sagte er. »Schön, Sie zu sehen, Darcy.«

Er trug ein Oxford-Hemd, Cordhosen und Mokassins. Als er die Hand ausstreckte, um ihr aus dem Wagen zu helfen, bemerkte sie wieder, wie breit seine Schultern waren. Sie war froh, daß er nicht Jackett und Krawatte trug. Unterwegs war ihr eingefallen, daß sie um die Abendessenszeit herum eintreffen würde und mit ihren eigenen Cordhosen und ihrem Wollpullover nicht passend gekleidet war.

Das Innere des Hauses war eine reizvolle Mischung aus bewohntem Komfort und exquisitem Geschmack. Die hohe Eingangshalle war mit Perserteppichen ausgelegt. Ein Waterford-Kronleuchter und passende Wandleuchter setzten die herrlichen Schnitzereien der geschwungenen Treppe ins rechte Licht. An der Wand neben der Treppe hingen Gemälde, die Darcy gern genauer betrachtet hätte.

»Wie die meisten Leute benutzt meine Mutter das kleine Wohnzimmer mehr als alle anderen Räume«, sagte Chris zu ihr. »Hier durch.«

Darcy schaute im Vorübergehen in das Wohnzimmer. Chris bemerkte ihren Blick und sagte: »Das ganze Haus ist mit amerikanischen Antiquitäten ausgestattet. Alles zwischen frühem Kolonialstil und griechischen Kopien. Meine Großmutter war fasziniert von Antiquitäten, und ich nehme an, wir haben durch Osmose gelernt.«

Greta Sheridan saß in einem bequemen Sessel am Kamin. Ringsum lag die *New York Times* verstreut. Die Sonntagsbeilage war auf der Rätselseite aufgeschlagen, und sie studierte ein Kreuzworträtsel-Wörterbuch. Anmutig stand sie auf. »Sie müssen Darcy Scott sein.« Sie nahm Darcys Hand. »Das mit Ihrer Freundin tut mir sehr leid.«

Darcy nickte. Was für eine schöne Frau, dachte sie. Viele der Filmstars, mit denen ihre Mutter eng befreundet war, hätten Greta Sheridan um ihre hohen Wangenknochen, ihre noblen Züge und ihre schlanke Figur beneidet. Sie trug blaßblaue Wollhosen, einen passenden Pullover mit Schalkragen, Brillantohrringe und eine Brillantnadel in Form eines Hufeisens.

Angeborene Klasse, dachte Darcy.

Chris schenkte Sherry ein. Auf dem Couchtisch stand eine Platte mit Käse und Crackern. Er stocherte im Feuer herum.

Greta Sheridan erkundigte sich nach der Fahrt. »Sie sind mutiger als ich, morgens nach Massachusetts und ein paar Stunden später wieder zurückzufahren.«

»Ich fahre viel Auto.«

»Darcy, wir kennen uns jetzt fünf Tage«, bemerkte Chris. »Würden Sie mir bitte sagen, was genau Sie eigentlich machen?« Er wandte sich an Greta. »Als ich Darcy zum ersten Mal durch den Hauptgang der Galerie führte, erkannte sie aus dem Augenwinkel den Roentgen-Sekretär. Bei der Gelegenheit sagte sie mir, sie sei quasi auch in der Branche tätig.«

Darcy lachte. »Sie werden's nicht glauben, aber es ist so.«

Greta Sheridan war fasziniert. »Was für eine fabelhafte Idee. Wenn Sie interessiert sind, werde ich für Sie die Augen offenhalten. Sie würden staunen, was für wunderbare Möbel die Leute hier in der Gegend verschenken oder billig abgeben.«

Um halb sieben sagte Chris: »Ich koche. Ich hoffe, Sie sind keine Vegetarierin, Darcy. Es gibt Steaks, in der Schale gebackene Kartoffeln, Salat. Etwas für Gourmets.«

»Ich bin keine Vegetarierin. Hört sich wunderbar an.«

Als er gegangen war, begann Greta Sheridan von ihrer Tochter und der Nachstellung ihrer Ermordung in der Fernsehserie *Authentische Verbrechen* zu sprechen. »Als ich diesen Brief bekam, in dem stand, ein Mädchen in New York werde beim Tanzen Nan zu Ehren sterben, dachte ich, ich würde verrückt. Es gibt nichts Schlimmeres, als eine Tragödie, von der man weiß, daß sie passieren wird, nicht verhindern zu können.«

»Außer, wenn man das Gefühl hat, man hätte dazu beigetragen«, sagte Darcy. »Daß ich Erin gedrängt habe, diese verfluchten Anzeigen zu beantworten, kann ich nur wiedergutmachen, indem ich den Mörder daran hindere, noch jemanden umzubringen. Offenbar empfinden Sie genauso. Ich kann mir vorstellen, wie schwer es Ihnen fallen muß, Nans Briefe und Bilder durchzusehen, und ich bin Ihnen sehr dankbar.«

»Ich habe noch einige gefunden. Sie sind hier.« Greta wies auf einen Stapel kleiner Alben auf dem Kaminsims. »Die lagen auf einem der oberen Regale der Bibliothek und sind deshalb nicht weggeräumt worden.« Sie griff nach dem obersten. Darcy zog einen Stuhl neben sie, und zusammen beugten sie sich über das Album. »In diesem letzten Jahr hatte Nan angefangen, sich für Fotografie zu interessieren«, sagte Greta. »Wir schenkten ihr zu Weihnachten eine Canon; diese Bilder wurden also alle zwischen Ende Dezember und Anfang März aufgenommen.«

Wie jung sie noch war, dachte Darcy. Sie hatte ganz ähnliche Alben von den Mädchen in Mount Holyoke. Der einzige Unterschied bestand darin, daß Mount Holyoke ein reines Mädchencollege war. Auf diesen Bildern waren ebenso viele Jungen wie Mädchen abgebildet. Sie begannen sie durchzusehen.

Chris erschien an der Tür. »Noch fünf Minuten.«

»Sie sind ein guter Koch«, sagte Darcy anerkennend, während sie den letzten Bissen Steak aß.

Sie begannen über Nans Hinweis auf jemanden namens Charley zu sprechen, der es schön fand, wenn Mädchen Stöckelschuhe trugen. »Daran hatte ich mich zu erinnern versucht«, sagte Greta. »In der Sendung und in den Zeitungen sprachen sie von hochhackigen Schuhen. Es war Nans Brief über Stöckelschuhe, der mir nicht aus dem Sinn ging. Leider hat er nicht viel geholfen, oder?«

»Noch nicht«, sagte Chris.

Chris trug ein Tablett mit Kaffee in das Arbeitszimmer.

»Du gibst einen prachtvollen Butler ab«, sagte seine Mutter liebevoll.

»Da du dich weigerst, eine Hilfe im Haus wohnen zu lassen, mußte ich das wohl lernen.«

Darcy dachte an die Villa in Bel-Air mit den drei Dienstboten, die im Haus lebten.

Als sie mit dem Kaffee fertig war, stand sie auf, um zu gehen. »Tut mir leid, das hier zu unterbrechen, aber ich brauche mehr als eine Stunde bis nach Hause, und wenn ich mich zu sehr entspanne, werde ich noch am Steuer einschlafen.« Sie zögerte. »Könnte ich dieses erste Album vielleicht noch einmal sehen?«

In dem ersten Album befand sich auf der vorletzten Seite eine Gruppenaufnahme. »Der große Junge im Schulpullover«, sagte Darcy. »Der, der das Gesicht von der Kamera abwendet. Er hat etwas an sich.« Sie zuckte die Achseln. »Ich habe so ein Gefühl, als hätte ich ihn irgendwo schon einmal gesehen.«

Greta und Chris Sheridan betrachteten das Bild. »Einige der Jungen erkenne ich«, sagte Greta, »aber diesen nicht. Wie ist es mit dir, Chris?«

»Nein, aber schau. Janet ist auch auf dem Bild. Sie war eine von Nans engsten Freundinnen«, erklärte er Darcy. »Sie wohnt in Westport.« Er wandte sich an seine Mutter. »Warum bittest du sie nicht, bald einmal vorbeizukommen?«

»Sie hat mit ihren Kindern sehr viel zu tun. Aber ich könnte zu ihr fahren.«

Als Darcy sich verabschiedete, lächelte Greta Sheridan und sagte: »Darcy, ich habe Sie den ganzen Abend beobachtet. Hat Ihnen schon einmal jemand gesagt, daß Sie, ausgenommen die Haarfarbe, eine auffallende Ähnlichkeit mit Barbara Thorne haben?«

»Noch nie«, sagte Darcy aufrichtig. Es war nicht der Augenblick, um zu sagen, daß Barbara Thorne ihre Mutter war. Sie erwiderte das Lächeln. »Aber es freut mich wirklich sehr, Mrs. Sheridan, daß Sie es gesagt haben.«

Chris begleitete sie zum Auto. »Sind Sie auch nicht zu müde für die Fahrt?«

»Oh, nein. Sie sollten sehen, welche Strecken ich zurücklege, wenn ich auf der Jagd nach Möbeln bin.«

»Also sind wir wirklich in der gleichen Branche tätig.«

»Ja, aber Sie gehen den oberen Weg …«

»Kommen Sie morgen in die Galerie?«

»Ich werde kommen. Gute Nacht, Chris.«

Greta Sheridan wartete an der Tür. »Sie ist ein reizendes Mädchen, Chris. Reizend.«

Chris zuckte mit den Schultern. »Das finde ich auch.« Er erinnerte sich, wie Darcy gestern errötet war, als er sie gebeten hatte, nach Darien zu kommen.

»Aber fang bloß nicht an zu kuppeln, Mutter. Ich hab so eine Ahnung, als sei sie schon vergeben.«

Das ganze Wochenende über hatte Doug sich so benommen, wie sich eine Ehefrau einen hingebungsvollen Gatten und Vater nur wünschen konnte. Obwohl sie wußte, daß er bloß Theater spielte, hatte Susan ihre Angst besänftigen können, Doug sei vielleicht ein Serienmörder.

Er ging zu Donnys Basketballtraining und organisierte dann ein Spiel auf dem Schulhof mit den Kindern, die noch Zeit hatten. Danach führte er alle zu »Burger King« zum Mittagessen. »Es geht doch nichts über gesundes Essen«, hatte er gescherzt.

Das Lokal war voll mit jungen Familien. Diese Art von Gemeinsamkeit hat uns gefehlt, dachte Susan. Jetzt ist es zu spät. Sie sah über den Tisch hinweg zu Donny, der kaum ein Wort gesprochen hatte.

Nachdem sie wieder zu Hause waren, spielte Doug mit dem Baby und half ihm, aus Bauklötzen eine Burg zu bauen. »Setzen wir den kleinen Prinzen hinein.« Conner hatte vor Wonne gekreischt.

Er ging mit Trish hinaus zum Rollerfahren. »Wir schlagen jeden in diesem Block, was, Kinder?«

Mit Beth führte er ein freundschaftliches Vater-Tochter-Gespräch. »Mein kleines Mädchen wird von Tag zu Tag hübscher. Ich werde noch einen Zaun um dieses Haus bauen müssen, um all die Jungs fernzuhalten, die hinter dir her sind.«

Während sie das Abendessen zubereitete, küßte er Susans Nakken. »Wir sollten bald mal tanzen gehen, Schatz. Weißt du noch, wie wir im College immer getanzt haben?«

Wie ein kalter Windstoß beendete das die Vorstellung, es sei vielleicht lächerlich, daß sie ihn schlimmerer Dinge verdächtigt hatte als der Schürzenjägerei. *Tanzschuhe, die an Leichen aufgefunden wurden.*

Später, im Bett, streckte Doug die Hände nach ihr aus. »Susan, hab ich dir je gesagt, wie sehr ich dich liebe?«

»Oft, aber ein Anlaß ist mir besonders im Gedächtnis geblieben.« *Als ich nach Nan Sheridans Tod für dich gelogen habe.*

Doug stützte sich auf einen Ellbogen und schaute im Dunkeln auf sie herab. »Wann war denn das?« fragte er scherzend.

Er darf nicht merken, was ich denke. »An unserem Hochzeitstag natürlich.« Sie lachte nervös. »Oh, Doug, nicht. Bitte, ich bin wirklich müde.« Sie konnte seine Berührung nicht ertragen. Sie merkte, daß sie Angst vor ihm hatte.

»Susan, was, zum Teufel, ist mit dir los? Du zitterst ja.«

Der Sonntag verlief genauso. Familiäres Beisammensein. Aber Susan bemerkte den mißtrauischen Ausdruck in Dougs Augen, die Sorgenfalten um seinen Mund. *Bin ich verpflichtet, meinen Verdacht der Polizei mitzuteilen? Und wenn ich zugebe, daß ich vor fünfzehn Jahren für ihn gelogen habe, kann ich dann auch ins Gefängnis kommen? Was soll aus den Kindern werden? Wenn er ahnte, daß ich der Polizei vielleicht sagen will, daß ich am Morgen von Nans Tod für ihn gelogen habe, würde er dann versuchen, mich daran zu hindern?*

20

MONTAG, 11. MÄRZ

Am Montag morgen rief Vince Nona an. »Ich habe einen Psychiater für Ihre Sendung. Dr. Martin Weiss. Netter Mann. Vernünftig. Mitglied der AAPL und sehr erfahren. Er drückt sich ohne Umschweife aus und ist bereit, in der Sendung mitzuwirken. Wollen Sie sich seine Telefonnummer aufschreiben?«

»Aber natürlich.« Nona wiederholte die Nummer und fügte dann hinzu: »Ich mag Hank, Vince. Er ist schrecklich nett.«

»Er möchte wissen, ob Sie ihm zuschauen wollen, wenn die Baseball-Saison anfängt.«

»Und ob ich das will.«

Nona rief Dr. Weiss an. Er willigte ein, am Mittwoch um vier Uhr nachmittags ins Studio zu kommen. »Wir drehen um fünf. Ausgestrahlt wird die Sendung Donnerstag abend um acht.«

Darcy verbrachte einen großen Teil des Montags im Lagerhaus und wählte Möbel für das Hotel aus. Um vier Uhr kam sie in der Sheridan-Galerie an. Die Auktion war in vollem Gange. Sie sah Chris seitlich in der ersten Reihe stehen. Er wandte ihr den Rükken zu. Sie schlüpfte durch den Gang ins Konferenzzimmer. Viele der Schnappschüsse waren datiert. Sie wollte andere aus der gleichen Zeitspanne finden. Vielleicht käme noch ein weiteres Bild des Studenten zum Vorschein, der ihr vage bekannt vorgekommen war.

Um halb sieben war sie noch immer in die Arbeit vertieft. Chris kam herein. Sie blickte auf und lächelte. »Das Bieten da draußen hörte sich ja heiß an. War es ein guter Tag?«

»Sehr. Keiner hat mir gesagt, daß Sie hier sind. Ich habe das Licht gesehen.«

»Das freut mich. Chris, sieht dieser Bursche hier aus wie der, den ich Ihnen gestern gezeigt habe?«

Er betrachtete das Bild. »Ja, tut er. Meine Mutter hat vor ein paar Minuten angerufen. Sie hat heute Janet gesehen. Der Junge war einer von vielen, die nach Nans Tod vernommen wurden. Er war in sie verliebt, glaube ich. Sein Name war Doug Fox.« Als er Darcys schockierten Ausdruck sah, fragte er: »Sie kennen ihn also?«

»Als Doug Fields. Durch eine Kontaktanzeige.«

Doug rief über die Mittagszeit an. »Schatz, sie haben eine dringende Konferenz einberufen. Ich kann nicht reden, aber eine Firma, die wir unserem größten Kunden empfohlen haben, geht pleite.«

Susan wartete, bis sie Trish zum Schulbus gebracht und Conner zum Mittagsschlaf hingelegt hatte, dann nahm sie den Telefonhörer und bat die Auskunft um die Nummer des FBI-Hauptquartiers in Manhattan.

Sie wählte und wartete. Eine Stimme meldete sich: »*Federal Bureau of Investigation.*«

Es war noch nicht zu spät, um wieder aufzulegen. Susan schloß die Augen und zwang sich, nicht zu flüstern. »Ich möchte mit jemandem über die Tanzschuhmorde sprechen. Vielleicht habe ich eine Information.«

Irgendwie brachte sie den Nachmittag und Abend hinter sich. Sie badete das Baby und Trish und half Donny und Beth bei den Schulaufgaben.

Endlich konnte sie das Licht ausschalten und zu Bett gehen. Stundenlang fand sie keinen Schlaf. Er hatte es geschafft, am Wochenende einmal zu Hause zu bleiben. Jetzt war er wieder unterwegs. Wenn er für den Tod dieser Mädchen verantwortlich war, dann war sie genauso schuldig.

Es wäre so einfach, wenn sie nur weglaufen könnte. Die Kinder ins Auto packen und so weit wegfahren wie nur möglich.

Aber so ging es nicht.

Am Montag abend traf Darcy Nona zum Essen in »Neary's Pub« und berichtete ihr über Doug Fox. »Vince war unterwegs, als ich ihn zu erreichen versuchte«, sagte sie. »Ich habe bei seinem Assistenten eine Nachricht hinterlassen.« Sie brach ein Stück ihres Brötchens ab und bestrich es mit etwas Butter. »Nona, Doug Fox oder Doug Fields, wie er sich mir vorstellte, ist genau der Typ, der Erin gefallen und dem sie vertraut hätte. Er sieht gut aus, ist intelligent, künstlerisch begabt, und er hat eines von den jungenhaften Gesichtern, die fürsorgliche Naturen wie Erin ansprechen.«

Nona sah ernst drein. »Es ist ziemlich beängstigend, daß er bei Nan Sheridans Tod vernommen worden ist. Du solltest ihn besser nicht wiedersehen. Vince hat gesagt, daß natürlich viele Männer nicht ihren richtigen Namen angeben, wenn sie auf solche Anzeigen antworten.«

»Aber wie viele andere wurden bei Nan Sheridans Tod vernommen?«

»Du solltest dir nicht zuviel erhoffen. Bislang hat die Polizei nicht viel mehr herausgefunden, als daß Jay Stratton auch in Brown war und daß Erins Hausmeister vor fünfzehn Jahren in der Nähe von Nan Sheridans Wohnort gearbeitet hat.«

»Ich möchte es einfach hinter mir haben«, seufzte Darcy.

»Laß uns nicht mehr darüber reden. Du kannst ja an gar nichts anderes mehr denken. Wie läuft die Arbeit?«

»Ach, die hab ich natürlich vernachlässigt. Aber heute hatte ich einen netten Anruf wegen eines Zimmers, das ich für ein sechzehnjähriges Mädchen eingerichtet habe. Sie hatte einen schrecklichen Unfall. Ich habe ein paar von Erins Sachen verwendet. Die Mutter wollte mir mitteilen, daß ihre Tochter Lisa am Samstag aus dem Krankenhaus nach Hause gekommen ist und das Zimmer wunderbar gefunden hat. Und weißt du, was sie sagte, was Lisa am meisten gefreut hat?«

»Was denn?«

»Erinnerst du dich an das Poster, das Erin an der Wand gegenüber ihrem Bett hängen hatte? Das mit dem Gemälde von Egret?«

»Natürlich. *Junge Frau, die gerne tanzt.*«

Sie hatten nicht gemerkt, daß Jimmy Neary an ihren Tisch gekommen war. »Das war's!« sagte er heftig. »Bei Gott, das war's! Das war die Anfangszeile der Anzeige, die Erin aus der Tasche fiel, genau hier an dieser Stelle.«

21

DIENSTAG, 12. MÄRZ

Am Dienstag ließ Susan einen Babysitter kommen und nahm den Zug nach New York. Vince hatte sie gebeten, in sein Büro zu kommen. »Ich kann verstehen, wie schwer das für Sie ist, Mrs. Fox«, hatte er behutsam gesagt, ihr aber nicht verraten, daß er schon eine Verbindung zu ihrem Mann hergestellt hatte. »Wir werden alles tun, um unsere Ermittlungen aus den Medien herauszuhalten, aber je mehr wir wissen, desto einfacher ist es.«

Um elf Uhr war Susan im Hauptquartier des FBI. »Sie können die Agentur Harkness anrufen«, sagte sie zu Vince. »Sie haben

Doug beschattet. Mir wäre es am liebsten, wenn er nur ein Schürzenjäger wäre, aber wenn er mehr als das ist, kann ich die Sache nicht laufenlassen.«

Vince sah den gequälten Ausdruck im Gesicht der hübschen jungen Frau, die ihm gegenübersaß. »Nein, Sie können es nicht laufenlassen«, sagte er ruhig. »Aber es ist ein weiter Weg von der Erkenntnis, daß Ihr Mann etwas mit anderen Frauen hat, bis zu dem Gedanken, er könnte ein Serienmörder sein. Wie sind Sie darauf gekommen?«

»Ich war erst zwanzig, und ich war so verliebt in ihn.« Susan sprach wie mit sich selbst.

»Wie lange ist das her?«

»Fünfzehn Jahre.«

Vince verzog keine Miene. »Was ist damals geschehen, Mrs. Fox?«

Susan fixierte einen Punkt an der Wand hinter Vince und sagte ihm, wie sie für Doug gelogen hatte, als Nan Sheridan gestorben war, und daß Doug in der Nacht, in der Erins Leiche entdeckt wurde, im Schlaf ihren Namen gerufen hatte.

Als sie fertig war, sagte Vince: »Weiß die Agentur Harkness, wo seine Wohnung ist?«

»Ja.« Nachdem sie alles ausgesprochen hatte, was sie wußte oder argwöhnte, fühlte Susan sich todmüde. Nun mußte sie für den Rest ihres Lebens mit dem leben, was sie getan hatte.

»Mrs. Fox, das gehört zu den schwersten Dingen, die Sie je werden tun müssen. Wir müssen mit der Agentur Harkness sprechen. Die Tatsache, daß sie Ihren Mann beschattet haben, könnte überaus wertvoll sein. Können Sie für die beiden nächsten Tage ganz normal mit ihm umgehen? Vergessen Sie nicht, unsere Ermittlungen könnten ihn auch entlasten.«

»Meinen Mann zu täuschen, ist nicht schwer. Die meiste Zeit bemerkt er mich gar nicht, außer, wenn er sich über etwas beschwert.«

Als sie gegangen war, rief Vince Ernie herein. »Wir haben unseren ersten großen Durchbruch, und ich möchte nichts vermasseln. Wir werden folgendermaßen vorgehen ...«

Am Dienstag nachmittag wurde gegen Jay Charles Stratton Anklage wegen schweren Diebstahls erhoben. Die Kriminalbeamten der New Yorker Polizei hatten in Zusammenarbeit mit den Sicherheitsbeamten von Lloyd's of London den Juwelier gefunden, der als Hehler einige von den gestohlenen Brillanten übernommen hatte. Der Rest der Steine, die angeblich in dem fehlenden Beutel gewesen waren, fand sich in einem privaten Schließfach, das unter dem Namen Jay Charles gemietet worden war.

Es war eine lange Konferenz gewesen, und die Spannung, die den ganzen Tag im Büro geherrscht hatte, war ungeheuer. Wie erklärt man seinem besten Kunden, daß die Buchhalter einer Firma einem Sand in die Augen gestreut hatten? Solche Dinge durften einfach nicht mehr passieren.

Doug rief mehrmals zu Hause an und war überrascht, als der Babysitter ans Telefon kam. Irgend etwas stimmte da ganz und gar nicht. Es war nicht so schwer, mit Susan ins reine zu kommen. Nun schwand seine Zuversicht. Sie argwöhnte doch nicht etwa … Oder doch?

Am Dienstag abend ging Darcy nach der Arbeit sofort nach Hause. Sie wollte sich nur eine Dose Suppe wärmen und früh zu Bett gehen. Die Spannung der letzten beiden Wochen machte sich bemerkbar. Sie wußte es.

Um acht Uhr rief Michael an. »Ich habe schon viele müde Stimmen gehört, aber Ihre verdient den ersten Preis.«

»Ja, das glaube ich.«

»Sie haben sich zuviel zugemutet, Darcy.«

»Keine Sorge. Für den Rest der Woche gehe ich nach der Arbeit sofort nach Hause.«

»Das ist eine gute Idee, Darcy, ich werde ein paar Tage nicht in der Stadt sein, aber halten Sie sich den Samstag für mich frei, ja? Oder den Sonntag. Oder noch besser, Samstag und Sonntag.«

Darcy lachte. »Halten wir den Samstag fest. Viel Spaß.«

»Es ist kein Spaß, sondern ein Psychiatriekongreß. Ich soll für einen Freund einspringen, der absagen mußte. Wollen Sie wissen, wie es ist, wenn vierhundert Psychiater gleichzeitig in einem Raum versammelt sind?«

»Das kann ich mir überhaupt nicht vorstellen.«

22

MITTWOCH, 13. MÄRZ

Endspurt, dachte Nona, als sie ihr Cape ablegte und auf das Zwei-ersofa warf. Es war noch nicht ganz acht Uhr morgens. Sie war dankbar, daß Connie schon da war und Kaffee aufgesetzt hatte.

Connie folgte ihr ins Büro. »Die Sendung wird toll, Nona.«

»Ich glaube, Cecil B. DeMille hat einen seiner Monumentalfil-me schneller fertig gehabt als ich diese Sendung«, sagte Nona trocken.

»Sie mußten aber auch alle Ihre regelmäßigen Sendungen wei-terführen, während Sie diese zusammengestellt haben«, bemerkte Connie.

»Ja, sicher. Rufen Sie alle Gäste noch einmal an, damit sie ihre Zusage bestätigen. Haben Sie ihnen die Termine schriftlich mitge-teilt?«

»Natürlich.« Connie sah erstaunt aus, weil Nona überhaupt da-nach fragte.

Nona grinste. »Tut mir leid. Es ist nur so, daß Hamilton wegen dieser Sendung solche Schwierigkeiten gemacht hat, und Liz ist entschlossen, alles, was daran gut ist, als ihr Verdienst auszuge-ben und mich die Kritik einstecken zu lassen …«

»Ich weiß.«

»Manchmal frage ich mich, wer dieses Büro leitet, Connie, Sie oder ich. Nur in einem Punkt wünschte ich, wir wären uns nicht ähnlich.«

Connie wartete.

»Ich wünschte, Sie könnten mit Pflanzen reden. Sie sind wie ich. Sie sehen sie nicht einmal.« Sie wies auf die Pflanze auf der Fensterbank. »Das arme Ding verdurstet. Geben Sie ihm ein biß-chen Wasser, ja?«

Len Parker war am Mittwoch morgen müde. Gestern hatte er nicht aufhören können, an Darcy Scott zu denken. Nach der Ar-beit hatte er sich vor ihrem Haus herumgetrieben und gesehen, wie sie gegen halb sieben oder sieben aus einem Taxi stieg. Er hat-te bis zehn gewartet, aber sie hatte das Haus nicht mehr verlassen.

Er hatte wirklich mit ihr reden wollen. Sonst war er immer wütend auf sie gewesen, weil sie ihn so schlecht behandelt hatte. Neulich war ihm etwas eingefallen, das wichtig war, aber jetzt war es wieder fort. Er fragte sich, ob er sich wieder daran erinnern würde.

Er zog seine Arbeitsuniform an. Das Schöne an einer solchen Uniform war, daß man kein Geld für Arbeitskleidung ausgeben mußte.

Vinces Sekretärin hatte eine Nachricht von Darcy Scott notiert, als er am Mittwoch morgen in sein Büro kam. Darcy würde den ganzen Tag beruflich unterwegs sein, wollte ihn aber wissen lassen, daß Erin vermutlich auf eine Anzeige geantwortet hatte, die mit den Worten *Suche junge Frau, die gerne tanzt* begann. Hört sich genau nach der Art von Anzeige an, auf die auch die anderen vermißten Mädchen geantwortet haben könnten, dachte Vince.

Die Kontaktanzeigen zurückzuverfolgen, war ein mühseliger Job. Jeder, der seine wahre Identität nicht preisgeben wollte, konnte ein paar falsche Daten nennen, ein Konto eröffnen und ein Schließfach mieten, an das Zeitungen und Zeitschriften die Antworten auf die Chiffre-Anzeigen schickten. Keine Wohnadresse, die man ausfindig machen konnte. Die Leute, die diese Schließfächer vermieteten, boten ihren Kunden Diskretion.

Es würde eine lange Suche sein. Aber diese Anzeige hatte etwas an sich. Er rief die Ermittler an. Sie waren dabei, Doug Fox, auch als Doug Fields bekannt, einzukreisen. Die Akte der Agentur Harkness über ihn war der Traum eines FBI-Fahnders.

Fields hatte die Wohnung vor zwei Jahren untervermietet, von dem Zeitpunkt an, als Claire Barnes verschwunden war.

Joe Pabst, der Mann von Harkness, hatte in dem Restaurant in SOHO in der Nähe von Fox gesessen. Es war klar gewesen, daß Fox die Frau durch eine Kontaktanzeige kennengelernt hatte.

Er hatte eine Verabredung mit ihr getroffen, gemeinsam tanzen zu gehen.

Er hatte einen Kombiwagen.

Pabst war sicher, daß Fox eine geheime Absteige hatte. Er hatte mitgehört, wie er der Maklerin in SOHO erzählt hatte, er habe eine Wohnung, in die er sie gern einladen würde.

Er gab sich als Illustrator aus. Der Hausmeister des »London Terrace«-Gebäudes war in Fields' Wohnung ein und aus gegangen und hatte gesagt, es lägen wirklich gute Zeichnungen herum.

Und er war im Falle Nan Sheridan vernommen worden.

Doch all das waren nur Indizien, erinnerte Vince sich. Gab Fox Anzeigen auf oder antwortete er auf Anzeigen, oder beides? Wäre es besser, sein Telefon im »London Terrace« für eine Weile anzuzapfen und zu sehen, was dabei herauskam?

Sollte man ihn zur Vernehmung vorladen? Das würde gar nicht so einfach sein.

Nun, zumindest Darcy Scott war bereits auf die Möglichkeit vorbereitet, daß Fox derjenige war. Sie würde sich von ihm nicht in die Enge treiben lassen.

Und wäre es nicht ein Pluspunkt, wenn sich herausstellte, daß Fox die Anzeige aufgegeben hatte, von der sie wußten, daß Erin Kelley sie mit sich herumgetragen hatte? *Suche junge Frau, die gerne tanzt.*

Um die Mittagszeit erhielt Vince aus dem Hauptquartier in Quantico einen Hinweis von VICAP. Polizeireviere aus dem ganzen Land hatten sich gemeldet. Vermont. Washington, D. C. Ohio. Georgia. Kalifornien. Fünf weitere Päckchen mit nicht zusammenpassenden Schuhen waren eingegangen. Alle enthielten einen Schuh oder Stiefel und einen hochhackigen Abendschuh. Alle waren an Familien von jungen Frauen geschickt worden, die in der VICAP-Akte standen, jungen Frauen, die in New York gelebt hatten und innerhalb der beiden letzten Jahre als vermißt gemeldet worden waren.

Um halb vier war Vince bereit, sein Büro zu verlassen und zu Hudson Cable Network zu fahren. Seine Sekretärin hielt ihn auf, als er an ihrem Schreibtisch vorbeikam, und reichte ihm den Telefonhörer. »Mr. Charles North. Er sagt, es sei wichtig.«

Vince zog die Augenbrauen hoch. Der hochgestochene Anwalt wird doch nicht etwa anfangen, kooperativ zu sein, dachte er. »D'Ambrosio«, meldete er sich barsch.

»Mr. D'Ambrosio, ich habe lange nachgedacht.«

Vince wartete.

»Es gibt nur eine mögliche Erklärung, die mir dafür einfällt, daß meine Pläne dem falschen Mann zu Ohren gekommen sind.«

Vince spürte, wie sein Interesse erwachte.

»Als ich Anfang Februar nach New York kam, um die letzten Vorbereitungen für meinen Umzug zu treffen, habe ich als Gast meines Seniorpartners eine Wohltätigkeitsveranstaltung im ›Plaza‹ besucht. Das *21st Century Playwrights' Festival Benefit.* Es waren etliche Berühmtheiten da. Ich wurde während der Cocktailstunde vielen Leuten vorgestellt. Der Seniorpartner meiner Sozietät wollte mich bekannt machen. Unmittelbar vor dem Essen sprach ich mit vier oder fünf Leuten. Einer davon bat mich um meine Visitenkarte, aber sein Name fällt mir nicht mehr ein.«

»Wie sah er aus?«

»Leider habe ich ein sehr schlechtes Gedächtnis für Gesichter und Namen, was jemandem in Ihrem Beruf merkwürdig vorkommen muß. Ich weiß es nicht mehr genau. Etwa einsachtzig groß. Ende Dreißig oder Anfang Vierzig. Eher Ende Dreißig, denke ich. Sprachlich gewandt.«

»Wenn wir Ihnen eine Liste der Gäste geben, die bei dieser Wohltätigkeitsveranstaltung waren, glauben Sie, daß der Name des Mannes Ihnen dann wieder einfällt?«

»Ich weiß nicht. Könnte sein.«

»Gut, Mr. North. Ich danke Ihnen. Wir beschaffen die Liste, und vielleicht können Sie Ihren Seniorpartner fragen, ob er die Namen von Leuten erkennt, mit denen Sie sich unterhalten haben.«

North klang beunruhigt. »Und wie soll ich ihm erklären, wozu ich diese Information brauche?«

Der Anflug von Dankbarkeit, den Vince empfunden hatte, weil der Mann ihm zu helfen versuchte, verschwand. »Mr. North«, sagte er kurz angebunden, »Sie sind Anwalt. Sie sollten daran gewöhnt sein, Informationen einzuholen, ohne selbst welche zu geben.« Er legte auf und rief nach Ernie. »Ich brauche die Gästeliste des *21st Century Playwrights' Benefit* im ›Plaza‹ Anfang Februar«, sagte er. »Sollte nicht schwer zu beschaffen sein. Sie wissen ja, wo Sie mich erreichen können.«

Es war der 13. März, der Jahrestag von Nans Tod. Gestern wäre sie vierunddreißig geworden.

Schon vor langer Zeit hatte Chris angefangen, seinen Geburtstag am 24. März zu feiern, an dem auch Greta Geburtstag hatte. So war es für sie beide einfacher. Gestern hatte seine Mutter angerufen, bevor er zur Arbeit ging. »Chris, ich danke meinem Schöpfer jeden Tag dafür, daß ich dich habe. Herzlichen Glückwunsch zum Geburtstag, mein Liebling.«

Heute morgen hatte er sie angerufen. »Unser schwerer Tag, Mutter.«

»Das wird er vermutlich immer bleiben. Bist du sicher, daß du bei dieser Sendung mitmachen willst?«

»Wollen? Nein. Aber ich glaube, wenn es irgendwie dazu beiträgt, diesen Fall zu lösen, dann ist es der Mühe wert. Vielleicht erinnert sich jemand, der zusieht, an etwas, das Nan betrifft.«

»Hoffentlich.« Greta seufzte. Dann sagte sie in anderem Ton: »Wie geht's Darcy? Chris, sie ist so reizend.«

»Ich glaube, die ganze Sache setzt ihr sehr zu.«

»Wird sie auch in der Sendung auftreten?«

»Nein. Und sie will auch nicht zusehen, wenn sie aufgezeichnet wird.«

In der Galerie war es ein ruhiger Tag. Chris hatte Gelegenheit, seine Papiere aufzuarbeiten. Er hatte Anweisung gegeben, ihm Bescheid zu sagen, falls Darcy käme. Doch sie ließ sich nicht blicken. Vielleicht fühlte sie sich nicht wohl. Um zwei rief er in ihrem Büro an. Ihre Sekretärin sagte, sie habe den ganzen Tag außerhalb zu tun und wolle danach direkt nach Hause gehen.

Um halb vier rief Chris ein Taxi, um zu »Hudson Cable« zu fahren.

Bringen wir's hinter uns, dachte er grimmig.

Die für die Sendung vorgesehenen Gäste versammelten sich im Konversationszimmer. Nona machte sie miteinander bekannt. Die Corras, ein Paar von Mitte Vierzig. Sie hatten sich voneinander getrennt. Jeder hatte eine Kontaktanzeige aufgegeben, und sie hatten ihre Anzeigen gegenseitig beantwortet. Das war der Katalysator, der sie wieder zusammenbrachte.

Die Daleys, ein seriös aussehendes Paar in den Fünfzigern. Keiner von beiden war je verheiratet gewesen. Beiden war es peinlich gewesen, Anzeigen aufzugeben und zu beantworten. Sie hatten sich vor drei Jahren kennengelernt. »Es war von Anfang an gut«, sagte Mrs. Daley. »Ich war immer viel zu zurückhaltend. Auf dem Papier konnte ich aufschreiben, was ich niemandem sagen konnte.« Sie war Wissenschaftlerin und in der Forschung tätig; er war Collegeprofessor.

Adrien Greenfield, die lebhafte Geschiedene Ende Vierzig. »Ich habe mehr Spaß«, erzählte sie den anderen. »Tatsächlich passierte ein Druckfehler. In der Anzeige sollte stehen, ich sei verträglich. Statt dessen schrieben sie, ich sei vermögend. Ich habe einen ganzen Lastwagen voll Post bekommen.«

Wayne Harsh, der schüchterne Vorstandsvorsitzende einer Firma, die Spielzeug herstellte. Ende Zwanzig. Der Traum jeder Mutter von ihrem künftigen Schwiegersohn, entschied Vince. Harsh genoß seine Verabredungen. In seiner Anzeige hatte er geschrieben, es frustriere ihn, daß Kinder in aller Welt sich an dem Spielzeug freuten, das seine Firma herstelle, während er kinderlos sei. Er wünsche sich eine liebe, kluge Frau in den Zwanzigern, die ihrerseits einen netten Kerl wolle, der pünktlich nach Hause komme und seine schmutzige Wäsche nicht auf den Boden werfe.

Die Turteltauben, die Cairones. Sie verliebten sich beim ersten Treffen nach der Anzeige ineinander. Einen Monat später waren sie verheiratet.

»Bis sie kamen, machte ich mir Sorgen, weil wir keine jungen Paare hatten«, hatte Nona Vince anvertraut, als er eintraf. »Diese beiden geben einem den Glauben an Romantik zurück.«

Vince sah den Psychiater, Dr. Martin Weiss, hereinkommen und stand auf, um ihn zu begrüßen.

Weiss war ein Mann Ende Sechzig mit markantem Gesicht, üppigem Silberhaar und durchdringenden blauen Augen. Sie gingen hinüber zum Tisch mit der Kaffeekanne.

»Danke, daß Sie so kurzfristig gekommen sind, Doktor«, sagte Vince.

»Hallo, Vince.«

Vince drehte sich um und sah, daß Chris auf sie zukam. Ihm fiel ein, daß dies der Jahrestag von Nan Sheridans Tod war. »Nicht der beste Tag für Sie«, sagte er.

Um Viertel vor fünf lehnte Darcy sich mit geschlossenen Augen im Taxi zurück. Wenigstens hatte sie heute verlorene Zeit eingeholt. Die Maler würden kommenden Montag im Hotel anfangen. Heute morgen hatte sie einen Prospekt des »Pelham Hotel« in London hingebracht. »Das ist ein überaus elegantes und intimes Hotel. Es ist Ihrem Haus ähnlich, denn die Zimmer sind nicht groß, der Empfangsbereich ist klein, der Salon daneben bestens geeignet, um Besucher zu empfangen. Achten Sie auf die kleine Bar in der Ecke. Natürlich wird unsere Einrichtung nicht annähernd so großartig sein, aber wir können einen ähnlichen Effekt erzielen.«

Es war nicht zu übersehen, daß die Besitzer entzückt waren.

Jetzt, dachte Darcy, muß ich mich mit der Schaufensterdekorateurin von Wilston's in Verbindung setzen. Sie war schockiert gewesen, als sie erfahren hatte, daß die Stoffe oft für eine lächerliche Summe verkauft wurden, wenn eine Dekoration entfernt wurde. Viele Meter erstklassiger Stoffe.

Sie schüttelte den Kopf und versuchte, bohrende Kopfschmerzen zu vertreiben. Ich weiß nicht, ob ich mir eine Infektion geholt habe oder nur Kopfweh, aber ich werde heute wieder früh schlafen gehen. Das Taxi fuhr vor ihrem Haus vor.

In der Wohnung blinkte der Anrufbeantworter. Bev hatte eine Nachricht hinterlassen. »Darcy, vor etwa zwanzig Minuten hatten Sie einen ganz verrückten Anruf. Rufen Sie mich unbedingt gleich zurück.«

Rasch wählte Darcy die Nummer ihres Büros. »Was war los, Bev?«

»Es war irgendeine Frau, die anrief. Sie sprach ganz leise. Ich konnte sie kaum verstehen. Sie wollte wissen, wo sie Sie erreichen könne. Ich wollte ihr nicht Ihre Privatnummer geben, also sagte ich, ich würde es Ihnen ausrichten. Sie sagte, sie sei in der Bar gewesen an dem Abend, an dem Erin verschwand, hätte es aber nicht zugeben wollen, weil der Mann, mit dem sie sich getroffen hatte, nicht ihr Ehemann war. Sie sah, daß Erin jemanden traf, der hereinkam, als sie gerade gehen wollte. Zusammen gingen sie hinaus. Sie hat ihn deutlich gesehen.«

»Wie kann ich sie erreichen?«

»Gar nicht. Sie wollte ihren Namen nicht nennen. Sie möchte, daß Sie sie in dieser Bar treffen. Es ist ›Eddie's Aurora‹ in der 4. Straße beim Washington Square. Sie sagte, Sie sollten allein kommen und sich an die Bar setzen. Wenn sie sich von zu Hause loseisen kann, wird sie gegen sechs da sein. Länger sollen Sie nicht warten. Falls es heute abend nicht klappt, ruft sie morgen wieder an.«

»Danke, Bev.«

»Hören Sie, Darcy, ich bleibe länger im Büro. Ich muß für eine Prüfung lernen, und in meiner Wohnung habe ich keine Ruhe, weil meine Mitbewohnerin dauernd Besuch hat. Rufen Sie mich wieder an, ja? Ich möchte nur wissen, daß mit Ihnen alles in Ordnung ist.«

»Es wird schon nichts passieren. Aber ich werde Sie anrufen.«

Darcy vergaß, daß sie müde war. Es war fünf vor fünf. Sie hatte gerade noch Zeit, ihr Gesicht zu erfrischen, ihr Haar zu bürsten und ihre staubigen Jeans mit Rock und Pullover zu vertauschen. Oh, Erin, dachte sie. Vielleicht ist es bald zu Ende.

Nona sah den Abspann ablaufen, während die Gäste sich leise unterhielten. Sie waren noch zu sehen, aber das Mikrophon war ausgeschaltet. »Amen«, sagte sie, als der Bildschirm dunkel wurde. Sie sprang auf und rannte die Stufen zum Podium hinunter. »Sie waren wunderbar!« sagte sie. »Jeder einzelne von Ihnen. Ich kann Ihnen gar nicht genug danken.«

Einige der Teilnehmer antworteten mit einem entspannten Lächeln. Chris, Vince und Dr. Weiss standen gleichzeitig auf.

»Ich bin froh, daß es vorbei ist«, sagte Chris.

»Verständlich«, sagte Martin Weiss. »Nach allem, was ich heute gehört habe, sind Sie und Ihre Mutter bei dieser ganzen Sache bemerkenswert stark gewesen.«

»Man tut, was man tun muß, Doktor.«

Nona trat zu ihnen. »Die anderen gehen, aber ich möchte gern, daß Sie noch zu einem Cocktail in mein Büro kommen. Sie haben ihn bestimmt verdient.«

»Oh, ich glaube nicht ...« Weiss schüttelte den Kopf und zögerte dann. »Ich muß in meiner Praxis Bescheid sagen. Kann ich das von Ihrem Büro aus tun?«

»Natürlich.«

Chris wußte nicht, ob er zusagen sollte. Er merkte, wie niedergeschlagen er sich fühlte. Darcys Sekretärin hatte gesagt, sie wolle gleich nach Hause fahren. Er überlegte, ob er sie zu einem schnellen Abendessen würde überreden können. »Kann ich dann auch einmal telefonieren?«

»Soviel Sie wollen.«

Der Piepser an Vinces Gürtel meldete sich. »Ich hoffe, Sie haben eine Menge Telefone hier, Nona.«

Vince telefonierte vom Schreibtisch der Sekretärin aus, und man richtete ihm aus, er solle Ernie im Büro des *21st Century Playwrights' Festival Office* anrufen. Als er ihn erreichte, war Ernie ganz ungeduldig, seine Neuigkeiten loszuwerden.

»Ich habe die Gästeliste. Raten Sie mal, wer an diesem Abend da war!«

»Wer denn?«

»Erin Kelley und Jay Stratton.«

»Gütiger Himmel!« Er dachte an die Beschreibung, die North ihm von dem Mann gegeben hatte, der ihn um seine Visitenkarte gebeten hatte. Groß. Ende Dreißig oder Anfang Vierzig. Beredt. Aber Erin Kelley! An dem Nachmittag, als Darcy in Erins Wohnung das rosasilberne Kleid ausgewählt hatte, in dem ihre Freundin begraben werden sollte. Darcy hatte ihm gesagt, Erin habe es *für eine Wohltätigkeikeitsveranstaltung* gekauft. Dann, als er das Päckchen mit den Schuhen abgeholt hatte, das in Darcys Wohnung geschickt worden war, hatte sie gesagt, der Abendschuh in dem Karton passe besser zu Erins rosasilbernem Kleid als das Paar, das Erin selbst gekauft hatte. Plötzlich wußte er, warum die Schuhe so gut zu dem Kleid paßten. Erins Mörder war bei der Wohltätigkeitsveranstaltung gewesen und hatte sie in diesem Kleid gesehen.

»Holen Sie mich in Nona Roberts' Büro ab«, sagte er zu Ernie. »Wir können genausogut zusammen in die Innenstadt fahren.«

Im Büro wirkte Dr. Weiss entspannter. »Keine Probleme. Ich hatte Angst, daß einer meiner Patienten mich heute abend brauchen könnte. Mrs. Roberts, ich nehme Ihr freundliches Angebot gerne an. Mein jüngster Sohn studiert Medienwissenschaften und wird im Juni fertig. Wie kann er beim Fernsehen unterkommen?«

Chris Sheridan hatte das Telefon von Nonas Schreibtisch zum

Fensterbrett getragen. Abwesend befühlte er die staubige Pflanze. Darcy war nicht zu Hause. Als er es im Büro versuchte, hatte ihre Sekretärin ausweichend geantwortet. Irgend etwas in dem Sinne, sie rechne damit, später von ihr zu hören.

»Es hat sich ein sehr wichtiger Termin ergeben.«

Seine Intuition war alarmiert. Etwas stimmte nicht.

Darcy sollte nicht länger als bis sechs Uhr warten. Sie blieb bis halb sieben und beschloß dann, für heute aufzugeben. Offensichtlich hatte die Frau, die angerufen hatte, sich nicht freimachen können. Sie bezahlte ihr Perrier und ging.

Sie trat hinaus auf die Straße. Der Wind hatte wieder aufgefrischt und schien ihr durch Mark und Bein zu gehen. Hoffentlich finde ich ein Taxi, dachte sie.

»Darcy! Ich bin so froh, daß ich Sie noch erwischt habe. Ihre Sekretärin sagte, Sie wären hier. Steigen Sie ein.«

»Sie sind meine Rettung. So ein Glücksfall.«

Len Parker verbarg sich in einem Türeingang auf der anderen Straßenseite und sah den verschwindenden Rücklichtern nach. Es war genau wie letztes Mal, als Erin Kelley herausgekommen war und jemand sie aus diesem Kombiwagen gerufen hatte.

Und wenn das dieselbe Person wäre, die Erin Kelley umgebracht hatte? Sollte er diesen FBI-Agenten anrufen? Er hieß D'Ambrosio. Er hatte seine Karte.

Würden sie ihn für verrückt halten?

Erin Kelley hatte ihn sitzenlassen, und Darcy Scott hatte sich geweigert, mit ihm zu Abend zu essen.

Aber er war gemein zu ihnen gewesen.

Vielleicht sollte er anrufen.

Er hatte in den letzten Tagen eine Menge Geld für Taxis ausgegeben, um Darcy Scott zu folgen.

Und ein Anruf würde ihn nur einen Vierteldollar kosten.

Chris wandte sich vom Fenster ab. Er mußte einfach fragen. Vince D'Ambrosio war gerade wieder ins Zimmer gekommen.

»Wissen Sie, ob Darcy heute abend wieder auf eine dieser verdammten Anzeigen eingeht?« fragte er.

Vince sah die Sorge in Sheridans Gesicht und ignorierte den angriffslustigen Ton. Er wußte, daß er nicht ihm galt. »Von Nona habe ich gehört, Darcy wolle früh zu Bett gehen.«

»Das wollte sie auch.« Das Lächeln verschwand aus Nonas Gesicht. »Als ich in ihrem Büro anrief, sagte ihre Sekretärin, sie werde von dem Hotel, das sie einrichtet, direkt nach Hause fahren.«

»Nun, dann hat sie ihre Meinung geändert«, erwiderte Chris. »Ihre Sekretärin klang sehr geheimnisvoll.«

»Wie ist ihre Büronummer?« Vince ergriff den Hörer. Als Bev abhob, meldete er sich mit Namen. »Ich mache mir Sorgen um Miss Scotts Pläne. Wenn Sie wissen, was sie vorhatte, dann sagen Sie es mir.«

»Es wäre mir wirklich lieber, wenn sie Sie zurückrufen würde –« begann Bev, wurde aber unterbrochen.

»Hören Sie, Miss, ich möchte mich nicht in Miss Scotts Privatleben einmischen, aber wenn dies etwas mit einer Bekanntschaftsanzeige zu tun hat, dann will ich das wissen. Wir sind der Lösung dieses Falles sehr nahe, aber noch haben wir niemanden verhaftet.«

»Nun, wenn Sie versprechen, nicht einzugreifen –«

»Wo ist Darcy Scott?«

Bev sagte es ihm. Vince gab ihr Nonas Nummer. »Bitten Sie Miss Scott, mich sofort anzurufen, wenn Sie von ihr hören.« Er legte auf. »Sie trifft sich mit einer Frau, die behauptet, sie habe Erin Kelley an dem Abend, an dem sie verschwand, ›Eddie's Aurora‹ im Village verlassen sehen und könne den Mann beschreiben, den sie draußen traf. Diese Frau hat sich nicht gemeldet, weil sie mit einem Mann zusammen war, der nicht ihr Ehemann war.«

»Glauben Sie das?« fragte Nona.

»Hört sich nicht gut an. Aber wenn Darcy sie in dieser Bar trifft, ist es wohl okay. Wie spät ist es?«

»Halb sieben«, sagte Dr. Weiss.

»Dann müßte Darcy jeden Moment in ihrem Büro anrufen. Sie sollte nur bis sechs warten, ob die Anruferin auftaucht.«

»Ist Erin Kelley nicht dasselbe passiert?« fragte Chris. »Soweit ich verstanden habe, ging sie in ›Eddie's Aurora«, wurde versetzt, ging hinaus und verschwand.«

Vince spürte, wie sich in seinem Nacken eine Gänsehaut bildete. »Ich rufe dort an.« Als er die Bar erreichte, stellte er eine Reihe kurzer Fragen, hörte zu und knallte dann den Hörer auf die Gabel. »Der Barkeeper sagt, eine junge Frau, auf die Darcys Beschreibung paßt, sei vor ein paar Minuten gegangen. Niemand sei aufgetaucht, um sich mit ihr zu treffen.«

Chris fluchte lautlos. Der Augenblick, als er vor fünfzehn Jahren Nans Leiche gefunden hatte, stand ihm mit schrecklicher Klarheit vor Augen.

Eine Empfangssekretärin klopfte an die halb geöffnete Tür. »Mr. Cizek vom FBI sagt, Sie erwarteten ihn«, sagte sie zu Nona.

Nona nickte. »Führen Sie ihn bitte herein.«

Cizek zog die dicke Gästeliste der *Playwrights-Gala* aus einem ausgebeulten Manila-Umschlag, während er durch die Tür kam. Sie steckte fest. Er riß daran, und dabei löste sich die Büroklammer. Einzelne Seiten fielen zu Boden. Nona und Dr. Weiss halfen, sie einzusammeln.

Chris ballte die Fäuste und lockerte sie wieder, wie Vince bemerkte. »Wir haben zwei stark Verdächtige«, sagte er zu Chris, »und wir sind beiden auf den Fersen.«

Dr. Weiss betrachtete eine der Seiten, die er aufgehoben hatte. Als denke er laut nach, bemerkte er: »Ich hätte gedacht, er sei zu beschäftigt mit seinen Kontaktanzeigen, um auf Parties zu gehen.«

Rasch blickte Vince auf. »Von wem sprechen Sie?«

Weiss schien verlegen. »Dr. Michael Nash. Verzeihen Sie. Das war eine unprofessionelle Bemerkung.«

»An diesem Punkt ist nichts unprofessionell«, sagte Vince scharf. »Es könnte sehr wichtig sein, daß Dr. Nash bei der Wohltätigkeitsveranstaltung war. Es klingt gerade so, als würden Sie ihn nicht mögen. Warum?«

Alle Blicke waren auf Martin Weiss gerichtet. Er schien mit sich zu ringen und sagte dann langsam: »Das darf diesen Raum nicht verlassen. Eine von Nashs früheren Patientinnen, die jetzt bei mir in Behandlung ist, sah ihn in einem Restaurant mit einer jungen Frau, die sie kannte. Als sie diese junge Frau das nächste Mal sah, zog sie sie damit auf.«

Vince spürte, daß seine Nerven prickelten, wie sie es immer taten, wenn er bei einem Fall den Durchbruch spürte. »Weiter, Doktor.«

Weiss sah unbehaglich aus. »Die junge Freundin meiner Patientin sagte, sie habe den Mann kennengelernt, indem sie auf seine Kontaktanzeige antwortete, und war nicht überrascht, als sie erfuhr, daß er in bezug auf seinen Namen und seinen Hintergrund gelogen hatte. Sie hatte sich mit ihm sehr unbehaglich gefühlt.«

Vince spürte, daß Dr. Weiss seine Worte sorgfältig wählte. »Doktor«, sagte er, »Sie wissen, womit wir es zu tun haben. Sie müssen offen zu mir sein. Wie ist Ihre ehrliche Meinung über Dr. Michael Nash?«

»Ich finde es unethisch von ihm, unter Vorspiegelung falscher Tatsachen für ein psychologisches Sachbuch zu recherchieren«, sagte Weiss vorsichtig.

»Sie weichen aus«, sagte Vince zu ihm. »Wenn Sie im Zeugenstand wären, wie würden Sie ihn dann beschreiben?«

Weiss wandte den Blick ab. »Einzelgänger«, sagte er tonlos. »Er verdrängt. An der Oberfläche nett, aber im Grunde antisozial. Hat vermutlich tief verwurzelte Probleme, die sich schon in der Kindheit bemerkbar machten. Allerdings ist er ein geborener Heuchler und könnte die meisten Kollegen täuschen.«

Chris spürte, wie das Blut in seinen Schläfen pochte. »Hat Darcy sich mit diesem Mann getroffen?«

»Ja«, flüsterte Nona.

»Doktor«, fuhr Vince rasch fort, »ich möchte mich sofort mit dieser jungen Frau in Verbindung setzen und feststellen, was für eine Anzeige er aufgegeben hat.«

»Meine Patientin hat sie mitgebracht, um sie mir zu zeigen«, sagte Weiss. »Ich habe sie in meiner Praxis.«

»Erinnern Sie sich vielleicht, ob sie mit den Worten *Suche junge Frau, die gerne tanzt* begann?« fragte Vince.

Als Weiss sagte: »Ja, so lautete sie«, meldete sich Vinces Piepser. Er griff nach dem Telefon, wählte und bellte seinen Namen. Nona, Chris, Dr. Weiss und Ernie warteten in absoluter Stille, als sie sahen, daß die Falten auf Vince D'Ambrosios Stirn sich vertieften. Während er den Hörer noch in der Hand hielt, sagte er: »Dieser Spinner Len Parker hat gerade angerufen. Er war Darcy gefolgt. Sie kam aus dieser Bar und stieg in den gleichen Kombiwagen, mit dem Erin Kelley in der Nacht wegfuhr, als sie verschwand.« Er hielt inne und sagte dann knapp: »Es ist ein schwarzer Mercedes, zugelassen auf Dr. Michael Nash aus Bridgewater, New Jersey.«

»Sie fahren heute einen anderen Wagen.«

»Diesen benutze ich meist auf dem Land.«

»Sie sind früh von Ihrem Kongreß zurückgekommen.«

»Der Redner, für den ich einspringen sollte, konnte schließlich doch noch kommen.«

»Ach so. Michael, Sie sind reizend, aber ich möchte heute abend eigentlich gleich nach Hause.«

»Was haben Sie gestern abend gegessen?«

Darcy lächelte. »Eine Dose Suppe.«

»Lehnen Sie den Kopf zurück und ruhen Sie sich aus. Schlafen Sie, wenn Sie können. Mrs. Hughes wird ein gemütliches Feuer und ein fabelhaftes Abendessen machen, und dann können Sie auf dem ganzen Heimweg schlafen.« Er streckte die Hand aus und streichelte sanft ihr Haar. »Ärztliche Anordnung, Darcy. Sie wissen, daß ich mich gern um Sie kümmere.«

»Es ist schön, wenn sich jemand um einen kümmert. Oh!« Sie griff nach dem Autotelefon. »Darf ich schnell meine Sekretärin anrufen? Ich hatte versprochen, mich bei ihr zu melden.«

Er legte seine Hand auf ihre und drückte sie. »Ich fürchte, das wird warten müssen, bis wir im Haus sind. Das Telefon ist kaputt. Und jetzt entspannen Sie sich einfach.«

Darcy wußte, daß Bev mindestens noch einige Stunden im Büro bleiben würde. Sie schloß die Augen und begann einzuschlummern. Als sie durch den Lincoln-Tunnel fuhren, schlief sie fest.

»Wir lassen Nashs Wohnung überprüfen«, sagte Vince. »Aber er würde sie niemals dorthin oder in seine Praxis bringen. Der Portier würde sie sehen.«

»Darcy sagte mir, sein Anwesen in Bridgewater sei ein Besitz von vierhundert Morgen. Sie ist schon zweimal dort gewesen.« Nona stützte sich auf den Schreibtisch, um nicht zu zittern.

»Wenn er ihr heute abend also vorgeschlagen hätte, mit ihm

hinzufahren, würde sie keinen Verdacht schöpfen.« Vince spürte wachsenden Zorn auf sich selbst.

Ernie kam aus dem Nebenzimmer zurück. »Ich habe mit den Beschattern gesprochen. Doug Fox ist zu Hause in Scarsdale. Jay Stratton ist mit irgendeinem späten Mädchen im ›Park Lane‹.«

»Damit fallen sie aus.« Das ergibt einen Sinn, dachte Vince wütend. Nash hinterließ am selben Abend, an dem er mit ihr wegfuhr, auf Erins Anrufbeantworter die Nachricht, sie solle ihn zu Hause anrufen. Ich habe nie daran gedacht, dem nachzugehen. Jetzt hinterläßt er bei Darcys Sekretärin eine falsche Nachricht und tut vermutlich so, als hätte die Sekretärin ihm gesagt, wo er Darcy finden könne. Wir wissen, daß Darcy ihm vertraut. Natürlich steigt sie in seinen Wagen. Und wenn dieser Spinner Parker sie nicht verfolgt hätte, wäre wohl auch sie spurlos verschwunden.

»Wie finden wir Darcy?« fragte Chris verzweifelt. Qualvolle Angst bedrückte seine Brust und ließ ihn kaum atmen. Er wußte, irgendwann in der letzten Woche hatte er sich heftig in Darcy Scott verliebt.

Vince war am Telefon und gab Anweisungen ins Hauptquartier durch. »Benachrichtigt die Polizei von Bridgewater«, sagte er gerade. »Sie sollen uns dort treffen.«

»Seien Sie vorsichtig, Vince«, warnte Ernie. »Wir haben absolut keine Beweise, und der einzige Zeuge ist ein anerkannter Irrer.«

Chris fuhr zu ihm herum. »Seien *Sie* vorsichtig!« Er fühlte, wie Weiss beschwichtigend seinen Arm berührte.

»Stellen Sie fest, wo Nashs Haus liegt«, sagte Vince. »Und halten Sie in der 13. Straße in zehn Minuten einen Hubschrauber bereit.«

Fünf Minuten später hockten sie in einem Streifenwagen mit Blinklicht und heulender Sirene und rasten die Ninth Avenue hinunter. Vince saß vorne neben dem Fahrer, Nona, Chris und Ernie Cizek auf der Rückbank. Chris hatte kurzerhand erklärt, er werde Vince begleiten. Nona hatte Vince flehentlich angesehen.

Vince gab die erschreckende Information, die er von der Polizei aus Bridgewater erhielt, nicht weiter. Auf Nashs Anwesen befanden sich eine Reihe von Außengebäuden, die über die vierhundert

Morgen verstreut lagen, teilweise auch im Wald. Eine Suche konnte lange dauern.

Und mit jeder Minute, die wir verlieren, läuft für Darcy die Uhr ab, dachte er.

»Darcy, wir sind da.«

Darcy bewegte sich. »Ich bin wirklich eingeschlafen, nicht?« Sie gähnte. »Bitte entschuldigen Sie die langweilige Gesellschaft.«

»Ich war froh, daß Sie schliefen. Ruhe heilt den Geist und den Körper.«

Darcy schaute hinaus. »Wo sind wir?«

»Nur ein paar Kilometer vom Haus entfernt. Ich habe hier ein kleines Versteck, wo ich schreibe und wo ich neulich mein Manuskript vergessen habe. Macht es Ihnen etwas aus, wenn wir kurz anhalten, damit ich es hole? Eigentlich könnten wir drinnen auch ein Glas Sherry trinken.«

»Wenn es nicht zu lange dauert. Ich möchte früh nach Hause, Michael.«

»Das können Sie, ich verspreche es Ihnen. Kommen Sie mit herein. Tut mir leid, daß es so dunkel ist.«

Seine Hand schob sich unter ihren Arm. »Wie haben Sie dieses Haus bloß gefunden?« fragte Darcy, als er die Tür öffnete.

»Reines Glück. Ich weiß, von außen sieht es nach nichts aus, aber innen ist es recht hübsch.«

Er stieß die Tür auf und griff nach dem Lichtschalter. Darunter bemerkte Darcy einen Knopf mit der Aufschrift »Notruf«.

Sie sah sich in dem großen Raum um. »Oh, das ist hübsch«, sagte sie und betrachtete die Sitzecke beim Kamin, die offene Küche, den polierten Holzboden. Dann bemerkte sie den großen Fernseher und die teuren Stereolautsprecher. »Was für wunderbare Apparate. Ist das nicht Verschwendung für ein Haus, das Sie nur zum Schreiben benutzen?«

»Oh, nein.« Er nahm ihr den Mantel ab. Darcy fröstelte, obwohl es im Zimmer angenehm warm war. Eine Flasche Wein stand in einem Silberkübel auf dem Couchtisch vor dem Sofa.

»Kümmert sich Mrs. Hughes um dieses Haus?«

»Nein, sie weiß gar nicht, daß es existiert.« Er ging durch den ganzen Raum und schaltete die Stereoanlage ein.

Die Anfangstakte von *Till There Was You* schallten aus den Wandlautsprechern.

»Kommen Sie her, Darcy.« Er goß Sherry in ein Glas und reichte es ihr. »An einem kalten Abend schmeckt das wunderbar, nicht?«

Er lächelte sie liebevoll an. Was hatte sie denn nur? Warum spürte sie plötzlich etwas Verändertes? Seine Stimme klang leicht undeutlich, fast, als habe er getrunken. Seine Augen. Das war es. Etwas war mit seinen Augen.

Ihr Instinkt riet ihr, zur Tür zu laufen, aber das war lächerlich. Hektisch dachte sie nach, was sie sagen könnte. Ihr Blick traf die Treppe. »Wie viele Zimmer haben Sie oben?« In ihren eigenen Ohren klang die Frage unvermittelt.

Er schien es nicht zu merken. »Nur ein kleines Schlafzimmer und ein Bad. Das hier ist eines dieser wirklich altmodischen Landhäuser.«

Das Lächeln war noch da, aber seine Augen veränderten sich, die Pupillen weiteten sich. *Wo waren sein Computer und sein Drukker und seine Bücher und die sonstigen Utensilien eines Autors?*

Darcy spürte, daß sich auf ihrer Stirn Schweiß bildete. Was war mit ihr los? War sie verrückt, zu argwöhnen … was? Es waren nur ihre Nerven. Das hier war doch Michael.

Er nahm sein Glas, setzte sich in den großen Sessel gegenüber dem Sofa und streckte die Beine aus. Er wandte keinen Blick von ihrem Gesicht.

»Darf ich mich umschauen?« Sie ging ziellos durch den Raum und hielt inne, als wolle sie die wenigen Ziergegenstände betrachten, fuhr mit der Hand über die Anrichte, die den Küchenbereich vom übrigen Raum trennte. »Was für schöne Schränke.«

»Ich habe sie anfertigen lassen, aber selbst eingebaut.«

»Tatsächlich!«

Seine Stimme war freundlich, hatte aber einen härteren Unterton bekommen. »Ich sagte Ihnen ja, mein Vater war ein Selfmademan. Er wollte, daß ich fähig wäre, alles selbst zu machen.«

»Dann hat er Sie aber gut angelernt.« Sie konnte unmöglich noch länger herumstehen. Sie drehte sich um, ging auf das Sofa zu und trat dabei auf etwas Hartes, das fast von den Fransen des Teppichs im Sitzbereich verdeckt wurde.

Darcy ignorierte es und setzte sich rasch hin. Ihre Knie zitterten so, daß sie das Gefühl hatte, sie würden unter ihr nachgeben. *Was war los? Warum hatte sie solche Angst?*

Dies war Michael, der nette, rücksichtsvolle Michael. Sie wollte jetzt nicht an Erin denken, aber Erins Gesicht ging ihr nicht aus dem Sinn. Sie nahm einen kleinen Schluck Sherry, um die Trockenheit in ihrem Mund zu vertreiben.

Die Musik hörte auf. Michael sah ärgerlich aus, stand auf und ging zur Stereoanlage. Von dem Regal darüber nahm er einen Stapel Kassetten und begann sie durchzusehen. »Ich habe nicht gemerkt, daß das Band schon fast zu Ende war.«

Es war, als rede er mit sich selbst. Darcy umklammerte den Stiel des Glases. Nun zitterten ihre Hände. Ein paar Tropfen Sherry fielen auf den Boden. Sie griff nach der Cocktailserviette und beugte sich nieder, um sie aufzutupfen.

Als sie sich wieder aufrichten wollte, bemerkte sie, daß tatsächlich etwas in den Fransen des Teppichs lag, etwas, das im Licht der Lampe neben dem Sofa glänzte. Darauf mußte sie getreten sein. Vermutlich war es ein Knopf. Sie griff danach. Die Spitzen ihres Daumens und Zeigefingers glitten in einen Hohlraum und trafen sich. Es war kein Knopf, es war ein Ring. Darcy hob ihn auf und starrte ihn ungläubig an.

Ein goldenes E auf einem Onyxhintergrund in ovaler Fassung. *Erins Ring.*

Erin war in diesem Haus. Erin hatte auf Michael Nashs Kontaktanzeige geschrieben.

Blankes Entsetzen überkam Darcy. Michael hatte gelogen, als er behauptete, Erin nur einmal zu einem Drink im »Pierre« getroffen zu haben.

Plötzlich begann die Stereoanlage zu dröhnen.

»Entschuldigung«, sagte Michael. Noch immer wandte er ihr den Rücken zu.

»*Change Partners and Dance.*« Er summte die ersten Takte mit, bevor er den Ton leiser stellte und sich ihr zuwandte.

Hilfe, betete Darcy. Hilfe! Er darf den Ring nicht sehen. Er starrte sie an. Sie preßte die Hände zusammen und schaffte es, den Ring auf ihren Finger zu streifen, als Michael mit ausgestreckten Armen auf sie zukam.

»Wir haben noch nie miteinander getanzt, Darcy. Ich kann gut tanzen, und ich weiß, daß Sie es auch können.«

Erins Leiche war mit einem Abendschuh am Fuß gefunden worden. Hatte sie hier in diesem Raum mit ihm getanzt? War sie hier in diesem Raum gestorben?

Darcy lehnte sich auf dem Sofa zurück. »Ich wußte gar nicht, daß Sie gern tanzen, Michael. Als ich von den Kursen erzählte, die Nona, Erin und ich besucht haben, hatte ich nicht den Eindruck, daß Sie das sonderlich interessiert.«

Er ließ die Arme sinken und griff nach seinem Sherryglas. Er hockte sich auf den Sessel, diesmal so dicht am Rand, daß ihn scheinbar nur seine auf den Boden gestellten Beine abstützten.

Fast, als könne er sie jeden Moment anspringen.

»Ich tanze schrecklich gern«, sagte er. »Aber ich fand es ungesund, Sie an den Spaß zu erinnern, den Sie bei diesen Tanzkursen mit Erin hatten.«

Darcy neigte den Kopf, als denke sie über seine Antwort nach. »Man hört ja auch nicht auf, Auto zu fahren, weil jemand, den man gern hatte, einen Autounfall hatte, oder?« Sie wartete nicht auf eine Antwort, sondern versuchte, das Thema zu wechseln. Sie betrachtete den Stiel des Glases. »Hübsche Gläser«, bemerkte sie.

»Die habe ich in Wien gekauft«, sagte er. »Tatsächlich schmeckt der Sherry daraus noch besser.«

Sie lächelte mit ihm. Jetzt hörte er sich wieder wie der Michael an, den sie kannte. Der seltsame Ausdruck in seinen Augen war für einen Augenblick vergangen. *Laß ihn so bleiben, sagte ihr ihre Intuition. Rede mit ihm. Sorge dafür, daß er mit dir redet.*

»Michael.« Sie gab ihrer Stimme einen zögernden, vertraulichen Klang. »Darf ich Sie etwas fragen?«

»Natürlich.« Er sah interessiert aus.

»Neulich haben Sie mir, glaube ich, zu verstehen gegeben, ich ließe meine Eltern für die Bemerkung bezahlen, die mich so verletzt hat, als ich ein Kind war. Ist es wirklich möglich, daß ich so egoistisch bin?«

Während des zwanzigminütigen Fluges im Hubschrauber sprach niemand. Vince war in rasender Eile innerlich alle Details der Ermittlungen durchgegangen. Michael Nash. Ich saß in seinem Büro und fand, er höre sich wie einer der wenigen vernünftigen Seelenklempner an. Bin ich jetzt auf dem Holzweg? Wie kann ich wissen, ob jemand mit Nashs Geld nicht noch irgendeine Zuflucht in Connecticut oder im Staat New York hat?

Vielleicht hatte er die, aber bei all seinem Reichtum sprach einiges dafür, daß er seine Opfer hierherbringen würde. Trotz des Dröhnens der Rotoren hörte Vince innerlich die Namen von Serienmördern, die ihre Opfer im Keller oder Speicher ihres eigenen Hauses versteckt hatten.

Der Hubschrauber kreiste über der Landstraße. »Da!« Vince zeigte nach rechts, wo zwei Scheinwerfer nach oben strahlten und Lichtbahnen in die Dunkelheit schnitten. »Die Polizei von Bridgewater hat gesagt, sie würden unmittelbar vor Nashs Grundstück parken. Gehen wir runter.«

Von außen war das Haus ruhig. Mehrere Fenster des Hauptgeschosses waren erleuchtet. Vince bestand darauf, daß Nona mit dem Piloten draußen blieb. Mit Ernie und Chris im Gefolge rannte er von der seitlichen Rasenfläche aus die lange Einfahrt hinauf und läutete. »Überlassen Sie mir das Reden.«

Über die Sprechanlage meldete sich eine Frau. »Wer ist da?«

Vince biß die Zähne zusammen. Wenn Nash da war, war er ausreichend gewarnt. »FBI-Agent Vincent D'Ambrosio, Madam. Ich muß mit Dr. Nash sprechen.«

Einen Augenblick später wurde die Tür einen Spalt geöffnet. Die Sicherheitskette blieb geschlossen. »Darf ich Ihren Ausweis sehen, Sir?« Der höfliche Ton eines geübten Dieners, diesmal eines Mannes.

Vince reichte ihn durch die Tür.

»Schneller«, drängte Chris.

Die Sicherheitskette wurde gelöst, die Tür geöffnet. Hausmeisterehepaar, dachte Vince. Danach sahen sie aus. Er fragte sie, wer sie seien.

»John und Irma Hughes. Wir arbeiten für Doktor Nash.«

»Ist er da?«

»Ja, er ist da«, antwortete Mrs. Hughes. »Er war den ganzen Abend da. Er beendet sein Buch und will nicht gestört werden.«

»Sie sind wirklich sehr introspektiv, Darcy«, sagte Michael. »Das habe ich Ihnen vorige Woche schon gesagt. Sie haben Ihren Eltern gegenüber leichte Schuldgefühle, nicht?«

»Ja, ich glaube schon.« Darcy konnte sehen, daß seine Pupillen jetzt fast wieder normal waren. Die blaugraue Farbe seiner Augen war sichtbar.

Auf dem Band fing das nächste Lied an. »*Red Roses for a Blue Lady.*« Michaels rechter Fuß begann sich im Takt der Musik zu bewegen.

»*Sollte* ich denn Schuldgefühle haben?« fragte sie schnell.

»Wo ist Dr. Nashs Zimmer?« fragte Vince. »Ich übernehme die Verantwortung dafür, daß wir ihn stören.«

»Er schließt immer die Tür ab, wenn er seine Ruhe haben will, und antwortet nicht. Er besteht darauf, nicht gestört zu werden, wenn er in seinem Zimmer ist. Wir haben ihn nicht einmal mehr gesehen, seit wir am späten Nachmittag vom Einkaufen zurückgekommen sind, aber sein Wagen steht in der Einfahrt.«

Chris hatte genug gehört. »Er ist nicht oben. Er fährt in einem Kombiwagen herum und tut weiß Gott was.« Chris ging auf die Treppe zu. »Wo, zum Teufel, ist sein Zimmer?«

Mrs. Hughes schaute ihren Mann flehentlich an und führte sie dann die Treppe hinauf. Auf ihr wiederholtes Klopfen meldete sich niemand.

»Haben Sie einen Schlüssel?« fragte Vince.

»Der Doktor hat mir verboten, ihn zu benutzen, wenn er die Tür abgeschlossen hat.«

»Holen Sie ihn.«

Wie Vince erwartet hatte, war das große Schlafzimmer leer. »Mrs. Hughes, wir haben einen Zeugen, der heute abend gesehen hat, wie Darcy Scott in den Kombiwagen des Doktors gestiegen ist. Hat Dr. Nash ein Studio oder ein Landhaus auf seinem Grundstück oder sonstwo, wohin er sie gebracht haben könnte?«

»Da müssen Sie sich irren«, protestierte die Frau. »Er hat Miss Scott zweimal mitgebracht. Sie sind gute Freunde.«

»Mrs. Hughes, Sie haben meine Frage nicht beantwortet.«

»Auf dem Grundstück gibt es Scheunen und einen Stall und

ein paar Lagerhäuser. Ein anderes Haus, wohin er eine junge Dame bringen könnte, gibt es nicht. In New York hat er noch eine Wohnung und seine Praxis.«

Ihr Mann nickte zustimmend. Vince konnte sehen, daß sie die Wahrheit sagten.

»Sir«, sagte Mrs. Hughes schüchtern, »wir arbeiten seit vierzehn Jahren für Dr. Nash. Wenn Miss Scott bei ihm ist, versichere ich Ihnen, daß Sie sich keine Sorgen zu machen brauchen. Dr. Nash kann keiner Fliege etwas zuleide tun.«

Wie lange hatten sie gesprochen? Darcy wußte es nicht. Im Hintergrund spielte leise die Musik. »*Begin the Beguine*.« Wie oft hatte sie ihre Mutter und ihren Vater zu dieser Musik tanzen sehen?

»Eigentlich waren meine Eltern diejenigen, die mir wirklich das Tanzen beigebracht haben«, sagte sie zu Nash. »Manchmal legten sie einfach Platten auf und tanzten Foxtrott oder Walzer. Sie können es wirklich gut.«

Seine Augen schauten noch immer freundlich. Es waren die gleichen Augen, die sie sonst an ihm gesehen hatte. Solange er keinen Verdacht schöpfte, daß sie Bescheid wußte, würde er vielleicht mit ihr fortgehen und sie zum Abendessen in sein Haus fahren. Ich muß dafür sorgen, daß er sich weiter mit mir unterhalten will.

Ihre Mutter hatte immer gesagt: »Darcy, du hast wirklich schauspielerisches Talent. Warum wehrst du dich so dagegen?«

Wenn ich es habe, dann laß es mich jetzt beweisen, betete sie.

Ihr ganzes Leben lang hatte sie ihre Eltern darüber diskutieren hören, wie eine Szene zu spielen sei. Sie mußte etwas gelernt haben.

Ich darf ihn nicht merken lassen, welche Angst ich habe, dachte Darcy. Ich muß meine Nervosität überspielen. Wie würde meine Mutter diese Szene darstellen, eine Frau, die im Haus eines Serienmörders in der Falle sitzt? Mutter würde aufhören, an Erins Ring an ihrem Finger zu denken, und genau das tun, was Darcy auch zu tun versuchte. Sie würde spielen, Michael Nash sei Psychiater und sie eine Patientin, die ihm vertraut.

Was sagte Michael gerade?

»Haben Sie bemerkt, Darcy, daß Sie ganz lebhaft werden, wenn

Sie sich gestatten, über Ihre Eltern zu sprechen? Ich glaube, Sie haben eine erfreulichere Kindheit gehabt, als Ihnen bewußt ist.«

Immer drängten sich die Leute um sie. Einmal war die Menschenmenge so groß, daß sie die Hand ihrer Mutter verlor.

»Sagen Sie mir, woran Sie denken, Darcy. Sagen Sie es. Lassen Sie es heraus.«

»Ich hatte solche Angst. Ich konnte sie nicht sehen. In diesem Moment wußte ich, ich haßte ...«

»Was haßten Sie?«

»Die Menschenmenge. Von ihnen getrennt zu werden ...«

»Das war nicht die Schuld Ihrer Eltern.«

»Wenn sie nicht so berühmt gewesen wären ...«

»Sie nahmen ihnen diesen Ruhm übel ...«

»Nein.« Es funktionierte. Seine Stimme klang wieder normal. Ich mag nicht darüber reden, dachte sie, aber ich muß. Ich muß aufrichtig zu ihm sein. Das ist meine einzige Chance. Mutter. Vater. Helft mir. Seid für mich hier. »Sie sind so weit weg.« Sie wußte nicht, daß sie das laut gesagt hatte.

»Wer?«

»Meine Mutter und mein Vater.«

»Im Augenblick, meinen Sie?«

»Ja. Sie sind mit ihrem Stück auf Tournee in Australien.«

»Sie hören sich so verloren an, so verängstigt. Haben Sie Angst, Darcy?«

Das darf er nicht denken. »Nein, es tut mir bloß leid, daß ich sie sechs Monate nicht sehen werde.«

»Glauben Sie, daß Sie sich an dem Tag, an dem Sie damals von ihnen getrennt wurden, zum ersten Mal verlassen fühlten?«

Am liebsten hätte sie geschrien: »Ich fühle mich jetzt verlassen!« Statt dessen richtete sie ihre Gedanken auf die Vergangenheit. »Ja.«

»Sie haben gezögert. Warum?«

»Es gab noch ein anderes Mal. Da war ich sechs. Ich war im Krankenhaus, und sie dachten, ich würde es nicht überleben ...« Sie versuchte, ihn nicht anzusehen. Sie hatte Angst, seine Augen würden wieder leer und dunkel werden.

Sie dachte an die Gestalt aus »Tausendundeiner Nacht«, die Geschichten erzählt hatte, um am Leben zu bleiben.

Ein Gefühl der Hilflosigkeit überschwemmte Chris. Darcy war vor ein paar Tagen in diesem Haus gewesen, und zwar mit dem Mann, der Nan und Erin Kelley und all die anderen Mädchen getötet hatte, und sie würde sein nächstes Opfer sein.

Sie waren in der Küche, wo Vince offene Telefonleitungen zum FBI und zur Staatspolizei geschaltet hatte. Weitere Helikopter waren unterwegs.

Nona stand neben Vince und sah aus, als werde sie gleich in Ohnmacht fallen. Die Hughes, verwirrt und erschrocken, saßen Seite an Seite an dem langen Refektoriumstisch. Ein Ortspolizist sprach mit ihnen und fragte sie nach Nashs Aktivitäten aus. Ernie Cizek saß im Hubschrauber, der in geringer Höhe das Grundstück überflog. Chris hörte den Lärm der Maschine durch das geschlossene Fenster. Sie suchten nach Michael Nashs schwarzem Mercedes-Kombi. Streifenwagen der Ortspolizei schwärmten über das Gelände aus und überprüften die äußeren Gebäude.

Grimmig erinnerte sich Chris, welches Glück er gehabt hatte, als er voriges Jahr einen Mercedes-Kombi kaufen konnte. Der Verkäufer hatte ihn überredet, ein Lojack-System einbauen zu lassen. »Das wird gleich mit verdrahtet«, hatte er erklärt. »Sollte Ihr Wagen jemals gestohlen werden, ist er binnen Minuten zu orten. Sie telefonieren der Polizei Ihre Lojack-Codenummer durch, und die wird in einen Computer eingegeben. Ein Transmitter aktiviert dann das System in Ihrem Auto. Viele Streifenwagen sind dazu ausgerüstet, dem Signal zu folgen.«

Chris besaß den Wagen erst eine Woche, als er draußen vor der Galerie gestohlen wurde. Im Kofferraum lag ein Gemälde im Wert von 100 000 Dollar. Er war nur schnell in sein Büro gegangen, um seine Aktentasche zu holen, und als er wiederkam, war der Wagen weg. Er hatte telefoniert und den Diebstahl gemeldet, und binnen fünfzehn Minuten hatten sie den Kombi aufgespürt und festgehalten.

Wenn Nash Darcy jedoch nur in einem gestohlenen Wagen mitgenommen hätte, den man verfolgen konnte!

»Oh, mein Gott!« Chris rannte durch den Raum und packte Mrs. Hughes am Arm. »Bewahrt Nash seine persönlichen Akten hier oder in New York auf?«

Sie schaute verblüfft. »Hier. In einem Raum neben der Bibliothek.«

»Ich will sie sehen.«

Vince sagte in den Telefonhörer. »Bleibt dran.« Dann fragte er: »Was ist, Chris?«

Chris antwortete nicht. »Wie lange hat der Doktor den Kombiwagen schon?«

»Etwa sechs Monate«, antwortete John Hughes. »Er wechselt die Autos regelmäßig aus.«

»Dann wette ich, daß er es hat.«

Die Aktenordner standen in einer Reihe hübscher Mahagonischränke. Mrs. Hughes wußte, wo der Schlüssel versteckt war.

Der Ordner für den Mercedes war leicht zu finden. Chris ergriff ihn. Sein triumphierender Schrei ließ die anderen herbeilaufen. Er nahm den Lojack-Prospekt aus dem Ordner. Die Codenummer für Nashs schwarzen Mercedes stand darin.

Der Polizist aus Bridgewater begriff, was Chris gefunden hatte. »Geben Sie her«, sagte er. »Ich gebe die Nummer telefonisch durch. Unsere Streifenwagen haben das System.«

»Sie waren im Krankenhaus, Darcy.« Michaels Stimme klang ruhig.

Ihr Mund war so trocken. Sie hätte gern ein Glas Wasser gehabt, aber sie wagte nicht, ihn abzulenken. »Ja, ich hatte Gehirnhautentzündung. Ich weiß noch, wie elend ich mich fühlte. Ich dachte, ich würde sterben. Meine Eltern saßen an meinem Bett. Ich hörte den Arzt sagen, er glaube nicht, daß ich es schaffen würde.«

»Wie haben Ihre Eltern reagiert?«

»Sie haben sich umarmt. Mein Vater sagte: ›Barbara, wir haben ja noch uns.‹«

»Und das hat Sie verletzt, nicht?«

»Ich wußte, daß sie mich nicht brauchten«, flüsterte sie.

»Ach, Darcy, wissen Sie denn nicht, daß man, wenn man glaubt, jemanden zu verlieren, den man liebt, instinktiv nach jemandem oder etwas sucht, woran man sich klammern kann? Sie versuchten, damit fertig zu werden, oder besser, sich darauf vorzubereiten, es zu bewältigen. Ob Sie's glauben oder nicht, das ist eine gesunde Reaktion. Und seither haben Sie immer versucht, Ihre Eltern auszuschließen, nicht wahr?«

Hatte sie das getan? Sich immer gegen die Kleider gewehrt, die ihre Mutter ihr kaufte, gegen die Geschenke, mit denen sie sie überschütteten, ihren Lebensstil kritisiert, etwas, das zu erreichen sie ihr ganzes Leben lang gearbeitet hatten … Sogar ihr Beruf. War das Trotz, um etwas zu beweisen? »Nein, das ist es nicht.«

»Was ist es nicht?«

»Mein Beruf. Ich liebe das, was ich tue, wirklich.«

»Ich liebe, was ich tue.« Michael wiederholte die Worte langsam und rhythmisch. Auf dem Band hatte ein neues Lied begonnen. *Save the Last Dance for Me.*« Er stand auf. »Und ich liebe das Tanzen. *Jetzt*, Darcy. Aber vorher habe ich ein Geschenk für Sie.«

Entsetzt sah sie zu, wie er aufstand und hinter den Sessel griff. Er wandte sich ihr zu, einen Schuhkarton in der Hand. »Ich habe für Sie diese hübschen Tanzschuhe gekauft, Darcy.«

Er kniete vor dem Sofa nieder und zog ihr die Stiefel aus. Ihr Instinkt warnte Darcy, sich nicht zu wehren. Sie grub ihre Fingernägel in die Handflächen, um nicht zu schreien. Erins Ring hatte sich gedreht, und sie spürte, wie sich das erhabene E in ihre Haut drückte.

Michael öffnete den Schuhkarton und faltete das Seidenpapier auseinander. Er nahm einen Schuh heraus und hielt ihn hoch, damit sie ihn bewundern konnte. Es war ein zehenfreier, hochhackiger Satinpumps. Die Knöchelriemen waren fast durchsichtige Bänder aus Gold und Silber. Michael nahm Darcys rechten Fuß in die Hand und schob ihn in den Schuh. Dann band er einen doppelten Knoten in die langen Riemen. Er griff in den Karton, nahm den anderen Schuh heraus und streichelte ihren Knöchel, während er ihn ihr über den Fuß streifte.

Als sie beide Schuhe trug, schaute er auf und lächelte. »Fühlen Sie sich wie Aschenputtel?« fragte er.

Sie konnte nicht antworten.

»Das Radargerät zeigt an, daß der Kombi in nordwestlicher Richtung etwa fünfzehn Kilometer von hier geparkt ist«, sagte der Polizist aus Bridgewater knapp, als der Streifenwagen über die Landstraße raste. Vince, Chris und Nona waren bei ihm.

»Das Signal wird stärker«, sagte er ein paar Minuten später. »Wir kommen näher.«

»Nahe genug sind wir erst, wenn wir da sind«, platzte Chris heraus. »Können Sie nicht schneller fahren?«

Sie schnitten eine Kurve. Der Fahrer trat heftig auf die Bremse. Der Wagen schlingerte und fuhr dann wieder geradeaus. »Oh, verflucht!«

»Was ist?« rief Vince.

»Da hinten reißen sie die Straße auf. Wir kommen nicht durch. Und die verdammte Umleitung kostet Zeit.«

Musik füllte den Raum, konnte aber sein manisches Lachen nicht übertönen. Darcys Schritte paßten sich seinem Rhythmus an. »Ich tanze nicht oft Wiener Walzer«, schrie er, »aber heute abend hatte ich das mit Ihnen vor.« Wirbeln, Kreisen, Drehen. Darcys Haar flog um ihr Gesicht. Sie keuchte, aber er schien es nicht zu merken.

Der Walzer endete. Er nahm seinen Arm nicht von ihrer Taille. Seine Augen waren wieder glitzernde, dunkle, leere Löcher.

»Can't Get Started with You.« Leichtfüßig glitt er in einen anmutigen Foxtrott. Sie folgte ihm mühelos. Er hielt sie eng an sich gedrückt, preßte sie fast an sich. Sie konnte nicht atmen. Hatte er es so mit den anderen gemacht? Ihr Vertrauen erworben? Sie in dieses entlegene Haus gebracht? Wo waren ihre Leichen? Hier in der Nähe irgendwo vergraben?

Welche Chance hatte sie, ihm zu entkommen? Er würde sie fangen, ehe sie zur Tür gelangte. Beim Eintreten hatte sie den Notrufknopf bemerkt. War er an eine Alarmanlage angeschlossen? Wenn er wußte, daß jemand unterwegs war, würde er sie vielleicht nicht umbringen.

Michaels Verhalten wurde immer drängender. Sein Arm lag wie Stahl um ihre Taille, während er in völligem Einklang mit der Musik dahinglitt. »Wollen Sie mein Geheimnis wissen?« flüsterte er. »Das ist nicht mein Haus. Es ist Charleys Haus.«

»Charley?«

Rückschritt. Gleiten. Drehen.

»Ja, das ist mein richtiger Name. Edward und Janice Nash waren mein Onkel und meine Tante. Sie adoptierten mich, als ich ein Jahr alt war, und änderten meinen Namen von Charley in Michael.«

Er starrte auf sie herab. Darcy konnte es nicht ertragen, in diese Augen zu schauen.

Rückschritt. Seitschritt. Gleiten.

»Was war mit Ihren richtigen Eltern?«

»Mein Vater brachte meine Mutter um. Er kam auf den elektrischen Stuhl. Immer, wenn mein Onkel wütend auf mich war, sagte er, ich würde genau wie mein Vater. Meine Tante war nett zu mir, als ich klein war, aber dann hörte sie auf, mich zu lieben. Sie sagte, sie seien verrückt gewesen, mich zu adoptieren. Sie sagte, das schlechte Blut käme durch.«

Ein neues Lied. Frank Sinatra sang schmachtend: »*Hey there, Cutes, put on your dancing boots and come dance with me.*«

Schritt. Schritt. Gleiten.

»Ich bin froh, daß Sie mir das sagen, Michael. Reden hilft, finden Sie nicht?«

»Ich möchte, daß Sie mich Charley nennen.«

»Gut.« Sie versuchte, nicht zaghaft zu klingen. Er durfte ihre Angst nicht sehen.

»Wollen Sie nicht wissen, was mit meiner Mutter und meinem Vater passiert ist? Ich meine, den Leuten, die mich großgezogen haben?«

»Doch, gern.« Darcy dachte daran, wie müde ihre Beine waren. Sie war nicht an Stöckelschuhe gewöhnt. Sie hatte das Gefühl, die engen Fesselriemen schnitten ihre Blutzirkulation ab.

Seitschritt. Drehung.

Sinatra drängte: »*Romance with me on a crowded floor …*«

»Als ich einundzwanzig war, hatten sie einen Bootsunfall. Das Boot flog in die Luft.«

»Das tut mir leid.«

»Mir nicht. Ich hatte das Boot manipuliert. Ich bin *wirklich* wie mein leiblicher Vater. Sie werden müde, Darcy.«

»Nein. Nein. Es geht mir gut. Es macht Spaß, mit Ihnen zu tanzen.« Ruhig bleiben … ruhig bleiben.

»Bald können Sie sich ausruhen. Waren Sie überrascht, als Sie Erins Schuhe zurückbekamen?«

»Ja, sehr.«

»Sie war so hübsch. Sie mochte mich. Bei unserer Verabredung erzählte ich ihr von meinem Buch, und sie sprach über die Sendung und darüber, daß sie und Sie auf Bekanntschaftsanzeigen antworteten. Das war wirklich lustig. Ich hatte schon beschlossen, daß Sie die nächste nach ihr sein würden.«

Die nächste nach ihr.

»Warum haben Sie uns ausgesucht?«

»Sie haben beide auf die besondere Anzeige geschrieben. Alle Mädchen, die ich hierherbrachte, haben das getan. Aber Erin schrieb auch auf eine meiner anderen Anzeigen, die, die ich dem FBI-Agenten gezeigt habe.«

»Sie sind sehr schlau, Charley.«

»Gefallen Ihnen die Stöckelschuhe, die ich für Erin gekauft habe? Sie passen zu ihrem Kleid.«

»Ja, ich weiß.«

»Ich war auch bei der Wohltätigkeitsveranstaltung. Ich erkannte Erin nach dem Bild, das sie mir geschickt hatte, und schaute auf den Tischkarten nach ihrem Namen, um sicher zu sein, daß ich mich nicht irrte. Sie saß vier Tische weiter. Es war Schicksal, daß ich bereits für den nächsten Abend mit ihr verabredet war.«

Schritt. Schritt. Gleiten. Drehen.

»Woher wußten Sie Erins Schuhgröße? Meine Schuhgröße?«

»Das war ganz einfach. Ich kaufte Erins Schuhe in verschiedenen Größen. Ich wollte genau dieses Paar für sie. Wissen Sie noch, wie Sie letzte Woche einen Stein im Schuh hatten und ich Ihnen half, ihn herauszuholen? Da habe ich Ihre Größe gesehen.«

»Und die anderen?«

»Mädchen haben es gern, wenn man ihnen schmeichelt. Ich sage: ›Sie haben so hübsche Füße. Welche Schuhgröße haben Sie?‹ Manchmal habe ich die Schuhe extra gekauft. Manchmal habe ich auch welche von denen genommen, die ich schon hatte.«

»Der echte Charles North hat gar keine Kontaktanzeigen aufgegeben, oder?«

»Nein. Ihn habe ich auch bei der Wohltätigkeitsveranstaltung getroffen. Er redete dauernd von sich selbst, und ich bat ihn um seine Geschäftskarte. Ich benutze nie meinen richtigen Namen, wenn ich Frauen anrufe, die auf die besondere Anzeige geantwortet haben. Sie haben es mir leichtgemacht. Sie haben mich angerufen.«

Ja, sie hatte ihn angerufen.

»Sie sagten, Erin mochte Sie, als Sie sie zum ersten Mal trafen. Hatten Sie keine Angst, sie würde Ihre Stimme erkennen, als Sie anriefen und sagten, Sie seien Charles North?«

»Ich habe vom Bahnhof aus angerufen, wo es sehr laut ist. Ich sagte ihr, ich müsse mich beeilen, um einen Zug nach Philadelphia zu erwischen. Ich sprach leiser und schneller als sonst. Genau wie heute nachmittag, als ich mit Ihrer Sekretärin gesprochen habe.« Das Timbre seiner Stimme veränderte sich und wurde höher. »Jetzt klinge ich wie eine Frau, nicht?«

»Und wenn ich heute abend nicht in diese Bar hätte gehen können? Was hätten Sie dann gemacht?«

»Sie hatten mir gesagt, daß Sie heute abend nichts vorhaben. Ich wußte, Sie würden alles tun, um den Mann zu finden, den Erin an dem Abend traf, an dem sie verschwand. Und ich habe mich nicht geirrt.«

»Ja, Charley, Sie hatten recht.«

Er drückte ihren Hals an sich.

Schritt. Schritt. Gleiten.

»Ich bin so froh, daß Sie beide auf meine besondere Anzeige geantwortet haben. Sie wissen wohl, welche? Sie fängt an mit *Suche junge Frau, die gerne tanzt.*«

»*Because what is dancing but making love set to music playing?*« fuhr Sinatra fort.

»Das ist eines meiner Lieblingslieder«, flüsterte Michael. Er wirbelte sie herum, ohne ihre Hand loszulassen. Als er sie wieder an sich zog, wurde sein Ton vertraulich, sogar reuig. »Nan war schuld, daß ich anfing, Mädchen umzubringen.«

»Nan Sheridan?« Darcy mußte an Chris Sheridans Gesicht denken. Die Traurigkeit in seinen Augen, als er von seiner Schwester sprach. Seine Autorität und Präsenz in der Galerie. Seine Mitarbeiter, die ihn offensichtlich liebten. Seine Mutter. Die gute Beziehung zwischen ihnen. Sie hörte ihn noch sagen: »Ich hoffe, Sie sind keine Vegetarierin, Darcy. Es gibt etwas für Gourmets.«

Er war besorgt, weil sie auf diese Anzeigen antwortete. Wie recht er gehabt hatte. Ich wünschte, ich hätte eine Chance gehabt, dich kennenzulernen, Chris. Ich wünschte, ich könnte meinen Eltern noch sagen, daß ich sie geliebt habe.

»Ja, Nan Sheridan. Nach dem Abschluß in Stanford verbrachte ich ein Jahr in Boston, ehe ich Medizin studierte. Ich fuhr oft nach Brown hinunter. Dort lernte ich Nan kennen. Sie war eine wunderbare Tänzerin. Sie sind gut, aber sie war wunderbar.«

Die vertrauten Anfangstakte von *Good Night, Sweetheart.*

Nein, dachte Darcy. Nein.

Rückschritt. Seitschritt. Gleiten.

»Michael, ich wollte Sie noch etwas fragen, über meine Mutter«, begann sie.

Er drückte ihren Kopf auf seine Schulter nieder. »Ich hab Ihnen doch gesagt, Sie sollen mich Charley nennen. Reden Sie jetzt nicht mehr«, sagte er entschieden. »Wir wollen nur tanzen.«

»*Time will heal your sorrow*«, klang durch den Raum. Darcy erkannte die Stimme des Sängers nicht.

»*Good night, sweetheart, good night.*« Die letzten Noten verklangen.

Michael ließ die Arme sinken und lächelte Darcy an. »Es ist Zeit«, sagte er mit freundlicher Stimme, obwohl sein Gesichtsausdruck erschreckend war. »Ich zähle bis zehn, und Sie können versuchen, mir zu entkommen. Ist das nicht fair?«

Sie waren wieder auf der Landstraße. »Das Signal kommt von links. Warten Sie eine Minute, wir fahren zu weit«, sagte der Polizist aus Bridgewater. »Hier muß irgendwo eine Seitenstraße sein.« Die Reifen quietschten, als sie wendeten.

Das Gefühl drohenden Unheils war in Chris fast übermächtig geworden. Er öffnete das Wagenfenster. »Da, um Gottes willen, *da* ist die Abzweigung!«

Der Streifenwagen hielt ruckartig an, setzte zurück, bog scharf nach rechts ein und raste den unebenen Weg hinunter.

Darcy glitt auf dem gebohnerten Boden aus. Die hochhackigen Schuhe waren ihr Feind, als sie zur Tür rannte. Sie mußte einen kostbaren Moment vergeuden, um stehenzubleiben und zu versuchen, die Knöchelriemen zu lösen, aber es gelang ihr nicht. Die Doppelknoten waren zu fest angezogen.

»Eins«, rief Charley hinter ihr.

Sie erreichte die Tür und zerrte am Riegel. Er öffnete sich

nicht. Sie versuchte den Türknopf zu drehen, aber er rührte sich nicht.

»Zwei. Drei. Vier. Fünf. Sechs. Ich zähle, Darcy.«

Der Notrufknopf. Sie preßte den Finger darauf.

Hahahahahahahaha ... Ein hohles, spöttisches Lachen klang durch den Raum. Hahahaha ... Der Notrufknopf hatte das Lachen ausgelöst.

Mit einem Schrei wich Darcy zurück. Jetzt lachte Charley ebenfalls.

»Sieben. Acht. Neun ...«

Sie drehte sich um, sah die Treppe und rannte darauf zu.

»Zehn!«

Charley lief ihr nach, die Hände ausgestreckt, die Finger gekrümmt, die Daumen steif.

»*Nein! Nein!*« Darcy versuchte, die Treppe zu erreichen, glitt aus. Ihr Knöchel verdrehte sich. Ein scharfer, stechender Schmerz. Stöhnend stolperte sie auf die erste Stufe und spürte, wie sie nach hinten gezerrt wurde.

Sie merkte nicht, daß sie schrie.

»Da ist der Mercedes!« rief Vince. Der Streifenwagen kam quietschend zum Stehen.

Er sprang aus dem Wagen. Chris und der Polizist liefen ihm nach. »Sie bleiben da!« rief Vince Nona zu.

»Hören Sie.« Chris hob die Hand. »Da schreit jemand. Das ist Darcy.« Er und Vince warfen sich gegen die dicke Eichentür. Sie gab nicht nach.

Der Polizist zog seinen Revolver und schoß sechs Kugeln in das Schloß.

Als sich Chris und Vince nun erneut gegen die Tür warfen, ging sie auf.

Darcy versuchte, Charley mit den spitzen Pfennigabsätzen zu treten. Er wirbelte sie herum und schien die Absätze an seinen Beinen gar nicht zu spüren. Seine Hände lagen um ihren Hals. Sie versuchte, sie mit ihren Fingern zu lösen. Erin, Erin, war es bei dir auch so? Sie konnte nicht mehr schreien. Sie öffnete den Mund, um Luft zu holen, aber sie konnte nicht mehr atmen. Kam dieses

Stöhnen von ihr? Sie versuchte, weiterzukämpfen, aber sie konnte die Arme nicht mehr heben.

Vage hörte sie abgehacktes Knallen. Versuchte jemand, ihr zu helfen? Es ist … zu … spät …, dachte sie und spürte, wie sie in Dunkelheit versank.

Chris kam als erster durch die Tür. Darcy hing schlaff da wie eine Puppe, mit baumelnden Armen und eingeknickten Beinen. Lange, kraftvolle Finger umklammerten ihre Kehle. Ihr Schreien war verstummt.

Mit einem Wutschrei raste Chris durch den Raum und fiel über Nash her. Nash stürzte und riß Darcy mit sich. Seine Hände verkrampften sich und verstärkten dann ihren Griff um Darcys Hals.

Vince warf sich neben Nash zu Boden, schlang ihm einen Arm um den Hals und zwang seinen Knopf nach hinten. Der Polizist aus Bridgewater packte Nashs strampelnde Füße.

Charleys Hände schienen ein Eigenleben zu haben. Es gelang Chris nicht, seine Finger von Darcys Hals zu lösen. Nash schien übermenschliche Kräfte zu besitzen und unempfindlich gegen Schmerz zu sein. Verzweifelt schlug Chris die Zähne in die rechte Hand des Mannes, der Darcy erwürgte.

Charley heulte vor Schmerz auf, riß seine rechte Hand zurück und lockerte den Griff der linken.

Vince und der Polizist drehten ihm die Arme auf den Rücken und legten ihm Handschellen an, während Chris nach Darcy faßte.

Nona hatte von der Tür aus zugesehen. Jetzt eilte sie ins Haus und fiel zu Darcys Füßen auf die Knie. Darcys Augen schauten ins Leere. Ihr schlanker Hals hatte häßliche rote Flecken.

Chris legte die Lippen auf Darcys Mund, hielt ihr die Nase zu und blies kraftvoll Luft in ihre Lungen.

Vince schaute in Darcys glasige Augen und begann, ihr auf die Brust zu klopfen.

Der Polizist aus Bridgewater bewachte Nash, den er mit den Handschellen an das Treppengeländer gefesselt hatte. In singendem Tonfall begann Nash zu rezitieren: »Eene, meene, muh. Pack die Tänzerin beim Schuh …«

Sie reagiert nicht, dachte Nona hektisch. Sie faßte Darcys Fußknöchel und bemerkte erst jetzt, daß Darcy Tanzschuhe trug. Das halte ich nicht aus, dachte Nona, das halte ich nicht aus. Ohne recht
zu wissen, was sie tat, begann Nona die Knoten der Knöchelriemen zu lösen.

»Dies kleine Schweinchen ging zum Markt. Dies kleine
Schweinchen blieb daheim. Sing es noch einmal, Mama. Ich habe
zehn kleine Zehenschweinchen.«

Vielleicht sind wir zu spät gekommen, dachte Vince zornig,
während er bei Darcy nach einer Reaktion forschte. Aber wenn
wir zu spät gekommen sind, du lausiger Bastard, dann brauchst
du nicht zu denken, du würdest beweisen, daß du verrückt bist,
indem du Kinderreime singst.

Chris hob den Kopf und sog die Luft ein; für den Bruchteil einer Sekunde starrte er in Darcys Gesicht. Der gleiche Anblick wie
bei Nan, als er sie an jenem Morgen gefunden hatte. Die Quetschungen am Hals. Der blauweiße Schimmer der Haut. *Nein! Das
lasse ich nicht zu! Atme, Darcy!*

Nona weinte jetzt. Endlich war es ihr gelungen, einen der Knöchelriemen zu lösen. Sie schob ihn zurück, um Darcy den hochhackigen Schuh vom Fuß zu ziehen.

Sie spürte etwas. Irrte sie sich? Nein.

»Ihr Fuß bewegt sich!« schrie sie. »Sie versucht, den Schuh auszuziehen.«

Im gleichen Moment sah Vince an Darcys Hals den Puls wieder
einsetzen, und Chris hörte einen langen Seufzer aus ihrem Mund.

23

DONNERSTAG, 14. MÄRZ

Am nächsten Morgen rief Vince Susan an. »Mrs. Fox, Ihr Mann ist
vielleicht ein Schürzenjäger, aber er ist kein Verbrecher. Wir haben den Serienmörder verhaftet, und wir haben Beweise dafür,
daß er allein für die Tanzschuhmorde verantwortlich ist, die mit
Nan Sheridan begonnen haben.«

»Danke. Sie können sich sicher vorstellen, was das für mich bedeutet.«

»Wer war das?« Doug war heute nicht zur Arbeit gegangen. Er fühlte sich lausig. Nicht krank, nur lausig.

Susan sagte es ihm.

Er starrte sie an. »Soll das heißen, daß du dem FBI gesagt hast, du hieltest mich für einen Mörder? Hast du wirklich gedacht, ich hätte Nan Sheridan und all die anderen Frauen umgebracht?« Ungläubige Wut verdunkelte sein Gesicht.

Susan hielt seinem Blick stand. »Ich hielt das für möglich, und da ich vor fünfzehn Jahren für dich gelogen habe, hätte ich auch für die anderen Morde verantwortlich sein können.«

»Ich habe dir geschworen, daß ich an dem Morgen, an dem sie starb, gar nicht in Nans Nähe gekommen bin.«

»Offenbar stimmt das. Aber wo warst du dann, Doug? Sag es mir wenigstens jetzt.«

Die Wut schwand aus seinem Gesicht. Er wandte sich ab und drehte sich dann mit einem einschmeichelnden Lächeln wieder zu ihr um. »Susan, ich hab's dir damals schon gesagt: An diesem Morgen ging das Auto kaputt.«

»*Ich will die Wahrheit wissen.* Du bist sie mir schuldig.«

Doug zögerte und sagte dann langsam: »Ich war bei Penny Knowles. Susan, es tut mir leid. Ich wollte nicht, daß du es erfährst, weil ich Angst hatte, dich zu verlieren.«

»Du meinst, Penny Knowles war im Begriff, sich mit Bob Carver zu verloben, und wollte nicht das Risiko eingehen, das Geld der Carvers zu verlieren. Sie hätte eher zugesehen, wie du des Mordes angeklagt wirst, als für dich auszusagen.«

»Susan, ich weiß, daß ich damals viel herumgespielt habe ...«

»Damals?« Susans Lachen klang rauh. »Du hast *damals* herumgespielt? Hör mir zu, Doug. In all diesen Jahren hat mein Vater nie die Tatsache überwunden, daß ich für dich einen Meineid geleistet habe. Geh, pack deine Sachen. Zieh in dein Junggesellenapartment. Ich lasse mich scheiden.«

Den ganzen Tag lang bettelte er um eine weitere Chance. »Susan, ich verspreche dir ...«

»Geh.«

Er wollte nicht gehen, bevor Donny und Beth aus der Schule

zurück waren. »Ich verspreche euch, ich werde euch Kinder oft sehen.« Als er die Einfahrt entlangging, rannte Trish ihm nach und umklammerte seine Knie. Er trug sie zurück und gab sie Susan. »Susan, bitte.«

»Leb wohl, Doug.«

Sie sahen zu, wie er abfuhr. Donny weinte. »Letztes Wochenende, Mami. Ich meine, wenn er immer so wäre …«

Susan versuchte, ihre eigenen Tränen zurückzuhalten. »Man soll niemals nie sagen, Donny. Dein Vater muß erst noch erwachsen werden. Warten wir ab, ob er es schafft.«

»Werden Sie sich Ihre Sendung ansehen?« fragte Vince, als er Nona am Donnerstag nachmittag anrief.

»Auf keinen Fall. Wir haben einen besonderen Vorspann vorbereitet. Ich habe ihn geschrieben. Ich habe ihn durchlebt.«

»Was würden Sie heute abend gern essen?«

»Ein Steak.«

»Ich auch. Was machen Sie übers Wochenende?«

»Es soll mild werden. Ich dachte, ich könnte zu den Hamptons hinausfahren. Nach den letzten paar Wochen muß ich wieder mal ans Meer.«

»Sie haben da ein Haus, nicht?«

»Ja. Ich habe meine Meinung geändert und werde Matt vielleicht doch auszahlen. Ich liebe mein Haus, und er ist wirklich sehr vergeßlich. Wollen Sie mitfahren?«

»Schrecklich gern.«

Chris brachte Darcy einen antiken Krückstock mit, den sie benutzen konnte, bis ihr verstauchter Knöchel geheilt war.

»Der ist ja großartig«, sagte sie zu ihm.

Er schloß sie in die Arme. »Alles fertig? Wo sind deine Sachen?«

»Nur diese Tasche.« Greta hatte angerufen und darauf bestanden, daß Chris Darcy für ein langes Wochenende nach Darien mitbrachte.

Das Telefon läutete. »Ich nehme nicht ab«, sagte Darcy. »Nein, warte. Ich habe versucht, meine Eltern in Australien zu erreichen. Vielleicht hat die Telefonistin sie endlich gefunden.«

Beide waren am Apparat, ihre Mutter und ihr Vater. »Es geht

mir ausgezeichnet. Ich wollte bloß sagen ...« Sie zögerte. »Daß ich euch wirklich vermisse ... Ich ... ich liebe euch ...« Darcy lachte. »Wieso meint ihr, ich hätte jemanden kennengelernt?«

Sie zwinkerte Chris zu. »Ja, ich habe tatsächlich einen netten jungen Mann kennengelernt. Er heißt Chris Sheridan. Er wird euch gefallen. Er arbeitet in der gleichen Branche wie ich, nur ein paar Nummern größer. Er hat eine Antiquitätengalerie. Er sieht gut aus, ist nett und hat die Angewohnheit, immer dann aufzutauchen, wenn man ihn braucht ... Wie ich ihn kennengelernt habe?«

Nur Erin, dachte sie, hätte die Ironie ihrer Antwort zu schätzen gewußt. »Ob ihr's glaubt oder nicht, ich habe ihn durch eine Kontaktanzeige kennengelernt.«

Sie schaute zu Chris auf, und ihre Blicke trafen sich. Er lächelte. Ich habe mich geirrt, dachte sie. Auch Chris versteht.

Mary Higgins Clark –
Meisterin des sanften Schreckens

Die amerikanische Bestseller-Autorin Mary Higgins Clark wurde 1928 in
New York geboren. Ihre irische Abstammung trägt wohl zu ihrer Lust am
Fabulieren bei. Schon neben ihren Tätigkeiten als Sekretärin und Stewar-
dess schrieb sie Kurzgeschichten und Hörspiele. Ihren ersten Roman *Wintersturm* verfaßte sie erst spät, mit 46 Jahren. Doch auf Anhieb gelang ihr
der große Durchbruch, und seitdem hat der Erfolg sie nicht mehr verlassen.
Sie ist als Königin der Spannung bekannt und war eine Zeitlang Präsidentin
der Mystery Writers of America.

Sie ist von einer unermüdlichen Energie, kümmert sich um ihre große Familie (fünf Kinder und einige Enkelkinder), studiert nebenbei Philosophie und
schafft es, mit jedem ihrer Romane auf den vorderen Plätzen der Bestseller-
Listen zu landen. Das Geheimnis für diese Schaffenskraft hat sie selbst so
definiert »Jemand hat einmal gesagt: Wenn man ein Jahr lang glücklich sein
will, muß man in der Lotterie gewinnen; wenn man ein Leben lang glücklich
sein will, muß man das lieben, was man tut. Das ist mein Weg; ich liebe es,
Geschichten zu erzählen.«

Einige ihrer spannenden Geschichten wurden mit Erfolg fürs Fernsehen ver-
filmt. Sie will ihre Leser unterhalten, aber auch in höchste Spannung verset-
zen: »Ich betrachte es als Kompliment, wenn ich erfahre, daß jemand die
Lektüre eines meiner Bücher unterbrochen hat, weil er allein zu Hause war.«

Verzeichnis lieferbarer Titel

(Stand Juni 1998)

Das Anastasia-Syndrom (01/8141)
Daß du ewig denkst an mich
(01/9096)
Doppelschatten (01/8053)
Das fremde Gesicht (01/9679)
Ein Gesicht so schön und kalt
(01/10297)
Die Gnadenfrist (01/01/7734)
Das Haus am Potomac (01/7602)
Das Haus auf den Klippen (01/9946)
Mondlicht steht dir gut
Schlaf wohl, mein süßes Kind
(01/8434)
Schlangen im Paradies (01/7969)
Schrei in der Nacht (01/6826)
Schwesterlein, komm tanz mit mir
(01/8869)
Sechs Richtige (01/10097)
Sieh dich nicht um
Stille Nacht (01/10471)

Träum süß, kleine Schwester
(01/8738)
Wintersturm (01/7649)
Wo waren Sie, Dr. Highley?
(01/8391)

2 Romane in einem Band:
Das Haus am Potomac/
Die Gnadenfrist (23/132)
Schrei in der Nacht/Schlangen
im Paradies (01/882)
Wintersturm/Das Anastasia-Syndrom
(01/9578)

In Großdruck liegen vor:
Schlangen im Paradies (21/13)
Wintersturm (21/27)

*Die Bandnummern der
Heyne-Taschenbücher sind jeweils
in Klammern angegeben.*

HEYNE
BÜCHER

Nancy Taylor Rosenberg

»Wie John Grishams Schwester
konstruiert die Autorin eine
brillant ausgedachte Story ...
Die Qualität ist hervorragend.«

ABENDZEITUNG

01/10038

HEYNE-TASCHENBÜCHER

HEYNE
BÜCHER

Linda Davies

Linda Davies schreibt
Thriller in der Tradition von
John Grishams ›Die Firma‹.

»Ein furioses Debüt.«
BRIGITTE

Das Schlangennest
01/10095

Die Drachenhöhle
01/10636

01/10095

HEYNE-TASCHENBÜCHER

HEYNE BÜCHER

Mary Higgins Clark

»Mary Higgins Clark gehört
zum kleinen Kreis der großen
Namen in der Spannungs-
literatur.« *The New York Times*

»Gruselig, schockierend,
glänzend geschrieben.«
The Herold Statesman

01/10580

HEYNE-TASCHENBÜCHER